Ein Lob für Lexi Blake und Herren und Diener...

„Ich kann immer darauf vertrauen, dass mich Lexi Blakes Doms atemlos zurücklassen...und verliebt. Wenn Sie sinnliches, aufregendes BDSM in eine fantastische Liebesgeschichte gehüllt haben möchten, dann suchen Sie nach einem Lexi Blake-Buch."
~Cherise Sinclair, USA Today Bestsellerautorin

„Lexi Blakes HERREN UND DIENER-Serie ist wunderschön geschrieben und herrlich scharf. Sie hat es einfach drauf, mit Bezug auf die Handlung als auch auf den Sex. Ich liebe es auch, wie Blake ihre großartigen Dom-Helden beschreibt – sie bringen mich dazu, böse, böse Dinge tun zu wollen. Ihre Heldinnen sind intelligente und mutige Damen, deren Vorliebe sich hinzugeben sie wahrhaftig nicht zu Luschen macht. Ich kann es kaum erwarten, das nächste Buch zu lesen!"
~Angela Knight, New York Times Bestsellerautorin

„*Ein Dom ist für die Ewigkeit* ist actiongeladen, sowohl innerhalb als auch außerhalb des Schlafzimmers. Es erwarten Sie Agenten, Spione, Waffen, Morde und viel Kink, wenn Liam dem mysteriösen Mr. Black nachgeht und über seine Vergangenheit und Zukunft fündig wird... Die Action und die Spionage heizen die Geschichte an, während der Sex und Kink ganz andere Arten von Interessen bedienen. Alles ist sehr ausgewogen und fließt wunderbar zusammen."
~A Night Owl "Top Pick", Terri, Night Owl Erotica

„*Ein Dom ist für die Ewigkeit* verkörpert alles, was einen erotischen Liebesroman ausmacht. Die Story ist tempogeladen und spannend, die Charaktere makelbehaftet, sorgen aber dafür, dass ich sie auf jedem Schritt und Tritt ihres Weges anfeure, und der Hitzefaktor ist unermesslich, dank eines bösen jungen Dom mit einer Vorliebe für Dirty Talk."
~Rho, The Romance Reviews

1

Im Geheimdienste ihrer Herrschaft

Andere Bücher von Lexi Blake

ROMANTISCHE SPANNUNG

Herren und Diener
Der Dom, der mich liebte
Die Männer mit den goldenen Handschellen
Ein Dom für die Ewigkeit
Im Geheimdienste ihrer Herrschaft

Perfect Gentlemen (von Shayla Black und Lexi Blake)
Ein One-Night-Stand ist nicht genug
Ein Bodyguard für gewisse Stunden
Nur Rache ist süßer
Alte Sünden leben länger
Präsidenten sind zum Küssen da

ROMANTIC SUSPENSE

Masters and Mercenaries
The Dom Who Loved Me
The Men With The Golden Cuffs
A Dom is Forever
On Her Master's Secret Service
Sanctum: A Masters and Mercenaries Novella
Love and Let Die
Unconditional: A Masters and Mercenaries Novella
Dungeon Royale
Dungeon Games: A Masters and Mercenaries Novella
A View to a Thrill
Cherished: A Masters and Mercenaries Novella
You Only Love Twice
Luscious: Masters and Mercenaries -Topped
Adored: A Masters and Mercenaries Novella
Master No
Just One Taste: Masters and Mercenaries~Topped 2
From Sanctum with Love
Devoted: A Masters and Mercenaries Novella
Dominance Never Dies
Submission is Not Enough

Master Bits and Mercenary Bites~The Secret Recipes of Topped
Perfectly Paired: Masters and Mercenaries~Topped 3
For His Eyes Only
Arranged: A Masters and Mercenaries Novella
Love Another Day
At Your Service: Masters and Mercenaries~Topped 4
Master Bits and Mercenary Bites~Girls Night
Nobody Does It Better
Close Cover
Protected: A Masters and Mercenaries Novella
Enchanted: A Masters and Mercenaries Novella
Charmed: A Masters and Mercenaries Novella
Treasured: A Masters and Mercenaries Novella, Coming June 29, 2021

Masters and Mercenaries: The Forgotten
Lost Hearts (Memento Mori)
Lost and Found
Lost in You
Long Lost
No Love Lost

Masters and Mercenaries: Reloaded
Submission Impossible
The Dom Identity, Coming September 14, 2021

Butterfly Bayou
Butterfly Bayou
Bayou Baby
Bayou Dreaming
Bayou Beauty, Coming July 27, 2021

Lawless
Ruthless
Satisfaction
Revenge

Courting Justice
Order of Protection
Evidence of Desire

Masters Of Ménage (by Shayla Black and Lexi Blake)
Their Virgin Captive

Their Virgin's Secret
Their Virgin Concubine
Their Virgin Princess
Their Virgin Hostage
Their Virgin Secretary
Their Virgin Mistress

The Perfect Gentlemen (by Shayla Black and Lexi Blake)
Scandal Never Sleeps
Seduction in Session
Big Easy Temptation
Smoke and Sin
At the Pleasure of the President

URBAN FANTASY

Thieves
Steal the Light
Steal the Day
Steal the Moon
Steal the Sun
Steal the Night
Ripper
Addict
Sleeper
Outcast
Stealing Summer

LEXI BLAKE WRITING AS SOPHIE OAK

Texas Sirens
Small Town Siren
Siren in the City
Siren Enslaved
Siren Beloved
Siren in Waiting
Siren in Bloom
Siren Unleashed
Siren Reborn

Im Geheimdienste ihrer Herrschaft

Herren und Diener, Buch 4

Lexi Blake

Ins Deutsche übersetzt von Anna Buschmann

Im Geheimdienste ihrer Herrschaft
Herren und Diener, Buch 4
Lexi Blake

Herausgegeben von DLZ Entertainment LLC

Copyright 2013 DLZ Entertainment LLC
Redaktionell bearbeitet von Chloe Vale and Kasi Alexander
ISBN: 978-1-942297-51-2

Copyright 2020 der deutschsprachigen Ausgabe by Anna Buschmann
Ins Deutsche übersetzt von Anna Buschmann

McKay-Taggart-Logo entworfen von Charity Hendry

Danksagung

Mein besonderer Dank gilt den Menschen, die diese Serie verwirklichen. Chloe Vale, du bist die beste Redakteurin der Branche und ich kann mir nicht vorstellen, jemanden lieber als dich an meiner Seite zu haben. Meinen anderen Redakteuren und Betalesern – Kasi Alexander und Riane Holt – möchte ich sagen, dass diese Serie ohne euch nicht dieselbe wäre. An Sheri Vidal und Lexi's Doms and Dolls – danke für all eure Unterstützung, meine Damen. Und an die wunderbare Liz Berry. Du bist dir bewusst, dass dieses Buch ohne deinen Beitrag so viel ärmer wäre. Und ich wäre weniger ohne deine Freundschaft.

Letzten Endes geht es in diesem Buch jedoch um eine Ehe, um eine auf lange Dauer angelegte Liebe und Bindung, also muss ich es dem Mann widmen, der mich gelehrt hat, was Liebe wirklich ist. Das ist für meinen Mann, Richard.

Prolog

Georgetown, Virginia
Sechs Jahre zuvor

Alex McKay stampfte mit den Füßen auf dem Beton auf, als er ins Krankenhaus eilte. Eine Woche. Eine Woche lang war sie in den Händen dieses Monsters gefangen gewesen. Alles, was er tun konnte, war zu beten, und er war verfickt schlecht im Beten.

Er rutschte beinahe auf den glatten Fliesen der Notaufnahme aus, sein Herz schlug einen schnellen Takt in seiner Brust an. Für sieben Tage, zwei Stunden und siebzehn Minuten hatte sein Herz, wie es schien, gar nicht mehr geschlagen. Von dem Moment an, als seine Frau vermisst wurde, hatte er ekelerregende Höllenqualen aus Schuld und Angst ausgestanden.

Bitte lass sie am Leben sein. Nur lebendig. Wenn sie nur lebt und atmet.

Denn er wusste verdammt gut, dass sie nicht gesund war, und es war alles seine Schuld.

Alles, was sich vor seinem inneren Auge abspielte, war, wie sein Wohnzimmer ausgesehen hatte. Dieser Anblick schien sich in sein Gehirn eingebrannt zu haben. Das Zimmer, in dem er und Eve sich geliebt, gekuschelt und ferngesehen hatten, war entweiht worden, ihre

13

Bilder beschädigt und zerbrochen, ihr Hab und Gut wie Müll behandelt. Er hatte es gehasst.

Er hatte die Leichen, die in dem Raum verstreut lagen, echt gehasst. Leichen und Blut.

„Alex!"

In Sekundenschnelle blieb er stehen. Gott, er wusste nicht mal, wo er hinging. Er hatte den Anruf erhalten, dass sie gefunden worden war, und er war wie ein Irrer zum Krankenhaus gefahren, ohne eine einzige Frage zu stellen. Sein Partner stand direkt vor ihm. Warren Petty sah in dem Moment wie ein Ozean der Ruhe aus. Er hatte Alex zur Seite gestanden, seit er das Haus, das er mit seiner Frau teilte, betreten und es angetastet vorgefunden hatte, ihre beiden Leben genauso in Stücke gerissen, wie ihre Besitztümer verwüstet worden waren.

Und Eve war verschwunden gewesen.

„Alex, sie lebt."

Er fiel fast auf die Knie. „Wo?"

Es schien, als brauchte Warren nur dieses eine Wort. Sie waren seit Jahren Partner. Er machte ein düsteres Gesicht und Alex fühlte, wie er vor Angst errötete. Es war der Gesichtsausdruck, den Warren annahm, wenn er den Leuten schlechte Nachrichten brachte. Da sie als FBI-Agenten an den schlimmsten Verbrechen arbeiteten, waren er und Warren mehr als einmal gezwungen gewesen, schlechte Nachrichten zu überbringen. Doch Alex hätte nie gedacht, dass er sich je auf der Empfängerseite dieses Blickes befände.

Warren hatte neben ihm gestanden, als er entdeckt hatte, dass die Wachposten, die er dort platziert gelassen hatte, tot waren und seine Frau vermisst wurde. Warren war derjenige, der Tommys und Leons Frauen mitgeteilt hatte, dass sie nicht wieder nach Hause kämen.

„Die Polizei fand sie, wie sie an der 29 entlanglief."

Alex atmete tief durch, die Informationen verarbeitend. Sie war in der Nähe gewesen? Gott. Er hatte sie jeden Tag zu jeder Stunde gesucht und sie war ganz in der Nähe gewesen. „Ist sie entkommen?"

„Evans hat sie auf der Schnellstraße abgesetzt. Alex, ich hab' mit den Ärzten gesprochen." Warren schloss kurz die Augen. „Sie werden, sobald es ihnen möglich ist, eine Untersuchung mit medizinischer Befundsicherung vornehmen, doch sie müssen sich zuerst um ihre Verletzungen kümmern. Es tut mir so leid, dass du das durchmachen musst. Du musst wissen, dass ich alles tun werde, um dir und Eve zu helfen. Sie ist stark. Sie wird das durchstehen. Daran glaube ich. Wenn irgendjemand das überstehen kann, dann ist das Eve."

Seine Frau. Seine süße, kluge, kostbare Ehefrau brauchte eine Befundsicherung nach Vergewaltigung. Eine Million Erinnerungen schossen ihm durchs Gehirn. Das erste Mal, wie er sie küsste. Seine Hände hatten gezittert, weil er gewusst hatte, dass sie die Richtige war. Das erste Mal, wie sie miteinander schliefen. Er hatte schon vorher Sex gehabt, doch er hatte noch keine Frau angebetet, bis er sich in Eve bewegt hatte, ihr Körper war zu seinem Tempel geworden, den es zu lieben und zu schützen galt.

Sie hatten versucht, ein Baby zu bekommen. Zwei Monate. Zwei Monate ohne Kondome oder sonstige Verhütung. Gott. Was wäre, wenn sie jetzt schwanger war? Wie zur Hölle ginge er damit um?

Lebendig. Sie lebt und das ist mehr als erfreulich. Sie lebt und das ist alles, was zählt.

„Kann ich sie sehen?" Er musste sie sehen, im selben Raum mit ihr sein. Alles, was er sich sieben Tage lang gewünscht hatte, war noch eine weitere Minute mit ihr.

Warren blickte den langen weißen Flur hinunter. „Nein, tut mir leid. Sie wird gerad' operiert. Sie konnten nicht warten. Bleib ruhig. Sie wird wieder gesund. Er hat sie aus einem fahrenden Auto gestoßen. Sie hat innere Blutungen und ihr linker Arm muss wieder eingerenkt werden. Die meisten der Operationen, die sie durchführen werden, sind kosmetischer Natur. Er hat ihr viele Schnittwunden zugefügt, Alex."

Alex war sich sehr wohl bewusst, wozu Michael Evans in der Lage war, um einer Frau etwas anzutun. „Oh, Gott."

Warren setzte sich, sein Körper sackte zusammen, als könnte er keine Sekunde länger stehen bleiben. Sein Kopf fiel nach vorne. „Alex, wenn ich nur..."

„Das ist nicht deine Schuld. Es ist allein meine. Sie hat mir gesagt, was passieren würde."

Seine Frau war eine brillante Profilerin und was hatte er getan? Er hatte ihr Wirken ignoriert, weil er gemeint hatte, so viel cleverer zu sein. Er hatte ihr in arroganter Weise gesagt, sie liege in dieser Sache falsch. „Sie hat mir gesagt, ich solle dieses Interview nicht machen. Sie hat mir gesagt, ich solle den Krieg zwischen uns geheim halten, doch ich dachte, ich könnte ihn dazu bewegen, aus seinem Versteck herauszukommen."

Er war ein Idiot, in einer überregionalen Sendung aufzutreten und den Mann im Grunde genommen als Feigling zu bezeichnen. Er hatte Evans über Jahre verfolgt, doch als der letzte Bombenanschlag in einer Klinik vier Menschen das Leben gekostet hatte, verlor Alex die Geduld. Das letzte von Evans Zielen war Alex' Hinterhof gewesen, direkt in DC. Er hatte sich ohnmächtig, nutzlos gefühlt, also hatte er versucht, den Mann herauszufordern. Er war bereit gewesen, alles zu versuchen.

„Er kam, so zu sagen, aus seinem Versteck heraus." Warren schüttelte den Kopf, sein Gesicht wurde bleich.

„Ich dachte, er wäre hinter mir her, verdammt. Er hätte hinter mir her sein sollen, verdammt." Seine Hände zitterten. Er konnte nicht aufhören zu zittern. Er musste sich unter Kontrolle bringen. „Michael Evans sollte mich eigentlich töten wollen. Ich war der Köder."

Michael Evans jedoch, endemischer Terrorist, war nicht Alex an die Gurgel gegangen. Oh, nein, er war auf etwas viel Schlimmeres aus gewesen. Der Mann, hinter dem Alex die meiste Zeit seiner FBI-Karriere her gewesen war, hatte seine Frau vergewaltigt und sie wie Abfall an den Straßenrand geworfen.

Evans wird vermutlich mit seiner Beute spielen. Er zieht es vor, seinen Feinden so viel Schmerz wie möglich zuzufügen, wie das brutale Ableben mehrerer Männer gezeigt hat, von denen er geglaubt hat, sie hätten ihn verraten, doch es liegt eine gewisse Ehre in der Art der Spiele, die er spielt. Bis jetzt ist er nicht persönlich hinter dir her gewesen, weil du es beim FBI intern gehandhabt hast. Wenn du das Interview gibst, wird er höchstwahrscheinlich hinter dir her sein. Er wird es als eine Kriegserklärung betrachten. Bitte tu das nicht. Du findest einen anderen Weg, um ihn dir zu schnappen.

Er konnte immer noch hören, wie sie ihn anflehte. Sie hatte Angst gehabt, dass Evans ihn umbrachte. Sie muss solche Angst gehabt haben, als ihr bewusst wurde, dass Evans nicht seinetwegen gekommen war. Sondern, dass er ihretwegen gekommen war.

Warren hob den Kopf. „Ich hab' Eddie angerufen. Er sagte, wenn es irgendetwas gibt, das er tun kann, es irgendeine Chance gibt, euch beiden die Sache zu erleichtern, wird er nicht zögern, ein paar Gefallen einzufordern. Wir können ihr das beste Zimmer im Krankenhaus besorgen. Wir können dafür sorgen, ihr die Presse vom Hals zu halten. Wir sind für euch da."

Warrens Bruder war Senator. Er saß an einem mächtigen Hebel. Es gab Gerüchte, dass er sich im nächsten Wahlzyklus für die Nominierung bewarb. Jedoch nichts davon war von Belang. Warrens politischer Hebel erlöste Eve nicht von ihrem Schmerz. Nichts könnte das. Alex fühlte, wie er die Fäuste ballte. „Wie lange wird es dauern, bis sie aus dem OP kommt?"

„In einer Stunde oder so. Setz dich, Mann. Es wird noch eine Weile dauern." Warren gestikulierte zum Stuhl neben ihm.

„Wird nicht passieren." Er konnte nicht sitzen. Konnte nicht warten. Verdammt nochmal, er hatte seit Tagen gewartet. Es war Zeit zu handeln. Er zog sein Handy raus. Es gab genau eine Person, die ihn beruhigen konnte. „Ich komm zurück. Ich muss einen Anruf tätigen."

Er schritt davon, zufrieden, eine Entscheidung getroffen zu haben. Sitzen und Warten machten ihn nur verrückt. Alex musste etwas unternehmen. Er wählte eine bekannte Nummer.

Eine leise Stimme sprach über die Leitung. „Hier ist Taggart."

Sein bester Freund. Sein Fels. Ian war in der Minute eingeflogen, als Eve verschwunden war. Er hatte alles stehen und liegen lassen und war vor Sonnenaufgang in DC gewesen. Er hatte seine hochrangigen Kontakte genutzt, um auch für seinen Bruder Sean eine Beurlaubung zu erwirken. Offenbar zahlte es sich aus, für die CIA zu arbeiten. Ian hielt seine Verbindung zur CIA geheim, sogar vor seinem Bruder, doch Alex wusste, dass Ian als Spion tätig war. Er brauchte Ian jetzt mehr denn je. „Ian, ich muss dieses Arschloch kriegen. Ich muss ihn festsetzen."

„Hast du Eve gefunden?"

„Evans hat sie aus einem fahrenden Auto geschmissen. Sie lebt, doch sie wird soeben operiert." Er wüsste später über all die grausigen Details Bescheid. „Ian, du weißt, ich muss ihn finden."

Er hatte das große Bedürfnis, seine Fehler sofort

wiedergutzumachen. Er musste dafür sorgen, dass Eve in Sicherheit war.

„Ich helfe dir." Ians Stimme schwankte nicht. Genau wie der Mann selbst, war sie ruhig und fest.

Seine Hände zitterten nicht mehr, als Ian über seine Pläne zu sprechen begann. Das war, zumindest, etwas, das er unter Kontrolle hatte.

* * * *

Eve öffnete ihre Augen. Die Welt wankte noch immer, war verschwommen.

Sie erstarrte sofort, auf den nächsten Schlag wartend.

„Eve, du bist zu Hause. Du bist hier. Ich bin's, Alex. Ich bin bei dir, mein Engel." Alex' Stimme verhinderte einen weiteren Anflug von Panik.

Wie lange war sie bei Michael Evans gewesen? Gemäß dem, was die Polizei gesagt hatte, war es nur eine Woche gewesen. Sieben Tage voller Schmerz und Demütigung. Einhundert und achtundsechzig Stunden. Im Vergleich zu einem ganzen Leben war das gar nicht so lang. Wie konnte es sein, dass sich diese Stunden wie eine Ewigkeit anfühlten?

Sie war zwei Tage im Krankenhaus gewesen. Sie zwang sich dazu, die Zeit zu zählen. Das half ihr, in die Realität zurückzufinden. Es war Tag drei, der dritte Tag vom Rest ihres Lebens, und sie war zu Hause.

„Kann ich dir etwas bringen?" Alex schob seine Papiere umher. So viele Papiere und Anrufe. Das war alles, was er noch tat. Er schob Papiere herum, sprach mit Leuten am Telefon und saß bei ihr am Bett.

Er kletterte nicht zu ihr ins Bett. Sie sei noch zu zerbrechlich, behauptete er. Er wollte sie nicht im Schlaf anstoßen, so dass es schien, dass er gar nicht mehr schlief.

„Nein." Es war noch zu früh für eine weitere Schmerztablette. Sie sah auf die Uhr. Vor ihr lag noch eine Stunde voller beharrlich zunehmender Höllenqualen, bevor sie eine weitere einnehmen könnte und einen kurzen Moment der Erleichterung fände.

Alex kam wieder zur Ruhe. Er stapelte seine Ordner. „Ich

verfolge eine gute Spur. Es gibt einen zuverlässigen Zeugen, der ihn vor sechs Stunden in Memphis gesehen haben soll. Ian ist schon unterwegs."

„Ich will nicht über Evans reden." Er schien nur über den Fall reden zu wollen. Sie verstand, warum. Er hatte die Kontrolle über den Fall. Er schien fähig zu sein, nach Evans Ausschau zu halten, doch war er unfähig zu sehen, dass sie Abstand brauchte? „Ich mag all diese Papiere und den Computer nicht um mich herum haben."

Sie hatte das Gefühl, nicht atmen zu können. Jedes Stück Papier war eine weitere Verknüpfung zu dem Mann, der sie vergewaltigt hatte. Sie brauchte etwas Normalität. Wieder zu Hause zu sein, gab ihr tatsächlich ein Gefühl des Trostes. Sie hatte befürchtet, dass es Erinnerungen an den ersten Angriff weckte, doch sie hatte ihr Haus in makelloser Ordnung vorgefunden. So wie sie es verstanden hatte, waren es Ian und Sean Taggart gewesen, die Vorkehrungen getroffen hatten, um das Haus wieder aufzubauen. Alex' Sandkastenfreunde waren von der Armee auf Heimaturlaub und sie taten ihr Bestes, um ihr die Dinge wieder normal erscheinen zu lassen, doch Alex brachte immer wieder diese Ordner an. Sie brauchte einen Moment, in dem sie sich wenigstens vormachen konnte, dass alles so wie immer war. Nur für einen Augenblick.

Alex startete alarmmäßig, die Papiere vom Bett zu räumen. „Ich leg sie auf'n Nachttisch. Entschuldige."

Es war ein Doppelbett, meistens jedoch fanden sie sich aneinander gekuschelt in der Mitte wieder, so dass immer genug Platz war.

Sie bewegte sich vorsichtig und versuchte, ihren linken Arm nicht allzu sehr zu bewegen. Er schmerzte, tief in den Muskeln pochend. Jede einzelne Bewegung zerrte an ihr, als ob ihre Haut nun zu straff für ihren Körper war. „Es ist spät. Du solltest etwas schlafen. Komm ins Bett."

Er fuhr sich mit der Hand durchs Haar. Er sah so viel älter aus als noch vor einer Woche, sein Mund in einer fortwährenden Grimasse nach unten verzogen. „Ich will dir nicht wehtun."

Er würde sie nicht anstoßen. Vielleicht schliefe sie ein wenig, wenn er sich zu ihr ins Bett legte. „Das wirst du nicht. Es ist noch viel Platz."

Er schüttelte den Kopf, hob die Papiere auf und hielt sie sich vor die Brust, als wären sie kostbar. „Ich bewege mich viel zu viel. Ich würde neben dir enden."

„Wäre das so schlimm?" Er hatte sie vor dem schrecklichen Ereignis das letzte Mal berührt, nicht mehr, als dass seine Hände über sie gestrichen waren, wenn er eine Decke um sie gelegt oder ihr aus dem Bett geholfen hatte.

Er seufzte, viel Gewicht lag darin. „Eve, du zuckst zusammen, wenn ich dich berühre."

Denn sie spürte noch immer, wie Michael Evans sie verletzte. Sie fühlte immer noch, wie er sie mit den Händen schlug, während er sie festband, und sie spürte das Messer, mit dem er sie zerschnitten hatte.

Ich glaub', ihr Perversen nennt das Messerspiele. Spielen. Ich spiel' auch gern. Sag' mir eins, du Hure, spielt dein Mann auf diese Weise?

Sie erschauderte.

„Siehst du", sagte Alex, sich abwendend. „Du darfst nicht mal daran denken."

„Ich dachte nicht an dich, Alex." Die ganze Zeit über, in dem sie sich in dem Raum befunden hatte, in dem Evans sie festgehalten hatte, war das Einzige, an das sie hatte denken können, nach Hause zu Alex zu kommen. Er stand genau dort. Keine zwei Meter entfernt. Warum fühlte es sich an, als hätte sich eine Kluft zwischen ihnen aufgetan?

„Ich kann geduldig sein, mein Engel", sagte Alex leise. „Es wird alles gut, doch momentan ist es vermutlich das Beste, wenn ich nicht zu dir ins Bett komme. Du hast so viel durchgemacht. Ich kann den Gedanken nicht ertragen, dir noch mehr Schmerz zuzufügen."

Doch von ihm getrennt zu sein, war eine andere Art der Qual. Sie wollte gerade mit ihm streiten, als sie sich im Spiegel erblickte. Der Verband um ihren Hals hatte sich leicht gelöst und es war unmöglich, die Nähte zu übersehen, die an ihrer Haut entlangliefen. Sie sah aus wie Frankenstein, frisch zusammengenäht und auf die Welt losgelassen. Ihr Gesicht war eine Ansammlung von Blutergüssen und ihre Lippe fiel beinahe in sich zusammen.

Vielleicht wollte Alex aus verschiedenen Gründen nicht mit ihr schlafen.

Jahrelang war sie seine Sub gewesen und er ihr stolzer Dom. Er war mit ihr in den Club gegangen, dem sie angehörten, und es hatte ihm ein großes Vergnügen bereitet, ihre Schönheit zur Schau zu stellen.

Jetzt war sie nicht mehr besonders schön. Sie war zusammengeschlagen worden und sie war sich nicht sicher, ob sie jemals wieder dieselbe wäre.

„Was, wenn ich nicht mehr meine hingebungsvolle Sklavenposition einnehmen kann?"

Sie empfand sie als angenehm. Seit sie von ihm in D/S eingeführt worden war, hatte sie ihn täglich mindestens einmal am Tag so begrüßt, vor ihm auf die Knie fallend, diese weit gespreizt, den Kopf gebeugt und die Handflächen auf die Oberschenkel gelegt. Sie hielt den Rücken vollkommen gerade, wobei sie größer war als die meisten der Frauen. Sie hatte versucht, Diät zu machen, doch Alex stopfte sie immer mit Süßigkeiten voll.

Ihre Beine waren jetzt vernarbt und einer ihrer Knöchel war fast gebrochen. Was, wenn sie nicht mehr seine Partnerin sein konnte? Was, wenn ihre Tage als seine Sub vorbei waren?

Er streckte eine Hand nach ihr aus, zog sie dann aber eilig zurück. „Darüber mach dir jetzt keine Sorgen. Engel, ich würde es verstehen, wenn du mich nie wieder Gebieter nennst."

Seine Worte ergaben keinen Sinn. Er war ihr Gebieter. Sie hatten eine Abmachung getroffen. Sie hatten einen Vertrag. Sie hatten, kurz nachdem sie sich kennengelernt hatten, den ganzen Tag im Bett gesessen und überlegt, wie ihr Vertrag aussehen könnte. Nachdem Tabus und Grenzen zwischen ihnen geklärt waren, hatten sie sich geküsst und gespielt. Und als sie ihre gegenseitigen Pflichten miteinander besprachen, war er tief in ihr gewesen. Ihr Vertrag war intim und real. Sie waren verheiratet. Sie sprachen über alles. Ein Vertrag konnte auch ohne Gefühle, als reiner Sklavenvertrag verfasst sein. Ian schloss solche emotionslosen Sklavenverträge, weil er die Subs, mit denen er sich befasste, nicht liebte. Demgegenüber war ihr Vertrag voller Wärme und Glückseligkeit gewesen und verband sie.

Was, wenn er sie jetzt nicht mehr wollte, nachdem Michael Evans sie missbraucht hatte?

Sie hatte ihr gesamtes Leben verändert, um mit Alex zusammen zu sein. Sie liebte ihr gemeinsames Leben. Was, wenn alles vorbei wäre?

„Ich kann keine Babys kriegen." Vielleicht ging es darum, weshalb er so düster dreinblickte.

„Das ist nicht genau das, was der Arzt gesagt hat," argumentierte Alex.

Nein. Er war bei der ganzen Sache sehr distanziert gewesen. Er hatte über die Verletzung ihrer Gebärmutter und den Verlust eines Eierstocks durch das Ereignis gesprochen. Er hatte beinahe eine Hysterektomie durchgeführt. Die inneren Blutungen waren schlimmer gewesen, als er anfangs gedacht hatte, doch eine der Schwestern hatte für sie gekämpft. Es hatte eine Weile auf Messers Schneide gestanden. „Es ist unwahrscheinlich."

„Unwahrscheinlich bedeutet nicht nie. Und es ist mir egal. Ich bin einfach nur glücklich, dass du lebst."

Er schien nicht gerade glücklich. Er wirkte ernst und betrübt. Das einzige Mal, als er lebendig gewirkt hatte, war, als er eine Spur zu Evans verfolgt hatte. Da war sein Gesicht errötet und seine Augen hatten leidenschaftlichen Zorn ausgestrahlt.

„Es wird alles gut," versprach er. „Du wirst sehen. Ich werde ihn kriegen und dann kannst du dich wieder sicher fühlen."

Sie mochte sich eventuell nie wieder sicher fühlen. „Ich will nicht über ihn reden. Ich will ihn vergessen."

Sie wusste, sie konnte nicht einfach vergessen, doch sie musste versuchen, wieder etwas Normalität zu finden, und das konnte sie nicht ohne ihren Ehemann. Sie erhaschte noch einen Blick von sich im Spiegel, und das tiefe Bedürfnis, mit ihm zu streiten, war verschwunden. Sie kam nicht umhin zu bemerken, wie seine Augen von ihr abglitten. Er wollte nicht hier sein.

Er wollte sie nicht ansehen.

Plötzlich hatte ihr innerer Schmerz nichts mehr mit ihren Knochen zu tun.

Alex ließ den Kopf hängen, als er nach seinem Laptop griff. „Du wirst sehen. Du wirst dich so viel besser fühlen in dem Bewusstsein, dass er dir nicht mehr wehtun kann. Ich werd' das hier für dich tun. Ich hab's vermasselt und du hast den Preis dafür bezahlt, doch ich werde es wieder gutmachen."

Sie streckte die Hand nach ihm aus, doch er stand bereits an der Tür. Sie zog den Arm eilig zurück, bevor er sich umdrehte. Wie konnte sie ihm sagen, dass er das niemals wieder gutmachen könne? Sie war sich zu diesem Zeitpunkt nicht mal sicher, ob sie überhaupt von dem, was sie durchgemacht hatte, zurückkehren konnte. Es ging ihr so nahe. Jedes Mal, wenn sie die Augen schloss, konnte sie das sich über ihr abzeichnende Gesicht sehen. Sie brauchte Alex, um dieses Bild aus dem Kopf zu kriegen.

„Ich brauche dich." Sie hasste es, wie schwach ihre Stimme klang.

„Ich bin da, mein Engel." Er legte die Papiere hin und kam auf sie zu. Er durchquerte den Raum, der sich zwischen ihnen befand. Den Raum zwischen ihnen. Es war nie zuvor Raum zwischen ihnen gewesen. Selbst wenn sie meilenweit voneinander entfernt gewesen waren, konnte sie ihn spüren. Sie waren in jeglicher Hinsicht miteinander verheiratet – ihre Herzen und Gedanken und Seelen miteinander verschmolzen. Doch jetzt fühlte sie jeden Zentimeter Luft und Abstand, der sie voneinander trennte.

Er streckte die Hand nach ihr aus, streichelte sie, doch sie zuckte zusammen, weil jedes Stück Haut an ihr noch empfindlich war.

Alex sprang fast zurück, sein ganzes Gesicht vor Entsetzen errötend. „Es tut mir leid."

Sie machte alles nur noch schlimmer. „Bitte gib mir etwas Zeit."

Sie konnte Alex nicht verlieren. Sie würde genesen. Sie würde arbeiten. Sie würde sich ihren Weg dorthin zurückbahnen, wo sie schon einmal gewesen war.

Alex stand wieder an der Tür. „Ich werde dir alle Zeit geben, die du brauchst. Ich werd' ihn finden. Ich werd' ihn für dich kriegen."

„Das brauche ich nicht." Sie wollte nicht, dass er jetzt da draußen auf dem Feld war. Die Tränen liefen ihr übers Gesicht, die Welt als verschwommenes Durcheinander erscheinend. „Ich will nicht, dass du mit ihm da draußen bist. Bitte, Alex. Bleib bei mir."

„Das werde ich, wenn du mich brauchst." Er zögerte, seine Finger klammerten sich um die Akten, die ihm so viel bedeuteten. „Warren kann sich darum kümmern. Und Ian ermittelt zwischendurch."

Doch er wollte es selbst in die Hand nehmen. Er wollte es so sehr. Es stand ihm groß ins Gesicht geschrieben. Es brach ihr das Herz. Er wollte sich rächen. Er konnte ihr noch so oft sagen, dass er das alles nur für sie machte, doch in Wirklichkeit ging es darum, dass er über diesen Teil seines Lebens die Kontrolle behielt. Michael Evans zu jagen war aktiv. Neben ihr am Bett zu sitzen und zu hoffen, dass sie geheilt werde, war es nicht.

„Mir geht es gut." Vielleicht konnte er, wenn die Narben verblasst waren, vergessen, dass sie ein solches Opfer gewesen war. Vielleicht konnte sie es vergessen. Vielleicht konnte sie wieder so sein wie vorher.

„Bist du dir sicher?"

Sie war sich wegen nichts sicher. Gar nichts. Ihre Welt stand Kopf und sie hasste es, wo sie gelandet war. Sie hatte so vieles über sich gelernt. Sie hatte gelernt, wie zermürbt sie werden konnte, wie zerbrechlich sie war.

Jetzt lernte sie, dass auch ihre Ehe zerbrechlich war.

„Du solltest gehen und Ian helfen." Vielleicht wäre es gut für ihn, ein paar Tage mit Ian zu verbringen. Ian passte auf ihn auf.

Sie vertraute lieber Ian Alex' Leben an. Obwohl Warren in den letzten Jahren sein Partner gewesen war, zog sie es vor zu wissen, dass Ian ihm den Rücken freihielt. Vielleicht konnte Ian mit Alex reden. Ian hatte nicht in ihrer Gegenwart gezögert. Ian hatte versucht, die Hand nach ihr auszustrecken, doch als sie zusammengezuckt war, hatte er sie angeknurrt. Er hatte ihr gesagt, dass er nicht der „Scheißkerl,-der-sie-verletzt-hat" sei, und sie aufgefordert, seinen Trost zu akzeptieren.

Ian fühlte sich nicht so schuldig wie Alex. Vielleicht könnte er Alex helfen.

Sie brauchte ihren Mann. Gott, sie brauchte ihren Dom so sehr.

„Ich liebe dich, Eve." Er flüsterte die Worte. „Es tut mir so leid."

Sie schloss die Augen, als wollte sie wieder schlafen. Sie hörte, wie sich die Tür schloss.

Sie brauchte seinen Kummer nicht. Sie brauchte seine Schuldgefühle nicht. Sie brauchte seine Stärke, doch sie konnte ihn nicht darum bitten, da sie sich grundlegend verändert hatte. Sie war nicht mehr seine süße, unschuldige Sub.

Zeit. Sie brauchte Zeit.

Mit der Hand fand sie den Verband über der Stelle, an der er ihr fast die Kehle aufgeschlitzt hatte.

Heilte Zeit alle Wunden? Vielleicht nicht. Vielleicht brachte sie nur Narben, die bewiesen, dass sie körperlich überlebt hatte.

Doch ihre Seele mochte verloren sein, denn sie wusste nicht, ob ihre Ehe überlebt hatte.

Eve schloss die Augen und betete für bessere Zeiten.

Kapitel Eins

Dallas, Texas
Heutige Zeit

Alex McKay fühlte, wie sich ihm der Magen umdrehte, als er auf die Projektion vor sich starrte.

„Hast du eine Ahnung, wie gefährlich das sein kann?", fragte Ian Taggart.

Im Konferenzraum war es ruhig. Kein einziger Schimmer des frühen Morgenlichts fiel durch das fest zugezogene Rollo. Die Sonne ging auf. Er dachte es sich, da es Zeit war, doch in dem dunklen Konferenzraum fühlte es sich noch wie Nacht an, absolut dunkel, die einzige Beleuchtung aus einer Reihe von Dias bestehend, die sein Leben in tragischen Fotos zeigten.

Er seufzte und klickte einfach zum nächsten Dia. Das Letzte, was er brauchte, war Ian, der ihm sagte, wie gefährlich Michael Evans war. Das wusste er aus nächster Nähe und persönlich. Michael Evans hatte Alex McKay alles gekostet, was ihm in der Welt etwas bedeutet hatte. Seine Arbeit. Seine Zukunft. Doch vor allem hatte ihn der Wichser seine Frau gekostet. Und er fände ihn, koste es, was es wolle.

„Zuletzt, als mich eine Quelle kontaktierte, hielt sich Evans angeblich in Argentinien auf, aber das ist über ein Jahr her. Seitdem ist es nun das erste Mal, dass er in Erscheinung getreten ist." Seine Stimme klang gemäßigt, als zeichne er soeben einen weiteren Fall am Dienstagmorgen nach und nicht die wichtigsten Ereignisse seines Lebens.

Adam Miles schlich sich in den Raum, sich auf den Platz zu Alex' Linken schiebend. „Gibt es einen Grund dafür, dass wir morgens um sechs eine Besprechung haben? Ich glaube nicht, dass ich wach sein muss, bevor die Sonne aufgeht."

Jake Dean verdrehte die Augen, während er seinem Partner folgte. Jake und Adam arbeiteten immer zusammen, und ja, machten so ziemlich alles gemeinsam im Leben – auch mit ihrer Ehefrau Serena. „Er meckert rum, weil ich ihm heute Morgen verweigert habe, Serena zu wecken."

„Ohne Abschiedskuss komm' ich nicht klar", sagte Adam, leicht schmollend.

Ian stöhnte, sich in seinem massiven Ledersessel zurücklehnend. Geschäftlich gekleidet, schienen die frühen Morgenstunden Ian überhaupt nicht zu stören. Im Gegensatz zu Alex, der noch in Jogginghose und T-Shirt steckte, war Ian im Designeranzug zur Arbeit gekommen. Er ließ die meisten Männer zivilisiert aussehen, doch Ian sah wie ein gut gekleideter Gangster aus, von der Sorte, die fähig war, einen Mann zu töten, ohne eine einzige Falte im Anzug zu bekommen. „Adam, Alter, komm hinter Serenas Rock hervor."

„Ich versuche die ganze Zeit, in ihren Rock zu gelangen, Boss", schoss Adam zurück.

„Wenn ihr hier fertig seid, würd' ich gerne weitermachen." Alex hatte wahrlich keine Zeit hier zu sitzen und mit anzuhören, wie verdammt glücklich Adam war. „Oder wir beenden die Sache gleich hier und ich werd' mich allein darum kümmern."

„Was ist Alex in den Hintern gekrochen und dort gestorben?", fragte Jake im Flüsterton, den vermutlich absolut jeder im Gebäude hatte hören können.

„Halt die Klappe, Jake." Ian beugte sich vor. „Michael Evans scheint aufgetaucht zu sein."

„Fuck." Jake blickte auf, und selbst im frühmorgendlich gedämpften Licht des Konferenzraums war die Solidarität in Jakes Augen abzulesen. „Was immer du brauchst, Alter. Wir sind für dich da. Apropos, wo ist Li? Sagt mir nicht, dass er das englische Arschloch getötet hat?"

„Als ob er das verdammt nochmal tun könnte." Simon Weston war verdammt leise. Er hatte sich in den Raum geschlichen, unbemerkt. Als neuestes Mitglied im Team des McKay-Taggart-Sicherheitsdienstes hatte der ehemalige MI6-Agent nicht viele Anstalten gemacht, sich mit irgendwem neben Ian anzufreunden. Ian schien den Mann unter seine Fittiche genommen zu haben, obwohl Simon ihren letzten Auftrag fast verkackt hatte. Er war von Eli Nelson getäuscht worden und wer kannte dieses Gefühl besser als Alex. Trotz seines unwirschen Verhaltens fühlte sich Alex ein wenig mit Simon verbunden. Er wusste verdammt gut, wie es war, wenn einem bei einer Operation der Arsch aufgerissen wird. „Liam hat heute Morgen andere Pläne und dies ist nur ein freundlicher Informationsaustausch. Ich kann ihn später informieren."

Er hatte Liam heute Morgen bewusst nicht eingeladen und der hatte Schwein gehabt, denn zeitgleich trafen sich Liam und Avery zu ihrem wöchentlichen Frühstück mit Eve. Liam und Eve waren sich über die Jahre nähergekommen und sie verehrte Lis neue Frau Avery. Sie waren die perfekte Ablenkung. Eve kam sonst immer früh rein, doch dienstags verbrachte sie die Zeit in einem örtlichen Café.

„Wer ist dieser Michael Evans und warum sieht jeder so aus, als sei euer bester Freund überrollt worden", fragte Simon. Er stand ganz hinten, keinem der vier verbleibenden Plätze Beachtung schenkend.

Alex richtete seine Aufmerksamkeit wieder auf die Projektion an der Wand. Es war das Bild eines Mannes, den er viel zu gut kannte. „Das ist Michael Evans, siebenunddreißig. Er ist ein einheimischer Terrorist. Er führte eine kleine Kommune im nördlichen Teil Idahos an. Namenlos. Nur um die achtzig Hektar und im Glauben vereint, dass die amerikanische Regierung zunehmend korrupt geworden ist. Zugegeben, es ist nicht nur die US-Regierung, mit der Evans ein Problem hat. Eigentlich mit der ganzen Gesellschaft. Das FBI hat ihm nicht viel Aufmerksamkeit geschenkt, bis wir seine Verbindungen zu dschihadistischen Führern in Mexiko aufdeckten. Zwischen 2001 und 2005 reiste Evans über fünfzig Mal nach Mittelamerika. Die CIA hat ihn als potentiellen Ansprechpartner für die Taliban und Al-Qaida und andere assoziierte Gruppen in den Staaten eingestuft."

Simon nickte. „Ja, jetzt erinner' ich mich an ihn. Vor ein paar Jahren war er überall in den Nachrichten. Ich war tatsächlich in den Staaten, als er verhaftet wurde. Er hat Drogen auf seinem Land angebaut und kleinere Zellen finanziert. Diese bombardierten belanglose Orte, wenn ich mich recht erinnere. Ich fand es ziemlich seltsam, dass sie keine bedeutenderen Ziele auswählten."

„Evans hat sie als sehr bedeutende Ziele betrachtet. Er hat mutmaßlich fünfzehn Bombenanschläge auf Kliniken in den USA finanziert", murmelte Alex. Evans hat es vollbracht, Ärzte, Krankenschwestern und Patienten zu töten, die in den meisten Fällen zu Routineuntersuchungen in die Klinik gekommen waren, doch sie standen auf Evans Abschussliste, weil die Kliniken von der Regierung finanziert waren und Geburtenkontrolle anboten. „Auch auf Schutzräume für häusliche Gewalt hatte er es abgesehen. Diese hat er gern angezündet. Evans ist nicht wirklich ein Frauenrechtler."

„Er hatte es vor allem auf Kliniken abgesehen, die Frauen routinemäßig behandelten und sich der Geburtenkontrolle annehmen. In zwölf der Kliniken, die er ins Visier nahm, wurden noch nicht mal Abtreibungen angenommen", fuhr Ian fort. Ian kannte die Akte ebenso gut wie Alex. Es war genau dieser Fall, wegen dem Alex nach Dallas gekommen war, um mit seinem besten Freund die Firma zu gründen. Ian benahm sich die Hälfte der Zeit wie ein Irrer, doch Alex war ihm für alles dankbar, und deshalb hatte er auch diesem Briefing zugestimmt. Wenn Ian nicht gewesen wäre, wäre er jetzt gerade auf dem Weg zum Ort des Treffens.

„Was ist seine Motivation?" fragte Jake. „Mir sind die Fallakten geläufig, doch ich hab' nie wirklich verstanden, was er wollte. Er ist offenbar ein frauenfeindliches Schwein, doch üblicherweise haben Terroristen ein Anliegen, das sie zu vermitteln versuchen."

„Evans ist der tiefen Überzeugung, dass das moderne Amerika dem Mann all seine gottgegebenen Rechte abspricht. Er möchte in die Zeit zurückkehren, in der ein Mann alles besaß. Als ein Mann noch jegliche Rechte auf sein Eigentum einfordern und seine eigenen Gesetze über sein Eigentum durchsetzen konnte, und zu seinem Eigentum zählten auch die Ehefrauen eines Mannes. Ja, ich sagte Ehefrauen", erklärte Alex. „Er hatte mehrere Frauen über das ganze Land verteilt. Er tötete eine von ihnen, als sie als Kronzeugin gegen ihn aussagte. Er ließ die Leiche einer anderen Frau zurück, als er von seinem Lager in Idaho floh. Wo auch immer er jetzt ist, sollten wir darauf vorbereitet sein, dass er vermutlich ein oder zwei Frauen hat und nicht zögern wird, sie in die Schusslinie zu werfen."

„Charmant", murmelte Adam.

„Ja, nun, er ist kein Prinz." Alex klickte zur nächsten Folie weiter. Es zeigte Evans, wie er gerade verhaftet wurde. Evans lächelte in die Kamera, sein attraktives Gesicht glich eher dem eines Veranstaltungsidols als dem eines Massenmörders. Es war sein gutes Aussehen, das ihm Horden von Frauen bescherte, die ihm im Gefängnis schrieben oder den Großteil der Drecksarbeit für ihn erledigten.

Evans ist ein charismatischer Killer, hatte Eve geschrieben. *Er nutzt seinen Charme, um seine Opfer anzulocken, doch am Ende kann er sich nicht als Sieger betrachten, solange er keinen Mann geschlagen hat, den er für gleichwertig hält.*

Gott, wenn er nur auf Eve gehört hätte. „Evans saß im Gefängnis, während er auf die Gerichtsverhandlung wartete. Natürlich hatte er ausgezeichnete Anwälte. Sie schafften es, den Prozess um fast zwei Jahre hinauszuschieben und Evans in einen Knast mit durchschnittlicher Sicherheitsstufe zu verlegen, wo er auf seinen Prozess wartete."

„Er entkam in einer Matratze, richtig? Erst erkannte ich den Namen nicht wieder, doch jetzt erinner' ich mich. Er machte Schlagzeilen." Simon setzt sich endlich dazu, nahm und begann, das vor ihm liegende Material durchzusehen.

„Ja, kurz bevor die Staatsanwaltschaft ihre Eröffnungsrede vorbringen sollte. Er hat schon länger Probleme mit seiner Lunge gehabt. Sie war durch ein Feuer in seiner Kindheit geschädigt worden und er erhielt hin und wieder eine Sauerstofftherapie. Er bekam Atembeschwerden, die wohl sehr wahrscheinlich vorgetäuscht oder absichtlich herbeigeführt wurden, und der Gefängnisarzt gab ihm nicht nur eine kleine Sauerstoffflasche, sondern verschrieb ihm auch neues, allergenfreies Bettzeug. Fast zwei Jahre, nachdem er verhaftet worden war, wurde Evans in dem Bettzeug hinausgeschmuggelt. Es war ausgehöhlt worden. Einer seiner treuesten Anhänger nahm seinen Platz im Gefängnis mit einer duplizierten Sauerstoffflasche ein.

Aufgrund der über seinem Gesicht befindlichen Maske, bemerkte fast vierundzwanzig Stunden niemand etwas, nicht mal sein Zellengenosse. Sie nahmen ihn zum Verhör mit, doch er äußerte sich nicht. Er war zu diesem Zeitpunkt aus der Zelle geholt worden, so dass die Behörden ihn nicht mit der Flucht in Verbindung bringen konnten. Soweit wir wissen, schloss sich Evans kurz danach seinen dschihadistischen Freunden in Mittelamerika an."

„Sie sagten, das FBI habe ihn verhaftet? Meinten Sie, Sie haben ihn verhaftet?", fragte Simon, seine eisblauen Augen lugten aus dem Aktenordner hervor.

„Ja, ich war der Agent, der ihn festnahm." Er sagte die Worte durch zusammengebissene Zähne hindurch.

„Sie waren der verantwortliche Spezialagent? Ich denke, so lautet es im hiesigen Fachjargon", sagte Simon. „Wie lange dauerte es, bis Sie nach diesem Fall aufhörten?"

„Das spielt keine Rolle", verkündete Ian.

Doch Simon hatte ein Recht darauf, es zu erfahren. „Ich bin zwei Monate nach Evans' Verhaftung ausgeschieden. Das war vor fünf Jahren. Ich hab' mein Leben zusammengepackt und bin hergezogen. Ian und ich gründeten diese Firma. Täuscht euch nicht. Das ist persönlich für mich. Heute ist kein Zahltag und jeder, der hier nicht ehrenamtlich seine Zeit verbringen möchte, soll sich frei fühlen zu gehen. Ich werd' um nicht mehr als um Unterstützung hinter den Kulissen bitten und selbst das soll auf informative Art und Weise geschehen. Ich brauche hier keine Muskeln."

Sonst war er der Muskel.

Simon, stirnrunzelnd, war offensichtlich nicht bereit, aufzugeben. „Warum ist O'Donnell nicht da? Ich kann mir nicht vorstellen, dass er dieses Treffen freiwillig verpasste. Arbeitet er bereits an dem Fall? Und wo ist unsere hinreißende Seelenklempnerin? Ich vermute, sie erwiese sich hilfreich in dem Fall. Sie war in einer Verhaltensanalyse-Einheit, korrekt? Hat sie mit Ihnen am Evans-Fall gearbeitet? Könnten wir ihre Akten über ihn einsehen?"

Eine angespannte Stille erfüllte den Raum. Das waren alles völlig berechtigte Fragen und Alex nahm es ihm beschissen übel.

„Ja, Eve hat mit dieser Einheit zusammengearbeitet. Sie war eine Profilerin, doch sie muss nicht in den Fall involviert werden." Keiner von ihnen musste wirklich involviert werden. Die einzigen Leute, die gebraucht wurden, waren er, Evans und wer zur Hölle auch immer dieser mysteriöse Kontaktmann war. Er blickte auf die Uhr. Viereinhalb Stunden. Viereinhalb Stunden, bevor er seinen Kontaktmann treffen und das hässliche Spiel in Gang bringen konnte, das er und Evans noch nicht ganz beendet hatten.

„Worüber bin ich nicht im Bilde?", fragte Simon. Er sah sich am Tisch um, jeden Mann vor sich genau studierend. „Ich bin offenbar der Einzige, der den Witz nicht kennt."

„Das war kein Witz, Arschloch", sagte Adam. „Und Eve sollte hier sein. Sie hat das Recht zu erfahren, ob der Mann, der sie vergewaltigt und brutal misshandelt hat, wieder in den Staaten ist."

„Eve wird nicht mal in die Nähe des Falles kommen", sagte Alex rundheraus. „Und wenn ich auch nur den Hauch einer Andeutung zu hören bekomme, dass Evans in unserer Nähe ist, befindet sie sich auf dem Weg zu einem sicheren Haus und wird rund um die Uhr bewacht."

„Ah, nein, gar kein Witz." Simon schloss den Ordner. „Ich nehme an, das ist absolut sinnlos. Sie wird gesäubert sein. Ich werde selbst Nachforschungen anstellen. Es überrascht mich eher, dass es Ihnen erlaubt war, die Leitung zu behalten."

Simon hatte Recht mit der Akte. Er hatte sie gesäubert, denn er konnte den Gedanken nicht ertragen, dass irgendjemand davon erfuhr, was genau passiert war. Das FBI hatte die Sache äußerst geheim gehalten und der Presse wurden nur die notdürftigsten Tatsachen mitgeteilt, was seine Frau hatte durchmachen müssen. Sie hatten genug andere Beweise gegen Evans, um den Drecksack fünfmal in der Hölle schmoren zu lassen.

„Ich wurde von dem Fall abgezogen, doch ich habe nicht aufgehört daran zu arbeiten", gab Alex zu. Das FBI hatte ihm eine Beurlaubung gewährt, doch er hatte sie nur dazu benutzt, um Evans ausfindig zu machen. Er fragte sich oft, ob Warren ihm das übel genommen hatte. Warren Petty hatte den Fall für Alex übernommen, doch Alex hatte die Verhaftung erwirkt.

„Glauben Sie, dass er wieder hinter ihr her sein wird?", fragte Simon.

Er lebte in panischer Angst davor, dass genau das geschehe. Er träumte nachts von ihrem Verschwinden und den Tagen, die vergingen, bis sie wie ein verbrauchtes Taschentuch weggeworfen und mitten in der Nacht an den Straßenrand geschmissen wurde. Sie musste sich auf den Weg zu einer Tankstelle machen, ihr Körper nackt trotz Schnee und Frost.

Hatte Evans die Absicht gehabt, dass sie noch lebte? Alex glaubte, ja. Eve sollte eine Erinnerung daran sein, was Alex Unrechtes getan, was er verloren hatte und wie viel mächtiger Michael Evans war.

Treib ihn nicht vor dir her, Alex. Behalte das für dich. Wenn du dich an die Presse wendest, wird er um sich schlagen und sich an dir vergreifen.

Er sah ihre Augen noch vor sich, wie sie ihn anflehten, seine Pläne zu ändern, doch er wusste, was er tat. Er wusste, dass er Evans zu Fall bringen konnte.

Doch Evans war nicht hinter ihm her gewesen. Oh, nein. Das wäre zu einfach gewesen.

„Ich glaube nicht, dass er hinter Eve her ist. Dafür sehe ich keine Anzeichen, dass er das täte. Es ist fast sechs Jahre her, dass er mit ihr Kontakt hatte, und wir alle wissen verdammt gut, dass er gern mit seiner Beute spielt." Ian erhob sich, schaltete das Licht ein und flutete den Raum. „Und dann kommt noch hinzu, dass sie geschieden sind. Das hat Evans sicher sehr viel Freude bereitet und ich bin sicher, dass er weiß, dass es so gekommen ist. Ich bin mir sicher, dass er dich im Auge behielt, als er aus den Staaten geflohen ist. Als du das FBI jedoch verlassen hast, bist du sehr wahrscheinlich von seinem Radar verschwunden. Ein Mann wie Evans würde Alex nicht länger als echte Bedrohung ansehen. Und Eve wäre ihm zu diesem Zeitpunkt sowieso egal."

Alex konnte dieses Risiko nicht eingehen.

„Ich will, dass sie da rausgehalten wird. Deshalb habe ich Li nicht kontaktiert. Li steht Eve nahe. Er würde es ihr sagen", gab Alex zu. Er würde Eve da nicht mit reinziehen. Je weniger sie wüsste, umso besser wäre es für sie alle. Er ließe sie nicht wieder in dieses Drecksloch zurückkehren. Das konnte er nicht.

Und er konnte auch nicht zulassen, dass jemand anders die Sache in die Hand nahm.

„Was glaubst du, warum er aufgetaucht ist?", fragte Jake.

„Ich erhielt vor sechs Wochen eine E-Mail von einer Frau namens Kristen. Der E-Mail zufolge ist sie eine Enthüllungsreporterin und verfolgt Evans seit seinem Gefängnisausbruch. Ich soll sie heute am späten Morgen treffen. Es ist ein öffentlicher Ort. Unter freiem Himmel." Die Verfasserin der E-Mail hatte darauf bestanden. Sie hatte ihm kategorisch gesagt, dass sie verschwände, wenn sie jemand anderen sähe als ihn. Das konnte er nicht zulassen. „Ich brauche jemanden, der Eve im Auge behält, während ich sie treffe. Ich kann es nicht riskieren, ihm so die Möglichkeit zu geben, an sie ranzukommen."

„Ich behalt' Eve im Auge und Jake und Adam können deine Deckung übernehmen", erklärte Ian.

Das war genau der Grund, warum er diese Sitzung nicht gewollt hatte. „Ich kann nicht. Wenn sie irgendwen außer mir sieht, haut sie ab. Die E-Mail war sehr deutlich. Sie wird sich mit mir befassen, und nur mit mir. Ich weiß nicht, wie sie aussieht. Ich hab' keine Ahnung. Ich muss mit dieser Frau reden, Ian. Ich kann sie nicht an mir vorbeilaufen lassen. Das Treffen ist ganz öffentlich. Es gibt keinen Grund zur Sorge."

„Sie wird nicht mal merken, dass wir da sind", versprach Jake. „Ob du's glaubst oder nicht, wir haben das schon ein, zwei Mal gemacht."

„Ihr beide seid für Personenschutz zuständig. Ich beweg' mich wie ein Schatten. Ich bin der Experte." Er war verdammt gut darin, im Schatten zu verschwinden. Es war eine völlige Umkehrung im Vergleich zu den ersten zehn Jahre seiner Karriere. Er war der Goldjunge des FBI gewesen, ein strahlender Stern. In den letzten fünf Jahren hatte er sich zum Ziel gesetzt, nie aufzufallen, sondern immer der Mann hinter den Kulissen zu sein. Er war zu einem Geist geworden, ein hervorragender Beobachter, der auf seine Chance wartete und fast nie agierte.

„Ich glaube, ich bin ziemlich anständig, wenn es um Deckung auf Distanz geht", sagte Ian mit einem Stirnrunzeln. Er war ein langjähriger CIA-Agent gewesen. Er kannte sich mit Fernbeschattung aus.

Es gab da nur ein Problem.

„Nein. Du bist zu auffällig. Ich kann das nicht riskieren."

„Könnt ihr den Raum räumen, Leute?", Ian verschränkte die Arme über seiner massiven Brust und begann auf und ab zu schreiten.

Die Jungs waren im Nu wieder draußen. Adam warf ihm den bösen Blick zu. Ja, er war ganz sicher in Eves Team.

Ian blieb vor dem Fenster stehen, zog die Jalousien auf und starrte ins frühe Morgenlicht. Die Stadt war dabei zu erwachen, der Horizont an seinem Rande rosa und purpurn. Die hohen Gebäude, die die Ferne beschrieben, die Stadt eine gewaltige Landschaft vor ihm, so wie ein Aquarellgemälde, schön und leicht unwirklich.

Er erinnerte sich an einen perfekten Tag. Hawaii. Er und Eve waren in den Flitterwochen nach Kauai gefahren und sie hatten eine Nacht überhaupt nicht geschlafen. Er war mit ihr an den Strand gegangen und sie hatten sich in den Wellen geliebt, sie hatten dort gesessen und zugesehen, wie der Himmel auflebte – das große Schauspiel der Natur. Er erinnerte sich daran, wie sie sich in seinen Armen angefühlt hatte, ihr Rücken an seiner Brust, während sie den Sonnenaufgang beobachteten. Die ganze Welt war damals lebendig gewesen, voller Verheißungen. Sie waren jung gewesen. So verfickt jung. Stark.

Keiner von ihnen hatte gewusst, wie schnell sie ruiniert sein konnten, wie leicht es war, ein Leben zu nehmen und es wie einen Zweig zu zerbrechen, bis nur noch bedeutungslose Stücke übrig blieben.

„Was machst du hier, Alex?", fragte Ian, keine Anstalten machend, sich umzudrehen.

Das sollte klar sein. „Ich versuche, einen Mörder zu fangen."

Ian sackten die Schultern nach vorn, als sei es das Letzte, was er hören wollte. „Du versuchst, einen Fehler zu korrigieren, doch machst wieder denselben."

Frustration kam auf. Fuck, ja, er versuchte, einen Fehler zu korrigieren. Es war der Fehler seines Lebens gewesen. Natürlich wollte er ihn korrigieren. „Ich werd' ihn nicht noch mal in ihre Nähe lassen, Alter. Du kannst nicht im Ernst glauben, dass ich das je wieder zulasse, und gerade du solltest verdammt gut wissen, dass ich das nicht sausen lassen kann."

Wie sollte er rumsitzen, während er wusste, dass sich Evans da draußen befand? Er hatte die letzten Jahre seines Lebens damit verbracht, alle möglichen Spuren in jeden verdammten Kaninchenbau zu folgen. Unzählige Stunden hatte er damit verschwendet, mit Leuten zu reden, die behaupteten, ihn gesehen zu haben, hatte Geld für Zeugen ausgegeben, die zu nichts geführt hatten. Das mochte wieder so sein, doch er musste es weiter versuchen. Er würde damit aufhören, wenn er verdammt noch mal tot wäre.

„Das ist nicht der Fehler, den du machst." Ian drehte sich schließlich um, lehnte sich mit dem Rücken ans Fenster und sah aus, als hätte er seit Tagen nicht geschlafen. So schien es, seitdem sie aus London zurückgekehrt waren, als hätte ihn der erneute Aufenthalt in dieser Stadt altern lassen und gezwungen, sich an jene Frau zu erinnern, die er verloren hatte.

„Evans nachzugehen, ist der Fehler? Denkst du, ich kann ihn nicht zur Strecke bringen? Der Fehler beim ersten Mal war meine pure Arroganz, Ian. Vertrau mir, Ian. Ich habe Demut gelernt. Dieses Mal suche ich nicht nach Ruhm." Er hatte versucht, sich und Eve ein Leben aufzubauen, und hatte alles vermasselt, weil er nicht geglaubt hatte, dass er sich irren konnte. Er war auf der Überholspur gewesen, doch jetzt wusste er, wie schnell der Wind sich drehte.

„Nein, diesmal willst du Rache."

Ja. Er wollte sich rächen. Er fühlte, wie sich sein Kiefer verkrampfte, sein Blick konzentriert. „Für Eve."

Ians Augen verengten sich. „Für Eve. Wirklich? Bist du dir da sicher?"

Er war sich sicher und er hatte Rache verdammt nochmal verdient. Evans hatte sie auseinandergerissen. „Wie kannst du das sagen? Du kennst mich schon fast mein ganzes Leben. Wie kannst du mich so in Frage stellen? Du brauchst mir nicht zu helfen. Ich werd' mich beurlauben lassen. Vielleicht macht es das für alle leichter."

Es wäre sowieso das Beste. Er hatte es Ian nur wissen lassen, weil sie eine Familie waren. Sie hatten einen Deal, er und Ian. Den hatten sie, seit sie als Kinder in derselben von niedrigen Mieten geprägten Wohnwagensiedlung aufgewachsen waren, aus der es genau zwei Auswege gab – Gefängnis oder US-Militär. Ian war in der Armee geblieben, während Alex sie sogleich verließ, als sie für sein College zahlte. Die Freundschaft hatte über Jahre und über

Entfernungen hinaus gehalten.

Der Deal war einfach. Sie liefen nicht unvorbereitet los, solange der andere nicht wusste, was für eine Scheiße passiert war. Ian würde auf Eve aufpassen. Falls was passierte, würde Ian für den Rest ihres Lebens auf sie Acht geben. Diese Abmachung hatten sie auch. Ian gab auf Eve Acht und Alex kümmerte sich um Sean und jetzt auch um Grace und Carys. Gott, Sean hatte ein Kind.

Wieso war er fast vierzig und alleinstehend, ohne Aussicht auf eine Familie am Horizont?

Eine geisterhafte Erscheinung an der Wand beantwortete die Frage. Das Licht war an, doch er sah Michael Evans noch immer in die Kamera grinsen.

Er konnte seine Probleme mit Eve nicht in Ordnung bringen. Er hatte ihr Leben ruiniert. Er war für all diesen Schmerz unmittelbar verantwortlich. Tage. Sie hatte Tage mit diesem Monster verbracht und Alex würde sein Leben lang versuchen, es wieder gutzumachen.

Ians Stimme unterbrach seine Gedanken. „Ich sprach nicht davon, Evans zu verfolgen. Ich sprach davon, Eve da rauszuhalten."

Alex fühlte, wie er die Augen weit aufriss. „Du kannst unmöglich erwarten, dass ich Eve da mit reinziehe. Gerade du solltest wissen, wie gefährlich es ist, wenn deine eigene Frau in einen Fall verwickelt ist."

Er wollte die Worte sofort in dem Moment zurücknehmen, als er sie ausgesprochen hatte. Ian bewegte sich keinen Zentimeter. Es gab nichts in seiner Haltung, das Alex verriet, wie sehr er ihn getroffen hatte, außer, dass seine Haut erblasste. Sie sprachen nie über die Frau, die Ian fünf Jahre zuvor geheiratet und verloren hatte.

„Charlotte hat nichts damit zu tun. Und sie war die ganze Zeit in diesen speziellen Fall verwickelt. Zur Hölle, ich *war* ihr Fall und sie hat ihren Job verfickt spektakulär gut gemacht. Ich lache über die Ironie, denn ihr Job war es, mich zu ficken. Charlotte hat mich mit dem Wissen geheiratet, wie gefährlich ihr Job war, und sie ist verbrannt worden. Eve hingegen war völlig unschuldig. Wenn jemand Rache verdient, dann ist es Eve, und die willst du ihr jetzt auch nehmen."

Alex legte die Hände mit den Handflächen nach unten auf den Konferenztisch, nur um es aushalten zu können. „Wie kannst du das sagen? Ich war ihr Mann. Es war meine Aufgabe, sie zu beschützen."

„Und du konntest unmöglich wissen, dass der Mann, hinter dem du her warst, hinter deiner Frau her sein würde." Logik. Ian liebte es, ihm mit Logik zu folgen, doch Alex kannte die Wahrheit.

Er hätte es verfickt noch mal wissen müssen. Er hätte Eves verdammte Fallstudie lesen sollen, doch er war sich so sicher gewesen, Recht zu haben, dass er unmöglich falsch liegen konnte. „Ja, nun, hätte ich Eves Profil Beachtung geschenkt, hätte ich es gewusst. Sie wusste es. Doch ich war viel zu schlau. Ich dachte, ich hätte das Arschloch."

„Und das hattest du nicht", stimmte Ian zu. „Und Eve hat den Preis dafür bezahlt, und das tut sie weiterhin jeden Tag, weil keiner von euch auch nur eine Sekunde loslassen kann."

„Wenn es ihr eine Minute Frieden gibt, Michael Evans dorthin zurückzubringen, wo er hingehört, werde ich es tun. Ich bin ihr Mann. Ich muss das für sie tun."

Ian schüttelte den Kopf, seine Augen düster. „Du bist nicht mehr ihr Ehemann, Alex."

„Na gut, dann eben ihr Dom."

„Bist du der? Du verhältst dich nicht so."

Alex fühlte, wie sich sein Rücken anspannte, wie ein Hund, der verstand, dass er kurz davor war, getreten zu werden. „Wow. Was willst du mir damit sagen? Red' verfickt nochmal nicht um den heißen Brei, Bruder. Willst du meine Rechte in Frage stellen? Willst du einen Blick in meinen Vertrag werfen?"

Er hasste die Tatsache, dass das Einzige, was er noch mit Eve teilte, ein Vertrag ohne Gefühl war, den sie seit fünf Jahren jedes Jahr erneuerten. Ian wusste verdammt gut, was in dem Vertrag stand, denn er war es, an den Eve sich gewandt hatte und darum bat. Ein Vertrag, in dem alles festgelegt war, was er tun und nicht tun durfte, der alles regelte, was zwischen ihnen bestand. Ein Vertrag, der Sex erlaubte, aber keine Liebe, Disziplin, aber kein Mitgefühl.

Ein Leben ohne die Möglichkeit auf Bewährung.

„Dieser Vertrag steht für alles, was zwischen euch nicht stimmt, und trotzdem unterschreibst du ihn immer wieder."

Denn wenn er das nicht täte, war er sich ziemlich sicher, dass Eve von ihm wegtriebe, vielleicht sogar einen anderen Dom fände. Er konnte damit nicht umgehen. Konnte es einfach verfickt nochmal nicht. Er unterschrieb diesen Vertrag höchstwahrscheinlich für den Rest seines Lebens, denn egal, wie wütend es ihn machte, wie allein er sich fühlte, er konnte nicht ohne sie leben. „Sie hat das Bedürfnis, eine Session miteinander zu haben. Das ist die einzige Möglichkeit, wie sie weinen kann. Glaubst du, dass ich das nicht mit ihr durchgekaut habe? Glaubst du im Ernst, sie hat keine Therapie hinter sich?"

Seine Frau – Ex-Frau – war eine brillante Psychologin. Sie hatte ihre Zeit auf der Couch abgesessen.

Schuldgefühle plagten ihn. Er hatte sich nicht die gleiche Zeit genommen. Vor der Scheidung hatte er Beratungssitzungen abgesagt, sie zum Abendessen sitzen gelassen, Nächte außer Haus verbracht, und das alles nur, um Michael Evans zu kriegen.

„Ich weiß, dass sie das hat, doch es hat nicht geholfen. Oh, Eve sieht nach außen hin gut aus, doch sie ist nicht zu ihrem alten Selbst zurückgekehrt. Sie lacht, doch es erreicht nie ihre Augen. Sie lässt Umarmungen zu, doch erwidert sie nicht. Gott, Alex, ich erinnere mich noch, als Eve die empfindsamste, gefühlsbetonteste Sub war, die ich je getroffen hab."

„Er hat sie vergewaltigt. Er hat sie missbraucht. Sie kann nicht zurück", sagte Alex. „Wir können nicht mehr zurück."

„Dann gewinnt Evans. Er hat seine Arbeit gemacht und du solltest ihn an den verfickten Nagel hängen. Warum sich die Mühe machen, den Mann zu jagen? Du bist doch schon tot. Du hast nur vergessen, uns zu sagen, dass wir die verfickte Leiche begraben sollen, Alter."

Er dachte ernsthaft daran, die Hände um den Hals seines besten Freundes zu legen, doch er zog sich zurück. Ian konnte das nicht verstehen. Keiner von ihnen konnte es. Er hätte von Anfang an das tun sollen, was er für das Beste hielt, es selbst in die Hand zu nehmen. „Wie auch immer. Ich bereite mich auf das Treffen mit der Kontaktperson vor."

„Du gehst nicht ohne Unterstützung. Nimm Jake und Adam mit, das ist ein Befehl."

Doch Ian hatte da eine Kleinigkeit vergessen. „Du bist nicht mein Boss. Du bist nicht befehlshabender Offizier, und wenn du willst, dass ich gehe, dann bist du auf dem besten Weg dahin."

Er ging auf die Tür zu. Es gab nichts mehr zu sagen.

„Alex, bitte nimm Jake und Adam mit."

Fuck. Ian bat fast nie höflich um etwas. „Ich kann nicht. Wenn sie nur leicht erschrickt, entgeht mir die Gelegenheit."

„Ist gut. Wag es ja nicht, unbewaffnet reinzugehen."

Als ob er das täte. „Alles gut."

„Alex?"

Seit wann verfickt nochmal war Ian so gesprächig geworden? „Yeah?"

„Sie braucht dich. Sie braucht dich als ihren Dom mehr als wen, der sie rächt. Sie braucht dich, um die Zügel in die Hand zu nehmen, denn sie kann nicht allein loslassen. Sie braucht ihren Mann."

Er war jedoch nicht mehr ihr Mann. Er war ihr Liebhaber in Teilzeit und ihre Vollzeit-Therapie. Er fragte sich, ob sie ihn jetzt überhaupt noch sah, oder ob sie nur noch sah, wie er sie immer wieder im Stich ließ. Alex ließ die Tür hinter sich ins Schloss fallen.

Rache war alles, was ihm geblieben war.

* * * *

Eve blieb an der Rezeption stehen. Grace saß nicht dort, wo sie sonst saß, doch an ihrer statt befand sich ein riesiger Blumenstrauß, der den Empfang größtenteils einnahm. Wunderschöne Calla-Lilien.

Eve stieß einen Pfiff aus. Die mussten ein Vermögen gekostet haben. Was hatte Sean zur Hölle da getan?

Und dann sah sie, dass eine Karte beigefügt war.

Ian Taggart.

Sie verdrehte die Augen. Irgendeine Sub schien zu versuchen, sich mit dem Herrn gut zu stellen. Welche es auch immer sein mochte, sie war hier an der falschen Adresse. Blumen beeindruckten Ian nicht. Nein. Wenn es galt, Ian Taggart zu beeindrucken, erfolgte das besser mit einem Six-Pack in der Hand oder einer glänzenden neuen Waffe.

Diese armen Subs im Sanctum hatten bei Ian nicht wirklich eine Chance. Er brauchte eine Frau, die körperlich fähig war, ihn fertig zu machen. Sie war sich ziemlich sicher, dass dies der einzige Weg war, um den Mann gewinnen zu können. Eine Frau, die ihm im Denken voraus war, ihn manipulieren und ausspielen konnte. Das war die einzige Möglichkeit, sich den Großen Tag zu schnappen.

„Eve, ich dachte, du wärest mit Liam frühstücken." Alex stand in der Tür des Konferenzraums. Seine Augen weiteten sich bei ihrem Anblick und er schob sich den Stapel Ordner von einer Hand in die andere.

Und sofort wurde Eve misstrauisch. „Ich hatte ein paar Berichte abzuheften und einige Persönlichkeitsprofile fertigzustellen. Ian ist auf der Suche nach neuem Büropersonal. Li kommt mich in etwa zwanzig Minuten abholen."

Alex nickte. „Das ist gut. Es herrscht gerade starker Verkehr."

Der Verkehr brach fast ständig zusammen, doch selbst wenn er flüssig liefe, wusste sie, dass es Alex lieber war, wenn sie jemand fuhr. Nicht, weil sie keine gute Fahrerin war, doch Alex zog es vor, dass jemand auf sie aufpasste.

Es durfte nur nicht er sein.

Weil sie stur war und keinen Weg aus der Ecke fand, in die sie sie beide gedrängt hatte.

Er stand da, sie anstarrend. Wenn er sie so ansah, als sei sie die einzige Frau auf der Welt, wollte sie in seine Arme laufen und so tun, als seien die letzten Jahre nicht geschehen.

„Gab es ein Treffen, von dem ich nichts wusste?" Sie versuchte, einen Blick auf den Namen auf seinen Ordnern zu erhaschen, doch sie waren unbeschriftet.

Er bewegte sie hin und her und schob sie sich schließlich unter den Arm. „Ich wollte ein paar Dinge mit Ian durchgehen. Wir haben einige Ideen reflektiert, die mir zu einer offenen Stelle eingefallen sind."

Arbeit. Sie konnten über Arbeit sprechen. Manchmal hatte sie den Verdacht, dass sie sich beide die niedrigsten Gründe einfielen ließen, um einander um Rat zu fragen. Jedenfalls wusste sie das über sich. Es war eine Ausrede, um mit ihm im selben Raum sein zu können.

Brauchst du einen Vorwand? Du sagtest, du bräuchtest Zeit. Er gab dir Zeit. Wie lange kann das noch so weitergehen?

„Willst du es kurz mit mir besprechen?"

„Nein. Ich glaube, ich mach das schon. Was zur Hölle hat Sean getan?" Er trat näher und besah sich die Blumen.

„Die sind nicht für Grace", sagte sie.

„Phoebe? Phoebe trifft sich mit wem? Phoebe spricht kaum. Ich kann mir nicht vorstellen, dass sie mit jemandem ausgeht."

Phoebe Graham war die Buchhalterin. Sie versteckte sich üblicherweise in ihrem Büro. Sie hatte jedes Mal Angst, wenn sie sich mit Ian oder Alex in einem Raum befand. Manchmal dachte Eve, Phoebe hätte den Job nur angenommen, weil Ian ihr gesagt hatte, dass sie eingestellt war, und sie schlichtweg Angst hatte, nicht zur Arbeit zu erscheinen. „Ne."

Alex' Augen wurden schmal. „Schickt dir jemand Blumen?"

Nun, sie war die einzige andere Frau im Büro. Es war eine vernünftige Annahme. „Nein. Die sind für Ian."

Alex lachte, seine Schultern entspannten sich. „Hätte ihm ein Sixpack schicken sollen."

Er ging hinüber und berührte mit seiner freien Hand kurz die Blüten. „Sie erinnern mich an unsere Hochzeit. Wir hatten auch weiße Blumen."

Sie waren in der ganzen Kirche verteilt gewesen. Sie hatte am Ende des Ganges gestanden und zu ihm aufgeschaut. Alex und Ian und Sean hatten wie riesige Raubtiere angemutet, die in einen zierlichen weißen Garten gesteckt worden waren. Sie war so stolz gewesen, so fasziniert von ihrem Bräutigam.

Gott, das war sie immer noch.

Alex McKay war noch immer der schönste Mann, den sie je gesehen hatte. Und in letzter Zeit war es so viel leichter gewesen, all die Gründe zu vergessen, die sie gehabt hatte, um ihre emotionale Distanz zu ihm zu wahren.

Leider erinnerten sie sie noch an einen anderen Vorfall, bei dem sie weiße Blumen erhalten hatte. „Jetzt gefallen sie mir nicht mehr. Sie erinnern mich an mein Krankenzimmer."

Er hatte ihr Krankenhauszimmer mit weißen Blumen gefüllt, ihr Geschenke gemacht, sich jedoch von ihr abgewandt.

„Eve", begann Alex. Er räusperte sich. „Ich sorge dafür, dass Ian sie bekommt, wobei er sie vermutlich wegschmeißt."

Er hob die Vase und die Karte auf und jonglierte sie zusammen mit den Ordnern.

„Soll ich die Mappen nehmen?"

Er fuhr zurück. „Nein. Geht schon. Hab' eine gute Zeit mit Liam. Wenn man vom Teufel spricht. Hey, Alter, was geht?"

Sie drehte sich um und tatsächlich kam Liam O'Donnell auf sie zu. Er nickte in Alex' Richtung. „Morgen. Evie, bist du soweit fertig?"

Sie nickte, während sie beobachten konnte, wie Alex mit allem kämpfte, was er bei sich trug, doch sie bot ihm nicht noch mal ihre Hilfe an. Er würde Nein sagen. Er ließe lieber alles fallen, als zuzugeben, dass er Hilfe brauchte. Sie seufzte und wandte sich Liam zu.

Zwanzig Minuten später blickte Eve zu Avery und fragte sich, ob sie jemals so jung und verliebt gewesen war. Wenngleich Avery nur zehn Jahre jünger war, war das nur eine Zahl. Averys Unschuld war nicht anhand von Jahren zu messen. Sie lag tief in ihre Seele. Avery hatte alles verloren, als sie jung gewesen war, und noch immer leuchteten ihre Augen, wenn sie ihren Mann ansah.

Sie fragte sich oft, wie sich Avery wohl an Eves Stelle verhalten hätte. Avery wäre nicht so zerbrochen wie Eve. Vermutlich wäre Avery mit einem geschundenen Körper davongelaufen, doch mit einem Herzen, das zu lieben fähig war. Avery, so kam es Eve vor, war nicht klein zu kriegen.

Eve war sich zutiefst bewusst, wie zerbrechlich ihre Seele war.

„Ich nehme Pfannkuchen." Avery legte das Menü hin, das sie sich angesehen hatte.

„Du nimmst immer Pfannkuchen, Liebes. Nie probierst du was anderes. Warum verschwendest du überhaupt Zeit darauf, dir die Speisekarte anzusehen?" Liams Stimme klang schroff, doch seine Augen strahlten vor Lachen. Er liebte seine Frau. Die Verbindung zwischen ihnen war spürbar. Li zwinkerte Eve zu, während er seine eigene Karte ablegte. „Was ist mit dir, Liebes? Probierst du was anderes?"

Sie probierte nie etwas anderes. „Nein. Ich bleib' bei dem, was ich kenne."

Eine halbe Grapefruit, zwei Rühreiweiße, Vollkorntoast, ohne Butter. Keine Schwäche seitens Eve St. James. Disziplin. Das war es, was aus ihrem Leben geworden war. Und jetzt passte sie in diese Designerkleider, die all die Jahre vorher völlig außer Reichweite gewesen waren, weil Alex sie gern mit Schokolade und reichhaltigem Essen vollgestopft hatte. Er hatte Essen von den dekadentesten Restaurants bestellt und sie gefüttert, während sie auf seinem Schoß saß und sie kuschelten.

„Bestellst du für mich mit?" Liam zog sein Telefon heraus und sah auf das Display. „Ich muss da rangehen. Und um Himmels willen, Liebes, bestell diesmal deinen eigenen Speck. Du sagst immer, dass du ihn nicht essen willst, und dann stiehlst du meinen."

Seine Lippen berührten die seiner Frau, während er aus der Kabine flitzte.

Die Kellnerin wählte genau den Moment, um die Bestellungen aufzunehmen und ihren Kaffee nachzugießen. Als sie weg war, zwang sich Eve ein Lächeln ins Gesicht. Kaffee. Ihr einziger wirklicher Luxus, naja, abgesehen von all dem BDSM und dem seelenlosen Sex.

„Wie fühlst du dich?"

Avery lächelte. „Gut. Das ist tatsächlich eine viel leichtere Schwangerschaft als mit meiner Maddie."

Eve erstarrte. Madison. Averys Kind. Das, welches gestorben war.

Averys Hand kam hervor und legte sie auf Eves. „Alles in Ordnung."

Das beschrieb sie genau richtig. Avery hatte ein Kind verloren und streckte die Hand nach ihr aus, um Eve zu trösten. Eve zog sich zurück, nach ihrem Becher greifend. „Es tut mir leid. Ich bin immer etwas schockiert darüber, wie leicht du über sie sprechen kannst."

Verlust war etwas, das es zu verbergen galt. Gott, war sie froh, dass sie nicht ihre eigene Patientin war.

Avery schenkte ihr ein sanftes Lächeln. „Ich vermisse mein Baby jeden Tag, doch es wäre falsch, so zu tun, als hätte es sie nicht gegeben. Weißt du, was mir Liam zum Einzug geschenkt hat, nachdem wir unser Haus hier gekauft haben?"

Sie war noch nicht in dem großen Haus im Norden von Dallas gewesen. Sie hasste den Stadtteil, denn er erinnerte sie so sehr an das verschlafene, gehobene Viertel in Virginia, in das sie und Alex gezogen waren, sobald sie es sich leisten konnten. Diese Häuser waren alle wunderschön, voller Lebenszeichen und Kindern auf jedem Rasen. Ein umgestürztes Fahrrad hier, eine massive Festung dort, in einer Auffahrt wäscht ein Mann sein wertvolles Auto.

Ihre Wohnung war steril. Schön, aber steril. So wie sie selbst.

„Nein, aber ich vermute, es war keine Zimmerpflanze."

Averys Augen wurden feucht. „Er hat einen Maler ein Porträt von Madison nach Vorlage ihrer Babyfotos anfertigen lassen. Von Maddie und Brandon. Er hat es neben die Bilder von uns bei unserer Hochzeit gestellt. Er sagte, weil sie ein Teil unserer Familie seien und er wollte, dass dieses Baby nie vergisst, dass es einmal eine große Schwester hatte. Und ich weine, wenn ich dieses Bild ansehe. Das tu' ich. Ich weine, wenn ich daran denke, wie ich Maddie und meinen ersten Mann verloren hab', und es käme einer Entehrung gleich, wenn ich versuchte, sie zu vergessen. Sie waren ein echter Teil von mir damals, von der, die ich heute bin. Also spreche ich über sie, denn sie ist immer noch hier bei mir. Ich würde es hassen, wenn es nicht so wär'. Manchmal fühlt sich Schmerz süß an, wenn wir es nur zulassen. Er kann uns an alles Gute erinnern. Nur weil etwas Schlimmes passiert ist, sollte er die Süße, die ihm vorausging, nicht auslöschen. Maddie ist gestorben. Aber das heißt nicht, dass ich mich nicht daran erinner', wie sie roch, als ich sie bei mir hielt, wie sie ihr winziges Köpfchen an meine Brust schmiegte. Brandon ist gestorben, doch das bedeutet nicht, dass ich nicht daran denke, wie lustig er war und wie er mich bat, ihn zu heiraten, doch erst, nachdem er sich übergeben hatte, als ich ihm sagte, dass ich schwanger sei." Avery lachte, es klang strahlend und glücklich. „Es war nicht der romantischste aller Anträge."

Eve konnte nicht anders. Avery konnte ansteckend sein. Genau deshalb genoss sie diese Vormittage mit ihnen. Es war immer angenehm gewesen mit Liam zusammen zu sein, doch es war eine Freude, Avery um sich zu haben. Avery ließ sie sich fragen, warum sie aufgehört hatte, mit Freundinnen rumzuhängen. Sie hatte es geliebt, mit den Mädels auszugehen. Jetzt hatte sie immer eine Ausrede, warum sie nicht mit Grace und Serena ausging. „Er hat sich echt übergeben?"

Avery nickte. „Oh, ja. Wir waren erst achtzehn und wir hatten nur einmal Sex und es war nicht so toll gewesen. Wir fingen wieder an, Händchen zu halten, weil es ihm so peinlich war. Und dann, hopplahopp, kam der Schwangerschaftstest. Er war etwas überrascht. Wie hat Alex dich gefragt?"

Ohne darüber nachzudenken, schnaubte Eve, als sie sich erinnerte. Es war der Tag, an dem er ihr ein zartes Halsband angelegt hatte. Der Verschluss war eingerastet und er hatte frech gesagt, dass er sich mit einem Halsband nicht zufrieden gebe. Er hatte gewollt, dass sie auch seinen Ring trug. „Er hat nicht gefragt, der Mistkerl. Er hat mir gesagt, dass er mich heiraten würde. Dominante Männer."

„Schön. Ihr beide wart also in einer D/S-Beziehung, bevor ihr geheiratet habt?"

„Oh, Alex ist als Dom geboren. Wir haben uns im College kennengelernt und Ian hatte ihn bereits in den Lifestyle eingeführt." Gott. Was tat sie da? Sie plapperte wie ein Schulmädchen, wie eine Frau, die noch verheiratet war und ihren Freundinnen erzählte, wie sie sich kennen gelernt hatten. Eve machte dicht. Sie war kein Mädchen mehr und sie war nicht wie Avery. Sie räusperte sich. „Doch das ist eine langweilige Geschichte. Habt ihr schon herausgefunden, ob das Baby ein Junge oder ein Mädchen ist?"

„Das werden wir erst in ein paar Wochen wissen", sagte Avery, ihre Augen auf Eve konzentriert, als ob sie versuchte zu entscheiden, wie weit sie sie drängen könnte. „Aber das ist egal. Wir sind so oder so glücklich. Ich hab' gehört, dass Serena einen Jungen erwartet."

Jake und Adam taten nichts anderes mehr, als über ihren künftigen Sohn zu reden. Alle kamen in ihrem Leben weiter. Nur sie, Alex und Ian blieben auf der Stelle stehen, und Ian konnte nichts dafür. Er hatte noch nicht die richtige Frau gefunden.

Eve wusste, dass sie den richtigen Mann gefunden hatte. Alex war noch da. Er kam noch in manchen Nächten in ihr Bett. Sie könnte nach ihm langen, ihn festhalten.

In letzter Zeit hatte sie sich gefragt, ob sie es nicht noch mal versuchen sollten. Vor kurzem hatte es angefangen, dass die Erinnerungen verblassten und sie sich dabei erwischte, wie sie sich Alex wieder annäherte. Sie begann, sich zärtlich an Dinge zu erinnern. Ihren Hochzeitstag. Sie hatte Fotos in einer Schachtel in ihrem Schrank gefunden und sie so lange angestarrt wie noch nie, und darüber nachgedacht, wie schön er gewesen war. Auf den Fotos lächelte er nicht. Nein, nicht Alex McKay. Er schmunzelte auf die süßeste Art, die nach oben gezogenen Lippen zeugten davon, wie zufrieden er mit dem Tag gewesen war. Auf dem Bild, das sie schließlich auf eines der Bücherregale in ihr Büro gestellt hatte, standen Ian und Sean neben Alex, alle drei so arrogant, dass sie hatte lachen müssen.

Und ihre Mama und der Papa hatten bis über beide Ohren gestrahlt.

Es konnte nicht schaden, das alte Bild herauszuholen, hatte sie sich gesagt. Es war eine schöne Erinnerung. Doch das Bild dahin zu stellen, wo sie es sehen konnte, brachte sie zum Nachdenken.

Zur Hölle, Avery und Liam brachten sie zum Nachdenken.

Was wäre, wenn sie von vorne anfangen könnten?

„Wie lange hat es gedauert, als Brandon gestorben war, bis du es nochmal versuchen wolltest?" Sie hatte die Frage ausgesprochen, bevor sie wirklich darüber nachgedacht hatte, und sie wünschte sich sofort, dass sie sie zurücknehmen könnte. Das war unhöflich. Sie war aufdringlich. „Es tut mir so leid. Wir habe hier keine Therapiesitzung. Es war unangebracht."

Avery streckte wieder die Hand aus. Eve beschlich das Gefühl, dass sie es weiter probierte, obwohl Eve sie weggestoßen hatte, also war es an der Zeit, sich locker zu machen und nachzugeben, Avery ihre Hand halten zu lassen. „Hey, ich weiß, du bist die Professionelle, doch du solltest daran denken, dass Freunde manchmal auch wie eine Therapie sein können. Und es ist schon eine ganze Zeit her. Ich hatte eine Menge zu verarbeiten. Ich hatte mit einer Menge an Wut und Zorn und Bitterkeit zu kämpfen."

Irgendwie konnte sie sich Avery überhaupt nicht verbittert vorstellen.

Avery schien zu spüren, was sie dachte. „Hey, ich bin auch nur ein Mensch. Eine Zeit lang hasste ich die Welt, doch eines Tages wachte ich auf und begriff, dass ich mein Leben nicht so leben wollte. Ich musste eine Entscheidung treffen. Mich weiter über die Vergangenheit ärgern oder versuchen, eine Zukunft zu finden. Es klingt einfach."

Eve schüttelte den Kopf, überrascht darüber, wie emotional sie wurde. Sie weinte nie, doch ihre Augen füllten sich mit Tränen, genau dort, bedrohlich und irgendwie süß. „Nein. Das ist ganz und gar nicht einfach."

Es war eine Entscheidung, die sie noch zu treffen hatte.

„Eine Scheidung kann wie ein Tod sein", sagte Avery sanft.

Eve holte tief Luft. „Es war nicht die Scheidung, die mich verletzt hat. Ich meine, das tat sie, doch es ist was anderes passiert, und ich denke nicht, dass ich darüber hinweg bin." Das war eine Lüge. Sie wusste verdammt gut, dass sie darüber noch nicht hinweg war. „Ich hab' die ganze Zeit Therapie gemacht, doch ich fange an zu glauben, dass ich mit meinem Leben vorankommen will."

Ihr Trauerprozess war lang und schmerzhaft für sie beide gewesen, doch sie war endlich an dem Punkt angelangt, an dem sie vielleicht akzeptieren konnte, dass sich Alex verändert hatte. Er war so distanziert gewesen, als Michael Evans sie fast getötet hatte. Er hatte nur Richtiges gesagt. Er hatte ihr gesagt, dass er sie liebte und dass sich nichts verändert hätte, doch er hatte sie allein gelassen, als sie ihn am meisten brauchte. Er war von Rache besessen.

„Ich muss eine Entscheidung treffen. Ich muss es nochmal versuchen oder Alex gehen lassen." Ihr fiel ein Stein vom Herzen, es laut auszusprechen. Gott, sie fühlte sich tatsächlich leichter.

„Machst du Witze, Evie?", fragte Liam. *Verdammt.* Sie hatte ihn nicht zurückkommen hören. Er rutschte ins Séparée, legte die Hand auf Averys und ihre, ihr zur Seite stehend. „Denn du kannst dir nicht vorstellen, wie viel besser wir uns alle fühlten, wenn du es ernst meintest. Ich mach' mir Sorgen um dich, Mädchen."

Es war Jahre her, dass sie wirklich eine Therapiesitzung geleitet hatte. Nicht seit ihrer Studienzeit. Sie hatte der Beratung den Rücken gekehrt, um sich der Erstellung von Profilen zu widmen, doch sie hatte eine Wahrheit bezüglich der Therapie nicht vergessen. Manchmal brauchte es die richtigen Worte, um eine Person zu erreichen. Therapeuten standen hunderte von Möglichkeiten zur Verfügung, um das Gleiche auszudrücken, doch nur eine erreichte die Person im Inneren und pflanzte einen Samen. Das war auch der Grund, warum Therapeuten nicht aufgeben sollten.

Sie dachte an ihr Hochzeitstagfoto. Was schuldete sie dem Mädchen auf dem Bild? Was schuldete sie der Eve, die sie einst gewesen war? Was schuldete sie ihren Eltern, die sie stets liebten?

Was schuldete sie dem Ehemann, den sie vom ersten Moment an geliebt hatte, seitdem sie ihn kennen gelernt hatte?

„Ich will's versuchen. Li, glaubst du, du könntest mir bei etwas helfen? Ich möchte Alex heut Abend in Sanctum überraschen. Ich denke, ich möchte unseren Vertrag neu verhandeln."

Liam lächelte und versprach zu helfen, als die Kellnerin ihr Essen brachte.

Avery, die versprochen hatte, keinen Speck essen zu wollen, stahl den ihres Mannes.

Und Eve dachte ausnahmsweise einmal mit einem Lächeln im Gesicht an die Zukunft.

Kapitel Zwei

Alex sah sich überall um, beim Versuch zu beurteilen, wie viele Möglichkeiten es gäbe, hier gefickt werden zu können. Die Sonne strahlte in das elegant gestaltete Einkaufszentrum. Das NorthPark Center war Beleg für die Liebe der Texaner zu allem, was glänzt. Es war exakt die Art von Ort, die Eve liebte, wenn sie es sich nicht leisten konnten, irgendwas Verdammtes zu kaufen. Sie würden durch Geschäfte wie Versace und Gucci stöbern und sie beschwerte sich über ihr Gewicht. Er würde sie darauf hinweisen, dass sie sich die Kleider sowieso nicht leisten konnten, und fütterte sie dann mit einem Törtchen, denn sie liebte Schokolade und er liebte jede ihrer Kurven. Jetzt war sie dünn und zog sich schön an, doch sie lächelte nie. Natürlich nähme sie jetzt, wo er sich fast alles leisten konnte, kein Geschenk von ihm an.

Alex blickte den langen Gang hinunter, der als sein Treffpunkt designiert worden war. Es gefiel ihm nicht. Es gab zu viele Wege, die hinein- und herausführten. Er zählte mindestens sieben Gelegenheiten, die es einer Person ermöglichten, hinter seinem Rücken aufzutauchen. Zwei der Geschäfte in diesem Abschnitt verfügten über Vorder- sowie Hinterausgänge. Sicher bemerkte jeder einen bewaffneten Verrückten, der durch Williams-Sonoma oder Tiffany ging. Und zur Hölle, er hatte Enten, die ihn beschützten. Er stand an einem künstlich angelegten Ententeich und wartete auf Infos über den gefährlichsten Mann, den er kannte.

Was verfickt nochmal tat er hier. Er sollte gehen. Falls er sich mit dieser Kontaktperson traf, würde eines von zwei Dingen passieren. Entweder arbeitete sie für Evans und er wäre am Arsch, oder sie war grundehrlich und zöge ihn direkt wieder in die Welt zurück, die ihn seine Ehe gekostet hatte. Er wusste das alles im Geiste und doch stand er da, zusehend und abwartend.

Ein junges Mädchen hockte sich keinen Meter von ihm entfernt hin, ihre großen blauen Augen beobachteten die kleinen Enten, die dieses Hallenbad ihr Zuhause nannten. Ihre Mutter sprach am Handy, während sie mit ihren zahlreichen Einkaufstaschen herumwirbelte und sich über ihre letzte Runde Botox beschwerte. Soweit Alex es beurteilen konnte, hatte sie keinen Grund, sich zu beschweren. Das Botox funktionierte einwandfrei. Ihr Gesichtsausdruck veränderte sich kein einziges Mal, auch nicht dann, als sie sich darüber beschwerte, dass ihr Kindermädchen einen freien Tag brauchte, um an einer Beerdigung teilzunehmen. Willkommen im wohlhabenden Teil von Dallas.

Er warf einen Blick nach rechts. Neiman Marcus lag vor ihm. Zu seiner Linken befand sich eine lange Reihe von Geschäften und kein einziges Anzeichen seines Kontakts. Er saß hier fest mit Momma Frozen Forehead, einer jungen Frau, Anzug tragend mit Namensschild, die zu Mittag aß, und zwei Typen in schicken Anzügen, die einander zeigten, was sie bei Brooks Brothers gekauft hatten.

Fünfzehn Minuten. Er hatte fünfzehn Minuten gewartet und jetzt konnte er nur noch an den Kuchenstand neben dem Ausgang denken. Eve würde es lieben. Sie hatten immer Witze über Essen am Stiel gemacht. Alles war besser, wenn es am Stiel war. Jetzt aß sie Joghurt und Salate. Bei einem Salat leuchteten ihre Augen nie auf.

Ian hatte Recht. Im Geiste war er nicht am richtigen Platz hier. Noch fünf Minuten und er würde es Schicksal nennen.

Er sah auf das Ladenmädchen. Frau. Sie war vermutlich fünfunddreißig, doch sie hatte ein süßes Lächeln, das sie jünger erscheinen ließ. Sie unterhielt sich mit dem Mädchen, das die Enten beobachtete, und ihr Gesicht strahlte dabei. Nur die kleinen Fältchen um die Augen herum verrieten, dass sie älter war als dreißig.

Verdammt. Er dachte tatsächlich darüber nach, wie hübsch sie war. Es war lange her, dass ihm eine andere Frau aufgefallen war. Selbst als ihm klar wurde, wie ihr rotblondes Haar das Licht einfing, war es eine verstandesmäßige Beobachtung. Sein Schwanz war gar nicht beeindruckt. Sie war einfach ein hübsches Mädchen, das strahlend lächelte.

Er wollte nur die eine Frau.

Und dann schaute die Rote auf und zwinkerte ihm zu.

Fuck. Was sollte er damit anfangen? Er wurde im Sanctum oft angegraben, doch es war einfach, damit fertig zu werden. Er schüttelte entschieden mit dem Kopf in Richtung Sub und sie schmolz dahin. Er hatte keine Ahnung, wie er mit einer Frau umgehen sollte, die keine ausgebildete Sub war. Befolgte sie Anweisungen? Er glaubte eher nicht. Die Ehefrauen seiner Freunde waren alle Subs und die Hälfte der Zeit befolgten sie keine Anweisungen. Grace war bekannt dafür zu lachen, wenn sie eine Anweisung erhielt, der sie nicht folgen wollte, und Serena hatte ein schmutziges Mundwerk. Avery lächelte und stimmte zu, nur um das zu tun, was ihr verdammt nochmal gefiel.

Er trug nicht mal einen Ring, um seine nicht-mehr-auf-dem-Markt-befindliche Stellung anzuzeigen. Er hatte keinen Ring. Nun ja, er hatte einen, er käme sich jedoch wie ein Freak vor, wenn er ihn jetzt trüge. Vielleicht sollte er ihn dennoch tragen.

Liefe der Kontakt weg, wenn sie sähe, dass er von einer süßen Rothaarigen angemacht wurde?

Sie winkte ihm zu.

Verdammt. Er war darauf trainiert zu töten, zu verfolgen, große Ermittlungseinheiten zu leiten, doch er hatte seit fast zwanzig Jahren nicht mehr geflirtet. Er wollte es nicht mal.

Sie verdrehte die Augen und seufzte, und zeigte dann auf ihr Namensschild.

Kristen

Ja, er war im Anfertigen von Profilen nicht wirklich ausgebildet worden. Sie war seine Kontaktperson. Das Ganze entsprach eher Ians Ding. In seinem Herzen war Alex ein Cop gewesen. Er fühlte, wie er errötete, während er auf die hübsche Frau zuging, die nur an seinen Verbindungen interessiert war.

Sie schob ihr Sandwich beiseite, als er sich zu ihr auf die Bank setzte.

„Bitte entschuldigen Sie." Ihre Stimme war rauchig und er bemerkte, wie stabil gebaut sie war. Er wettete, dass sie, wenn sie aufstand, eine Sanduhrfigur hätte. Es gab nichts Zerbrechliches an dieser Kristen. „Ich wollte erst sicherstellen, dass wir allein sind. Du scheinst ein sehr braver Junge gewesen zu sein."

„Ich hab' meinem Chef gesagt, dass wir uns am anderen Ende der Stadt treffen." Am West End, um genau zu sein. Mit seinen Geschäften und zahlreichen Restaurants brauchte Jake eine Weile, bis er merkte, dass er reingelegt worden war. Denn es war ausgeschlossen, dass Ian nicht jemanden geschickt hatte, um ihn zu beschatten. Er kannte seinen besten Freund. Außerdem hätte er es an seiner Stelle auch getan. „Wir sind allein. Also leg los."

„Wow, du bist ganz schön geschäftlich unterwegs, was? Na, komm. Jetzt sind wir hier und es ist wunderschön." Sie neigte ihr Gesicht zur Sonne, die durch die Dachfenster schien. „Sollten wir den Tag nicht ein bisschen genießen? Es hat wirklich Spaß gemacht, hier zu sitzen und zu lesen. Und dieses Hühnersalat-Sandwich ist der Kracher, das kann ich Ihnen sagen. Ich hab' es von einer Straßenverkäuferin namens Carlotita. Sie kennt sich mit Hühnersalat aus. Oh, ja."

Alex hatte erwartet, dass dieses Treffen düster und unheilvoll werde, und sie hörte nicht auf zu grinsen. „Was wollen Sie? Denn Sie nehmen das offensichtlich nicht ernst. Will sich jemand einen Scherz mit mir erlauben?"

Sie runzelte die Stirn. „Es tut mir so leid. Ich nehme das völlig ernst, Alex. Vertrauen Sie mir. Ich arbeite an diesem besonderen Fall schon sehr lange. Ich kann die Ziellinie sehen. Ich bin...einfach froh, hier zu sein. Ich wollte schon immer mal nach Dallas kommen. Ich hab' hier eine gewisse Vergangenheit." Sie zog einen kleinen Umschlag aus dem Taschenbuch, das sie in der Hand hielt. Es machte nicht den Eindruck, als hielte sie es mit ihren Lesegewohnheiten ernster als mit ihrem Gebaren. *Gib dich mir hin.* Oh ja, sie war äußerst literarisch. Sie erwischte ihn, als er sie anstarrte. „Hey, Mister. Rümpfen Sie nicht die Nase. Das ist ein heißes Buch. Und ich hab' mich bei Ms. Shayla für einige Recherchen bedient. Öffnen Sie den

Umschlag. Darin sind einige wichtige Informationen über Michael Evans."

Er öffnete den Umschlag und zog die ordentlich gefalteten Seiten heraus. Er überflog die Informationen, die sie abgetippt hatte. Es war eine Liste mit Orten und Daten. Und ein fotokopierter Reisepass, der Michael Evans eindeutig auswies. Er war dünner und sein Haar war blond statt dunkel, doch diese Augen waren unverwechselbar. „Nennt er sich immer noch Andrew Johnson?"

Sie zuckte leicht mit den Schultern. „Ich vermute, er besitzt mehrere Pässe aus verschiedenen Ländern."

„Wie sind Sie daran gekommen?" Sie mochte eher wie ein süßes Wollknäuel aussehen, doch sie musste Michael Evans nahe gewesen sein, wenn sie an eine Kopie seines Passes gekommen war.

Ein Lächeln ließ ihre Lippen kräuseln und ihre Augen glitten fast kurz von seinen ab. In dem Moment, als sie den befehlsartigen Ton in seiner Stimme gehört hatte, legte sie die Hände mit den Handflächen nach oben auf die Oberschenkel. Wären sie allein gewesen, wäre sie wohl auf die Knie gesunken. Sub. Sehr gut trainiert. Zu viele Zufälle begannen sich zu häufen. „Ich hab' ihn nicht selbst kopiert. Ich bin ihm fast einen Monat lang gefolgt, bis er schließlich in eine Bank ging. Er hat eine Menge Geld verschoben, deswegen machten sie eine Kopie seines Passes. Ehrlich gesagt, wird er diesen Ausweis danach wohl weggeworfen haben, doch ich musste Ihnen ja beweisen, dass ich es ernst meine."

„Sie sind in die Bank eingebrochen?"

Sie schüttelte den Kopf. „Oh, das hätte ich durchaus, doch das musste ich nicht. Außerdem drehen Banken bezüglich ihrer Datensätze durch, daher hätten sie ihn wohl verständigt, wenn sie glaubten, seine Daten seien kompromittiert worden."

„Wie denn dann?"

„Ich verkleidete mich als Kundendienstmitarbeiterin des Kopiermaschinenherstellers. Der Manager war so, „wie, was?". Doch dann ließ ich ihn einen Blick auf mein Dekolleté und einen gefälschten Arbeitsauftrag werfen und ich war drin. Ich musste nur die Festplatte kopieren und schon hatte ich, was ich brauchte. Oh, und ich hab' das Rad repariert, das gequietscht hat und all die Papierstaus verursachte. Es brauchte nur etwas WD-40."

Sie sprach wie ein Wasserfall. Nicht alles, was sie sagte, machte Sinn für ihn. „Kopiergeräte verfügen über eine Festplatte?"

„Oh ja, und sie sind so unglaublich nützlich, wenn du an Informationen gelangen willst, aber nicht möchtest, dass jemand weiß, dass du sie gekriegt hast. Es ist wirklich fantastisch. Die Festplatte eines Kopiergeräts macht eine Kopie von allem, was das Kopiergerät scannt." Ein Ausdruck der Zufriedenheit machte sich auf ihrem Gesicht breit, wie bei einer Katze, die die ganze Sahne aufgeleckt hat. Sie war hingebungsvoll, doch von Zeit zu Zeit benahm sie sich vermutlich wie eine gnadenlose Göre. „Begreifen Sie, welche Art von Informationen auf Kopiergeräten vorhanden sind? Aufzeichnungen aller Art. Krankenakten. Bankdaten. Gefängnisakten. Militärische Informationen. All solch schöne Informationen. Und alles, was ich dazu brauche, um daran zu kommen, ist ein USB-Stick. Das ist Macht. Niemand denkt überhaupt darüber nach, dass ein Kopierer in Wirklichkeit ein Computer ist."

Die Frau vor ihm hatte weit mehr zu bieten als nur ein süßes Lächeln. „Sind Sie wirklich Reporterin?"

Er musste fragen, denn sie klang langsam wie ein Superschurke. Er musste zugeben, dass sie wohl noch effektiver wäre als dieser Wichser Eli Nelson, denn kaum einer käme auf die Idee, dass sich im Kopf der kurvenreiche Rothaarigen ein Hirn befand, solange sie es andere nicht wissen ließ.

Sie griff in ihre Tasche und holte einen Haufen Ausweise hervor. „Bitte sehr. Das ist mein richtiger Name. Kristen White. Ich nenn' mich Priest, wenn ich verdeckt arbeite, doch ich hab' eingesehen, dass es besser ist, meinen Vornamen nicht auszutauschen. Es sähe furchtbar albern aus, wenn ich nicht antwortete. Fühlen Sie sich frei, sich nach mir zu erkundigen. Ich bin freiberuflich tätig, doch ich hab' schon überall auf der Welt gearbeitet. Ich hab' überall schon Artikel veröffentlicht, von der *New York Times* bis hin zum *National Geographic*. Ich stieß auf Evans, als ich an einer Story über dschihadistische Infiltration in Mexiko und Südamerika gearbeitet hab'. Ich arbeitete mich in diesen Falle ein und dachte, es wäre eine interessante Geschichte. Zwei Jahre später, und ich verfolg' ihn immer noch."

„Sie verfolgen ihn seit zwei Jahren hauptamtlich?"

„Nein, ich hab' recherchiert, wenn ich Zeit hatte, doch vor sechs Monaten bin ich auf eine Spur gestoßen, die ich mir nicht entgehen lassen konnte. Ich bin besessen, wie Sie sehen. Als ich merkte, dass ich richtig lag, beschloss ich, mich an Sie zu wenden."

„Warum an mich? Ich bin nicht mehr beim FBI." Sein alter Partner war es aber noch. Warren Petty war jetzt für eine ganze Einheit verantwortlich. Er hatte den Posten übernommen, den Alex hinterlassen hatte, und seinen Karriereweg fortgesetzt. „Special Agent Petty ist jetzt für den Fall zuständig. Ich bin nur Zivilist."

Der Gedanke fraß nicht mehr so an ihm wie zuvor. Er war an einem Punkt angelangt, an dem er mit seiner neuen Karriere umgehen konnte. Das Geld stimmte verdammt nochmal und er hielt sich nicht mehr mit bürokratischem Mist auf, so dass er tatsächlich auch etwas Gutes tat. Und wenn es um Reichtümer ging, würde er Ian allem anderen vorziehen, auch der US-Regierung, doch an Kristen Whites Stelle, wäre er an Kontakten zum FBI interessiert.

„Nein. Sie sind der Mann, mit dem ich sprechen möchte", antwortete sie mit einem Maß an Ernsthaftigkeit, das ihn überraschte von ihr zu hören. „Sie sind derjenige, der zu mir steht. Special Agent Petty ist noch mit anderen Fällen beschäftigt, doch ich vermute, dass Sie Ihre ganze Aufmerksamkeit diesem Fall widmen. Außerdem ist es Ihnen möglich zu arbeiten, wie es Behörden nicht können. Bürokratie ist langsam. Wir müssen beweglich bleiben."

Alles sehr gute Punkte. Er konnte ihrer Logik nicht widersprechen. „Was wissen Sie?"

„Ich weiß, dass Evans hinter Ihrer Frau her war. Das tut mir sehr leid. Es gab nicht viele Presseberichte, doch ich kann zwischen den Zeilen lesen. Evans hat sie als Trophäe benutzt, um Sie zu beherrschen. Ich kann mir nur annähernd vorstellen, wie er sie erniedrigt hat. Ich möchte Ihnen helfen, Alex. Ich weiß, wie es ist, wenn der, den Sie lieben, auf grausame Weise benutzt wird. Meine eigene Ehe ist zerbrochen, weil jemand meinte, meinen Mann benutzen zu müssen. Ich war damals nicht in der Lage, ihm zu helfen. Ich musste zusehen, wie das alles geschah, daher weiß ich, wie Sie sich fühlen, und ich möchte Ihnen helfen."

Sie klang so verdammt ehrlich, doch er musste einen Schritt zurücktreten. Sie war zu gut, um wahr zu sein. „Ich muss Ihre

Personalien überprüfen."

Sie lehnte sich zurück. „Ist gut, doch warum sag' ich Ihnen nicht gleich, was ich brauche, damit Sie eine fundierte Entscheidung treffen können. Ich erwarte Ihre Antwort bis zum Wochenende, sonst muss ich wen anders finden."

„Wen anders?"

„Ja. Ich brauch' Unterstützung und ich hab' einen Weg gefunden, um eine weitere Person in den engeren Kreis zu bringen. Ich hab' monatelang daran gearbeitet, um dahin zu gelangen, an dem sie mir genug Vertrauen schenken und ich jemanden mitbringen kann."

„Sie?"

„Ich arbeite in einem Club, der von einem Mann namens Chazz Breyer geleitet wird."

Der Name kam ihm bekannt vor. „Er saß sechs Monate mit Evans im Gefängnis. Er war Evans' Zellengenosse. Er saß wegen bewaffneten Raubüberfalls. Fünf Jahre."

„Richtig. Und jetzt leitet er einen Club. Ich glaube, das ist ein Club, der Geld aus Evans' Drogenhandel wäscht. Er hat überall im Süden der USA mit Drogen gehandelt und ist damit beschäftigt, ein Vermögen anzuhäufen. Ich schätze, dass es sich auf ein Volumen im Bereich der Hundert-Millionen-Dollar-Marke beläuft. Selbst wenn er das meiste davon an seine südamerikanischen Verbindungsleute gibt, verfügt er dennoch über einen beträchtlichen Vorrat. Was glauben Sie, wofür er das Geld verwendet? Er plant etwas. Ich weiß es."

Evans hatte mit dem Kleingeld, das er vorher verdient hatte, viele Leute umgebracht. Was täte er mit seriösen Verbindungen und Millionen von Dollar? „Wie sieht Ihr Plan aus?"

„Nach dem, was ich herausfinden konnte, gibt es ein Netzwerk dieser Clubs überall in den USA, jeder von ihnen relativ klein gehalten, um nicht die Aufmerksamkeit der Behörden auf sich zu lenken, doch zusammen genommen machen sie erheblichen Umsatz. Evans kommt von Zeit zu Zeit vorbei, um Geld abzuholen oder Informationen zu beziehen oder alle bei der Stange zu halten. Ich arbeite seit sechs Monaten bei Cuffs und Chazz vertraut mir."

„Cuffs?" Alex fühlte, wie sein Blutdruck einen Tick höher anstieg.

„Es ist ein Nachtclub mit Fetisch-Thema. Das sind sie alle." Sie wollte nach seiner Hand greifen, zog sie aber dann doch zurück. „Ich glaube, es ist eine weitere Möglichkeit, um Sie zu beleidigen. Sie waren sein größter Erzfeind."

Der Scheißkerl. „Evans erfuhr von meinem Lifestyle. Er hat einige Leute des Clubs geschmiert, den meine Frau und ich in Virginia besuchten. Er hat es gegen sie verwendet."

„Er ist missgünstig. Das tut mir leid. Hätte ich Sie da nicht mit hineinziehen sollen?"

Er schüttelte es von sich. Evans würde alles entweihen, was Alex heilig war, und sich von ihm fernzuhalten änderte nichts daran. „Nein. Ich will dabei sein. Sie arbeiten für ihn?"

„Ich arbeite an der Bar, doch ich konnte Chazz überzeugen, dass er einen Dom in Residence braucht. Er hat von dem ganzen Lifestyle nicht wirklich einen Plan. Ich hab' ihn mal in einen richtigen Club in Miami mitgenommen und ihm gezeigt, wie sie dort arbeiten. Er will, dass jemand kommt und Sessions gestaltet, zur Unterhaltung. Ich hab' ihn überzeugt, dass es seine Chance ist, um den großen Boss auf ihn aufmerksam zu machen. Nächste Woche kommen einige Kontaktpersonen und er möchte die Idee mit ihnen besprechen. Er versucht, in der Organisation aufzusteigen. Soweit ich weiß, sind all die Männer neugierig bezüglich des Lifestyles. Eine Person, die sie darüber informieren könnte, würde sich vermutlich recht beliebt machen."

„Ich werd' sicher keiner Schar Touristen Rat erteilen. Vor allem drogenverkaufende, höchstwahrscheinlich noch terroristische Touristen."

„Zeigen Sie einfach ein paar heiße Sessions und geben der Menge was, über das sie reden kann."

Ihr Plan ging auf. „Ich bin also der neue Dom in Residence."

„Und Sie sind mein Bruder", sagte sie mit einem Grinsen. „Ich nehm' Sie von Austin mit zurück. Ich hab' alle Infos über Ihre Tarnung auf einem Stick gespeichert, falls Sie Interesse haben. Und ich hab' ihnen gesagt, Sie bringen ihre eigene Sub mit. Ich dachte, das würde es einfacher machen. Je mehr Leute wir reinbringen, desto sicherer sind wir alle."

Wen zum Teufel nähme er als Sub mit? „Warum haben Sie nicht gesagt, dass ich Ihr alter Dom bin? Das wäre einfacher gewesen."

Sie verzerrte das Gesicht zu einer Maske des Schreckens. „Oh, nein. Es wird erwartet, dass Sie Sex mit ihrer Sub haben. Ich kann keinen Sex mit Ihnen haben. Das ist furchtbar."

So schlimm sah er gar nicht aus. Nicht, dass er Sex mit ihr haben würde. „Ich seh' nicht unbedingt wie gehackte Leber aus."

„Sie glauben, ich sei eine süße kleine Lesbe. So war es einfacher. Bis ich dann eine Domina traf. Sie war furchteinflößend und sehr aggressiv, so dass ich jetzt eine zölibatäre Lesbe bin, denn meine Geliebte ist bei einem Autounfall gestorben und ich bin noch nicht darüber hinweg."

Das erschien ihm nicht gerade als fair. „Sie müssen also keinen Sex haben, aber ich schon? Das ist schön für Sie."

„Hey, was soll ich sagen? Ich möchte mich für jemand Besonderen aufheben", erklärte sie, ihre Wangen erröteten. „Na, kommen Sie. Ich hab' Nachforschungen über Sie angestellt. Sie sind seit über einem Jahrzehnt Dom. Sie können das bewältigen. Und Sie besuchen regelmäßig einen Club namens Sanctum. Sehr privat. Äußerst selektiv."

„Ja, mein Partner Ian Taggart und ich haben den Club eröffnet, nachdem wir hergezogen sind und unsere Firma gegründet haben. Wir nehmen den Lifestyle sehr ernst. Der Gedanke, dass ein Haufen Touristen D/S in einer Bar spielt, jagt mir Angst ein."

Kristen wirkte hartnäckig. „Das ist der beste Weg, um Sie reinzukriegen, und das wissen Sie. Chazz braucht keinen neuen Türsteher. Er braucht wen anderes. Keiner der anderen Clubs hat das versucht. Es wird Evans Aufmerksamkeit erregen. Na, los, Alex, Sie wissen doch, dass Sie das wollen."

Oh, das wollte er, doch er sprang nicht einfach ins kalte Wasser, bevor er nicht etwas mehr aufgeklärt war. Er war nicht total verrückt. „Ich weiß nicht, ob ich bereit bin, das zu tun. Ich muss einen Blick auf Ihre Recherche werfen."

„Klar, Sie sind vorsichtig. Doch letzten Endes kommen Sie doch mit mir zurück nach Florida." Sie lehnte sich zurück, ihr Lächeln das einer Frau, die sich des Ergebnisses sicher war.

„Florida?"

„St. Augustine, um genau zu sein. Wir sind in der Altstadt einquartiert. Es wird Ihnen gefallen. Ich besitze eine hübsche

Eigentumswohnung in Palm Coast, die uns als Basis dienen wird. Ich hab' in einem grottenschlechten Apartment gewohnt, damit es so aussieht, als bräuchte ich einen Barkeeperjob. Ich kann Sie als meinen Bruder verkaufen, einen Mann, der einen Job braucht und seinen Kink genießt. Doch Sie müssen wirklich eine Sub mitbringen, am besten eine, die sowohl in Ermittlungstechniken als auch in dem Lifestyle trainiert ist. In diesem Club gehen viele Leute ein und aus und die sind von der eher unheimlichen Sorte. Ich würde mich freuen, wenn es ein paar Leute gäbe, die mir den Rücken freihalten."

Er wollte das nicht. Er würde sie nicht mitnehmen. Fuck, nein. „Ich werd' sehen, was ich tun kann, doch es mag schwierig werden, eine Sub zu finden, die Ihren Anforderungen entspricht."

Sie runzelte die Stirn und sah ihn dann an, als versuchte sie, aus ihm schlau zu werden. „Sie arbeiten jeden Tag mit ihr, Alex. Ich weiß nicht, ob das ohne Ihre Ex-Frau möglich ist."

Er stand auf. „Dann sind wir hier wohl fertig. Wenn mir niemand einfällt und ich nicht allein reingehen kann, dann ist die ganze Operation geplatzt."

Sie hielt flehend die Hände hoch. „Hoppla, Sie großer Kerl. Lassen Sie uns keine voreiligen Schlüsse ziehen. Sehen Sie sich meine Recherche und den Plan an, und treffen dann eine Entscheidung." Sie griff in ihre große Tasche und zog einen Stick heraus. „Hier. Ich bin das ganze Wochenende in der Stadt. Ich würd' Sie gern mit nach St. Augustine nehmen. Ich hab' Chazz versprochen zu versuchen, die leeren Stellen zu besetzen. Er vertraut mir, doch wenn nicht, tut er es selbst und ich verlier' die Chance, meine eigenen Leute reinzubringen."

Sie nahm ihr Sandwich und warf das, was davon übrig war, in den Müll, bevor sie ihr Buch in die Tasche schob. „Ich hoffe ernsthaft, dass Sie es sich noch mal überlegen. Ich glaube, dass Evans bald umzieht, und ich weiß nicht, ob ich das allein schaffe."

„Warum nicht das FBI einschalten?" Das war das Einzige, was Sinn machte. Wenn sie wirklich alle Informationen hätte, von denen sie sagte, dass sie sie hatte, dann würden sie den Fall sofort übernehmen.

Für einen Moment war sie still, als ob sie zu entscheiden versuchte, wie viel sie ihm sagen wollte. „Sobald wir die

Bundespolizei einschalten, verlieren wir die Kontrolle über alles. Verstehen Sie mich nicht falsch. Ich hab' alle Fallakten studiert. Sie sind bei mir zu Hause."

„Diese Akten sind vertraulich." Und war es nicht interessant, dass sie sie hatte?

Kristen grinste. „Nichts ist vertraulich, wenn du über die richtigen Fähigkeiten verfügst. Ich brauch' diese Akten. Sie sind wichtig. Ich studiere sie weiter, weil sie mir vielleicht Auskunft darüber geben, was Evans als Nächstes vorhat. Mich beunruhigt auch, dass Evans wohl einen Insider hatte. Vielleicht im Gefängnis, doch ich möchte nicht ausschließen, dass es auch jemand aus der Regierung gewesen sein könnte. Sein Gefängnisausbruch muss professionell geplant worden sein."

Sein Gehirn lehnte die Vorstellung sofort ab. Evans war schlau. Er könnte das alles allein bewältigt haben. Er hatte eine Legion verrückter Lakaien, die so ziemlich zu allem bereit waren, um ihm zu gefallen. Er hätte mit Mithäftlingen sprechen können. Einer von ihnen hätte von den routinemäßigen Wartungsarbeiten gewusst haben können.

„Denken Sie darüber nach", sagte Kristen und nickte ihm grimmig zu. „Rufen Sie die Bundespolizei, wenn Ihnen danach ist, aber ich hab' keine Verwendung für sie. Sie stiften Unruhe und ich kann dann keine Story aus der Sache machen. Sie haben ihn schon einmal ohne ihre Hilfe geschnappt."

Es war etwas komplizierter gewesen als das. „Ich hatte noch Zugang zu den Fallakten und Datenbanken. Jetzt nicht mehr."

Sie zwinkerte. „Dann haben Sie ja Glück, dass Sie mich haben. Sie können mich unter der E-Mail-Adresse erreichen, die ich Ihnen gegeben habe."

„Warum kann ich Sie nicht anrufen?"

Sie wackelte mit dem Zeigefinger. „Nein, nein. Dieses Mädchen gibt ihre Nummer nicht jedem dahergelaufenen Typen. Am besten, wir halten die Dinge schön einfach, bis Sie sich entschieden haben, ob Sie dabei sind oder nicht. Und auch dann möchte ich niemanden treffen, außer Sie und Ihre Sub. Ich möchte nicht dem Rest des Teams zur Schau gestellt werden. Ich versteh', dass Sie Verstärkung mit reinbringen, aber es ist Ihre, nicht meine, und ich kann nicht riskieren, in engen Kontakt mit ihnen zu treten. Das ist eine gefährliche Geschichte, an der ich arbeite."

„Gut, doch es wäre hilfreich, wenn Sie das Team treffen. Sie müssen nicht involviert sein, wenn wir dort sind, doch alle würden sich besser fühlen, Sie kennenzulernen."

„Ich bin nicht hier, damit sich Ihre Jungs besser fühlen. Kein Kontakt zu irgendwem, der nicht im Club arbeitet. Das ist das K.o.-Kriterium." Sie nickte und lief los, bevor sie sich noch einmal plötzlich umdrehte. „Ich warte auf Ihre E-Mail, McKay. Und in der Zwischenzeit versuch' ich, den Letzten der Truppe zu finden. Im Cuffs fehlt ein Koch. Ich schätze, Sie kennen keinen, der Koch spielen kann? Chazz versucht, das Küchenpersonal auf Vordermann zu bringen. Der letzte Kerl wusste kaum, wie er eine Fritteuse zu bedienen hat. Ich denke, es wäre toll, jemanden in der Küche zu haben. Diese Jungs reden gerne."

Alex fühlte, wie ein Lächeln über sein Gesicht glitt. Oh, er würde sich mit dieser Art von Verstärkung so viel besser fühlen. Kleiner Tag war aus dem aktiven Dienst ausgeschieden, doch er wettete, dass Sean für ein Wiederauftauchen kurzzeitig zurückkäme. „Yeah, wenn ich reingeh', dann denk' ich, dass ich was für Sie arrangieren kann."

Sie zeigte ihm ein Daumen-hoch und er sah zu, wie sie mit schwankender Hüfte davonlief. Sie war ihm ein völliges Rätsel. Wenn er nur vom Aussehen her hätte raten müssen, hätte er gesagt, dass sie vermutlich verheiratet war, ein paar Kinder hatte und eine Karriere in einem Umfeld machte, in dem sie den Menschen um sich herum diente. Sobald sie den Mund öffnete, war er sich fast sicher, war sie in der Lage, die Welt zu erobern und keinmal mit der Wimper zu zucken. Sie kaufte bei dem Verkäufer eine Torte am Stiel und zwinkerte, als sie aus dem Blickfeld verschwand.

Und er war mit einem Problem zurückgelassen worden. Konnte er ihr vertrauen? Spielte es eine Rolle? Er war so heiß darauf, Evans zu verfolgen, dass es ihm vielleicht entging, ob sie vertrauenswürdig war oder nicht.

„Sie ist sehr attraktiv", sprach eine abgehackte britische Stimme hinter ihm.

Verdammt noch mal. Simon war besser, als Alex ihm zugetraut hätte. Er hatte nicht mal annähernd gemerkt, dass er verfolgt wurde.

„Seit wann?", sagte er.

Simon richtete sich seine Krawatte. Sonst fiel er auf, wenn er in einem seiner Anzüge steckte, doch hier sah er aus, als legte er gerade eine Pause von der Arbeit ein. „Ob ich Ihnen gefolgt bin? Seitdem Sie das Büro verlassen haben. Machen Sie sich keine Sorgen. Jake und Adam haben schließlich aufgegeben und sind Mittagessen gegangen. Sie sind genau dorthin, wo Sie sagten, dass Sie seien. Solch gute Jungs. Ich jedoch nicht. Ich erkenne einen verzweifelten Mann, wenn ich ihn sehe. Ich kenne Ihre Anzeichen. Ich hab' nur dreimal mit Ihnen gepokert, doch Sie klopfen mit der linken Hand, wenn Sie bluffen. Sie haben sich ans Bein geklopft, als Sie Ian sagten, wo Sie hinwollten. Ich hab's durchs Glas gesehen."

Alex drehte sich zu ihm um. „Und warum haben Sie sich entschieden, mir zu folgen?"

„Sie brauchen Unterstützung. Sie hängen viel zu tief drin. Was hat sie Ihnen angeboten? Einen Weg, um in Evans' engeren Kreis zu gelangen?"

„Nicht ganz, und er würde mir auch nie Zugang zu seinem engeren Kreis gewähren. Er kennt mich. Doch vielleicht kann ich am äußersten Rand seiner Organisation arbeiten. Und sobald ich ihn seh', bring' ich ihn um, es ist also alles cool."

Alex begann in Richtung Neiman Marcus zu laufen.

Simon folgte ihm. „Sie können nicht ernsthaft darüber nachdenken, das zu tun. Sie stehen diesem Fall viel zu nahe. Wenn Sie jemanden reinschicken müssen, mach' ich es."

An diesem Szenario stimmte mehreres nicht, und auch, dass Simon Verantwortung für ihn übernehmen wollte, bewirkte, dass er auf etwas einschlagen wollte. Er entschied sich für das offensichtlichste, das am wenigsten emotionale Argument. „Der Job ist für einen Dom in Residence. Sie haben noch nicht mal Master-Rechte im Sanctum."

Simon zuckte mit den Achseln, während er ging. Der Brite ließ die Geste irgendwie elegant erscheinen. Alex entging nicht, wie jede Frau, an der sie vorbeikamen, haltmachte und Simon anstarrte. Hätte der Job eine männliche Hure erfordert, Simon wäre perfekt gewesen. Soweit Alex wusste, hatte der Brite jeden Abend unter der Woche eine andere Frau. „Ryan hat mich in den Grundkursen überholt. Ich hab' Ians Seiltests nicht bestanden. Ich hab' mit dieser Sub geübt, wie heißt sie noch? Sonya? Sasha?"

„Sondra", korrigierte ihn Alex. Sondra war eine nette junge Frau, die die Krankenpflegeschule besuchte. Simon hatte über Wochen ab und an mit ihr geschlafen, doch er erinnerte sich nicht an ihren verfickten Namen. Ja, wie nobel.

Simon schnippte mit den Fingern, als ob ihm der Name soeben eingefallen sei. „Richtig. Sondra. Ich bestehe nächste Woche. Ich schaff' das schon. Der Lifestyle ist neu für mich, doch ich genieß' es. Ich mag es, mal zur Abwechslung die verdammte Kontrolle zu haben."

Alex genoss es auch, die Kontrolle zu haben, und er war nicht im Begriff, sie aufzugeben. „Das wird nicht passieren. Wenn ich mich entscheide, den Job anzunehmen, wären Sie eine Verstärkung, sonst nichts. Evans gehört mir."

Evans hatte sein Leben zerstört. Es wäre schön, den Gefallen zu erwidern.

„Nun, es klingt auf jeden Fall so, als hätte er Sie durchschaut. Ein Hinweis auf den Mann, und Sie belügen Ihre Freunde. Ich hab' Ian übrigens angerufen. Er denkt jetzt also, Sie hätten mich angerufen, als sich das Treffen in letzter Minute verschoben hat und Sie merkten, dass ich näher dran war. Ich denke, Ian hat genug zu tun, als sich Sorgen darüber machen zu müssen, dass sein bester Freund ihn belügt."

Ian sollte das verstehen. Er war besessen davon, Eli Nelson zu finden. Alex hatte ihn mehrmals spät des Nachts erwischt, wie er lange im Büro geblieben und jeden Hinweis, den sie hatten, immer wieder durchgegangen war, alles vor sich auf dem Konferenztisch ausgebreitet wie die Teile eines Puzzles, die nicht zusammenpassten.

„Danke." Schuld nagte an ihm. Er versuchte nicht, Ian anzulügen, doch das war wichtig. *Und was ist mit Eve? Wie wird sie es aufnehmen, du Arschloch?*

In letzter Zeit hatte seine innere Stimme angefangen, ihn auf alle mögliche Weise zu beschimpfen. Er ging durch die Tür und ein Hitzeausbruch traf ihn. Die texanische Sonne schien auf Hochtouren. Er blickte über die gut gepflegte Landschaft im Norden von Dallas. Der Nordwest Highway zog sich vor ihm dahin, Autos stauten sich wie Sardinen in ihren Fahrspuren, die sich langsam auf ein unbekanntes Ziel zu bewegten. Der Verkehr in Dallas war immer ätzend, doch Bauarbeiten machten ihn absolut unerträglich. Er lief zu seiner Karre und fragte sich, wie sein Empfang im Büro aussähe. Er glaubte keinen Moment daran, dass Ian Simons Geschichte abgekauft hatte. Ian kannte ihn viel zu verfickt gut. Ihm stand ein Arschtritt bevor, sobald er zurück im Büro war.

Und er sähe es ein, denn in Wahrheit brauchte er sein Team.

„Kumpel, was ist das für ein schrecklicher Blick. Was geht in deinem Kopf vor?" Simon war ein Mistkerl, wenn es um Frauen ging, doch er war scharfsinnig. Und er war der einzige, der keine persönliche Beziehung zu ihm und seiner Frau hatte. Ex-Frau. Eve. Simon kannte die Vertraulichkeiten des Falls nicht. Vielleicht stellte er einen guten Resonanzboden dar.

Der Verkehr sah tatsächlich aus wie die Hölle. Und es gab drinnen einen tollen Sushi-Laden. „Was hältst du von rohem Fisch, Mann?"

Simons Gesicht verfärbte sich leicht grün. „Ich finde, das klingt absolut furchtbar. Wir Briten glauben fest daran, unseren Fisch zu braten, vielen Dank."

„Sie sind nicht mehr in England, Kollege." Er würde schon lernen. „Na, komm. Das Mittagessen geht auf mich."

Sie gingen wieder hinein, Alex' Hirn drehte sich ihm unaufhörlich.

* * * *

Alex nahm sein Handy und drückte auf eine Nummer, von der er hoffte, dass sie noch aktuell war. Simon saß am Tisch, ein Pint Bier vor sich. Der Brite hatte kein Problem damit, sein Mittagessen zu trinken, doch er zog es vor einen kühlen Kopf zu bewahren, wenn es ums Geschäft ging. Sie hatten anderthalb Stunden über die bevorstehende Operation diskutiert, und Alex fühlte sich diesbezüglich besser.

„Petty."

Alex konnte nicht anders, als zu lächeln. Petty klang exakt wie ein FBI-Agent. Seriös und etwas aufgeblasen. Auch er hatte schon mal so geklungen. „He, Warren, wie geht's?"

Es gab eine kleine Pause. „McKay?"

„Yeah."

„Heilige Scheiße. Alex fucking McKay." Ein kleiner Schlag war zu hören. Warren schlug immer auf den nächstbesten harten Untergrund, wenn er überrascht wurde. „Was zum Teufel? Wie lange ist es her?"

Irre lange. „Mindestens drei Jahre. Wie geht's der Frau?"

„Alice geht es gut. Und Janelle steht kurz vor ihrem High-School-Abschluss. Kannst du das glauben? Ich hab' verdammt nochmal ein achtzehnjähriges Kind." Es folgte eine Pause und ein Seufzen. „Wie geht es Eve?"

Alex starrte aus dem Fenster. Er konnte den Parkplatz von hier aus sehen. Es war ein sonniger und heller Tag, mit geschäftigen Einkäufern, die vorbeikamen. Eve war vermutlich in ihrem Büro. „Es geht ihr gut. Wir sind beide mit Arbeit beschäftigt."

„Ja, ich hab' viel Gutes über die Firma gehört, die du mit Taggart gegründet hast. Ihr habt einige ernsthafte Aufträge. Stimmt es, dass ihr mit dem Secret Service zusammenarbeitet?"

Sie hatten sich über bestimmte Details der Verfahrensweise geeinigt, doch sie hatten auch einen Haufen an Geheimhaltungsvereinbarungen unterzeichnet. „Davon hab' ich keine Kenntnis."

Ein ihm bekanntes Glucksen war über die Leitung zu hören. „Ich hab's kapiert, Mann. Ich hab' Eddie gesagt, er soll dich anrufen, wenn die Kampagne in ein paar Monaten auf Volltouren läuft. Du weißt, dass er sich für die Nominierung bewirbt."

Edward Petty. Senator von Oklahoma. Warrens Bruder hatte ein Auge auf das Weiße Haus geworfen. Er hatte die letzten sechs Jahre dem Senat angehört. Alex erinnerte sich, wie sich Eddie als jugendlich frischer Knabe mit Glück einen Sitz im Kongress ergattert hatte. „Wir stehen uns nah genug. Ganz bestimmt können wir uns um seine Sicherheit kümmern und jeden überprüfen, mit dem er zu tun hat. Er kann das nicht ernst genug nehmen, das weißt du."

Ein leises Glucksen kam über die Leitung. „Oh ja, ich weiß. Ich denke, Eddie hat diese Lektion bis dahin gelernt. Jeder will was von ihm. Alex, es ist so schön, von dir zu hören."

Weil er seinen alten Partner seit Ewigkeiten nicht mehr angerufen hatte. Ihre Freundschaft war ein weiteres von Evans Opfern gewesen. „Nun, du musst mir einen Gefallen tun."

„Alles, was du willst."

„Hast du neue Informationen zu Evans?" Er zögerte noch zu erwähnen, was Kristen herausgefunden hatte. Er kannte sie noch nicht, konnte ihr nicht vertrauen.

Warren seufzte in tiefen Tönen. „Alter, du musst damit aufhören. Ich weiß, wie sehr du den Kerl schnappen willst. Gott, keiner weiß das mehr als ich. Ich weiß, was passiert ist, doch ich versprech' dir, ich tu' alles, was ich kann, um Evans zu finden. Der Wichser scheint verschwunden zu sein. Ich hab' von der CIA Hinweise darauf gekriegt, dass er irgendwo in Südamerika mit einem Kartell zusammenarbeitet."

Narco-Terroristen. Es passte zu dem, was Kristen ihm erzählt hatte. „Ich kann nicht davon ablassen und du weißt warum. Ich hab' jetzt ein paar Verbindungen. Es ist mir vielleicht möglich, dir weitere Erkenntnisse zu geben. Kannst du mich einen Blick auf die neuen Geheimdienstinfos werfen lassen? Ich weiß, es ist nicht nach Protokoll."

„Ich könnte dich als Berater hinzuziehen, Alex, doch glaubst du echt, dass das gut ist? Du bist doch noch mit Eve zusammen, oder? Weiß sie, dass du der Sache nachgehst?"

Er wollte über diesen Scheiß nicht reden. „Eve und mir geht es gut. Sie ist nicht besonders an dem Fall interessiert. Ich seh' mich nur um. Ich bin neugierig. Das wärst du auch. Wäre dasselbe mit Alice passiert, du würdest auch auf dem Laufenden bleiben wollen. Und das weißt du."

Es gab eine lange Pause in der Leitung. „Ich weiß. Ich will nicht, dass der Fall ungeklärt bleibt. Es nagt an mir."

„Das weiß ich, Mann." Warren hatte ihm während Eves Entführung zur Seite gestanden, war lange mit ihm aufgeblieben, um ihm bei der Suche nach ihr zu helfen. „Ich möchte mir einfach nur die neuesten Erkenntnisse ansehen."

Vielleicht war etwas dabei, das sein Hirn auf Touren brachte und ihm die richtige Denkweise verschaffte. Er kannte die Originalakten praktisch auswendig, doch es hatte in fünf Jahren Einblicke gegeben, in die er nicht eingeweiht worden war, darunter alle Akten über Evans' Flucht. Er war damals nicht mehr auf dem Laufenden gehalten worden, weil seine Frau zum Opfer geworden war.

„Die Lage hat sich hier verschärft. Ich muss dir eine Freigabe besorgen. Es tut mir leid, doch ich steh' wegen Eddie unter verschärfter Beobachtung."

Verdammt. Bürokratischer Behördenkram. Doch Warren hatte Recht. Sobald Eddie seinen Hut in den Nominierungsring warf, würden die Presse und Eddies Opposition jedes seiner Familienmitglieder unter die Lupe nehmen, besonders seinen Bruder, den FBI-Agenten. Warren musste sich an die Regeln halten. „Tu, was du kannst. Ich verstehe."

Es könnte Wochen oder Monate dauern, bis er an die Informationen kam. Er war noch mehr von Kristen abhängig, als ihm lieb war.

„Tut mir leid, aber, verdammt, Mann, es tut gut, mit dir zu reden. Besteht die Chance, dass du bald mal wieder in DC bist?", fragte Warren.

„Wohl nicht, doch ich wette, du kommst in ein paar Monaten nach Oklahoma City."

„Absolut, die Antrittsrede meines Bruders darf ich nicht verpassen. Ich werd' sicher in Dallas einen Stopp einlegen. Ich würd' gern mehr über deine Tätigkeit erfahren. Und sehen, wie es deiner anderen Hälfte geht. Vielleicht steig' ich ja eines Tages sogar aus, für die Regierung zu arbeiten. Wie du weißt, ist die Bezahlung scheiße."

Die Bezahlung bei McKay-Taggart war weitaus besser und sie konnten sich die Fälle aussuchen, an denen sie arbeiteten. Warren war ein langjähriger Agent und hatte dank seines Bruders weitreichende politische Verbindungen. Er wäre eine willkommene Ergänzung. „Wann immer du reden willst, meine Tür steht dir immer offen. Und ich schätze sehr, was auch immer du bezüglich der Akten tun kannst."

Er wollte Kristens gehackten Dateien nicht trauen. Er wollte sich dasselbe ansehen können, was Warren sah. Es mochte ihm vielleicht nichts sagen, was er ohnehin schon wusste, doch vielleicht blieb er bei Durchsicht dieser Akten auf dem Laufenden.

„Ich werd' sehen, was ich tun kann. Hey, geht's Evie...ich weiß nicht, geht's ihr wirklich gut? Weißt du, ich denk' viel an sie. Ich...ich wünschte einfach, dass ich ihn krieg, Mann."

Warren war der erste seiner Freunde, der ins Krankenhaus gekommen war. Ian saß in dem Moment im Flugzeug, in dem er es erfahren hatte, doch Warren war da gewesen, als Eve aus dem OP kam und der Arzt sie über all die Verletzungen informiert hatte. Er war derjenige gewesen, der vor dem Zimmer gewartet hatte, als Alex den Körper seiner Frau beweint hatte. Warren hatte alle von ihm ferngehalten. „Wir sind noch hier."

Es war das Beste, was er über sie hatte sagen können. Und das würden sie vielleicht nicht mehr, wenn Eve herausfände, wohin er ging und warum. Er war sich nicht sicher, was schlimmer wäre – Eve angepisst oder sich einen Scheiß scherend.

„In Ordnung. Grüß sie von mir. Wir vermissen dich alle, Mann."

Er fühlte einen Knoten in der Brust. Er hatte es wirklich gemocht, mit diesen Typen zu arbeiten. Lange Zeit waren es er und Warren und Tommy und Leon gewesen. Tommy und Leon waren jetzt weg. Sie waren eine eng verbundene Familie gewesen, doch als es hart auf hart kam, war er zu Ian und Sean zurückgekehrt.

Simon kam auf ihn zu mit dem Telefon in der Hand und einem Stirnrunzeln im Gesicht.

„Gib mir eine Sekunde, Warren." Er hielt das Telefon an sein Hemd. „Was is' los?"

„Ryan hat mir eine Nachricht hinterlassen, du wirst gesucht", erklärte Simon. „Er hat versucht, dich anzurufen."

Er hatte es bemerkt, doch Alex hatte ihn auf die Mailbox sprechen lassen, weil Ryan Church das Sanctum verwaltete, und das Sanctum gerad ganz unten auf seiner Prioritätenliste stand. Zudem war Ryans nächster Anruf wohl bei Ian. „Warum hat er Ian nicht angerufen?"

„Ich glaube, Ian ist das Problem, McKay. Er hat nicht genau gesagt, was passiert ist, doch er sagte, Ian sei in Schwierigkeiten. Bei dem Verkehr brauchen wir mindestens vierzig Minuten."

Alex hielt das Telefon wieder ans Ohr. „Ich muss gehen, Warren. Mail mir die Dateien, wenn du kannst. Danke für alles."

Er legte auf und sie liefen zum Parkplatz. Egal, was in seiner Welt vor sich ging, er würde alles für Ian stehen und fallen lassen.

Kapitel Drei

„Was denkst du, worum geht es hier?", fragte Liam und fuhr mit seinem SUV auf den Parkplatz des Sanctums.

„Keine Ahnung." Eve war über den Auftrag, dem sie nachgingen, nicht näher informiert worden. Sie hatte vor fast dreißig Minuten einen Anruf von Ryan erhalten. Er hatte sich etwas kryptisch ausgedrückt und sie gefragt, ob es ihr etwas ausmachte, in den Club zu kommen und sich mit einem Problem zu befassen, das sie hatten.

Alex saß im Stau fest. Ian war nirgends zu finden, und Jake und Adam schienen irgendwo im West End zu sein und Hähnchenflügel zu essen. Daher war es Liam, der sie zum im Industriestil gehaltenen Gebäude fuhr, in dem das Sanctum untergebracht war. Sie hatte argumentiert, sie könne selbst fahren. Sie war dazu durchaus fähig, doch Liam hatte den plötzlichen und tiefen Wunsch vorgebracht, den Club, den er liebte, am Tage zu besuchen.

Ja, klar, als ob sie nicht wüsste, worum es hier ging. Die Männer von McKay-Taggart waren alle Alpha-Männchen, Frauen-beschützen-Typen. Wenn Grace raus auf einen Kaffee ging, entschied immer einer der Männer unausweichlich, dass er auch gehen müsse, und sie fand sich entweder inmitten einer Eskorte oder in Begleitung eines Laufburschen wieder. So waren sie einfach. Diese Männer hatten den ganzen Dreck gesehen, der einer Frau allein widerfahren mochte, und hatten bewusst die Entscheidung getroffen, dass es auf jeden Fall keinem von ihnen passierte.

„Hat Ryan irgendwas gesagt?", fragte Liam und luchste durch das Vorderfenster auf den unauffälligen Außenbereich des Clubs. Eve wusste genau, warum er fragte. Er überlegte, wie viel Munition er mitnehmen sollte. Sie war nicht so dumm zu glauben, dass er in Zweifel zog, eine Wumme mitzunehmen. Oh, nein. Er hatte immer eine Waffe bei sich. Er musste nur wissen, ob er ein oder zwei zusätzliche Magazine mitnehmen sollte.

„Nun, Schatz, er rief mich an, also glaub' ich nicht, dass sich der Club im Belagerungszustand befindet. Ich denke, wir können davon ausgehen, dass es ein rein therapeutischer Besuch ist." Manchmal rief Ryan sie zu sich, um potenzielle Mitglieder zu befragen. Keiner kam ohne gründliche Untersuchung ins Sanctum. Das galt auch für neues Personal.

Doch er war zu diesem Besuch furchtbar ausweichend gewesen. Und sie führte in der Regel keine Notfall-Interviews durch.

„Bleib in meiner Nähe", sagte Liam. Er machte sich nicht mehr die Mühe, den starken irischen Akzent zu verstecken, außer, er arbeitete undercover. Liam fühlte sich endlich wohl, Liam zu sein.

Könnte sie je wieder Eve sein?

Sie glitt aus dem SUV heraus, ihre Absätze schlugen auf den Straßenbelag. Sie liebte die schwarz-goldenen Givenchys, doch vielleicht sollte sich die neue Eve als erstes ein Paar Flip-Flops kaufen. Sie war sich ziemlich sicher, dass die neue Eve bequeme Schuhe tragen wollte. Nichts Grausiges. Sie fände sicher auch Designer-Flip-Flops. Und vielleicht lockerte die neue Eve ihre Diät etwas. Einmal pro Woche. Zweimal. Vielleicht ab und zu etwas Schokolade.

Vielleicht ließe sie Alex für sich bestellen. Er wusste immer, was sie mochte, und als er wirklich ihr Dom gewesen war, hatte sie sich entspannen und genießen können. Sie hatte...Probleme. Die hatte sie schon ihr ganzes Leben lang, doch in den Jahren, in denen sie mit Alex verheiratet war, waren sie unter Kontrolle gewesen, weil er sie unter Kontrolle hatte.

Wäre es nicht schön, wieder die Erlaubnis zu haben, ihr Leben zu genießen? Einige ihrer Gleichgesinnten meinten, es sei nicht gesund, die Erlaubnis anderer einzuholen, doch Eve hatte schon vor langer Zeit gelernt, dass es nicht zwangsläufig darauf ankam, wie ein Mensch sein Glück fand, sondern dass er es fand. Und es war überaus gesund, die eigenen Schwächen anzuerkennen und nach einem Heilmittel für sie zu suchen.

„Erde an Eve?"

Es war ihr unmöglich, sich heute zu konzentrieren. „Entschuldige. Ich hab' über etwas nachgedacht."

Er grinste zu ihr rüber. „Hast wieder an den Sack gedacht, oder?"

„Ich hab' über vieles nachgedacht." Sie hakte sich bei ihm ein, denn obwohl der Parkplatz gut gepflegt war, kam er bei Fünf-Zentimeter-Absätzen immer noch einem Minenfeld gleich.

„Weißt du eigentlich, welche Fortschritte du in den letzten Monaten gemacht hast?" Liam passte seinen Gang für sie an, gab ihr Gleichgewicht für den leichten Anstieg. „Als ich das erste Mal auf dich zukam, wolltest du niemanden anfassen, keinesfalls."

„Hey, ich hab' gelernt, euch zu vertrauen." Sie war sich nicht sicher, wann es wirklich geschehen war, jedoch, dachte sie bei sich, hatte es damit begonnen zuzusehen, wie Sean sich verliebt hatte. Und dann Adam und Jake, und jetzt Li. Sie grinste zu ihm. „Ich glaub', ich hab' gesehen, dass, wenn ihr Idioten euch zusammenreißen könnt, ich es auch kann."

Liam lachte. „Na, bitte. Da hast du's. Früher hast du nie Witze gemacht. Es steht dir gut, Schatz. Wir haben dich lieb, Evie. Es gibt nichts, was wir uns mehr wünschten, als dass du dich zusammenreißt."

Sie zog seinen Arm enger zu sich. Es war wunderbar, diese Männer um sich zu haben, doch sie war überzeugt davon, dass es ihre Frauen waren, die sie aus ihrem Schneckenhaus herausgeholt hatten. Sie waren alle durch die Hölle gegangen und wieder aufgestanden. Eve kämpfte noch, um sich tretend. Sie hatten ihre Stärke gefunden. Sie fände sie auch.

Es war an der Zeit. Alex hatte sich verändert. Sie hatte sich verändert. Die Frage war, ob sie noch miteinander harmonierten.

Die Tür des Sanctums öffnete sich und Ryan Church trat heraus. Eve hörte für einen Moment lautstarke Musik von drinnen ertönen, bevor sich die Tür wieder schloss.

„Feiert ihr eine Party?" fragte Eve. Das Sanctum öffnete nicht vor acht oder neun abends, je nach Tag. Es war kurz nach zwei am Nachmittag. Keiner außer dem Personal sollte hier sein, und soweit sie wusste, hatte Ryan den Laden streng im Griff. Er war ein ehemaliger Vorstandsvorsitzender, der schwere Zeiten durchlebt hatte. Er hatte den Posten als Dom in Residence und als Manager des Sanctums übernommen, nachdem sein Geschäft den Bach runtergegangen war.

Ryans Gesicht zeugte von düsterer Schönheit. Sie schätzte sein Alter auf etwa vierzig. Er hatte die meiste Zeit seines Erwachsenenlebens den Lifestyle gelebt und ihr war das Gerücht zu Ohren gekommen, dass er einst sogar in einer Beziehung mit einer permanenten Sub gelebt hatte, die ihn aber verließ, als sich sein Schicksal gewandt hatte. „Ja, ich schätze, man könnte es eine Party nennen. Eine Ein-Mann-Party. Es tut mir leid, dich anzurufen, aber wir wissen nicht, wie wir mit ihm umgehen sollen. Ich hab' versucht, mit ihm zu reden, doch er ignoriert mich. Ich hab's damit versucht, ihm ein paar Subs vorbei zu schicken, weil ich mir dachte, sie könnten seine Stimmung vielleicht etwas heben, doch er hat sie nur zu Tode erschreckt. Jetzt steh ich hier mit drei weinenden Subs und mein Barchef hat mir vor zehn Minuten gekündigt, denn er sagt, er komme mit Guns N' Roses nicht klar. Macht er das öfter?"

Eve sah zu Liam, der kurz mit den Schultern zuckte. Offenbar verstand er nicht, was zur Hölle los war. „Macht wer was öfter?"

„Ian. Er war bereits hier, als ich vor einer Stunde zur Arbeit kam. Keiner hätte heute vor sechs hier sein sollen, doch ich wollte die Sessions fürs Wochenende durchgehen. Es gibt eine wirklich komplexe Session, die Jake vor hat zu spielen, und da Serena schwanger ist, wollte ich verdammt sichergehen, dass alle Geräte vollständig in Ordnung sind. Ich hab' die Subs herkommen lassen, um alles durchtesten zu können, doch es spielte sich bereits eine Szene auf der Bühne ab. Einer Flasche Scotch ist Ian völlig erlegen, sag' ich euch."

„Ian Taggart ist hier und um zwei Uhr mittags betrunken?" Ian hatte sich immer unter Kontrolle. Sie hatte ihn nie außer Kontrolle erlebt.

„Soweit ich das beurteilen kann. Er redet nicht viel. Er knurrt viel. Flucht. Der Mann hat ein unglaubliches Mundwerk. Und gut, dass er der Boss ist, denn er hat sich bereits durch eine Flasche Macallan, dreißig Jahre alten Scotch, gearbeitet. Habt ihr eine Ahnung, wie viel der kostet?"

Eine ganze Menge. Was zur Hölle? Sie sah zu Liam. „Weißt du, was das in ihm ausgelöst haben kann?"

Liam schüttelte den Kopf. „Keine Ahnung, aber er wird nicht wollen, dass ich ihn so sehe. Er mag deine Anwesenheit verkraften."

Weil sie eine Sub und seine langjährige Freundin war, doch Li hatte Recht. Er wäre entsetzt über jeden außer ihr und Alex, der sähe, dass er sich nicht perfekt unter Kontrolle hatte. Er könnte immer noch um sich schlagen, ihr war es jedoch möglich, damit umzugehen.

„Soll ich Sean anrufen?", fragte Li, der etwas hilflos dreinblickte. Keiner von ihnen wollte eine Welt, in der Ian Taggart nicht Superman oder doch zumindest einem knurrenden, vulgären Äquivalent glich.

Das wäre das Allerschlimmste, was er tun könnte. Sean und Ian hatten eine komplexe Beziehung. Im letzten Jahr war ihre Beziehung durch eine Operation überstrapaziert worden, bei der Ian sich entschieden hatte, das Leben seines Bruders anstelle das von Grace zu retten. Grace hatte überlebt und Ian machte diesen Fehler nicht noch einmal. Sean hingegen ließ sich Zeit, ihm zu verzeihen. „Wag es ja nicht. Versuch einfach, Alex so schnell wie möglich herkommen zu lassen. Ich werd' reingehen und mich vergewissern, dass es ihm gut geht."

„Ich glaub' nicht, dass es ihm gut geht", sagte Ryan, die Tür wieder öffnend.

„Sweet Child O' Mine" dröhnte lautstark durch den Club. Die Gitarrenriffs erreichten ein Crescendo und verstummten dann. Eve atmete erleichtert auf. „Gott sei Dank. Das ist viel zu laut."

„Oh, warte nur ab", sagte Ryan.

Das Lied dröhnte von vorne los. „Hat er's auf automatische Wiedergabe eingestellt?"

„Ja, und er hat mir gedroht, mich zu erschießen, wenn ich's ausstelle. Ich hab' keine Waffe gesehen, doch ich zweifle nicht daran, dass er irgendwo eine versteckt hält." Ryan seufzte. „Ich will ehrlich sein, ich hab' keine Ahnung, was ich tun soll. Ich würd' ihn ja machen lassen, doch meine anderen Mitarbeiter werden in ein paar Stunden hier sein, um mit dem Aufbau zu beginnen. Soll ich die Szenen für heute Abend absagen?"

Und gezwungen sein, zu erklären, warum? „Nein. Lass mich mit ihm reden. Kannst du's etwas leiser stellen? Nur ein kleines bisschen. Vielleicht merkt er's nicht."

Sie liefen durch die Lobby und sie erblickte Ian. Nun, seinen Rücken. Er saß auf einem Stuhl, den er mitten auf die Bühne gestellt hatte. Er saß direkt dem Andreaskreuz zugewandt, mit dem Rücken zum Rest des Clubs. Er hatte die Jacke ausgezogen und sie konnte sehen, dass er die Ärmel hochgekrempelt hatte. Seine rechte Hand umschloss ein Glas, das mehrere fingerbreit mit einer bernsteinfarbenen Flüssigkeit gefüllt war, die Flasche auf dem Boden neben ihm.

Und die Energie, die von ihm ausging, war überaus schlecht.

Ja, es ging ihm nicht gut.

Ian war die meiste Zeit seines Lebens Alex' bester Freund gewesen. Er war kein großer Redner. Er hatte sich nie einer Therapiesitzung bei ihr unterzogen. Ians Version von Therapie war eine ganz andere. Er spräche nicht darüber, was falsch liefe. Er trank und schien Metal-Balladen zu hören.

Doch letztendlich konnte sie ihn nicht wie einen Patienten behandeln. Sie musste ihn wie einen Freund behandeln oder, besser gesagt, wie einen Dom. Die anderen Subs hatten sehr wahrscheinlich versucht, ihm Sex anzubieten. Das brauchte er nicht. Oft fragte sie sich sowieso, ob in ihren Körpern tatsächlich hingebungsvolles Blut floss.

Manchmal brauchte ein Dom eine Sub für weit mehr als nur Sex. Vielleicht war es an der Zeit, sich auch diesen Teil ihres Lebens zurückzuerobern.

Sie schleuderte die Schuhe weg und streifte ihre Jacke ab, faltete sie zusammen und legte sie auf einen Tisch. Sie zog die Stecknadeln aus ihrem Haar, während sie Ian im Blick hatte.

Ryan beobachtete sie mit verschränkten Armen. „Die anderen Subs haben es bereits versucht."

„Die anderen Subs lieben ihn nicht. Dieser Mann ist im Grunde genommen die meiste Zeit meines Erwachsenenlebens wie mein großer Bruder gewesen. Ich werd' ihm bestimmt nicht meinen Körper anbieten, Ryan. Er würde sich übergeben. Doch ich kann ihm etwas anderes bieten. Jetzt schaff sie hier raus. Du solltest auch gehen."

Ryan runzelte die Stirn. „Da bin ich mir nicht sicher. Er ist vielleicht der Boss, ich bin jedoch der Dom in Residence und für die Sicherheit jeder Sub hier verantwortlich."

Und zuweilen war sie nicht imstande, devot zu sein. „Und mir gehört ein Teil des Clubs. Es mag nicht der größte sein, doch ich bin immerhin Gründungsmitglied." Sie wurde weicher. „Ryan, ich weiß das zu schätzen, aber Ian Taggart, bei all dem Getöse, würde einer Sub nicht mal ein Haar krümmen. Niemals. Und mit Sicherheit nicht mir. Ich bitte dich. Du hast mich aus gutem Grund herbestellt. Lass mich meine Arbeit erledigen."

Er gestikulierte den drei zusammenkauernden Frauen zu und sie bewegten sich auf ihn zu wie eine kleine Schar Küken. Gott, sie waren so jung. Wann zur Hölle waren sie alle so jung geworden?

Eines der Mädchen weinte, ihre Wimperntusche lief ihr ins Gesicht. „Es tut mir leid, Sir. Ich hab's versucht."

Ryan schüttelte den Kopf in Richtung des Mädchens, als hätte er es ihr gleich gesagt. „Ich schätze, er war nicht in der Stimmung für einen Lapdance."

„Doch die Musik eignet sich wirklich gut zum Tanzen", sagte die Blondine. „Ich wünschte, jeder Dom wäre so nett wie Master Alex. Er würde eine Frau niemals als Schlampe bezeichnen."

„Naja, zu Master Ians Verteidigung, er hatte Sie gebeten aufzuhören und dann zogen Sie Ihr Oberteil aus", argumentierte Ryan.

„Ich hab' nur versucht zu helfen." Sie richtete die Augen auf Eve. „Ich hab' keine Ahnung, was die Eiskönigin hier vor hat, das ich nicht hätte tun können."

„Amanda!" Ryan schrie gegen die Musik an.

Amanda, die wie ein Küken aussehen mochte, doch offenbar Katzenkrallen besaß, schrie. „Na, jeder weiß, wie sie Master Alex benutzt, immerhin ist er der beste Dom der Welt. Eines Tages wird er aufwachen und merken, dass er eine echte Sub braucht."

Eve holte tief Luft. Sie sollte geduldig sein. Das Mädchen war jung und litt offenkundig daran, eine geborene Schlampe zu sein. Ian hatte den Nagel auf den Kopf getroffen. Es war ein Wesenszug, der ihr anheftete. „Es ist alles gut, Ryan. Bring sie hier raus, bitte."

Amanda lief vorbei, ein verdrießlicher Blick in ihrem hübschen Gesicht.

Sah sich Alex die jungen Subs an und fragte sich, was er haben könnte, wenn er nicht mit ihr fest im Sattel säße? Er war als der Kuschel-Dom bekannt. Er war der Dom, zu dem alle weinerlichen Subs liefen, wenn sie fest umarmt werden wollten. Und das tat er gern, denn sie ließ keine Geborgenheit zu. Alex musste Geborgenheit geben. Das war seine Hauptaufgabe als Dom und sie hatte seit Jahren keine Umarmung mehr von ihm angenommen, geschweige denn ihm erlaubt, sie zu küssen. Manchmal fragte sie sich, ob Schuld und Bedürfnis das Einzige war, was sie noch verband.

Nein. So wollte sie nicht denken. Sie waren dabei, das hinter sich zu lassen. Jahre lagen bereits seit der Zeit ihrer Entführung zurück. Alex war ein anderer Mensch geworden. Er hatte ihr bei allem beigestanden. Er hielt nach keiner Twen Ausschau, die ein bisschen Sub spielte.

Axl Rose jaulte erneut los und sie betete, dass Ryan es schaffte, die Subs raus zu schaffen und die Lautstärke runterzudrehen.

Sie stieg die drei elegant platzierten Stufen hinauf, die auf die Bühne führten. Die Lautstärke der Musik senkte sich um circa fünfundzwanzig Prozent.

„Hey, dreh die verfickte Musik wieder auf!" rief Ian.

„Axl Rose hat angerufen. Er will seine Platte zurück, Zuckerschnecke." Ian war einer der wenigen Männer, bei dem sie sich absolut wohl fühlte, ihn beim Kosenamen anzusprechen. Ian war bei ihrer Hochzeit gewesen. Ian hatte sein *Äußerstes* gegeben, sie zu retten. Tränen verwischten ihr kurzzeitig die Sicht, als ihr klar wurde, wie sehr sie ihn liebte. Er war ein Freund. Nein. Er war ihre Familie.

„Hau ab, Eve. Ich hab' Lust, jemanden in Stücke zu reißen, und ich will nicht, dass du's bist. Ich hab' heut schon genug Subs zum Weinen gebracht."

Sie trat vor ihn. Er war das Ebenbild dekadenter Schönheit. Ian Taggart war ein Wikinger ersten Ranges. Er war ungefähr einsfünfundneunzig groß und hatte nicht ein Gramm Fett am Körper, doch sie nahm seinen müden Gesichtsausdruck wahr. Blondes Haar und auffallend scharfe blaue Augen ließen ihn nicht weniger männlich erscheinen. Doch er hatte Sorgen. Doch er brauchte Mitgefühl. Er konnte dergleichen nur nicht immer annehmen. Ian Taggart glich quasi einem Dämon, und selbst Dämonen brauchten Freunde. „Wenn eine von ihnen die dünne Blonde war, ist das für mich in Ordnung."

Er gluckste. „Ich hab' mich schon gefragt, wann du merkst, dass Mandy was für deinen Ex übrig hat. Du solltest gehen und deinen Dom verteidigen. Und wenn's dir nichts ausmacht, tu's in einem Bottich Wackelpudding im Bikini, das würd' uns echt den Tag versüßen."

Sie sank vor ihm auf die Knie, ein Zeichen des Respekts. „Ich kann nicht gehen, Herr."

„Fuck." Er nahm einen tiefen Zug aus seinem Glas. „Ich hab' niemanden hier erwartet. Church nimmt seinen Job zu ernst."

Doch Ians Stolz ließ einen Rückzug nicht zu. Sie hatte absolut Verständnis dafür. „Willst du darüber reden?"

„Willst du darüber reden, was zwischen dir und Alex passiert ist?" Er forderte sie heraus.

„Wenn nicht, willst du, dass ich gehe, oder?" Das war Ians Art zu spielen. Er war ein großer Verfechter des Verhandelns. Sie war sich sicher, er dachte, sie kniff ihrerseits.

„Yeah. Also geh' jetzt besser."

„Wenn ich doch rede, erzählst du mir dann, warum wir die Achtziger nacherleben?"

Seine Augen verengten sich. „Du sprichst nicht über deinen Scheiß."

Das hatte sie nicht zuvor, doch er unterschätzte ernsthaft, wie sehr sie ihn mochte. „Ich wurde vergewaltigt."

Sein traumhaft schönes Gesicht wirkte angespannt. „Tu mir das nicht an. Ich kenn' die Geschichte schon."

Doch es war genau das, was er brauchte. Er musste sich öffnen und der einzige Weg, wie sie ihm Sicherheit bieten konnte, offen zu sein, war sich selbst zu öffnen. Ian mochte die Fakten kennen, doch er hatte sie nie von ihr gehört. „Ich wurde vergewaltigt, und Alex konnte damit nicht umgehen und wandte sich von mir ab. Das hat mich fast umgebracht, Ian."

Er schloss die Augen, doch seine Hand suchte sie, als folgte sie ihrem eigenen Willen. Er berührte ihr Haar und zog sie näher zu sich heran.

„Ich glaubte, ihm sei die Bestrafung des Mannes, der mich verletzt hat, wichtiger, als mit mir zusammen zu sein." Die Worte blieben ihr fast im Hals stecken, doch es fiel ihr leichter, wo sie jetzt die Entscheidung getroffen hatte, ihnen noch eine Chance zu geben. Sie musste darüber reden.

„Eve, er liebt dich."

Vielleicht jedoch liebte er Rache noch mehr. Es war jetzt nicht wichtig. Michael Evans befand sich hunderte Kilometer entfernt von ihnen. „Ich denke darüber nach, unseren Vertrag neu zu verhandeln. So, ich hab' geredet. Warum hören wir Hair Metal?"

Er runzelte die Stirn, er schürzte verächtlich seine vollen Lippen. „Weil's mir gefällt."

„Es scheint nicht so, als machte es dich glücklich."

„Kannst du das sein lassen?"

Sie legte den Kopf auf seinen Schoß. Sie wusste, wie Ian Taggart zu manipulieren war. Was die anderen Subs nicht verstanden, Ian reagierte auf Beharrlichkeit, auf sanfte, liebevolle Beharrlichkeit. „Ja, ich kann's sein lassen."

Sie gab ihm einen Moment Ruhe. Sie wusste, er träfe die richtige Entscheidung. Er ließe sie niemals hängen.

„Manipulative Göre. Du kennst mich viel zu gut. Okay." Seine Hand streichelte ihr Haar zurück. „Ich hatte eine Frau, die...mir wichtig war."

Na, klar ging es um eine Frau. Und er spräche sonst nicht darüber. Er ließ es sich nicht anmerken. Sie hatte ihn in einem verletzlichen Moment erwischt, doch sie dachte bei sich, dass er reden müsse. Sie wusste von keiner Frau, die ihm wirklich etwas bedeutet hatte, außer seiner Highschool-Freundin Holly. Nach allem, was sie gehört hatte, waren sie verlobt gewesen, doch Holly hatte die Verlobung während seines ersten Einsatzes im Irak aufgelöst. Wie Alex erklärte, an einem Tag war er verlobt gewesen und am nächsten hatte er einen Abschiedsbrief erhalten.

Das war genau zu der Zeit, als er BDSM entdeckt hatte. Hatte er all die Jahre über ihren Verlust getrauert? Solange Eve ihn kannte, war er immer von Subs umgeben gewesen. Er war ein Sub-Magnet, doch sie hatte kein einziges Mal erlebt, dass er sich in eine Frau verliebt hatte. Wenn er sagte, er habe eine Frau gemocht, hatte er sie vermutlich von ganzem verdammten Herzen geliebt. „Geht es hier um Holly?"

Er schnaubte. „Holly? Ne. Ich dachte, Holly ist die Königin aller Schlampen der Welt. Bis ich Charlotte traf. Nein. Ich sehne mich nicht nach Holly. Ich wünsche Holly und ihrem Mittelklasse-Anwalts-Ehemann-Nummer-zwei alles Gute auf der Welt."

Charlotte? Sie kannte keine Charlotte, und sie sollte ihn nicht bedrängen. „Charlotte ist ein schöner Name."

Sie konnte ihn nur beruhigen. Jegliche Art der Aggression oder unverblümter Neugier ließ ihn sich zu diesem Zeitpunkt in sein Schneckenhaus zurückziehen.

„Ja. Ein lieblicher Name für eine liebliche Frau. Doch sie war ein verrücktes Miststück."

Für Ian bedeutete das quasi eine liebevolle Bezeichnung. Er war ein Mann, der eine rechtschaffene Schlampe zu schätzen wusste. Ihre Stimme wurde sanft und sie hoffte, dass sie nicht zu schnell vorwärtspreschte. „Was ist mit ihr geschehen?"

Es konnte nichts Gutes bedeuten.

Sein Gesichtsausdruck blieb unverändert, immer. Vorsichtig, nichtssagend. Er nahm einen tiefen Schluck des Scotch'. „Ich kann sie nicht gehen lassen. Sie ist in meinem Kopf. Ich krieg' sie nicht aus meinem verfickten Kopf raus. Hab' bis dahin keine getroffen, die solche Qualitäten wie Charlotte aufwies. Sie konnte mich dazu bringen, im Kreis zu laufen, und es gefiel mir. Weißt du, wie es ist, wenn man eine Frau nicht aus dem Kopf kriegt?"

Er war also verliebt gewesen. Gott, Ian verliebt, war vermutlich ein schöner Anblick. „Warum rufst du sie nicht an?"

Es gab eine lange Pause. Sie konnte sich nicht vorstellen, dass sich eine Frau nicht schrecklich in Ian Taggart verknallte. Er war umwerfend und hatte diese verrückte, unerreichbare Mauer um sich herum, auf die die meisten Frauen anzuspringen schienen.

Er holte tief Luft, bevor er antwortete. „Sinnlos. Wenn du und Alex es nicht schafft, ist es hoffnungslos für so einen Schwachkopf wie mich. Ihr zwei wart alles. Ihr wart das, was ich mir immer gewünscht hab'."

Sie fühlte, wie Tränen ihr die Sicht verwischten. Ian sprach nie so. Wenn sie ihn so ansah, käme sie nicht auf die Idee, dass er betrunken war. Seine Hände waren ruhig und seine Stimme klang perfekt kontrolliert, doch die Worte aus seinem Mund bewiesen es. Wäre Ian nüchtern, wäre es undenkbar, dass er zugäbe, mehr von einer Frau zu wollen als Sex. „Nun ja, wir sind auch nur Menschen, Ian."

„Ne. Ihr wart mehr als das. Ihr wart glücklich, und dann geschah Scheiße und alles ist den Bach runter gegangen."

Es war ein bisschen mehr, als nur den Bach runter gegangen. Sie war brutal misshandelt worden und Alex hatte damit nicht umgehen können. „Ja, aber das heißt nicht, dass du keine gute Beziehung finden kannst."

Er lachte, doch es klang alles andere als heiter. „Gut? Glaubst du daran, dass ich eine gesunde Beziehung mit einer lieben Frau da draußen führen kann? Vielleicht noch ein paar Kinder großziehen? Hey, wir könnten uns auf die Suche nach einem Haus mit vier Zimmern und einem weißen Lattenzaun darum und einem Hund namens Cuddles machen. Für wen verfickt nochmal hältst du mich, Eve?"

In dem Moment bemerkte sie den Umschlag auf dem Boden neben ihm. Sie erkannte ihn vom heutigen Morgen wieder. Er war zusammen mit den Blumen geliefert worden. „Ich denke, du bist einer meiner ältesten Freunde und verdienst etwas Frieden."

Seine Augen verdunkelten sich. „Nur deshalb, weil es so viel gibt, was du nicht über mich weißt, Schatz." Sein Mund verzog sich zu einer flachen Linie und er ließ den Kopf nach hinten driften. „Ich mag dich wirklich, Eve. Und das nicht nur, weil du Alex' Frau warst." Er holte tief Luft und schaute wieder hinunter zu ihr. „Bist du dir sicher, dass du fertig mit ihm bist?"

Das konnte sie ehrlich beantworten. „Nein. Ich weiß nicht, ob ich je mit ihm fertig sein werde, doch ich bin mir auch nicht sicher, ob wir wieder zusammenleben könnten. Ich hab' mich verändert, seit wir geheiratet haben."

„Du bist stärker geworden. Ich dachte tatsächlich, dass du nicht gut zu Alex passt. Am Anfang warst du zu devot. Alex brauchte eine Herausforderung. Es ist eine Sache, eine Sub im Schlafzimmer zu haben, aber eine ganz andere, wenn deine Partnerin, die Frau, auf die

81

du dich verlässt, bei jeder Entscheidung absolut von dir abhängig ist."

Sie fühlte, wie sich ihre Augen verengten. „Das war ich ganz sicher nicht."

„Er hat dir jeden Morgen deine Kleider ausgesucht, Eve."

Es hatte als Spiel begonnen. Er suchte ihre Kleidung für ihre Verabredungen heraus und wählte stets ihre Dessous. Irgendwann hatten sie sich daran gewöhnt, dass er ihr die Kleidung herauslegte und sie darin bewunderte. „Es hat einfach Spaß gemacht."

„Hat es das?"

„Ich war nicht absolut abhängig von ihm." Sie sprach die Worte aus und meinte sie auch bis zu einem gewissen Grad so, rückblickend jedoch wusste sie, dass sie weit mehr von ihm abhängig gewesen war, als ihr lieb war. Und doch war dies eine der süßesten Zeiten ihres Lebens gewesen. „So, wie die junge Frau damals, kann ich nicht wieder sein. Ich weiß nicht, ob Alex sich mit weniger zufrieden gibt."

„Alex hat sich mit den Krümeln, die du ihm jahrelang geboten hast, zufrieden gegeben. Er nimmt alles an. Wenn ich dich heute träfe, würd' ich sagen, dass du zu kalt für ihn bist. Damals warst du zu devot."

Ian hielt sich nicht zurück. Verdammt, das zu hören tat weh. „Du meinst also, ich sollte ihn gehen lassen."

Ihn zu dergleichen wie den Amandas dieser Welt gehen lassen? Zu jüngeren Frauen oder Subs, die kein Leid erlitten hatten und nicht in ihren Gewohnheiten festgefahren waren? Frauen, mit denen er sich in einer glücklichen, passenden Partnerschaft niederlassen konnte, in der er die meisten Entscheidungen träfe?

„Ich denke, du solltest all die Anmut der Frau, die dir inne war, mit deiner heutigen Kraft vereinen. Ich denke, du solltest verfickt nochmal aufhören zu kuschen und anfangen zu kämpfen. Wir sind alle am Arsch, Eve, doch zumindest stellt der Rest von uns gehfähige Verwundete dar. Wenigstens versuchen wir, etwas zu erreichen."

Ein Funken Wut flammte in ihr auf. „Ach, echt? Was versuchst du zu erreichen, Ian? Denn so wie ich das sehe, stehst du schon ganz schön lange auf der Stelle, oder willst du mir etwa sagen, dass du dir jede Nacht eine andere Sub nimmst, weil du auf der Suche nach „der Einen" bist?"

Er schnaubte, ein Geräusch, das bei einem unbedeutenden Mann sicher lächerlich wirkte, doch bei Ian elegant klang. „Yeah, soweit zu meiner Erzählung. Nein. Ich hab „die Eine" bereits gefunden, und sie ist tot, und ich glaube, Eli Nelson hatte etwas damit zu tun."

Sie fühlte, wie ihr der Kiefer runterklappte. Sie hatte gewusst, dass Ian und Nelson eine Geschichte verband, doch wie weit lag sie zurück? „Was?", sagte sie.

„Der Wichser hat mir eine Karte geschickt. Die Blumen hab' ich schon weggeworfen. Ich hätte Phoebe beinahe eins auf die Rübe gegeben. Sie wird in den nächsten Tagen kündigen." Er nickte in Richtung des Umschlags zu seinen Füßen.

Eve zog die Karte heraus. Sie war voller Herzen und Blumen, kitschig und sentimental, und sie verkündete „Alles Gute zum Jahrestag". Sie war nicht unterschrieben, doch die Postanschrift war London, England, Eli Nelsons letzter bekannter Aufenthaltsort. Der skrupellose CIA-Agent hatte der gesamten Truppe Ärger bereitet, seit er versucht hatte, sie zu benutzen, um Industriegeheimnisse für seine chinesischen Hehler zu stehlen. Vor einigen Monaten hatten sie alle erfahren müssen, dass ihre Verbindungen zu Nelson viel weiter zurückreichten, als sie geahnt hatten. Er hatte die Operation ruiniert, die Liam viele Jahre seines Lebens gekostet hatte, und dann versucht, ihn und Avery zu töten, nachdem er mit den Informationen davongelaufen war, für die er bereit gewesen war zu töten.

Und Ian hatte zurückgeschlagen, die Informationen nutzlos gemacht. Sie waren zwei Titanen, die massiv aufeinander einschlugen.

„Warum sollte er dir das schicken?"

„Er will mich gefühlsbestimmt", stellte Ian fest. „Er will mich aus der Form bringen. Und er will definitiv, dass ich glaube, er hätte meine Frau getötet."

Eve fühlte, wie sich ihre Augen weiteten und ihr das Herz in die Hose rutschte. Seine Frau? Ian war verheiratet? „Wie lange ist es her, dass sie von uns ging?"

Vielleicht hatte er Recht gehabt, als er sagte, es gäbe vieles, von dem sie nichts wusste.

„Jahre. Minuten. Manchmal glaub' ich, dass ich sie noch sehe. Was tue ich nur? Sie hat mich ausgespielt. Sie hat die ganze Zeit für Nelson gearbeitet, und sie hat einen Schaden erlitten. Das ist bescheuert. Ich sollte an einem Fall arbeiten, und ich sitze hier wie ein verdammter Teenager, höre Musik und weine um ein Mädchen."

Er weinte nicht. Sein Gesicht war wie versteinert. Eve hatte etwa zwei Millionen Fragen, es schien jedoch falsch, dazwischen zu reden. Er war so eigen. Er würde später jedes Wort, das er gesagt hatte, bereuen, und sie konnte den Gedanken nicht ertragen, dass ihn etwas demütigte. Sie legte den Umschlag hin und kam auf die Füße.

„Ich umarme dich jetzt."

Ian öffnete die Augen und ein argwöhnischer Blick kreuzte sein Gesicht, als hätte sie ihn gewarnt, dass etwas Schreckliches passierte. „Warum?", sagte er.

„Weil du es brauchst, mein Herr, und du kannst es nicht von einer der anderen Subs annehmen, weil sie alle was von dir wollen. Ich will etwas für dich."

„Alle wollen etwas, Eve."

Sie spielte wagemutig. Sie setzte sich auf seinen Schoß und legte die Arme um seinen Hals. Er war der Bruder, den sie nie gehabt hatte, und sie konnte ihn nicht so hier sitzen lassen. „Ich will, dass du glücklich bist. Und ich glaube, ich will auch endlich glücklich sein. Du hast Recht. Ich habe mich jahrelang wie ein Zombie verhalten, und ich muss wieder anfangen zu leben. Und du musst herausfinden, was du willst."

Seine Stimme war ein leises Rumoren. „Ich möchte Eli Nelson die Eier abreißen und sie ihm tief in den Rachen stopfen und dann, wenn ihn seine eigenen Hoden mundtot gemacht haben, möchte ich ihn an seinem Dickdarm aufhängen."

Nun ja, wenigstens hatte er ein Ziel. „Kann ich was für dich tun?"

Er war einen Moment lang still, worauf seine Stimme ziemlich erschöpft klang. „Du kannst bei mir sitzen. Weißt du, wie lang es her ist, dass jemand bei mir saß? Seit mich jemand berührte und verdammt nichts von mir wollte, außer, dass ich mich besser fühle? Es ist fünf Jahre her. Nicht mehr, seitdem sie gestorben ist."

Sie ließ den Kopf auf seiner breiten Schulter ruhen, sich in seiner Nähe wohlfühlend. Es lag nichts Sexuelles darin. „Es sind jetzt fünf Jahre her, seitdem ich mich von Alex hab' küssen lassen. Ich vermiss' ihn, Ian."

„Und ich vermisse Charlie. Und falls du mich nochmal fragst, wenn ich nüchtern bin, tu' ich so, als existierte sie nicht. Ich tu' so, als hätten wir nie geheiratet. Ich tu' so, als hätt' ich ihren toten Körper nie in meinen Armen gehalten."

Sie fühlte zum zweiten Mal an diesem Tag, wie Tränen ihre Augen füllten. Etwas schien sich in ihr geöffnet zu haben. „Es tut mir so leid, Ian."

Er ließ die Hand zu ihrer Wange treiben und wischte mit dem Daumen eine Träne weg. Er hielt sie hoch und starrte darauf. „Eve, du weinst ja. Du weinst, außer in Szenen, nie."

Sie zog sich zurück und sah ihn an. „Ja, ich kann offenbar wieder weinen, jetzt, wo ich als verwundete gehe, anstatt als Zombiemädchen. Etwas."

Er kräuselte die Lippen und war so schön, wenn er lächelte. „Da ist meine Eve."

Die Musik verstummte, alles war von einem Moment zum nächsten totenstill. Dann ertönte eine kalte Stimme. „Deine Eve"? Gibt es da etwas, wovon ich nichts weiß?"

Sie wäre Ian fast vom Schoß gesprungen, als sie den Klang von Alex' Stimme vernahm, doch sie hielt inne, denn sie hatte nichts falsch gemacht. Es war ihre Rolle als Sub, eine Gefälligkeit anzubieten. Zur Hölle, es war ihre Rolle als Ians Freundin, ihm Trost zu spenden. Wie oft hatte sie Alex erwischt, wie er mit einer Sub kuschelte, dessen Dom sie verlassen oder die einen schlechten Tag gehabt hatte? Sie waren übermäßig körperbetonte Menschen, doch wie er sie jetzt ansah, ließ sie erschaudern.

„Ich glaube, du solltest dich in Bewegung setzen." Ian hielt die Hände hoch und weit von ihr, als wollte er Alex zeigen, dass er nichts Komisches im Sinn hatte.

Eve schob sich von seinem Schoß, ihr Gesicht ihrem Ex zugewandt. „Beruhig dich, Alex."

„Warum haut ihr zwei nicht einfach ab und trag das unter vier Augen aus. Ich hab' was zu tun." Ian schenkte sich noch einen Scotch ein. „Und jemand sollte besser die verfickte Musik wieder anstellen."

„Ich hätte gern eine Erklärung." Alex knurrte die Worte quasi heraus. „Mir ist gesagt worden, es gäbe Probleme im Club, und ich komm' rein und das einzige Problem, das ich hier sehe, ist, dass ihr zwei kein Zimmer bekommen habt. Da hinten gibt's private

Spielzimmer, wobei ich weiß, dass es Ian auch nichts ausmacht, in der Öffentlichkeit zu ficken."

Ian erhob sich, sein großer Körper bewegte sich stets mit Anmut, obwohl er das Gros der Flasche Scotch intus hatte. „Du weißt, sowas mach' ich nicht, Alter. Und du und Eve mögt es doch, unter euch zu sein. Vielleicht sieht dann keiner, dass ihr in Sachen Sex genauso seid wie der Rest von uns. Es ist nur eine verfickte Körperfunktion, oder?"

„Das ist es, was hier vor sich geht? Willst du meiner Frau sexuell an die Hand gehen?"

Gott, er war so umwerfend, doch er benahm sich manchmal wie ein Idiot, wenn er eifersüchtig war. „Ja, Alex. Nach mehr als zehn Jahren Freundschaft haben Ian und ich beschlossen, ein Liebespaar zu sein. Ich konnte ihm nicht widerstehen. Er ist so zärtlich."

Ians Faust schoss in die Luft, sein Mittelfinger ausgestreckt.

Eve lief staksenden Schrittes auf Alex zu, ihre Stimme ein raues Flüstern, denn Ian hatte alles andere nötig als Alex' Höhlenmensch-Getue. „Er ist aufgebracht und ich wette, du weißt warum. Hat dieser Tag eine besondere Bedeutung? Gibt es einen Grund, warum Eli Nelson ihm eine Karte zum Jahrestag schicken würde?"

So, wie Alex' Gesicht nun verblasste, sagte ihr alles, was sie wissen musste. Er hatte von Ians Ehe gewusst. Er hatte gewusst, dass sie gestorben war. „Yeah. Ich bin mir bewusst, was heute für ein Tag ist. Ich bekam einen Anruf und hab's ganz vergessen. Eigentlich sorge ich dafür, dass er an diesem Tag nicht allein ist. Ich hab' mich an dem Moment erinnert, als ich hier reinkam und den verfickten Song hörte, doch dann sah ich dich auf seinem Schoß sitzen. Verdammt nochmal." Er drehte sich um, schrie los. „Simon, mach die Musik wieder an."

Guns N' Roses fing wieder zu jaulen an, und Ian seufzte und setzte sich wieder.

„Wir müssen Ryan sagen, dass der Club heut Abend geschlossen ist. Er wird wissen, wen er anrufen muss. Verdammte Scheiße. Ich muss heut Abend arbeiten."

„Ich babysitte." Liam legte Alex die Hand auf die Schulter. „Geht's um seine Frau?"

Alex nickte. „Heute ist der Tag, an dem sie starb. Einmal im Jahr dreht er durch. Ich nehm' mich dem eigentlich an. Üblicherweise gehen wir zu ihm, um uns abzuschießen, und zwar abseits der Öffentlichkeit, doch ich war noch in einen Fall verstrickt."

Liam wusste es. Alle wussten es, nur sie nicht. Es tat etwas weh, doch angesichts Ians Verschlossenheit, konnte sie es den Männern nicht verübeln, dass sie es für ihn geheim gehalten hatten.

Liam warf ihr ein gespanntes Lächeln der Ermutigung zu. Er wusste, was sie heut Abend vorhatte. „Ich glaube, du hast heut Abend noch einiges zu tun, Kumpel. Geh und sprich mit Evie. Ich werd' dafür sorgen, dass er ganz nach Hause kommt. Wenn du mir einen Gefallen tun magst, nimm den Briten mit. Bitte."

Alex runzelte die Stirn. „Ich weiß nicht. In Ordnung. Bitte pass auf ihn auf. Ich hab' wirklich etwas zu erledigen. Ruf mich an, wenn du mich brauchst. Und Simon soll Ians Auto zurück zum Büro fahren. Du wirst ihn heut Abend mit zu dir nach Hause nehmen müssen. Eve, soll ich dich nach Hause fahren?"

„Ich hatte eigentlich gehofft, wir könnten reden." Er hatte sich wie ein Arschloch benommen, doch er war schon immer besitzergreifend gewesen. Sie war bereit, ihm etwas Spielraum zu lassen. Als sie ihn das erste Mal erwischt hatte, wie er eine andere Sub umarmt hatte, wollte sie der Frau die Haare vom Kopf reißen. „Hast du Zeit zum Abendessen?"

Er blieb wie angewurzelt stehen, riss die Augen auf. „Du willst mit mir zu Abend essen?"

„Ja. Ich denke, wir sollten reden." Sie verbrachten selten Zeit miteinander, in der sie nicht arbeiteten oder das taten, was Ian ihnen vorgeworfen hatte – inhaltslosen Sex zu haben. Es war lange her, dass sie sich hingesetzt und geredet hatten, und sie wusste, dass das ihre Schuld war. „Wie wär's mit Thai? Ich lad' dich ein."

Sein Kinn wurde kantig und sein Gesicht nahm einen hartnäckiger Ausdruck an. „Ich muss arbeiten. Ich wünsche mir nichts sehnlicher, als dich beim Wort zu nehmen, und das werd' ich auch bald, aber ich hab' einen Fall, an dem ich dran bin, und das Timing ist hier von entscheidender Bedeutung."

„Brauchen Sie mich, um den Hintergrund des Mädchens zu überprüfen?", fragte Simon. Sie hatte nicht bemerkt, dass er gegen die Bar lehnte. „Ich kann auf jeden Fall herausfinden, ob das Mädchen das ist, was sie vorgibt zu sein. Jetzt nachzuweisen, dass sie

Verbindungen zu Evans hat, ist nochmal eine ganz andere Geschichte."

Eve fühlte, wie der Boden unter ihren Füßen verschwand. „Evans?"

Das war ein Allerweltsname. Es konnte sich um alles Mögliche handeln, denn auf keinen Fall ließe sich Alex auf irgendeine Weise mit Michael Evans ein, ohne sie wissen zu lassen, was vor sich ging. Das würde er ihr nicht antun. Nicht nochmal.

Das Erröten seines Gesicht zeugte vom Gegenteil. Seine ganze Haltung erstarrte, als ob er sich in der Defensive befand. „Es ist nichts, worüber du dir Sorgen zu machen brauchst, Eve. Ich fahre nach Florida für ein paar Wochen. Wir meld' mich, wenn ich zurück bin"

Er lief aus dem Kerker in Richtung Lobby, und Eve sank in einen Stuhl, die Hände zitterten. Sie war bereit gewesen, wieder von vorne anzufangen, doch es hatte sich nichts geändert.

Gar nichts.

Kapitel Vier

Alex lief steifbeinig aus dem Kerker, in seinen Atem hineinfluchend. Warum verfickt nochmal hatte Weston es für nötig gehalten, Evans' Namen zu erwähnen? Er war ein verfickter Idiot, der alles verkackt hatte.

„Hey!"

Alex blieb in der Mitte der Lobby stehen, ohne sich umzudrehen. Er wusste genau, wer ihm an den Kragen wollte. Weston war nicht der einzige idiotische Europäer, mit dem er umgehen musste. „Ich muss mir von dir nichts anhören, Liam."

„Ich denke verdammt nochmal schon, dass du das musst", schoss Liam mit direktem Angriff zurück. „Was verfickt nochmal sollte das?"

Wenn Liam wütend wurde, kam sein Irisch hoch, und die Aussage klang sehr nach grüner Insel. Yeah, er war wütend. Alex füllte seine Lunge mit Luft und betete um Geduld, denn er war schlecht mit der Situation umgegangen. Weston hatte eine unpassende Bemerkung gemacht, doch hatte er wirklich erwartet, dass Eve es nie herausfände? Er fuhr sich frustriert mit der Hand durchs Haar. Eve hatte sich den denkbar schlechtesten Zeitpunkt ausgesucht, um sich zu entscheiden, die Regeln etwas zu lockern.

„Würde es mir einen Scheiß nutzen, dich darauf hinzuweisen, dass dich das nichts angeht, O'Donnell?"

„Sie bittet dich darum, mit ihr essen zu gehen, und du wimmelst sie wegen eines Falls ab?" Liam verdrehte offensichtlich frustriert die Augen. „Ich werd' mich um den verdammten Fall kümmern. Gib mir die Details und hör auf, dich wie ein Arsch zu benehmen. Eve hat ein paar Dinge, die sie mit dir besprechen muss."

„Es spielt keine Rolle. Sie wird jetzt sowieso nicht darüber reden." Was zur Hölle wollte sie besprechen? Wollte sie ihren Vertrag letztendlich zerreißen und sich endgültig trennen? Ein bitteres Gefühl stieg in ihm auf. Es würde warten müssen.

Was zur Hölle täte er, wenn Eve ihn schließlich fallen ließe?

Liam beruhigte sich etwas. „Das wird sie, wenn du dich bei ihr entschuldigst. Geh zurück und sprich mit ihr, Kumpel. Du kannst dir nicht vorstellen, wie schwer es für sie war, das zu tun. Geh einfach wieder rein und führ sie zum Essen aus. Du kannst das wieder gut machen."

Doch er konnte es nicht. Er hatte die Chance vor langer Zeit verloren. „Ich kann nicht, Liam."

Eve ging an ihnen vorbei. Sie trug wieder Schuhe und hatte sich die Jacke angezogen. Für einen kurzen Moment war sie genauso sanft gewesen wie vor all den Jahren. Deshalb hatte er seinem besten Freund fast den Kopf abgeschlagen. Sie hatte so sanft und süß in Ians Armen ausgesehen. Nichts war mehr von der Kälte zu sehen, die sie in den letzten Jahren ausgestrahlt hatte, und es verletzte ihn, dass ihm diese Wärme nicht galt.

Ausgenommen der Tatsache, dass er sie gespürt hatte, als sie mit ihm Essen gehen wollte. In ihren Augen hatte ein Funke gestrahlt, den er seit einer Ewigkeit nicht mehr hatte sehen können. Hatte sie jemanden kennen gelernt? Wie wäre das für ihn? Konnte er zusehen, wie sie mit einem anderen glücklich wurde?

„Ich möchte bitte nach Hause gefahren werden." Eve sah sich nicht um, stellte sich bloß an die Tür. Es war augenscheinlich, dass all ihre Sanftmut in dem Moment, als sie Evans' Namen gehört hatte, verflogen war. Es war seinerseits richtig gewesen, sie da rauszuhalten. Er wollte sie nur beschützen. Warum konnte das niemand sehen?

Liam trat vor. „Dann bring ich dich zurück ins Büro, Liebes. Alex, bleib bei Ian, bis ich zurückkomme."

Eve hielt eine Hand hoch. „Ich möchte, dass Alex mich hinbringt." Sie drehte sich um und er hatte mit der Sanftheit Recht gehabt. Jetzt war nichts mehr davon zu spüren. Ihr Gesichtsausdruck war vorsichtig, vollkommen nichtssagend. „Ich glaub', er kriegt es hin, mich an meinem Auto abzusetzen, bevor er wieder zur Arbeit fährt. Du fährst doch zurück ins Büro, oder?"

Sie wartete keine Antwort ab, sondern trat lediglich in das Nachmittagslicht hinaus, sich auf den Parkplatz zubewegend.

„Ich werd' mich um sie kümmern", sagte Alex.

„Sie wollte dich darum bitten, euren Vertrag abzuändern", sagte Liam stirnrunzelnd. „Warum wäre sie sonst so aufgebracht darüber, dass du arbeitest? Kannst du das nicht für ein paar Stunden aufschieben?"

Sie wollte ihn bitten, den Vertrag zu revidieren? Wie? Um ihnen mehr Freiheiten einzuräumen? Oder weniger? *Fuck.* Sie würde ihm nicht antworten, wenn er sie jetzt fragte. Er konnte nichts machen, Augen zu und durch. „Ich hab' eine Spur zu Michael Evans."

Liam fluchte vor sich hin. „Hattest du vor, es ihr zu sagen?"

„Nein. Sie kann nichts tun, sie würde sich nur Sorgen machen." Es würde ihr nichts anderes als Schmerzen bereiten, wieder darüber zu sprechen.

„Aber das ist ihre Sorge, Alex."

Liam verstand es nicht. Er hatte viel durchgemacht, doch er hatte noch nie erlebt, wie seine Liebe von einem Untier erschüttert wurde. „Ich möchte dich was fragen und ich will, dass du mir ehrlich antwortest. Wenn Avery von einem Mann vergewaltigt und terrorisiert worden wäre, würdest du dich dann auch rächen wollen?"

„Verdammt, ja, das würd' ich."

Wenigstens einer verstand ihn. „Na gut, dann."

Seine Hand berührte schon die Tür, als Liam wieder zu sprechen begann. „Aber ich würd' eher meine Frau wollen. Wenn ich mich zwischen beidem entscheiden müsste, würd' ich mich immer für sie entscheiden."

„Ja nun, vor dieser Wahl stehe ich nicht." Rache war alles, was ihm geblieben war, und selbst wenn Eve ihn zurückwollte, war er sich nicht sicher, ob er die Suche nach Evans aufgeben könnte. Solange er sich dort draußen befände, war Eve nicht wirklich sicher. Er erinnerte sich gut daran, wie Evans ihn angesehen hatte, als er zu seiner Kautionsverhandlung in den Gerichtssaal geschleppt worden war. Er hatte selbstgefällig gelächelt und die Worte, „Wir sind noch nicht fertig!", lautlos zu ihm gesprochen.

Nein, solange Evans da draußen war, war es nur eine Frage der Zeit, bis er hinter Alex her war, und der einzige Weg, an Alex ranzukommen, war über Eve.

Er drehte sich um und ging auf die Tür der Lobby zu, während die Musik immer noch durch den Club dröhnte. Er hatte gedacht, Ian hätte eine Art Abschluss gefunden. Ian wusste, dass Charlotte tot war, hatte ihren Körper in seinen Armen gehalten. Er wusste, dass nichts weiter folgen würde, doch anscheinend fühlte er sich noch immer verfolgt. Jedes Jahr aufs Neue hoffte Alex, dass er diesen verfickten Song nicht mehr hören müsse, und jedes Jahr spielte Ian dieses Lied an diesem Tag, bis er ohnmächtig war und Tags drauf mit roten Augen und verschlossenem Mund auf der Arbeit erschien. Die nächsten dreihundertvierundsechzig Tage verbrächten sie damit, so zu tun, als hätte sie nie existiert.

Alex' Geist hingegen stand an der Beifahrertür seines Wagens, ein Stirnrunzeln in ihrem wunderschönen Gesicht. Er trat hinaus in die Hitze des Tages und öffnete ihr die Tür.

„Liam sagte, du wolltest unseren Vertrag neu verhandeln." Er musste es versuchen.

Sie ließ sich auf dem Sitz nieder. „Das ist jetzt nicht mehr wichtig, oder?"

„Was wolltest du verhandeln, Eve?" Zur Hölle, es wäre leichter für ihn, wenn sie sich ganz von ihm trennte. Immerhin könnte er sich dann auf die bevorstehende Aufgabe konzentrieren.

Sie richtete die Augen auf ihn. „Ich will die Akte sehen, Alex."

„Es gibt noch keine Akte. Warren lässt sie mir über den korrekten Dienstweg zukommen." Er schloss die Tür und lief zur Fahrerseite des Wagens. Er stieg ein und ließ den Motor an, dankbar darüber, dass die Fahrt nicht lange dauerte.

„Gut. Ich will wissen, was du herausgefunden hast. Ist er in den Staaten?"

Es war das letzte Gespräch, das er führen wollte, doch sie musste es irgendwann erfahren. „Ich glaube, er kommt regelmäßig her. Er scheint sowas wie Geschäftsbeziehungen hier aufzubauen, eine Reihe von Clubs, über die er Drogen verkauft."

„Vermutlich benutzt er die Clubs auch, um Geld zu waschen", sagte Eve, die Augen auf die Straße vor ihnen gerichtet. „Und er wird sie wohl auch als eine Form von Kommune betrachten, so wie die, die er aufgebaut hat. Gewiss hat er in jedem eine Frau."

Sie sprach, als redeten sie über einen ganz gewöhnlichen Fall, doch jedes Mal, wenn er zu ihr rüber blickte, sah er die Narbe auf ihrem Hals. Es war die schlimmste aller Narben. Der Schnitt war tief gewesen und war noch immer stark auf ihrer Haut zu sehen, doch sie hatte noch weitere Narben auf ihrem Bauch und ihrem Rücken. Sie waren schwächer geworden, zu flüsternden weißen Linien verblasst, doch er erinnerte sich, als sie frisch und blutig waren.

„Eve, du musst das nicht tun. Ich überprüfe die Quelle heut Abend. Wenn sie sauber ist, fahre ich nach Florida und sehe mir einen der Clubs mit eigenen Augen an."

„Sie?" Die Frage war von Eis überzogen.

Zumindest war sie immer noch eifersüchtig. „Ja. Ihr Name ist Kristen und sie ist eine Enthüllungsjournalistin. Sie ist nur eine Quelle, mein Engelchen. Sie hat Evans mit Narkoterroristen in Südamerika in Verbindung gebracht."

„Warum wendet sie sich nicht ans FBI?"

„Weil sie nicht so sang- und klanglos arbeiten können wie ich, und sie da nicht so tief mit drinstecken."

„Oh, also diejenigen, die tief in einem Fall mit drinstecken, sollten diejenigen sein, die ihn bearbeiten? Ausgezeichnet. Dann flieg' ich mit dir nach Florida", erklärte sie, ihr Mund zu einer störrischen Linie geformt.

„Auf gar keinen Fall." Er wollte sie nicht auf dem gleichen Kontinent mit Evans und noch weniger in der gleichen Stadt wissen. „Eve, sei vernünftig. Es ist wahrscheinlich nichts. Ich fahr' zu dem Club, überprüfe ihn für ein paar Tage und erstatte Bericht."

Doch etwas in ihm sagte ihm, dass diese Spur nicht ins Leere führte. Jeder Instinkt in seinem Körper sagte ihm, dass dies die Spur war, auf die er gewartet hatte, und sich Evans in der Nähe befand. Jetzt brauchte er sich nur noch an den richtigen Ort begeben und sich auf die Lauer zu legen. Adam war imstande, gefälschte Daten in Umlauf zu bringen, so dass Alex jedwede Hintergrundüberprüfung bestände. Er würde seine Haarfarbe ändern und farbige Kontaktlinsen tragen. Die meiste Zeit versteckte er sich eh hinter einer Sonnenbrille. Er war älter und sein Körper massiger als früher geworden. Er hatte mehr Zeit in der Muckibude verbracht als zuvor. Er könnte genug Zeit verstreichen lassen, bis er sich mit Evans im gleichen Raum befände, und dann wäre es egal, ob ihn der Wichser erkannte.

„Würde es etwas ändern, wenn ich dich bitten würde, nicht zu gehen?", fragte Eve mit so ruhiger Stimme, als ob ihr egal war, was dabei herauskäme.

Er hielt an einem Stoppschild. „Warum solltest du das tun?"

„Weil wir nicht weiterkommen, solange du Evans stets zwischen uns kommen lässt."

„Was?", sagte er.

Sie glättete ihren Rock, obwohl er keine einzige Falte aufwies. „Er ist immer da."

„Weil du ihn nicht vergessen kannst", antwortete Alex, seine Stimme tief und mitfühlend. „Das versteh' ich, mein Engel. Du wirst wieder nachts schlafen können, wenn ich ihn ausgeschaltet hab'."

Sie lachte, es klang bitter. „Ich bin nicht diejenige, die von Michael Evans besessen ist."

Er fühlte, wie sich sein Kiefer verkrampfte, sich seine Hände am Lenker anspannten, als er den Wagen steuerte und auf die Autobahn bog. Die Innenstadt lag vor ihm, das Omni-Hotel leuchtete mit seiner Lichtersymphonie, während sich der Tag dem Abend zuneigte. Sie waren von Beton, Fassaden und Licht umgeben. Er blickte auf die Bürgersteige samt ihrer kleinen, sauber in Boxen gehaltenen und perfekt gestutzten Rasenstücke. Die spät am Nachmittag Pendelnden drängten zu ihren Bahnhaltestellen oder Parkplätzen. Sie kamen voran, Alex hingegen fühlte sich, als käme er nicht von der Stelle. Er und Eve waren seit Jahren nicht weitergekommen. Sie stritten stets über immer dasselbe. „Er hat uns fünf Jahre voneinander getrennt. Wenn das nicht Besessenheit ist, dann weiß ich nicht, was es sein soll."

„Ich gebe zu, dass ich zu Beginn verletzt war", begann Eve. „Aber er ist es nicht, der uns voneinander trennt. Wir sind beide daran beteiligt, und solange wir nicht erkennen, was wir falsch gemacht haben, können wir nicht mal daran denken, wieder zusammen zu kommen."

Sie hielt ihm den einzigen Köder vor die Nase, der ihn vielleicht hätte locken können, doch er musste stark sein. Sie schafften es nicht, wenn Evans zwischen ihnen stand. Die einzige Möglichkeit, um voranzukommen, war Evans endgültig ein Ende zu bereiten. „Du versuchst, mich davon abzuhalten, ihn zu verfolgen. Das ist der einzige Grund, warum du mir das alles sagst."

Sie verkrampfte die Finger am Griff ihrer Handtasche. „Ich will nicht, dass du gegen ihn ermittelst. Lass es sein, Alex."

„Das kann ich nicht. Er wird wieder hinter dir her sein." Er hatte es jede Nacht in seinen Albträumen vor sich. Evans würde hinter ihr her sein, und sie wäre allein und verletzlich.

„Nein. Das wird er nicht", antwortete Eve mit fester Stimme. „Er hat keinen Grund dazu. Er ist zu Größerem und besseren Dingen übergegangen. Du bist derjenige, der das Spiel noch spielt. Gib die Informationen an Warren weiter."

„Nein." Er konnte niemandem vertrauen sich dessen anzunehmen. Kristen hatte Recht. Das erforderte ein kleines, unauffälliges eingeweihtes Team. Warren würde dergleichen nicht rechtzeitig zusammenstellen können.

„Dann sind wir fertig, Alex. Lass die Sache fallen, oder wir sind getrennte Menschen."

Sein Magen drehte sich. „Wir sind schon lange getrennte Menschen, Eve."

Sie verstummte. Das einzige Geräusch im Auto war das sanfte Gleiten der Räder auf dem Beton und gedämpfte Verkehrsgeräusche abseits der geschlossenen Fenster. Und es traf Alex sehr, dass es vielleicht das letzte Mal war, dass sie beiden allein waren.

„Worüber wolltest du heute Abend wirklich mit mir reden?", fragte Alex. Das Büro lag genau vor ihnen. Er hatte nur noch wenige Minuten mit ihr und er dachte ernsthaft darüber nach, sich zu verpissen. Er konnte einfach davonfahren, weg vom Büro, vom Fall und von Evans und ihren beiden einsamen Wohnungen.

Aber er konnte nicht vor ihren Problemen davonfahren. Sie wären immer bei ihnen, wie ein Anker, der sie herabzog.

„Ich wollte die Auflösung unseres Vertrages besprechen. Es fühlt sich grausam an, dich stets so zu benutzen, wie ich es tue." Sie saß ganz steif auf ihrem Platz, ihre Augen aufs Büro gerichtet, die Hände ineinander gefaltet.

„So hatte es sich bei Liam nicht angehört." Liam hatte hoffnungsvoll geklungen.

„Würde es deine Meinung ändern, wenn ich sage, dass ich's nochmal versuchen möchte?"

Sie versuchte, ihn nicht der Gefahr auszusetzen. Das war alles. „Nein. Wenn du's nochmal versuchen willst, kannst du auf mich warten."

„Und wenn du's noch mal versuchen willst, lässt du das hier sein."

Sie befanden sich in einer Sackgasse, doch so hatten sie jahrelang gelebt. Keinem von ihnen war es möglich gewesen, auf- oder nachzugeben. Sie hatten Jahre verschwendet. „Eve, ich will dich nicht verlieren."

Sie seufzte. „Dann tu's nicht."

Das Auto hinter ihm hupte und er hatte keine andere Wahl, als ins Parkhaus zu fahren. Das erste Auto, das er sah, war Eves makelloser weißer Mercedes. Er hielt vor ihm und betete um mehr Zeit.

Sie stieg sofort aus dem Wagen, als er nicht mehr rollte. Sie sah zu ihm auf, ihre braunen Augen erschöpft. „Du wirst gehen, nicht wahr?"

„Ja." Er musste.

Sie nickte. „Du tust das nicht für mich, das weißt du."

„Na klar, tu' ich das. Ich tu's für uns." Um sich wieder sicher fühlen zu können.

„Na klar, tust du das", murmelte sie. „Weil du immer die richtigen Entscheidungen triffst, nicht wahr, Alex? Du weißt immer alles am besten."

Bis auf das eine Mal, als er ihre Warnung ignoriert und ihr Leben ruiniert hatte. „Siehst du nicht, dass ich versuche, es wiedergutzumachen?"

Sie schlug die Tür zu, allerdings hörte Alex noch, wie Adam schrie.

„Eve!"

Sie drehte sich um und ging auf Adam zu, ein Lächeln im Gesicht. Seit Jahren hatte sie ihren eigenen Mann nicht mehr angelächelt. Hatte nicht zugelassen, von ihm geküsst oder umarmt zu werden. Sie hatte ihn auf Armeslänge gehalten, weil er Mist gebaut hatte, und nun wollte sie ihn davon abhalten, den Fehler zu korrigieren.

Adam öffnete die Arme und Eve lief hinein, um sich umarmen zu lassen.

Sie gab den anderen Männer in ihrem Leben so viel, jedoch nichts dem Mann, der sie geliebt hatte, und der auf sie gewartet hatte.

Doch er täte eine letzte Sache für sie. Er brächte Michael Evans zu Fall und dann wäre sie in Sicherheit.

Dann wäre das Spiel vorbei, wobei Alex bereits wusste, dass er der Verlierer war.

* * * *

Eve blickte auf die Uhr. Wie viele Stunden waren vergangen, seit sie Alex gesagt hatte, dass sie fertig waren? Achtzehn? Neunzehn? Es kam ihr wie eine Ewigkeit vor, und doch konnte sie noch immer den Blick in seinem Gesicht sehen.

Sie lehnte sich in ihrem Stuhl zurück. Der Konferenzraum war voll und sie die einzige Frau dort. Grace arbeitete vorerst halbtags, und Eve spürte ihren Verlust.

Ian trat herein, ließ den Ordner fallen, den er bei sich trug, und schleuderte seinen massiven Körper in den Stuhl am Kopfende des Tisches. „Wer präsentiert heute?"

„Ich glaub', ich bin der Einzige", sagte Alex.

„Gut. Zuerst eure Neuigkeiten, bevor Alex loslegt." Ian blickte sich am Tisch um. Alex hatte Recht. Wenn sie nicht gewusst hätte, auf den leicht rötlichen Farbstich in seinen Augen zu achten, hätte sie nicht erkannt, dass mit Ian etwas nicht stimmte.

Jake reichte ihm einen anderen Ordner, dieser war voll von Papier, dick. „Wir haben den McConnell-Systems-Fall aufgeklärt. Adam hat einen der Vizepräsidenten geschnappt, der die neuesten Software-Upgrades an einen Rivalen verkauft hat. Die gute Nachricht ist also, dass wir ein paar Wochen frei haben. Wir bewerten gerad die Sicherheit für eine Firma in Houston, doch diese Arbeit fängt nicht sofort an."

„Weston?", fragte Ian, der niemals aufschaute.

Simon sah absolut perfekt in seinem Brooks Brothers-Anzug aus. „Ich hab' zwei Fälle am laufen und ich arbeite als Sicherheitsbeauftragter für Lyle Bensons Trip durch Dallas. Ich bin selbstverständlich nur koordinierend tätig. Er verfügt über seine eigene kleine Armee an Leibwächtern, doch ich überprüfe seine Routen und die Orte, an denen er sich aufhalten will."

Ian runzelte die Stirn. „Yeah, nun ja, halten Sie den Milliardär bei Laune. Er sichert uns unsere Beschäftigung, und wir bilden seine kleine Armee aus. Also, lasst uns mit dem nicht-monetären Teil meines Tages weitermachen."

„Ich sagte dir, ich werd' mich um alles kümmern." Alex stand auf, er begegnete ihrem Blick nicht wirklich, als seine Augen an ihr vorbeiglitten und sich auf Ian konzentrierten. „Ich brauche ein paar Tage Urlaub. Da ich in den letzten fünf Jahren nicht einen Urlaubstag in Anspruch genommen habe, denke ich, dass ich fällig bin."

„Oh, und wenn ich auch nur eine Sekunde daran dachte, du wolltest an einem sonnigen Strand abhängen, würd' ich deinen Arsch mit Freuden losschicken", murrte Ian. „Doch das tust du nicht, also bleibt mir nichts anderes übrig, als auszuhelfen. Wie bist du aufgestellt?"

Sie hatte die ganze Nacht nichts anderes getan, als sich um die Aufstellung Sorgen zu machen. Was genau hatte Alex rausgefunden und was hatte er vor, dagegen zu unternehmen? Und warum zum Teufel sollte sie sich darüber Gedanken machen? Er rächte sich lieber wieder, als sich für sie zu entscheiden.

Wann begriff sie endlich, dass sie stets an zweiter Stelle kam? Dass das, was ihr zugestoßen war, mehr bedeutete als die, die sie war?

Sie betete, dies sei ein Job aus der Ferne. Vielleicht fasste er den Club aus der Ferne ins Visier und wartete ab, bis er Evans einen Strafzettel verpasste. Sie konnte damit umgehen, wenn er in Sicherheit war.

„Ich werd' für einen Club arbeiten, von dem wir vermuten, dass er als Fassade für Evans' Geschäfte dient. Es geht um Päckchen." Alex sah müde aus, als wäre er die ganze Nacht wachgeblieben und hätte gearbeitet. Sie vermutete, dass, wenn sie in sein Büro schaute, sie seine Kleidung von gestern fände. Er behielt immer ein Ersatzset in seinem Schreibtisch, für den Fall, dass er die Nacht durchmachte.

Sie nippte langsam an ihrem Kaffee, darauf bedacht, nicht zu verraten, wie ihr Herz bei dem Gedanken an seine verdeckten Ermittlungen klopfte.

„Wie erlangst du Zugang zum Club?", fragte Ian und öffnete die Akte. „Hast du die Reporterin weiterverfolgt?"

Simon nickte. „Ich hab' gestern Abend versucht, alles über sie herauszufinden. Sie hat ihr Studium an der Columbia mit einem Master in Journalismus abgeschlossen. Sie hat bei zwei kleinen Zeitungen gearbeitet und fing dann an, freiberuflich zu arbeiten. Ihr gelang es, ein paar große Storys zu landen, und sie arbeitet jetzt freiberuflich in Vollzeit. Kommt aus reichem Hause, soweit ich das beurteilen kann. Sie ist die einzige Tochter eines wohlhabenden Prominenten-Paares. Als sie vor ein paar Jahren starben, haben sie ihr alles hinterlassen. Ich hab' versucht, ein gutes Bild von ihr zu finden, aber ich hab' nur dieses unscharfe Foto von ihr in Pakistan gefunden, als sie über den Kaschmir-Konflikt berichtete."

„Merkwürdig. Du hast nicht mal ein Facebook-Bild finden können?", fragte Adam.

„Ne. Sie lebt sehr zurückgezogen. Keine sozialen Medien. Ihr Führerschein liegt mit bei, doch der muss nächstes Jahr erneuert werden."

„Sieht ihr ähnlich genug," erlaubte sich Alex. „Jedenfalls arbeitet Kristen seit einigen Monaten dort und sie glaubt, dass Evans bald auftaucht."

„Welchen Beweis hat sie dafür geliefert?" Eve vertraute keinem Instinkt, wenn es um Evans ging. Sie wollte Beweise.

„Sie hat gehört, dass er alle sechs Monate reinkommt, um den Betrieb zu überprüfen und seine Lakaien auf Linie zu halten. Er wird jederzeit erwartet. Ich bin als „Dom in Residence" angestellt."

Sie spürte, wie ihre Haut errötete. Evans war ein Wichser. Vielleicht hatte Alex Recht damit, dass Evans sie nicht vergessen hatte. Es gab nur einen Grund, BDSM als Thema zu verwenden, und der war, Alex einen riesigen Mittelfinger zu zeigen. „Er hat sein neues Netzwerk als BDSM-Clubs eingerichtet?"

„Das sind Nachtclubs mit Fetisch-Themen", antwortete Alex mit Nachdruck.

Nun ja, Michael Evans hatte schon immer einen kranken Sinn für Humor. „Warum kann Ryan nicht reingehen? Er leitet das Sanctum."

„Ryan ist nicht ausgebildet. Wenn ich jemanden brauche, der sich als Vorstandsmitglied ausgibt, schick' ich Ryan rein", schoss Alex zurück.

„Wohingegen es viel besser ist, jemanden reinzuschicken, der emotional involviert ist und jeden Moment erkannt werden könnte. Ja, das ist eine viel bessere Idee", sagte Ian, faul drohend. „Magst du mir erklären, warum ich nicht reingehe?"

Alex zeigte sein störrisches Gesicht. Mit runzelnden Augenbrauen und seinen noch breiteren massiven Linebacker-Schultern. Er benahm sich wie ein Fünfjähriger mit Spielzeug, das er nicht bereit war zu teilen, also warum fand sie ihn so verdammt attraktiv? „Die Quelle ist nur bereit, mit mir zu arbeiten."

Ian zuckte mit den Achseln. „Dann bearbeite sie, dass sie gewillt ist, mit mir zu arbeiten."

Alex lehnte sich über den Tisch, die Hände flach auf dem Tisch. „Du hast keine Ahnung, wie schwer es war, sie dazu zu bringen, überhaupt irgendwen zuzulassen. Ich hab' mich sechs Wochen lang online mit dieser Frau unterhalten müssen. Es ist mir endlich gelungen, ein Treffen zu vereinbaren, und gestern Abend hab' ich's geschafft auszuhandeln, dass noch ein paar Leute mit reinkommen dürfen. Ich dachte schon, sie wollte sich verabschieden. Das wird sie, wenn wir unsere Rollen tauschen. Ich geh' rein, Ian. Und du weißt verdammt gut, warum, und du tätest an meiner Stelle dasselbe."

Ian stöhnte und ließ den Kopf zurückfallen. „Gut. Das täte ich sehr wahrscheinlich, doch du würdest mich, genau wie ich dich, darauf hinweisen, wie verdammt bescheuert das alles ist. Wir wissen nichts über diese Frau. Bei dem, was du weißt, könnte sie für Evans arbeiten."

An dieses Szenario hatte er auch gedacht. „Dann seh' ich ihn früher, als ich gedacht hab'. Doch ich glaube nicht, dass sie für ihn arbeitet. Ihre Referenzen sind in Ordnung und das ist genau die Art von Story, die sie sonst schreibt. Ich hab' mit zwei der Redakteure gesprochen, mit denen sie schon zusammengearbeitet hat, und sie sagten, sie sei eine der besten in der Branche, doch sie verschwindet für längere Zeit, wenn sie undercover unterwegs ist. Ich weiß, dass ich ein Risiko eingehe, doch das ist meine Gelegenheit, die ich wahrnehmen muss."

Ian fuhr sich frustriert eine Hand durchs Haar und schien nachzugeben. „Also, wie viele Leute können wir noch reinholen? Falls du glaubst, du gehst allein rein, bist du krank."

Alex richtete die Augen wieder auf seine Akte. „Wie ich bereits sagte, hab' ich mit ihr verhandelt, aber sie ist stur. Ich kann drei Leute mitbringen. Ich brauche Adam auf Abruf."

Adam nickte. „Klar. Muss ich mich dafür in Florida aufhalten? Hau rein. Serena kann noch etwa sechs Wochen fliegen. Danach sitze ich hier fest, weil ich sie nicht zurücklasse, solange sie schwanger ist."

„Ja, denn Gott weiß, dass ich mich nicht gut um sie kümmern werd'", sagte Jake mit einem lang anhaltendem Seufzer.

„Nun, du vergisst ihre Marshmallows. Sie ist mit unserem Baby schwanger und du erwartest von ihr, dass sie heißen Kakao ohne Marshmallows trinkt."

„Lieber Gott, ich könnte glauben, sie sei die verfickte Königin von England", sagte Ian und rollte die Augen in einer seiner patentierten Weise.

„Ganz und gar nicht", antwortete Simon drollig. „Ihre Majestät würde niemals etwas so Geschmackloses wie Kakao anrühren. Also, mein Cousin hingegen schon und William bevorzugt auf jeden Fall Marshmallows. Harry tut gern so, als ob seine Irish Cream wie Kakao sei, und sogar dann mischt er Whiskey unter. Ein komischer Kerl, dieser Harry."

Simon hatte Verbindungen.

Liam imitierte ein Kotzen. „Geh nach Buckingham, du Trottel. Das ist völlige Scheiße. Ihr seid wie Cousins dritten Grades und dein Bruder wird erben."

Simon lehnte sich vor, offenbar bereit, den Streit fortzuführen.

Eve hatte andere Dinge im Kopf. „Evans weiß, wie du aussiehst, Alex."

Alle richteten die Augen auf Alex. Immerhin war sie nicht die Einzige mit Bedenken.

„Ich bin schwerer als damals. Ich hab' dreißig Pfund an Muskelmasse zugelegt. Ich trag' farbige Kontaktlinsen und schneid' mir die Haare zu einem Igel. Es ist verfickt grauer als damals, und ich hab's früher viel länger und perfekt gestylt getragen."

Weil das richtige Erscheinen im FBI von Bedeutung war. Alex war die Karriereleiter aufgestiegen, und Eve hatte ihn dazu ermutigt. Sie hatte es geliebt, wie er in einem perfekt sitzenden Anzug aussah. Und er hatte Recht. Keiner dieser Anzüge würde ihm jetzt noch passen. Er war viel zu muskulös. „Ich denke, es ist ein Risiko."

„Eines, das ich bereit bin einzugehen, doch du weißt genauso gut wie ich, dass Haltung und Wahrnehmung wichtiger sind als tatsächliches Aussehen. Ich habe nicht mehr die gleiche Haltung wie früher. Bei flüchtigem Hinsehen wird mich Evans vermutlich gar nicht bemerken und die Leute, die seinen Club leiten, kennen mich überhaupt nicht. Selbst bei der Berichterstattung hat das FBI sichergestellt, dass die Fotos der Einheit nicht nach außen drangen. Ich krieg' das schon hin."

Sie war sich dessen nicht so sicher, doch es war klar, dass es ihm nicht auszureden war. Und ein anderes Problem schlich sich in ihr Gehirn wie Unkraut, das herausgezogen werden musste. „Dom in Residence"? Du spielst also Sessions und betreust die Subs?"

Sie hatte die Betonung auf das Wort „betreuen" gelegt.

„Lautet die Frage, ob ich die Subs auch ficken muss?", fragte Alex.

Die restlichen Männer beobachteten sie, als spielte sich ein wirklich gutes Tennisspiel vor ihren Augen ab, ihre Köpfe schwankten von einem zur anderen.

„Ist es zu früh für Popcorn?", flüsterte Adam Jake zu.

„Psst", zischte Jake zurück.

Nun ja, sie hatte damit angefangen. Und sie waren eine seltsame kleine Familie. Wenn sie nicht zur Schau stände, hätte sie neben Adam gesessen und zugesehen, wie sich die Szene abspielte. Sie war es gewohnt, ihre Therapie in der Öffentlichkeit abzuhalten und sich halb nackt auszuziehen. So liefen die Dinge in ihrer Welt. „Ja, ich bin neugierig, ob du vorhast, halb Florida zu vögeln oder nicht."

Oh, damit hatte sie den Nagel auf den Kopf getroffen. Ein Muskel in Alex' Kiefer spannte sich an, ein sicheres Zeichen, dass er angepisst war. Und seine Augen wurden schmal, damit wusste sie, was immer aus seinem Mund käme, ihr höllisch wehtäte. „Nein, Eve.

Nur eine. Ich werd' bestimmte Sessions mit einer Sub spielen. Ich nehm' eine vom Sanctum mit rein. Sie ist Polizeibeamtin, also versteht sie es, verdeckt zu arbeiten. Ich hab' gestern Abend mit ihr gesprochen und sie hat zugestimmt, ihren Urlaub darauf zu verwenden, mit mir mit zu kommen. Ich werd' nur sie ficken müssen."

Wow. In die Eingeweide getreten zu werden, wäre schlimmer gewesen.

Er runzelte die Stirn. „Eve, ich hätte dir das nicht so sagen sollen."

Sie war verwundert, dass er sich überhaupt die Mühe machte, es ihr zu sagen. Und dennoch war sie nicht ganz unschuldig an alledem. „Nein. Ich war gemein und du hast geantwortet. Ich verstehe."

Michael Evans zu kriegen, war wichtiger als alles andere. Das war es immer gewesen und er würde es nicht mit ihr teilen. Sie stand auf. Sie wurde hier nicht gebraucht. Ganz und gar nicht. „Ich lasse euch das ohne mich beenden, da ich eh nicht an dieser Operation beteiligt bin. Ich muss sowieso noch Psycho-Profile erstellen. Wenn ihr mich also entschuldigt."

Sie stand auf, trug ihren Kaffee mit sich. Fettarmer Milchkaffee, keine Sahne. Das war jetzt ihr Leben. Jo. Sie hatte es sich so ausgesucht. Müsste sie ein Profil von sich erstellen, könnte sie eine Seite nach der anderen schreiben. Posttraumatische Belastungsstörung. Kontrollprobleme. Genau richtig bei Zwangsstörungen.

Die Patientin versinkt im Sumpf tragischer Ereignisse ihrer Vergangenheit. Sie ist nicht bereit, auch nur daran zu denken, ihren Schmerz hinter sich zu lassen, und begnügt sich damit, leidenschaftslos zu bleiben, weil sie fürchtet, ihre Leidenschaft war es, die sie das alles hat kosten lassen. Sie fürchtet einen weiteren Verlust ihrer selbst, obwohl sie die Person gar nicht ausstehen kann, zu der sie geworden ist.

Patientin stirbt derweil und wird erst Wochen nach ihrem einsamen Hinscheiden in ihrer blütenreinen Wohnung gefunden, ohne dass auch nur eine Katze Zeuge des Geschehens war, denn sie hätte Haare auf dem makellosen Teppiche verloren.

Nach Meinung der Therapeutin muss die Patientin ihren Scheiß auf die Reihe kriegen.

Yeah, sie sollte sich wohl nicht selbst bewerten. Sie wurde verdammt zynisch, wenn sie es tat.

„Eve."

Sie hatte es fast bis zu ihrem Büro geschafft. Sie drehte sich nicht um, denn sie war sich ziemlich sicher, dass diese lästigen Tränen wieder zu laufen anfingen. „Ist schon gut, Alex."

Sie versuchte, in ihrem Büro zu verschwinden, doch er folgte ihr und knallte die Tür hinter sich zu.

„Du hast nicht wirklich das Recht, dich darüber zu beschweren, wo ich schlafe."

Sie kehrte sich ab, es kümmerte sie nicht mehr, was er einzusehen gedachte. „Du stehst auf der falschen Seite der Tür."

„So will ich nicht gehen", sagte er. Er ballte seitlich die Fäuste.

„Dann geh nicht. Lass Ian das erledigen. Er kann diese Rolle spielen."

„Das kann ich nicht."

Es gab noch eine andere Lösung für das Problem. „Dann nimm mich als Sub mit. Wenn es so einfach ist, sie zu täuschen, dann lass mich eine dunkle Perücke tragen, und da wir beide wissen, wie viel ich abgenommen hab', werd' ich sicher eine andere Haltung haben."

Er machte ein versteinertes Gesicht. „Ich nehm' dich nicht mit."

Sie konnte auch stur sein. Wut flammte in ihr auf. „Dann hast du deine Entscheidung getroffen und solltest mein Büro verlassen. Du sollst auch wissen, dass ich nicht mehr hier bin, wenn du zurückkommst. Ich werd' mir eine andere Arbeit suchen. Scheiße, ich werd' mir eine andere Stadt suchen und dann muss das keiner von uns noch mal durchmachen."

Seine Hände kamen hervor, er umfasste ihre Arme und zog sie zu sich heran. „Ich will nicht, dass du gehst."

„Und ich will nicht, dass du gehst." Sie musste ihn wegstoßen. *Sofort. Stoß ihn einfach weg und schaff ihn aus deinem Büro, bevor du was Dummes tust. Wahnsinnig Dummes. Und hör auf, seine Lippen anzusehen.*

Ihre Augen hörten nicht. Gott, er hatte die hinreißendsten Lippen. Sie waren voll und sinnlich, und wenn er lächelte, konnte er einen

Raum erleuchten. Alex ragte vor ihr auf, jeder Millimeter seiner Einsachtundneunzig ein Beleg reiner männlicher Schönheit, von seinen goldbraunen Haaren über seine tiefgrünen Augen bis hin zu einem Körper, den sie berühren wollte, sich jedoch nicht zu berühren erlaubte.

Er zog sie näher zu sich. „Ich will keine andere Frau. Du bist die Einzige, die das mit mir macht."

Er rieb seinen Schwanz an ihrem Bauch und sie musste beinahe stöhnen. Er war so hart. Lang und dick, sein Schwanz so perfekt wie der Rest von ihm. Sie konnte nicht anders. Sie bewegte sich auf ihn zu. Egal, was zwischen ihnen geschah, es war ihr nicht möglich, ihre Reaktion zu unterdrücken. Sie konnte die Interaktion kontrollieren, doch sie sehnte sich nach ihm. Jeden Moment eines jeden Tages wollte sie Alexander McKay in sich haben.

Obwohl sie sich in ihrem Büro befanden und sie nur wenige Türen vom Rest des Teams trennten, war ihr ganzer Körper weich geworden, sich darauf vorbereitend, ihn in ihrem Inneren willkommen zu heißen.

„Lass mich dich küssen." Er tauchte seinen Kopf zu ihr herunter.

Sie wandte sich ab. Das war eines der Dinge, die sie an ihrem Vertrag ändern wollte, aber nicht jetzt. Jegliches Motiv, warum sie den Vertrag überhaupt erst hatte schreiben lassen, war wieder im Spiel. Er wollte unbedingt Rache und ließe sie zurück.

„Verdammich." Seine Hände waren schnell, schon schob er einen Arm unter ihre Beine. Er hob sie problemlos hoch, sein Gesicht verhärtet, als er auf sie runterblickte. „Dann nehm' ich mir, was du mir gibst. Du wirst mir erlauben, dich woanders zu küssen, nicht wahr, Eve?"

Er legte sie auf den Schreibtisch. Er brauchte nichts zu verschieben, denn ihr Schreibtisch war so makellos und frei von Unordnung wie ihr Leben. Alles hatte seinen Platz und sie behielt es so mit brutaler Kompetenz bei.

Sie lag mit dem Rücken auf dem Schreibtisch und sie wusste, dass sie protestieren sollte, doch er machte bereits weiter, schob den Rock hoch und zog an dem Tanga, den sie trug.

„Ich hasse diese verfickten Dinger, aber deshalb trägst du sie auch, oder?" Er knurrte die Frage heraus, während er ihr den kleinen

Seidentanga vom Leib riss.

Und sie konnte es nicht abstreiten. Es ging ihr nicht wirklich um das Bewusstsein, dass er die Dinger hasste. Es ging eher darum, wieder eine Identität zu erlangen. Als sie verheiratet waren, hatte Alex ihr verboten, Unterwäsche zu tragen, und noch lange nach der Scheidung hatte sie das Gefühl, sie auf der Haut zu spüren, nicht ertragen können. Sie hatte das perverse Bedürfnis gespürt, sich zu beweisen, dass sie die Kontrolle über ihre Kleidung hatte, genauso wie sie es auch beim Essen empfunden hatte. Alex hatte verlangt, dass sie sich stets etwas gönnte, also hatte sie die Kontrolle übernommen und es aufgeteilt, wie es ihr erlaubt war.

Er zog sie an den Fußgelenken zu sich, zwang sie so weit vom Schreibtisch, bis ihr Hintern fast in der Luft hing. Er spreizte ihre Beine, aber er war sich verdammt sicher, was das mit ihr tat. Nur so gestattete sie sich noch, sich hinzugeben. Sie hatte für einen Moment geglaubt, dass sie mehr haben könnten, doch wenn das alles war, was sich noch zwischen ihnen abspielte, dann ließe sie sich darauf ein.

„Frag mich."

Sie schloss die Augen. Er verlangte es immer von ihr. Es war das Einzige, woran er sich festhielt. Er hatte eingewilligt, darauf zu verzichten, sie zu küssen und kuschelnd miteinander einzuschlafen, doch sie wusste, dass er hiervon niemals abrückte.

„Alex, willst du mich berühren?"

„Nicht gut genug."

Er wollte sie schmutzig reden hören. „Alex, legst du deinen Mund auf mich?"

Er drehte sie so schnell um, dass sie die Bewegung kaum wahrnehmen konnte. In einem Moment lag sie flach auf dem Rücken, im nächsten lag sie mit dem Gesicht nach unten auf dem Schreibtisch, mit den Beinen suchend, um an Boden zu gewinnen. Ein heftiges *Klatschen* hallte durchs Büro und sie fühlte, wie ihr die Tränen aufstiegen. Er klatschte ihr fünf Mal hintereinander auf den Arsch und jeder Zentimeter ihrer Haut leuchtete mit genau dem richtigen Maß an Schmerz auf. Gott, wie sie das brauchte. Sie hatte keine Ahnung, wie sie jemals einen Tag überstehen sollte, ohne die Möglichkeit, seine Hände auf ihr zu spüren.

Trotz allem, was sie durchgemacht hatten, konnte sie nicht davon ablassen, diesen Mann zu wollen. So war es von dem Moment an gewesen, als sie ein Auge auf ihn geworfen hatte, und sie war sich verdammt sicher, dass sie zu Grabe getragen werde mit ihm in ihrem Herzen.

Er beugte sich vor, eine Hand in ihrem Haar verheddert. Er zog sanft, doch jeder Nerv in ihrer Kopfhaut wurde lebendig. Der Mistkerl wusste genau, was das An-den-Haaren-Ziehen mit ihr machte. Ihre Muschi fing an zu pulsieren, um Erlösung flehend. Sie konnte seine Erektion an ihrer Arschritze spüren. Jahr für Jahr. Jahrelang hatte er sie so genommen, seit er ihr diesen massiven Schwanz reingeschoben und sie dazu gebracht hatte, seinen Namen rauszuschreien. „Ist gut, mein Engel, hier ist die Wahrheit. Du wirst mir geben, was ich will. Du magst mich so mit Regeln zuballern, dass ich die Hälfte der Zeit nicht mehr klar sehen kann, doch ich bin der Herr hier. Du wirst die Worte sagen, die ich hören will, oder ich gehe. Kein Spanking. Kein Sex. Du wirst dich den ganzen Tag schmerzhaft fühlen und dir wünschen, du hättest die Worte einfach gesagt."

Er zog ihr am Haar, seinen Standpunkt beweisend, als sie vor Lust nach Luft rang.

„Bitte, Alex, bitte leck meine Muschi. Bitte leck mich und beiß mich und fick mich mit deiner Zunge."

Sie spürte seinen Atem in ihrem Nacken, sein Mund schwebte über ihr. Er glitt mit der Nase durch ihr Haar und atmete sie ein, bevor er sich wieder aufrichtete und ihr weitere zehn schnelle, harte Schläge verpasste, die sie atemlos machten. Er drehte sie wieder zurück.

„Spreiz die Beine weit." Seine Stimme klang ganz nach dunkler Schokolade und Befehl.

Eve tat, was er verlangte, stellte die Fersen an die Tischkante, ihre Muschi weit für seinen Blick gespreizt. Ihr Herz raste, das Blut pochte durch ihre Glieder. So spontan war sie seit Jahren nicht mehr gewesen. Sie hatte Alex in die Schranken gewiesen und ihn dort gehalten. Ihr Schlafzimmer, einmal pro Woche, kein Küssen, kein Übernachten.

Aber sie konnte ihn jetzt nicht mehr wegschicken. Sie fühlte sich gierig und verzweifelt, seinen Mund auf sich zu spüren. Hätte er auch nur ein klitzekleines bisschen in Sachen Evans nachgegeben, hätte sie ihn wahrscheinlich zum ersten Mal seit Jahren geküsst, seinen Mund verschlungen und auf die Zukunft gehofft.

Alex türmte sich über sie auf. „Wenn das alles ist, was ich kriegen kann, dann nehm' ich's mir."

Er fiel auf die Knie, und sie fühlte seine Nase genau dort, wo sich ihre Schamlippen teilten. Er schien ihren Geruch immer zu lieben. Am Anfang war sie noch voller Befangenheit gewesen, doch Alex hatte sie ihr genommen, genauso wie so viele andere selbstzerstörerische Unsicherheiten. Er hatte es geliebt, wie sie aussah und roch und einfach war, und irgendwie hatte das ausgereicht.

Sie ließ die Augen zurückrollen, als er den ersten langen Schlag mit der Zunge ausführte. Für eine Weile war nichts mehr wichtig. Nicht die Vergangenheit. Nicht die Zukunft. Für diese kurzen Momente waren sie wieder einfach nur Alex und Eve.

Das war der Himmel.

Als Alex seine Zunge auf sie presste, war das alles, worum sie nicht mehr betteln musste.

Kapitel Fünf

Alex wollte ihr so verfickt viel mehr geben. Er wollte jede Naht ihrer Kleidung aufreißen und sie von Kopf bis Fuß küssen. Er ließe seine Hände in ihrem weichen Haar versinken und daran zerren. Er ließe sich mindestens eine Stunde Zeit mit ihrem Mund, ihn wieder erkundend, an ihren Lippen und ihrer Zunge saugend, ließe sie aneinander reiben und hielte ihren Kopf an seinem, um sie verschlingen zu können.

Seine Hände gebrauchte er dazu, um sie anzubeten, um keinen Millimeter dieser Porzellanhaut unberührt und ungeliebt zu lassen. Er nähme sich den ganzen Tag Zeit, und niemand hielte ihn davon ab. Er würde sie im Stile eines komplizierten Shibari-Designs fesseln. Er verbrächte Sunden damit, ein Seidenseil liebevoll um ihren Körper zu wickeln und daraus ein Kleid zu kreieren, in dem er sie zur Schau stellen konnte.

Doch er musste sich damit zufriedengeben. Er hatte nun ihren Regeln zu folgen. Ohne Küssen. Sie ließe sich nur dann überall berühren, wenn er sie so heiß machte, dass sie ihre Befangenheit vergaß. Das war nun der einzige Weg, dass sie seine Zuneigung akzeptierte. Jede Berührung und Umarmung, jedes Wort hatte seinen Platz und seine Grenzen.

Und er brauchte sie dennoch. Er liebte es, wie sie roch und wie feucht sie für ihn wurde. Ihre Muschi war rosafarben und heiß vor Erregung, ihr Saft machte die Wände längst glatt und bereit für seinen Schwanz. Er glitt über ihre Muschi, ließ die Zunge von ihrer engen Muschi bis hoch zum Juwel ihrer Klitoris wandern. Er vernahm ihr Stöhnen und ihre Schreie, die direkt zu seinem Schwanz gingen.

Sie war das perfekte Abbild einer befriedigten Frau, deren Rock hoch bis zur Taille geschoben war und zwei Knöpfe ihrer Bluse geöffnet hatte. Durch ihren Spitzen-BH sah er die Anhöhe ihrer Brüste.

Ein Klopfen an der Tür rüttelte ihn auf. Er knurrte beinahe, als er eine bekannte Stimme hörte. „Eve?"

Liam. Verdammt noch mal. Sein irischer Akzent krächzte ebenso wie der besorgte Klang seiner Stimme. Er wusste, dass sie nichts miteinander hatten, wusste, dass Liam ein guter Freund für sie war, doch er hasste die Tatsache, dass sie so viel Zeit mit ihm verbrachte, ihm Ratschläge erteilte, ihm ihr sanftes Lächeln und ihr Lachen schenkte. Er saugte ihre Klitoris in seinen Mund und biss sanft in sie hinein. Er wollte sichergehen, dass Liam nicht dachte, er tue Eve weh. Oh, nein. Weh täte er ihr sicher nicht.

Sie stöhnte, ihre Stimme laut und zuverlässig.

„Dann komm ich später nochmal." Er konnte hören wie Liam gluckste, als er wegging.

„Mistkerl, du wusstest, dass ich fast aufgeschrien hätte", flüsterte sie, als ob sie das, was sie taten, immer noch geheim halten konnte.

Er wusste ganz genau, was er tun musste, um sie zum Schreien zu bringen, und es war ihm egal, ob jeder im Büro wusste, dass sie miteinander schliefen. „Ich bring' dich zu mehr, als zu schreien, mein Engel. Ich bring' dich dazu zu kommen."

Sie war die einzige Frau, die er sexuell berührt hatte, seitdem er verfickte dreiundzwanzig Jahre war. Sie war die einzige Frau, die er für den Rest seines Lebens berühren wollte. Der Gedanke, mit Amanda Sex haben zu müssen, hinterließ ein ungutes Gefühl, doch sie war die beste Sub für diese Operation. Er hatte alle Möglichkeiten durchgespielt und ihr Einsatz war der einzige, der Sinn machte. Sie war Polizistin. Sie hatte bereits Erfahrungen gemacht und sie war immer folgsam gewesen. Er fände einen Weg, dem Sex auszuweichen. Er würde ihn vortäuschen. Zur Hölle, er war sich nicht mal sicher, ob sein Schwanz ohne Eve funktionierte. Er konnte sich irgendeine Scheißgeschichte ausdenken, dass er seinen Schwanz wegen des schlechten Verhaltens seiner Sub bremste. Alles, was zählte, war seiner Frau treu zu bleiben, damit er nach Hause zurückkommen und es noch einmal versuchen konnte.

Sobald er sie von der Macht Michael Evans' befreit hatte, konnten sie von vorn beginnen.

„Bitte, Alex." Sie sah an ihrem Körper herab und leckte sich die Lippen, während sie zusah, wie er ihre Muschi leckte.

Er drückte ihre Oberschenkel weiter auseinander und spreizte sie zu seinem Vergnügen. Er saugte an ihrer Klitoris, nicht so sehr, dass sie kam, doch genug, dass sie ihre Hüfte an seinem Mund wog. Das war es, wofür er lebte. Er zog mit der flachen Zunge ganz an ihrer Muschi längs. Das Fleisch war weich und heiß, wie Butter mit Honig beträufelt.

Er fickte sie, tauchte mit der Zunge tief hinein. Er zog sie zu sich heran, damit er so weit hineingleiten konnte, wie seine Zunge es ihm erlaubte. Er rieb die Nase an ihrer Klitoris, fest hinab drückend, um beide Teile ihrer großartigen Muschi zu stimulieren. Immer wieder fickte er hinein und rieb darüber, bis er fühlte, wie sie losließ, ihre Hände seine Haare fanden und ihn an sich zogen.

Sie befand sich an der Schwelle, genau da, wo er sie haben wollte.

Er küsste sie, saugte jede ihrer Schamlippenlippen in den Mund, während sein Finger ihre Muschi fand und tief hinein fickte. Er legte die Zunge genau auf ihre Klitoris, während ein Finger in ihre Muschi glitt, um die Stelle zu finden, die Eve immer zum Kommen brachte. Sie reagierte so schön, war so leicht an den Rand zu bringen. Wenn sie sich an seiner Zunge und seinem Finger wand, bekam er das Gefühl, drei Meter groß zu sein. Er war von Eve umgeben. Ihr Duft, ihr Geschmack. Das seidige Gefühl ihrer Haut war dann seine ganze Welt.

Sein Schwanz starb bald, doch es gefiel ihm so. Es bedeutete verfickt noch mal, dass er lebte und sie immer noch bei ihm war. Jeder Impuls und jedes Schauspiel ihres Fleisches glitt an seiner Wirbelsäule entlang. Er hätte sie bald. Er genoss es ausgiebig, sie zu befriedigen, denn er wusste, dass seine Zeit käme.

Er schob seine freie Hand unter ihre Arschbacken. Obwohl sie abgenommen hatte, war ihr Arsch noch immer kurvig und schön. Am liebsten klatschte er immer und immer wieder darauf, bis er ein wunderschönes Rosa annahm. Er liebte alles daran, von den Geräuschen – das harte Klatschen gefolgt von ihrem süßen Keuchen und Stöhnen – bis hin zu der Art, wie heiß und rosa ihre Haut wurde, ihre Bereitschaft signalisierend. Wenn er den rosigen Glanz auf ihrem Hintern sah, konnte er sich sicher sein, dass ihre Muschi weich und feucht und bereit für ihn war.

Er zerrte ihr am Haar, wollte sie so feucht wie möglich machen. Eve liebte es hart. Sie war die perfekte Sub für ihn. Er war kein völliger Sadist. Er wollte ihr nicht wehtun, doch er liebte Sex böse und schmutzig und hart, und Eve reagierte darauf.

Er fickte ihr mit zwei Fingern hoch in die Muschi, während er an ihrer Klitoris saugte, hinein biss. Mit der freien Hand hielt er sie fest, seine Finger versanken im süßen Fleisch an ihrer Hüfte. Ihr herber Geschmack erfüllte seinen Mund, als er seine Finger hochzog, und er fühlte, wie sie zu zittern und stöhnen begann.

Ihr Honig bedeckte seine Zunge, während er fühlte, wie die Muskeln ihrer Muschi seine Finger fest zusammenpressten. Sie blieb still, als sie kam, die einzigen Laute raues Keuchen und Seufzen.

Er zog die Finger heraus und leckte ihre Creme von ihnen ab, bevor er sich seinen Hosenschlitz aufzog. Seine Erektion war dick und pulsierte, verzweifelt, zu ihr zu gelangen. Er zog sich die Shorts runter und nahm seinen Schwanz in die Hand. Er sah zu ihr runter. Sie war ein herrlich dekadenter Anblick mit ihren gesättigten Augen und ihrer lasziven Pose. Ihre Brust bewegte sich auf und ab, ihre Nippel drückten gegen den dünnen Stoff ihres BHs und Seidenhemdes. Mit der freien Hand griff er hinab und umschloss eine Brust. Wie der Rest von ihr waren sie kleiner als früher, doch er liebte ihre Form und die Art, wie sie in seiner Hand anschwollen.

„Alex, wir sollten reden." Sie erwachte aus dem Dunst der Lust. Er konnte es deutlich erkennen. Jetzt hatte er nur wenige Sekunden, um sie wieder heiß zu machen, sonst stieße sie ihn aus ihrem Büro und sie trennten sich, ohne dass etwas zwischen ihnen geklärt wäre.

„Willst du mich so verlassen?" Er streichelte seinen Schwanz und wusste verdammt gut, dass sie das nicht täte, doch ein Funken Groll war in ihm entfacht. Sie wollte reden, nachdem er ihr gegeben hatte, was sie brauchte, er sich jedoch noch nichts hatte nehmen können. „Ich hab' all deine Regeln befolgt. Bist du damit endgültig fertig?"

„Alex", flüsterte sie seinen Namen, und zum ersten Mal seit langer Zeit sah er einen Ausdruck von Emotion in ihrem Gesicht. „Ich will nicht streiten."

Er wollte sie in die Arme nehmen, sie nach Hause tragen und sich wieder ganz von vorne um sie kümmern. „Ich will auch nicht streiten, doch wenn du mir nicht gestattest, dich hier und jetzt zu nehmen, solltest du es mir sagen, damit ich eine Dusche finden und das Wasser so kalt wie möglich stellen kann."

Sie setzte sich auf und er war sich sicher, dass sie ihre Kleider zurechtrücken und ihn wegschicken würde. Er tat nicht das, was sie von ihm wollte, und das schien momentan die Dynamik ihrer Beziehung zu bestimmen. Sie richtete die Augen nach unten, und schaute zu seinem Schwanz. „Das sieht schmerzhaft aus."

„Ja."

Ein schelmisches Lächeln ließ ihre Lippen kräuseln, und jedes Wort, das ihrem Mund entströmte, glich einer rauen Verführung. „Ich bin Therapeutin. Ich kann eine Person mit Schmerzen nicht abweisen."

Sie streckte die Hand aus und berührte ihn. Er wäre beinahe genau hier und jetzt gekommen. Es war ewig her, dass sie ihn berührt hatte, außer, um nach Gleichgewicht und Unterstützung während einer Session zu suchen oder bei Blümchensex. Sie leckte sich diese sexy Lippen, während sie ihn auf und ab streichelte.

Ihre Handfläche war weich und sie hielt ihn sicher im Griff, die Nägel mit weißen Spitzen, eine Faust um ihn formend. Er genoss das Gefühl, wie sie seinen Schwanz hielt, bis ihn auf einmal eine große Sorge packte. *Verdammt.* Er war nicht auf eine derartige Nachmittagswonne in ihrem Büro vorbereitet. „Ich hab' keine Kondome."

Er hütete eine Schachtel in ihrer Wohnung, denn dies war der einzige Ort, an dem sie überhaupt noch Sex hatten. Vielleicht würde sie ihn zum Orgasmus streicheln. Es wäre himmlisch, dabei zuzusehen, wie ihre kleinen, perfekt manikürten Hände ihn immer und immer wieder streichelten.

Ein böses Grinsen kreuzte ihr Gesicht. „Du hast auch kein Gleitmittel, und in ein paar Minuten wird das hart für dich." Sie streichelte mit dem Daumen sanft über seine Eichel, fühlte die Flüssigkeit, die dort Tropfen formte. Sie hatte Recht. Das wäre nicht genug. Eine gute Handarbeit erforderte Gleitmittel.

Er zog sich zurück. *Scheiß auf alles*. Jetzt war er zu allem Überfluss auch noch sexuell frustriert.

Eve legte sich zurück auf den Schreibtisch, ihre Beine teilten sich wieder. „Es ist alles gut. Wir wissen beide, dass sich keiner von uns eine Krankheit geholt hat."

Seit über zehn Jahren hatten sie nur miteinander Sex gehabt.

Ein trauriger Blick machte sich auf ihrem Gesicht breit. „Und wir wissen beide, dass das andere Problem äußerst unwahrscheinlich ist. Mach Liebe mit mir, bevor du gehst. Ein letztes Mal."

Es war nicht das letzte Mal. Es konnte nicht das letzte Mal gewesen sein. Er ließe es nicht zu. Sie würde sehen, dass, wenn er dieses Kapitel ihres Lebens beendet hatte, sie ein neues beginnen konnten.

„Ich kann dich nicht gehen lassen, Eve", er griff nach unten, übernahm wieder die Kontrolle über seinen Schwanz und platzierte ihn direkt an ihrem Eingang. Hitze drohte ihn zu überwältigen, als die Eichel hineinrutschte. Jeder Muskel seines Körpers war angespannt, als er sich dazu zwang, still zu halten. „Ich kann's nicht."

Wie eine Woge glitt er hinein, und ihre Augenlider schlossen sich, während sie tief Luft holte und sich seinem Schwanz anpasste. „Es gibt da einige Dinge, die nicht losgelassen werden können. Das ist das Problem. Doch das ist nicht unser Problem. Gott, du fühlst dich so gut an."

Sie hatte lange nicht mehr, während sie Sex hatten, gesprochen. Wie armselig war er, dass fünf kleine Worte ihrerseits genügten, und er sich drei Meter großer fühlte? Er fühlte sich gut an für sie? Nun ja, er konnte ihr mehr geben. Viel mehr. Er packte sie an der Hüfte, hasste die Kleidung zwischen ihnen. Er wollte sie nackt und für ihn ausgebreitet, doch die Situation war viel zu dringlich. Er brauchte sie jetzt sofort.

So eng. Er hatte keine Ahnung, wie sie so verfickt eng blieb. Jahr um Jahr war vergangen. Sie hatten öfter Liebe gemacht, als er zählen konnte, und doch immer, wenn er in Eve eindrang, fühlte es sich wie das erste Mal an. Und es gab nichts zwischen ihnen. Er hatte jahrelang Kondome benutzt und sich eingeredet, dass es gar nicht so anders war. Er hatte sich geirrt. Es fühlte sich ursprünglich an. Er war mit ihr verbunden. Sie konnte alle Regeln und Mauern zwischen sie aufstellen, doch für diesen kleinen Augenblick waren sie zusammen.

Die Hitze drohte seine Wirbelsäule zu verkrümmen. Sein Schwanz war umgeben, wurde versenkt von ihr. Er musste sich seinen Weg hineinzwängen, Zentimeter für wunderbaren Zentimeter. Sie nahm die Beine nach oben und umschloss seine Hüfte. Das Gefühl, wie sich ihre Fersen in ihn hineindrückten, ließ ihn stöhnen. Ihre Absätze hinterließen noch Stunden später ihre Spuren auf ihm, und er liebte es. Tage später mochte er einen stechenden Schmerz spüren und sich erinnern, wie hart sie gekommen war.

Hier war es, wo er sein wollte. Hier war es, wo er immer sein wollte.

Er ließ den Kopf zurückfallen, seine Sinne die Kontrolle übernehmen. Er rollte mit der Hüfte und versuchte, so tief wie möglich einzudringen. Seine Hand glitt zu ihrer Klitoris. Er hielte nicht lange durch. Er spürte bereits ein Kribbeln in der Wirbelsäule, als sich seine Eier zusammenzogen, zum Losschießen bereit, um sie aufzufüllen. Es gab keine Möglichkeit, dass er das länger durchstand, sie so nass und ihn fest umklammernd.

Er fickte sie, ließ sich von seinen Instinkten leiten. Tief hinein und wieder heraus, bevor er hinein- und hochrutschte, ihren G-Punkt suchend. Immer und immer wieder schlug er sein Fleisch in ihres, als könnte er sie so markieren und zwingen, bei ihm zu bleiben, ihn nie wieder zu verlassen.

Ihre Absätze gruben sich in seinen Hintern, während sie sie fest aneinanderpresste. Es war ein Kampf, ihn weit genug herauszuziehen, doch die süße Reibung zeigte ihre Wirkung, und das schnell. Er drückte auf ihre Klitoris, umkreiste sie mit dem Daumen, bis er sie keuchen hörte und die Spannung ihres Orgasmus an seinem Schwanz spürte, und er sich keine Sekunde länger zurückhalten konnte.

Er ergoss sich in ihr. Sperma sprudelte ihm quasi aus den Eiern heraus, in Wellen der Lust herausschießend. Er zog Sauerstoff in seine Lungen, als sich ein Gefühl des Friedens in ihm ausbreitete. Er fiel nach vorn, legte die Brust auf ihre Brüste.

„Alex." Sie bewegte sich nicht unter ihm. „Alex, du musst dich bewegen. Ich krieg keine Luft."

Er war schwer, doch sie liebte es, ihn auf sich zu spüren. Er zwang sich, sich zu bewegen, sie zu verlassen. Sein Kopf taumelte, doch er wusste eines. Es war nicht vorbei. Seine Hände zitterten leicht, als er seine Boxershorts hoch- und die Hose wieder anzog. „Wir reden, wenn ich wiederkomme. Glaub nicht, dass ich die Situation für immer so belasse."

Ian hatte Recht. Er hatte ihr zu lange das Ruder überlassen. Wenn sie noch eine geringe Chance hatten zusammenzubleiben, musste er damit beginnen, ihre Grenzen auszuweiten.

Sie setzte sich auf, ihre Kleidung wieder glättend. Sie wich seinem Blick aus. „Dann geh nicht."

Sie versuchte noch immer, alles zu kontrollieren, doch diesmal ließe er es nicht zu. Solange sich Evans da draußen befand, war es nur eine Frage der Zeit, bis er wieder hinter ihnen her war. „Ich muss, aber ich komme wieder."

Ihre Stimme zitterte, als sie vom Schreibtisch glitt und sich den Rock runterzog. Er bewegte sich auf sie zu, doch sie drehte sich weg. „Wenn du in seine Welt zurückkehrst, fängst du einen neuen Krieg an."

Der Krieg hatte nie geendet. Er war nur auf Eis gelegt worden. Das musste sie besser als jeder andere wissen. „Ich liebe dich, Eve."

Er drehte sich um und ging davon, seine Gedanken auf die vor ihm liegende Aufgabe zu lenken versuchend.

* * * *

„Eve? Möchtest du ein Glas Wein?"

Graces Worte holten Eve aus ihrem Elend heraus. Sie setzte ein Lächeln auf ihr Gesicht und schaute auf. „Sicher. Das klingt gut."

Warum zur Hölle hatte sie sich dafür entschieden, heut Abend her zu kommen? Sie hätte mit Avery zusammen ein Geschenk schicken und sich für ein paar Tage in ihrer Wohnung einschließen sollen. Sie war nicht gerade in der Stimmung für eine Dinnerparty, doch sie hatte es Grace versprochen. Es war erst ein paar Stunden her, dass sie und Alex sich getrennt hatten. Sie konnte ihn immer noch in sich spüren. Sie spürte einen angenehmen Schmerz in den Knochen, weil er so grob zu ihr gewesen war. Es war Jahre her, dass er sie so unsanft behandelt hatte, wie heute, als wäre sie nicht aus Glas, als wäre sie eine Frau.

Grace setzte sich neben sie und reichte ihr ein Glas rubinroten Wein. Sie hielt das gleiche in der Hand. Ein kleines Lächeln kreuzte ihr Gesicht und sie seufzte, als sie nippte. „Gott, es ist so lange her, dass ich ein Glas Wein gehabt habe."

Eve nahm einen Schluck des Weins. Er war reich mit einer Kirschnote. „Ich bin mir nicht sicher, ob ich's lange ohne ein Glas aushalten könnte."

Serena lachte, als sie sich Eve gegenüber setzte. Sie trug Jeans und ein Rüschenoberteil, das erfolgreich das verbarg, wovon Eve wusste, dass es sich um einen winzigen Babybauch handelte. Sowohl Serena als auch Avery waren schwanger. Graces Tochter war gerade sechs Wochen alt. Alle bekamen Babys, kamen voran.

Sie schaute auf die Terrasse, auf der Ian sich vor dem Pool sitzend mit Simon unterhielt. Alle kümmerten sich um ihr Leben, außer ihr, Alex und Ian.

„Sie wird abpumpen und es wegkippen", sagte Serena mit einem Nicken. „Das tu ich auf alle Fälle, wenn unser Kleiner auf der Welt ist. Mir war nie bewusst, in welchem Ausmaß meine Kreativität vom Wodka abhängt."

Grace nahm einen Drink, sie schloss die Augen voller offenkundiger Freude. „Carys hat genug zu trinken. Für solche Gelegenheiten hab' ich etwas Muttermilch eingefroren." Grace drehte sich Eve zu. „Ich hab' gehört, du und Alex wart heute sehr beschäftigt."

Serena verdrehte die Augen, mit der Hand fummelte sie seitlich an ihrem Eistee herum. „Ich dachte, wir hätten beschlossen, dass du etwas feinsinniger vorgehen wolltest."

„Feinsinn ist nicht unbedingt meine Stärke", räumte Grace ein. „Frag Sean. Ich hab' ihm äußerst subtil mitgeteilt, wie wütend es mich macht, dass er wieder ins Geschäft einsteigt, indem ich ihn angeschrien und einen Wutanfall gekriegt hab'. Nach einem schönen ausgiebigen Spanking hat er mich davon überzeugt, dass er Recht hat."

„Wieder ins Geschäft einsteigt?", fragte Eve. Sean war raus aus dem Sicherheitsdienst. Er hatte die Kochschule abgeschlossen und arbeitete mit lokalen Köchen zusammen, um sein Menü für ein Restaurant zu perfektionieren, das er nächstes Jahr eröffnen wollte.

Grace runzelte die Stirn, doch Sympathie lag in ihrem Blick. „Er geht mit Alex nach Florida."

Sie seufzte quasi vor Erleichterung. Sie traute Sean zu, dass er ihm den Rücken freihielt. Dann wurde ihr klar, warum Grace verärgert wäre. Sean hatte ein Baby, um das er sich Sorgen sollte. „Ich werd' mit Alex reden. Er kann Sean nicht mitnehmen."

Trotz der Tatsache, wie viel besser sie sich damit fühlte, ließe sie nicht zu, dass er Sean und Grace in ihre Probleme hineinzog. Es war schlimm genug, dass Adam mitging.

Grace schüttelte den Kopf. „Auf keinen Fall. Rede nicht mit Alex. Abgesehen davon, dass mein Hintern echt wund ist, weil ein diszlinarisches Spanking nicht so viel Spaß macht wie ein erotisches, verstehe ich, warum Sean gehen muss. Ich hatte für eine Minute Angst, doch ich hab' einen Soldaten geheiratet. Oh, er mag jetzt ein Koch sein, doch er wird nie und nimmer kein Soldat sein und ließe einen Mann, den er wie einen Bruder liebt, niemals allein in die Schlacht ziehen, wenn er es verhindern kann."

„Ich bin mir sicher, er kann jemand anderen finden."

„Nein. Sean muss das tun. Carys und ich müssen uns einleben und auf ihn warten. Ich war mir immer bewusst, dass er immer wieder in gefährliche Situation schlittern würde. Es ist ein Teil von ihm, was ihn ausmacht." Grace schien jetzt ganz klar einverstanden mit der Entscheidung zu sein. „Außerdem will er unbedingt lernen, kubanisch zu kochen, deshalb wird er etwas recherchieren, während er dort ist. Nun, was war nun mit dem Bürosex?"

Deshalb kam sie nicht zu Dinnerpartys. Deshalb hing sie nicht mit anderen Subs rum. Weil die anderen Subs neugierig waren. „Es war ein Fehler."

Serena und Grace tauschten einen langen Blick aus, als ob sie sich im Stillen darüber unterhielten, wie sie fortfahren sollten. Wenn sie dem kein Ende setzte, wollten sie am Ende noch mit ihr über ihre nicht existierende Beziehung sprechen.

Das wollte sie definitiv nicht. „Ich möchte wirklich nicht darüber reden. Ich hoffe, ihr könnt meine Privatsphäre respektieren."

„Es gibt eine Privatsphäre? Wozu brauchen wir eine Privatsphäre?" Avery setzte sich neben Serena, ein Glas Tee in der Hand. Sie sah alle an, den Kiefer leicht heruntergeklappt. „Oh, ihr habt mit dem Alex-Gerede angefangen, oder? Ich hab' euch gesagt, dass es eine schlechte Idee ist."

Eve fühlte, wie ihr Gesicht errötete. Es war an der Zeit zu gehen. Sie stellte ihr Weinglas ab und stand auf. „Ich glaub', ich lass' das Essen ausfallen, Grace. Ich fühl' mich etwas müde."

Ein Stirnrunzeln huschte über Graces Gesicht. „Und ich bitte dich zu bleiben."

Das war ein äußerst aggressiver Schritt für jemanden wie Grace. „Wie ich schon sagte, ich hatte einen langen Tag und bin müde."

„Er nimmt Amanda mit."

Das ließ sie auf der Stelle Halt machen. Sie setzte sich wieder, die neuen Informationen zu verarbeiten versuchend. Alex und Amanda?

Avery beugte sich vor, in Graces Richtung flüsternd. „Das hättest du ihr nicht so sagen sollen."

„Doch, das musste ich", sagte Grace. „Eve reagiert nicht auf Feinsinn. Sie würd' sofort gehen, wenn ich sie ließe, denn sie ist gewillt, jeder von uns zuzuhören und uns bei unseren Problemen zu helfen, doch zeigt keinen Anstand, den Gefallen zu erwidern."

Ein beschissener Tag wurde noch schlimmer. „Ich bin Therapeutin. Es ist mein Job zuzuhören und zu helfen. Wenn ich darin nicht gut genug für euch bin, kann ich euch sicher an jemand anderen verweisen."

Grace erhob sich, sah zu ihr herab. „Und ich bin Familie. Ich bin deine Schwester und das wird sich auch nicht ändern. Und ich kann mich an niemand anderen verweisen oder wen anderes finden."

Serena stellte sich neben Grace. „Genau was sie sagt."

Adam tauchte mit einem Tablett Appetithäppchen in der Hand und einem breiten Grinsen im Gesicht auf. Er stoppte, als ihn jede der Frauen ansah. Wortlos zog er Leine.

„Nun, zumindest kommen die Männer nicht mehr rein", kommentierte Avery, als die Küchentür hinter ihm zuschwang.

Eve musste alles ausklammern, mit Ausnahme dessen, was Grace gesagt hatte. „Was versuchst du, mir zu sagen?"

„Ich werd' dich was fragen, und wenn du mir sagst, ich soll meine Nase aus deinen Angelegenheiten heraushalten, dann tu' ich das, aber wir sind jetzt eine Familie und du bist mir zufällig sehr wichtig. Du bist mehr als gewillt, mir jederzeit zu helfen, wenn ich in Schwierigkeiten bin. Kannst du nicht verstehen, dass ich das Gleiche für dich tun möchte?"

„Ich auch", sagte Serena und griff nach ihrer Hand. Sie hielt jedoch inne, als sei ihr klar geworden, dass sie im Begriff war, etwas Unhöfliches zu tun.

Gott, wann hatte sie die bewusste Entscheidung getroffen, alle von sich zu stoßen? Vielleicht hatte sie die Entscheidung nicht bewusst getroffen. Vielleicht war sie aus ihrem Schmerz und Elend entstanden, doch das machte es nicht besser. Sie war von erstaunlichen Frauen umgeben, und sie hatten Recht. Sie waren Familie. Sie nahm Serenas Hand. „Ich mach' mir Sorgen um Alex."

Grace sank in ihr Sofa zurück, ein langer Seufzer entströmte ihrer Brust. „Gott sei Dank. Ich hasse es, einen auf „harte Braut" machen zu müssen."

Avery lächelte. „Ich hab' vorgeschlagen, dich betrunken zu machen und bei dir zu übernachten. Ich hab' bei Übernachtungen immer zu viel geredet."

Serena winkte den Gedanken ab. „Ja, das hätte total geklappt. Avery und ich hätten um neun geschnarcht und Grace wäre die ganze Nacht mit Carys auf. Ne. So ist's besser. Also sprich mit uns und sag, wie wir dir helfen können, denn ich hasse Amanda."

„Ist sie diejenige, die bei unseren dominanten Männern immer so süß tut und dann den Subs in der Umkleidekabine sagt, wie fett sie alle seien?", fragte Avery. „Jo, die hass' ich auch. Ich hab' ihr gesagt, ich sei nicht fett, ich bin schwanger, und sie sagte, „läuft aufs Gleiche hinaus. Wenn sie muht wie eine Kuh...".".

Grace keuchte. „Sie hat dich eine Kuh genannt?"

Avery nickte. „Anscheinend war sie sehr an Li interessiert, bevor wir geheiratet haben. Er hat zugegeben, ein paar Mal mit ihr geschlafen zu haben, doch das tat er mit den meisten von ihnen. Warum hab' ich die männliche Hure abbekommen?"

„Reformierte männliche Hure", sagte Eve, leicht wütend bei dem Gedanken werdend, dass Amanda versuchte, alle um sie herum zu schwächen. „Jetzt ist sie hinter Alex her."

„Na, ich glaub', Ian wäre ihre erste Wahl, doch er durchschaut den Scheiß", sagte Grace.

„Alex ist weicher als Ian. Er glaubt an das Beste im Menschen, und wenn Amanda dann ihre rehäugige Nummer abzieht, kauft er's ihr ab. Na, komm. Das ist eine uralte Geschichte. Männer sind dumm. Als ob die hundert Staffeln von The Bachelor das nicht bewiesen hätten", sagte Serena. „Sie suchen sich immer die Fiese heraus und sagen dann ,"Was? Das hätte ich nie gedacht". Blöde Hunde."

Amanda war schrecklich. Das hatte sie verstanden. Das erklärte nicht alles. „Warum sollte er sie mitnehmen? Er braucht Rückendeckung. Er tut so, als sei das nicht gefährlich, doch der Kerl, hinter dem er her ist..."

„Ist einer der schlimmsten Terroristen der Welt und hat uns alle sehr tief verletzt", beendete Grace.

Eve starrte Grace einen Moment lang an und versuchte, aus ihr schlau zu werden. „Ich versteh' das nicht. Kennst du Evans?"

„Ich weiß, dass er dir wehgetan hat, und das bedeutet, dass er jedem von uns wehgetan hat, und wir müssen alle mit anpacken."

Eine starke Woge der Emotion türmte sich auf. Es gab Dinge, die sie intellektuell begriff, die sie jedoch nicht in die Praxis umgesetzt hatte, die ihr aber wie Wahrheiten am Herzen lagen. Eine dieser Wahrheiten bestand darin, nicht allein sein zu müssen. Sie brauchte sich nicht zu verstecken oder zu verstellen. Wenn sie von außen auf ihren eigenen Fall schaute, würde sie sich sagen, dass der einzige Weg, der zu Heilung führte, der sei zu sprechen, sich zu öffnen und die Last, wann immer möglich, zu teilen. „Kann ich ehrlich sein?"

„Na klar", sagten sie alle drei gleichzeitig.

Eve konnte nicht anders als zu lachen. „Ich will nicht, dass er geht."

„Das würd' ich auch nicht wollen", sagte Serena. „Es ist beängstigend, sie wegzuschicken."

Eve schüttelte den Kopf. „Es geht mir nicht nur um die Gefahr. Alex macht immer wieder die gleichen Fehler. Er reißt Wunden auf, die längst schon heilen könnten."

„Ich glaub' nicht, dass sie bei ihm heilen, Schätzchen." Grace sah auf den Innenhof hinaus, wo sich die Männer versammelt hatten. „Das sind harte Männer. Sie tun gern so, als fühlten sie nichts, doch das ist nur vorgespielt."

„Ich glaube, ich verstehe", sagte Serena. „Du willst, dass er sich auf dich konzentriert, auf eure Beziehung."

Endlich verstand es wer. „Serena, nach allem, was passiert ist..." *Gott, sei tapfer, Eve. Sag es verfickt nochmal einfach.* „Nachdem ich vergewaltigt wurde..."

„Nachdem du gefoltert worden bist", provozierte Grace. Für Eve war es offensichtlich, dass Grace die Rolle der großen Schwester übernahm, und sie ließe Eve nichts auch nur ansatzweise beschönigen. Sie sollte darüber verärgert sein, aber sie empfand nur ein tiefes Gefühl der Dankbarkeit.

„Nachdem ich gefoltert worden bin, hat Alex abgeschaltet. Er sagte alles richtig, er war aber nicht für mich da. Ich sag nicht, dass er nicht bei mir gesessen und meine Hand gehalten hat."

„Er hat sich zurückgezogen", schloss Avery. „Ja, das verstehe ich, aber nicht so, wie du denkst. Ich verstehe, was Alex meint."

Eve seufzte. „Klar weiß ich, dass es eine typische Reaktion für die Angehörigen eines Opfers ist, sich zurückzuziehen, weil sie ein überwältigendes Schuldgefühl haben und die Angst, dass die Welt nicht mehr dieselbe sein wird. Ich hab' das bei vielen Menschen erlebt."

Avery ließ nicht locker. „Aber du hast es nicht erlebt, Eve. Ich weiß, wie klug du bist und wie gebildet und erfahren, wenn's um die Motivationen von Menschen geht, doch du kannst nicht wissen, wie es ist, diejenige zu sein, die nicht gestorben ist."

Doch Avery wusste es. „Ich bin nicht gestorben, Avery. So schlimm war es nicht."

„Nein, sie hat Recht", behauptete Serena. „Eine Vergewaltigung ist etwas Traumatisches. Das Einzige, was ich mir vorstellen kann, das noch schlimmer ist, als wär's mir selbst passiert, ist die Gewissheit, dass es jemand anderem passiert ist, den ich liebe, und nicht in der Lage gewesen zu sein, es aufzuhalten."

„Er war hilflos, Eve." Avery schloss die Augen und öffnete sie wieder, als ob sie kurz nochmal durchlebte, was sie hatte durchmachen müssen. „Ich war hilflos. Ich war in dem Auto gefangen und hörte, wie meine Tochter starb. Ich sah zu, wie mein Mann verblutete. Alex musste nicht zusehen, doch ich kann mir vorstellen, dass es schrecklich für ihn war. Er musste dort sitzen in dem Bewusstsein, dass du verletzt warst. Kannst du dir die Szenarien vorstellen, die ihm durch den Kopf gegangen sind? Hast du ihm erzählt, was passiert ist? Habt ihr wirklich darüber geredet?"

„Ich wollte ihn nicht belasten." Sie hatte mit ihrem Therapeuten gesprochen, doch nur allgemein. Sie hatte es der Polizei erzählt, doch da ging es um sterile Dinge, völlig losgelöst von Gefühlen, die sie empfunden hatte. „Es hätte uns zusammenbringen sollen. Ich dachte, wir seien stark genug, dass es uns zusammenbringt, doch er entfernte sich nur von mir."

„Und das macht dich so wütend", sagte Grace. „Das wäre ich auch. Ich käme mir verlassen vor."

„Er wollte mich nicht mehr. Ich frage mich, ob er denkt, ich sei schmutzig, Grace." Sie hatte es nie laut ausgesprochen. „So lange hatte er mich noch nie nicht berührt, und dann war es anders. Ich hasste es, wie anders es war, als wäre ich nicht mehr die Frau, die er geheiratet hatte, doch er war zu ehrenwert, um mich zu verlassen. Also ließ ich mich von ihm scheiden, doch wir steckten in diesem dummen Vertrag fest und es war uns nicht möglich voran zu kommen. Gerade als ich dachte, ich könnte es, taucht Michael Evans wieder auf."

„Er käme immer wieder zurück." Serena lehnte sich zurück, ihr Gesicht nachdenklich. „Das haben Jake und Adam gesagt."

„Das glaub' ich nicht. Ich weiß, dass Alex sich in den Kopf gesetzt hat, dass Michael Evans da draußen eine Verschwörung gegen ihn anzettelt, doch ich bin anderer Meinung. Evans war zufrieden mit der Rache, die er an Alex geübt hat."

„Doch Alex ist nicht überzeugt, dass die Bedrohung vorüber ist." Grace nahm einen Schluck von ihrem Wein. „Das wird er erst sein, wenn Evans im Gefängnis ist oder tot. Eve, du glaubst, hier geht es um Rache, ich hingegen glaube, du irrst dich. Du steckst da zu tief drin. Ihr habt beide Fehler gemacht, doch der erste war der, nicht darüber zu sprechen. Ich weiß, es ist schwer, aber ihr habt beide versucht, der Situation aus dem Weg zu gehen. Du hast dich nicht von

Alex scheiden lassen, weil du nicht mehr in ihn verliebt warst."

Eve schloss die Augen, weil sie nicht imstande war, sie anzusehen, während sie ihre Sünden zugab. „Nein. Ich hab's getan, weil ich wollte, dass er mich wieder wahrnimmt." Eine Hand glitt über ihre. Sie sah herab. Grace. Die Worte schienen ihr nun leichter über die Lippen zu kommen. „Ich wollte, dass er für mich kämpft, doch er tat es nicht. Er sagte mir, wenn es das sei, was ich brauchte, dann verstände er es."

„Vollidiot", sprach Serena in ihren Atem.

Sie waren beide dumm gewesen. „Doch ich weiß nicht, ob ich bereit bin, mich wieder auf ihn einzulassen. Ich glaube, wir haben bereits zu viele Fehler gemacht. Vielleicht wär's das Beste, sich gegenseitig loszulassen und nochmal von vorne zu beginnen."

„Das kannst du nicht, solange einige Dinge nicht geklärt sind", behauptete Avery. „Und ich weiß nicht, wie du das von hier aus machen willst, wenn er in Florida ist."

„Ich hab' versucht, ihn zum Bleiben zu bewegen." Es war das erste Mal seit Jahren gewesen, dass sie um etwas gebeten hatte, doch sie sah ein, dass es wohl zu spät gewesen war.

„Oh." Ein kurzes Keuchen kam aus Serenas Mund. „Oh. Jetzt find' ich die Idee gar nicht mehr so schlimm."

Grace beugte sich vor. „Ihr ist gerad eine Handlungsidee eingefallen. Wenn sie sagt, dass sie etwas gar nicht mehr so schlimm findet, ist es gewöhnlich tatsächlich gut."

Serena wurde sehr impulsiv, wenn sie über ihr Schreiben sprach, sie flatterte mit den Händen beim Sprechen. „Seht, manchmal, wenn du schreibst, liegt ein guter Handlungsablauf direkt vor dir, aber noch in Form von einzelnen, komischen Teilsträngen. Also, Alex braucht Rückendeckung, doch er hat Angst, Eve mitzunehmen. Wir alle hassen Amanda, und sehen wir der Tatsache ins Auge: Es ist mir egal, dass sie ein Cop ist, sie ist eine Schlampe und sie wird ihn sofort vor einen Bus werfen, sobald irgendein anderer heißer Feger vorbeikommt. Unsere Männer sind in diese potenziell gefährliche Operation involviert, und würden wir uns nicht sicherer fühlen, wenn eine Schwester dabei wäre? Es gibt nur eine Lösung für das Problem. Du musst Amanda töten und ihren Platz einnehmen."

„Ich werd' Amanda nicht töten." Doch der Rest der Idee war von extrem verlockendem Nutzwert. Sie sollte diejenige sein, die Alex bewachte. Er hatte Nein gesagt, als sie die Idee zu Beginn mit ihm besprochen hatte, doch hieß das, dass sie ihm gehorchen musste? Er hatte nicht nachgedacht. Sie war die Einzige, die das wirklich tun könnte. Sie hatte die Ausbildung, um damit umzugehen. Sie kannte Michael Evans besser als jeder andere. Sie hatte quasi das Buch über den Bastard selbst verfasst.

Serena lehnte sich vor, ein flehentlich bittender Ausdruck im Gesicht. „Oh, ich wünschte, das würdest du. Ich hab' sie dabei erwischt, wie sie's wagte, Jake aufzufordern, ihr beim Bondage zu helfen. Sie wackelte mit ihrem Tanga direkt vor seinem Gesicht herum, und dann hörte ich sie sagen, wie traurig sie sei, dass er mit einer wie mir fest im Sattel saß. Natürlich kam sie in meinem nächsten Buch vor, wo sie brutal ermordet wurde, doch dies hier wäre wie Recherche für mich. Wir würden dir alle gern helfen, die Leiche zu begraben."

Eve fühlte, wie ein Lächeln über ihr Gesicht glitt, als sie die Frauen um sich herum ansah. Sie täten es. Sie wären gleich parat mit Schaufeln und Taschenlampen und Alibis, und einer schönen Flasche Wein für danach, denn sie waren Schwestern. Sie mochten vielleicht nicht das gleiche Blut teilen, doch sie teilten ein Leben.

„Kein blutiger Tod, Serena, doch sie geht definitiv nicht mit nach Florida. Ich hab' Alex bereits gefragt, ob ich mitkommen könnte, und er hat nein gesagt, aber er irrt sich hier. Ich muss sicherstellen, dass ich diejenige bin, die er als seine Sub vorstellt. Hat Adam ihre Deckung übernommen?"

„Oh, ja. Er hat die Tickets und alles gebucht, doch nichts davon wird funktionieren, bis wir Alex damit überfallen, wenn er keinen Rückzieher mehr machen kann", grübelte Serena. „Wir brauchen auch Sean dabei. Er weiß, wo der Treffpunkt ist."

Grace schenkte dem Raum ein friedliches Lächeln. „Ich glaub', dass Sean etwas später als geplant aufbrechen muss, weil Carys eine Art Notfall haben wird. Es sollte nicht länger als ein paar Stunden dauern. Lang genug, um Alex im Club zu treffen und Alex' Sub mitzunehmen. Ja, ich denke, das lässt sich arrangieren. Sean kann Amanda nicht ausstehen, und er teilt die gleichen Ängste wie wir. Sie hält ihm bestimmt nicht den Rücken frei. Sie ist viel zu sehr damit beschäftigt, an ihn ranzukommen. Er wird im gleichen Boot mit uns sitzen wollen."

„Ich muss meine Haarfarbe ändern." Ihr Herz fing heftig an zu klopfen, Adrenalin stieg an. Wollte sie das wirklich tun? Alex wäre angepisst, doch sie konnte ihn ohne vernünftige Deckung nicht gehen lassen. Und in einem Club mochte sie sogar mehr erreichen als er beim Sammeln von Informationen. Frauen tratschten. Und zwar viel. Er brauchte eine Sub, der die anderen Frauen vertrauten, sonst funktionierte es nicht.

„Umstyling! Oh, das wird lustig." Avery klatschte in die Hände. „Ich finde, du sähest mit einem schönen Walnuss-Ton umwerfend aus. Er wäre ein schöner Kontrast zu deiner Haut."

„Ist es wieder sicher, reinzukommen?" Adam steckte seinen Kopf aus der Küche. „Die Hors d'oeuvre werden kalt. Sean ist angepisst, wenn ich sie kalt serviere, doch ihr Damen habt ausgesehen, als hättet ihr über Männer geredet, und das nicht auf fröhliche, lustige Art. Ich weigere mich, der Kerl zu sein, dem sie die Eier eintreten, weil er so blöd war, zur falschen Zeit reingekommen zu sein."

Armer Adam. Die Damen am Hals zu haben. „Ja, ich glaub', deine Eier sind in Sicherheit. Und davon abgesehen musst du mir einen Gefallen tun. Wir haben ein Komplott geschmiedet, verstehst du?"

Adam saß blitzschnell im Wohnzimmer, ein böses Grinsen im Gesicht. „Oh, ich liebe eine gute Verschwörung. Ich bin dabei."

Sie nahm eines der Kanapees vom Tablett. Sie hatte ausnahmsweise mal Appetit.

So oder so würde sie dafür sorgen, dass ihr Mann heil aus Florida zurückkäme. Und dann konnten sie endlich abschließen.

Kapitel Sechs

Alex blickte auf seine Uhr hinunter und fluchte lautlos.

„Sie werden doch hier sein, oder?" Kristen warf einen nervösen Blick auf die Treppe und die Tür ganz oben, von wo allem Anschein nach der große Chazz Breyer letztlich auftauchte.

Es war die Tür zum Büro, in das er schließlich gehen musste. Allein.

„Sean hat mir eine SMS geschickt. Sein Flug ist vor einer Stunde gelandet. Sie sollten jede Minute hier sein."

„Ich mag keine Last-Minute-Planänderungen", murmelte Kristen. Sie war locker in Jeans und T-Shirt mit V-Ausschnitt gekleidet, das einen schönen Vorbau zeigte. Ihr erdbeerblondes Haar fiel in Wellen auf ihre Schultern, doch der Anblick von Eve, auf dem Schreibtisch ausgebreitet, ging ihm nicht aus dem Kopf. Er hatte in den letzten vierundzwanzig Stunden an nichts anderes mehr gedacht. Er hatte versucht, sie anzurufen, aber sie war nicht an ihr Handy gegangen. Er hatte die Dinnerparty abgesagt, bei der er sie, war er sich sicher, gesehen hätte, doch er hatte packen und sich fertig machen wollen, und jetzt fragte er sich, ob das ein Fehler gewesen war.

Er hätte sie, bei allem was zwischen ihnen lag, nicht so verlassen sollen, doch sie hatte ihm keine Wahl gelassen.

„Also, was hältst du von diesem Ort, Anthony?" Sie ließ seinen falschen Namen gelegentlich fallen. Von nun an war er Anthony

Priest, den meisten als Master A bekannt.

Er musste sich zusammenreißen, denn sie waren nicht allein. Mehrere junge Frauen schwirrten herum, entweder putzten sie Tische oder füllten die Bar auf. Soweit er es beurteilen konnte, war der Club ein umfunktioniertes Industrielager. Sanctum war es auch, doch Cuffs wies viel mehr von seiner früheren Identität auf als das Sanctum. Die Böden waren betoniert und die Wände bestanden noch zum größten Teil aus Metall und Tragbalken. Es gab einen Barbereich und etwas, das wie ein mit Seilen abgetrennter VIP-Bereich aussah. Dieser VIP-Bereich sah aus, als hätte jemand eine Menge BDSM-Zeug übers Internet bestellt und versucht, es einem Spielbereich anzugleichen, doch nichts war richtig aufgebaut. Er hoffte, dass niemand hier tatsächlich spielen wollte. „Es sieht scheiße aus."

„Ja." Kristen runzelte die Stirn, während sie die Arme vor der Brust verschränkte. „Es wäre besser gewesen, sie hätten einen Dekorateur engagiert, doch Chazz entschied, sich das Geld zu sparen. Du musst wissen, dass die meisten der Stammgäste, die hierher kommen, Touristen sind, die ein paar Bücher lesen und sich dann für den Lifestyle entscheiden. Sonst kommen College-Kids, die sich betrinken wollen, und die Jungs, die herkommen, weil unsere Cocktail-Kellnerinnen Fetischkleidung tragen. Keiner weiß, was er oder sie tut."

„Du aber." Er hatte sie studiert, seit sie sich im DFW kennengelernt hatten und während der Stunden im Flugzeug. Sie war seltsam. In einem Moment absolut kompetent, so klug, dass er halbwegs eingeschüchtert war. Sie erzählte, wie sie versucht hatte, eine Strategie zu entwerfen, um Evans' Organisation zu verstehen und die Methoden aufzuzeigen, mit denen sie ihn aufgespürt hatte, und dann hatte die Flugbegleiterin den Wein gebracht und sie hatte wie ein kleines Mädchen in die Hände geklatscht und behauptet, die erste Klasse sei „Bombe". Und die Frau folgte ihrer schier tödlichen Absicht, ihren Teil zu trinken. Sie trank fünf Gläser Wein, doch er konnte nicht sagen, ob sie davon etwas spürte. Sie blieb vollkommen ruhig.

Er hatte im Flugzeug neben ihr gesessen und die Dateien gelesen, in die sie sich gehackt hatte, während sie etwas auf ihrem E-Reader las, das sie mehr als einmal dazu veranlasste, sich selbst zuzufächeln.

Sie war ein absolutes Rätsel.

„Ich bin gut rumgekommen", räumte sie ein. „Hör zu, Bruder, ich weiß, es war wie ein Schock, dass ich mich zu diesem Lifestyle hingezogen fühle, doch wir brauchen dich hier. Und kann's schlimmer sein als mein Coming-out? Mama hat fast einen Herzinfarkt gekriegt, als ich ihren perfekt ausgearbeiteten Plan, mich mit dem Arzt von nebenan zu verheiraten, durchkreuzt hab'. Du weißt selbst, wie ein perfekt ausgearbeiteter Plan schief gehen kann, oder, Anthony?"

Yeah, und er war aus der Übung. Er musste sich seine Fragen über ihre Vergangenheit für die Wohnung aufsparen, denn er war hier ihr großer Bruder. Und ein fieser, knallharter Dom. Er hatte Temp-Tattoos, um das zu beweisen. Kristen hatte sich als Airbrush-Künstlerin herausgestellt. „Nun ja. Ich werd' mir hierzu ein paar Gedanken machen, denn die Ausstattung sieht beschissen aus, und es wird nicht besser, wenn sie nicht richtig gepflegt ist."

„Nun, dafür stelle ich Sie ein, oder ist es nicht so, Master A?" Die Tür zum Büro hatte sich geöffnet und ein Mann von mittlerer Statur mit länglichem, dunklem Pferdeschwanz kam langsam die Treppe herab. Er war mit T-Shirt und Jogginghose bekleidet, seine Turnschuhe quietschten auf der Metalltreppe. Um seinen Hals hing eine schwere Goldkette. Alex hielt ihn für etwa vierzig, wobei er offensichtlich versuchte, wie einundzwanzig auszusehen und gerad frisch von der Küste Jerseys käme.

„Es muss an mir vorbeigegangen sein, dass Sie mich eingestellt haben."

Sein starker Jersey-Akzent füllte den Raum. „Hey, die Familie von Kris ist auch meine Familie. Stimmt's nicht, Schätzchen?"

Kristen schenkte ihm ein sprudelndes Lächeln. Ja, sie sah aus wie das perfekte Abbild von Unschuld. „Du weißt, dass das wahr ist, Chazz. Wir alle hier sind eine große, verrückte Familie. Anthony, ich hab dir doch gesagt, dass das Interview reine Formsache ist. Es besteht kein Grund zur Sorge."

„Überhaupt gar nicht. Wir sind sehr froh, Sie hier zu haben, Master A. Ich fürchte, wir versuchen, auf die Füße zu kommen." Chazz schaute ihn an, als ob er ihn einschätzte. „Sie sind ein großer Kerl. Hat Kris Ihnen gesagt, dass ich Sie vielleicht als Bodyguard brauche, aber auch als unser hiesiger Experte?"

Der Türsteher-Dienst war etwas, das ihn fürchterlich interessierte. Laut Kristen ging Chazz mindestens einmal wöchentlich auf mysteriöse Treffen und nahm jedes Mal einige der Türsteher mit. Sie hatte versucht, mit einem Pärchen zu reden, doch alle waren verschlossen darüber, was sie taten. Dann gab es einmal pro Woche diese Nacht, in der der Club eigentlich geschlossen sein sollte, doch sie hatte Beleuchtung drinnen und Autos auf dem Parkplatz gesehen. Sie hatte versucht, hineinzukommen, hatte aber Sicherheitskräfte an den Türen vorgefunden, Securities, die sie nicht kannte. „Ich hab' mir etwas Muskelarbeit geleistet."

„Ja, das haben Sie. Ein äußerst beeindruckender Lebenslauf. Sie haben also in einigen Clubs gearbeitet?"

Dem von Adam angefertigten Lebenslauf zufolge hatte er in Clubs in New York, DC und Houston gearbeitet und war ausgebildeter Wachmann. Der Lebenslauf war ins Internet gestellt worden, und für den üblichen Nutzer sah es so aus, als sei Anthony Priest seit etwa drei Monaten auf Arbeitssuche. Er gab Lebensläufe auf verschiedenen Websites, ein FetLife-Konto und alle möglichen Fußabdrücke, die er natürlich im Cyberspace hinterlassen hätte.

„Ich hab' in BDSM-Clubs gearbeitet. Dies ist meine erste Erfahrung in einem Nachtclub."

Chazz nickte. „Ich muss mir eine Mitgliedschaft in einem dieser Clubs besorgen."

Alex machte sich nicht die Mühe zu erwähnen, dass Privatclubs dazu neigen, Idioten wie Chazz auszusortieren. „Was genau erwarten Sie also von mir?"

„Kris hier hat eine großartige Idee gehabt", erklärte Chazz. „Sie meint, anstelle von Themen-Tischen und Cocktail-Kellnerinnen, sollten wir anders sein. Wir wollen echte Sessions spielen lassen. Sie wissen schon, zur Unterhaltung und so."

Er zwang sich, nicht zu schaudern. „Und Sie erwarten, dass ich dafür diese Ausstattung benutze? Mit meiner Sub?"

„Ich hab' eine ganze Sammlung von Peitschen und Paddles und Stöcken und sowas. Ich hab' sie gebraucht gekauft. Sie hängen überall an den Wänden verteilt, wie in einem echten Kerker. Alles, was Sie tun müssen, ist auf einen zuzugehen und ihn runter zu reißen, mein Freund", meinte Chazz.

Chazz erkannte einen „echten" Kerker selbst dann nicht, wenn er ihm direkt ins Gesicht sprang. Es war klar, dass Chazz entweder nicht selbst trainierte oder sich nicht um seine Subs scherte. „Gebraucht? Und die hängen hier an der Wand? Die benutz' ich nicht. Sie müssen rein dekorativ bleiben. Menschen schwitzen und bluten, und es gibt noch andere körperliche Ausscheidungen, auf die ich gar nicht erst eingehen werd'. Sie werden dafür verklagt. Ich bring' meine eigene Ausrüstung mit und sorge dafür, dass alles steril ist."

„Oh ha, also sind wir hier so was wie das Infektionszentrum", sagte eine tiefe Stimme. „Ich hab's immer gewusst."

Alex drehte sich um und sah einen jungen Mann, vermutlich um die fünfundzwanzig. Er trug ein Axelshirt, das ein einzelnes Tattoo auf seinem Arm zeigte. Armee.

„Ich brauch' deinen Sarkasmus nicht, Jesse." Chazz schüttelte den Kopf. „Ich schwör', wenn er nicht so gut mit der Waffe umginge, hätte ich seinen Arsch längst rausgeworfen. Das ist mein Ober-Türsteher, Jesse Murdoch. Er fungiert auch als mein Leibwächter und ich bin noch nicht gestorben, also ist er kein vollkommener Idiot."

Jesse salutierte sarkastisch. „Ich will's dir doch rechtmachen, Boss. Hey, Kris. Das ist also Großer Bruder."

Die Art, wie ihn der junge Mann ansah, ließ Alex misstrauisch werden. Er war zu lang beim FBI gewesen, um die Leute nicht einschätzen zu können. Er spielte zwar nicht in Eves Liga, doch etwas stimmte mit Jesse Murdoch nicht. Er richtete die Augen schnell von einem Ort zum anderen, wo Alex sie vielleicht versteckt hielt. Er suchte nach Waffen. Kluger Junge, doch Alex war noch nicht bewaffnet. Selbst der große und mächtige Ian Taggart hatte noch keinen Weg gefunden, eine Waffe durch die öffentliche Flughafenkontrolle zu bekommen.

„Achten Sie nicht auf ihn. Er spielt hier ab und zu, aber nur mit Stammgästen. Er ist kein echter Dom", sagte Chazz, sich aufplusternd.

Was verfickt nochmal war ein „echter Dom"? *Idiot*. Alex nickte einfach, als wäre Chazz natürlich ein Mitglied des „Echte-Doms-Club". Wenn das Arschloch ein Dom war, dann fräße Alex einen Besen.

„Also, ich hab' gehört, Sie bringen noch einen Cousin mit?", fragte Chazz.

Sean. „Ja, Kris erwähnte, dass Sie jemanden für die Küche brauchen."

Er schauderte. „Ja, mein letzter Typ war irgendwie scheiße."

„Dank ihm hatten wir allen eine Lebensmittelvergiftung", fügte Jesse hinzu.

Wenn er Evans nicht wegen Drogenhandel und Terrorismus dran kriegte, konnte er wenigstens das Gesundheitsamt auf den Scheißkerl ansetzen. „Ich kann Ihnen versichern, dass mein Cousin niemandem eine Lebensmittelvergiftung zuführen wird."

Eine echte Lebensmittelvergiftung war aber durchaus denkbar. Das war ihm nicht entgangen. Er hätte den Wichser am liebsten erwürgt, doch Zweck dieser ganzen Übung hier war es, Evans auszuschalten, und das täte er auf jede erdenkliche Weise. Wenn sich herausstellte, dass der beste Weg zu einer erfolgreichen Operation eine Portion tödlicher Pommes sei, dann würde er diesen Weg einschlagen.

Fuck. Vielleicht musste er sich doch etwas anderes ausdenken, immerhin war Sean ein schrecklicher Lebensmittel-Snob geworden. Er ließe sich vermutlich nicht herab, Pommes zu machen. Alex musste hoffen, dass Michael Evans auch Gänseleberpastete mochte.

Chazz lehnte an einem der Tische, seine Augen wurden schmal. „Ihr Cousin hat einige Zeit gesessen."

Laut all der von Adam genehmigten Chroniken hatte Sean Reilly wegen bewaffneten Raubüberfalls und Körperverletzung Zeit im Gefängnis verbracht. „Er war in schlechter Gesellschaft. Das waren wir alle mal."

„Ja, ich hab' selbst meine Zeit abgesessen, ich versteh' das. Sie haben auch ein bisschen gesessen."

Das sagte ihm einiges. Chazz hatte einen halbwegs anständigen Hacker unter seinen Mitarbeitern. Adam hatte eine Jugendstrafe für Alex vorgeschlagen, etwas, das er unter einer dicken Schicht Bürokratie begraben konnte. Es war ein Test, hatte Adam erklärt. Er wollte genau wissen, wie clever diese Jungs waren, um sie ja nicht zu unterschätzen. Da Adam dank des Mikrodrahts, den er an Alex' Gürtelschnalle angebracht hatte, alles mithören konnte, was gesagt wurde, formulierte er jetzt gerade vermutlich sein technisches Kalkül.

Alex runzelte die Stirn und tat überrascht. „Diese Aufzeichnung ist gelöscht worden."

Wenn er sie davon überzeugte, nur ein unterbelichteter Kamerad zu sein, würden sie ihm schneller vertrauen, freier um ihn herum sprechen und ihn keinesfalls als Bedrohung ansehen.

Kristen legte ihm eine Hand auf den Arm und entgegnete Chazz mit einem Stirnrunzeln, in jeglicher Hinsicht wie die schützende Schwester wirkend. „Er war siebzehn, Chazz. Das kannst du ihm nicht übel nehmen."

Chazz hob die Hände mit einem überlegenden Lächeln im Gesicht. „He, ich nehm ' keinem irgendwas übel. Doch sowas wie „gelöscht" gibt es heutzutage nicht mehr, weder von Aufzeichnungen noch sonst was. Sie täten gut daran, das nicht zu vergessen. Einen großen Kerl wie Sie bei uns zu haben ist nicht dumm, wenn Sie wissen, was ich meine."

Alex wusste verdammt gut, was er meinte. Er meinte, dass es nur eine Frage der Zeit sei, bis er dabei war. Er nickte. „Yeah, ich bin gerne behilflich, doch erster Punkt auf der Tagesordnung ist es, diesen Club in Form zu bringen. Hab' ich irgendeine Art von Budget?"

„Schreiben Sie alles auf und lassen Sie mich wissen, was Sie brauchen, aber schmeißen Sie nichts weg, ohne mit mir zu sprechen. Nun, wo sind Ihre anderen Freunde? Denn Kris hat versprochen, dass Sie Ihre eigene Sub mitbringen, die uns beim Training dieser dummen Schlampen behilflich ist. In ein paar Wochen kommen ein paar hohe Tiere. Sie sind sehr interessiert am „Spielen", wie es in unserer Welt heißt." Er winkte den Frauen zu, die gerade seinen Club sauber machten.

Sie benutzten also ihre Subs als Prostituierte. Gut. Ein weiterer Strafpunkt für den Wichser, doch das passte zu Evans' Philosophie. Es stellte allerdings ein Problem dar. „Ich teile meine Sub nicht."

Er hatte nicht vor, Amanda in Gefahr zu bringen. Sie war nur als Rückendeckung hier. Das Letzte, was er brauchte, war sich darüber zu sorgen, dass sie vergewaltigt wurde, weil sich diese Typen einen Scheiß um die Frauen scherten.

„Kris sagte's mir bereits", sagte Chazz und hielt die Hand hoch. „Sie sagte, du seist ein Dom, der eine monogame Beziehung zu seiner Sub unterhält. Ich versteh' das nicht, Mann. Es gibt so viele Muschis auf der Welt. Ich könnt' mich nicht nur an eine halten, aber, hey, jedem das Seine. Ich war überrascht, dass Sie sie weit genug von der Leine lassen und allein herfliegen lassen."

Und das nur, weil er einen falschen Eindruck zu haben schien, wie eine D/S-Beziehung funktionierte. „Es war einfacher für sie, mit Sean herzufliegen. Ich vertrau' ihm. Er wird sich gut um sie kümmern."

„Yeah, Sie brauchen jemanden, der auf Ihre Schlampe aufpasst", sagte Chazz.

Kristen drückte ihm leicht in den Arm. „Amanda ist auf dem Weg. Du wirst sie lieben. Sie ist quasi die perfekte Sub. Sie wird diese Frauen im null Komma nichts ausbilden."

Alex lächelte. Wenn Chazz nicht aufhörte, diese offenbar angenehmen Frauen als Schlampen zu bezeichnen, erwürgte er den Wichser. Obwohl er Eve von Zeit zu Zeit lachend als Schlampe bezeichnete, tat er dies in tiefer Zuneigung, so wie sie ihn ein rechtschaffenes Arschloch nannte. Doch bei dem Gedanken daran, dass Amanda durch diese Türen käme und ihn mit einem Kuss begrüßte, ließ ihn einen Knoten im Bauch spüren. Er hätte schwul spielen und Adam reinbringen sollen. Es wäre einfacher gewesen, Adam an Stelle von Amanda zu küssen.

Die Tür öffnete sich und der Schein des späten Nachmittagslichts warf einen Schatten auf die Frau, die in der Tür stand. Auf sie folgte ein großer, massiver Schatten. Sean. Alex stieß einen langen Atemzug aus. Mit Sean fühlte er sich besser hier. Er war sicherer als zuvor.

Amanda lief hindurch, und es sah aus, als hätte sie seine Anweisungen genau befolgt. Ihr Haar war länger als vorher. Er wusste nicht, ob es eine Perücke oder Extensions waren, doch es veränderte sie auf subtile Weise. Und das war, was er wollte, dass sie nicht genau wie Amanda King aussah.

Sie trat aus dem Schatten und er erhaschte einen Blick auf die neue Amanda. Er spürte, wie ihm das Lächeln aus dem Gesicht glitt, denn sie sah Amanda tatsächlich gar nicht ähnlich.

Er blinzelte, um sein Sehvermögen zu schärfen, denn er hatte nicht Amanda gesehen. Er hatte Eve gesehen, mit kastanienbraunem Haar, das die Spitzen ihrer Brüste berührte. Sie trug die knappste Bekleidung, die er sie je hatte tragen sehen, einen Minirock, der ihren

Hintern kaum bedeckte. Es sah aus, als hätte ihr jemand einen Verband um die Hüfte gewickelt und es dann Rock genannt. Ihr Tank-Top schmiegte sich komplett an ihren Oberkörper an und endete kurz über dem Rock, so dass er jedes Mal, wenn sie sich bewegte, einen Blick auf ihre Haut werfen konnte.

Und ihre verdammten Beine wirkten, als seien sie Kilometer lang, was wohl Absätzen von knapp fünfzehn Zentimetern entsprach. Sie trug das dünne Lederhalsband, das sich um Amandas Hals hätte befinden sollen.

Eve. Eve war hier, und sie sah aus wie Sex in Stilettos.

Kristen zögerte nicht. Sie begrüßte Eve, als wären sie alte Freunde, die sie eigentlich sein sollten. „Hey, Mandy. Wie war der Flug?"

„Großartig. Hätte nicht besser sein können." Eve lächelte ihn an.

Sean streckte zur Begrüßung die Hand aus. Nichts an seinem Gesichtsausdruck verriet die Tatsache, dass die Operation gerade zur Hölle fuhr. „Hey, Alter." Er sah sich im Club um. „Das ist ein Drecksloch."

„Ist gut, Sean." Er zwang sich, ruhig zu bleiben. „Das ist Chazz. Er leitet das Drecksloch. Das ist mein Cousin, Sean Reilly."

Chazz deutete gestenreich auf ihre Umgebung. „Nun, Reilly, deshalb stell' ich Sie und Master A ein. Ich will den Ort hier vor unserem großen Treffen eleganter erscheinen lassen. Ihr werdet reinhauen müssen, denn nächste Woche schon kommen drei VIPs. Ich will's mal als Probelauf für die wichtige Veranstaltung in ein paar Wochen bezeichnen. Wir werden den Ort stilvoll für den Big Boss gestalten müssen." Chazz' glänzende Rattenaugen nahmen jeden Zentimeter Fleisch auf, das Eve zur Schau stellte. Er schien nicht in der Lage zu sein, das anzügliche Grinsen in seinem Gesicht zu verbergen. „Obwohl du den Laden schon nobel erscheinen lässt, Schätzchen. Ich nehm' zurück, was ich gesagt hab', Master A. Wenn ich mit diesem geilen Stück im Bett läge, könnte ich die anderen vielleicht sausen lassen."

Er verlor fast die Beherrschung, als Eve direkt neben ihm stand, die Hand auf seinem Arm. Sie kicherte. Sie kicherte tatsächlich in Richtung des Wichsers und glich einer Närrin, die es als schmeichelhaft empfand, als ein „geiles Stück" bezeichnet zu werden.

„Ich denke, es wird mir hier gefallen, Master."

Chazz zwinkerte ihr zu und warf noch einen Blick auf ihre Beine, bevor er zu seinem Büro nickte. „Ich werd' schon dafür sorgen, dass es Ihnen hier gefällt. Kommen wir jetzt zum Geschäft. Ich denke, Kris kann Mandy herumführen. Warum gehen wir nicht nach oben und unterhalten uns darüber, was ich von Ihnen allen in den nächsten Wochen erwarte? Master A, wenn Sie sich zu uns gesellen."

Chazz wartete nicht lang, sondern ging einfach die Treppe hoch.

Sean legte die Hand auf seine Schulter, mit dem Kopf preschte er vor. „Spar dir die Schlagsession für später auf, Mann. Versau die Operation nicht, nur weil du angepisst bist."

Oh, er war super angepisst. Und verängstigt. Und feuerspeiend wütend darüber, dass er an einen Ort manövriert wurde, wo er sie zulassen oder alles hinschmeißen musste. Und Sean hatte Recht. Er musste zwei Sekunden lang nachdenken. Er sah wieder zu Eve.

„Hier, Sub."

Ihre Augen loderten. Ja, sie war es nicht gewohnt, dass er sie rumkommandierte, doch sie war es, die beschlossen hatte, all seine Pläne im verfickten Keim zu ersticken, so dass sie mit dem großen bösen Dom klar kommen musste. Und der große böse Dom würde nicht liebevoll spielen. Oh, nein. Er hatte die Dinge viel zu lange auf ihre Weise gespielt, und sie ginge nicht unbestraft daraus hervor.

Eve kam zu ihm, ein angespanntes Lächeln im Gesicht. „Ja, Master?"

Er packte sie am Nacken. Selbst in diesen Fick-mich-Schuhen kam sie seiner Größe nicht gleich. Er zwang sie auf die Zehenspitzen. Er hielt die Stimme tief. „Wir besprechen das in ein paar Stunden, Sub. Wenn du spielen willst, mein Engel, spielen wir es auf meine Art. Du willst die Rolle meiner Sklavin einnehmen? Überleg dir lieber, was das bedeutet. Es bedeutet, dass ich dich so kriege, wie ich dich will. Ich werd' dich ficken, wann ich will, wo ich will und wie ich will. Du gehörst mir. Mein. Du gehörst mir, egal wie lang das hier dauert."

„Alex…", fing sie an.

Er festigte seinen Griff in ihrem Nacken. „Das heißt Master, Sub. Und du wirst heut Abend meine flache Hand auf deinem Arsch spüren, bevor du auf die Knie gehst und meinen Schwanz lutschst. Ja, genau. Du schläfst heut Nacht in meinem Bett, mit meinem Erguss in deinem Leib. Noch immer froh darüber, durch diese Tür gegangen zu sein, Mandy?"

Er ließ seinen Mund direkt über ihrem schweben, doch er ließe nicht zu, dass sich ihr erster Kuss seit Jahren an diesem Ort ereignete. Oh, es sollte geschehen, aber nicht hier und nicht dann, wenn er an eine Schlagsession dachte, die alles andere, als erotisch war.

In ihren Augen brannte ein Feuer, das er seit Ewigkeiten nicht mehr gesehen hatte. „Ja, Master."

Er drehte sich auf dem Absatz um und zwang sich, von ihr zu lassen, sein Hirn rang mit der Wut darüber, dass sie sich in Gefahr befand, und mit wilder Erregung, sie dort zu haben, wo er sie seit Jahren haben wollte.

In seiner Macht. In seinem Bett.

✳ ✳ ✳ ✳

Eve beobachtete, wie Alex die Treppe hochstolzierte. Ihre Hände zitterten leicht, doch das musste sie unter Kontrolle kriegen. Sie konnte sie jetzt nicht alle auffliegen lassen. So leidenschaftlich hatte sie Alex seit Jahren nicht mehr erlebt, und es hatte sie zu Tode erschreckt.

Es brachte ihr Herz jedoch auch ins Wallen, und all ihre weiblichen Teile hatten auf eine Weise reagiert, von der sie vergessen hatte, dass sie überhaupt existierte. Sie befand sich inmitten einer gefährlichen Operation und war besorgt darüber, dass ihr Slip feucht war. *Verdammt.*

Die Rothaarige stand wieder vor ihr, nach ihren Händen greifend und sie in die eigenen nehmend. „Ich bin so froh, dass du endlich hier bist."

Das musste die geheimnisvolle Kristen sein. „Ich freu' mich auch."

Kristen war gut. Sie verbarg das Zittern von Eves Händen in ihren eigenen. Eve schenkte ihr ein kleines Lächeln und fragte sich, ob Kristen überhaupt wusste, dass sie nicht die Frau war, die eigentlich hier sein sollte.

„Hallo." Der Mann, der den anderen nicht nach oben gefolgt war, starrte sie charmant lächelnd an. Sobald Alex und die Männer die Treppe raufgegangen waren, schaltete er von dunkel und düster um auf Playboy.

Er war wunderschön und viel zu jung für sie. Sie hielt ihn für höchstens fünfundzwanzig. Nein. Er war ein Baby, trotz seiner breiten Schultern und den Schlafzimmeraugen.

„Hey, Murdoch, beweg deinen Arsch hier hoch", schrie Chazz vom oberen Ende der Treppe herab.

Murdoch zwinkerte ihr zu. „Ich schätze, die formelle Vorstellungsrunde muss warten. Bis später, Babe."

Er drehte sich um und rannte die Treppe hoch, und Eve gelang es, nicht die Augen zu verdrehen. Er könnte ein paar Verführungskurse gebrauchen.

„Idiot. Na, komm, Mandy", sagte Kristen. „Ich zeig dir die Umkleidekabine und wir können reden."

Eve blickte sich um. Es hatte Potenzial, doch keiner schien es entsprechend so genutzt zu haben, dass es über reinen Utilitarismus hinaus ging. Zwei Frauen waren dabei zu putzen, eine zog einen Mopp über den Boden, eine andere wischte die Tische ab. Die eine, die mit einem Lappen über die Tische wischte, war etwa dreißig, mit wasserstoffblondem Haar und viel zu viel Augenschminke. Sie blickte stirnrunzelnd zu Eve, die Mundwinkel ihrer bemalten Lippen nach unten gezogen.

Sie war also nicht bei allen willkommen.

Sie folgte Kristen den Flur entlang in einen kleinen Raum.

„Da ist die Männerumkleide", sagte Kristen, auf eine Tür zu ihrer linken zeigend. „Und hier sind wir."

Sie schob sich durch eine milchige Glastür in einen äußerst glanzlosen Umkleideraum. Darin befanden sich eine Reihe alter Schulschließfächer und eine einzelne längere Sitzbank.

Kristen schlug ihr erdbeerblondes Haar zurück und setzte sich auf die Bank, ihre sehr langen Beine übereinanderschlagend. „Es ist schön, dich kennenzulernen, Eve. Ich bin froh, dass du es bist und nicht diese görenhafte Schlampe. Was ist nur los mit den Jungs? Ein strahlendes Lächeln ist alles, was sie sehen, und sie lassen sich keine Titten entgehen, bis sie verheiratet sind und sich fragen, warum Susi Sonnenschein zu Katy Schreitzuviel wurde.

Eve blickte sich um, herauszufinden versuchend, ob diese Person Kristen sie in ernste Schwierigkeiten brächte.

Kristen winkte nachlässig mit der Hand. „Keine Wanzen hier. Ich seh' jeden Tag nach, wenn ich reinkomm'. Nun, die Männerumkleide ist eine andere Geschichte. Die hab' ich selbst verwanzt, doch sag deinem Mann nichts. Wir können ihn und den heißen Blonden belauschen, wenn sie über alles Mögliche reden. Männer tratschen absolut mehr, als du denkst. Hier drin können wir frei reden, solange wir allein sind."

„Woher weißt du, wer ich bin? Und woher wusstest du, dass ich nicht die görenhafte Schlampe bin?", fragte Eve. Das musste sie dem Mädchen lassen. Ihre Beschreibung stimmte genau.

Sie lehnte sich zurück und sah Eve von oben bis unten an. „Woher ich weiß, dass du nicht die bist, die Alex erwartet hat, nun, ich bin ein kluges Mädchen. Ich recherchiere. Du bist Dr. Eve St. James, das einzige Kind von Donald und Jennifer St. James. Du warst der Star eures Debattierteams an der High School, im Schwimmteam und Herausgeberin des Madison High Examiner. Vielbeschäftigtes Mädchen. Du hast dein Studium in Yale mit den höchsten Auszeichnungen abgeschlossen und jeder war sich sicher, dass du so weitermachst und eine private Praxis gründest. Wie sehr aufgebracht waren deine Eltern, als du stattdessen bei der Verhaltensanalyse-Einheit des FBIs anfingst?"

Sie war sich nicht sicher, ob ihr gefiel, wie viel Kristen über sie wusste. „Sie waren entsetzt natürlich."

„Natürlich", sagte Kristen der Form halber nickend. „Dein Vater ist einer der angesehensten Therapeuten der Welt."

Und sie war Profilerin gewesen, eine Frau, die mit den Schlimmsten der Schlimmsten umging, Typen, denen, wie ihr Vater glaubte, nicht zu helfen war, und sie hatte ihm nicht verständlich machen können, dass es, indem sie Kriminelle schnappte, jedem diente. Er hatte erwartet, dass sie sich einreihen und seine Praxis übernehmen würde, doch der Gedanke, überprivilegierten Männern und Frauen zuzuhören, die sich über ihre Kindermädchen und Kinder und den Horror beschwerten, im neuesten überteuerten Restaurant von der Liste der Oberkellner gestrichen zu werden, langweilte sie zu Tode. Sie war glücklicher, wenn sie für Ian Profile erstellte und

Sitzungen mit den Menschen führte, die sie am meisten brauchten. „Ja, er war nicht begeistert darüber, dass ich mich für das FBI entschied."

„War er glücklich, dass du Alexander McKay geheiratet hast? Er gehörte nicht gerade derselben Gesellschaftsschicht an. Ziemlich weit davon entfernt, um's genauer zu sagen."

Eve hielt eine Hand hoch. „Gibt es einen Grund, warum die Reaktion meines Vaters auf Alex für dieses Gespräch relevant sein sollte?"

Es fing an, sie zu nerven. Sie hatte das Gefühl, die Rothaarige war ihr nicht nur ein paar Schritte voraus.

Kristen schenkte ihr ein strahlendes Lächeln. „Es tut mir leid. Ich kann immer nicht aufhören. Es ist nur so, dass ich euch alle schon seit einer Weile studiere. Ich fürchte, für mich ist es so, als träfe ich die Figuren aus einem Buch, das ich so gern lese."

Eve fühlte, wie sich ihre Augen misstrauisch verengten. „Warum studierst du mich?"

„Weil mir bewusst war, dass ich Alex McKay brauche, wenn ich die Story rausbringen will. Ich konnte nicht zum FBI gehen, weil ich mir nicht sicher sein kann, ob Evans dort nicht einen Maulwurf eingeschleust hat. McKay hat nur eine Motivation mitzuarbeiten, und die besteht darin, Evans zu Fall zu bringen."

Eve hatte das Wesentliche erfasst. „Er will sich rächen dafür, was Evans mir angetan hat. Du nutzt das zu deinem Vorteil aus."

„Ich zieh's schlichtweg vor, dass die Menschen, mit denen ich mich umgebe, aufrichtige Motive haben, die sich nahtlos mit meinen eigenen verbinden lassen", erklärte Kristen. „Diesbezüglich rate ich dir, Jesse Murdoch im Auge zu behalten. Ich hab' noch nicht rausfinden können, was er will, und das macht ihn meiner Meinung nach gefährlich. Eigentlich könntest du mir dabei behilflich sein."

Eve schürzte die Lippen. „Nun, ja, ich denke, wir können mit Sicherheit sagen, dass er einen Ödipuskomplex hat."

Kristen schüttelte den Kopf. „Du bist nicht alt genug, um seine Mutter zu sein. Du bist kaum älter als ich, und ich bin noch nicht bereit, die MILF zu spielen."

„Was bringt dir das hier, Kristen?" Eve wandte zu keinem Zeitpunkt die Augen von der anderen Frau ab. Sie war sonst ziemlich gut darin, Lügen auszumachen, und sie wollte sehen, ob es an Kristen irgendetwas abzulesen gab.

Kristen stand auf, ging direkt auf Eve zu und bot ihr ihre Hände an, einmal mehr beweisend, dass sie schlauer war, als Eve erwartet hatte. Sie streckte die Arme aus, Handflächen nach oben. „Es ist in Ordnung. Fühl meinen Puls. Beobachte meine Augen. Ich werd' dich nicht anlügen, sondern möchte, dass du dich bei mir absolut sicher fühlst."

Eve spielte mit. Sie legte die Finger auf Kristens Handgelenke, schnell ihren Puls findend. „Was hast du davon?"

„Ich bekomme die Chance, ausnahmsweise mal die Gute zu spielen. Ich darf ein paar Menschen helfen, von denen ich wirklich glaube, dass sie Hilfe benötigen, und ich kann vielleicht etwas wiedergutmachen. Vor ein paar Jahren hatte ich einen Job, der schlecht für mich endete, und ich verlor jemanden, den ich sehr liebe. Ich möchte sein Andenken ehren, indem ich versuche, ein besserer Mensch zu sein, als der, der ich vorher war."

Ihr Puls blieb vollkommen ruhig. Ihre Augen weiteten sich nicht, und sie hatte weder geblinzelt noch weggeschaut. „Warum Alex?"

„Weil er immer der Gute war. Und weil ich mir verdammt sicher sein konnte, dass er keine Gelegenheit ausließe, dich zu rächen. Er ist vertrauenswürdig, und ich weiß, dass ich mich genau darauf verlassen kann, was er tut. Er ist eine bekannte Größe. Du bist die Unbekannte. Warum bist du hier?"

Eve ließ Kristens Hände los. Entweder war Kristen eine Soziopathin oder sie log tatsächlich nicht. Soziopathen bestanden Lügendetektortests oft, weil sie einfach nicht genug Gefühle hatten, um körperliche Anzeichen zu zeigen, wenn sie logen. „Ich bin hier, um Alex den Rücken freizuhalten."

„Du bist nicht wegen Evans hier?"

Sie fühlte, wie ein Schauder durch sie hindurchging. „Nein."

„Nicht mal ein bisschen?"

„Nein."

„Das überrascht mich jetzt aber." Kristen ging zu einem der Schließfächer und betätigte das Rad des Schlosses.

Es war seltsam. Sie beschlich das Gefühl, die Frau klang enttäuscht. „Warum tut es das?"

141

Der Spind öffnete sich und Kristen holte ihre Tasche heraus. „Ich dachte wohl, du bist der Typ Frau, die hinter Evans her wäre."

„Ich will keine Rache." Das hatte sie nie wirklich. Sie wollte einfach, dass es vorbei war, und dass alles wieder so wäre, wie es gewesen war.

„Ich hab' nicht von Rache gesprochen. Ich dachte, du wärest hinter ihm her, damit er sowas nie wieder tun könnte. Damit keine andere Frau das durchstehen muss, was du durchstehen musstest. Ich hab' da wohl zu viel hineingelesen. Ich hab' nicht gedacht, dass du dich davor verstecken wolltest."

Eve reagierte gereizt. „Ich versteck' mich nicht."

„Doch du bist auch nicht hier, um Evans auszuschalten. Es ist okay, aber du solltest verstehen, dass genau das mein Ziel ist. Ich werd' dafür sorgen, dass er Frauen nichts mehr anhaben kann. Denn es ist richtig das zu tun, und ich tue jetzt das Richtige."

„Ich versteck' mich nicht." Sie versteckte sich vor gar nichts. Sie versuchte, ihr Leben wieder aufzubauen. „Ich bin hier, um dafür zu sorgen, dass sich Alex nicht umbringt."

„Nun, solange wir uns verstehen. Ich bin sicher, dass wir miteinander auskommen. Du hältst Alex den Rücken frei und ich arbeite an den Ermittlungen seitens der Frauen. War das echt Sean Taggart?" Sie blickte zurück zur Tür. „Er ist Ian Taggarts jüngerer Bruder, richtig? Ich dachte, er wäre größer."

Sean war einszweiundneunzig. „Er scheint nur im Vergleich zu Ian klein. Es gibt einen Grund, warum man ihn Kleinen Tag nennt."

„Großer Tag und Kleiner Tag. Das ist süß." Sie warf sich die Tasche über die Schulter. „Du musst dich vor Sienna und Sage in Acht nehmen. Sie sind Zwillinge und miese Weiber-Subs. Sie werden Master A vermutlich nicht mehr von der Pelle rücken, sobald sie ihn zu Gesicht kriegen. Chazz hat sie schon öfter als Partybegleitung zur Unterhaltung genutzt. Das kann innerhalb als auch außerhalb des Clubs geschehen, und genau dafür brauchte ich jemanden, der eingeweiht ist. Er hat immer Leibwächter bei sich, doch ich traue keinem von ihnen. Es war ein Glücksfall, dass seine letzten beiden Bodyguards abgehauen sind. Keine Ahnung, wo die hin sind."

Jetzt hatte sich Kristens Iris ein winziges bisschen geweitet. Eine Lüge. Sie hatte etwas getan, dass die Leibwächter zum Gehen gezwungen hatte. Sehr interessant. „Ja, ich bin sicher, das war ein glücklicher Zufall."

„Hey, eine Frau tut, was eine Frau tun muss." Kristen zuckte mit den Schultern und fuhr fort mit ihrem kurzen Überblick. „Das Spektrum der Kellnerinnen reicht von dumm, aber wohlgesinnt, bis hin zu nervig. Bunny ist genau das, was ihr Name besagt. Flauschig und süß. Karma ist in Ordnung. Ich glaub', sie ist wohl die selbstzerstörerischste der Gruppe. Azure ist diejenige, die dir den bösen Blick zuwarf, als du hereingekommen bist. Doch der, vor dem du dich wirklich in Acht nehmen musst, ist Chazz."

„Wozu ist er fähig?", fragte Eve.

„Ich glaub', er ist zu allem fähig, und ich hab' Glück, dass er mich mag, sonst wär' ich am Arsch. Der Schlüssel mit Chazz ist, so zu tun, als sei er der absolute Burner. Sobald er denkt, dass du meinst, über ihm zu stehen, schneidet er dir, ohne mit der Wimper zu zucken die Kehle durch. Gib nie die unterwürfige Haltung auf. Er redet wie ein blöder Scheißkerl daher, doch er meint es ernst, in seinem Kopf bist du die Sklavin und er der ultimative Master, der alles kontrolliert. Wenn er sich entschließt, es sei leichter, dich zu töten, als dich zu behalten, tut er es."

Es klang, als hätte er viel mit Michael Evans gemeinsam. „Wie ist er bis jetzt damit durchgekommen?"

„Ich glaub', er hat jemanden vor Ort, der ihn beschützt. Hin und wieder kommen Polizisten in den Club. Chazz hat seine Verbindungen. Vergiss das nicht. Das hier ist nicht das Sanctum. Das ist die Hölle und wir müssen alle versuchen zu überleben. Sie sollten bald fertig sein. Ich werd' dafür sorgen, dass das Auto bereit ist. Wir treffen uns an der Bar."

Kristen ging hinaus und Eve ernüchterte.

Was tat sie da? Sie war keine Agentin im operativen Dienst. Gott, hatte sie einen schrecklichen Fehler gemacht?

Sie setzte sich auf die Bank, alles zu verarbeiten versuchend, was die Frau ihr gesagt hatte, doch das Einzige wozu sie imstande war, war daran zu denken, dass der „Oberboss" in ein paar Wochen hier wäre. Das war es, was Chazz gesagt hatte. Wenn Kristen Recht hatte, war Michael Evans der Chef, und er würde innerhalb von wenigen Wochen die gleiche Luft einatmen wie sie.

Du bist eine kleine Hure. Das ist alles, was jede von euch darstellt.

Sie erschauderte in der Kühle des Zimmers und schloss die Augen, sich beruhigende Gedanken machend. Das war die einzige Möglichkeit, die schlechten Bilder verschwinden zu lassen. Sie hatte ihren Frieden verdient. Sie verdiente ein Leben, das nicht von dem Mann erfüllt war, der sie vergewaltigt hatte. Sie war eine verdammte Psychologin. Sie war nicht irgendeine Kriegerprinzessin. Sie hatte viele Selbstverteidigungskurse besucht, doch sie hatte gehofft, dass sie davon nie Gebrauch machen müsste.

Sie versteckte sich nicht. Sie half aus. Sie war hier, weil sie die beste Person für den Job war und weil Alex ihrer Verantwortung unterstand.

Ihre Gedanken kehrten zu dem Tag zurück, an dem sie ihren Eltern gesagt hatte, dass sie Alex heiratete. Sie hatte Kristen nicht gesagt, wie ihre Reaktion ausgefallen war. An dem Tag, an dem sie und Alex heirateten, hatten sie alle gelächelt, doch sie waren nicht glücklich darüber gewesen. Ihre Mutter und ihr Vater hatten geplant, dass sie einen Arzt oder einen Anwalt heiratete, keinen FBI-Agenten. Alex war zu rabiat für sie, zu besitzergreifend, zu real.

Ihre Eltern hatten keine Ahnung von dem Leben, das sie geführt hatten. Sie hatte es vor ihnen verborgen. Sie wussten es immer noch nicht.

Sie versteckte sich nicht.

Eve stand auf, ihre Kleidung richtend. Nun, das, was als solche noch zu bezeichnen war. Verdammt. Warum war sie hergekommen?

Um sicherzugehen, dass Alex überlebte. Deshalb war sie hier. Darum war Sean hier. Egal, was diese Kristen sagte, sie versteckte sich nicht und sie hatte eine genaue Absicht.

Sie blickte in den Spiegel, das Haar glattstreichend. Evans zählte nicht. Alex war das Einzige, was zählte.

Sie drehte sich um. Sie würde sich später darüber klar werden. Jetzt ging es nur darum, die nächsten paar Stunden zu überstehen, bis sie mit Alex reden und ihm klar machen konnte, dass sich zwischen ihnen nichts wirklich geändert hatte. Sie hatte darüber nachgedacht, ihren Vertrag zu ändern, doch das war ein Fehler gewesen.

Ich werd' dich ficken, wann ich will, wo ich will und wie

ich will. Du gehörst mir. Mein. Du gehörst mir, egal wie lang das hier dauert.

Nichts hatte sich verändert? So schien er zu denken. Er schien zu glauben, sie hatte eine echte Rolle zu spielen. Seine Sub. Seine Sklavin. Sein.

Sein, um zu dienen. Sein, um seiner Kontrolle zu unterliegen. Sein, um gefickt, geliebt und befriedigt zu werden.

Es war wie eine Droge, von der sie vor langer Zeit runtergekommen war. Sich Alex hinzugeben war stets von Hochgefühlen begleitet gewesen. Sie musste an nichts anderes mehr

denken, wenn Alex die Kontrolle hatte. Sie brauchte nur zu fühlen, sich hinzugeben.

Und das war nicht gut gelaufen. Es hatte in Schmerz und Elend geendet.

Nein. Sie wollte diesen Weg nicht einschlagen. Nichts hatte sich zwischen ihnen geändert. Sie waren immer noch geschieden. Sie hatten immer noch die gleichen Probleme, die seit dem Vorfall mit Evans zwischen ihnen standen. Dies war nur ein Job.

Sie ging zur Tür hinaus, entschlossen, ein gutes Gesicht zu zeigen, und lief direkt in eine schön geformte Brust. Sie wäre fast umgefallen, doch zwei Hände ergriffen ihre Arme und gaben ihr Gleichgewicht, damit sie nicht fiel.

„Hallo noch mal." Jesse Murdoch ragte über ihr, sein schönes Gesicht starrte herab. Sandblonde Haare und eisblaue Augen. Er war reine Perfektion mit seinen sinnlichen Lippen und dem starken Kiefer, doch niemand konnte sie bewegen, seitdem sie Alexander McKay erblickt hatte. Kein anderer Mann brachte ihr Herz zum Rasen. Kein anderer Mann zwang ihren Puls derart durch ihren Körper zu pochen. Sie konnte sie auf intellektueller Ebene schätzen, doch es gab keinen Mann für sie außer Alex McKay.

Jetzt hatte sie eine Rolle zu spielen. Sie lächelte ihm zu. Er war derjenige, aus dem Kristen nicht schlau wurde. Wenn es eine Sache gab, die Eve wirklich zum Team beitragen konnte, dann war es ihr Instinkt für die menschliche Psyche. Er musste ihr hingegen erstmal vertrauen. „Hi. Ist mein Master mit der Besprechung fertig?"

Sie hatte nicht vor, ihm etwas vorzumachen. Sie musste ihn wissen lassen, dass sie ein „braves Mädchen" war. Männer taten viel für eine Frau, die sie ernsthaft für unschuldig und rein hielten. Jesse hatte diesen Blick an sich.

Er lächelte, doch es lag Traurigkeit darin. „Sie stehen also ziemlich auf ihn, hm?"

Sie legte eine Hand an die Kette an ihrem Hals. „Er ist mein Herr. Ich hab' gehofft, ich würd' ihn mögen."

„Das ist manchmal nicht der Fall hier." Er stand immer noch nah bei ihr, doch etwas hatte sich geändert. Die Spannung war weg. Er war jetzt freundlich. „Manchmal bleibt eine Frau bei einem Mann, weil sie nirgendwo anders hin kann."

Ihr fiel vor allem auf, dass er sie als Frau und nicht als Sub bezeichnet hatte. Er war ihrem Beispiel nicht gefolgt. Das mochte nichts bedeuten oder es bedeutete, dass er nicht so in den Lifestyle involviert war, wie er sie glauben lassen wollte. Jesse Murdoch wollte der weiße Ritter sein. Er wollte was erstürmen und wen retten. Zu seinem Pech brauchte sie nicht gerettet zu werden. „Ich liebe ihn."

Er seufzte. „Na gut. Alle Hübschen lieben einen anderen. Wie auch immer, wenn Sie was brauchen, rufen Sie mich. Wenn Ihr Mann nicht da ist, rufen Sie nach mir. Werden Sie das für mich tun, Schatz?"

„Sie wird nichts anderes tun, als dir aus dem Weg zu gehen und ihren Arsch an meine Seite zu bewegen."

Da war diese Stimme, die eine direkte Verbindung zu all ihren rosa Teilen hatte. Alex stand im Flur, sein großer Körper nahm den ganzen Raum ein. Jesse war genauso groß und genauso breit, doch er füllte den Raum irgendwie nicht so aus wie Alex.

Eve trat zurück, und sobald sie sich Alex auf Armeslänge genähert hatte, zog er sie zu sich und zwang sie hinter sich, als ob eine Bedrohung wartete, sie auszuschalten.

„Ich weiß nicht, wie dieser Club bis zu diesem Moment funktioniert hat, aber ich wurd' hier offiziell zum Dom in Residence ernannt, also ist dies praktisch nun mein Club. Ich werd' dir die erste Regel dieses Clubs lehren. Du fasst verfickt nochmal nicht meine Sub an. Meine. Die Kette an ihrem Hals wurde ihr von mir angelegt. Sie gehört zu mir, und dies hier ist kein fröhliches Büro, in dem es zivilisierte Regeln gibt und ich es lächelnd hinnehmen muss, dass du meine Frau anmachst, und hoffen kann, dass sie es nicht erwidert.

Dies ist nicht die zivilisierte Welt, und das nächste Mal, wenn ich dich mit meiner Sub allein antreffe, werd' ich dafür sorgen, dass du's nie wieder tust. Hab' ich mich klar ausgedrückt?" Er war ein Höhlenmensch, ein Neandertaler, ein verdammt besitzergreifender Wahnsinniger, und sie wollte ihn auf der Stelle hart durchficken.

„Glasklar, Boss." Doch da war ein Grinsen in Jesses Gesicht.

„Das sollte es besser sein."

Eve wollte etwas sagen, protestieren, doch hier war nicht der richtige Ort dafür. Alex drehte sich um, nahm ihre Hand und lief den Flur hinunter.

Sie rannte praktisch, um mit ihm Schritt zu halten. Nichts hatte sich geändert? Sie machte sich etwas vor, denn von dem Moment an, als sie sich entschieden hatte, in das Flugzeug zu steigen, hatte sich alles geändert.

Sie musste nur herausfinden, wie sie mit den negativen Konsequenzen umgehen sollte.

* * * *

Jesse Murdoch beobachtete, wie der lächerlicherweise betitelte Master A wegging, breitschultrig und besitzergreifend den Arm schlingend um seine...wie nannten sie sie? Sub? Warum mussten sie alles so verkomplizieren, alle möglichen Bezeichnungen für Scheiße neu erfinden? Er war sich nicht sicher, ob er die ganze BDSM-Sache verstanden hatte.

Streich das. Er war sich verdammt sicher, dass er den Scheiß nicht verstand. Es erschien ihm auf schreckliche Weise wie die Chance, eine Frau zu missbrauchen.

Die ersten Male, als er zusehen musste, wie Chazz es einem der Mädchen mit der Peitsche gegeben hatte, war er sturztrunken samt Flasche zu Boden gegangen. Er schlief noch immer nicht, aber verdammt, er schlief nie. Immer, wenn er die Augen zumachte, konnte er die dreckige Zelle sehen, die so lange sein Zuhause gewesen war, die Scheiße, die Pisse und das Blut riechen, die sein Leben dargestellt hatten.

Die Brünette drehte sich etwas um, die Augen nach hinten gerichtet, ihn findend.

Er musste zugeben, sie war ein Hingucker. Etwas dünn für seinen Geschmack, doch sie hatte einen beinahe unschuldigen Reiz an sich. Er schenkte ihr ein Lächeln und sie wandte sich um, mit ihrem psychotischen Freund den Flur hinunter verschwindend.

War Master Arschloch dasjenige Arschloch, das ihr diese Narben am Hals verpasst hatte? Wichser.

Der neue Dom und sein schöner Sandsack waren für Jesse mehr als nur eine Kuriosität. Sie waren eine Komplikation, die er nicht brauchte.

Er blickte einmal und noch ein zweites Mal den Flur entlang. Leer. Bei Einbruch der Dunkelheit würde der ganze Ort brummen und ein verrücktes Chaos herrschen, doch noch war alles ruhig.

So, wie es ihm gefiel.

Er huschte in den Umkleideraum der Frauen. Er musste den der Frauen benutzen, weil irgendein Arschloch den Umkleideraum der Männer verwanzt hatte. Zu dieser Tageszeit gab es keine neugierigen Augen oder Ohren dort. Er spielte den Schaulustigen und warf überall einen Blick hinein. Niemand in den Kabinen oder Duschen. Er schob einen Mülleimer vor die Tür. Das hielt niemanden draußen, doch es ließe ihn wissen, wenn jemand hereinkäme.

Er ging zu den Duschkabinen zurück und zog sein Handy heraus, das er sich zusammen mit seinem Messer in den Stiefel gesteckt hatte. Er besaß zwei Mobiltelefone. Dieses war absolut nicht zurückzuverfolgen und hatte nur eine Nummer gespeichert. Jesse betätigte den Knopf und wartete.

„Haben Sie was für mich?" Sein Kontakt war immer kurz gefasst.

„Ein paar neue Spieler."

„Namen?"

„Anthony Priest und Amanda King. Ich hab' sie gerad' erst kennen gelernt. Chazz brachte sie dazu, um, ich weiß nicht genau, ich glaub', sie sollen vor den Leuten ficken oder so." Er hatte nur eine vage Vorstellung davon, was der Schwachkopf eigentlich tun sollte. „Er ist vierzig oder so. Igelschnitt. Ein paar Tätowierungen. Sie ist eine Brünette mit einigen Narben. Schöne Titten. Sie ist weniger frech als Kris. Der Kerl ist Kris' Bruder."

„Wirklich? Denn vor drei Monaten hatte sie noch keinen Bruder."

Er hätte es wissen müssen. „Fuck."

„Beruhigen Sie sich. Nicht ohne Grund haben Sie die Geheimdienstarbeit mir überlassen. Sie sind ein nützliches Geschöpf, Murdoch, bloß, dass Sie auch Soldat sind."

Das war er nicht mehr. Es war ihm gewiss genauso abhanden gekommen wie seine Ehre, die ihm zusammen mit seiner Menschlichkeit genommen worden waren. „Wer zur Hölle ist er dann? Und warum taucht er jetzt auf? Wenn Kris irgendeinen Scheiß abzieht, was weiß sie, das ich nicht weiß?"

Es traf ihn im Magen – das Gefühl, dass sie ihm überlegen war. Sie war nicht das, was sie vorgab zu sein. Das hatte er bereits gewusst, noch bevor er die Anweisung erhalten hatte, auf sie aufzupassen. Sein Kontakt wollte jedoch nicht, dass er ihr auch nur ein Haar krümmte. Noch nicht. Irgendwie hatte er es im Hinterkopf gehabt, dass sie vielleicht für dasselbe Team spielte wie er, und er war recht überrascht gewesen, als er entdeckte, dass dem nicht so war.

Er wollte sie nicht töten, doch er täte es, wenn er es müsste.

„Halten Sie sich vorerst bedeckt." Sein Kontakt besaß eine tiefe Stimme. Er hatte den Kontakt nie getroffen, nur eine Telefonnummer zusammen mit den Lebenshaltungskosten und den Schlüsseln zu einem Rattenloch von Loft erhalten, das er schnell in sein Versteck verwandelt hatte, doch er hatte Bilder von dem Mann gesehen. „Ich will, dass alles an seinem Platz ist, wenn es Zeit für mich ist, reinzukommen."

Das war seine Aufgabe. Dinge wieder in Ordnung zu bringen. „Was brauchen Sie von mir?"

„Nun, ich bezweifle ernsthaft, dass Anthony Priest nichts anderes ist als ein Deckname. Ich brauche Fotos. Ich will Fotos von ihm und der Frau, die bei ihm ist. Machen Sie es unauffällig. Ich will nicht, dass sie Verdacht schöpfen. Sie sind Chazz näher gekommen?"

„Ich gehör' zum engeren Kreis. Er ist ein loyaler Mitarbeiter, soweit ich weiß."

„Sorgen Sie dafür, dass er das bleibt. Ich will Berichte über alles Ungewöhnliche. Und wenn es soweit kommt, brauche ich Sie eventuell, um den Neuen auszuschalten."

Jesse holte tief Luft. Das war in etwa, was er befürchtet und gehofft hatte, seit er sich entschieden hatte, zur dunklen Seite überzutreten. Was sein Vater getan hatte, war alles stets rein und fein, doch das hier war etwas anderes. Es war alles, was ihm noch blieb. „Ja, ich kann ihn abmurksen, wenn ich muss."

„Und das Mädchen?"

Er hatte noch nie eine Frau getötet. Er schluckte einmal und dann noch einmal. Er war sich nicht sicher, ob er es könnte, aber er wusste, was er zu sagen hatte. „Ja…sie auch, wenn ich muss."

Sein Kontakt gluckste über die Leitung. Er schien einen dunklen Sinn für Humor zu haben, doch das war ja nicht wirklich überraschend. „Gut zu wissen, dass ich auf Sie zählen kann."

Die Leitung war tot, und Jesse ließ das Telefon in seinen Stiefel verschwinden. Er bewegte sich schnell, verließ den Umkleideraum, bevor jemand hineinkam. Er schob den Mülleimer wieder an seinen Platz und fand den Flur leer vor. Er bahnte sich seinen Weg über die Tanzfläche zurück, um gerade noch Kristen mit ihrem so genannten Bruder und der hübschen Brünetten zu sehen, die er vielleicht töten musste.

Bei dem Gedanken drehte sich ihm der Magen um. Nicht, weil er sie töten musste, sondern dass er vielleicht Gefallen daran fände. Es ihm vielleicht sogar sehr gefiel. Er war abhängig. Oh, er war nicht süchtig nach so billigem Kram wie Schnaps oder Meth. Er war leicht süchtig nach Gewalt geworden, Blutvergießen, und er war schon seit einer Weile aus der Übung. Er war besorgt, dass er dieses Mal nicht zurück fände.

Doch er täte es, weil es sein Job war und das verfickt Einzige, was ihm noch geblieben war. Vielleicht war er tief in seinem Inneren noch ein Soldat, und ein Soldat zögerte nicht, wenn die bevorstehende Aufgabe etwas unangenehm wurde.

Er sah zu, wie der große Kerl die Vordertür aufstieß, sie für seine Frau offen haltend. Sie war im Vergleich zu ihm so klein. Sie hatte Narben, die davon zeugten, dass ihr Leben nicht so großartig war. Vielleicht befreite er sie am Ende doch noch.

Das spielte keine Rolle. Er musste sich auf das Spiel konzentrieren. Amanda King war nicht von Bedeutung. Kristen Priest ginge auch. Schwere Entscheidungen standen bevor, und er würde sie in die Tat umsetzen. Er stählte seinen Mut.

Egal was, alles für die Mission.

Kapitel Sieben

Alex steuerte den SUV in die Tiefgarage, jede seiner Bewegungen eine präzise Reaktion, um nicht außer Kontrolle zu geraten. Er hatte auf Autopilot geschaltet, seit ihm klar geworden war, dass Eve hier und in Gefahr war, und aktiv versucht hatte, seine Pläne zu durchkreuzen.

Es war Treuebruch. Es brannte in seinen Eingeweiden. Sie saß hinter ihm, doch er blickte immer wieder in den Rückspiegel, sah sie an und versuchte, Augenkontakt herzustellen. Sein Hirn lief auf Hochtouren in dem Versuch genau herauszufinden, was sie gerade beabsichtigte. Sein Herz und Kopf rasten, seit sie durch die Tür gekommen war.

Ihr zuzusehen, wie sie diesen für sie viel zu jungen dämlichen Macho anlächelte, hatte ihn alles andere als beruhigt. Zu jung für sie? War Jesse Murdoch wirklich zu jung für sie? Oder wurde Alex zu alt? Er hatte ernsthaft darüber nachgedacht, den Wichser zu ersticken, als er hereingeplatzt war und sah, wie sich Jesse vor Eve aufgerichtet hatte. Der jüngere Mann hatte sie quasi an die Wand gedrückt, während er mit ihr sprach. Glaubte Jesse etwa, sich die Aktion ausgedacht zu haben? Blöder Wichser.

„In welchem Stock sind wir?", fragte Sean vom Beifahrersitz aus, seine Stimme holte Alex ins Hier und Jetzt zurück.

„Mein Platz befindet sich im dritten, doch das ganze Gebäude wird überwacht. Am Tor zur Insel steht ein Wachmann. Sobald du drin bist, brauchst du einen Schlüsselanhänger, um von der Vorder- oder den Seitentüren ins Gebäude zu gelangen. Selbst wenn sich jemand Zugang ins Gebäude verschafft, sind die Aufzüge geschützt. Du musst einen Code eingeben, um ins richtige Stockwerk zu gelangen", sagte Kristen und lehnte sich vor. Sie saß hinten bei Eve. „Wie ich seh', ist Adam schon hier."

Der Platz neben ihnen war bereits von einem nicht näher bezeichneten Coupé besetzt. Adam hatte alles bekommen, was er zum Einrichten seiner Ausrüstung brauchte. „Haben wir nur diese zwei Stellplätze?"

Der Parkplatz wurde zugewiesen.

„Ja", erklärte Kristen. „Wenn Seans Auto geliefert wird, muss einer von uns vor dem Gebäude parken. Es gibt eine Seitentür, die direkt zum Aufzug führt. Davon gibt es eine auf jeder Seite des Gebäudes, also insgesamt vier Einstiegspunkte, die Garage, zwei Seitentüren und einen Haupteingang, durch den die Gäste gehen müssen."

Es schien ziemlich sicher zu sein, besser als das, was er in einem Motel kriegte. „Der letzte, der reinkommt, parkt draußen. Wie viele Schlafzimmer hast du?"

„Ich hab' drei. Adam hat sich bereits in eines eingerichtet. Ich dachte, Eve und ich teilen uns eins."

Auf keinen verfickten Fall. „Eve bleibt bei mir."

Sie hatte ihr Bett gemacht und würde auf jeden Fall mit ihm darin liegen.

„Alex, wir brauchen keine Spiele außerhalb des Clubs zu spielen", sagte Eve mit viel zu geduldiger Stimme. Sie war die Ruhigere, die Einfachere gewesen, mit der leicht umzugehen war. Sie war nicht schnippisch zu allen und jedem gewesen, der eine Frage stellte oder einen Kommentar hatte. Und das machte ihn wütend. Er war ein Vulkan, der darauf wartete auszubrechen, sie ein Ozean der Ruhe.

Er stellte den Wagen auf den Parkplatz, wuchtete sich seitlich hinaus und drückte den Knopf, der den Kofferraum öffnete. Er stapfte um die Beifahrerseite herum zum Rücksitz und hatte Eves Tür geöffnet, bevor sie es selbst tun konnte. Er drehte ihr den Rücken zu, denn wenn er ihr jetzt die Hand reichte, würde er sie auf der Stelle übers Knie legen. Das Gepäck zu holen war einfacher als sich mit Eve zu beschäftigen.

Sogar vom Parkhaus aus konnte er die salzige Luft riechen, das Rauschen des Atlantiks hören, das auf das Ufer traf. Es war ein beruhigendes Geräusch, das nichts dazu beitragen konnte, seine Angst zu lindern.

Was zur Hölle sollte er tun?

Sean näherte sich ihm von der Seite und beugte sich vor, nach seinem Koffer und einem zusammengerollten Gepäckstück greifend, das, wie er erklärt hatte, sein Messerset enthielt. Er hatte es am Flughafen eingecheckt, es seitdem jedoch immer mit sich rumgetragen. „Tu nichts Dummes. Denk besser nochmal zwei Sekunden darüber nach."

„Ich denke nicht, dass ich etwas Dummes tun muss. Das hast du schon für mich getan." Sean hätte dafür sorgen sollen, dass Eve sicher zu Hause blieb. Das hätte er auch für Sean getan.

„Du bist mein Freund, aber sie ist auch meine Freundin, Alex." Seans Stimme wurde leiser, nachdenklich. „Hätte ich sie aufgehalten, wäre sie sowieso hier aufgetaucht, und dann wäre alles den Bach runtergegangen."

„Ja, ich glaub', genau das war ihr Plan. Sie hat versucht, mir das auszureden. Sie hat ihren Willen nicht durchsetzen können, also hat sie die Situation so manipuliert, bis ich gezwungen war, eine Entscheidung zu treffen. Ich kann die Suche nach Evans aufgeben oder sie der Gefahr aussetzen. Entweder komme ich ihren Forderungen nach oder ich bin der Bösewicht, genau wie in den letzten Jahre unserer Beziehung."

„Ich hab' dich nie zum Bösewicht gemacht, Alex", sagte Eve, ihre Stimme war so ruhig, als spräche sie mit einem ihrer Patienten. Sie sprach mit ihm in ihrer Seelenklempnerstimme. Wahnsinn. Sie stand vor ihm, ihre besorgniserregenden Augen zwangen ihn zum Wegsehen, und er fühlte sich wie der Bösewicht. Er war das Arschloch, das sie immer im Stich ließ.

Er wollte dieses Gespräch nicht hier vor Zeugen führen. Zur Hölle, er wollte dieses Gespräch überhaupt nicht führen. Er schnappte sich seine Taschen, schob die von Eve darauf und begann, den Pfeilen zu folgen, die zu den Aufzügen führten.

Er war so ein Idiot. Sie toppte from the bottom und dennoch schleppte er ihre verdammten Taschen herum, weil er den Gedanken nicht ertrug, es nicht zu tun. Denn vor langer Zeit hatte er ihrem Vater versprochen, sie für den Rest ihres Lebens wie eine Prinzessin zu behandeln, und da sie sich noch unter den Lebenden befand, hielt er sich an den Schwur, was bedeutete, dass Eve St. James weder ihre Taschen trug noch eine Tür zu öffnen brauchte.

Und auf jeden verfickten Fall schlief sie heute Nacht nicht allein. Seiner Großzügigkeit waren Grenzen gesetzt.

„Das ist lustig. Alles, was wir noch brauchen, wäre etwas Popcorn, das ist ja eine ganze Menge Drama." Kristen zwinkerte ihm zu, als sie durch die Tür ging, die er offen hielt. Der Fahrstuhl befand sich sofort zu seiner Linken. Die Tür zwischen der Garage und dem Aufzug blieb offen, doch die Garage selbst war von einem Tor mit ferngesteuerter Durchfahrt geschützt sowie einem Sicherheitsdienst vor Ort. Eve ging als Nächste durch und dann Sean.

Alex sah sich um. Er musste den Kopf aus dem Arsch ziehen und damit anfangen, ihre Situation zu beurteilen. Dies sollte für die nächsten Wochen ihr Zuhause sein. Er musste die Schwächen aufspüren.

„Ich zähle zwei Überwachungskameras. Eine direkt hinter dir." Sean hielt lächelnd den Mittelfinger hoch. „Hallo, Adam." Er schaute zurück zu Alex. „Du weißt, er sieht uns schon. Vermutlich brauchte er bei der Ankunft etwa fünf Sekunden, um sich ins System zu hacken."

Eve und Kristen standen neben dem Aufzug, gerade außer Reichweite. Er senkte die Stimme. Er wollte es verfickt nochmal nicht auf sich beruhen lassen. „Warum tust du mir das an? Adam, versteh' ich. Er war Eve immer näher, doch von dir hätt' ich das nicht erwartet."

Sean runzelte die Stirn. „Ich hab' dich nicht verraten, und Kristen hat Recht. Du klingst wie eine Drama-Queen. Eve ist nicht irgendein Mädchen von der Straße. Sie ist Eve St. James, und sie ist klug und besser für diesen speziellen Job geeignet als jede andere. Ich hab' sie aus demselben Grund hergebracht, aus dem ich selbst hergekommen bin. Um dir den Rücken freizuhalten, weil du nicht in der Lage bist, hierüber einen klaren Kopf zu behalten. Also beruhig' dich, bevor du etwas wirklich Dummes tust. Wir alle sind von etwas fortgegangen, um hier zu sein und dich zu unterstützen, und wir taten es, weil wir eine Familie sind. Jeder Einzelne von uns mit Ausnahme des Mädchens, dem du so viel Vertrauen entgegenbringst. Sie verheimlicht etwas."

Es gefiel ihm nicht, sich durch den Filter von Seans Augen zu sehen. „Ich hätte Grace nicht mit hineingezogen. Niemals."

Sean verdrehte die Augen. „Grace ist keine ausgebildete Agentin, also, nein, natürlich hättest du meine Frau nicht hierher gebracht. Es ist ein völlig anderes Szenario. Ich geb' dir einen Rat, und den kannst du annehmen oder missachtest ihn. Dies ist deine letzte Chance bei ihr. Wenn du's verbockst, denke ich, geht sie endgültig, und auf keinen Fall wirst du dich davon erholen. Du kannst glauben, dass die letzten Jahre schlimm waren, doch nichts ist schlimmer, als nicht in der Lage zu sein, auf sie aufzupassen. Sie ist hier, weil sie dich liebt, ob sie es nun sagen kann oder nicht. Also sorg dafür, dass sie es kann. Sie hat sich vollständig in deine Hände gelegt, sich deiner vollständigen Kontrolle unterworfen."

Alex schnaubte allein bei dem Gedanken. Er wusste genau, wie das ablief. Er spielte dieses Spiel seit fünf Jahren mit ihr. „Eve glaubt, dass sie ihre Rolle im Club spielen und außerhalb des Clubs tun kann, was sie will. Genau so arbeitet sie seit der Scheidung."

„Das ist nicht das Sanctum, Mann." Sean streckte die Hand aus und schlug ihm brüderlich auf den Arm. „Das ist eine Operation. Was ist das Erste, was Ian uns allen beigebracht hat?"

„Lebe die Operation, damit die Operation nicht sterben kann." Nicht aus der Deckung treten. Lebe und schöpfe Luft aus der Tarnung. Das ist der einzige Weg, um zu überleben. Eves Tarnung war es, Master As Sub zu sein.

Seine Sub.

„Wollt ihr zwei hier rumstehen und für immer die Tür offen halten, oder wollt ihr meine Partybude sehen?", fragte Kristen. Eve stand einfach am Fahrstuhl, ihr Gesicht misstrauisch.

Irgendwie gefiel ihm dieser Blick. Sie war sich seiner immer so sicher, sich ihrer so sicher, ihn handhaben zu können. Es war gut zu wissen, dass er sie ausnahmsweise mal aus dem Lot gebracht hatte.

„Wir kommen."

Er bedrängte sie, indem er sie in den hinteren Teil des Aufzugs drückte.

„Musst du so dicht bei mir stehen?", fragte Eve, ihre Augen nach oben gerichtet.

Es war an der Zeit, einige Grundregeln aufzustellen. „Du bist meine Sub. Es gibt keine Intimsphäre für dich. Nicht in meiner Gegenwart. Wenn du dich im Einsatz so verhältst, verrätst du uns."

„Wir sind nicht im Einsatz. Wir sind im Aufzug." Jetzt klang sie nicht mehr so ruhig. Sie sprach mit rauchiger, leicht zittriger Stimme, die ihn wissen ließ, dass sie außer Form war. Sie starrte auf eine Stelle unterhalb seines Kinns, als könne sie ihm nicht in die Augen sehen.

Er zwang ihr Kinn nach oben, diese schokoladenbraunen Augen dazu bringend, seinen eigenen zu begegnen. Gott sei Dank hatte sie ihre Augenfarbe nicht verändert. „Wir sind immer im Einsatz, Liebling. Ich werd' dich vorwiegend mit Liebling ansprechen, denn ich kann mich nicht durchringen, dich Mandy zu nennen. Das passt nicht. Liebling ist so viel besser. Es beschreibt vielmehr, welche Rolle du spielen wirst."

Ihr Kiefer spannte sich an und diese perfekt gewachsten Augenbrauen verzogen sich zu einem störrischen Ausdruck nach oben. „Falls du versuchst, mich zu verschrecken, wird das nicht funktionieren."

„Ich kann dich nicht verschrecken, Liebling. Du hast uns beiden diese Entscheidung abgenommen. Wenn ich das täte, müsste ich die ganze Operation stehen und liegen lassen, und ich werd' nicht mit eingezogenem Schwanz nach Hause laufen. Sean glaubt anscheinend, dass du kompetent bist. Morgen kannst du's beweisen. Du wirst dich Trainingseinheiten unterziehen."

Ihre Augen flackerten auf. „Ich brauch' keine Trainingseinheiten, Alex. Ich bin deine Sub seit verdammt geraumer Zeit. Ich glaube, ich weiß mich im Club zu benehmen."

Ein Grinsen kreuzte sein Gesicht, während er sie weiter an die Holzpaneele der Aufzugskabine drückte. „Nicht diese Art von Training. Selbstverteidigung. Ertüchtigung. Wenn du mit mir im Einsatz sein willst, wirst du von mir trainiert."

„Das Haus ist mit einem kompletten Trainingsraum ausgestattet.

Er ist wirklich toll", fügte Kristen hilfsbereit hinzu, als der Aufzug ertönte und sich die Türen öffneten, dabei eine Art privater Eingangshalle enthüllten.

Eve sah ihn stirnrunzelnd an. „Ich glaube nicht, dass Trainingseinheiten notwendig sind."

„Nun, dann ist ja gut, dass nicht du das Sagen hast, oder? Ich bin für diese Operation verantwortlich, und du wirst meiner Anweisung folgen, oder wir werden uns sehr schnell trennen und ich such mir eine andere Sub. Er fühlte sich geringfügig besser, die Kontrolle erlangt zu haben. Oder es lag an dem asiatischen Wasserfall, der ihn begrüßte. Die kleine Eingangshalle war in dunklem Rot gehalten, im Mittelpunkt ein schöner Natursteinerner Zimmerwasserfall, der von der Decke bis zum Boden reichte und dem ganzen Raum ein ruhig-heiteres Gefühl verlieh.

Und Alex wissen ließ, dass Kristen über viel Geld verfügte.

Vielleicht hatte Sean Recht. Er musste für zwei Sekunden aufhören, an Eve zu denken, und seine Gedanken der Operation widmen.

Eve folgte ihm, die von ihr getragenen Nuttenabsätze klapperten über den Marmorboden. Der Rock, den sie trug, umarmte ihren Arsch und ließ ihm das Wasser im Mund zusammenlaufen. Er hatte mit dieser Frau auf tausend verschiedene Arten Liebe gemacht und konnte es stets kaum abwarten, es wieder zu tun, zählte unaufhörlich die Sekunden, bis er wieder in ihr sein konnte.

Sobald Kristen die Tür geöffnet hatte, lief Eve direkt an ihm vorbei, scherte sich nicht darum zurückzusehen. Sie streifte Adam, der auf sie gewartet hatte, und Alex hörte sie Kristen fragen, welches Zimmer ihnen gehöre. Wenigstens kämpfte sie nicht hierüber gegen ihn an. Kristen folgte ihr, die Männer sich selbst überlassend.

„Alter, sie ist stinksauer. Sag mir ja nicht, dass diese Operation abgesagt wurde", sagte Adam, der sich umdrehte und Eve beobachtete, die sich mit Kristen dort unterhielt, wo sich anscheinend das Esszimmer befand.

„Ich glaub', sie ist sauer, eben weil die Operation noch läuft", antwortete Alex. „Entweder das oder sie ist nicht erfreut über unser tägliches Training. Also lass uns weitermachen. Was hast du für mich, Adam?"

Adam hob in schierer Niederlage die Hände. „Lass uns einige Dinge klären, bevor wir weitermachen. Ich möchte zu Protokoll geben, dass ich lediglich als der Technik-Typ hier bin. Kein Training erforderlich. Ich bin ein verheirateter Mann. Ich kann mich jetzt völlig gehen lassen. Apropos gehen lassen, Sean, mein Freund, da bist du ja. Was gibt's zum Abendessen?"

Sean schüttelte den Kopf. „Ich weiß es nicht. Ich muss sehen, was Miss Geheimnisvoll im Kühlschrank hat. Ich werd' auspacken und meine Frau anrufen. Lasst mich wissen, wenn ihr mich braucht, doch ich glaube, hier ist tatsächlich Adams Expertise gefragt."

Adam zog die Augenbrauen fragend hoch „Sind die Nachforschungen über Jesse Murdoch gefragt, die ich bereits angestellt hab'? Denn ich weiß alles, ist doch klar."

Adam konnte ihnen auf die Nerven gehen, doch er war verdammt gut in seinem Job. „Erzähl mir alles über ihn."

Adam lief zum Tisch im Wohnbereich und legte einen Ordner darauf. Der Tisch ähnelte dem Rest der Wohnung. Er war aus einem satten, dunklen Holz mit asiatischem Einfluss, doch bedeckt von all der Computerausrüstung und der Verkabelung fiel Alex nichts anderes ein, als dass er aus der frühen Nerd-Periode stammte.

Der Ordner, den Adam öffnete, enthielt ein Bild von Jesse Murdoch und sah nach einer ausgiebigen Dokumentation aus. „Jesse Murdoch. Alter siebenundzwanzig und ein bisschen. Geboren in der Wildnis von Wyoming. Mama war Kellnerin. Papa ein Polizist. Drei Monate vor Jesses Geburt im Dienst erschossen. Mama kam anscheinend nicht damit zurecht. Hat ihn eines Tages bei Großvater abgesetzt und nie mehr zurückgeblickt. Nun, sie schaffte es später, ihren Scheiß auf die Reihe zu kriegen, doch sie heiratete einen reichen Typen und schickte dem Kind nicht mal eine Geburtstagskarte, soweit ich das beurteilen kann. Er hat drei Halbgeschwister, doch ich glaube, er hat sie nicht kennen gelernt. Harte Brüche. Jedenfalls half er auf der Ranch seines Großvaters aus, bis sie den Bach runterging. Großvater starb, und wo landet ein Kind, das absolut nichts hat?"

Alex kannte die Geschichte gut. „Gefängnis oder Militär."

Adam berührte mit dem Finger seine Nase. „Er war in der Armee. Da haben wir aber Glück gehabt. Ich sprach mit ein paar meiner Kontakte, als ihr vom Club hergefahren seid. Es heißt, er sei für Sondereinsätze rekrutiert worden, als sie ihn gefangen nahmen. Er verbrachte einige Monate als Gast in einer der dschihadistischen Armeen. Der Großteil seiner Einheit starb bei einem Hinterhalt. Scheußlich improvisierte explosive Anlage. Hat den Humvee plattgemacht, in dem sie sich befanden. Er war mit drei anderen Soldaten seiner Einheit gefangen genommen worden. Er war der Einzige, der überlebte."

Alex pfiff, während er die Seiten der Dokumente durchsah, die Adam zusammengestellt hatte. „Scheiße. War das der Vorfall, bei dem sie drei unserer Soldaten enthauptet haben?"

Es war eine große Geschichte ein paar Jahre zuvor gewesen. Die Regierung hatte versucht, die Massenmedien nicht darüber berichten zu lassen, doch niemand konnte das Internet aufhalten. Die Gruppe hatte gute, ehrliche Soldaten geköpft, um ihre politischen Interessen voranzutreiben.

„Sie haben alle außer Murdoch hingerichtet, auch einen weiblichen Sergeant. Als das Extraktionsteam ihn fand, war er noch am Leben. Er wurde sofort vom Dienst suspendiert. Offiziell hieß es Posttraumatische Belastungsstörung."

Doch Alex wusste, dass mehr an der Geschichte dran war. „Sie waren besorgt, dass er sich gewandt hatte. Sie konnten ihm keine weiteren Informationen mehr anvertrauen. Ich hab's in den Nachrichten gesehen, er tauchte jedoch fast sofort unter und die Geschichte beruhigte sich. Armer Bastard."

Adam runzelte die Stirn. „Es sei denn, er hatte sich wirklich gewandt und hat seine Teamkollegen verraten."

Es hatte Zeiten gegeben, in denen Alex' Name und sein Ruf alles waren, was er hatte. Er konnte sich nicht vorstellen, von einem ganzen Land infrage gestellt zu werden. Was hatte Jesse Murdoch wirklich durchgemacht? Und wie hatte es ihn verändert?

Er war definitiv jemand, den Alex im Auge behalten wollte. „Also was macht er hier? Wie lange ist er schon in Florida?"

„Seit etwa drei Monaten, soweit ich das sagen kann", antwortete Adam. „Er erledigt Gelegenheitsjobs entlang der Küste, ist untergetaucht. Eine Zeitlang hatte er einige Jobs im Sicherheitsbereich in Virginia, doch er ließ sich in diese Richtung treiben, und soweit ich weiß, wurde er vor zehn Wochen im Club eingestellt. Abgesehen von der Tatsache, dass er für ein kriminelles Arschloch arbeitet, ist er nicht vorbestraft. Nicht mal ein Strafzettel."

Er arbeitete jedoch als Schläger für einen Nachtclub, der mit ziemlicher Sicherheit Geld für einen Terroristen wusch. Und er ist drei Monate lang von Terroristen festgehalten worden, mehr als genug Zeit für einen Mann, sich zu radikalisieren. Gehirnwäsche gehörte einfach zu den Werkzeugen im Bausatz eines Terroristen. War Jesse Murdoch ein Schläfer? „Arbeite weiter in diese Richtung. Vielleicht brauch' ich dich, um ihn zu überwachen. Ist Jake in der Stadt?"

Er stellte die Frage ganz leise. Kristen brauchte nicht jeden Spieler zu kennen, den er auf dem Brett verteilt hatte. Er wollte ihr vertrauen, doch nur bis zu einem gewissen Punkt.

Adam nickte. „Jake und Serena haben eine Wohnung zwei Häuser weiter gemietet, für den Fall, dass er gebraucht wird. Warum will Kristen nicht das komplette Team hier haben? Warum will sie uns spalten?"

„Sie sagte mir, als wir uns das erste Mal trafen, dass sie glaube, zu viele neue Gesichter hier könnten Fragen aufwerfen, doch sie hat keine Ahnung, wie gut mein Team ist. Soweit ich gehört habe, ist das Publikum im Club an den meisten Abenden ziemlich ausufernd. Sie werden sich schön unter die Menge mischen. Ich möchte, dass einer ein Auge auf sie hat."

Adam nickte. „Wird gemacht." Er sprach wieder wie gewohnt, als Kristen das Wohnzimmer betrat. „Es wird euch freuen zu hören, dass die Wohnung nicht verwanzt ist."

Falls Adams Worte sie verwirrt hatten, konnte Alex es nicht sagen. Sie behielt einen kühlen Kopf. „Das haben Sie überprüft, oder? Ich erwarte, dass Sie gründlich sind, Adam. Ich bin ein offenes Buch. Überprüfen Sie, wenn Sie mögen, alle Aufzeichnungen über mich."

Adam verschränkte die Arme über der Brust, als er Kristen gründlich ansah. „Das hab' ich. Es gibt nicht viele davon. Ich hab' ein paar Ihrer Artikel gelesen, doch es hat mich überrascht, dass Sie die Verfasserzeile ohne Bild versehen. Das machen doch die meisten der großen Reporterinnen heutzutage."

Sie sank auf eine förmlich aussehende Couch, die Schuhe hatte sie beiseite geworfen. Falls es ihr lästig war, dass ihre Wohnung jetzt einer Hacker Zentrale glich, zeigte sie es nicht. „Die Prominenten, ja. Sie betreiben gewöhnlich keinen verdeckten, investigativen Journalismus. Ich bin teils Reporterin, teils Ermittlerin. Ich kann meinen Job nicht machen, wenn ich jeden Abend in den Nachrichten erscheine und nutzlose Designerklamotten zur Schau stelle. Ich bin vorsichtig über die Herausgabe von Bildern. Habt ihr die Geschichte über das peruanische Kartell gelesen, das mit der dortigen Regierung zusammenarbeitet? Daran hab' ich über ein Jahr gearbeitet. Meint ihr nicht, dass sie sich mit Vergnügen ein Bild von mir in ihre Büros hängen würden? Ich hab' eine Menge hochrangiger Beamter ihren Job gekostet. Ich lächle nicht für die Kamera, genauso wenig wie Sie, Mr. Miles. Ich konnte Ihre Facebook-Seite mit fünftausend Freunden und Bildern Ihrer schwangeren Frau nicht finden."

Adams ganzer Körper spannte sich an. „Woher wussten Sie, dass sie schwanger ist?"

„Weil ich mit Informationen handle und verdammt gut in meinem Job bin. Wenn ich Evans einfach nur mit dem Club in Verbindung bringen wollte, könnte ich das vermutlich auch allein machen, doch ich glaub', hier geht's um mehr. Abgesehen davon ist Evans ein äußerst böser Mann, und müsste ich mich entscheiden zwischen einer großen Geschichte und der Gerechtigkeit für diejenigen Menschen, die er getötet hat, und all den Frauen, die er in Stücke zerriss, dann entschiede ich mich für Gerechtigkeit, und die kann ich nur mit Männern wie euch erreichen. Also gehen Sie, wenn Sie mögen, mit jedem möglichen Wanzendetektor durchs Haus. Hören Sie mein Telefon ab. Durchwühlen Sie meinen Computer und sagen dem Kleinen Tag da drinnen, er kann mir noch so viele böse Blicke zuwerfen, wie er will. Ich geh' nirgendwo hin, und ich lass' mich nicht einschüchtern. Ich war ein Fisch im Haifischbecken und hab's geschafft, sie alle zum Wegsehen zu bewegen." Sie stand wieder auf, nach links weisend „Die Küche befindet sich dort. Alex, ich geb' dir und Eve die Mastersuite, weil ich im Herzen doch eine Romantikerin bin. Sean und Adam können sich das Zimmer mit den zwei Einzelbetten teilen, und ich bin nebenan. Von jedem Schlafzimmer aus gelangt ihr auf den Balkon. Stellt sicher, dass das Sicherheitssystem ausgeschaltet ist, bevor ihr einen Spaziergang macht. Gute Nacht, meine Herren. Morgen ist ein langer Tag. Und, übrigens, sagt Sean, dass er bei weitem nicht so heiß ist wie sein Bruder. Und falls ihr euch fragt, woher ich das weiß, dann deshalb, weil ich Augen im Kopf hab'.“

„Das ist eine schöne Rede.“ Adam schaute sie immer noch mit misstrauischen Augen an. „Ich hoffe, Sie sind die, für die Sie sich ausgeben.“

„Falls Sie meinen, ich sei nicht vertrauenswürdig, schießen Sie mir in den Bauch, denn es wäre ein echter Verlust, meine Brüste zu ruinieren. Sie sind echt. Nacht.“ Sie lief davon, ohne sich umzusehen.

„Heilige Scheiße, ich glaub', sie macht mir Angst.“ Sean schob sich in den Raum zurück, nachdem er offenbar alles mitgehört hatte. „Du hast heut alle Frauen im Team verärgert.“

Alex starrte ihr hinterher. Sie war interessant. „Ich hab' sie nicht verärgert. Adam hat es.“

„Mir gefällt es nicht, wenn ich nicht an die Informationen komme, die ich über jemanden suche. Zwei verschwommene Fotos waren alles, was ich von ihr finden konnte“, gab Adam zu. „Dennoch kann ich verstehen, warum sie ihr Gesicht nicht nach außen zeigen will. Sie hat eine komplette Kommunalverwaltung in Peru gestürzt. Ich hab' auch einen von ihr verfassten Artikel gelesen, in dem sie die russische Mafia mit Kunstraub in New York in Verbindung brachte. Es scheint, dass dank ihr mehrere Meisterwerke wiedergefunden wurden, die im Zweiten Weltkrieg verschwunden waren.“

Er glaubte ihr. Sie hatte etwas Ehrliches an sich. Sie könnte ihnen allen etwas vorspielen, doch das glaubte er nicht. „Das muss einige verärgert haben. Die russische Mafia mag es gar nicht, wenn ihre Pläne ans Licht kommen. Sie ist eine kluge Frau. Sie hat uns wegen nichts belogen.“

„Bis jetzt“, sagte Sean.

„Was für einen Beef hast du mit ihr?“ Alex musste zugeben, dass er sie irgendwie mochte. Sie war hartnäckig.

Sean runzelte die Stirn, den Flur entlang blickend, in dem sie verschwunden war. „Ich weiß nicht. Es ist die Art, wie sie mich ansah. Als ob sie mich kannte. Und es gibt keinen Beef. Es hat eher 'was mit Instinkt zu tun. Sie sagt uns nicht alles. Andererseits bin ich schon ziemlich lang raus. Ich geh' jetzt das Abendessen vorbereiten. Hoffentlich hat sie was da, mit dem ich arbeiten kann. Und ich bin so viel heißer als Ian. Die Frau muss sich offenkundig die Augen untersuchen lassen."

Sean ging Richtung Küche, und Adam zog sich in sein Zimmer zurück.

Alex blickte erstaunt auf den Ozean vor sich. Die gesamte Rückwand der Wohnung bestand aus Fenstern, die vom Boden bis zur Decke reichten. Von dort, wo er stand, sah es wegen ihrer immensen Größe so aus, als befände sich nichts anderes vor ihm als der endlose Ozean. Die Sonne ging langsam unter, der Himmel färbte sich orange-rot.

So ein schöner Anblick.

Er hörte, wie eine Dusche zu laufen begann. Eve. Er hatte das Recht, in den Raum zu gehen und ihr beim Duschen zuzusehen. Er hatte das Recht, sich ihr anzuschließen.

„Hey, sie hat einen ausgezeichneten Geschmack, was Scotch angeht, Alter." Sean grinste, ein paar Gläser und eine Flasche Glenlivet in der Hand haltend.

„Gib mir einen doppelten, Alter." Alex nahm sein flüssiges Gold und ging auf den Balkon hinaus. Warmer Wind berührte seine Haut. Er trat an das Geländer heran und konnte den Kamm der Dünen und die kleinen, grünen Palmen sehen, die sie bedeckten.

Es blieb genügend Zeit, um herauszufinden, in welch großer Gefahr sie sich alle befanden. Heute Abend musste er sich entscheiden, wie er mit der Tatsache umgehen sollte, dass er seit Jahren zum ersten Mal wieder neben Eve schliefe.

Falls er überhaupt schlief.

* * * *

Eve schlich sich aus dem Schlafzimmer auf den Balkon. Die Mastersuite war auf die Meerseite der Wohnung ausgerichtet, und sie konnte sehen, wie sich das Mondlicht auf den Wellen spiegelte. Das Geräusch der Brandung war gleichmäßig und beruhigend, doch es war ihr nicht möglich, Ruhe zu finden.

Alex hatte beim Abendessen keine zwei Worte mit ihr gesprochen. Er hatte mit allen geredet, sie jedoch ignoriert, solange sie hatte, was sie brauchte.

Er hatte dafür gesorgt, dass sie den erlesensten Teil des Steaks bekam und ihr eine große Portion getrüffeltes Kartoffelpüree serviert, bevor er sich selbst bedient hatte.

Und sie hatte alles gegessen, obwohl ihr bewusst war, dass sie nicht sollte. Sean, verdammt. Sie hatte sich seine Kunstfertigkeit nicht entgehen lassen können. Vielleicht hätte sie diese Trainingseinheiten nötig.

„Geh wieder ins Bett, Eve."

Sie war bereits im Bett gewesen, doch es war ihr unmöglich gewesen, in dem großen Bett einzuschlafen, während sie darauf wartete, was Alex täte. Sie hatte fast erwartet, dass er hereinkäme und alle Rechte einforderte, die sie ihm in den letzten fünf Jahren verweigert hatte. Sie musste ihm zu verstehen geben, dass sie ihn nicht betrogen hatte. „Ich wusste, dass du die Operation nicht abblasen würdest."

Er hielt das Glas in der Hand. Sie konnte nicht genau sagen, was sich darin befand, doch sie wollte wetten, dass es sich um Scotch handelte. Alle Männer in ihrem Leben schienen dem Scotch zugeneigt zu sein. „Tust du das?"

Er war sein Hemd losgeworden, als er zehn Minuten zuvor den Raum durchquert hatte. Sie lag im Bett und hatte darauf gewartet, dass er hereinkäme und als ihr Herr ein Machtwort spräche, doch er hatte nur das Sicherheitssystem ausgeschaltet und sich auf den Balkon geschoben mit nichts anderem als einer Jeans, die sich um seinen Hintern schlang.

„Ja, ich wusste, dass es keine Möglichkeit gab, dich aufzuhalten, also bin ich mit dir gegangen. Amanda ist einer solchen Operation nicht gewachsen. Du warst leichtsinnig, sie auszuwählen, um auf dich aufzupassen."

Er nahm einen großen Schluck aus dem Glas, bevor er antwortete. „Ich hab' Sean, der mir den Rücken freihält. Ich brauchte Amanda, um hübsch auszusehen und den Mund zu halten."

Sie holte tief Luft und betete um ein Quäntchen Geduld. „Was zeigt, dass du sie gar nicht kennst. Amanda ist alles andere als dafür bekannt, ihren Mund zu halten. Ihr gefällt es, jede Frau um sich herum zu beleidigen. Sie ist auch von dem tiefsitzenden Bedürfnis geleitet, demjenigen zu gefallen, den sie für das Alphamännchen der

Gruppe hält. Was wäre geschehen, wenn sie Chazz als das Alphamännchen angesehen hätte?"

Alex drehte sich um, sein Gesichtsausdruck arrogant. „Im Ernst? Das Wiesel?"

Er dachte überhaupt nicht nach. „Der größte und am besten aussehende Dom im Club zu sein, macht dich nicht zum King, Alex. Chazz verfügt über Macht, und Amanda fühlt sich davon angezogen."

Er runzelte die Stirn und fuhr sich mit der Hand über sein fast nicht mehr vorhandenes Haar. Von seinem dunkelbraunen Haar mochten noch ein paar Millimeter übrig sein. Er hatte es abrasiert und das war richtig gewesen. Es ließ seine Gesichtszüge anders erscheinen, ließ ihn härter aussehen und hob die schroffen, maskulinen Linien seines Gesichts hervor. „Gut, ich hätte sie besser durchleuchten sollen, doch du hattest nicht das Recht, sie ohne Absprache mit mir zu ersetzen. Dies ist meine Operation. Ich will dich nicht hier haben."

Nun, härter hätte er es nicht ausdrücken können. Er wollte sie nicht. Schön. Sie konnte damit umgehen. Sie war zäh, und er steckte jetzt mit ihr fest. „Ich kann den Job erledigen, Alex. Es ist nicht mein erstes Rodeo. Ich räume ein, dass ich nicht die gleichen Erfahrungen im Einsatz habe wie Ian, doch solange Ian sich nicht entscheidet, andere Frauen einzustellen, steckst du mit mir fest. Du brauchtest eine Frau für den Job und du brauchtest eine, der du vertrauen kannst."

„Ich brauchte eine, die nicht alles kaputt macht."

Schmerz fuhr ihr durch den Körper. „Nennst du mich inkompetent?"

Er seufzte und drehte sich wieder zu ihr um. „Nein. Das würde ich nie zu dir sagen. Ich nenn' dich eine Ablenkung, die ich nicht brauche. Ich muss schlafen oder an diesem Fall arbeiten, doch mein blöder Arsch steht hier draußen und denkt darüber nach, dass ich dich seit fünf Jahren nicht mehr auf den Mund geküsst habe und mich wie ein dummes Kind fühle, das hofft, nichts zu versauen."

Ihr Herz erweichte sofort wieder. Gott, sie hatte nicht daran gedacht, was es bedeutete, tatsächlich mit Alex hier zu sein. Sie hatten schon viele Undercover-Operationen hinter sich, doch keine, die sie mit solch einer Intimität zusammenbrachte. Irgendwie machte ihr der Gedanke, Alex zu küssen, weit mehr Angst als die Operation.

Es war ihr möglich gewesen, sich von ihm zu distanzieren, indem sie ihm nur Sex und Disziplin zugestanden hatte. Küssen war anders. Küssen war intim.

Sie hatte nie vergessen, wie Alex sie geküsst hatte – als wäre sie die einzige Frau auf der Welt, und als bekäme er nicht genug von ihr.

Küssen war gefährlich.

„Alex, vielleicht sollten wir darüber reden."

„Das Einzige, was du immer willst, ist reden. Ich bin nicht dein Patient. Ich bin dein Mann."

Dieses Wort zu hören, schmerzte sie. „Wir sind geschieden. Das schon seit langer Zeit."

Er lachte in bitterer Verärgerung. „Ich werd' immer dein Mann sein. Nur weil du die Entscheidung getroffen hast, ein Stück Papier zu unterschreiben und ich gezwungenermaßen auch unterschreiben musste, bedeutet nicht, dass ich mich nicht wie dein Mann fühle."

„Ich hab' dich nicht gezwungen, was zu unterschreiben." Und in ruhigeren, reflektierten Momenten gab sie sogar zu, dass die Scheidung nur eine drastische Maßnahme gewesen war. Sie hatte Alex mit Ruck aus der Wut befreien wollen, in der er sich befand, und ihn zwingen wollen, sie wiederzusehen.

Er hatte einfach die Papiere unterschrieben und die Suche nach Michael Evans fortgesetzt.

„Ich hab' dich gefragt, was du wolltest, und du sagtest, du wolltest die Scheidung, also hab' ich zugestimmt, doch ich bin nicht mal aus unserem Haus ausgezogen, Eve. Erst als wir hergezogen sind, haben wir uns kein Haus mehr geteilt."

Doch er hatte sich noch in der gleichen Nacht ausquartiert, in der sie von ihrer Marter nach Hause gekommen war. Er hatte sich in einen Stuhl neben dem Bett gesetzt, um sie zu überwachen, doch hatte nicht neben ihr geschlafen, weil sie es damals nicht ertrug, dass jemand sie berührte. Das Problem war, dass sie selbst nach ein paar Wochen immer noch getrennt schliefen. „Es war offensichtlich für mich, dass unsere Ehe vorbei war. Du hast nicht mehr mit mir geschlafen. Du hast mich kaum berührt."

Mit der freien Hand umfasste er das Balkongeländer, verkrampfte sich darum. „Du warst vergewaltigt worden. Ich hab' versucht, dir Zeit zu geben."

Sie hatte sich das schon so oft gefragt. „Das glaub' ich nicht. Ich glaub' nicht, dass du mich wirklich noch wolltest, weil er mich gehabt hat. Ansonsten war es körperlicher Trieb und ein gewisses Maß an Schuldgefühlen deinerseits. Willst du die Wahrheit wissen? Ich wollte die Scheidung nicht wirklich, doch du schienst mich nicht mehr zu wollen, daher hab' ich dich gehen lassen."

Er drehte sich zu ihr um, das Glas zersprang auf dem Boden. Es schien ihm egal zu sein, dass er soeben ein Glas zerbrochen hatte. „Ich wollte nie gehen. Ich wollte dich. Ich hab' versucht, dich zu berühren, doch du bist jedes Mal zusammengezuckt. Du hast es nicht ertragen, dass ich dich berühre, weil du mir tief im Inneren die Schuld dafür gibst, was dir passiert ist. Wag' es nicht, das zu leugnen."

Sie war plötzlich so verdammt müde. Sie wich zur Seite aus, sich ein gutes Stück vom Glas entfernend. „Ich leugne es nicht. Du hast dich geweigert, mir zuzuhören. Du glaubtest, ich läge falsch mit Evans. Zur Hölle nochmal, du glaubst noch immer, dass ich mich irre, sonst wärst du nicht hier. Das ist eine alte Geschichte. Warum reden wir jetzt darüber?"

Nun ballte er die Fäuste zu beiden Seiten, während er ihr folgte. „Weil sie noch nicht vorbei ist. Es tut mir leid. Es tut mir leid, dass ich nicht auf dich gehört hab'. Es tut mir leid, dass ich so ein arrogantes Arschloch war, das seinen Job dermaßen verkackt hat, dass eine Rückkehr für immer unmöglich war. Und ich kann dir nicht sagen, wie leid es mir tut, dass du diejenige warst, die verletzt wurde. Glaubst du nicht, dass ich gern mit dir getauscht hätte, wenn ich gekonnt hätte?"

Was nur bewies, dass er sie überhaupt nicht kannte. „Das würd' ich gar nicht wollen. Hab' ich dir die Schuld gegeben? Hab' ich dich beschuldigt? Ja. War das fair gewesen? Nein, natürlich nicht. Mach' ich dich noch dafür verantwortlich? Ich mach' dich nicht verantwortlich für das, was passiert ist, aber ich mach dich verantwortlich für das, was danach passiert ist. Ich mach' dich verantwortlich dafür, dass du versuchst, eine Art Selbstjustiz zu betreiben, wenn ich dich als meinen Ehemann brauche."

Und das verstände er nie. Sie drehte sich um, doch er legte die Hand lag auf ihrem Arm und zog sie zurück. Er ragte über ihr, sein Gesicht im Schatten des Mondlichts. Sein Mund war hinab gerichtet, doch seine Augen schweiften über jeden Zentimeter von ihr. „Ich wusste nicht, wie ich dich erreichen soll. Ich dachte, nicht mal das Recht dazu zu haben. Was er getan hat...“

„Ist vorbei, doch du lässt nicht zu, dass es vorbei ist. Für dich wird es nie vorbei sein und deshalb kann es zwischen uns nicht funktionieren.“ Tränen machten die Welt zu einem verschwommenen Durcheinander, weil es genau das war. Es war ihm nicht möglich loszulassen. Nicht jetzt. Und auch dann nicht, wenn er Michael Evans fände und es irgendwie schaffte, ihn umzubringen. Für Alex wäre es nie wirklich vorbei.

Ihre Ehe war so zerbrochen wie das Glas auf dem Boden, und keiner von beiden hatte die Scherben aufgefegt. Sie versuchten immer wieder, sie aufzusammeln und zusammenzufügen, doch einige Stücke waren völlig zerbrochen und passten nie wieder zusammen. Alles, was es ihnen brachte, waren blutige Hände und Frustration.

„Willst du, dass ich jetzt abreise?“, fragte Alex, seine Stimme klang gequält. „Wenn ich alles zusammenpackte und heute Abend mit dir ginge, würdest du uns noch eine Chance geben?“

Sie streckte die Hand nach ihm aus, legte sie auf seine Wange. Er schmiegte sich darin, als bräuchte er das Gefühl von ihrer Haut auf seiner mehr als seinen nächsten Atemzug. „Wir können nicht abreisen, denn letztlich hat Kristen in einer Sache Recht. Michael Evans muss zur Rechenschaft gezogen werden, damit er niemanden mehr verletzen kann. Und das ist dein Job.“

Deshalb liebte sie ihn. Deshalb war es auch, warum er sich nie verzeihen konnte.

„Ich will wieder zurück, Eve. Ich will, dass wir wieder ein Ganzes sind. Das will ich mehr als alles andere.“ Er berührte seine Stirn mit ihrer.

„Das können wir nicht, Baby. Wir können nicht wieder zurück. Ich wünschte, dass könnten wir, doch ich kann nicht mehr in die Rolle dieser Frau schlüpfen. Ob ich's will oder nicht, was passiert ist, hat mich verändert, und ich bin nicht mehr das süße, hingebungsvolle Ding, das du so geliebt hast. Ich kann nicht mehr zulassen, dass du meine Kleider raussuchst und alle Entscheidungen triffst. Ich denke, ich wär' da sowieso rausgewachsen. Ich frag' mich die ganze Zeit, was geschehen wär.“ Es war genau das, was sie verfolgte – der Gedanke, dass, egal was passiert ist, sie sich eventuell trotzdem getrennt hätten. „Wir waren sehr jung, als wir heirateten. Ich hab' mich bereits verändert, bevor Evans mich entführte. Es ist unausweichlich, dass Menschen wachsen und sich verändern, und häufig folgt darauf Distanz."

Sie fühlte, wie er den Kopf schüttelte. „Nein. Wir wären zusammen gewachsen. Wir hätten uns verändert und weiterentwickelt, denn ich hätte nie zugelassen, dass es auseinander bricht. Wir waren dumm und jung, als wir heirateten, doch es war echt und ehrlich und hätte für immer sein sollen."

Doch das war es nicht. Es waren zehn Jahre zufriedenen Glücks, das mit einer guten Ehe einherging, und dann fünf Jahre schmerzende Einsamkeit, selbst wenn er neben ihr im Bett lag. Es hätte für immer sein sollen, doch sie hatten nicht glücklich miteinander bis ans Ende ihrer Tage gelebt, und das konnten sie so lange nicht, bis sie ihn gehen ließe. „Es ist zerbrochen. Wir sind zerbrochen, und wir können nicht mehr zurück. Wir können nicht so tun, als seien wir die Kinder, die wir vorher waren. Wir können nicht mehr die Ehe führen, die wir hatten, und solange wir nicht aufhören, zurückzublicken, kommt keiner von uns voran. Ich hab' uns das angetan."

„Nein. Eve, nicht", flüsterte Alex. Sie hörte den Schmerz in seiner Stimme.

Tränen liefen ihr über die Wangen, Emotionen überwältigten sie. Sie liebte ihn noch. Sie würde ihn liebend zu Grab getragen werden, doch sie hatte Recht. Sie waren zerbrochen und Teile fehlten, die nicht ersetzt werden konnten. „Es tut mir so leid, Baby. Ich hätte dich schon vor langer Zeit gehen lassen sollen. Wir hätten uns trennen und einander heilen lassen sollen. Ich bin mit dir auf der Stelle getreten, weil ich solche Angst vor einem Leben hatte, in dem es dich nicht gäbe. Ich war bereit, uns beide in der Hölle schmoren zu lassen, statt loszulassen."

„Ich will nicht, dass du loslässt. Können wir das nicht durchstehen? Wir können es durchstehen, Engel."

Doch sie konnten nicht. Sie hatten es fünf Jahre lang versucht. „Wir sind jetzt andere Menschen. Ich hab' mich grundlegend verändert, und ich hasse es. Ich glaub' nicht, dass ich ein neues Ich finde, solange wir versuchen an einen Ort zurückzukehren, der nicht mehr existiert. Ich werde jetzt an deiner Seite stehen, doch wenn das hier vorbei ist, gehe ich, und ich werde dir alles Gute auf dieser Welt wünschen, weil du es verdient hast. Du verdienst die Frau, die alles sein kann, was du dir wünschst. Jemand Ganzes."

Sie war jahrelang unfreundlich gewesen, weil die einzige Möglichkeit, ihn zu halten, darin bestanden hatte, ihn mit einem Vertrag an sie zu binden, der einer Art Halbwertzeit entsprach, in der sie vorgeben konnten, noch zusammen zu sein, in der die Vergangenheit jedoch noch zwischen ihnen lag wie ein quälender Traum dessen, was mal gewesen war.

Doch so konnte es nicht wieder sein, und sie musste loslassen. Sie hatte Alex beschuldigt, nicht loszulassen, doch sie hatte sich an den gleichen Scherben festgehalten. Sie hatte sie verbindlich festgehalten, trotzdem sie im Minutentakt tagtäglich blutete.

Die einzige Möglichkeit, vorwärtszukommen, war loszulassen. Sie hatte sich wie ein Anker um seinen Hals gelegt, der ihn nach unten gezogen und ihm die besten Jahre seines Lebens genommen hatte.

Mit seinen Händen glitt er zu ihrer Taille, seine Stirn ruhte an ihrer und sie fühlte, wie seine Tränen weich auf ihre Wangen tropften. Sie vermischten sich dort mit denen, die sie vergossen hatte, ein letzter Beweis, dass sie mal zusammen gewesen waren.

Sie hob ihr Gesicht, das Mondlicht schien auf ihn, ihr den Schmerz in seinen Augen offenbarend. Das Rauschen des Ozeans war bittersüße Ironie. Sie hatten ihre Ehe auf einem Inselparadies begonnen, und sie hatten sich am Strand geliebt und beobachtet, wie die Sonne aufging. Sie hatte hinausgeschaut, und der Ozean war ihr so endlos erschienen wie ihre Liebe zu ihm. Die Wellen nie aufhörend, ihr Potenzial unendlich, und sie und Alex hatten genauso geschienen.

Ihre Liebe war immer noch da, ihr Potenzial hingegen in einer Raserei von Blut, Schmerz und Schuld gestorben. Sie waren zerstört. Nichts konnte sie in eine Zeit zurückversetzen, in der sie noch intakt gewesen waren, und ihr war endlich klar geworden, dass sie ihn gehen lassen musste, wenn sie ihn liebte.

Sie hob die Nase zu seiner, ihre Haut aneinander reibend. Als sie glücklich gewesen waren, hatten sie stundenlang zusammen im Bett gelegen, gekuschelt und sich erkundet und einander berührt. Sie hatten gelacht und geredet und am Ende miteinander geschlafen, doch erst, nachdem sie sich gegenseitig so gereizt hatten, dass sie sich in einen Rauschzustand versetzt hatten. Die meisten Paare, die sie gekannt hatten, gingen nach Hause und sahen fern, Eve und Alex dagegen hatten sich entkleidet, sobald die Tür ins Schloss fiel, und hatten diese kostbaren Stunden nackt und eng umschlossen verbracht.

Sie kannte seinen Körper besser als ihren eigenen, kannte jeden Muskel, jede Senke und jedes Tal, einfach jeden Millimeter seiner Haut. Sie wusste, dass ihn das Küssen seiner Kniekehlen hart machte, und er es hasste, wenn seine Füße gekitzelt wurden. Sie wusste, wie stark sein Herz war und dass sie, wenn er sie geliebt hatte, die Königin der Welt gewesen war.

Und wen immer er als Nächstes liebte, wäre die glücklichste Frau der Welt.

„Verlass mich nicht, Eve." Sein Mund schwebte über ihrem. Die Wärme seines Körpers wärmte sie.

„Wir müssen es. Wir sind nicht die gleichen Menschen. Ich bin nicht die Frau, die du geliebt hast. Bitte, Alex. Lass mich gehen. Es tut zu sehr weh. Ich will das, was wir hatten, doch ich kann es nicht. Wir sind nicht mehr die Kinder, die wahnsinnig verliebt waren und dachten, sie könnten es mit der Welt aufnehmen. Ich fühle noch so viel Schmerz. An diesem Ort zu bleiben und mir zu wünschen, was ich nicht haben kann, tut mir innerlich weh."

„Engel." Sein Atem stockte. Seine Hände zitterten, als er ihr Gesicht berührte, ihre Wangen in den Händen hielt und ihr in die Augen sah. „Ich will nicht, dass du Schmerzen hast. Ich lieb' dich so verfickt doll. Ich habe nie gedacht, dass du beschmutzt wurdest. Du warst immer unschuldig, und es tut mir so leid, dass ich dich enttäuscht hab'. Ich hab' dich so verfickt enttäuscht, und das war das Letzte, was ich wollte."

„Lass gut sein." Sie konnte kaum sprechen, doch sie zwang sich, die Worte auszusprechen. Es war das letzte Geschenk, das sie ihm machen konnte. Seine Freiheit. „Bitte, lass gut sein. Willst du wissen, wie du mich glücklich machst? Indem du glücklich bist, Baby. Du kannst all diesen Schmerz loslassen, und ich werd's auch, und wir können neu anfangen. Wir werden nicht zusammen sein, doch wir können die Kinder, die wir waren, gehen lassen. Sie sind gestorben.

Und wir können um sie trauern oder versuchen, die neuen Menschen zu finden, die wir sind. Bitte... Lass los."

„Ich liebe dich, Eve." Seine Lippen glitten über ihre, die Tränen flossen nun frei.

Weich, süß. Er drückte seinen Mund auf ihren und so hielten sie einen Moment inne. Eve ließ ihn über sich ergehen, sich jede Sekunde einprägend. Er hob die Hände zu ihren Haaren und verstrickte sich sanft in ihnen, während er sie näher zu sich zog.

Sie drückte ihn an sich und wünschte sich, dass dieser Moment nie vorbei ging. Sie könnten hier bleiben. Sie könnten in diesem Moment innehalten und müssten nicht weiter machen. Sie müssten kein neues Leben finden.

Bitte lass das alles hier enden. Belass es dabei. Für immer. Für immer mit seinen Lippen auf meinen und unseren Herzen, die gemeinsam im Takt schlagen. Alex und Eve. Zusammen.

Doch die Zeit blieb nicht stehen. Sie stand nie. Egal, wie sehr sie betete und kämpfte und versuchte, die Welt zum Stillstand zu bewegen, sie bewegte sich immer weiter.

Alex unterbrach den Kuss, seine Arme schlossen sich um sie und hielten sie so fest, dass sie sein Herz klopfen spürte. „Darf ich dich heute Abend halten? Kein Sex. Lass mich dich nur halten. Lass mich dir auf Wiedersehen sagen."

Sie nickte. Er würde sie nicht mehr küssen. Gott. Irgendwie hatte sie nicht gedacht, dass dieser Kuss ihr letzter wäre. Wie konnte es vorbei sein? Und doch wusste sie, dass es so sein musste. Und sie schuldete ihm eine Nacht mit allem, was sie ihm fünf Jahre lang verweigert hatte. „Ich werde dich auch halten."

Er nahm ihre Hand und führte sie zurück ins Bett.

Sie klammerte sich an ihn, betend, dass der Morgen nie käme.

Kapitel Acht

Eve konnte die Gruppe in der Küche reden hören. Sean sagte etwas mit leiser Stimme und Adam lachte. Eine weibliche Stimme stöhnte, und Alex wies sie alle zurecht, sie sollten ernst sein.

Sie umarmte sich in ihrem Morgenmantel und hoffte, dass sie einigermaßen präsentabel aussah. Kristen hatte fünf Minuten zuvor an ihre Tür geklopft und ihr gesagt, sie solle wach werden, da Alex eine Besprechung einberufen habe und er sie pronto dabei haben wollte. Keine Zeit, um sich zu duschen oder anzuziehen. Alex hatte zu einer Besprechung geladen, und sie sollten sich dem alle fügen.

Sie hatte die Seite des Bettes berührt, auf der Alex gelegen hatte. Sie war kalt gewesen, was bewies, dass er das Bett bereits vor einer Weile verlassen hatte. Kurz vor Sonnenaufgang war sie irgendwann eingeschlafen, ihre Tränen waren versiegt, weil sie einfach keine mehr zu vergießen hatte, und sie war allein aufgewacht.

Sie fühlte sich verändert, weniger Last tragend, doch die Traurigkeit, Alex gehen zu lassen, schmerzte noch immer in ihrem Herzen.

Und jetzt musste sie mit ihm arbeiten. Gott, wie sollte sie das durchstehen? Wie sollte sie im selben Raum mit ihm sitzen und so tun, als sei alles wie gewöhnlich, wenngleich sie eine Flut von Schmerzen umgab?

Das Licht der Morgendämmerung fiel durch die großen Erkerfenster, den ganzen Speisesaal erhellend.

„Eve? Es freut mich, dass du dich zu uns gesellst. Es gibt Kaffee, falls du welchen möchtest." Alex saß am Kopf des Tisches. Er erhob sich, einen Becher in der Hand haltend. Er war nur mit Jogginghose und einem T-Shirt bekleidet, das sich an jedem seiner Muskeln festhielt. „Ich hol mir auch einen. Milch und Zucker?"

Sie sah ihn für einen Moment überrascht an. Er wusste sehr wohl, dass sie ihn ohne alles trank. „Schwarz, bitte."

Er schaute sie von oben bis unten an. Für einen Augenblick hing sein Blick an ihren Brüsten, und sie wünschte sich, sie trüge weniger gemütliche Freizeitkleidung. „Hm, ich dachte, du magst ihn süß. Ich werd' mir deine Präferenz für die Zukunft notieren. Du musst wissen, dass wir uns all morgendlich um Punkt sieben zu Diskussion und Frühstück treffen. Morgen früh weck ich dich persönlich. Ich weiß, dass du mit Ian und Liam als Leiter zusammengearbeitet hast, doch ich hab' den Laden gern fest im Griff."

Er wollte es also auf die professionelle Tour machen. Damit konnte sie umgehen. Es mochte am besten so sein. „Ist gut. Ich werd' pünktlich hier sein."

Alex nickte und gestikulierte zum Tisch. „Schön. Wir vereinigen uns gerad bei Kristens exzellenten hausgemachten Zimtbrötchen, und ich will die Berichte des Tages."

Kristen grinste, als sie in ihren Stuhl sank. „Und sie sind absolut nicht giftig oder so. Kleiner Tag dachte, dass sie es wären."

Sean verdrehte die Augen. „Gott, kein Mensch nennt mich mehr so. Doch ich muss zugeben, dass sie tatsächlich ziemlich gut sind. Du solltest eine probieren. Falls sie Gift hineingetan hat, stirbt sie wenigstens mit uns."

Vielleicht musste sie mit Sean reden. Auch wenn sie nur kurze Zeit mit Kristen verbracht hat, sie vertraute der Frau. Vielleicht verheimlichte sie etwas, doch es hätte Eve überrascht, wenn sie zu einem wirklich kaltblütigen Verrat imstande wäre. Die Rothaarige schien leidenschaftlich und stur zu sein, doch sie hatte einen moralischen Charakterzug an sich, der für Eve ganz offensichtlich war.

Adam zog ein weiteres Zimtbrötchen ab. Gott, sie rochen

himmlisch. „Ich nenn' dich immer noch Kleiner Tag. Jake auch."

Alex kehrte mit ihrem Kaffee zurück. Er stellte ihn zusammen mit einem auf einem Teller platzierten Zimtbrötchen und einer Schale Obst an den gegenüber befindlichen Platz ab, wo er sie augenscheinlich erwartete. „Kleiner Tag, warum hast du bisher noch keine Zimtbrötchen gebacken?"

Seans Mittelfinger hob sich. „Ich bin kein verfickter Konditor. Morgen bereite ich Frittatas zu, und die werden diese hier in den Schatten stellen. Ich hab' den Wecker auch verschlafen. Ich war die halbe Nacht wach und hab' mit Grace telefoniert, weil Carys gerad Tag und Nacht durcheinander bringt. Es war einfacher, als ich noch kein Baby hatte."

Eve setzt sich in ihren Stuhl, nahm den Kaffeebecher in beide Hände und ließ sie sich wärmen. Die Erkerfenster zeigten das Bild eines spektakulär schönen Morgens draußen, und die anderen am Tisch scherzten und lachten, als wären sie ein langjährig eingespieltes Team. Sogar Alex war fröhlich, wobei seine Augen ihre von Zeit zu Zeit fanden und sie in diesen Momenten nicht mehr so hell strahlten.

Sie fühlte sich so seltsam. Ihm ging es gut. Sie war innerlich völlig durcheinander, und er sah wie ein völlig unbelasteter Mann aus. Sie hatte ihn seit Jahren nicht mehr so unverfälscht lächeln sehen. Er sah heute Morgen sogar jünger aus, als hätte ihn die vorherige Nacht befreit.

Er hatte ihr Adieu gesagt, und er sah gut damit aus.

Ihre Nase war noch rot vom Weinen, ihre Augen angeschwollen. Doch sie hatte das Richtige getan. Sie wollte, dass Alex glücklich war. Das wollte sie wirklich. Sie musste es klaglos durchstehen, hatte sie doch nicht damit gerechnet, dass er so schnell wieder glücklich wäre.

„Also, ich möchte sicherstellen, dass sich jeder seiner Aufgaben für den Tag bewusst ist. Eve und ich müssen heut Morgen um elfuhrdreißig im Club sein. Sean?", fragte Alex, absolut einem Teamleiter ähnlich sehend.

„Ich geh früher hin als ihr. Ich muss hin und eine Liste erstellen, was ich für die Verbesserung im Club benötige. Chazz erwähnte, dass es in ein paar Tagen ein Mittagessen geben soll. Ich muss mich darauf vorbereiten. Nach dem Frühstück fahr ich hin und schaue nach, ob mein dämlicher stellvertretender Küchenchef meine Anweisungen befolgt hat."

„Was noch?", fragte Alex.

„Ich schau mir die Küchen an und seh' zu, was ich über das dortige Personal rausfinden kann. Ich platzier' vorsichtig ein paar Wanzen und mach ein paar Aufnahmen der Überwachungsvorrichtungen vor Ort, um alle Ein- und Ausgänge des Clubs zu kennen, für den unwahrscheinlichen Fall, dass wir entdeckt werden und den Ort verlassen müssen, bevor uns jemand die Eier abreißt. Ihr müsst wissen, dass meine Frau erwartet, dass meine Eier heil bleiben. Sie will nicht, dass Carys unser einziges Kind ist. Ich werd' außerdem versuchen, eine vollständige Liste des Küchenpersonals zu bekommen. Ich gehe davon aus, dass sie nicht alle auf der Gehaltsliste stehen", sagte Sean mit aufgeklärtem Gesichtsausdruck.

Kristen schüttelte den Kopf. „Oh, keineswegs. Die meisten der Leute werden unter der Hand bezahlt. Ich vermute, dass die Hälfte von ihnen illegal beschäftigt ist, also viel Glück mit den Ausweisen."

Adam stöhnte. „Versuch, mir Namen und, falls möglich, Bilder zu besorgen. Ich krieg' das schon hin. Ich hab' verdammt gute Gesichtserkennungssoftware. Wenn sie in der Kriminaldatenbank gespeichert sind, sollte ich sie finden."

„Du bist das Computer-Genie. Sobald unsere Wanzen platziert sind, möchte ich, dass du mit dem Abhören beginnst", sagte Alex, der einige Papiere durchsah. „Kristen?"

Sie schluckte etwas herunter, das wie eine halbe Zimtrolle aussah. Eve kam nicht umhin zu bemerken, dass Kristen zu den Frauen gehörte, die sich nicht an ihrem Gewicht störten. Sie war nicht gerade schmal. Sie hatte eine Sanduhrfigur und das Selbstvertrauen einer Frau, die sich bewusst darüber war, sexy zu sein. Und sie war eigentlich ganz reizend. Angefangen bei ihren vollen Brüsten bis hin zu ihrem langen erdbeerblonden Haar war sie eine Granate. Lächelte Alex sie nur an, um freundlich zu sein? Es kam ihr plötzlich in den Sinn, dass Kristen für jemanden wie Alex ziemlich perfekt war. Sie verstände seine Arbeit, und sie hatte ein strahlendes Lächeln, das einen Raum ziemlich zum Leuchten brachte. „Ich werd' meine Brüste benutzen, um das Küchenpersonal abzulenken, damit Kleiner Tag seine Fotos machen kann. Sie denken, dass es lesbische Brüste sind. Sie sind wie die ultimative verbotene Frucht."

„Oh, Gott, schick mich nicht mit ihr rein." Sean schlug mit dem Kopf auf den Tisch, doch nicht bevor Eve ihn noch lächeln sah. Vielleicht bräuchte sie dieses Gespräch gar nicht zu führen. Scheinbar hatte Kristen ihn auch verzaubert. „Ich nehm' zurück, was ich gesagt hab'. Ich hab' herausgefunden, was mich an ihr stört. Sie ist wie die unausstehliche Schwester, die ich, dem Himmel sei Dank, nicht hatte."

Kristen seufzte, als wäre sie zutiefst zufrieden. „Das kommt auf jeden Fall in meine Story. Sollte ich lang genug leben, um die Geschichte zu schreiben, werd' ich dich in meiner Rede zur Pulitzer-Annahme erwähnen."

Alex' Augen fanden ihre. „Du solltest essen, Eve."

„Ich bin kein großer Fan von Kohlenhydraten." Sie liebte sie. Sie vergötterte sie. Sehnte sich nach ihnen. Sie gingen direkt auf ihre Hüften, und sie musste die Kontrolle behalten. Jetzt mehr denn je. Gäbe sie nach, würde sie am Ende noch einen Liter Eiscreme verzehren und weinen, während sie sich alte Filme ansähe, die sie an Alex erinnerten. Manchmal hatte sie das Gefühl, dass das, was sie aß, das Einzige war, worüber sie die Kontrolle hatte.

Alex runzelte die Stirn. „Wir werden mit Chazz und den Türstehern zu Mittag essen. Es wird besprochen, was wir alles brauchen, um die Session für die Investoren zu spielen, die planen dorthin zu kommen, und danach werden wir uns die ganze Nacht im Club bewegen, um ein Gefühl für diesen zu bekommen. Ich denke, du wirst deine Energie brauchen."

Das klang schrecklich. Ohne jeden Zweifel scheußlich. Und es war das, wofür sie angeheuert hatte. „Ich hab' ein paar Proteinriegel mitgebracht. Ich werd' bald einen essen."

„Gut." Alex legte die Hände auf den Tisch und runzelte die Stirn. „Eve, könnte ich dich unter vier Augen sprechen? Auf dem Balkon vielleicht? Der Rest von euch macht sich an die Arbeit. Heut Nacht, wenn wir vom Club zurückgekehrt sind, möchte ich eure Pläne hören, wie ich in Chazz' Büro ein wenig Zeit allein verbringen kann. Es ist isoliert. Ich brauch' eine Möglichkeit, um hinein zu kommen, und zwar eine Möglichkeit, nicht erwischt zu werden. Ich will seine

Computerdateien, sein Handy abgehört, und seine Wohnung und sein Auto verwanzt. Besorgt mir Lösungen, Leute. Ich will bereit sein, wenn Evans seinen Zug macht. Chazz sagte, er habe große Pläne in den nächsten Wochen. Ich denke, das heißt, dass Evans zu Besuch kommt. Wir müssen bereit sein."

Er schob den Stuhl zurück und ging auf den Balkon, ohne sich umzusehen.

Es war ein anderer Teil des Hauses, doch ihr Magen drehte sich um beim Gedanken, wieder mit ihm auf dem Balkon zu sein. Die Nacht zuvor war so emotional gewesen. Wie konnte er da so leicht rausgehen? Wollte er darüber sprechen, was passiert war? Oder schlimmer noch, wollte er so tun, als sei nichts geschehen?

Sie war so verdammt verwirrt.

Doch sie hatte eine Aufgabe zu erledigen, und Alex leitete die Operation. Sie schuldete ihm die Höflichkeit, sich seiner Führung zu beugen. Sie holte tief Luft und zwang sich, sich zu bewegen. Sie hätte sich einen Wecker stellen sollen, so dass sie geduscht und in voller Montur dem Treffen beiwohnte. Sie hatte noch nicht mal Make-up aufgelegt. Es war ewig her, dass Alex sie ohne das komplette Chanel-Programm gesehen hatte. Sie hasste es, sich so verdammt verletzlich zu fühlen.

„Worüber wolltest du mit mir sprechen?" Sie versuchte, die Tür hinter sich zu schließen. Hurricane-Glas. Es war so schwer.

Alex schloss sie einhändig. „Wir müssen reden, wie wir das anstellen wollen, Eve. Du warst schon lang nicht mehr im Einsatz. Wir haben noch nie so zusammengearbeitet, und ich möchte, dass alles glatt und unkompliziert läuft."

Er war so ruhig, so professionell. Irgendwie hatte sie gedacht, dass sie beide unbeholfen wären beim Versuch, ihren Weg zu finden, doch Alex schien vollkommen zufrieden. Er sah cool und gelassen aus, als er sich auf einen der mit tiefroten Kissen bestückten Rattanstühle setzte.

Die Wellen schlugen gegen das Ufer, weiches Morgenlicht ließ die ganze Welt gazeartig und romantisch erscheinen. Warum konnten sie nicht irgendwo in einer Stadt sein, ohne das ganze romantische Drumherum des verdammten Strandes?

Sie musste sich zusammenreißen. „Gut. Wir gehen also heut in die Höhle des Löwen, wie?"

Er klopfte mit den Fingern auf die Stuhllehne. „Ja. Und genau darüber mach' ich mir Sorgen. Es wird erwartet, dass wir ein langjähriges D/S-Paar darstellen. Ich mach' mir Sorgen, dass du wankst, wenn es so weit ist, dich mir zu fügen."

Es war eine berechtigte Sorge. Sie konnte es ihm nicht verübeln. „Ich verspreche, das werde ich nicht. Alex, ich kann diesen Job machen. Ich weiß, was zu tun ist."

„Ich bat dich, diese Zimtrolle zu essen, doch das hast du nicht. Ich muss wissen, dass du dich deiner Rolle jeden Moment jeden Tages, den wir hier sind, spielst. Du kannst nicht wählen und dir aussuchen, wozu du Lust hast." Er seufzte und beugte sich vor. „Ich weiß, wie D/S in deinem Club liefe. Das seh' ich auch so. Die Sub hat letztlich die Kontrolle. Sie kann entscheiden, ob sie ihrem Herrn gehorcht oder ihr Sicherheitswort benutzt, doch ich lass nicht zu, dass du dich mir bezüglich einer Zimtrolle verweigerst. Holt dir eine und bring sie her."

Sie wollte ihm sagen, wohin er seine Zimtrolle schieben könnte, doch er hatte Recht. *Verdammt*. Sie konnte sich den ganzen Tag beschweren, jedoch wusste sie, dass sie in ihrer Tarnung bleiben musste. Hätte er Amanda mitgenommen, schliefe sie in seinem Bett und wäre von morgens bis abends seine Sub, weil es so viel einfacher war, einmal in die Rolle zu schlüpfen, anstatt ständig darauf zu achten, wann und wo sie gespielt werden musste. Deshalb war es für langjährige Undercover-Polizisten so problematisch. Die Rolle wurde zu ihrem Leben, weil es so sein musste.

Alex öffnete die Tür wieder im Handumdrehen, und sie schlüpfte hindurch. Adam stand am Tisch mit einem Teller in der Hand.

Er schenkte ihr ein Lächeln und ein Achselzucken. „Das war einfach zu wetten, Schatz."

Sie runzelte die Stirn und nahm den Teller. „Ich werd' nie wieder auf deine Frau hören."

„Hey, Serena weiß, wie es zu einem Happy End kommt, Schatz. Vielleicht solltest du ihr vertrauen." Adam zwinkerte ihr zu und wandte sich ab.

Ihr Happy End hatte jedoch am Vorabend geendet. Sie würde nicht weinen, verdammt. Sie würde ihre Arbeit erledigen. Sie kam wieder in die warme Morgenluft hinaus.

„Ein Zimtbrötchen. Na gut. Das ess' ich."

Er lehnte sich in dem Liegestuhl zurück. „Ich fütter' dich damit. Setz dich auf meinen Schoß."

„Alex." Hatte er vor, sie zu foltern?

„Wir sind ein angebliches Liebespaar. Ich muss wissen, dass du die Rolle spielen kannst." Er tätschelte seinen Schoß.

Ihr Herz brach zusammen. Er würde sie foltern. Sie hatte ihn gezwungen, Lebewohl zu sagen, und er zahlte es ihr heim. Das hatte sie nicht von ihm erwartet. Sie hatte versucht, für sie beide das Richtige zu tun.

Sein Gesichtsausdruck wurde weicher. „Hier geht es um die Mission. Du kannst nicht erwarten, dass ich dich da reingehen lasse, ohne zu wissen, dass du die Aufgabe erledigen kannst. Wenn du mir schon hier, wo es keine Rolle spielt, nicht gehorchst, wie kann ich dann sicher sein, dass du es im Einsatz tust? Du bist eine sehr unabhängige Frau. Deshalb hatte ich von Anfang an jemand anderen für diesen Job ausgesucht."

Er wusste, wie er ihr in den Bauch treten konnte. Sie hatte es vermasselt. Sie hätte eine richtige Agentin für ihn finden sollen, aber nein, sie hatte sich da selbst hineingeworfen. Sie benahm sich wegen ein paar Kohlenhydrate wie eine verdammte Göre. Sie ließ sich auf seinen Schoß hinab.

Er legte seinen Arm um ihre Taille. „So ist's besser. Entspann dich. Du musst aussehen, als ob du dich in meinen Armen absolut wohl fühlst. Als ob du hierher gehörst. Leg den Kopf auf meine Schulter. Du musst gar nichts tun, Liebling. Füg' dich mir einfach. Es ist leicht, wenn du dir die Rolle zu eigen machst."

Er war dabei sie umzubringen. Ihr drohte das Herz aus der Brust zu schlagen. Sie konnte ihn riechen. Er hatte im Gegensatz zu ihr geduscht. Er roch sauber und perfekt und männlich. Seine Haut war warm, wo sie die ihre berührte. Es war grausam, doch vielleicht, wenn sie ihm ein für alle Mal bewiesen hatte, dass sie fähig war, die Rolle zu spielen, schaltete er einen Gang runter, wenn sie allein waren.

„Mund auf, Liebling." Er hatte ein Stück von der weichen Zimtrolle abgerissen, cremige Glasur tropfte auf seine Hand.

Der süße Geruch wehte um sie herum. Zimt. Wie zu Hause. Sie

öffnete den Mund und stöhnte beinahe. Der Geschmack traf sie wie ein Güterzug voll Genuss. Süß, so süß, dass es auf ihrer Zunge schmolz. So etwas hatte sie seit Jahren nicht mehr geschmeckt.

„Du hast etwas Zuckerguss ausgelassen, Liebling." Alex legte den Finger an ihre Lippen. „Leck's ab."

Ohne nachzudenken, öffnete sie den Mund und sog seinen Finger ein. Sie wollte mehr von der wunderbaren Verbindung, die er ihr anbot. Sie ließ ihre Zunge an der Unterseite seines Fingers entlang gleiten und sog die Creme ein.

„Ausgezeichnet. Noch mal." Er bot ihr ein weiteres Stück an, und sie nahm es. „Kaffee. Er ergänzt die Süße." Er hielt ihr seine eigene Tasse an die Lippen und sie trank.

Einfach so war sie quasi im verfickten Subraum. Ihr Atem hatte sich verlangsamt, ihre Sicht darauf reduziert, dass sie nur noch ihn sehen konnte. Und alles, was er dafür tun musste, war ihr ein verdammtes Zimtbrötchen anzubieten. Das war es, wovor sie Angst gehabt hatte. Alex war eine Droge. Ihre Droge. Sobald er in dieser tiefen Stimme zu ihr sprach, verlor sie den Verstand.

„Sehr gut." Seine Anerkennung überkam sie wie verrücktes Endorphin, das sie zum Lächeln brachte. „Ich war besorgt, doch ich denke, dass du das gut machst. Begib dich nicht aus deiner Tarnung, Liebling. Für die nächsten Wochen möchte ich, dass du dich nur als meinen Liebling betrachtest. Du gehörst deinem Gebieter. Du stehst unter seinem Kommando. Du bist stets mutig und ach so klug. Du hast jedoch eine Mission, und nichts wird deinem Gebieter mehr gefallen, als deine Mission zu erfüllen, doch sei dir gewiss, dass dein Gebieter dich vor allem in Sicherheit wissen möchte. Das Wichtigste ist, dass des Gebieters Liebling am Ende der Mission in Sicherheit und unversehrt geblieben ist."

Das war alles, was zwischen ihnen geblieben war, und doch waren seine Worte so süß, dass ihr fast die Tränen kamen. Seit sie losgelassen hatte, liefen ihr wegen jeder verdammten Sache die Tränen in die Augen. Sie hatte Jahre damit verbracht, ihre Gefühle wegzuschließen, doch jetzt lagen sie direkt an der Oberfläche. „Ich werd' vorsichtig sein, Alex."

„Gebieter", korrigierte er besorgniserregt.

Sie hatte nur noch wenig Zeit, ihn so zu nennen. „Gebieter", sagte sie. „Ich werd' mich fügen. Ich werd' meine Mission erfüllen, um meinem Gebieter zu gefallen."

Eve ließ den Kopf an seiner Brust ruhen. Sie hatten nur bis zum Ende der Operation. Alex versuchte, ihnen etwas Zeit zu geben. Vielleicht war das gut so. Vielleicht war es eine Möglichkeit, um ihnen den Abschied zu versüßen. Ein paar Erinnerungen mehr.

„Spreiz die Beine für mich."

„Ich füge mich deinen Anordnungen, mein Gebieter." Er konnte nicht ernsthaft beabsichtigen, mit ihr intim zu werden. „Ich trage keine Unterwäsche."

„Ich hab' dir keine Frage gestellt. Ich gab dir eine Anweisung. Wie lautet dein Sicherheitswort?" Er sprach die Worte von einem leisen Knurren begleitet aus, das irgendwie an ihrem Fleisch nagte, weil sie sich so nah waren.

„Rot." Sie hatten während der Sessions immer mit Rot, Gelb und Grün kommuniziert. Rot bedeutete Halt. Grün bedeutete für Alex, dass es ihr gut ging, und Gelb bedeutete, dass sie sich irgendwie ängstigte. Im Moment stand alles absolut auf Gelb, doch danach hatte er nicht gefragt. Wenn sie ihn weiter so drängte, befände sie sich umso mehr in Schwierigkeiten. Alex stellte sie auf die Probe, testete ihre Grenzen aus, um zu sehen, ob sie den Job, für den sie angeheuert hatte, wirklich erledigen konnte. Sie müssten einige Sessions spielen, und diese Sessions beinhalteten Intimität. Er verlangte nichts wirklich Unvernünftiges.

Eve entspannte sich und ließ die Beine locker. Sie saßen rücklings zu den Glastüren. Niemand konnte sehen, was Alex tat. Und es war ja auch nicht so, als hätten sie die meisten Leute in der Wohnung nicht schon mal nackt gesehen.

Sie zitterte, als er mit seiner großen Hand ihr Knie umfasste und begann, sich ihren Oberschenkel hinaufzubewegen. Er war so warm, so groß und ein sicherer Ort.

„Du solltest unbedingt über das Sicherheitswort nachdenken, Liebling." Er ließ seinen Atem über ihre Haut streifen. Er flüsterte, seine Lippen glitten an der Kurve ihres Ohres entlang. „Obwohl wir uns beide darüber einig sind, wie es in der Praxis aussehen sollte, gehen wir nicht als Alex und Eve in diesen Club. Ich muss grob sein. Ich muss absolute Kontrolle haben. Ich muss genauso spielen, wie diese Männer denken, dass D/S auszusehen hat, und das sind keinesfalls nette Männer."

Er bewegte seine Knie auseinander und zwang sie, ihr Beine weiter zu spreizen. Eine kühle Brise traf ihre Muschi und erinnerte sie daran, wie schön es sich anfühlte, völlig nackt zu sein. Sie war nicht in der Lage, sich auf all die Gründe zu konzentrieren, warum es falsch war. Alex würde sie beschützen. Alex hielt ihr den Rücken frei, während sie sich entspannen und einfach fühlen konnte.

Wie leicht es war, in alte Gewohnheiten zurückzufallen.

„Verkrampf dich nicht bei mir. Ich mein es ernst, Liebling. Wenn ich dich nochmal trainieren muss, werd' ich's tun."

Das bedeutete Spankings und nicht der erotischen Art. Sie wollte nicht unbedingt den ganzen Tag mit wundem Hintern verbringen. Alex wollte seinen Willen durchsetzen, und wenn er diesen Tonfall an sich hatte, gab es nichts zu verhandeln. Sie zwang ihre Muskeln, sich zu entspannen, und ihr Hirn, aufzugeben.

„Sehr schön. Das ist mein Liebling. Hab' ich dir schon gesagt, wie hübsch du heut aussiehst?" Seine Finger glitten über ihre Schamlippen, und sie musste sich erinnern zu atmen.

„Nein, mein Gebieter." Jedes Wort, das aus seinem Mund kam, machte sie heißer. Sie spürte, wie ihre Muschi weich wurde, glitschig und bereit war.

Seine Finger glitten mit Leichtigkeit über ihr Fleisch, mit erotischer Absicht an ihrer Klitoris kratzend. „Das war ein Fehler meinerseits. Du siehst reizend aus, ganz weich und zerzaust. So gefällst du mir. Und ich muss zugeben, ich finde, das längere Haar sieht schön aus. Es ist keine Perücke?"

Wie konnte er von ihr erwarten, dass sie dachte, wenn er über ihre Klitoris in engen Kreisen glitt? Nur, dass das vermutlich der Sinn dieser Übung war. Er zwang sie, trotz des Vergnügens nachzudenken, um nicht zu vergessen, dass sie eine Rolle spielten. „Nein. Serena hat ihre Freundin ihren Salon früher öffnen lassen, um die Haare zu färben und Extensions einzuarbeiten."

„Darf ich daran ziehen? Es könnte dir gefallen, wenn ich dir an den Haaren ziehe."

Er wusste verdammt gut, dass sie das anmachte, doch er schien darauf bedacht zu sein, so zu tun, als wüsste er es nicht. Und sie war nah, so nah. Die Spannung baute sich bereits tief in ihrem Inneren auf.

„Gefällt es dir, was ich mit deiner Muschi mache, Liebling? Gefällt es dir, meine Finger auf dir zu spüren? Deshalb lass ich's nicht zu, dass mein süßer Liebling Slips trägt. Ich will ewigen Zugang. Ich will gewiss sein, dass ich dich streicheln kann, wann immer ich will. So wird das von nun an laufen. So, wie ich's will. Ich werd' dich haben, wann ich dich will, wie ich dich will, und du wirst mir am Ende des Tages süß dafür danken."

„Ja, Gebieter." Sie biss sich auf die Unterlippe, um nicht loszuschreien.

„So ist es richtig. Bleib ruhig. Ich sag' dir, wenn ich will, dass du schreist." Sein Daumen blieb auf ihrer Klitoris, doch ein Finger glitt in sie hinein, massierte ihre Vaginalwände und streichelte sie genau an der richtigen Stelle. „Der heutige Tag wird für uns beide eine Lehre sein. Lass uns einige Grundregeln aufstellen. Keine Unterhaltungen mit anderen Männern. Ich werd' dir gegenüber sehr territorial sein. Sie werden schnell feststellen, dass ich ein besitzergreifender Irrer mit gewalttätigen Tendenzen bin, und sie sich von meiner Sub fernhalten sollten. Ich brauche dich, damit du alle sehr genau studierst. Sei unterwürfig. Häng dich an mich ran, doch halt die Ohren offen und setz dein Hirn ein. Das ist, was ich von dir brauche. Wenn ich dich allein lassen muss, erwarte ich von dir, dass du in die Küche gehst und bei Sean bleibst. Ist das klar? Du hast nicht allein zu sein, außer in der Frauenumkleide, und selbst da ziehe ich es vor, wenn du Kristen mitnimmst. Sag „Ja, Gebieter"."

Sie würde ihm alles sagen, was er von ihr wollte. „Ja, mein Gebieter."

Ein zweiter Finger kam zu dem ersten. Sie spürte die lange Linie seiner Erektion an ihrem Hintern. War es das, was er für die nächsten Wochen geplant hatte? War das seine Idee davon, wie sie nicht aus der Reihe tanzte? Denn es funktionierte absolut.

„Komm für mich."

Drei Worte sprach er mit seiner tiefen, harschen Stimme aus, und sie ging ab wie der Blitz. Der Orgasmus überrollte sie, und Alex verlagerte sein Gewicht so, dass er sie fest hielt und mit der Zunge an ihrer Ohrmuschel entlang fuhr, während sie sich ihrer Lust hingab.

Sie sank auf ihn herab, jeder ihrer Muskeln weich und entspannt.

Vielleicht war dies seine neueste Version des Trainings.

„Das war ausgezeichnet, Liebling. Du kannst jetzt aufstehen." Seine Arme ließen von ihr ab, und sie spürte den Verlust seiner Wärme.

Mit starren Beinen rutschte sie von seinem Schoß. Sie hatte darauf gewartet, dass er sie umdrehen und anweisen würde, auf seinem Schwanz zu reiten. Sie glättete ihr Gewand und hoffte, dass sie nicht zu zerzaust aussah. „Ist gut. Ich geh' und mach' mich für den Tag fertig."

Sie schniefte, als sie zur Tür ging. Sie hatte versucht, freundlich zu sein, doch sie war verwirrt darüber, wo er war. Er war so professionell gewesen, doch dann so intim geworden. Intellektuell verstand sie den Sinn der Übung, doch ihr Herz raste und ihre Hände zitterten, und sie wollte wieder gehalten werden.

„Eve?"

Sie drehte sich um, jeder Nerv auf der Hut. „Ja, Herr?"

„Gebieter", korrigierte er, seine Stimme fest.

Er wollte offensichtlich keinen Zentimeter nachgeben. „Ja, mein Gebieter?"

„Ich weiß, wir haben noch nie so zusammengearbeitet, und das mag ein Problem sein."

Er schien entschlossen, darauf rumzureiten. Sie schniefte etwas. „Ich werd' meine Pflichten erfüllen."

„Das ist nicht das Problem."

Gott, was wollte er ihr jetzt an den Kopf werfen? Sie wollte am liebsten reinrennen, duschen und sich ihre Rüstung wieder anlegen. Kontrolle. Sie musste wieder die Kontrolle erlangen. „Was ist das Problem, mein Gebieter?"

Er schob sich hinter sie, mit seiner Vorderseite an ihren Rücken, und sie konnte die Erektion spüren, die er gegen ihren Hintern drückte. „Ich find' dich sehr attraktiv. Es fällt mir schwer, die Beziehung auf einem professionellen Level zu halten. Es wird hart für mich. Wir werden zusammen leben müssen, miteinander schlafen, eine D/S-Beziehung führen müssen. Ich sag' dir, es fällt mir äußerst schwer, mich daran zu erinnern, wo die Operation aufhört und die Realität beginnt."

Sie drehte sich um, Wut stieg auf. „Alex, was zur Hölle spielst du da für ein Spiel?"

Er hob die Hände und hielt ihr Gesicht, wie er es am Abend zuvor getan hatte. Sie roch ihre eigene Erregung an diesen Fingern. Ja, sie waren sehr intim. Intimer als sie es jahrelang gewesen waren. „Du sagtest mir, ich solle loslassen. Ich hab' losgelassen. Und wir haben ein Problem, mein Engel. Das neue Ich fühlt sich verfickt hingezogen zu dem neuen Du. Du bist so verfickt hübsch. Ich will dich. Ich dachte, das solltest du wissen. Ich werd' genau das tun, was du von mir verlangt hast. Ich werd' mein neues Ich finden. Jedoch eins weiß ich schon über den neuen Alex McKay. Er will Eve St. James."

Er hatte ihr am Abend zuvor nicht wirklich zugehört. Er hatte sie besänftigt. „Das wird nicht funktionieren."

Er stellte sich hinter sie, ließ ihr keinen Raum. Er saugte ganz bedächtig die Finger in den Mund, kostete sie, versuchte mit der Zunge, jedes bisschen Saft, der sich noch auf seiner Hand befand, aufzunehmen. „Und du schmeckst himmlisch."

Aus heiterem Himmel spannte sich ihre Muschi wieder an. Kontrolle. Sie musste welche finden. „Du kannst nicht so tun, als würden wir uns nicht kennen."

„Es ist das, was du wolltest. Ein neues Du. Ein neues Ich. Ein neuer Anfang." Sein Mund schwebte über ihrem. „Und wenn das letzte Nacht ein Abschiedskuss war, dann will ich jetzt meinen Begrüßungskuss. Und den krieg ich."

Das war kein süßes Streichen seiner Lippen auf ihren. Alex drückte seinen Mund mit treffsicherer Absicht auf ihren. Er zwang ihren Kiefer, sich zu öffnen, und seine Zunge glitt hinein und an ihrer entlang. Er drückte sie fest an sich und rieb diese große Erektion an ihren Bauch, während er immer wieder in ihren Mund stieß. Er nahm eine Hand hoch und hielt ihre Haare in seiner Faust.

„Yeah, ich mag deine längeren Haare, Liebling. Ich halt mich gern daran fest, wenn ich dich in den Arsch ficke", flüsterte er an ihrer Wange. „Oh, hast du gedacht, ich hab' die Tatsache vergessen, dass du mich seit Ewigkeiten nicht mehr in deinen Arsch gelassen hast? Ich bin wieder der Herr, und ich werd' dich auf jede erdenkliche Weise nehmen, wie ein Mann eine Frau nehmen kann. Du willst, dass ich dich ganz von vorne kennenlerne? Es wird mir ein Vergnügen sein. Jetzt geh und mach dich fertig. Wir treffen uns in zehn Minuten im Trainingsraum. Wenn du dann nicht da bist, sind es zwanzig Schläge. Für jede weitere Minute, die du mich warten lässt, kommen zehn weitere dazu. Also komm gern zu spät, wenn du willst. Ich bin gespannt zu sehen, wie die neue Eve mit meiner Disziplin fertig wird."

Er trat zurück, öffnete weit die Tür und hielt ihr eine Hand hin, damit sie zuerst eintreten konnte. Sie zwang sich, sich vorwärts zu bewegen.

Was zur Hölle war hier gerade geschehen?

„Zehn Minuten", verkündete Alex erneut, als er an ihr vorbeiging. Sie konnte nur erstaunt hinterhersehen, als er mit aufgerichteten und stolzen Schultern zurück in die Küche stolzierte.

„Wow", sagte Kristen. „Der Boss sieht wie ein ganz neuer Mensch aus. Was immer du gestern Abend mit ihm gemacht hast, es hat wirklich funktioniert."

„Ja", murmelte Eve. Ein ganz neuer Mensch. Ein gefährlicher Mensch. Sie war sich nicht sicher, ob sie mit dem neuen Alex umgehen konnte.

Sie eilte ins Badezimmer, um sich zu waschen, denn sie war sich ziemlich sicher, dass ihr die Zeit davonlief – nicht nur diesbezüglich.

Kapitel Neun

Fünf Tage später besah sich Alex die Männer, die sich im VIP-Bereich des Clubs versammelt hatten, und empfand ein Gefühl der Zufriedenheit. Wenigstens war eine Sache bei dieser verdammten Operation gut gelaufen. Fast eine Woche war vergangen, und er hatte noch immer keine Gelegenheit gefunden, in Chazz' Büro zu schlüpfen. Sicherheit wurde im Club nur lax gehandhabt – außer in Chazz' Büro.

Doch Alex hatte sich einen Plan überlegt und Jake war genau dort, wo er sein sollte, seine Augen blutunterlaufen und sein sonst gebügelter Anzug leicht faltig. Seine Augen glitten an Alex vorbei und wieder zu Eve. Er lehnte sich zu dem links von ihm sitzenden Mann und flüsterte ihm etwas ins Ohr.

Chazz lachte und warf Eve einen anzüglichen Blick zu, bevor er den Kopf schüttelte. Alex fing den letzten Gesprächsfetzen auf. „Ich glaub nicht, dass er der Typ ist, der gern teilt, Alter."

Der VIP-Bereich des Clubs war in einen Essbereich verwandelt worden. Einzig das Küchenpersonal war zu dieser Tageszeit präsent. Sonst war es ruhig im Club. Chazz und Jake saßen beieinander, während drei weitere Männer zusammenstanden, sich leise unterhaltend.

Er schob seine Finger durch Eves, absolut zufrieden mit ihrer Verbindung. Gott, er hatte sie innerhalb der letzten Tage mehr berührt als in den vergangen Jahren. Obwohl sie inmitten einer Operation steckten, erlaubte er sich, den Duft ihrer Haare zu genießen. Sie hatte ihr Shampoo gewechselt. Sie hatte blumige Noten, zarte Rose und Flieder bevorzugt. Jetzt rochen ihre Haare nach Pampelmuse, scharf und lebendig.

Er neigte seinen Kopf dicht an ihren und flüsterte: „Lass Jakes Tarnung nicht auffliegen, mein Engel. Er ist aus einem bestimmten Grund hier."

„Ja, mein Gebieter."

Er war beinahe enttäuscht von ihrem ausdruckslosen Puppenblick. Er hatte sich an die görenhafte Eve gewöhnt. Er hätte es ihr gegenüber nie zugegeben, als sie jedoch gesagt hatte, sie sei bekümmert, dass sie nicht so robust seien, wie es damals bei ihrer Heirat gewirkt hatte, musste er zustimmen. Er hatte ihr verschwiegen, betrübt darüber zu sein, dass sich ihr Leben zu einem langweiligen, nie endenden Katalog an Vorschriften entwickelt hatte, und er am Ende sogar eine Abneigung dagegen gespürt hatte, die Kleidung für sie aussuchen zu müssen. Genau dieser Gesichtsausdruck hier war es, wenn sie einfach allem zugestimmt hatte.

Vielleicht hatten sie sich beide irgendwo auf dem Weg verloren. Er hatte fünf Tage Zeit gehabt, sie wieder kennen zu lernen. Fünf Tage, in denen er sie gehalten hatte. Fünf Tage, in denen er seinen Schwanz vollständig zurückgehalten hatte.

Das musste sich ändern.

„Wobei du mir das schon im Auto hättest sagen können", flüsterte sie, ihr ganzes Gesicht wurde starrköpfig und empört.

Und so süß. Sie war hinreißend, wenn sie glaubte, er benehme sich wie ein Blödmann. Er beugte sich vor und küsste sie. Sie zuckte nicht mehr zusammen. Sie begann, seine Zuneigung offen zu akzeptieren, selbst wenn sie unter vier Augen waren. „Ich war mir nicht sicher, ob er es reingeschafft hat. Ich hab' gestern Nachmittag von diesem Investorentreffen erfahren. Chazz erwähnte, dass er auf eine Party gehen wollte. Ich wollte sehen, wie waghalsig er ist. Ich hab' Jake reingeschickt, um mit ihm zu feiern. Seitdem hab' ich nichts mehr gehört. Es scheint wohl ganz gut gelaufen zu sein, denn er hat sich nicht umgezogen."

Das bewies, dass Chazz etwas leichtsinnig war. Jake hatte nachts zuvor mit ihm gefeiert. Dies sollte ein ernstes, eher geheimes Geschäftstreffen sein, und Chazz hatte quasi einen Fremden dazu geladen. Nun, Jake hatte einen dermaßen verschwenderischen Menschen gespielt, der mit Geld nur so um sich warf, so dass Chazz ehrlicherweise denken konnte, sich daraus etwas versprechen zu können, doch der Mann hatte Jake auf keinen Fall durchleuchtet.

Und es war zudem der perfekte Zeitpunkt, das Auto des Wichsers zu verwanzen. Jake fuhr sich mit der Hand durchs Haar und blinzelte zweimal. Für den zufälligen Beobachter sah er schlicht aus wie ein Mann, der etwas müde, ein wenig ungepflegt wirkte, doch für Alex bedeuteten diese beiden Gesten die Welt. Jake hatte zwei seiner drei Ziele erreicht. Er hatte das Auto und Chazz' Privatwohnung verwanzt. Jake rümpfte die Nase und schüttelte leicht den Kopf in seine Richtung. Die Schlüssel zum Büro waren unmöglich zu kriegen.

Verdammt.

Er musste einen anderen Weg hineinfinden. Jeder Tag, der verging, setzte sie der Gefahr aus.

„Er wird unausstehlich sein, nicht wahr?", fragte Eve und bewies damit, dass ihr bewusst war, wie die Dinge liefen.

Und das war ein weiterer Grund, warum er Jake gebeten hatte, eine kleine Rolle zu übernehmen. Wenn er etwas über Chazz in Erfahrung bringen musste, dann wünschte sich Alex, sollte Chazz bestimmte Dinge über ihn erfahren. „Oh, ja. Er wird ein paar Tatsachen über mich klarstellen, und etwas bezüglich der Finanzen für uns herausfinden. Ich kann ihn jedoch nicht lange im Spiel halten."

Eve kuschelte sich eng an ihn, ihre Stimme leise. „Weil Serena ihn braucht und wir Adam brauchen."

Er glitt mit den Händen durch ihr Haar, zog sanft daran und zwang sie, zu ihm aufzuschauen. Ihre neue Frisur gefiel ihm auf jeden Fall. Sogar die Farbe sah gut an ihr aus, ließ ihre Haut aufleuchten. Sie war schon so lange eine coole Blondine gewesen, dass er vergessen hatte, wie der natürlicher wirkende Braunton ihren Wangen einen erröteten Schein verlieh. Er hatte sie dazu gebracht, den größten Teil ihres Make-ups wegzulassen, nur etwas Wimperntusche und

Lipgloss zugelassen. Sie war darüber ganz wütend gewesen. Offenbar fand sie das Gesprenkel ihrer Sommersprossen auf Nase und Wangenknochen nicht so süß wie er. Und jemand kam hinter ihnen auf sie zu. Er verhärtete seine Stimme. „Sei ein braves Mädchen. Ich muss einem der Wichser, mit denen wir uns treffen, ein GPS-Gerät anbringen. Ich würd' zu gerne wissen, wo sich einige ihrer Stützpunkte befinden. Wenn ich die Chance krieg', versuch' ich, es in irgendeiner Tasche verschwinden zu lassen."

Die winzigen GPS-Ortungsgeräte waren eines von Adams neuen Spielzeugen. Er war ein Technik-Guru, der mit einigen seiner Spielzeuge höchstwahrscheinlich Millionen hätte verdienen können, doch zum Glück war Adam verdammt loyal. Der winzige Peilsender war schwarz und blieb an einem Kleidungsstück oder einer Tasche hängen. Er musste den richtigen Zeitpunkt abwarten, um einen der Mistkerle mit einem solchen zu bestücken.

Das ausdruckslose Puppengesicht erschien wieder. „Ja, mein Gebieter. Ich bin immer ein gutes Mädchen. Nicht, dass mir das gut täte."

Er fühlte, wie ein Grinsen über sein Gesicht glitt, und unterdrückte es schnell, obwohl er die Freude, die er empfand, nicht dämpfen konnte. Sex vorzuenthalten war die Hölle auf Erden gewesen, doch er musste etwas beweisen. Sie wollte neu anfangen? Das könnte er, jedoch diesmal auf seine Art, und Teil seiner Art war es, im Schlafzimmer zu zeigen, dass er der Boss war. Sie schlief jede Nacht in seinen Armen ein und er duschte morgens mit ihr, wusch jeden einzelnen Zentimeter von ihr höchstpersönlich. Zuerst hatte sie steif vor ihm gestanden, als hätte sie es nur ausgehalten. Langsam, aber sicher war sie weicher geworden, was ihm erlaubte, sie zu berühren und sie sich gut fühlen zu lassen. Irgendwann um den dritten Tag herum hatte sie begonnen, sich an ihm zu reiben. Und heute Morgen war sie verdammt übel gelaunt gewesen aufgrund der Tatsache, dass er sie nicht hatte nehmen wollen.

Sein Plan funktionierte wie geschmiert. Zumindest der Plan mit Eve ging auf. Die Operation war eine andere Geschichte.

„Meine Herren, das sind die zwei, von denen ich Ihnen erzählt habe. Das ist Master A und seine Sklavin. Wie soll ich sie nennen?", fragte Chazz.

Meine. Er fühlte ein Knurren in seiner Kehle, denn der schleimige Wichser schaute Eve quasi ins Hemd. „Sklavin passt im Rahmen eines Kerkers oder genauen Vorschriften folgend, wie heute. In einer lockeren Umgebung können Sie sie Amanda nennen. Dem Zwecke des heutigen Tages dienlich, dachte ich, wir blieben förmlich."

Chazz nickte. „Auf jeden Fall. Alle sind sehr neugierig. Ich hab' Ihnen einen Platz am Kopf des Tisches zugewiesen und einen für Ihre Sklavin neben Ihnen."

Alex machte eine verneinende Geste, denn so lief es nicht. „Sie braucht keinen Stuhl. Sie sitzt auf meinem Schoß oder zu meinen Füßen. Und ich füttere sie von meinem Teller. Sie nimmt nur, was ich ihr gebe."

Sie sähe völlig harmlos aus und könnte sich so jeden Mann im Raum genaustens ansehen. Dennoch gruben sich ihre Nägel leicht ins Fleisch seiner Hand, wobei ihr Gesichtsausdruck unverändert blieb. Sie hielt den Kopf unterwürfig gesenkt, doch sie brachte ihren Standpunkt klar zum Ausdruck. Dafür würde er später bezahlen. Oder er versohlte ihr fürs Frech-sein den Hintern. So oder so, er freute sich darauf.

Sie hatte ihm vor fünf Tagen Lebewohl auf dem Balkon gesagt, und er war in dem Bewusstsein aufgewacht, dass sie Recht hatte. Sie wären nie wieder ein unbeschriebenes Blatt. Derlei wollte er nicht. Er wollte die Beziehung würdigen, die sie vorher geführt hatten, doch er hatte ein Heiligtum daraus gemacht, und er war in dieser Nacht gezwungen worden, es sich vor Augen zu führen. Ihre Ehe war alles andere als perfekt gewesen. Er hatte Fehler gemacht. Sie hatte Fehler gemacht.

Sie fingen neu an.

Denn er hatte eines erkannt. Sie liebte ihn noch. Tief in ihrem Innern und unter der Oberfläche liebte Eve ihn noch. Sie brauchte ihn noch immer.

Diesmal enttäuschte er sie nicht.

Doch er mochte sie verärgern. Seit sie nach Florida gekommen waren, hatte sie drei disziplinierende Spankings genossen. Sie war zweimal zu spät zum Training gekommen und hatte ihn angestänkert, als er sie höflich gebeten hatte, weitere Kniebeugen zu machen. Er hatte sie die ganze Woche über aus dem Lot gebracht.

Und er hatte nicht die Absicht, das zu ändern.

Er führte sie an den Platz, der ihm zugewiesen worden war. Neben Chazz und Jake saßen

vier Männer am Tisch. Jesse, der kleine Wichser, hatte bereits ein Auge auf Eve geworfen. Und er versuchte nicht mal zu verbergen, dass er bewaffnet war. Alex konnte die runden Konturen seines Schulterholsters unter seiner Jacke hervorstechen sehen. Der Ex-Soldat sah unbeholfen im Sakko aus.

Das taten die anderen drei Männer nicht. Sie kamen entweder aus Südamerika oder dem Nahen Osten. Unter gewöhnlichen Umständen hätte ihre Nationalität keine Rolle gespielt. Alex kannte einige durch und durch amerikanische kriminelle Arschlöcher, doch diese hier „investierten" in Michael Evans Club.

Dies waren Männer mit Verbindungen zu Evans. Evans war ganz der terroristische Entrepreneur. Alex war sich fast sicher, dass Evans den Club zur Geldwäsche benutzte, und Kontrolle über das Geld zu haben, gab Evans einen gewissen Grad an Macht in den Zellen.

Dies waren entweder Dschihad-Terroristen oder sie arbeiteten für Kartelle. Und jeder einzelne von ihnen sah zu Eve.

Er setzte sich hin und zog sie auf seinen Schoß. Er hätte sie gern auf dem Boden gewusst, sicher zu seinen Füßen, wo sie sie nicht sehen konnten, doch er brauchte ihre Expertise mehr, als sie versteckt zu halten. Das war es, was der alte Alex getan hätte. Verdammt, doch sie war an dem Abend auf dem Balkon zu ihm durchgedrungen. Er hatte die ganze Woche über sein Handeln nachgedacht.

Hatte er sich von ihr abgewandt? War es einfacher gewesen, seinen Fokus auf Evans zu lenken, anstatt zu versuchen mit dem fertig zu werden, was ihnen widerfahren war?

Und es war ihnen widerfahren. Er hatte zu viele Jahre damit verbracht, nicht anzuerkennen, dass sie wahrhaftig gemeinsam darin involviert waren. Eve war das Opfer gewesen und Alex der Mann, der sie enttäuscht hatte, doch irgendwann nachts, als er sie nah bei sich hielt und ihren Atem auf seiner Haut spürte, hatte er etwas Wichtiges entdeckt.

Sie mussten dies gemeinsam überstehen oder keiner von beiden überstand es wirklich. Eve hatte Recht, dass sie weitermachen mussten, doch sie lag falsch, wie dies geschehen sollte.

Sie dachte, er bräuchte etwas Ganzes? Ohne sie stellte er nichts Ganzes dar.

Und das bedeutete, ihr zu gestatten, die Partnerin zu sein, die sie war.

Er zog sie in seinen Schoß und sie reagierte sofort, indem ihr Kopf seine Brust fand.

Die Tür zur Küche öffnete sich und Sean kam mit einem Teller in der Hand heraus, gefolgt von mehreren jungen Spunden, die den Eindruck machten, als wären sie in die korrekte Dienstkleidung hineingezwängt worden. Sean hatte viel Zeit damit verbracht, Ordnung unter das Küchenpersonal zu bringen. Jetzt liefen sie wie eine gut geölte Maschine.

„Das sieht vielversprechend aus", sagte einer der aus dem Nahen Osten stammenden Männer. „Bei meinem letzten Besuch war Ihr Koch schrecklich. Wenn Sie vorhaben, meine Geschäftspartner zu unterhalten, müssen Sie besser sein."

Sean trug eine makellos weiße Kochjacke. „Den Auftakt zu unserem heutigen Mittagessen bildet das Hummer-Ceviche. Dazu ein Rote Beete-Endivien-Salat. Unser Hauptgericht besteht aus einem marinierten Lammkotelett mit Selleriepüree. Guten Appetit."

Kristen öffnete im Vorbeigehen eine Flasche Wein. „Ich bin Barleitung und Sommelier des Clubs. Hoffentlich für die Clubs. Ich glaube, Sie werden feststellen, dass das erste Angebot gut zum Hummer passt."

Kristen trug eine schwarze Jacke, die ihr scheinbar Probleme bereitete. Sie zog fast unmerklich wiederholt die Ärmel herunter, als ob sie immer wieder hochrutschten, und versuchte, ein professionelles Auftreten zu bewahren.

Sie machte Fotos. In einem der Knöpfe an ihrer Jacke war eine Kamera.

Adam hatte noch einiges zu tun heute Nacht.

Sie blieb stehen, als sie bei Jake ankam, und ihre Gesichtszüge strafften sich. *Fuck*. Er hatte gehofft, dass sie ihn nicht erkannte, doch anscheinend hatte sie ihre Hausaufgaben gut gemacht. Sie fuhr mit der Arbeit fort und nickte beim Weggehen, verschonte ihn jedoch nicht mit einem erneuten Blick.

Er erkannte eine wütende Frau, wenn er eine sah.

Jesse Murdoch sah auf sein Essen herab, als hätte er auf Pommes und Burger gehofft.

Einer der Investoren wandte sich Murdoch zu. „Sie waren ein Soldat, ist das korrekt? Ich erinnere mich an Ihr Gesicht."

Alex fühlte, wie nervös Eve war. Er kuschelte sich enger an sie an. Sie war an seiner Reaktion interessiert. Das konnte er fühlen. Er verlagerte sie so, dass sie den jüngeren Mann sehen konnte, dessen Gesicht sofort errötete. Er war nicht besonders gut darin, seine Reaktionen zu verbergen.

„Ich hab' meine Zeit abgesessen", sagte Jesse mit harter Stimme.

Der Mann neben ihm lächelte, ein geschmeidiger, eingeübter Ausdruck. „Ja, ich dachte mir schon, dass Sie das waren. Es sollte mich nicht allzu sehr überraschen, Sie hier zu sehen. Kluger Mann. Sie haben sich für die richtige Seite entschieden."

Jesse holte lautstark Luft und fuhr aus seinem Stuhl heraus, sein Stuhl polterte über den Boden. „Ich bin nicht hungrig. Ich steh' draußen vor der Tür."

Jake verdrehte die Augen, als die Tür zuschlug. „Der ist ja unberechenbar."

Chazz runzelte die Stirn. „Er kann hitzköpfig sein, doch er hat sich als loyaler Soldat erwiesen."

Eve starrte zur Tür, ihre braunen Augen neugierig. Sie war aus intellektueller Sicht an dem jungen Trottel interessiert. Das weckte auch Alex' Interesse. War etwas mit dem Kind, das ihm entgangen war?

„Ich glaub', unser gemeinsamer Freund fänd' ihn faszinierend. Sie wissen, wie sehr er es liebt, Amerikaner zu korrumpieren", sagte ein zweiter Mann.

Nun war Alex' Aufmerksamkeit gefesselt. Er blieb ruhig, auf Eve achtend, sie mit seiner Suppe fütternd, während er selbst aß, dennoch ganz dem gemeinsamen Freund verschrieben.

Chazz bewies, wie rücksichtslos er war. „Ja, Mikey wird Jesse lieben. Doch er verschont Muschis zu sehr. Wir müssen dem Jungen zeigen, wie er mit seiner Session fertig wird. Master A sollte dazu in der Lage sein. Ich denke, Master A wäre für alle meine Männer gut. Er wird dafür sorgen, dass keine Frau aus der Reihe tanzt, wenn der große Boss auftaucht."

Oh, er wollte den großen Boss unbedingt kennen lernen. Sein Herz schlug schneller. Evans käme, und zwar bald. Er brauchte den genauen Zeitpunkt. Er musste wissen, wo und wann.

Eve versteifte sich leicht.

Und er konnte sie nicht eng bei sich halten, weil alle sie ansahen. Sie erwarteten, sie solle ein rein hübsches Ding zum Spielen sein. Er konnte keine Zärtlichkeit zeigen, sonst hätten sie gewusst, dass er nicht das war, was er vorgab zu sein.

Sie hatte Angst, und er würde sie wieder enttäuschen.

Verdammt noch mal. Deshalb wollte er sie nicht bei dieser Operation dabei haben.

„Er scheint die Frauen ziemlich zu schonen." Der dritte Mann starrte sie an, die Nase rümpfend, als fände er die ganze Sache geschmacklos.

Er war dabei, sie zu verlieren. Er behielt seinen Ausdruck unverändert bei. „Sie benimmt sich gut. Ich belohne gutes Verhalten gern."

„Frauen sollten wissen, wo sie hingehören, ob sie dafür belohnt werden oder nicht", sagte der zweite Mann. Er drehte sich zu Chazz. „Sie sagten, er würde eine Session vorführen. Ist es das, was Sie meinten?"

„Nein. Eine Session ist viel komplizierter." Chazz nickte in Richtung Tür, wo Jesse stand. „Ich hab' ein paar Gerätschaften mitgebracht. Wenn wir uns für diesen Weg mit den Clubs entscheiden, müssten wir in qualitativ besseres „Spielzeug" investieren, wie es im Lifestyle heißt. Wir wollen, dass alles gut aussieht."

Der dritte Mann schnaufte verärgert. „Ich brauch' keine Gerätschaft, um meine Frauen unter Kontrolle zu halten. Ich brauch' nur meinen Handrücken."

Oh, dieser Wichser würde bald Alex' Handrücken spüren. Eve kuschelte sich näher an ihn heran, ihre bloße Anwesenheit beruhigte ihn. Es traf ihn wie ein Schlag, dass sie ihm seit Jahren keine Ruhe mehr hatte schenken können. Seit ihrer Scheidung, seit dem Vorfall schlug sein Blutdruck in die Höhe, wenn sie den Raum betrat, sei es aus Schuldgefühl oder der Angst, sie zu verlieren, nach vergangener

Woche jedoch fühlte er sich anders.

Er hatte sich wieder unter Kontrolle, und sie war seine Partnerin. Es ginge vielleicht nicht über die Mission hinaus, doch er genoss es für den Moment.

Er musste eine Show abziehen, da er nun ergründet hatte, was Chazz tat und warum.

„Hoch mit dir, Liebling." Er schob Eve von seinem Schoß, als Jesse gerade einen Strafbock tragend wieder den Raum betrat. Der jüngere Mann bewegte sich unbeschwert und schleppte die schwere Bank, als wöge sie nichts.

„Jemand sagte mir, ich soll das Ding herbringen." Er stellte es gut drei Meter vom Tisch entfernt hin und drehte sich um. Er würdigte den Männern am Tisch keines Blickes, sah aber zu Eve herüber, als wäre sie ein Lamm kurz vor der Schlachtung.

Der Junge schien ein Problem mit D/S zu haben, doch wenn es allein Chazz gewesen war, der ihn eingewiesen hatte, machte es Jesse alle Ehre, ein Problem damit zu haben.

„Dank dir." Alex wandte sich seinen Zuschauern zu. Er verstand es jetzt. Er war die Ablenkung. Falls Chazz es noch nicht bemerkt hatte, er war dabei, ihm zu helfen. Das war es, was Evans wollte. Deshalb hatten sie einen Dom in Residence gesucht.

Sean brachte den zweiten Gang genau zum richtigen Zeitpunkt herein. Während das Suppengericht herausgetragen wurde, schaffte er es, mit ihm ein paar Worte zu wechseln, und Sean stimmte dem Plan zu.

Alex wollte sich unentbehrlich machen.

Jesse verblieb im hinteren Teil des Raumes, seine Augen starr auf den Stuhl gerichtet.

„Komm, mein Liebling." Er griff in seine abgenutzte Spielzeugkiste und nahm ein Seidenseil heraus. Er hatte von Jute zu Seide gewechselt, sobald er es sich hatte leisten können. In den letzten fünf Jahren waren Spielzeuge dieser Art das Einzige, das sie von ihm annahm, daher waren sie von Spitzenqualität. Sie trug ein dünnes Lederband um den Hals, das er für Amanda geholt hatte, aus keinem anderen Grund, als dass es Teil ihrer Tarnung war. Ihm gefiel das billige Ding auf Eves seidiger Haut nicht.

Er würde ihr ein neues Halsband kaufen. Eines mit Diamanten

und vielleicht ein oder zwei Smaragden. Das sähe wunderschön an ihrem Hals aus.

Bis auf weiteres gehörte sie zu ihm, und sie nähme seine Geschenke an. Ian hatte Recht. Er hatte sich schon viel zu lange wie ein Weichei benommen. Es war Zeit, wieder ihr Dom zu sein. Eve brauchte seine Dominanz. Ohne sie war sie viel zu streng mit sich selbst geworden. Sie musste wissen, dass es in Ordnung war, sich von Zeit zu Zeit zu entspannen.

Und er brauchte sie, um ihm Sinn zu verleihen.

„Warum begibst du dich nicht in die richtige Position?" Er knurrte ihr die Worte quasi entgegen, glitt mit seinen Fingern durch ihr Haar und zog leicht daran. Sie warf den Kopf zurück und ein raues Lechzen entfloh ihrem Mund.

Es war eine Show. Aus der Sicht eines Außenstehenden schien er brutal zu sein, doch Eves mühelose Konformität betonte, keinen Schmerz zu fühlen. Eve hatte schon immer Gefallen an den Sessions eines „wütenden Herrn" gefunden, und sie hatten sie oftmals vor Publikum vorgeführt. Es war ein graziler Tanz, den sie vor langer Zeit perfektioniert hatten. Sie hatte genau gewusst, was er wollte, sobald er geknurrt hatte. Er hatte sehen können, wie ihre Augen kurz aufflammten und ihr Körper Entspannung fand, sichere Anzeichen dafür, dass sie seiner Führung folgte.

Sie versank mit ihm, jede ihrer Bewegungen reine Präzision und Anmut. Sie hatte so hart gekämpft, um ihre Beweglichkeit wiederzuerlangen. Lange Zeit hatte er sich gleich Vorwürfe gemacht, wenn er sie üben sah, eine Erinnerung daran, sie im Stich gelassen zu haben.

Doch er musste seine Schuldgefühle aus der Gleichung nehmen. Eve versank in eine perfekte Sklavenposition. Der neue Alex hatte eine plötzliche Eingebung. Es war keine Erinnerung an das, was sie eingebüßt hatte. Es war eines der Beispiele, wie verfickt stark seine Frau war. Sie hatte nicht zugelassen, dass Evans ihr diesen Teil ihres Lebens nahm.

Sie hatten beide die Hände mit im Spiel, Evans zu gestatten, sie auseinanderzureißen. Er hatte jahrelang die falschen Leute für ihre Scheidung verantwortlich gemacht. Er hatte es zugelassen.

Er hatte vergessen, dass er der Dom war.

Er streckte eine Hand aus, sie der Gesellschaft präsentierend. „So begrüßt meine Sklavin ihre Herrschaft. Es erinnert sie immer an ihre Position. Sie soll mir dienen." *Mich lieben. Mir den Sinn zum Leben geben. Mich mit ihrem Vertrauen würdigen.*

Doch er stoppte beim „Dienen", denn diese Männer verstanden die wahre Schönheit des Machtaustauschs nicht. Er wusste jedoch, dass sie eines begreifen würden. Sie würden die Schönheit seiner Sub begreifen.

„Komm zum Strafbock, mein Liebling."

Ihm entging nicht, wie ihr Gesicht errötete. Sie war nervös, doch er wusste verdammt gut, dass sie nicht zögerte. Ihre Pupillen hatte sich geweitet. Sie erregte der Gedanke an Disziplin, selbst vor einer Gruppe von Männern, die sie nicht kannte. Sie war immer schon eine Exhibitionistin gewesen, und das ohne Scham.

Sie hielt den Kopf gesenkt, während sie sich auf den Bock zubewegte. Der entsprach zwar nicht seinen Maßstäben, doch es musste reichen. Er konnte den Austausch nicht gerade unterbrechen, weil seine Sub viel zu wertvoll war, um einen minderwertigen Bock zu nutzen.

Dennoch verhärtete sich sein Schwanz, sobald sie sich über den Strafbock legte. Er war so geneigt, dass ihr Arsch hoch in der Luft hing. Der Hauptteil des Bocks bestand aus einem flachen Stück Leder, das sich über die Länge ihres Oberkörpers erstreckte, jedoch Alex noch Zugriff auf ihre Muschi erlaubte, da es bis zur Hälfte ihres Beckens reichte. Er hatte den Bock seitlich aufgestellt, so dass das Publikum sah, was er tat. Sie konnten sich die Kurven ihres Hinterns anschauen, die Sicht auf ihre nackte Muschi jedoch galt nur ihm.

Ihre Arme waren auf den beiden Verlängerungen platziert, die an den Seiten des Bocks hinausliefen, spiegelbildlich denen ihrer Beine entsprechend.

„Mein Liebling ist gut trainiert", erklärte Alex. „Sie wird so lange dort bleiben, wo ich sie platziere, bis ich ihr erlaube, sich zu bewegen, doch für den heutigen Zweck dieser Session binde ich sie fest. Für eine nicht so gut trainierte Sub wäre es ein Muss."

Einer der „Gentlemen" gluckste. „Wir könnten es uns auch nicht erlauben, wenn eine entkäme."

Sean stand hinten im Raum. Niemand schien bemerkt zu haben,

dass er nicht zurück in die Küche gegangen war. Nein. Kein einziger Mann schaute sonst wo hin, sondern genau da hin, wohin Alex wollte, dass sie hinguckten.

„Vielleicht mögen die Herren lieber stehen. Von Ihrer jetzigen Position aus werden Sie die Haut meines reizenden Lieblings nicht sehen können, während sie sich von mir disziplinieren lässt." Er wollte, dass sie standen, um seinen Standpunkt zu beweisen.

Ohne zu zögern, erhoben sie sich.

Er hasste das. Im Sanctum war es anders. Im Sanctum kannte jeder die Regeln. Die Leute wussten, was von ihnen erwartet wurde. Im Sanctum war es sowohl für den Dom als auch für die Sub eine Sache von Stolz, mit seiner Sub anzugeben.

Hier war es eine Notwendigkeit. Deshalb hatte er Eve nicht mitnehmen wollen.

Sie neigte ihr Gesicht etwas nach oben, zwinkerte ihm zu und wackelte mit diesem herrlichen Hintern.

Sie war stärker, als er ihr Anerkennung zollte. Sie wusste, was zu tun war, und er konnte sich keine bessere Partnerin vorstellen. Seine Bedenken galten seiner besitzergreifenden Natur und keiner verdammten Schwäche seiner Sub. Seine Sub, seine Liebe, war das stärkste Wesen, das er kannte. Eine Quelle der Stärke tat sich in Alex auf. Sie schafften das. Sie schafften das gemeinsam.

Er zögerte nicht mehr. Er zog den Mini-Rock hoch. Sie war ein sehr anständiger Liebling gewesen. Sie trug keinen Slip. Yeah, jetzt schenkten sie ihm ihre Aufmerksamkeit. Eve hatte den hinreißendsten Hintern des Planeten. Keinem Mann war es möglich wegzusehen.

Und wenn doch ein einziger dieser Wichser versuchte, sie zu berühren, fänden sie ihre Hände auf dem Boden wieder, von ihren Körpern abgetrennt.

Er tätschelte ihren hinreißenden Hintern, bevor er ihre Hände fesselte. Er machte kurzen Prozess. Eve mochte es des Öfteren, gefesselt zu werden. Zuerst hatten sie mit sich gerungen. Sie hatte bei jedem Versuch, sie zu fesseln, ihr Sicherheitswort ausgespuckt, doch hatte es weiter versucht. Sie hatte in jeder Session darauf bestanden, es zu versuchen, bis sie es wieder aushielt.

Heilige Scheiße. Eve hatte versucht, es ihm zu sagen. Eve hatte sich all ihren Problemen gestellt, und er hatte es nur als Last empfunden, die er zu tragen hatte.

Sie hatte es versucht. Wie hatte er das nicht sehen können?

Er achtete besonders darauf, ihre Haut nicht wund zu scheuern. Er vernahm ihren Seufzer, als er die Seide an ihrer Haut festband.

Was zur Hölle hatte er die ganze Zeit getan? Sie vertraute ihm. Sie hatte ihm ein unglaubliches Maß an Vertrauen entgegengebracht. Sie hatte ihren Körper in seine Obhut gegeben, sogar nachdem sie geschieden waren. Sie hatte ihn mit einer Million Regeln und Einschränkungen gefesselt, doch jetzt verstand er es als das, was es gewesen war. Sie hatte ihn gedrängt, um zu sehen, wie weit er sich von seiner Schuld treiben ließe. Jede Regel, die sie ihm auferlegt hatte, war ein Appell an ihn gewesen, sich dem zu widersetzen, ihr Dom zu sein, der Mann zu sein, den sie geheiratet hatte.

Und er war ein totales Weichei gewesen. Er hatte sich von seiner Angst beherrschen lassen. Er hatte zugelassen, dass sein Bedürfnis, sich seiner Schuld zu fügen, das Kostbarste seines Leben verdrängte. Sie hatte quasi nach ihm geschrien, und er war im Stillstand verharrt.

Er würde sie nicht noch einmal enttäuschen. Sie sprach von einem neuen Alex, doch sie brauchte den alten. Sie brauchte den echten Dom, der so lange in ihm geruht hatte.

Sie brauchte den Dom, allerdings mit einer Kehrtwende. Er hatte schon früher versucht, sie zu beschützen, doch jetzt wusste er, dass sie mehr als nur ein süßes Ding zum Beschützen war. Sie war eine Partnerin.

Er schlug ihr mit der flachen Hand auf den Arsch. Seine Eve konnte verdammt viel mehr aushalten als das, was hier geschehen würde. Er schob seine Schuld von sich. Sie hatten eine Aufgabe zu erledigen, und er freute sich plötzlich darauf, denn sie war hier bei ihm.

„Das ist das Herz des BDSM, die Verbindung zwischen Dom und Sub. Sie ist hier, um mir zu dienen. Momentan gefällt es mir, sie zu disziplinieren." Er gab ihr fünf schnelle Schläge, ihr Klang hallte durch die Luft. Ein hübsches Rosa ließ ihre Haut sofort erröten.

Alle Augen waren auf sie gerichtet, und Sean trat näher. Er war ruhig und bewegte sich mit achtloser Anmut. Seine Hände arbeiteten schnell, glitten hinein und wieder heraus und machten beim nächsten Mann weiter, während jeder einzelne von ihnen, Chazz und Jesse inbegriffen, Eves Hintern mit den Augen verschlangen.

Weitere fünf schnelle Schläge folgten, bevor er in seine Tasche griff und einen aus Hirschleder angefertigten Flogger herausholte. Die Riemen waren weich und geschmeidig, ein Kunstwerk, in abwechselnd dunkelbraun und fleischfarben.

„Was genau ist das, Master A?" Der zweite der Männer lehnte sich über den Tisch, als versuchte er so, das Spielzeug in seiner Hand besser sehen zu können. Sean nahm sich die Zeit, das Portemonnaie des Idioten zu stehlen.

„Das ist ein Flogger." Er drehte sich um und ließ das Gerät auf Eves Hintern sinken.

Es war perfekt, denn es machte ein hartes Geräusch, doch die Hirschlederriemen waren butterweich. Er hätte sie den ganzen Tag damit schlagen können und sie hätte wegen des massierenden Effekts nur gestöhnt. Doch es war unmöglich, das Interesse der Männer misszuverstehen. Sie glaubten, er würde seiner Sklavin gegenüber tätlich werden, und das machte etwas mit ihnen.

Immer und immer wieder landete der Flogger auf ihrem Fleisch, seine Handgelenke folgten einem vertrauten Muster. Er formte mit seiner Hand eine Acht, jeden Hieb sorgfältig platzierend, wobei er verdammt genau wusste, dass er ihr nicht wehtat. Eve wurde vermutlich immer frustrierter. Seine süße Sub mochte es einen Zacken schärfer als er ihr gab, doch er brauchte sie bei sich und nicht verloren im Subspace. Er langte hinunter, seine Hand verschwand im Ausschnitt ihrer Bluse, um ihre Brustwarze zu finden. Sie trug keinen BH, so dass es einfach war, sie in ihre Brust zu zwicken und sicherzustellen, dass sie bei ihm bliebe.

Es gäbe noch genug Zeit für sie später im Subspace zu versinken, wenn er sie hart fickte. Ja, das täte er, und das bald. Er hatte die Schnauze voll, sie beide zu verleugnen.

Er bearbeitete sie, die Bewegungen durchexerzierend, das Muster vertraut und beruhigend. Es diente nur zum Aufwärmen, doch es war alles, was er für dieses Publikum von nicht-BDSMlern brauchte. Eves Hintern strahlte hübsch pink, ein schönes Schimmern, das ihr Fleisch leicht glänzen ließ. So verdammt heiß.

Sein Schwanz pochte, ihn anflehend weiterzugehen. Sie war gefesselt, und er könnte sie haben, wie er wollte. Er konnte sie anweisen, den Mund zu öffnen, und sie täte es. Er könnte seinen Schwanz rein- und rausschieben, an ihrer heiße Zunge entlanggleiten und entgleiten lassen. Sie würde seinen Erguss hinunterschlucken. Er war nicht mehr an die verfickt kurze Leine gelegt, an der er fünf Jahre lang gelegen hatte.

Aber er hielt sich zurück, weil sie arbeiteten.

Er legte seine Hand auf die Rundungen ihres Hinterns. Sie waren vom Flogger ganz warm geworden. „Dies ist erst der Anfang unserer Session. Träten wir jetzt tatsächlich auf, würd' ich sie zu einem Andreaskreuz bringen. Natürlich wäre es ein Muss für meine Sklavin, dafür einen Tanga und Brustwarzenabdeckungen zu tragen. Wir könnten Probleme wegen Nacktheit in der Öffentlichkeit bekommen."

Chazz runzelte die Stirn, doch seine Augen hingen immer noch auf Eves Hintern. „Wir können ein Privatclub sein, dann kann sie nackt sein."

Chazz war ein Idiot. Kristen hatte den Club gut ausgesucht. Soweit seine Recherche ergeben hatte, besaß Evans derlei Clubs im ganzen Land verstreut, doch sie hatte sich für diesen aufgrund von Chazz' Leichtsinnigkeit entschieden. Er war ein Kleinkrimineller, der ein paar wichtige Verbindungen geknüpft hatte, doch kein Hirn im Kopf besaß.

„Wenn dies ein Privatclub ist, wie zur Hölle wollen Sie das Produkt unserer Freunde effektiv verschieben?"

Der Jersey-Junge schüttelte den Kopf, als versuche er zu verstehen, was er gesagt hatte.

Das Arschloch von Narkoterrorist Nummer zwei schien hingegen auf Anhieb zu verstehen. „Wir brauchen einen überfüllten Club. Wir brauchen Leute, an die wir verkaufen können, doch ich versteh' immer noch nicht, wie das gehen soll. Warum benötigen wir eine Sexshow?"

Nummer Eins pflichtete ihm bei. „Es war ganz schön anreizend, und ich kann mir vorstellen, dass eine ganze Industrie daran hängt. Der Master könnte unsere Huren vernünftig ausbilden, aber ich versteh' nicht, wie uns das helfen soll, unser Produkt zu verschieben."

Produkt, sprich Drogen. Er hatte Recht. Sie verschoben Drogen in den Clubs und finanzierten so ihre Organisationen.

„Ich, ähm, ich denke, das ist eine einmalige Idee", sagte Chazz.

„Mikey gefällt sie. Die Sache mit dem Kink war tatsächlich seine Idee."

Alex lächelte, nur die Spitzen seiner Zähne zeigend, einen räuberischen Ausdruck. „Meine Herren, wenn Sie bitte nach Ihren Brieftaschen sehen würden."

Fragende Blicke kreuzten ihre Gesichter, und vier paar Hände griffen sofort in ihre Jackentaschen.

Der Mann aus dem Nahen Osten runzelte heftig die Stirn. „Du Mistkerl." Seine Miene erhellte sich, er verdrehte seine dunklen Augen. „Ah. Sehr wirkungsvoll. Könnte ich jetzt mein Portemonnaie wiederhaben?"

Sean trat vor und legte die Brieftaschen zurück auf den Tisch. „Selbstverständlich, meine Herren. Ich verspreche, das war nur zur Show."

„Nur zur Show?" Chazz' Gesicht errötete, während er sein Portemonnaie durchsah.

Idiot. Alex legte seine Hand auf Eves Arsch, die Verbindung liebend, auch wenn er eine Schar Feinde zum Wegsehen gezwungen hatte, Chazz mitgerechnet. Die Terrorgruppe schien angebissen zu haben. Sie sprachen leise miteinander.

„Yeah, Boss", sagte Jesse mit einem Nicken, deutlich machend, dass er klüger war als Chazz. „Sie wissen schon. Es ist das, was Sie die ganze Zeit geplant haben. Sie wollten unseren Gästen zeigen, welche Macht von einer nächtlichen Show ausgeht."

„Im Gegensatz zu üblichen Nachtclubs richten sich, mindestens ein- oder zweimal pro Nacht, alle Augen auf die Bühne", erklärte Alex. „Keiner wird in der Lage sein, wegzusehen."

Einer der Südamerikaner seufzte. „Ich hab' das für eine dumme Idee gehalten, doch Sie haben Recht. Wir können so den größten Teil des Produkts äußerst unbemerkt verschieben, mit so gut wie keinerlei neugierigen Blicken. Wir könnten die... Wie nannten Sie die Cocktailkellnerinnen?"

„Die Subs", legte Alex nahe. „Die Subs wären in der Lage, sich durch die Menge zu schieben und für die nächtliche Abnahme zu sorgen. Die Käufer geben ihre Bestellungen bei den Türstehern auf und zahlen im Voraus. Die Subs teilen die Päckchen während der Show aus."

Chazz nickte, als hätte er die ganze Zeit hinter dieser Idee gestanden. „Auf diese Weise halten wir die Packungen und das Geld getrennt. Und die Mädchen werden darin geschult, was zu tun ist, wenn sie erwischt werden. Master A schafft das schon, und sie werden die Operation niemals aufgeben müssen. Yeah, das war immer der Plan. Mein Plan. Ich werd' dem Boss das Ganze vorschlagen, wenn er hier ist. Er wird es lieben."

„Der Besitzer dieses Clubs ist äußerst clever, wie Sie sehen können." Alex trug dick auf. Das Letzte, was er brauchte, war Chazz, der dachte, er wollte versuchen, die Lorbeeren zu ernten. „Deshalb hab' ich mich dafür entschieden, mich dem Club anzuschließen. Die Session, die Sie gerad gesehen haben, war ein Teaser. Ich kann die Session so lange dauern lassen, wie wir es brauchen. Ich hoffe, Sie sehen ein, dass dies zu Ihrem Vorteil ist."

„Ich sehe durchaus, dass sie zu meinem Vorteil ist", sagte Jake, Eve lüstern auf den Hintern starrend.

Vielleicht hatte Jake seine Rolle etwas zu gut gespielt. Alex spürte das plötzliche Bedürfnis, seinen Freund zu schlagen.

Alex löste die Seile, die sie gefesselt hatten, und Eve glitt anmutig in ihre ergebene Sklavenposition auf den Boden zurück.

„Was sagst du zu deinem Herrn, Liebling?", fragte Alex.

„Danke für die Disziplin, mein Gebieter. Dein Liebling dient dir sehr gerne." Ihr Kopf war nach unten geneigt, ihre Stimme sanft monoton, doch er erhaschte den Anblick ihrer Lippen, die sie zu einem verführerischen Grinsen kräuselte. Ihr langes Haar verbarg es vor den anderen. Dieses Grinsen war für ihn und nur für ihn bestimmt, und Alex' Schwanz pulsierte in seiner Hose.

Er griff hinunter und nahm ihre Hand. Eve stolperte leicht, ihr Knie schien eingeknickt zu sein, und sie fiel an seine Brust. Er zwang sich, einen düsteren Gesichtsausdruck zu machen. „Geh und setz dich. Dein Mangel an Anmut enttäuscht mich. Auf die Knie bei meinem Stuhl."

Er wollte sie in seine Arme nehmen, doch alle sahen zu. Eve bewegte sich zu dem Stuhl, auf dem er gesessen hatte, und sank neben diesem auf die Knie.

Chazz näherte sich mit ausgestreckter Hand. „Sehr schön, Master A. Ich denke, der Plan ist aufgegangen."

„Ja, ich glaube, Sie haben Ihren Standpunkt klar gemacht", sagte der erste Gentleman.

Jake war am Zug, denn Alex hatte mehr als nur seinen Standpunkt klarzumachen. „Ich weiß, dass ich daran interessiert bin, dabei zu sein."

„Wer ist dieser Mann?", fragte der zweite Gentleman und sah erstaunt zu Jake, als wäre er ein Käfer, der gerad über den Boden krabbelte.

„Er ist nur ein Freund. Er ist in der Sicherheitsbranche tätig. Ich bin immer auf der Suche nach anständigen Türstehern." Chazz runzelte die Stirn, als hätte er schließlich begriffen, dass es eine schlechte Idee gewesen war, seinen Saufkumpanen vom Vorabend mit zu einem Geschäftstreffen zu nehmen.

„Und ich bin immer auf der Suche nach einer hübschen Hure", sagte Jake, bevor er nach Eve griff und eine Hand auf sie legte.

Obwohl sie das geplant hatten, sah Alex quasi rot. Er legte die Distanz zwischen ihnen in zwei langen Schritten zurück, stemmte Jake dann fast an seinem Hemd hoch, holte mit der Faust aus und traf auf Jakes Kiefer.

Ein Schlag. Der erste musste gut sein. Der Rest war nur Show. Alex hielt Jake am Boden, seine Fäuste trafen Jake nur leicht in den Bauch, doch die Geräusche, die Jake von sich gab, waren reines Theater. Er heulte und stöhnte und tat so, als wehrte er sich.

Schließlich zog Sean ihn von Jake weg, doch er hatte seinen Standpunkt klargemacht. Alle beobachteten ihn, ihre Blicke wanderten von seinem Gesicht zu dem Blut in Jakes.

„Du bist ein kompletter Psycho", rief Jake, sich wegrollend.

Yeah, das war genau der Eindruck, den er hinterlassen wollte.

Alex starrte zu Jake hinunter, seine Stimme leicht bedrohlich. „Das nächste Mal, wenn du mein Eigentum berührst, töte ich dich. Hast du mich verfickt noch mal verstanden? Ich werd' dir ein Messer in den Bauch rammen und du wirst nicht schnell sterben. Es wird lange dauern und du wirst so viele Schmerzen haben, wie ich dir zufügen kann. Ich beschütze mein Eigentum und meine Freunde. Hau ab von hier. Du gehörst nicht her. Der Boss hat versucht, dir seine Freundschaft anzubieten, und du zahlst es ihm zurück, indem du sein Treffen verkackst."

Alex drehte sich um und sah erneut rot. Eve lag einem der verdammten Terroristen zu Füßen, die Arme um seine Beine gelegt, seine Hand auf ihrem Kopf.

Es sah so aus, als ob sein nächster Kampf echt wäre. Dieses Mal ohne fingierte Schläge.

Kapitel Zehn

Eve platzierte das Gerät, das sie Alex abgenommen hatte, indem sie es an den Schuh ihrer Zielperson heftete. Sie hatte ihre Schuhe sorgfältig untersucht. Alex irrte sich. Es in einer Jacke anzubringen, war keine gute Idee, und keiner der Männer trug eine Aktentasche. Der winzige aufkleberähnliche Peilsender fiele auf einem Mobiltelefon auf, doch das schien den Männern als Basis zu dienen, um zu kommunizieren und sich Notizen zu machen.

Eine Jacke konnte leicht verlegt oder gereinigt werden, das Ortungssignal verloren gehen. Die meisten Männer wechselten ihre Jacken häufiger. Ihre Schuhe jedoch nicht.

Sie saß vornüber gebeugt, als wäre die Gewalt zu furchterregend und sie erwartete, dass ihr der Mann über ihr Schutz bot. Das gab ihr die Chance, die Apparatur eben anzubringen. Bei den drei Männern, unter denen sie sich für einen entscheiden musste, waren die Schuhe dieses Mannes am meisten abgetragen. Es handelte sich um schwarze Louis-Vuitton-Slipper, die unauffällige Spuren langer Tragdauer aufwiesen. Die Schuhe des Mannes aus dem Nahen Osten waren ebenfalls schwarz, doch sie waren neu und glänzten auffällig. Sie gingen gar nicht. Ein kurzes Schuheputzen am Flughafen und das Gerät wäre entsorgt. Der Mann, für den sie sich entschieden hatte, trug glanzlose Schuhe. Er hatte sie nicht geputzt. Sie waren perfekt. Er würde diese Schuhe nicht so einfach stehen und liegen lassen.

Ein heftiges Erfolgsgefühl überkam sie, selbst als der Mann seine Hand auf ihren Kopf legte.

Verdammter Mist. Sie hatte nicht darüber nachgedacht, dass Alex vorgetäuscht hatte, dem letzten Mann, der sie angefasst hatte, die heilige Scheiße aus dem Leib geprügelt zu haben. Vielleicht hatte er es nicht gesehen und sie konnte sich davonstehlen.

Sie sah hoch. Alex kam einem Stier gleich, der zum Angriff bereit war. Sie hatte nur wenige Sekunden, bevor er völlig abginge und ihre Deckung auffliegen ließe.

Eve kroch zu ihm, ihre Knie scheuerten über den Holzboden, doch sie traute sich nicht, auf die Füße zu springen. „Ich hatte solche Angst, Master. Bitte verzeih mir."

Sie schlang die Arme um seine Beine. Jeder Muskel seines Körpers war bis ins Letzte angespannt. *Bitte lass es einfach auf sich beruhen. Bitte lass es einfach auf sich beruhen.*

Er verwirrte seine Hand in ihrem Haar. „Du bist nicht da, wo ich dich haben wollte. Böser Liebling. Das macht fünfzig. Geh an den Küchen vorbei in die Umkleide. Mach dich zurecht und warte dort auf mich. Du bist offenbar nicht für Gesellschaft geeignet, du ungehorsame Göre."

Sie nähme es hin. Er hatte sie verscheucht, doch es war vermutlich das Richtige. Sie kam langsam wieder auf die Beine. Sobald sie sich in der Küche befand, könnte sie verarbeiten, was geschehen war, und wäre später bereit, über ihre Beobachtungen zu sprechen.

„Auf die Knie, du Göre."

Oh, darüber würde sie ihm noch eine Standpauke halten. Sie trug eine seelenruhige Miene zur Schau und kroch über den Boden, wohl bewusst, dass ihr Hintern vermutlich heraushing. Nun, er konnte ihr hinterhersehen, denn hiernach gäbe es nichts mehr.

Sie kroch in die Küche, es ihm bis zur Verachtung übel nehmend, auch wenn sie verdammt gut verstand, warum er sich so verhielt.

Sobald sie durch die Schwingtüren kroch, drängte sich ihr Kristen quasi sogleich auf.

„Ich muss mit dir und deinem Herrn reden." Kristen sprach leise.

Einige Kellner und Angehörige des Küchenpersonals liefen umher, den nächsten Gang vorbereitend.

„Ich muss in die Umkleideräume gehen." Und jemand musste unbedingt den Boden putzen. Sie musste ein ernstes Gespräch mit Sean über den Zustand der Fliesen führen. Sicher, aus aufrechter Körperhaltung sah alles perfekt sauber aus, doch von ihrem Blickwinkel aus ward sie den Schmutz gewahr. *Bah*. Noch ein weiterer Grund, angepisst wegen Alex zu sein.

Sie war so angepisst wegen Alex. Sie war wirklich richtig angepisst wegen Alex und war bereit auszurasten, sobald sie es konnte. Sie wollte ihn gern als Mistkerl beschimpfen und ihm sagen, dass er, wenn er jemals wieder das Innere ihrer Vagina sehen wolle, besser angekrochen käme.

Sie war fuchsig. Ein Funken des Glücks befeuerte sie. Über Jahre hinweg waren sie auf Zehenspitzen umeinander herumgeschlichen, Höflichkeit ihre Zuflucht für jede zu starke Emotion. Sie hatte ihre Verärgerung über ihn verborgen, und er hatte sich als frustrierende Quelle der Geduld für sie erwiesen.

Das war nicht gesund. Verliebte Paare stritten sich. Verliebte Paare waren verärgert und schimpften und brachten sich gegenseitig zum Rasen.

Sie hatte sich bereits vor Jahren eingestehen müssen, dass sie sich von Alex entliebt hatte. Sie war sich bewusst, dass sie ihn lieb hatte, doch ihre wahre Leidenschaft war infolge der Ereignisse erloschen. Alex hatte sich zurückgezogen und sie sich in einen Kokon verkrochen, in dem sie nichts berührte, sie nichts fuchsig machte.

Das Krabbeln auf dem Boden machte sie fuchsig.

Und sie würde das auf jeden Fall durchziehen.

„Äh, hast du einen Grund, warum du einen auf Baby machst?", fragte Kristen. „Ich kann dir helfen, falls du Hilfe brauchst."

Oh, nein. Sie kroch jeden einzelnen Zentimeter des Weges. Sie wollte ihrem Herrn keinen Grund geben zu behaupten, sie füge sich nicht. Es wäre so leicht für ihn gewesen, ihr ein paar Schläge auf den Arsch zu geben, doch er hatte dies gewollt. „Der Herr will, dass ich zu Umkleide krieche. Ich tu', was mein Herr mir befiehlt."

„Scheiße. Wow. Nun, ich werd' mitkommen, denn wir müssen ein paar Dinge klarstellen. Kannst du schneller krabbeln?"

Eve drehte den Kopf, der Rothaarigen mit einem Stirnrunzeln entgegnend, bevor sie wieder langsam zu krabbeln anfing, ohne ein Wort zu sagen. Sie schob sich durch den hinteren Teil der Küche und den ruhigen Flur, der zu den Schließfächern zurückführte.

„Das ist dämlich." Kristen ging neben Eve auf die Knie, im Takt kriechend.

„Du könntest schon vorgehen und auf mich warten."

Kristens Stimme wurde leiser. „War das Jacob Dean?"

Eve nickte. „Ja. Alex hat ihn für den heutigen Tag reingeschickt."

„Und mir hat niemand was gesagt."

„Mir auch nicht. Uns zu informieren stand wohl nicht auf Alex' Prioritätenliste."

„Das ist meine Operation, verdammt. Ich hab' ein paar Grundregeln aufgestellt, deren wichtigste die ist, dass ich jedes Mitglied des Teams genehmige." Kristen flüsterte die Worte, es war jedoch nicht zu überhören, dass sie wütend war. Sie biss jedes Wort mit gefletschten Zähnen heraus. Sie hielt in der Mitte des Flurs inne. „Dieser Boden ist echt ekelhaft. Versucht dich Master A mit Ebola zu infizieren? Ich glaube, ich seh' links von dir ein paar Viren."

Dem Himmel sei Dank, sie stand an der Tür zur Umkleide. Sie erhob sich und trat hinein, sich unmittelbar zum Waschbecken hinbegebend, denn obwohl sie sich ziemlich sicher war, dass der Boden frei von hämorrhagischem Fieber war, konnte sie von Staphylokokken nicht dasselbe sagen. Sie wusch sich die Hände. Gründlich.

Kristen lief durch die Umkleide, die Kabinen prüfend, bevor sie zurück und zu ihr ans Waschbecken kam. „Wir können reden. Ich hab' meinen täglichen Wanzen-Check bereits hinter mich gebracht und wir sind jetzt allein, also sind wir in Sicherheit. Ich möchte wissen, warum dein Mann versucht, mich zu bescheißen?"

Es war eine interessante Reaktion. Kristen wirkte so ruhig, so geduldig, Jakes Auftritt hatte sie dennoch verunsichert. „Ich glaube nicht, dass er versucht, dir irgendwas anzutun. Das ist seine Operation."

„Nein. Es ist meine", antwortete Kristen, ihre Stimme unnachgiebig. „Ich mein', das ist meine Geschichte. Ich hab' euch hier reingeholt."

Sie verstand nicht, wie sie arbeiteten, und das war weit mehr als eine Geschichte für Alex. „Und Alex ist seit Jahren auf der Jagd nach diesem Mann. Er ist ausgebildet. Das sind wir alle. Du musst verstehen, dass Alex für uns alle verantwortlich ist. Du bist es nicht."

„Ich würde nicht zulassen, dass jemand verletzt wird. Hast du eine Ahnung, wieviel Zeit es mich gekostet hat, um gut organisiert und vorbereitet zu sein? Und dann kommt Alex McKay hereinspaziert, als gehöre ihm der Laden."

„Du hast ihn zum Dom in Residence ernannt. Er muss sich so verhalten. Hast du ein besonderes Problem mit Jacob?" Es ergab keinen Sinn. Kristen war zu ihnen gekommen. Sie wusste, dass sie ein Team waren. Warum versuchte sie jetzt, sich Rosinen herauszupicken?

Kristen trocknete sich die Hände ab, ihr Gesicht verschlossen. „Ich mag keine Überraschungen. Das ist alles. Wer taucht als Nächstes auf? Wird Taggart vor meiner Tür stehen, wenn wir nach Hause kommen?"

„Ian sitzt in Dallas fest." Er hat gestern Abend angerufen. „Es gibt Probleme mit unseren Bankkonten. Er ist sich ziemlich sicher, dass Eli Nelson dahinter steckt. Ein paar äußerst umfangreiche Konten sind eingefroren worden. Ian reißt sich gerad den Arsch auf, um sie wieder freischalten zu lassen."

Kristen wandte das Gesicht ab, ihre Stimme etwas distanziert. „Das ist schrecklich. Dieser Nelson, was für ein Mensch ist er?"

Eve dachte nicht gern an Nelson. Er war eine weitere Person da draußen, mit der sie sich irgendwann auseinander setzen mussten. „Er ist sowas wie Ians Erzfeind. Sagen wir einfach, sie befinden sich am jeweils entgegengesetzten Ende des beruflichen Spektrums."

„Dann sollte er sich darum kümmern. Wir können uns um die Dinge hier kümmern." Kristen machte einen Schritt zurück. „Wie ich schon sagte, ich mag keine Überraschungen, Eve. Ich bin bereit, Informationen mit euch zu teilen. Zur Hölle, ich öffne meine Akten und lasse euch Kopien machen, aber ich verlange die gleiche Höflichkeit."

„Akten?" Alex hatte keine Akten erwähnt.

Sie runzelte die Nase, einem Kind ähnlich, das soeben mit der Hand in der Keksdose erwischt worden war. „Yeah. Ich hab' mich eventuell in die FBI-Datenbank gehackt und hab' alle Dateien über Evans bekommen, die sie hatten."

„Ernsthaft?" Es war nicht leicht, sich in eine Regierungsdatenbank zu hacken.

Kristen war an der Reihe, die Achseln zu zucken. „Es ist ein Hobby. Ich dachte, du magst dir die neuen Sachen vielleicht mal ansehen und schauen, ob du dein Profil aktualisieren willst. Doch ich versteh', wenn du jetzt nur hier bist, um Alex zu unterstützen."

Die Manipulation war ein bisschen zu offensichtlich. Eve schluckte den Köder nicht. Sie sparte sich ihre ganze Verärgerung für Alex auf. Es war irritierend für sie zu begreifen, dass sie unruhig darauf wartete, dass er durch diese Tür käme. Sie brauchte die Ruhe nicht, die das Alleinsein mit sich brachte. Sie wollte das spannungsgeladene Gefühl, das sie jedes Mal in der letzten Woche gespürt hatte, wenn sie in seiner Nähe war. „Ich werd' einen Blick in die Akten werfen, wobei ich ernsthaft bezweifle, dass sich seine Beweggründe geändert haben."

Obwohl nun eine erhebliche Geldkomponente hinzugekommen zu sein schien, wie die Clubs belegten. Er hatte sich schon früher abweichend verhalten, hatte seine Anhänger dazu benutzt, ihre Gehaltsschecks einzulösen und winzige Meth-Labors zu betreiben. Er hatte alles für seine Terrorkampagnen ausgegeben. Seine Bomben waren raffinierter und tödlicher als das übliche selbstgemachte Zeug.

Was versuchte er jetzt zu tun? Ja. Sie würde einen Blick in die Akten werfen wollen.

Kristen sah hinab, ihre Augen hatten etwas aufgefangen. „Ich würd' es zu schätzen wissen. Und ich würd' es zu schätzen wissen, wenn ich als Mitglied dieses Teams begriffen werde. Ich verstehe. Master Alex ist zu sehr Kontroll-Freak, um loszulassen, doch ich bin dabei behilflich. Ich möchte, dass das anerkannt wird. Am Ende möchte ich, dass jeder weiß, dass ich was Gutes vollbracht hab', verdammt. Deine Knie sind total verdreckt. Es ist vermutlich infektiös, wenn du dir bewusst machst, was in diesem Club abgeht."

Kristen drehte sich um und lief hinaus, die Tür schloss sich langsam hinter ihr.

Eve zuckte zusammen. Ihre Knie waren von Schmutz überzogen. Irgendwer würde sich in Sachen Haushaltsfragen was anhören können. Sie ging nach hinten und ließ sich eine der Duschen an. Selbst wenn er ihr nicht gesagt hätte, sie solle sich zurechtmachen, hätte sie nicht so gehen können, wie sie war. Sie streifte sich die Kleidung ab, in Gedanken ging sie nochmal das Gespräch durch, das sie mit Kristen geführt hatte.

Gut. Was für ein seltsames Wort. *Ich möchte, dass alle wissen, dass ich was Gutes vollbracht hab'.*

Er spielte sich in ihrem Hirn ab, immer und immer wieder wiederholte sich der eine Satz. Eve stöhnte, als das heiße Wasser auf ihre Haut traf. Alex war sanft zu ihr gewesen. Sie spürte kaum, wo er ihr den Hintern versohlt hatte. Sie mochte es härter, und das wusste er.

Dass ich was Gutes vollbracht hab'.

Kristen war eine Schriftstellerin, und zwar eine gute. Sie war für einen Pulitzer-Preis nominiert worden. Ihre Grammatik sollte tadellos sein. Es sei denn, sie meinte es nicht so, wie Eve es aufgefasst hatte. „Ich vollbrachte Gutes" könnte eine grammatikalisch falsche Version von „hab' ich gut gemacht" sein.

Oder es bedeutete, dass sie etwas Richtiges, Gutes tat.

Warum machte sich Kristen Sorgen darüber, dass bloß jeder im Team wusste, dass sie etwas Gerechtes getan hatte? Es war nicht das erste Mal, dass sie das erwähnte. Sie hatte bereits davon gesprochen, einmal die Gute spielen zu können.

Doch mit all ihren Geschichten half sie Menschen. Sie war eine Schriftstellerin, die sich für die Benachteiligten einsetzte und Korruption aufdeckte. Warum klang sie so, als ob sie Erlösung suchte?

Die Kabine öffnete sich, Eve schrie jedoch nicht auf. Sie hatte gewusst, dass er käme. Sie hatte es von dem Moment an gewusst, als er sie herbestellte.

Und sie hatte gewusst, dass er diesmal keine Spielchen mehr mit ihr trieb. Sie hatte es an seinen Augen abgelesen.

Ganze fünf Tage lang hatte er sie mit Intimität ohne Sex gequält. Das war nun vorbei, und sie fühlte, dass es kein sanftes und süßes Liebesspiel sei, was folgte.

Alex stand in der Tür der Kabine mit nichts, was seinen harten Körper bedecken könnte. Sie blickte hinüber, zog ihn aus mit den

Augen. Er blickte zu ihr herab, die Hände auf seine muskulösen Hüften gestemmt. Der große böse Dom war gekommen.

Er war wie ein Linebacker gebaut, sämtliche Muskeln hart und vollkommen geformte Haut. Seine breiten Schultern passten gerade durch die Tür der Kabine. Diese Schultern verjüngten sich zu einer schlanken Taille und einem Sixpack, das ihr stets das Wasser im Mund zusammenlaufen ließ. Seine Beine waren stark, lang und stämmig. Und sein Schwanz. Gott, sie sehnte sich nach diesem verdammten Schwanz, und sie hatte ihn schon tausendmal gehabt.

Also warum fühlte es sich jetzt so neu an?

Es musste an der ganze Missionssache liegen. Sie war so noch nie mit ihm im Einsatz gewesen. Es war wie ein Rausch, und der Gefahr ausgesetzt zu sein, konnte Menschen zusammenschweißen. Sie musste sich daran erinnern, dass dies nicht die reale Welt war. Sie waren nicht in Wirklichkeit zusammen.

„Willst du mir erklären, was du hier tust, Eve?" Alex' Stimme kam einer leisen seidenweichen Drohung gleich. Es war die Stimme, mit der er sprach, wenn er wollte, dass sie wirklich darüber nachdachte, was sie als Nächstes sagte, denn nur ein einziges falsche Wort zöge eine Schlagsession nach sich.

Zu seinem Glück, hatte sie keine Angst vor seinen Schlagsessions. Sein Spanking davor war mehr Neckerei gewesen als alles andere. Sie war noch immer hibbelig und unerfüllt von den kaum zu spürenden Schlägen und den fünf vorangegangenen Tagen sexuellen Entzugs. „Ich dusche, weil mein Arschloch von Gebieter mich gezwungen hat, über einen schmutzigen Boden zu kriechen."

Sein Gesichtsausdruck änderte sich abrupt. „Er war nicht schmutzig. Ich hab' sie ihn doch vorhin reinigen gesehen. Sie haben ihn gewischt."

Genau deshalb hatte sie ihm immer vertraut. Es kostete sie alles, nicht vor seinen Füßen zu zergehen. Ja, er war ein Dom, und ja, er brauchte Kontrolle, doch das Letzte, was er täte, war seine Sub zu verletzen oder zu demütigen. Sie ließ von einem guten Teil ihres Ärgers ab, weil sie momentan mehr als nur seine Sub war. Sie war seine Partnerin.

Und es war irgendwie schön, die solche zu sein. *Nicht die reale Welt*. Sie zwang sich dazu, sich das einzureden. In der realen Welt hatte Alex sie selten wie eine Partnerin behandelt. Sie hatte etwas Kostbares für ihn dargestellt, etwas, auf das er achtgeben musste, doch sie konnte jetzt nicht mehr dahin zurück. Sie hatte sich verändert.

Sie streckte die Hand aus und berührte seine Brust, ließ die Hand über all seine seidige Haut und harten Muskeln gleiten. Es fühlte sich gut an, die Hand auszustrecken und ihn zu berühren. Sofort als ihre Finger seine Haut berührten, zuckte sein Schwanz. Sie hatte immer noch diese Macht über ihn. Ihre Wut löste sich in der Hitze des Verlangens auf. Sie versuchte, durchzuhalten. „Deine und meine Version von „sauber" sind recht verschieden, Gebieter."

Ein harter Blick kehrte in seine Augen zurück. Sie hatte ihren Wutanfall soeben beendet, als seiner anscheinend gerade erst begann. „Ich meinte, was zur Hölle du da draußen abgezogen hast, Eve?"

Wollte er dieses Gespräch wirklich hier führen? Vielleicht war er mit seiner Folter noch nicht fertig. Sie deutete zur Tür. „Gebieter, vielleicht sind wir nicht allein."

„Sei nicht so herablassend zu mir. Ich hab' die Tür verriegelt, und Sean beschäftigt die anderen. Du kannst mir also auf die Frage antworten, bevor ich mit meiner Portion Schläge beginne."

Sie hob eine Augenbraue. „Ich verdiene Schläge? Du hast die Erklärung noch nicht gehört."

Er beengte sie, drängte sie mit dem Rücken an die gekachelte Duschwand. Ihr Verstand wurde zu Brei, als sie fühlte, wie er seinen Schwanz an ihren Bauch presste. Er schien darauf bedacht zu sein, sie zu erinnern, wie viel größer er war. „Ich brauch' keine Erklärung. Du hast mir nicht Folge geleistet. Wir hatten einen Plan. Wir sprachen heute Morgen darüber."

Sie hasste es, wie rauchig ihre Stimme klang. Sie musste sich zwingen, mit ihm zu streiten, denn sie dachte gerade nur daran, wie gut sich seine Schlagsessions anfühlten. „Du hattest einen Plan. Du hast mir nichts von Jake erzählt, bis wir hier waren."

„Ich wusste nicht, ob er's überhaupt schafft, und ich brauch' dir gar nichts zu sagen. Ich bin für diese Operation verantwortlich. Ich muss wissen, dass du mir im Einsatz Folge leistest, und das hast du heute nicht getan. Du hättest nicht von deinem Platz weichen sollen. Was zur Hölle hast du dir dabei gedacht?" Er rückte ihr drohend ins

Blickfeld, seine grünen Augen finster, als er herabstarrte.

Sein Adrenalinspiegel war immer noch hoch. Er war immer so gewesen, wenn er von einem besonders schweren Fall nach Hause kam. Wenn das Adrenalin durch seine Adern floss, war er praktisch unersättlich gewesen. In den letzten Jahren hatte er, soweit sie das sehen konnte, Sex gegen ein Laufband eingetauscht. Nachdem Sean und Grace vor über einem Jahr beinahe Eli Nelson zum Opfer gefallen waren, hatte sie ihn nach vierzehn Kilometern eines Laufs erwischt, der sich über zweiunddreißig Kilometer erstreckte.

Er schien in gewohnte Muster zurückzufallen. Er hatte Angst bekommen, und jetzt musste er sich mit seiner Empfindung in ihrem Körper auspowern.

Sie sollte ihn bremsen. Sie sollte aus der Dusche steigen und beiden eine Chance geben, sich zu beruhigen. Alex konnte irre besitzergreifend sein, und er hatte sie vor Männern vorführen müssen, denen er nicht vertraute. Er musste mitansehen, wie sie sich einem drogenhandelnden Terroristen genähert hatte. Er brauchte ein paar Minuten und etwas Ruhe, um wieder alles ins Lot zu bringen.

Und es schadete ihr nicht, ihm die Wahrheit zu sagen.

„Ich hab' gedacht, du wüsstest nicht, was du tust", gab Eve zu.

Er verheddterte eine Hand in ihrem Haar und zog daran. Er war jetzt nicht mehr sanft zu ihr. Er zog daran, brachte ihre Kopfhaut zum Leuchten. Gott, hatte sie das vermisst. „Was hast du zu mir gesagt?"

Sie drückte seine Knöpfe, und sie schien sich selbst nicht aufhalten zu können. Sie wusste, dass er sie vermutlich hinaustreten ließe, wenn sie von ihm abließe. Sie schien jedoch einzig in der Lage zu sein, ihn weiter anzugreifen. „Ich hab' gesagt, dass deine Theorie voller Fehler war und du mich brauchtest, um sie für dich zu korrigieren. Es gab weder Zeit noch den richtigen Ort, um es mit dir zu besprechen, also nahm ich, als ich in dich hineingestolpert bin, eines der GPS-Teile aus deiner Tasche und platzierte es für dich dort. Ich konnte nicht gerade „Pause" rufen, um das alles zu erklären. Und gern geschehen. In wenigen Stunden, wenn unser Bösewicht abhaut, werden wir wissen, wo er sich hinbegibt."

Seine Kinnlade fiel herunter, als wäre es das Letzte gewesen, was er zu hören erwartet hatte. „Ich hab' das GPS in eine ihrer Jacken gesteckt. Ich hatte es im Griff, Eve. Du hast dich und die Mission in

Gefahr gebracht."

Sie schüttelte den Kopf, trotz der Tatsache, dass er ihn immer noch gut im Griff hatte. Er schien ihre längeren Haare tatsächlich zu genießen. „Ich tat, was ich tun musste. Du denkst nicht darüber nach, was hätte passieren können. Er hätte die Jacke jeden Moment liegen lassen können. Wahrscheinlich besitzt er mehrere davon. Wenn er hier in den Staaten eine Wohnung hat, wird er sie vermutlich dort lassen, und dann wissen wir nur, wo er gern schläft, wenn er in der Stadt ist. Doch er wird diese Schuhe nicht zurücklassen. Von der chemischen Reinigung ganz zu schweigen."

Sie keuchte nach Luft, denn er hatte sie umgedreht, bevor sie protestieren konnte, und gab ihr zehn schnelle Schläge auf den Hintern. Das Geräusch schallte durch die Duschkabine. Diesmal spielte er nicht. Ihre Augen waren tränenüberströmt, ihr Fleisch flammte auf vor Schmerz. Es raste über ihre Haut, ließ jedes Bisschen an ihr leuchten und gab ihr das Gefühl, lebendig zu sein. Sie war sich nicht sicher, warum es das mit ihr tat, doch so war es. Sie war eine Frau, die einen Bissen Schmerz mochte, und das war in Ordnung für sie.

Sie hatte darum gekämpft, sich das zurückzuholen, darum gekämpft, das wieder genießen zu können. Und Alex war bei ihr geblieben. Sogar als sie ihn wie Hölle behandelt hatte, war er bei ihr geblieben.

„Willst du mich vor dir hertreiben, Engel?" Er hatte seinen Mund direkt an ihrem Ohr. „Es hat eine Weile gedauert, aber ich durchschaue dieses Spiel jetzt. Du brauchst das. Du brauchst mich, um Kontrolle auszuüben. Du musst spielen und brauchst die Gewissheit, dass ich dir gebe, was du brauchst. Allerdings hast du diese Tür wieder geöffnet, und ich weiß nicht, ob ich sie schließen kann. Vielleicht bist du die Clevrere von uns beiden. Deine Art des Spielens war vielleicht cleverer als meine, doch wenn du meinen Anweisungen nochmal nicht folgst, werd' ich dich über Stunden zappeln lassen. Du glaubst, dass die letzten fünf Tage schlimm waren? Sie waren himmlisch im Vergleich zu dem, was folgen wird. Ich werd' dich fesseln, und dein Arsch wird mehr als rot sein. Ich werd' dir einen Plug reinschieben und den Hintern versohlen und dich bis kurz vor den Orgasmus bringen und mich dann zurücklehnen und zusehen, wie du dich windest."

Das klang absolut schrecklich. Tief in ihrem Inneren war sie eine konsequente Frau. Es gab Tage, an denen es interessant wäre, einen Nachmittag zappelnd zu verbringen, aber doch nicht jetzt. Nicht jetzt, wo er sie bereits tagelang scharf gemacht hatte. Sie brauchte ihn.

Sie brauchte eine andere Taktik. Er war verängstigt, und vielleicht war das ein echter Fortschritt. Sie hatte die Mission vorangetrieben, doch er schien viel besorgter über die vage Vorstellung gewesen zu sein, dass sie sich in Gefahr befunden hatte. Auch wenn sie es nicht wirklich gewesen war. Er gab sich Mühe. Er stellte sie vor die Mission. Sie konnte nicht anders, als ihm gegenüber weicher zu sein.

„Alex, ich will das nicht und ich glaube, du willst das genauso wenig. Wir haben nicht viel Zeit hier. Wir müssen uns fertig machen, und du musst den Rest des Tages mit Chazz verbringen. Willst du wirklich die wenige Zeit, die wir haben, damit verbringen, mir meinen Orgasmus vorzuenthalten? Sind die letzten Tage wirklich so einfach für dich gewesen?"

Er drehte sie wieder herum, seine Augen auf ihrem Mund. Er schwankte bereits. „Du weißt, dass sie es nicht waren. Aber ich sollte dir den Arsch versohlen, bis du nicht mehr sitzen kannst, und dann sollte ich dich auf die Knie zwingen. Ich sollte dich meinen Schwanz lutschen lassen und dich alles schlucken lassen, was ich dir gebe, und dann sollte ich weggehen, denn du musst eine Lektion lernen. Ich hab' das Sagen, wenn wir im Einsatz sind."

Er war so frustrierend. „Ich verstehe das, aber ich hab' Recht, Alex."

Er griff mit den Fingern nach ihren Brustwarzen, drehte sie leicht und ließ sie schaudern. „Es ist mir egal, ob du Recht hast oder nicht. Du hast mir zu folgen. Er hätte dir wehtun können. Er hätte dich irgendwohin verschleppen können. Er hätte..."

Sie legte die Hände auf seine Hüften, sich enger an ihn kuschelnd. Er brauchte Bestätigung. Hin und wieder geschah es, dass sie vergaß, dass sich auch ihr Dom sicher fühlen musste. „Mir geht es gut. Ich verspreche dir, dass ich wie der Teufel kämpfen werd', sollte nochmal jemand versuchen, mich wegzuschnappen. Ich werd' schreien und kreischen, und werd' alles tun, was ich kann, um zu dir zurückzukommen."

Er seufzte, seine Wut schien nachzulassen. „Hast du gegen Evans gekämpft?"

Sie wollte nicht darüber reden. Sie wollte nicht daran denken. Sie wollte, dass er sie weiter versohlte. Auf diese Weise könnte sie weinen. Den Schmerz wegtreiben lassen.

Gott, sie hatte alles für so lange Zeit für sich behalten. Sie hatte Alex die Schuld gegeben, doch sie trug auch Schuld daran. „Hab' ich nicht. Ich hatte Angst."

„Das weiß ich doch, Engel." Seine Hände bewegten sich zärtlich, fanden ihren Nacken und zogen sie zu sich heran.

Sie seufzte und entspannte sich in seiner Kraft. Sein Schwanz war immer noch hart an ihrem Bauch. Er wollte sie immer noch. „Ich konnte nicht begreifen, dass es geschah, und ich dachte, es wäre besser nicht zu kämpfen, weil er mir dann vielleicht nicht mehr wehtäte. Ich war noch schockiert darüber, gesehen zu haben, wie sie Tommy und Leon töteten. Ich dachte, er wäre vielleicht nachsichtiger mit mir, wenn ich ihm gehorchte. Ich dachte, er ließe mich gegen Lösegeld frei. Ich war so dumm. So dumm. Ich dachte weiterhin, er täte mir nichts. Er musste mir nicht wehtun. Ich hab' mir selbst etwas vorgemacht, doch ich wollte überleben. Ich wollte nur nach Hause."

Es war eines der Dinge, die sie am meisten bedauerte. Sie hatte sich so widerstandslos verhalten, hatte versucht, sich mit Logik aus einer unlogischen Situation zu befreien.

Er fuhr mit der Hand über ihr nasses Haar, strich es glatt, sein Blick so gequält. „Ich hab' dich gesucht."

Eve nickte. Sie war sich dessen sicher. „Ich weiß das."

„Ian hat dich gesucht. Ian hat jede Form der ihm zur Verfügung stehenden Einflussnahme genutzt, und wir konnten dich nicht finden, es hat trotzdem nicht funktioniert. Gott, Engel, er hätte dich töten können. Ich hab' eine Woche lang nicht geschlafen. Ich hab mich nur darauf konzentriert, dich zu finden. Es war das Einzige, was mich bei Verstand gehalten hat."

Er blieb geistig gesund, als er sich darauf konzentrierte, Evans zu finden, und sie war verstummt. Sie hatte sich vor ihm versteckt, weil sie anfangs Angst gehabt hatte, und das war zur Gewohnheit geworden. „Alex, denkst du, meine Narben sind hässlich?"

Sie hatte ihn einfach nie gefragt, aus Angst, dass sie eine halbherzige, wohlwollende Antwort erhielte. Es gab so viele Fragen, die sie sich nicht getraut hatte zu stellen. Ihr ward bewusst, dass er ihr nicht beipflichtete, doch die Art, wie er es sagte, bedeutete ihr alles.

Er zerrte an ihren Haaren, ihren Kopf nach hinten forcierend. Alle Zärtlichkeit war verschwunden. „Was hast du gesagt?"

Tränen füllten ihre Augen. Die Erleichterung war wie eine Welle, die ihr durch den Körper schoss. Es sollte keinen Versuch darstellen, sie zu besänftigen. Er war angepisst. „Ich war besorgt, dass du mich nicht mehr hübsch findest."

„Es ist alles in Ordnung mit deinem Körper. Du bist das schönste verfickte Etwas, das ich je gesehen hab', und ich schwör', wenn du noch einmal etwas Schlechtes über diesen Körper sagst, den ich so verehre, dann wirst du sehen, dass sich zappeln lassen himmlisch anfühlt, gegenüber dem, was ich mit dir tun werd'." Ein sexy Knurren kam aus seinem Mund, ein heftiges Verlangen war ihm ins Gesicht geschrieben. Er rieb seinen Schwanz an ihren Bauch. „Muss ich dir zeigen, wie sehr ich diesen Körper liebe?"

„Bitte, Alex." Sie wollte ihn so sehr.

Er legte seine Stirn auf ihre. „Keine andere, Eve. Nicht für den Rest meines Lebens. Falls du mich verlässt, wenn dies vorbei ist, werd' ich niemals wieder eine andere Frau wollen, denn du bist es, dich ich im Blick hatte, seit ich dich das erste Mal sah. Nur dich. Verglichen mit meinen Freunden lebte ich quasi wie ein Mönch. Sie hatten so viele Frauen, dass sie sie nicht mehr zählen können, doch ich war der Glückliche, weil ich nur eine brauchte. Ich brauche nur eine. Ich zeig's dir. Ich zeig dir verfickt noch mal, wie umwerfend du bist."

Er hob sie hoch, seine schlanken Muskeln nahmen sie so leicht hoch, als wiege sie nichts. Sein Mund schnappte an einer ihrer Brustwarzen zu, biss und saugte. Das Wasser schlug auf sie herab, doch sein Mund war heißer. Er peitschte ihre Brustwarze mit der Zunge, bevor er seine Zahnspitzen in sie hineinbohrte und sie sich winden ließ. Er wusste immer ganz genau, wie viel Schmerz er ihr zufügen musste, diesen Bissen, der sie an den Rand des Wahnsinns zu bringen drohte.

Er wechselte zur anderen Brust und hielt sie, an die Kacheln gedrückt, hoch. Sie fühlte sich klein und hilflos, doch mit ihrem Gebieter tat das was mit ihr. Sie konnte bei ihm hilflos sein, weil er ihr nicht weh täte. Nicht körperlich.

Er spielte mit ihren Brüsten, sie mit Zuneigung überhäufend, bevor er sie die Kachelwand ein Stück hinuntergleiten ließ.

„Gott, ich will dich. Ich werd' nie aufhören, dich zu wollen." Er presste seine Lippen auf ihre, seine Zunge tauchte tief hinein.

Sie musste ihre Beine um seine Taille schlingen und sich festklammern, als hinge ihr Leben davon ab, denn sein Schwanz wusste genau, wo er hin wollte. Alex' großer Schwanz wollte schon hinein, sie sich öffnend, ihr demonstrierend, wie sehr er hinein wollte.

„Öffne dich für mich, Engel. Nimm mich. Nimm mich jeden Zentimeter, den ich hab'. Deine Muschi gehört mir, und ich will verfickt noch mal rein da. Du sagtest, dass das Einzige, was du wolltest, war nach Hause zu gelangen. Das ist mein Zuhause, Eve. Das ist mein gottverdammtes Zuhause, und egal, was passiert, das wird es immer sein." Er drückte sie mit dem Rücken an die Duschwand, sein Mund näherte sich ihrem.

Seine Zunge tauchte hinein, während er sich anstrengte, seinen Schwanz reinzukriegen. Eve wurde weicher, ihren Mund für ihn öffnend. Jetzt, wo er sie wieder küsste, schien sie nicht mehr davon ablassen zu wollen, dass sein Mund auf ihrem lag, ihre Zungen miteinander spielten, aneinander entlang glitten. Sie schlang die Arme um seinen Hals und bot ihm Paroli.

Sie konnte sich jetzt nicht mehr beruhigen. Später ließe sie sich von ihm fesseln und festbinden und ihn stundenlang mit ihr spielen, doch das hier war mehr. Es war etwas Neues. Sie erwiderte seine Küsse, unfähig, sich zurückzuhalten. Das Wasser strömte auf sie herab, doch sie bemerkte es gar nicht. Alles, was zählte, war den Körper um den ihres Mannes zu schlingen und ihn tief in sich aufzunehmen. Sein Schwanz war so groß. Egal, wie oft sie ihn hatte, es raubte ihr immer den Atem, wenn er begann, sich in sie hineinzubohren. Sie war auf köstliche Weise aufgespießt und gezwungen, mehr und mehr von ihm zu nehmen.

„Du fühlst dich so gut an, Engel. Du wirst so heiß für mich."

Er hatte genau die Worte zu ihr gesprochen, die sie gebraucht hatte. Sie vertraute ihm auch ihre Wahrheit an. „Nur du, Alex. Nur für dich. So hab' ich noch nie für jemand anderen empfunden."

Und das hatte sie auch nicht, niemals.

Er drückte seine Brust an ihre und sie ging ihm zwischen Duschwand und seinem harten Körper in die Falle, als er nach Hause hinab sank.

Dermaßen voll. Er füllte sie ganz. Immer. Er hielt sich fest an sie gedrückt, ihre Brüste aneinander reibend, bis an die Grenze des Möglichen. Er küsste sie erneut, als könnte er nicht aufhören, ihren Mund zu erforschen. Sie glitt mit den Händen über seinen Kopf. Sein Haar war jetzt so kurz, doch das machte ihn noch männlicher. Sie hielt ihn umklammert, weil sie nicht wollte, dass der Moment je endete.

Es gab noch so viel, was er nicht wusste. So viel, das sie sich immer noch nicht zu sagen traute. Alles fühlte sich wieder neu an, doch auch zerbrechlich. Sie konnte den Gedanken nicht ertragen, dass es sich in Nichts auflöste. Noch nicht. Es könnte die Last der realen Welt nicht tragen, doch sie wollte diese Tage mit ihm. Wie lange sie auch immer miteinander hatten, sie wollte auf jede erdenkliche Weise mit ihm zusammen sein.

„Bitte, Alex. Ich halt's nicht aus. Bitte."

Er nagte an ihrem Ohr, ein kleiner Schock fuhr ihr durch den Körper. „Bitte was, Engel? Bitte wasch mich? Bitte stell dich dort hin? Du musst dich schon etwas genauer ausdrücken."

Er liebte es, sie betteln zu hören. „Bitte fick mich, Alex. Bitte fick mich ganz hart."

„Oh ja, du weißt, dass ich das will." Die Wand diente ihm als Halt, als er sich rauszog und mit voller Härte wieder zustieß und ihren gesamter Körper beben ließ, aus Vorfreude, wieder ganz von ihm ausgefüllt zu werden.

Wieder und wieder wuchtete er sich hinein, sein Schwanz rieb genau an den richtigen Stellen. Sie war so scharf, jeder Sinn auf ihn eingestellt. Der Orgasmus baute sich auf, einer Kanone gleichend, die loszugehen drohte. Während er seinen Schwanz in sie reinhämmerte, küsste er sie immerzu. Synchron zu seinem Schwanz fickte er sie mit seiner Zunge in den Mund, als sei er gezwungen, so intim zu sein wie nur möglich. Ihre Zungen drehten sich in einem seidig weichen Tanz miteinander. Sie fühlte seine Hände auf den Rundungen ihres

Hinterns, eine davon suchte dort ebenfalls Durchlass. Er legte einen Finger auf ihr Poloch, ließ ihn um dessen Rand wandern und drückte die Fingerspitze hinein. Sie schauderte vor dunkler Empfindung.

„Ich will alles, Eve", flüsterte er an ihrem Mund. „Ich werd' nichts an diesem herrlichen Körper unberührt lassen. Ich liebe diesen Körper. Ich hab' ihn geliebt, als du noch mehr auf die Waage gebracht hast, und ich lieb' ihn auch jetzt noch. Ich liebe ihn voller Narben oder ganz perfekt. Ich liebe ihn, weil diese Haut und Knochen deine Seele beherbergen. Daran ist nichts hässlich. Es ist mir egal, was er getan hat. Es gehört mir. Meins."

Sie ließ die Nägel in seinen Schultern versinken, als er die perfekte Stelle in ihrem Inneren traf, und sie davonflog.

Alex schob sich nochmal tief hinein und bebte, als er sein Sperma in ihr vergoss. Sein Finger glitt wieder aus ihrem Arsch, doch sie war sich sicher, dass er nicht lange fackelte, sie auch dort zu nehmen, wo er jetzt von der Leine gelassen worden war. Er würde alles geben, was er ihr versprochen hatte, absolute Besessenheit. Er presste sich nochmal für eine wohltuende Ewigkeit hinein, bevor er sie sanft herab ließ. Er küsste sie wieder, mit der Hand griff er nach der Seife.

„Ich bin ein Schmuse-Dom. Erzähl Ian nichts. Ihm gegenüber zu erwähnen, wie hart ich zu dir war, mein Engel." Er wusch sich die Hände, bevor er begann, ihr Fleisch systematisch einzuseifen, seine Hände liebkosten sie.

Sie fühlte sich schwach, gespannt und wund. Er war nicht gerade zärtlich gewesen, doch es hatte sich so gut angefühlt, ihm nahe zu sein, und seine Leidenschaft, nicht seine Schuld zu spüren.

„Ich werd's nicht verraten." Sie glitt mit der Hand über seine Kopfhaut und schloss die Augen, als er auf die Knie ging und damit begann, ihre Muschi zu reinigen.

„Das ist mein süßer Liebling."

Sie flüsterte seinen Namen, als er die Seife losließ und sie mit der Zunge zu säubern begann.

Eve vergaß alles um sich herum, als sie sich das erste Mal seit Jahren wieder verlor. Sie war bei Alex, und das war alles, was zählte.

* * * *

Jesse schlich sich wieder aus der Umkleide, sich umsehend, ob diese Wichtigtuerin Kristen ihm gefolgt war. Sie schien sich in diesen Tagen immer in seiner Nähe zu befinden. Er wollte nicht zulassen, dass sie ihm bei dieser Besorgung auf den Fersen war. Er hatte ihr fünfzehn Minuten zuvor zwei der Cocktailkellnerinnen auf den Hals gehetzt. Manchmal war etwas Chaos vonnöten. Es war leicht gewesen. Er hatte das Gerücht gestreut, eines der Mädchen hätte Trinkgelder aus dem Pool einbehalten, so dass sich alle anderen bald auf Kristen stürzten.

Dieser Koch-Typ hatte ein paar der Männer in der Küche bezüglich geeigneter Zubereitungstechniken für Lamm angebrüllt, und Jesse hatte es geschafft, in den Flur zu flüchten, als er das Mittagessen hätte genießen sollen. Jemand musste mit dem großen blonden Typ reden, dass das Wort „Rote Beete" und „Guten Appetit" nicht in den gleichen Satz gehörten. Er verstand nicht, warum sie Big Mike gefeuert hatten. Sicher, seine Burger waren eher roh als durch gewesen, doch immerhin hatte er keine Rote Beete serviert.

Master A hatte die Tür zum Umkleideraum der Frauen verschlossen, doch Jesse hatte vor langer Zeit gelernt, dass ihn ein einfaches Schloss nicht abhielt. Ein paar Sekunden mit Dietrich und Drehmomentschlüssel und er war drin. Er hatte sich seine Geschichte schon genau ausgedacht, falls ihn jemand erwischte. Jemand sei vorbeigekommen und habe sich beschwert, dass die Umkleidekabine unzugänglich gewesen sei. Er hätte nur einem der Mädchen ausgeholfen.

Er hatte keine Geschichte gebraucht. Die beiden taten alles andere, als ihn zu bemerken. Er war ihnen in der Hoffnung gefolgt, irgendwas mithören zu können, etwas, dass er seinem Chef erzählen konnte. Er hatte genau das bekommen, was er wollte.

Er umklammerte sein Handy, als er die Tür wieder verschloss und sich auf den Weg durch den Flur machte.

Azure stoppte ihn, ihr Körper in einem winzig kurzen Rock und einem zu engen T-Shirt geborgen. „Hey, Jesse. Kris sucht nach dir. Und was hat es mit all den VIPs auf sich? Chazz sagte, ich müsse nach Feierabend arbeiten. Was hat das zu bedeuten?"

Es bedeutete, dass sie am Ende mit einem der sich hier befindlichen Männer vögelte, ohne jeden Zweifel. Chazz sah in allen

Frauen, mit Ausnahme von Kristen, zweckdienliche Huren. Doch das Einzige, was er tun konnte, war mit den Achseln zu zucken. „Keine Ahnung. Vielleicht solltest du ihm sagen, dass du krank bist."

Sie runzelte die Stirn und sah viel älter aus als zweiundzwanzig. „Ne, die sehen aus, als hätten sie Geld."

Die meisten Mädchen, die hier arbeiteten, kamen von der Straße. Sie betrachteten Geld als ihren Ausweg. Sie konnten sich nicht vorstellen, dass die Straßen der Hölle definitiv mit Gold gepflastert waren. Und es war nicht seine Aufgabe, sie zurechtzuweisen. „Ich bin mir sicher, dass sie das tun. Ich muss noch was erledigen. Sag Kris, ich bin bald wieder zurück."

Er hatte einen Anruf zu tätigen. Und er wollte sich so weit wie nur irgendwie möglich von dem Paar in der Dusche entfernen.

Er eilte in den strahlenden Sonnenschein Floridas hinaus. Hier war alles so verdammt hell und wunderbar. Er hatte sich an die Dunkelheit gewöhnt.

Er hatte immer noch in den Ohren, wie Master Arschloch seine Frau schlug. Er konnte noch immer das Klatschen seiner Hand auf ihrem Fleisch und ihre rauen Schreie hören, als sie sich von ihm...disziplinieren ließ. Gott, was für ein Wort. Das war kein Disziplinieren. Das war verdammter Missbrauch und er hasste die Tatsache, dass sein Schwanz so hart geworden war, dass er Nägel damit hätte einschlagen können. Er hatte dagestanden und ihnen zugehört. Er hatte sich selbst in der Rolle gesehen, wie er diesem wunderschönen Arsch ein paar Schläge verpasste.

Er war kein verfickt Perverser. Das war er nicht.

Er hatte gehört, wie dieser gewalttätige Wichser seine Frau geschlagen hatte, hatte gesehen, wie er sie während des vorherigen Treffens erniedrigt hatte.

Also warum hatte es einen so schönen Anschein gemacht? Es war ihm nicht möglich gewesen wegzusehen, und es waren nicht nur die Schläge gewesen und die Art, wie Master A ihr an den Haaren gezogen hatte. Er hatte zugesehen, wie sie sich auf dem Schoß des Masters gewunden hatte, wie sie vor ihm auf die Knie gesunken war und ihr Gesicht dabei so ruhig-heiter ausgesehen hatte. Das Vertrauen der ganzen Welt war ihrem schönen Gesicht abzulesen.

In dem Moment hatte er sich gefragt, wie es sich wohl anfühlte, wenn ihm eine Frau auf diese Weise vertraute.

Er zog feuchte Luft in seine Lunge, als sein Telefon klingelte. Der Chef-Mensch war genau pünktlich.

Er ging ans Telefon, hinter sich schauend und sich vergewissernd, dass ihm niemand folgte. Er begann, eine der kopfsteingepflasterten Straßen entlangzugehen, die das Stadtzentrum von St. Augustine markierten. „Ich bin's.“

„Sie haben mir die Informationen nicht geschickt, die ich vor Tagen angefordert hatte. Ich hätte gern eine Erklärung.“

Jesse versuchte, seine Frustration zu verbergen. „Es hat sich kein guter Zeitpunkt ergeben, um Fotos zu machen. Ich wollte nicht, dass er mich erwischt. Er versteht sich gut mit Chazz. Ich glaub', er könnte Ärger machen, wenn er beschließt, mich loswerden zu wollen. Also war ich geduldig. Er ist wirklich sehr aufmerksam.“

Master A gab immer Acht, hatte Jesse bemerkt. Das einzige Mal, dass der Mann nicht Acht gegeben hatte, war, als er die heilige Scheiße aus dem Idioten prügelte, den Chazz mitgebracht hatte. Jesse hatte den Mann sofort als einen von Chazz' Angeberfreunden abgetan und sich wieder auf Anthony Priest konzentriert.

Der, der nicht Anthony Priest war. Er hatte gehört, wie die Frau ihn mit einem anderen Namen angeredet hatte. Und verdammt, wenn der Mann sich nicht richtig gut bewegte. Er sollte eigentlich eine Art professioneller Perverser sein, doch er kam daher wie ein Polizist. Und seine Augen. Sie waren immer in Bewegung, immer hart. Bis er die Frau ansah.

Fuck. Sie schauspielerten. Die Scheißhaufen. Er hatte es übersehen. Sie waren echt total pervers, dieser Master-Typ war jedoch nicht so hart, wie er vorgab. Es war die Art gewesen, wie er sie hielt, wenn die anderen nicht hinsahen. Er mochte einen liederlichen Gesichtsausdruck gehabt haben, doch Master As Arme hatten sich um sie geschlungen und dafür gesorgt, dass sie auf keinen Fall hinfiel, und er hatte sie so Platz nehmen lassen, als sei ihm ihr Komfort wichtig.

Ein Polizist, der auftauchte, könnte alles vermasseln.

„Ist es möglich, dass die örtliche Polizei dieser Operation auf der Spur ist?“, fragte Jesse.

Es gab eine lange Pause am anderen Ende der Leitung. „Davon

hätte ich was gehört. Ich habe dort Kontakte. Warum fragen Sie?"

„Ich glaube, dieser Master-Typ ist sowas wie ein Gesetzeshüter. Ich weiß nicht, warum. Es liegt an seinen Augen. Mein Instinkt sagt mir, dass er nicht der ist, den er vorzugeben scheint."

„Mit Ihrem Instinkt lagen Sie schon öfter daneben."

Daran brauchte er nicht erinnert zu werden. Es gab einen Grund, warum er sich in dieser Position befand. „Nun, ja, zumindest weiß ich, dass er nicht Anthony heißt."

„Und wie haben Sie das herausgefunden? Wie haben Sie ohne Gesichtserkennung etwas über ihn rausfinden können?" Der Boss verließ sich sehr auf Hightech-Geräte.

Jesse hatte herausgefunden, dass es manchmal besser war, sich einfach auf seine Augen und Ohren zu verlassen.

„Seine Frau nannte ihn bei einem anderen Namen." Als er ihr den Hintern versohlt hat. Als er sie zum Stöhnen gebracht hat. Wie lange war es her, dass er etwas anderes hatte als einen Quickie, der nur dazu diente, ihn und die Dame so schnell wie möglich zum Höhepunkt zu bringen, so dass sie getrennte Wege gehen konnten? Die Hälfte der Zeit fragte er nicht mal nach ihrem Namen.

„Ich muss den Namen wissen, Murdoch." Die Stimme des Chefs war leise geworden, er flüsterte über die Leitung.

„Alex. Ich hab' den Nachnamen nicht verstanden, aber sie nannte ihn eindeutig Alex."

Jesse hielt sich das Telefon näher ans Ohr, während er eine belebte Straße entlang ging. Touristen schlenderten in den engen Gassen umher, in denen mehr kleine Restaurants und Kunstgalerien und noch mehr Toffeeläden zu finden waren, als es einer Stadt überhaupt möglich sein konnte. Sie mochten ihre Süßigkeiten hier sehr gerne. Nichts. Für dreißig Sekunden hörte er nichts. Er hielt an, besorgt, die Leitung sei tot. „Boss?"

„Sein Name ist Alexander McKay, und er ist ein Gegner, Murdoch. Er ist der schlimmstmögliche Mensch, der durch diese Tür hätte kommen können. Er wird alles ruinieren."

Ein kalter Schauer lief ihm über den Rücken. Er hatte gewusst, dass mit Master A etwas nicht stimmte, doch er musste die Frage trotzdem stellen. „Wie können Sie sich da so sicher sein? Es gibt Millionen von Typen namens Alex auf dieser Welt."

„Es gibt nur einen, der wirklich alles versauen kann. Alexander McKay wird diese Operation auffliegen lassen. Er ist ein Mann, der uns allen schaden kann, und der nicht zögert, es zu tun. Er ist sehr gefährlich."

„Was hat er damit zu tun?" Er hatte den Namen Alex McKay noch nie gehört, doch er hatte sich andererseits auch nicht informiert. Er war ein Soldat. Einer niedrigen Ranges.

„Muss ich Ihnen erst sein Dossier schicken? Vielleicht sollte ich mich auf die Suche nach einem fügsameren Agenten machen."

Er konnte diesen Job nicht verlieren. Das war alles, was er verfickt nochmal hatte, und außerdem spielte er nicht gerade den Geheimdienstler hier. Er befolgte nur Befehle. Das war das Einzige, worin er wirklich gut war. „Nein, Sir. Sagen Sie mir, was ich tun soll."

„Töten Sie ihn. Töten Sie ihn und jeden, der bei ihm ist, doch werden Sie zuerst McKay los."

Sein Magen verkrampfte sich bei dem Gedanken, die Frau zu töten. Er hatte Männer bereits getötet. Das machte ihm nichts aus. Wenn McKay seine Operation bedrohte, musste er eliminiert werden, doch mit der Frau lagen die Dinge anders.

„Das ist ein Befehl, Murdoch. Haben Sie mich verstanden?"

Er zwang sich, die Worte auszusprechen, von denen er wusste, dass sein Chef sie hören wollte. „Ja, Sir. Ich werd's so schnell wie möglich erledigen."

„Das sollten Sie besser, denn das Treffen findet bereits in drei Tagen statt. Ich werd' nicht zulassen, dass McKay es durchkreuzt. Wie viel weiß er?"

„Ich glaub' nicht, dass er etwas über das Treffen weiß." Jesse wusste davon nur, weil der Chef es ihm gesagt hatte. Zu diesem Zeitpunkt war er sich nicht mal sicher, ob Chazz wusste, welch böse Überraschung ihn nach den drei Tagen erwartete.

„Alles hängt davon ab. Alles, wofür wir gearbeitet haben."

Er war sich dessen bewusst, was an seinen Schultern hing. „Ich verstehe."

Ein langer Seufzer war über die Leitung zu hören. „Gut. Sie sind ein guter Soldat, Murdoch. Es ist gut, Sie im Team zu haben."

„Ich werd' Sie nicht enttäuschen." Jesse beendete das Gespräch.

Die Welt lief an ihm vorbei, Familien mit Kindern, Händchen haltende Pärchen, Witze reißende Freunde, und Jesse wurde bewusst, wie allein er war. Er steckte sein Handy in die Tasche und machte sich auf den Weg zurück zum Clubparkplatz. Er musste seinen Scheiß auf die Reihe kriegen, denn er würde nie Teil einer verdammten glücklichen Familie werden.

Er hatte seinen Job, und er hatte verdammtes Glück, dass er ihn hatte. Der Boss musste ihm nicht vertrauen. Verdammt, kein anderer tat es. Er hatte nur einen Versuch, irgendetwas wie eine Zukunft in Aussicht zu haben, und er ließe es nicht zu, dass sich Alex McKay, Weltklasse-Perverser, ihm in die Quere stellte. Er hatte sicher von Anfang an Recht gehabt. Die Zärtlichkeit, die er gesehen hatte, war nur eine Illusion. Wenn der Boss sagte, er müsse sterben, dann musste er sterben.

Und dann wäre Jesse dabei. Dann gehörte er wirklich zum Team, wieder ein richtiger Soldat.

Er nahm das Tempo auf, seine Entschlossenheit verfestigt. Die Frau brächte er leicht zur Strecke, doch zu dem Mann wäre er wahrscheinlich nicht so freundlich.

Schließlich hatte er noch einige Aggressionen abzubauen.

Kapitel Elf

„Du sagst also, dass du so schnell nicht hier sein wirst, hä, Boss?“, fragte Adam, seine Stimme so klar wie der Tag, als Alex durch die Eingangstür der Wohnung trat. Die Balkontüren standen offen und eine friedliche Brise wehte vom Atlantik herüber.

Die Reaktion seines besten Freundes war keinesfalls friedlich. Ians Stimme donnerte durch die Wohnung.

„Sie haben Taggart hierher eingeladen?“, flüsterte Kristen, sich zurückhaltend, als ob der Teufel persönlich im Raum zugegen wäre.

Nun, Ian hatte nicht gerade den besten Ruf. Er vermutete, es gäbe einen Grund dafür, dass Kristen Ian nicht hier haben wollte. Höchstwahrscheinlich riss er das Ruder an sich. Und klar, so anmutig und angenehm wie Kristen war, versuchte er sehr wahrscheinlich auch, in ihr Bett zu kommen. Er musste sie beruhigen, denn er hatte ganze vierzig Minuten damit zugebracht, ihr zuzuhören, wie sie sich über Jakes Auftauchen beschwert hatte. „Das hab' ich nicht. Und da er mit Adam über einen Computer spricht, ist die Wahrscheinlichkeit groß, dass er nicht auf dem Weg ist.“

Ian knurrte quasi über die Leitung. „Nein. Ich werd' so schnell nicht in ein Flugzeug steigen, denn irgendein Arschloch hat es geschafft, meinen Namen auf eine Flugverbotsliste setzen zu lassen. Ich schwör' bei Gott, wenn ich Nelson finde, werd' ich ihn wirklich langsam töten."

Eve rang lauthals neben ihm nach Luft, zum Esstisch eilend, an dem Adam einen Monitor aufgestellt hatte.

Kristen runzelte nur die Stirn und lief vorsichtig um die Masse technischer Gerätschaften herum, die Adam hatte anwachsen lassen. Sie trat bewusst nicht vor die mit dem Computer verbundene Kamera. „Bist du sicher, dass du nicht vorhattest, ihn auch reinzubringen? Ich könnte ebenso gut abhauen, bei allem Respekt, den ihr mir entgegenbringt. Ich hab' Pläne, und die werdet ihr mir nicht durchkreuzen."

„Oh, Ian. Haben sie dich festgesetzt?", fragte Eve, ihre Stimme teilnahmsvoll.

„Ich hab' ihn nicht gebeten reinzukommen", sagte Alex leise zu Kristen. All ihre Pläne waren aufgegangen, also besänftigte er sie zunächst. Die Wahrheit war, er mochte Kristen. „Und es tut mir leid, dass ich Jacob nicht erwähnt hab'. Die Idee kam mir gestern am späten Abend. Er hat seine Arbeit erledigt und ist jetzt raus aus der Sache. Und es hört sich nicht so an, als käm' Ian aus Texas raus. Ich respektier' dich. Ich will dich im Team mit dabei haben. Ich weiß, dass Eve dich auch respektiert. Sie möchte sich die Akten unbedingt ansehen." Sie hatte es ihm gegenüber erwähnt, als er sie nach ihrer gemeinsamen Dusche abgetrocknet hatte. Ihm verkrampfte sich der Magen bei dem Gedanken, Eve stecke tiefer in der Sache drin, doch er wollte ihrer Bitte nachkommen. Und er wollte Kristens Gunst wiedergewinnen. Er konnte charmant sein, wenn er wollte. „Ich bin dir so dankbar, dass du über die vollständigen Unterlagen verfügst. Mein alter Partner unterwirft sich allen Regeln. Er hat mir nicht helfen können."

Er könnte ihr Ego ein wenig streicheln.

Ein Lächeln zog ihre Mundwinkel nach oben. „Warren Petty. Ich hab' mich über ihn schlau gemacht. Interessanter Typ. Sein Bruder steht kurz vor einem harten Wahlkampf."

Warren hatte die Kampagnen seines Bruders immer unterstützt. Als sie noch zusammen gearbeitet hatten, war er immer so stolz darauf gewesen, einen Bruder in der Politik zu haben. „In der Hoffnung, du könntest eine Story daraus machen?"

Sie rümpfte die Nase. „Bäh, ich hasse Politik. Apropos

skandalgeschüttert. Nein. Ich halte mich von Washington fern. Yeah, lass uns die Bundespolizei da nicht mit reinziehen. Ich kann uns jede Info besorgen, die wir brauchen, wobei sich Adam nicht als totaler Idiot erwiesen hat."

„Ich arbeite ausgezeichnet, ich danke dir sehr", sagte Adam. „Ich kann dir die Akten in fünf Sekunden besorgen. Willst du, dass ich's dir beweise?"

Ians Stimme klang über den Monitor. „Nein, Arschloch, ich will, dass du beweist, dass du mein verficktes Leben wieder zurechtbiegen kannst. Nelson fickt mich hier, und das gefällt mir gar nicht. Ich wurde mehr als nur festgesetzt, verdammt. Ich bin von zwei Freunden und Helfern des Heimatschutzes durchsucht worden, und mit „Freund und Helfer" mein' ich extrem haarig und alles andere als sanft zu Körperhöhlen."

Wow. „Nelson spielt mit harten Bandagen."

Adam kicherte. „Oder mit harten Eiern, wie in Ians Fall."

Adam konnte froh sein, dass sich Ian vier Staaten entfernt befand.

„Ich hol' euch die Akten." Kristen lief nach hinten in ihr Büro.

„Heilige Scheiße, hab' ich da gerad' gehört, dass sich Großer Bruder einer zärtlichen Behandlung des Heimatschutzes unterzogen hat?" Sean versuchte nicht mal, nicht zu lachen.

„Yeah, warte nur, bis Nelson beschließt, hinter dir her zu sein, kleines Brüderchen. Wir wissen doch, dass er dich ebenso wenig leiden kann", sagte Ian. Alex trat vor den Monitor. Ian befand sich in seinem Büro, doch irgendwie fühlte es sich so an, als sei er ihnen trotz der Entfernung nahe. „Innerhalb weniger Tage hat er's geschafft, mein ganzes verdammtes Leben in die Luft zu sprengen. Vor ein paar Minuten erhielt ich die Mitteilung, jemand hat den eingetragenen Eigentümer meiner Grundstücke in Hottie McHot Pants geändert. Ich kann meine Güter so nicht verkaufen oder etwas an ihnen verändern oder Miete verlangen, solange ich das nicht geregelt hab'. Der fickt mich im Ernst."

„Ich krieg das schon hin." Adam verbarg ein Lächeln hinter vorgehaltener Hand. „Ich bring' das alles völlig in Ordnung, doch es wird einige Zeit dauern. Ich brauch' alles, was verändert wurde, und ich kann alles ziemlich leicht wieder rückgängig machen. Das sind alles simple Eingriffe für einen Experten."

„Kannst du ihn zurückverfolgen? Kannst du mit den Informationen herauszufinden, wo er ist?", fragte Ian.

Adam zuckte mit den Achseln. „Ich kann's versuchen. Er radikalisiert sich."

„Ich bin überrascht", sagte Eve. „Das hört sich nicht nach Nelson an. Er war noch nie auf freiem Feld hinter uns her."

Nelson war ihnen schon so lange Zeit auf den kollektiven Sack der Firma gegangen, wie sie es sich nie hätten träumen lassen. Alex war davon ausgegangen, ihre Probleme mit Nelson hätten begonnen, als der CIA-Agent beschloss, Firmengeheimnisse an die Chinesen zu verkaufen, und versuchte, Sean Taggarts Frau dafür zu gebrauchen. Doch wenige Monate zuvor war er in London dahintergekommen, dass Nelson seit Jahren ein niederträchtiges Verhalten an den Tag gelegt hatte und vermutlich daran beteiligt gewesen war, Ians Frau zu töten und Liam zur Flucht zu zwingen.

„Er ist jetzt persönlich hinter uns her." Ian lehnte sich in seinem Stuhl zurück.

„Er ist sowieso hinterm Boss her." Liam kniete sich hin und nickte Richtung Monitor. „Und ich glaub', bei uns ist vor ein paar Wochen eingebrochen worden. Ian bat mich, alle Sicherheitsprotokolle durchzugehen. Jemand hat sich meines Sicherheitscodes um 1:51 Uhr bedient, vor exakt drei Wochen und zwei Tagen. Ich hab' mein Protokoll überprüft. Ich weiß zufällig, dass ich an jenem Abend nicht im Büro war. Avery und ich waren in Austin übers Wochenende. Der Rest von euch hat gemeinschaftlich an einem Fall gearbeitet und ihr wart alle in Omaha. Niemand außer der Buchhalterin war im Büro und sie war zu dieser Nachtzeit sicher nicht hier."

Warum sollte sich Nelson in ihr Büro schleichen? Was hätte er sich davon versprechen können? Er hatte immer versucht, sich von ihnen fernzuhalten. „Haben wir ihn auf Video?", knurrte Ian. Das war seine Art zu kommunizieren, seitdem sie Kinder waren. „Ich kann nichts finden. Ich ruf' die Firma an, die das Backup-System programmiert hat. Ich hoffe, dass wir die Sicherheitsbänder noch haben, doch so beschissen wie der Rest meiner Woche gelaufen ist, bin ich sicher, dass jemand Seifenopern darauf gespielt hat. Kann ich mir Adam für ein paar Stunden ausleihen?"

„Jeder Idiot kann die Bilder, die wir heute aufgenommen haben, durch ein Gesichtserkennungssystem laufen lassen", sagte Adam.

Ian seufzte. „Gott sei Dank. Dann kann Sean das tun."

Sean zeigte seinem Bruder den Mittelfinger. Ah, Brüderschaft.

„Gut, Sean kann die Bilder durchlaufen lassen. Die GPS-Minispione, die wir heut platziert haben, werden uns Bericht erstatten." Alex wollte alles aus dem Weg räumen, um noch mehr Zeit mit Eve verbringen zu können. Ihm war heute etwas klargeworden. Er hatte wirklich nur die nächsten Wochen der Mission, um sie zu überzeugen. Wenn sie in die reale Welt zurückkehrten, würde sie alles in Frage stellen und Hürden errichten. Er hatte nicht die Absicht, dahin zurückzukehren. Er musste die Zeit nutzen, um sie wieder an sich zu binden.

Adam klatschte mit offensichtlicher Freude in die Hände, sein neues Spielzeug benutzen zu können. „Ich hab' die Berichte der Minispione bereits erhalten. Ich hab' euch gesagt, dass sie uns sofort Bericht erstatten. Ihr habt zwei markiert. Gut gemacht, Alex. Ich hatte gehofft, ihr kriegt es mit einem hin. Die schlechte Nachricht ist, die Spur des einen führt direkt zu einer chemischen Reinigung und ist jetzt tot. Es scheint, der chemische Reinigungsprozess ist die Hölle für die empfindliche, aber brillant konstruierte neue Technologie. Der zweite jedoch ist vor einer halben Stunde in Laguardia gelandet. Es sieht so aus, als gäbe es Bewegung."

„Ach, tatsächlich?", fragte Eve, ein zufriedenes Lächeln im Gesicht. „Jetzt ist nur die Frage, welcher von beiden uns hilfreiche Informationen liefert und welcher nicht."

„Ich kann dir immer noch den Hintern versohlen." *Verdammt.* Sie hatte Recht gehabt, doch er hielt an seinem Grundsatz fest. Sie hätte verletzt werden können. Nur weil sie Recht hatte, bewies das noch lange nichts. Er wusste bereits, dass sie klüger war als er. Alle wussten es. Zur Hölle, er war sich ziemlich sicher, dass draußen ein Plakat hing, das dies verkündete.

„Du versohlst mich gern ohne jeglichen Grund", sagte Eve mit dem bezauberndsten Schmollmund.

Das tat er. Er kriegte sie aus jedem erdenklichen Grund in die Finger. „Besorg mir die Informationen, Adam. Ich brauch' diese Informationen und alles, was Sean finden kann. Haben wir eine funktionierende Verbindung zu Chazz' Handy? Jake gab mir das Signal, er hätte Chazz' Handy angezapft."

„Alles, was ich bis jetzt gehört hab', handelte davon, dass Chazz sich Pizza mit der doppelten Portion Fleisch bestellt hat und versucht, sich an zwei seiner Kellnerinnen ranzuschmeißen. Eine namens Bambi stöhnt gern und oft, „ooooh", und legt auf. Er sieht's sehr positiv. Er ruft ständig zurück", erklärte Sean. „Warum hab' ich den Babysitter-Dienst für den Trottel übernommen? Hätte Kris das nicht tun können? Sie hat einen weitaus besseren Sinn für Humor, wenn's darum geht, dass zwei Idioten versuchen, Sex miteinander zu haben."

Er hatte Pläne mit Kristen. Heute war sein freier Abend, so dass es verdächtig aussähe, wenn er auftauchte. „Kris geht heut Abend in den Club zurück. Sie hat vor, Chazz' Schlüssel mitgehen zu lassen und eine Kopie des Schlüssels zu seinem Büro zu machen."

Ian runzelte die Stirn. „Solltest du das nicht lieber selbst machen?"

„Sie bietet mir die besten Chancen heut Nacht." Sie hatten alles während der Fahrt von St. Augustine nach Palm Coast herausgearbeitet. „Es besteht kein Anlass für mich, mich vor morgen Abend im Club aufzuhalten, wenn Eve und ich mit unseren nächtlichen Vorstellungen beginnen. Der Club ist anlässlich einer privaten Feier für einige von Chazz' Freunden geschlossen. Laut Kristen lässt er sich gern volllaufen. Jake hat gestern Abend keine Chance dazu bekommen, also probiert es Kristen heut Abend."

„Du setzt äußerst viel Vertrauen in jemanden, den du nicht kennst", sagte Ian.

Wie hatte er Kristen beschrieben? Etwas tief in seinem Bauch sagte ihm, dass sie vertrauenswürdig sei. „Ich glaub', sie ist die beste Person für den Job. Sie war bis zum heutigen Zeitpunkt nichts als hilfreich."

„Eve, was hältst du davon?" fragte Ian, ihr den Vortritt gewährend, wie er es häufig bei Eve tat. Sie kannte Menschen. Sie baute selten Scheiße.

Eve blickte auf, sich offensichtlich nach Kristen umsehend, doch sie war nicht wieder aufgetaucht. „Ich denke, sie verheimlicht uns etwas, doch ich denke nicht, dass sie einem von uns Böses will. Ich glaub' ernsthaft, dass sie den Job erledigen und Michael Evans schnappen will. Ich weiß nicht, ob ich ihr die Gründe dafür vollständig abkaufe, ich spüre jedoch nichts an ihr, das mir Anlass gibt, ihr zu misstrauen. Wenn ich von dem ausgehen müsste, was ich jetzt weiß, würd' ich behaupten, dass sie irgendwann einmal Mist gebaut hat. Sie sucht nach Erlösung und sucht sie, indem sie Korruption aufdeckt und Menschen hilft. Ich würd' sagen, dass sie vermutlich ein recht einsames Leben führt. Ihre Eltern sind entweder tot oder sie führt eine distanzierte Beziehung zu ihnen. Sie ist auf der Suche nach einer Familie und versucht, sich eine Gruppe von Freunden zusammenzuschustern, die sie als die ihrigen bezeichnen kann. Vorhin war sie wirklich verärgert über etwas, das Alex getan hatte, doch sie ist dennoch mit mir gekrochen, um mit mir zu reden."

„Warum bist du gekrochen?", fragte Liam.

Das süßeste Stirnrunzeln kreuzte Eves Gesicht. „Alex hat es nicht gefallen, wie ich mit einer Situation umgegangen bin, also hat er mich damit bestraft, mich über einen schmutzigen Fußboden kriechen zu lassen."

Er fühlte selbst, wie er errötete. Er hatte sie nicht bewusst über einen schmutzigen Boden gejagt. „Aus meiner Perspektive sah es sauber aus."

Eve schmollte hinreißend. „Nun, du hättest genauer hinsehen sollen. Jedenfalls hätte Kristen neben mir herlaufen können, doch sie hat sich auf mein Niveau herabgelassen. Sie ist mir ein kleines Rätsel, doch wenn ich müsste, würd' ich wetten, dass sie auf unserer Seite steht."

Ians Augen weiteten sich leicht, ein Grinsen zog seine Mundwinkel nach oben. „Er hat dich bestraft? Wirklich bestraft, oder hast du etwas beschlossen und ihn dazu manipuliert?"

Jetzt war Eve an der Reihe zu erröten. „Es ist alles nur Show."

„Von wegen Show", murmelte Alex vor sich hin. „Sie hat sich in Gefahr gebracht und sie ist meine Sub. Ich bestraf sie, wie ich will."

Ian klatschte in die Hände. „Ach, zur Hölle. Wenigstens sieht ein Teil dieser Woche rosig aus. Adam, bitte gib mir meine Identität zurück und finde den verfluchten Wichser, den Nelson angeheuert hat, um mein Leben zu zerstören. Ich bezweifle, dass er es selbst getan hat. Wir müssen ihn finden und foltern, damit er Nelson verrät, und dann schneid' ich ihm seine Eier ab und füttre ihn damit, denn ich bin mir ziemlich sicher, dass er meinen Namen auf einen Haufen Mailinglisten hat setzen lassen. Ich werd' wie verrückt mit Spams zugemüllt."

Liam nickte, ihm lächelnd zustimmend. „Hat fast unser verfluchtes Systeme lahmgelegt. Er hat fünftausend Werbeannoncen zur Schwanzverlängerung erhalten, und zweitausend, in denen ihm eine Schulung für Gabelstaplerfahrer angeboten worden ist. Das ist eine ernste Angelegenheit, meine lieben Freunde."

Ian verdrehte die Augen und schaltete seinen Computer aus, die Verbindung brach ab.

Eve schüttelte den Kopf. „Sind wir sicher, dass es Nelson ist? Es wirkt so lausbübisch. Nelson würde ihn härter angehen."

„Hattest du je eine intime Leibesvisitation?", fragte Sean, schauderte. „Für mich klingt das recht übel."

Eves Augen wurden schmal, und sie ließ ihrem Sarkasmus freien Lauf. „Nein, Sean. Ich hab' noch nie etwas von einem übermäßig enthusiastischen Dom in meine Körperteile geschoben bekommen. Yeah, keine Sub hat das jemals ertragen müssen."

Und in diesem Sinne war es an der Zeit, sich seine Sub zu schnappen und ihr ein paar Dinge klar zu machen. „Ihr habt alle eure Aufgaben."

Kristen kam herein, einen Stapel Akten in den Händen. Sie schenkte Eve ein Lächeln, hielt sich aber vom Rest zurück und Alex fragte sich, wie viel sie mitgehört hatte. „Ich hab' die Akten. Das ist so ziemlich alles, was ich vom FBI runterladen konnte. Hassen Sie mich nicht, McKay, doch ich bin auch an die persönlichen Dateien des Sonderermittlers zu allen Opfern gelangt. Ich weiß, sie sind nicht identifiziert worden, aber ich dachte mir, ich müsste ihre Akten lesen. Wissen Sie, so viel haben sie verdient."

Er nickte und nahm sie ihr ab. „Eve kann sie später durchsehen, doch wir werden jetzt ein Gespräch führen."

Ihm war bewusst, dass er nach der Session in der Dusche ihre Barrieren durchbrechen musste. Sie dachte, dass sie durch seien, doch sie hatten noch nicht mal angefangen. Um die Vergangenheit loszulassen, mussten sie sich ihr stellen, zu guter Letzt.

Er griff nach unten und nahm ihre Hand.

„Ich würd' mir diese Akten wirklich gern ansehen." Eve

schweifte den Blick zu ihnen herüber.

„Danach." Er zog an ihrer Hand, sie mit sich zerrend.

„Alex." Eve seufzte seinen Namen. „Wir sollten wirklich darüber reden, was passiert ist."

Er ging mit ihr ins Schlafzimmer. „Das glaub ' ich nicht."

Eve wich vor ihm zurück. „Wir können es nicht ignorieren. Wir sind zum ersten Mal seit Jahren wieder richtig intim, doch es ist nicht echt."

„Du hast Recht." Es konnte nicht echt sein, solange so viel ihrer Vergangenheit zwischen ihnen lag.

Sie rang nach Luft und Alex wusste, dass sie verärgert darüber war, ihr zuzustimmen. Doch sie nahm gleich wieder ihren neutralen Gesichtsausdruck ein und zeigte sich als die Logische. Es war genau das Spiel, das sie fünf Jahre lang gespielt hatte. Es schien zur Gewohnheit geworden zu sein. Eine, die er brechen wollte.

Hätte er sie nicht genau beobachtet, hätte er nicht die Wahrheit hinter ihrer Maske erkannt. Wann hatte er aufgehört, ihren jeweiligen Gesichtsausdruck zu studieren? Wann war er faul und so ängstlich darüber geworden, sie zu verlieren, dass er es verschwitzt hatte, wie er auf sie Acht geben sollte? „Ich bin froh, dass du vernünftig sein kannst. Alex, wir halten nur an dem fest, was wir wissen. Wir haben beide Angst davor, die Vergangenheit loszulassen."

„Es gab viele Dinge in der Vergangenheit, die verdammt gut waren, weißt du." Er schloss die Tür hinter ihnen. Dies war keine Unterhaltung, die ein Publikum erforderte. Er legte die Ordner auf die Kommode, die er gegen etwas viel Wichtigeres eintauschte. Er öffnete den Reißverschluss seiner ledernen Spielzeugtasche, holte Gleitmittel und eine Packung Tücher heraus und brachte sie zum Nachttisch.

Eves Augen weiteten sich. „Du scheinst dir deiner ziemlich sicher zu sein."

Bei einer Sache war er sich ganz sicher. Sie läge heute Abend unter ihm. Er würde bis zu den Eiern tief in sie eindringen und sie wäre dann nicht mehr in der Lage, ihn – oder sich selbst – jemals wieder anzulügen. „Wir hatten viele gute Jahre."

Er griff wieder in die Tasche und zog ein Stück Seil heraus. Er hatte drei Stücke Seil, jedes von neun Metern Länge. Er hatte gelernt, dass es genau das war, was er brauchte, um seine hübsche Sub zu fesseln.

Sie richtete die Augen auf das Seil in seinen Händen. „Ich weiß, das taten wir. Wir sollten diese Jahre ehren, indem wir akzeptieren, dass wir uns verändert haben. Alex, ich möchte dich nicht als Freund verlieren, doch du musst wissen, dass, wenn wir erst einmal zu unserem normalen Leben zurückkehren, all unsere Probleme noch immer dort auf uns warten. Das kann auf lange Sicht nicht funktionieren. Diese Art der Leidenschaft verglüht."

Er wickelte das erste Stück ab, während er die ganze Zeit den Kopf schüttelte. „Nicht bei mir. Ich empfinde seit fünfzehn Jahren eine Leidenschaft für dich. Ich will noch weitere fünfzig, und ich bin jetzt bereit, dafür zu kämpfen. Ich seh' nun ein, was ich falsch gemacht hab'. Ich dachte, du brauchtest Zeit, und ein Tag nach dem anderen verging, bis ich mich allem gebeugt hab', weil ich so verwirrt war. Ich dachte, ich machte dir gegenüber Zugeständnisse, um des Friedens willens, doch in Wirklichkeit wollte ich meine Schuld lindern, die ich fühlte. Eve, wir haben uns nicht über diese Tage ausgetauscht, nicht wirklich. Sieben Tage. Sieben schreckliche Tage, und wir haben zugelassen, dass sie die Tausenden von guten ruinieren."

Sie starrte auf das Seil, die Mundwinkel nach unten verziehend, und spielte mit ihren Händen herum, ein sicheres Zeichen dafür, dass sie sich beklommen fühlte. „Wir sprachen in der Therapie."

Sie hatten stundenlang geredet, doch es war sachlich gewesen und sie hatte nur an der Oberfläche gekratzt. Nach einer Weile hatten sie aufgehört hinzugehen und aufgegeben. „Ich hab' die Sitzungen gehasst. Ich sagte, was immer ich dachte, das mich so schnell wie möglich von diesen Sitzungen befreite. Ich hab' mir die Arbeit nicht gemacht, uns da durchzubringen, weil es bei weitem einfacher für mich war, mich darauf zu konzentrieren, Michael Evans zu töten. Selbst nachdem ich den Bastard gefunden und verhaftet hatte, hab' ich mich auf seinen Prozess und meine Arbeit konzentriert."

„Ich weiß. Ich versteh', warum. Diesen Aspekt hast du kontrollieren können."

Er hatte einige Fehler gemacht, sie jedoch auch, und sie machte immer noch dieselben. „Ausziehen."

„Das wird niemandem helfen." Doch sie entfernte sich nicht von ihm. Ihr Blick verweilte auf dem Seil und senkte sich dann zu seinem Schwanz. Sie beobachtete ihn genau, und diese Augen glichen beinahe einer Fernbedienung. Sein Schwanz reagierte sofort.

„Ich hab' dir Therapie gegeben. Ich hab's jahrelang getan. Ich hab's getan, als es mir den Magen umdrehte und mir im Herzen weh tat. Ich bitte dich um ein paar Stunden, um dich dafür zu revanchieren, dass ich dich jahrelang nur deinem Verlangen entsprechend getoppt hab'. Ich brauche das."

Er beobachtete, wie sie sofort erweichte und die Hände zu den Knöpfen an ihrer Bluse führte. „Ist gut, wenn es das ist, was du brauchst, um einen Abschluss zu finden, helf' ich dir. Ich kann dir gar nicht sagen, was die letzte Woche für mich bedeutet hat, doch dies waren zeitlose Momente. Wir haben versucht, an etwas festzuhalten, das nicht mehr da ist."

Das hatte er nicht. Er hatte versucht, etwas Neues aufzubauen, und es war höchste Zeit, dass sie das wusste.

Er sah stillschweigend zu, wie sie jedes Stück ihrer Kleidung ablegte. Ihre Bluse fiel herab und ihre Hände öffneten vorsichtig den BH, den sie trug. Er war rosa, zierlich mit gewelltem Rand, der dem Fleisch, das er bedeckte, nicht das Wasser reichen konnten. Ihre Brüste waren kleiner als früher, doch er liebte ihre Form, und wie sie sich in seinen Händen anfühlten. Sie hatte forsche rosafarbene Brustwarzen, die sich sofort, wenn sie erregt wurden, versteiften. Der Hof um sie verengte sich, während er zusehen konnte, wie sich ihre Nippel verlängerten und sich auf das Ziehen seiner Finger und seines Mundes vorbereiteten.

Sie zog sich den knappen Rock von den Hüften und trat aus ihren Hacken. Sie biss sich auf die Unterlippe, als wartete sie darauf, dass er sie verurteilte. Der perfekt geformte Hügel ihres Geschlechts fiel ihm ins Auge, und er war sich beinahe sicher, dass sie feucht und weich für ihn wurde. Egal, was sonst zwischen ihnen passiert war, das hier hatten sie immer. Er brauchte nur an Eve St. James zu denken, und schon war er hart und bereit zu ficken, denn sie war seine Gefährtin. Mehr als eine Ehefrau. Mehr als eine Sub. Sie war seine bessere Hälfte. Sie hatten sich hinter Angst und Scham und all diesen dämlichen Klamotten versteckt. Die brauchten sie nicht.

„Du bist so schön. Dreh dich für mich um, Engel."

Sie zeigte den Ansatz eines Lächelns, ihre Angst war offenbar verflogen. Sie drehte sich für ihn um.

Er konnte sehen, dass die Rundungen ihres Arsches immer noch hellrosa waren. Als er mit der Hand über diese Rundungen fuhr, freute er sich zu sehen, wie sie leicht erzitterte. „Hat dir der Flogger gefallen?"

Früher gehörten Schlagspielzeuge wie dieser zu ihren Lieblingsspielzeugen. Sie fand sie entspannend. Wenn sie von einem harten Arbeitstag nach Hause kam, schaute er sich nur ihre Schulterhaltung an und wies sie an, sich zum Andreaskreuz zu begeben, das sich in ihrem privaten Spielzimmer befand, und nach etwa fünfzig Schlägen war sie entspannt und glücklich und rollte sich für die Nacht in seinen Armen ein, er ließ sie ihren Tag vergessen. Gott, das fehlte ihm.

„Das war eine sehr kurze Session, Gebieter."

Er konnte nicht anders, als zu grinsen. „Du lässt nicht gerad die Sub raushängen."

Sie zuckte mit einer Schulter, als sie ihren Kopf drehte, um ihn anzusehen. „Du kannst recht gut mit dem Flogger umgehen. Wir könnten es ja nochmal versuchen, weißt du. Das war auch kein wirkliches Spanking, wenn du mich fragst."

So eine Göre. Sie hatte etwas von einem Schmerzluder in sich, doch er hatte sie nie zu weit gehen lassen. Genau dafür war er ja da. Ihr zu geben, was sie brauchte, und sie gleichzeitig davor zu schützen, zu weit zu gehen.

„Immer noch bei dem Versuch, deine eigenen Strafen zu bestimmen?" Er versenkte eine Hand in ihrem Haar und zerrte daran.

Sie rang nach Luft, denn er wusste verdammt gut, dass ihr auch dieser Schmerz gefiel. „Vielleicht versuche ich, mir meinen Spaß selbst auszusuchen, Gebieter."

„Dein Spaß ist meine Sache." Er zog ihr wieder am Haar und seine freie Hand fand eine ihrer Brüste, drehte daran und ließ sie sich winden. „Beug dich vor. Berühr deine Knöchel."

Es war unmöglich, ihr Seufzen für etwas anderes als pure Befriedigung zu verstehen. Eve beugte sich vor, ergriff ihre Knöchel und entblößte sich voll vor ihm.

„Du bist schon rosa, Engelchen." Ein hauchzartes rosa, aber immerhin rosa.

„Ich will mehr."

Es war die Aufforderung an ihn. *Klatsch. Klatsch. Klatsch. Klatsch. Klatsch.*

„Wie geht es dir?"

„Mir geht es so gut." Ihre Worte waren süß, sinnlich.

Noch mal zehn schnelle Klapse. Er konnte ihre Erregung riechen. „Ich muss mit dir reden."

„Ja. Doch bitte berühre mich zuerst, mein Gebieter. Ich hab' das so sehr vermisst. Es ist jetzt anders."

Weil er es ihr gab, nicht, weil sie es ihm diktierte, sondern weil sie ihn darum gebeten hatte. Sie waren in süßer Harmonie. *Klatsch, Klatsch, Klatsch, Klatsch, Klatsch.*

Sie stöhnte, wackelte mit dem Hintern. Sie brauchte das, doch er brauchte auch etwas.

Er musste sicherstellen, dass sie ein paar Dinge verstand. „Steh auf. Jetzt hab' ich meinen Spaß."

Eves Augen waren weich und weit, als sie seinem Wunsch nachkam, doch sie kräuselte den Mund. „Ja, mein Gebieter."

„Die Arme zu einem U gefaltet." Er stieß einen langen Atemzug aus, als sie sich fügte, die Arme hinterm Rücken verschränkt, die Unterarme sich berührend, die Finger auf die gegenüberliegenden Ellbogen zeigend. Die Stellung hob ihre Brüste hervor. Er sicherte ihre Arme mit einem Double Column Tie und führte das Seil um ihre Taille. Im dämmrigen Licht des Raumes schien ihre Haut zu glühen. Das hatte er so sehr vermisst. Wann immer er sie in den letzten Jahren gefesselt hatte, war es zu ihrem Vergnügen gewesen, doch jetzt durfte er egoistisch sein. Jetzt durfte er sich Zeit lassen, jeden Knoten genießen, sich an der Verbindung erfreuen.

Die Arbeit erledigen, der es wirklich bedurfte, um seine Frau zurückzuerobern.

Er arbeitete sorgfältig. Das Seil war weich und verdiente es, auf ihrer Haut zu liegen. Er sicherte das Seil vorne mit einem Überhandknoten.

Eve schniefte, ein Schauer lief ihr über die Haut.

„Geht es dir gut?" Er wollte nicht, dass sie verängstigt war.

„Ich frage mich etwas."

Er begann damit, die losen Enden zu ihrem Oberkörper, zwischen ihren schönen Brüsten hindurchzuführen. „Was?"

„Ob du mich immer noch hübsch findest."

Er hatte sich damit auseinandergesetzt. „Ich hab' dir gesagt, dass du großartig bist. Ich glaub', ich versprach dir lustvolle Qual, wenn du noch einmal meinst, schlechtmachen zu müssen, was mir gehört. Testest du damit, noch mehr Spanking zu kriegen?"

„Du hast gesagt, dass du mich noch willst. Doch du hast auch erwähnt, dass ich zu dünn bin." Ihre Stimme klang nun leiser, verletzlich.

Daran könnte er etwas ändern. Er machte einen weiteren Überhandknoten auf halber Strecke zwischen ihren Brüsten und ihrem Hals. Dann führte er die Seilenden über ihre Schultern um ihre Arme herum, begann jedoch dabei, sie zu küssen, besonders auf die Narben achtend, die ihn früher wie Scheiße hatten fühlen lassen, und er verstand sie nun als das, was sie wirklich waren. Sie mussten nicht als das Symbol für sein Versagen gelten. Sie waren vielmehr der Beweis dafür, dass sie überlebt hatte. „Ich find' dich umwerfend, ob groß oder klein. Der wahre Grund, warum ich ein Problem mit deinem Gewicht habe, ist, dass du nie nachsichtig bist. Du nie genießen kannst. Ich liebe deine Kurven, doch vor allem liebe ich zu wissen, dass du das Leben, das wir teilen, genießt. Ich liebe es, dich mit Schokolade vollzustopfen."

„Ich vermisse Schokolade", gab sie mit heiserer Stimme zu.

„Ich wünsche mir, dass du das wieder genießt. Und nun werden wir uns unterhalten, mein Engel. Wir werden alles auf den Punkt bringen." Seine Hände arbeiteten sich langsam voran, systematisch. Wenn er damit fertig war, wäre sie von einem wunderschönen Schildpattmuster eingehüllt, und selbst dann, wenn er sie aus den Seilen befreite, bliebe das Muster noch eine Weile auf ihrer Haut, als Beweis ihres Vertrauens, ihrer Liebe. Denn sie liebte ihn noch immer. Das wusste er.

Es gab eine lange Pause, ihr Körper erweichte. „Alex, was willst du von mir hören?"

Die Arbeit mit dem Seil war so beruhigend für ihn. Er führte das Seil unter ihren Armen hindurch und zurück zu ihren Brüsten. Ihre

Nippel waren süß gespitzt. „Ich möchte, dass du aufhörst, mich zu besänftigen und auch so mit mir redest. Ich möchte, dass du aufhörst, dich herauszureden und dir eine Million logische Gründe einfallen lässt für das, was ich getan hab'.“

Er fuhr damit fort, das Seil auf ihrer Haut zu fixieren, mit den Fingern über ihre Haut gleitend und es straffziehend, bis sie es fühlte. Er stellte sicher, dass es ihr nicht den Blutkreislauf unterbrach, sondern nur ein hübsches Muster auf ihrer Haut hinterließ.

Eve blieb vollkommen ruhig, entspannte sich in seiner Fesselung. „Doch ich liege hier richtig. Deshalb hast du dich so verhalten. Du hast dich von mir zurückgezogen, weil es einfacher war, sich auf aktivere Dinge zu konzentrieren.“

„Nein“, wies er sie an. Es war exakt das, was er vermeiden wollte. „Schluss mit dem Seelenklempner-Gequatsche. Ich will Klartext. Sag mir, was ich getan hab'. Du hast jahrelang um das Thema herumgetanzt. Diese Situation, in der wir uns befinden, ist genauso deine wie meine Schuld.“

Er führte das Seil um ihre Brüste herum, das sie aufrichtete und herausragen ließ. Er kniete sich nieder, als er das Seil nach unten führte.

Ihre Augen blitzten auf, als sie zu ihm hinunterblickte. „Ach ja?“

Sie war noch nicht bereit, es zuzugeben, doch diesmal hätte er kein Nachsehen mit ihr. „Ja, wirklich. Warum hast du mich einen neuen Vertrag unterschreiben lassen, Eve? Den du nicht mal mit mir ausgehandelt hast. Du bist zu Ian gegangen und hast ihn einen Vertrag schreiben lassen, der genau skizziert, dass ich mich so arschkalt wie möglich zu verhalten hatte. Sofort, als unsere Scheidung durch war, hast du mir den Vertrag vor den Latz gehauen.“

Und er hatte ihn angenommen, weil er so verzweifelt irgendeinen Kontakt zu ihr gesucht hatte. Er hatte die Scheidung einfach hingenommen, ihr gegeben, was sie wollte und sie gebeten, dass sie ihre Meinung noch änderte. Als sie ihm den Vertrag vor den Latz geknallt hatte, unterschrieb er ihn, bevor er ihn überhaupt gelesen hatte. Er hatte es nicht ertragen können, sie zu verlieren.

„Mein Verhalten wurde auch festgelegt.“ Sie runzelte die Stirn, doch sie machte keinen wütenden Eindruck. Sie schien eher nachdenklich als alles anderes zu sein.

„Warum hast du mich den Vertrag unterschreiben lassen? Wir hätten auf Basis des alten Vertrags weitermachen können, den wir vorher hatten." Das hätte er schon vor langer Zeit tun sollen. Manche Paare mussten in einer Büro ähnlichen Atmosphäre sitzen und ihre Probleme mit einer Außenstehenden besprechen, doch er brauchte das hier. Er brauchte sie nackt, während seine Hände damit beschäftig waren, ihr Wohlgefühl und Vergnügen zu spenden.

„Weil wir geschieden waren. Wir mussten überdenken, wie wir uns verhalten sollten."

Er zog das Design fest. Sie sah so verfickt umwerfend aus, eingewickelt in seine Fesseln. Das Schildpattdesign bildete ein sexy Muster um ihre Brüste, sie zur Schau stellend. Ihr gesamter Oberkörper war in ein hinreißendes Muster gehüllt. Wären sie im Sanctum, hätte er sie für die nächsten dreißig Minuten zur Schau gestellt. Sie war ein Kunstwerk. Heute Abend jedoch erhob er nur Einspruch. „Eve, sei mutig. Bitte. Sei nicht logisch. Sei nicht freundlich. Sag mir, was ich dir angetan hab'. Du hast gelitten und hast mich gebraucht, und was hab' ich getan?"

Er hörte sie schnaufen und sah auf. Ihre braunen Augen waren von Tränen gefüllt. „Du hast mich ignoriert."

Er legte seinen Kopf an ihre Brust, weil sie endlich sein wahres Verbrechen beim Namen nannte. Ein tiefes Gefühl des Friedens überkam ihn, endlich zugeben zu können, was er getan hatte. Er hatte sich wie ein Mistkerl verhalten, doch er spürte, dass seine Vergebung nur einen Herzschlag entfernt lag. „Ich hab' dich ignoriert. Gott, Eve, bitte vergib mir."

* * * *

Alex hielt sie fest, sein Kopf fühlte sich weich auf ihrer Haut an. Er flüsterte die Worte an ihr nacktes Fleisch.

Sie hatte immer gewusst, warum er es getan hatte, ihr war jedoch erst kürzlich bewusst geworden, dass sie ihn bestraft hatte. Bei jedem anderen hätte sie es nicht so ernst genommen. Sie hatte sich eingeredet, sie hatte diesen Vertrag gewollt, um sie beide zu schützen, doch jetzt verstand sie, warum er ihr wichtig gewesen war. Sie hatte ihn die ganze Zeit bestraft, ihn gezwungen, dass er sie ansah, mit ihr auf die einzige Art und Weise eine Beziehung zu führen, zu der er bereit gewesen schien. Sie hatte sich wie ein Kind verhalten, das jede Aufmerksamkeit auf sich lenken wollte, die es bekommen konnte. „Ich hab' dir nie gesagt, was ich gefühlt habe."

„Ich will es jetzt hören, Engel", sagte er. „Ich muss es hören. Ich will, dass du alles rauslässt."

Sie war gefesselt, ausgeschlossen, den Raum zu verlassen, doch es war genau das, wonach ihr war, denn die Wahrheit lag so nahe an der Oberfläche und sie hatte Angst davor, sie rauszulassen. Sie hatte sie so lange für sich behalten aus Angst davor, was die Konfrontation mit dieser Zeit wirklich bedeutete. „Das willst du nicht alles hören."

Er lag ihr auf Knien zu Füßen, sein Kopf zwischen ihre Brüste geschmiegt. „Das will ich. Ich muss. Wir müssen es. Ich will nichts Logisches hören. Ich will wissen, wie du dich gefühlt hast, damit ich dich um Verzeihung bitten kann. Ich kann dich nicht darum bitten, wenn ich es nicht weiß. Engel, du musst solche Angst gehabt haben, als er die Tür eingetreten hat."

Sie schloss die Augen. Gott, sie wollte das nicht tun. Sie hatte der Polizei und ihrem Therapeuten nur das Nötigste erzählt, die Geschichte einfach immer nur wiedergegeben, doch die wirklichen Erinnerungen hatte sie für sich behalten. Die Momente des Terrors steckten ihr tief in den Gliedern und Alex versuchte, sie aus ihr herauszuholen. Das Problem war, sie hatte sich so lange an ihnen festgehalten, dass sie nicht sicher war, wer sie sein würde, wenn sie sie alle preisgäbe.

Sie konnte nicht mehr die sein, die sie damals war. Sie war labil und vollkommen hingebungsvoll gewesen. Sie war abhängig gewesen, und dann so allein. Und jetzt war sie stark, doch stets so sehr allein. Würde sie eine Möglichkeit finden, sie selbst zu sein und auch Alex zu haben?

„Bitte. Sei mutig, Eve. Sprich mit mir." Sein Griff verfestigte sich, als ob er sie nicht gehen ließe.

Doch er hatte sie gehen lassen. Er hatte der Scheidung zugestimmt, ohne sich überhaupt nochmal danach zu erkundigen. Er hatte den Vertrag unterschrieben, ohne ein Wort zu sagen. Konnte sie ihm jetzt vertrauen? Wagte sie einen zweiten Versuch? „Ich dachte, wir hätten uns darauf geeinigt, damit aufzuhören. Wir haben uns darauf geeinigt, nach vorne zu schauen und die Menschen gehen zu lassen, die wir einmal waren."

Er hob den Kopf, seine Augen flehten sie an. Er war so wunderschön, ihr großer, böser Dom in flehender Haltung, auf den Knien vor seiner Sub. „Mir ist es möglich, den dreiundzwanzigjährigen Idioten gehen zu lassen, dem nicht klar war, wie sehr er dich lieben könnte. Das kann ich. Den gibt es nicht mehr. Mir ist es möglich, den Mann gehen zu lassen, der so von seiner eigenen Schuld blockiert war, dass er dich über Jahre hinweg nicht wirklich wahrgenommen hat. Doch ich werde niemals den achtzigjährigen Mann gehen lassen, der deine Hand bis zu seinem Tod halten wird. Ich werd' für diesen alten Mann kämpfen. Ich werd' ihn niemals gehen lassen."

Tränen trübten ihr die Sicht und sie wusste, dass sie an der Weggabelung stand, vor der sie sich für so viele Jahre gefürchtet hatte – der Ort, an dem sie endlich entscheiden müsse, welche Richtung sie einschlüge, und ob dieser Weg die Liebe ihres Lebens einbezog.

Und in diesem Moment verstand sie ihn, verstand ihn wirklich das erste Mal seit Jahren. Sie sah ihn ohne den Filter ihres eigenen Schmerzes. Sie sah ihn als den jungen Mann, der auf sie zugegangen war, mit dem sie gelernt hatte und gewachsen war. Sie sah den Alex, der an ihrem Bett saß, als sie aufgewacht war, sein Blick sorgenvoll und jedes Gebaren seines Körpers von Schuld geplagt. Sie sah den Alex, der sich fünf Jahre lang gefügt hatte, sie besänftigte und ihr nur das gab, was sie ihm sagte, das sie brauchte, während sie seine Augen um mehr angefleht hatten. Und sie sah ihn als den alten Mann, der er sein würde, faltig und wettergegerbt, und immer noch so schön in ihren Augen. Er würde da sein, wenn sie ihn ließe. Er würde nach ihrer Hand greifen, ihr Leben so verwoben, dass es keine Möglichkeit gäbe, sie zu entwirren.

Sie hatten vieles vermurkst, doch er war noch da, griff noch immer nach ihr. Und wenn sie mutig wäre, ließe er sie diesmal vielleicht nie wieder gehen.

Wenn sie wirklich mutig wäre, würde sie schon dafür sorgen, dass es so wäre.

„Ich hab' ihn reingelassen." Sie schloss die Augen, während sie die Worte aussprach, der Horror dieses Tages befiel sie erneut.

Alex' Arme schlangen sich fester um sie, ein Anker, der sie in der Gegenwart hielt. „Warum hättest du das tun sollen, Engel? Ich hab' zwei Wachen bei dir gelassen. Sie hätten die Tür zuerst aufmachen sollen."

Alex war nicht der Einzige, der sich schuldig fühlte. „Ich dachte, du oder Warren wäre es. Tommy sagte mir sogar noch, ich solle die Tür nicht öffnen, doch ich war mir so sicher, dass ich wusste, wer es war. Ich wollte dich sehen. Ich hatte Angst. Und dann hatte ich noch mehr Angst, als Evans da stand. Ich hab' versucht, ihm die Tür vor der Nase zuzuschlagen, doch er trat dagegen und ich landete auf dem Boden. Er hatte zwei seiner Männer bei sich, und dann hörte ich Glas zerbrechen und zwei weitere kamen von hinten herein. Ich hab' Tommy und Leon auf dem Gewissen."

Sie konnte immer noch sehen, wie sie kämpften. Sie schafften es, mit einem von Evans' Männern fertig zu werden, doch es waren zu viele. Sie fielen in einer Kaskade von Kugeln und das Letzte, was sie sah, bevor Evans ihr eine Nadel in den Hals stach, war Tommy, noch so jung. Er hatte gerade erst beim FBI angefangen, und sie sah, wie seine Augen glasig wurden, als er starb.

„Eve, du darfst dir nicht die Schuld geben."

Oh, aber sie konnte es. Jedes Mal, wenn sie mit der Hand über ihre Narben glitt, erinnerte sie sich an die beiden Männer, die gestorben waren, in dem Versuch, sie zu beschützen. Keiner von ihnen hatte es ernst genommen. Nicht mal Alex, nicht wirklich. Er hatte einen Sechserpack Bier da gelassen, um sich bei seinen Kumpels zu revanchieren, dafür dass sie den Babysitter für seine Frau spielten. Warren war derjenige gewesen, der überhaupt auf eine Wache bestanden hatte. Alex war sich so sicher gewesen, dass Evans hinter ihm her wäre.

„Ich hätte vorsichtiger sein müssen."

„Er hatte vier Männer bei sich, vielleicht sogar mehr. Er wäre sowieso reingekommen, ob du die Tür geöffnet hättest oder auch nicht", sagte Alex ernst.

Sie fühlte sich eingeengt. Sie liebte es sonst, gefesselt zu werden, fühlte sich sicher. Jetzt jedoch wurde ihr klar, warum. Weil Alex nie die Augen von ihr ließ, wenn sie gefesselt war. Er hätte ihr nicht den Rücken zugekehrt. Sie hatte sich mehr und mehr zum Hardcore-Spiel hingezogen gefühlt, denn es lenkte Alex' Aufmerksamkeit auf sie. Doch allmählich fühlte sie, dass es sie störte. Sie konnte sich nicht bewegen. Es fühlte sich an, als ob die Wände auf sie hereinbrächen und sie allein wäre. Sie brauchte seine Seile nicht. Sie brauchte ihn.

„Erzähl' weiter. Ich weiß, dass er dich vergewaltigt hat."

„Ich will hier raus." Sie wollte nicht mehr gefesselt sein. Es ging nicht. Tränen liefen ihr übers Gesicht.

Alex wurde blass und war in einer Sekunde wieder auf den Beinen. Er griff in seine Tasche und hielt ein Messer in der Hand. „Es tut mir leid, mein Engel. Es tut mir so leid. Ich werd' dich darum nicht nochmal bitten."

Er durchtrennte das Band, das sie gefesselt hielt, in schnellen, ergiebigen Zügen, und sie war innerhalb von Sekunden frei. Er trat einen Schritt zurück, sein Gesicht Schmerz verzerrt, es war ihr jedoch nicht möglich, ihn zu beruhigen. Sie brauchte ihn.

Sie warf sich in seine Arme, hüllte ihren Körper um seinen. Es reicht ihr nicht, ihn nur zu umarmen. Sie machte einen Sprung, schlang die Beine um ihn und vergrub ihr Gesicht an seinem Hals. Das war ihr Zuhause. Sie atmete seinen Duft ein. Das war es, was sie für so viele Jahre vermisst hatte. Die Tränen flossen jetzt einfach. Sie weinte an seiner Schulter.

„Er hat mir wehgetan." Die Worte beschrieben nicht mal ansatzweise, was geschehen war, doch in diesen vier Worten steckte mehr Wahrheit als in allem, was sie zuvor zu ihm gesagt hatte. Er hatte ihr wehgetan. Er hatte ihr so sehr wehgetan, dass sie sich wie in ein Schneckenhaus zurückgezogen hatte und erst jetzt begann, wieder herauszukommen.

„Es tut mir so leid." Er wiegte sie in seinen Armen. „Ich liebe dich so sehr."

Jetzt, wo sie endlich ehrlich war, konnte sie sich nicht mehr zurückhalten. „Ich wollte nicht sterben. Ich wollte zu dir zurückkehren, doch nach ein paar Tagen begann ich zu zweifeln."

Er fiel aufs Bett, fiel mit seinem ganzen Gewicht auf sie. Sie empfand es als gemütlich. Er war noch vollständig bekleidet, doch das machte nichts. Sie hielt sich an ihm fest, denn diese Erinnerungen trieben so nah an der Oberfläche, dass es sich anfühlte, als wären sie wieder Wirklichkeit. „Woran hast du gezweifelt?"

„Ich hab' mich gefragt, ob du mich noch willst, nach allem, was er getan hat." Sie schloss die Augen, denn es war diese Frage gewesen, die sie verfolgt hatte. „Es war schrecklich. Es war eine absolute Perversion von all dem, das ich an uns liebte. Woher wusste er das? Wie konnte er so genau wissen, wie er mich verletzen konnte?"

Evans hatte es besonders genossen, sie mit genau den Spielzeugen zu verletzen, die sie immer geliebt hatte. Er hatte sie pervers und eine Hure genannt, während er sie schlug und ausgepeitschte. Er hatte behauptet, sie habe darum gebeten, da sie in ihren Club ginge. Er hatte überhaupt nichts verstanden. Alex hätte ihr niemals ein Haar gekrümmt. Was sie und Alex pflegten, war ein feinfühliger Tanz des Vertrauens, der Liebe und des Vergnügens gewesen.

„Ich wünschte, ich hätte den Schmerz für dich ertragen. Ich weiß nicht, wie du das durchgestanden hast." Seine Stimme klang gequält, doch er küsste sie. Er küsste sie entlang der Narbe auf ihrem Hals abwärts. Er ließ sie nicht los. Er zog sich nicht zurück.

Sie schlang die Arme noch enger um ihn. Sie fühlte sich nun sicher zu sprechen. „Ich hab's überstanden, weil du bei mir warst. Ich schloss die Augen und tat so, als wärst du bei mir. Ich bin verrückt geworden. Ich begann dich zu sehen, wenn er hereinkam, und war in meinen Gedanken woanders. Es spielte sich unsere schöne Zeit in meinem Kopf ab."

„Ich war bei dir." Er flüsterte in ihr Ohr, seine Worte quälend süß. „Ich war bei dir. Ich wusste, dass du Schmerzen zu erleiden hattest, und weißt du, was ich mir mehr als alles andere gewünscht hab'?"

„Was?" Sie war sich sicher, er hatte sich gewünscht, alles möge einfach verschwinden.

„Ich hab' mir gewünscht, dass du lebst. Ich hab' gebetet, Engel. Ich hab' gebetet, dass du die Schmerzen erträgst und zu mir zurückkehren wirst. Ich habe mir nichts mehr gewünscht, als dich so halten zu können. Verdammt einfach so wie jetzt. Ich liebe dich. Ich hab' dich damals geliebt. Ich liebe dich jetzt. Ich werd' dich noch lange, nachdem wir tot und nicht mehr sein werden, lieben. Ich liebe dich, und ich hab' den größten Fehler meines Lebens begangen, als du zu mir zurückgekehrt bist. Ich hätte tanzen und das verfickte Universum dafür preisen sollen, und das Einzige, was ich tat, war meiner Schuld zu unterliegen. Vergib mir."

Wie lange hatte sie gebraucht, um zu begreifen, auf diese einfachen Worte gewartet zu haben? „Ich hab' dich gebraucht, Alex."

Er glitt mit seinem Körper an ihrem entlang, seine Erektion an ihre Mitte drückend. „Verzeih mir."

„Ich hab' versucht, deine Aufmerksamkeit zu erregen, doch du warst so weit weg von mir. Ich dachte, du wolltest mich nicht. Ich dachte, du wolltest nicht, was er gehabt hatte."

Seine Augen nahmen einen wütenden Ausdruck an, und er setzte sich auf die Knie, blickte zu ihr hinunter. „Du bist mein. Es ist mir egal, was er dir angetan hat. Du bist verfickt nochmal mein. Du bist seit dem Tag mein, an dem du mir sagtest, dass du mich liebst, und das kann er mir nicht nehmen, es sei denn, wir lassen ihn." Seine Hände glitten zu seinem Hemd und er zog es sich über den Kopf. „Du hast dich mir hingegeben. Du bist mein, und nichts wird daran etwas ändern, außer mein eigenes Fehlverhalten. Ich hätte dich bei der ersten Gelegenheit wieder nehmen sollen. Ich hätte darauf drängen sollen, doch ich ließ zu, dass mich meine Schuldgefühle davon abhielten."

Seine Hände tasteten an seinem Hosenschlitz seiner Jeans herum, und Eves ganzer Körper wurde weich. Sie sah vermutlich schrecklich aus. Sie war noch nie eine hübsche Heulsuse gewesen. Sie ging jedes Mal in die Vollen, mit roter Nase und geflecktem Gesicht, doch Alex sah sie an, als sei sie die Göttin der Liebe und Schönheit.

„Ich hätte mit dir reden sollen, doch ich fürchtete mich, was ich mir hätte anhören müssen", erklärte Eve. „Du bist nicht der einzig Schuldige hier."

Er stieg frustriert knurrend vom Bett, zog sich die Jeans von den Hüften und die Schuhe dabei aus. Er warf seine Kleidung zur Seite und lag wieder auf ihr. Er schien so hungrig auf sie zu sein, so hungrig wie sie auf ihn.

„Ich sag' dir, wie ich mich gefühlt hab'. Ich hab' einen Kontrollverlust gefühlt. Ich hab' mich verloren gefühlt. Ich wollte nichts Falsch bei dir machen." Er berührte die Narbe an ihrem Hals. „Ich hab' gedacht, du seist zu zerbrechlich, und ich konnte den

Gedanken nicht ertragen, dich zu zerbrechen."

„Ich war zu dieser Zeit zerbrechlich." Sie ließ die Arme zum Kopfende des Bettes treiben, gewährte ihm Zugriff. „Ich weiß, dass ich zurückgeschreckt bin, wenn du mich berührt hast, aber das war nicht wegen dir."

„Ich habe das intellektuell begriffen." Er fuhr mit der Hand von ihrem Hals zu ihren Brüsten hinab, strich über ihre Brustwarzen. „Doch innerlich habe ich mich gefragt, ob du mir die Schuld gibst. Das tat ich auf jeden Fall."

Wie konnte er das glauben? „Nein, Alex."

„Du hast mir gesagt, ich würde einen Krieg anzetteln."

„Ich hätte mir nie vorstellen können, dass er hinter mir her sein könnte. Es passte wirklich nicht in sein Profil. Ich musste mein Profil danach ändern. Er hat sich sehr eindeutig verhalten, bis zu seinem Angriff auf mich. Mach dir keine Vorwürfe. Du hast alles getan, was du konntest. Du hast Tommy und Leon da gelassen, um mich zu beschützen."

Für einen kurzen Moment schloss er die Augen. „Aber nur, weil Warren es vorschlug. Es gefordert hatte, trifft es eher. Er hat sogar die Jungs ausgewählt. Es half dennoch nicht."

Sie musste ihn zurückholen. Sie hatte zu viele Jahre damit vergeudet, ihn in seiner Schuld dahintreiben zu lassen, doch jetzt wusste sie, dass es ihre Aufgabe war, ihn zu fesseln, damit er nicht wieder verloren ging. „Küss mich, Alex."

Er runzelte die Stirn. „Wir sind wo?", sagte er.

Im Bett. Er erwartete also ein gewisses Protokoll. „Bitte küss mich, mein Gebieter."

„Schon besser." Er strich mit seinen Lippen über ihre, bevor er sich wieder ihren Brüsten widmete, sein kurzzeitiger Aussetzer offenbar vergessen. „Ich lieb' deine Brustwarzen. Hab' ich das je erwähnt?"

Er senkte den Kopf und sog einen in den Mund.

Eves Lider schlossen sich langsam vor Lust. Ja, das war es, was sie brauchte. „Das hast du vielleicht von Zeit zu Zeit. Ich denke, Warren macht sich auch Vorwürfe. Ihr zwei standet euch so nah, und habt anschließend jahrelang nicht mehr miteinander geredet. Er rief mich an, weißt du."

Alex' Kopf tauchte auf, und der Höhlenmensch erhob wieder seinen so schönen Kopf. „Er hat meine Frau angerufen?"

So besitzergreifend. „Er rief an jenem Tag an, um mir zu sagen, dass er dich nach Hause brächte. Er versprach mir, dass er dich zu mir zurückbrächte. Deshalb ging ich davon aus, du wärst es an der Tür. Ich dachte, er hätte dich zur Vernunft gebracht."

„Ich war stur, Eve." Er sah zu ihr auf, schmiegte seinen Körper eng an ihren, Brust an Brust, ihre Beine ineinander umschlungen. „Ich muss die Worte hören. Ich muss hören, dass du mir vergibst."

Sie streckte sich nach ihm aus, ihre Hände umschlossen sein Gesicht. Es war ewig her, dass sie einander in die Augen gesehen hatten. Wie hatte er ihr entgleiten können? Wie hatte sie ihm erlauben können wegzutreiben, wo er doch der einzige Grund dafür gewesen war, dass sie überlebt hatte? „Ich vergebe dir, Alex. Vergib mir auch."

Er küsste sie auf die Stirn, was sie sich kostbar fühlen ließ. „Allezeit, mein Engel. Ich verspreche dir, dich von nun an an erste Stelle zu setzen. Ich weiß, du glaubst nicht, dass das geht, doch ich werd's dir zeigen. Und ich werd' auf jeden Fall meine Sub zurückgewinnen. Und zwar sofort."

Eve keuchte, als Alex sie im Handumdrehen umgedreht hatte.

„Auf Hände und Knie, Eve. Heute Nacht gehörst du ganz mir."

Jede Zelle ihres Körpers erwachte zum Leben, denn er hatte sich in einem Punkt geirrt. Sie fing an zu glauben, dass es gehen könnte.

Sie könnten vielleicht wieder von vorne anfangen.

Kapitel Zwölf

Für einen Moment starrte Alex sie an. Sie war genau dort, wo er sie haben wollte, auf Händen und Knien, auf seine Anweisung wartend. Gott, sie hatten so viel Zeit verschwendet, waren tief in ihrem eigenen Elend versunken, wobei sie nur die Hände hätten ausstrecken und sich aneinander festhalten müssen.

„Vergibst du mir wirklich?" Er wusste, wie sie antworten würde, doch irgendwie musste er es noch mal hören.

„Alex, ich liebe dich."

Etwas hatte sich in ihm verändert. Etwas Grundlegendes hatte sich bei ihren Worten verändert. „Ich denke, wir sollten nach Hause fahren. Ich rufe Warren an und übergebe die ganze Sache an ihn."

Seine Frau war ihm wichtiger als alles andere. Seine Frau war das A und O seiner Existenz.

„Das können wir nicht." Eve drehte ihm ihren Kopf zu. „Wir sind nah dran. Ich muss das verstehen. Sobald wir herausgefunden haben, wann er wo sein wird, können wir Warren hinzuziehen, doch wir befinden uns in der besten Position, um ihn zu finden. Ich muss das zu Ende bringen, nicht aus Rache, sondern, um Frieden zu finden. Ich muss alles tun, was ich kann, um sicherzugehen, dass er keiner anderen Frau mehr etwas antut. Ich muss das tun."

Dies war ein völlig perverser Streit. Er fuhr mit der Hand an ihrer

255

gesamten Wirbelsäule entlang. „Wir sind nur hier, um zu beobachten und Informationen zu sammeln. Die Parameter dieser Mission haben sich geändert. Ich bin nicht bereit, irgendwen von euch wegen ihm zu verlieren. Ist das klar?"

Wenn er Evans erledigen könnte, ohne Eve in Gefahr zu bringen, täte er es. Wenn das nicht ginge, gäbe er die Rache auf.

„Ja, Gebieter." Es lag eine süße Befriedigung in ihren Worten.

Heilige Hölle, sie waren zum ersten Mal seit Jahren gleicher Meinung. Oh, es war eine völlig andere Geschichte, doch sie waren endlich beieinander. Sein Schwanz schwoll an, die Lust drohte, ihn zu überkommen.

„Spreiz die Knie. Lass mich rein. Ich will dich zuerst schmecken."

„Mein Gebieter, können wir uns, bitte, gegenseitig schmecken?"

Sein ganzer Körper verkrampfte sich. „Bist du sicher, mein Engel?"

Sie hatte seinen Schwanz seit der Vergewaltigung nicht mehr in den Mund genommen. „Mehr als alles andere. Ich will diesen Teil von uns zurück. Ich will meinem Gebieter dienen, meinem Geliebten. Ich möchte dir etwas zurückgeben."

Er drehte sich und lag nun ausgestreckt auf dem Bett. „Ich will dir diesmal alles geben, was du brauchst. Nur zu. Nimm mich."

Eve bewegte sich schnell, ihr Körper anmutig, ihr Eifer erleuchtete sein Herz. Sie positionierte die Knie zu beiden Seiten seines Kopfes. Alex verfickt nochmal liebte diese Aussicht. Ihre hübsche Muschi war cremig und bereit, von ihm genommen zu werden, wie er wollte, und er wollte es auf alle erdenkliche Weise.

Er zog sie an ihrer Hüfte zu sich, unwillig, noch eine Sekunde länger zu warten, bis er endlich mit seiner Zunge eintauchen konnte.

Und dann war er an der Reihe zu stöhnen, denn er spürte einen Hauch auf seinem Fleisch. Eves Zunge sauste und huschte über seinen Schwanz, leckte und spielte mit seiner Eichel. Es war alles, was er tun konnte, um nicht schaudern oder zittern zu müssen, als sie ihn mit leichten, lutschenden Zügen in den Mund sog. Sie hatte die Hände auf seine Oberschenkel gelegt, um sich auszubalancieren, während sie mit seinem Schwanz spielte.

Er rieb seine Nase in ihrer Muschi, in dem einzigartigen Duft ihrer Erregung schwelgend. Er würde sein Gesicht nicht waschen. Nein. Nicht heute Abend. Er würde sie so die ganze Nacht riechen können.

Immer und immer wieder stieß er in ihre Muschi, nutzte die Zunge wie seinen Schwanz, fickte tief hinein und sammelte ihre ganze Crème ein. Er zog die süßen Blütenblätter ihres Geschlechts auseinander und saugte sie eines nach dem anderen in seinen Mund. Seine Lippen und seine Zunge ließen nichts von ihr unberührt. Währenddessen sog sie seinen Schwanz immer tiefer in die heiße Vertiefung ihres Mundes, ihn mit ihrer Wärme umgebend.

Er konnte fühlen, wie sein Schwanz mit Lusttropfen pulsierte. Er stieß ein leises Stöhnen aus der Brust, als er spürte, wie Eve den Schlitz seines Schwanzes ausleckte, das Salzige mit der Zunge aufnahm, bevor sie seine Eichel wieder einsaugte. Sie brachte eine Hand hoch und umschloss seine Eier, rollte sie und ließ ihn fast seine verdammte Kontrolle verlieren.

Doch das würde nicht passieren. Nein. Nicht heute. In einer anderen Nacht ließe er sie lecken und saugen und spielen, bis dass sie jedes bisschen Sperma, das von ihm käme, in ihren Mund gesaugt hatte, doch heute Abend wollte er mehr.

Seine Zunge stach erneut tief zu, als Alex ihre Klitoris mit der Spitze seines Daumens fand. Er drückte auf ihren süßen Kitzler mit Nachdruck, und sie begann zu zittern. Die Muskeln ihrer Muschi spannten sich, als sie kam, und die Crème ihres Orgasmus' überzog seine Zunge. Sie umgab ihn nun ganz, sein gesamtes Sein umgeben von ihrem Geruch und Geschmack und dem Klang ihrer Lust.

Dabei hatte sie während der ganzen Zeit nicht einmal ihren Mund von seinem Schwanz genommen. Sie stöhnte und ächzte um ihn herum, die Vibration drohte ihn zu entmannen.

Er hatte etwa zwei Sekunden Zeit, bevor es ihr gelang, ihn wieder ihren Hals hinunter zu schieben, und er erledigt wäre. Er nutzte all seine Willenskraft, um sie von ihm wegzustoßen.

Eve landete auf dem Rücken in der Mitte des Bettes, und ihr wildes Haare flog um sie herum. Es hing um ihre Brüste und erreichte beinahe ihre Hüfte. So verfickt umwerfend. Alles an ihr sprach das Urzeit-Männchen in ihm an. Sie war immer geschniegelt und gestriegelt am Arbeitsplatz. Selbst im Club behielt sie sich eine gewisse Zurückhaltung vor, auf die seine Eve immer bedacht zu sein schien. Doch hier, in der Zurückgezogenheit ihres Schlafzimmers, war sie einfach sein, eine Frau ohne Hemmungen. Seine Gefährtin.

„Auf Hände und Knie, nochmal." Seine Anweisung klang härter, als er es gemeint hatte, doch wenn es sie erschreckt hatte, zeigte sie es nicht.

Sie seufzte nur, ihr gesamter Körper bewegte sich mit lässiger Anmut, während sie seinem Wunsch entsprach. Sie drehte sich und positionierte sich so, als wüsste sie bereits, was er wollte, ohne dass er zu fragen brauchte. Den Hintern hoch in der Luft, Unterarme flach auf dem Bett, eine perfekte Ebene ihres Rückens formend.

Seine Hände fanden die Rundungen ihres Arsches. „Weißt du, was ich mit dir vorhabe, Eve"

Sie stieß den Atem stoßweise aus, doch die Haltung, in die sie sich befand, beantwortete seine Frage, noch bevor sie sprach. „Du wirst meinen Arsch nehmen."

Oh, zum Teufel, ja. „Das werd' ich. Ich werd' ihn mir zurückholen, denn er ist mein."

Sein ganzer Körper war angespannt vor Verlangen. Die Zeit in ihrem weichen Mund hatte seinen Schwanz scharf und bereit gemacht loszulegen. In den letzten Tagen hatten sie häufiger, intimer und tiefsinniger Liebe gemacht als in den fünf Jahren davor, doch alles, was er wollte, war mehr. Jetzt, wo er sie wieder hatte, war das Einzige, woran er denken konnte, mehr Zeit, mehr Liebe, mehr von ihr zu haben.

Er küsste ihren Rücken, mit den Lippen an ihrer Wirbelsäule entlanggleitend und auf die Narben achtend, die sie hatte, sie mit Zuneigung überhäufend. Er fuhr mit den Händen über ihren schlanken Körper, ihre Brüste wiederfindend und umschließend, während er sie überall küsste, wo er nur konnte. Schultern, Hals, bis hinunter zu ihrer Taille. Seine Lippen tauchten in die Vertiefungen auf ihrem Kreuz ein, und er küsste sie vorsichtig auf ihre süßen Pobacken. Sie trugen die Zeichen seiner Disziplin. Der Anblick straffte seinen Schwanz noch mehr.

Er glitt mit den Händen nach unten, über den flachen Teil ihres Bauches zu ihrer Muschi. Eve neigte den Kopf, ein sicheres Zeichen, dass sie bereit war, sich ihm komplett zu ergeben.

Sein Schwanz fand ihre Muschi, und er seufzte. Der Orgasmus, der ihr geschenkt worden war, hatte sie saftig und reif werden lassen. Sie war mehr als bereit für ihn.

„Sag mir etwas, Eve." Jetzt, wo sie sich in einer guten Lage befanden, hatte er einige Fragen an sie, Dinge, über die er sich gewundert hatte. Und sie antwortete vielleicht ehrlich, mit seinen Fingern tief in ihrer Muschi und seinem Daumen, der um ihre Klitoris kreiste. Es gab keinen Grund, warum sie nicht ein paar Orgasmen haben sollte, bevor er seinen bekäme. Er wollte sie schlapp und erschöpft und in seinen Armen schlafend haben.

„Alles, was du willst."

„Du hast mir dieses hinreißende Arschloch jahrelang verwehrt, doch hast mir erlaubt, dich während der Sessions zu pluggen. Wolltest du mich damit verhöhnen? Wolltest du mich daran erinnern, was ich nicht haben konnte?" Das hatte er nicht gedacht. Er hatte an etwas anderes gedacht, warum sie zugelassen hatte, doch er wollte es von ihr hören.

„Nein", stieß sie mit heiserer Stimme aus. „Nein, Alex. Sowas würde ich nicht tun. Ich ließ mich von dir pluggen, damit ich trainiert bleibe. Ich ließ es zu, weil ich immer gehofft hatte, dass wir uns hier wiederfinden würden. Ich ließ es zu, weil es mich daran erinnerte, wie es sich anfühlt, dich tief in mir zu haben, überall."

Das war seine Frau. „Ich hab' mir das auch vorgestellt. Ich stellte mir vor, in dir zu sein, nichts Verbotenes. Nichts wird wieder zwischen uns kommen. Das verspreche ich dir." Er würde dafür sorgen. Er griff nach der Gleitcreme, begierig darauf, sie darauf vorzubereiten. „Ich bin der Dom. Ich hätte mir von dir wünschen sollen, zu mir zurückzukommen."

Sie wandte sich leicht, zurückschauend, und er liebte das Stirnrunzeln auf ihrem Gesicht. Er liebte die Art, wie sie jetzt mit ihm kämpfte. Sie kämpfte darum, ihren Platz zu behalten. Es war leicht zu erkennen, dass sie sich nicht mehr wie früher von ihm überrollen lassen wollte, und ein Teil von ihm freute sich wahnsinnig darüber. Sie wollte ihn herausfordern, ihn dazu bringen, ihre Seite wahrzunehmen. Das, was vorher gefehlt hatte, was sie hätten finden müssen. „Zieh ja nicht deine Großer-böser-Dom-Nummer mit mir ab."

Er teilte ihre Arschbacken und stieß einen Seufzer beim Anblick ihrer Rosette aus. Solch ein hübsches Arschloch. So klein und eng und so kurz vor dem Eindringen. „Du magst den großen bösen Dom, Engel."

Sie schauderte, als er Gleitmittel auf ihr Arschloch träufelte. „Du brauchtest mich auch. Du brauchtest mich, um zu reden, doch ich hab' nur Druck gemacht. Ich hätte einen Anfall kriegen und verlangen sollen, dass du mir Aufmerksamkeit schenkst, anstatt zu versuchen, from the buttom zu toppen."

Er hielt inne. Er fühlte ein strahlendes Lächeln, das seine Mundwinkel nach oben ziehen ließ. Eine ganz neue, schöne Welt tat sich vor ihm auf. „Du hast über fünf Jahre from the buttom getoppt, Eve."

„Oh, Mist", fluchte sie vor sich hin. „Wir sollten darüber reden. Es gab psychologische Gründe dafür."

Er liebte es, wie ihre Haut errötete. Er schmierte seinen Mittelfinger ein und begann, einen langsamen Kreis um das Loch zu ziehen, in das sein Schwanz unbedingt hinein wollte. „Oh, Baby, weißt du, was für eine lange und harte lustvolle Qual ich dir bescheren werd'? Ich verrate dir nicht, was mit deinem Arsch passiert, wenn wir wieder im Sanctum sind. Du wirst das weibliche Aushängeschild unterwürfigen Gehorsams sein."

Sie stieß ein unsicheres Lachen aus, selbst während sie sich leicht versteifte. „Ich glaube, das Wort, wonach du suchst, ist „Warnbeispiel", und wir sollten uns echt darüber unterhalten. Wir müssen uns unterhalten, wie alles laufen soll, wenn wir wieder in Dallas sind. Wir waren lange Zeit getrennt. Wir sollten die Dinge langsam angehen."

Er knurrte etwas. Sie wollte reden, und er wollte nur bis zu den Eiern in ihrem Arsch stecken. Er presste seinen Finger leicht hinein, nur bis zum ersten Knöchel. Sie rang nach Luft, nur für ihn, was geradewegs zu seinem Schwanz ging, seine Eier pulsieren ließ.

Sie hätte gern gewusst, was wohl passierte, wenn sie wieder in Dallas ankämen? Er half ihr gern auf die Sprünge. Er umkreiste sie sanft, sie forcierend, sich für ihn zu öffnen. „Gut. Wir gehen alles ganz langsam an. Wenn wir zurückkommen, hast du etwa eine Stunde Zeit, bevor ich deine Sachen aus deiner Wohnung in meine hole."

Sie stöhnte, die Kissen vor ihr umklammernd. „Das ist alles andere, als die Dinge langsam anzugehen."

„Das ist noch viel zu langsam für mich." Ein weiterer Knöchel. Zwei Knöchel tief und sie umklammerte seinen Finger. „Wenn's nach mir ginge, riefe ich heute Abend an und sorgte dafür, dass alles bei mir ist, wenn wir zurückkommen. Siehst du, Baby, ich bin absolut kompromissbereit."

„Das ist kein Kompromiss." Ihr Hintern verkrampfte sich, als er einen weiteren Finger hineinschob. „Gott, Alex. Das ist so lange her."

Es war das, was er die ganze Zeit hätte tun sollen. Das nächste Mal, wenn er und Eve sich stritten, sprächen sie darüber – mit seinem Schwanz tief irgendwo in einem Teil ihres Körpers. Sie würden sich inmitten von Küssen unterhalten und sich beim Ficken streiten, doch hielten sich jede Minute aneinander fest. „Ja, ein Kompromiss. Ich bin der Dom, also denke ich mir die Definition von Wörtern aus."

Sie lachte und schauderte, als er mit dem Finger tiefer hineinglitt. „Das ist neu. Gibt es noch andere neue Regeln, von denen ich wissen sollte?"

So viele neue Regeln. „Wir heiraten wieder. Und wir zerreißen diesen blöden Vertrag. Wir werden einen neuen aushandeln. Du und ich gemeinsam, und du musst wissen, dass ich an deine Grenzen gehe. Wir gehen zum Amtsgericht, und du kannst dir ein paar Tage Zeit nehmen und ein Haus suchen, denn ich will echt lieber wieder ein Haus. Etwas Schönes, mit Kinderzimmern."

Sie hielt inne, ihre Stimme einem winzigen Krächzen gleich. „Alex, du weißt, das geht nicht."

„Nein, das weiß ich nicht." Ärzte haben nicht immer Recht, und sie hatten nur gesagt, dass es sich als schwierig herausstellen könnte. Er hatte es satt, Dinge aufzugeben, die ihm wichtig waren. Er zog den Finger heraus und wischte ihn an einem Tuch ab, bevor er seinen Schwanz einölte. „Ich weiß nur, dass ich dich liebe und dass ich eine Familie mit dir haben will. Diese Familie muss nicht aus deinem Leib stammen. Wenn du willst, besorgen wir uns eine Leihmutter, doch es gibt Tausende von Kindern da draußen, die gesegnet wären, dich als Mutter zu haben."

Eve wäre eine wunderbare Mutter. Er hatte sie sich immer von einer Familie umgeben vorgestellt, ihre Familie.

„Du wolltest doch immer deine eigenen Kinder haben."

Machte sie sich darüber Sorgen? „Oh, mach' keinen Quatsch, sie werden zu mir gehören. Zu uns gehören. Die Biologie schafft keine Familie."

Keineswegs. Die Offenbarung traf ihn wie ein Schlag. Er liebte seine Mutter und seinen Vater, doch seine Brüder waren immer distanziert gewesen. Ian und Sean waren seine wahren Brüder, auf die er immer zählen konnte. Sie brauchten keine mystische Blutsverwandtschaft, um eine Familie zu sein. Sie brauchten nur einander und offene Herzen und den Willen, sich ihren Kindern zu widmen. Familie, so hatte er herausgefunden, gestaltete sich aus denjenigen Menschen, die ein Mann auf seinem Lebensweg traf, Menschen, die sein Leben teilten, so wie seine kostbare Frau.

„Wir können es immer noch haben, Engel. Wir können stets noch eine Familie gründen."

Sie führte die Hand zu ihm nach hinten, bedeckte seine. „Glaubst du das wirklich, Alex?"

„Ich weiß es. Ich werde es geschehen lassen. Ich werde nie aufgeben."

Er drängte sich hinein, seinen Schwanz an allen Muskeln vorbei schiebend, die versuchten, ihn abzuwehren.

„Ich liebe dich, Alex. Ich hab' nie aufgehört, dich zu lieben." Eve schob sich nach hinten an ihn heran. „Und ich hab' das vermisst. Ich werd' auch nicht aufgeben."

Er stieß hinein, ihr enges Loch umklammerte ihn, als er den Tränen nahe war. Nur ein bisschen. Gerade so, dass die Welt wieder duftend und schön und frisch erschien. Sie war hier, wirklich hier bei ihm. Sie war seine Partnerin.

Er stieß hinein, unfähig, sich noch eine Sekunde länger zurückzuhalten.

Sie rief seinen Namen laut aus, als er seinen Schwanz herauszog. Dieselben Muskeln, die kämpften, ihn fernzuhalten, sogen ihn ein, versuchten verzweifelt, ihn drinnen zu halten.

Sowas von gut. Es war anders als in ihrer Muschi, die Hitze, der Widerstand, der Kampf. Eve schob sich nach hinten zurück, sich am Kopfteil festhaltend. Seine süße Sub war jetzt nicht mehr nur hingebungsvoll. Sie kämpfte um ihr Vergnügen, und er war mehr als bereit, es ihr zu geben.

Seine Eier zogen sich zusammen. Ein Schauer lief ihm über die Wirbelsäule. Sie war so eng, so verdammt gut. Er konnte nicht mehr lange an sich halten, doch er nähme sie mit.

Seine Hand glitt nach vorn, sein Daumen fand ihre Klitoris. Sie war immer noch aalglatt und feucht. Er berührte sie mit seiner Handfläche, als er bis zu den Eiern tief in sie hineinglitt, sein Erguss schoss ihm nur so aus den Hoden.

Eve umklammerte ihn, sie stieß den Atem stoßweise aus der Lunge, während sie seinen Schwanz bearbeitete und ihre Klitoris fest gegen seine Hand drückte.

Er füllte sie aus, stieß hinein und zog sich heraus, bis er nichts mehr zu geben hatte.

Er fiel nach vorn, sein Schwanz rutschte heraus.

Eve drehte sich ihm zu, ihre Lippen fanden seine. „Mein süßer Gebieter."

Er beantwortete ihre Küsse. Sie war sein Ein und Alles, und er ließe sie nie wieder los.

Kapitel Dreizehn

Eve reckte sich und sah auf die Uhr. Zwei Uhr morgens. Alex drehte sich gerade um im Schlaf, setzte seinen massigen Körper in Bewegung, griff nach ihrem Kissen und legte einen Arm darum, als ob er sie umklammerte.

Was zur Hölle sollte sie mit ihm anfangen? Kriegten sie es diesmal wirklich hin? Eine Million Fragen schwebten ihr durch den Kopf, machten es ihr schwer zu schlafen. Sie griff nach ihrem Bademantel und zog ihn über, bevor sie sich die Aktenordner schnappte und das Schlafzimmer verließ. Sie lief zur Küche mit der wunderschönen Granittheke.

Die bereits besetzt war.

„Kannst du nicht schlafen?", fragte Sean. „Ich hab' irgendwie gedacht, du seist erschöpft."

Sie seufzte. Sie hätte wissen müssen, dass sie mithören konnten. Und es war nicht so, als wären sie schüchtern. „Sag mir, dass ihr daraus kein großes Ereignis gemacht habt."

Adam kam vom Balkon hereinspaziert. „Sean hat Snacks und sowas gemacht. Kristen fand uns und hat versucht, uns davon abzubringen, doch dann hörte sie dieses knisternde Geräusch, hielt die Klappe und bat um ein Bier. Sie war nicht glücklich mit dem Gedanken, wieder zurück in den Club zu müssen."

„Er hat einen Violet Wand mitgebracht?", fragte Sean.

Sie war sich recht sicher, dass jede Zelle ihres Körper vor Scham errötete. Nach der ersten Runde hatte Alex unbedingt spielen wollen und er hatte tatsächlich einen kleinen, nicht allzu starken Violet Wand mitgebracht. Er gab elektrische Ladung an die Haut ab, was sie zufällig liebte, vor allem an den Brustwarzen. Alex hatte sie gefesselt und ihr qualvolle Lust bereitet, doch es schien, als sei sie ein bisschen laut gewesen. „Alex ist gern vorbereitet."

„Ein BDSM-Pfadfinder", sagte Adam grinsend. Er sah auf und in Richtung der hinteren Schlafzimmer, seine Stimme wurde leise. „Sie wusste genau, was sie hörte. Hast du's gesehen, Sean? Die meisten würden denken Taser, aber nein, ihre Augen weiteten sich, als sie das Geräusch hörte. Sie war erregt davon."

Sean beugte sich vor. „Sie ist trainiert. Ich hab' meine Dom-Stimme ein paar Mal bei ihr gebraucht, und, ich schwöre, sie wäre fast in die Knie gegangen."

Eve legte den Stapel Akten auf die Theke. „Was spielt es für eine Rolle, ob sie trainiert ist? Und ich habe das Gefühl, du beginnst, sie zu mögen, Sean."

Sean hob die Hände in die Höhe, als wolle er einen drohenden Vortrag abwenden. „Ich mag sie echt. Ich find' sie eigentlich ganz cool, doch manchmal erwisch' ich sie dabei, wie sie mich beobachtet. Ich glaub', sie könnte sich in mich verlieben, und doch, obwohl das völlig nachvollziehbar wäre, liebe ich meine Frau. Das hab' ich ihr sehr deutlich gemacht. Ich glaub', wonach sich dieses Mädchen wirklich sehnt, ist ein Dom."

„Du weißt nicht, ob sie einen hat", sagte Adam. „Doch er hat Recht. Ich hab' sie dabei erwischt, wie sie Sean über lange Zeiträume hinweg anstarrt. Wir wissen wirklich nichts über sie, außer dass sie lustig ist und mich untern Tisch trinken kann. Im Ernst, das Mädchen ist gut im Exen."

Sean schüttelte den Kopf. „Nun, wenn sie einen Dom hat, ist er ein beschissener, denn er ließe sie diesen Scheiß auf keinen Fall alleine durchziehen. Sie wär' heut Morgen fast erwischt worden. Ich musste einspringen, sonst hätte Chazz gesehen, wie sie sich in sein Büro schlich. Sie musste sich darin verstecken, bis er endlich daran vorbei lief. Es ist offensichtlich für mich, dass sie äußerst ungeduldig wird. Es gefällt mir eigentlich auch nicht, dass sie schon wieder alleine da draußen ist. Sie glaubt zu sehr an ihre eigenen Fähigkeiten."

„Das weiß ich nicht. Sie mag keine gute Heimlichtuerin sein, aber hast du bemerkt, wie sie sich bewegt?", fragte Adam.

Eve hatte es. „Sie hat ein Training genossen."

„Sie hat ein ausgiebiges Training hinter sich."

Sean seufzte und nahm einen großen Schluck Bier. „Sie hat auch eine Menge Geschichten übers Militär geschrieben. Wäre ich in ihrer Position, hätte ich auch einige Krav-Maga-Kurse belegt."

„Ich hab' Selbstverteidigung gehabt", fügte Eve hinzu. „Aber ich beweg' mich nicht wie Kristen. Sie ist sehr ruhig."

„Sie hat auch einige Schusswunden." Adams hob defensiv die Hände. „Wir teilen uns ein Bad. Sie schließt es nicht ab, wenn sie duscht. Ihre Brüste sind eigentlich ganz nett. Hey, Serena wüsste sie auch zu schätzen. Ich hab' ihr schon erzählt, dass ich sie gesehen hab' und nicht erregt war. Der kleine Adam reagiert jetzt nur noch auf Serena."

„Ich bin echt verdammt froh, das zu hören, Arschloch", knurrte Sean zurück.

Gott, sie hoffte, dass sie nicht die Schiedsrichterin spielen müsste. Als Sean und seine Frau, Grace, anfangs zusammengekommen waren, hatte Adam ihnen zu verstehen gegeben, dass Grace seiner Meinung nach besser zwischen ihn und Jake passte. Sean hatte darauf nicht so nett reagiert. Doch das mussten sie überwinden.

Adam zeigt Sean, was sie gern sein „trauriges Welpengesicht" nannten. Adam seufzte. „Hab' ich je erwähnt, wie leid es mir tat, dass ich versucht hab', deine Frau zu stehlen? Denn das tut es. Das wäre ein großer Fehler gewesen. Glücklicherweise hat Grace einen schrecklichen Männer-Geschmack."

Seans Augen verengten sich zu eisigen Schlitzen. „Ich muss ihn umbringen, Eve."

Sie streckte eine Hand aus. Sie musste sie ablenken, und zwar schnell. „Ihr hört beide sofort auf. Sean, ich hatte vier Stunden lang verrückten, wilden Wiedervereinigungssex mit meinem Mann. Ich hab' Hunger."

Sean lächelte, hob die Hand und legte sie auf ihre. „Du hast Alex deinen Mann genannt."

Sie hatte nicht mal darüber nachgedacht. „Yeah, nun, er behauptet, dass ich ihn heiraten soll, sobald wir wieder in Dallas landen, und wir wissen alle, was für eine gute Sub ich bin."

Sean seufzte, die Erleichterung stand ihm ins Gesicht geschrieben. Er beförderte sie vom Stuhl und gab ihr eine knochenbrechende Bärenumarmung. „Ich bin so glücklich, Evie. Ich kann dir nicht sagen, wie glücklich ich bin. Er wird's nicht wieder versauen. Dafür werden Ian und ich schon verdammt nochmal sorgen."

Sie wollte ihn nicht denken lassen, sie wüsste nicht, was Sache ist. „Nun, es war auch meine Schuld."

Sean ließ sie wieder in ihren Stuhl zurück und zwinkerte ihr zu. „Ganz bestimmt, und dein Gebieter hätte dich das spüren lassen sollen. Du hast Glück, dass ich nicht dein Herr bin, also fütter' ich dich stattdessen." Er runzelte die Stirn. „Ich bin sicher, sie hat hier noch irgendwo Salat. Kristen scheint jedoch eher Fleischfresser zu sein. Ich schwör', sie hat mindestens eine Tonne Fleisch im Gefrierschrank."

Das Letzte, was sie brauchte, war Salat. „Kannst du Grillkäse machen? Vielleicht mit etwas Schinken. Und wenn Kris Schokolade hat, hätte ich gerne welche."

Sex war harte Arbeit. Sie hatte sich etwas Schonkost verdient.

„Halleluja! Ich glaub', ich hab' da etwas Prosciutto entdeckt." Sean ging zum Kühlschrank und begann mit seinen Vorbereitungen.

„Ich nehm' auch einen", sagte Adam.

Sean drehte sich nicht mal um, sondern hielt nur den Mittelfinger hoch, während er weiter seiner Arbeit nachging. Adam ignorierte die unhöfliche Geste.

„Irgendwann verzeiht er mir", sagte Adam und starrte auf die Akten. „Also, wonach suchst du?"

Sie legte eine Hand auf die Akten. „Das ist die Akte des FBI über Evans."

Und irgendwo da drin befände sich auch ein schöner, fetter Bericht über sie. Sie holte tief Luft. Es schadete nicht, ihn sich durchzulesen. Sie musste ein ganz neues Profil über den Mann erstellen. Es war so viel Zeit vergangen, dass sie sich besser alles ansah.

„Ich denke, er ist in New York." Adams ruhige Worte jagten ihr einen Schauer übern Rücken.

„Du denkst?"

Er schnappte sich seinen Computer und brachte ihn zur Theke, seine Finger flogen im Nu über die Tasten. „Ich hab' das GPS verfolgt, das du platziert hast. Übrigens, nette Idee mit dem Schuh. Alex hätte nicht an die Sache mit der chemischen Reinigung gedacht. Besitzt er Kleidung, die einer chemischen Reinigung bedarf?"

Seit er das FBI verlassen hatte, war er wieder ganz zu seinem früheren Sportler-Outfit zurückgekehrt. „Nein. T-Shirts, Jogginghosen und Jeans erfordern üblicherweise nicht so viel Pflege. Also ist mein Mann nach New York gereist. Wie kommst du darauf, dass er sich mit Evans trifft?"

„Dadurch." Er drückte auf eine Taste und ein pixeliges Bild erschien. „Als mir klar wurde, dass er auf einigen der belebteren Straßen unterwegs ist, dachte ich mir, ich könnte mich in die dortigen Videokameras hacken. Tatsächlich wurde dies aufgenommen, als er an einer der Banken im Stadtzentrum vorbei lief."

Sie starrte auf den Bildschirm. Dort war eine Menschenmenge, die im Licht des späten Nachmittags spazieren ging, doch sie erkannte einen der Männer, den sie früher am Tag schon einmal gesehen hatte. Sein Gesicht war in die Kamera gerichtet, doch der neben ihm befindliche Mann war nur im Profil zu sehen.

Sie schloss die Augen, als sie eine Welle der Übelkeit überkam, und Eve fühlte sich fast in die Vergangenheit zurückversetzt. Michael Evans. Er war gealtert, hatte die Haare fast ganz abgeschnitten, doch sie kannte das Profil. Sie sah es in ihren Albträumen. „Das ist er."

„Scheiße", sagte Sean. „Ich geh' Alex wecken."

„Nein. Gib ihm ein paar Stunden. Wir können heute Nacht eh nichts tun. Lass uns sehen, was Kristen herausfindet." Sie wollte, dass Alex noch ein paar Stunden ruhte, bevor sie sich erneut mit der Realität von Evans auseinandersetzen mussten.

Sean starrte auf das Display, die Hände auf der Theke. „Er ist tatsächlich am Leben. Fuck. Ich hab' gehofft, dass er's irgendwie hinkriegt, irgendwo auf grauenhafte Weise umgebracht zu werden."

Es klingelte und die Tür öffnete sich. Kristen trat ein, ihr rotes

Haar zerzaust und eine Blutspur im Gesicht.

„Was zum Teufel...?", fragte Adam, der sich vor seinem Computerbildschirm erhob.

Kristen taumelte zur Couch. „Nichts, worüber ihr euch Sorgen zu machen braucht. Ich bin in einen kleinen Streit geraten."

Eve eilte in die Küche und wickelte etwas Eis in ein Handtuch. Sie eilte zurück. Kristen nahm ihr Haar zurück. Eine dicke Beule war auf ihrer Stirn zu sehen. „Ist deine Deckung aufgeflogen?"

Sie nahm das Handtuch. „Das glaub' ich nicht, doch ich hab' einen toten Türsteher im Kofferraum. Er hat mich erwischt, als ich aus Chazz' Büro kam. Er dachte, ich wollte etwas stehlen. Er hat mir ein Angebot gemacht, um mich nicht auszuliefern."

Eve konnte erraten, wie das ausgesehen hatte. „Also hast du ihn überwältigt, als du wegen des Sex' mit ihm allein warst?"

„Ist irgendwas gebrochen?", fragte Sean.

Kristen schüttelte den Kopf. „Nein, ich glaub' nicht. Er war ein schwerer Mistkerl. Ich musste ihn aus einem Fenster stopfen, damit ihn niemand sieht. Es war nur dank meines angeborenen Wissens von Zug und Hebel, das mir den Arsch gerettet hat. Nun ja, das und ein perfekt platziertes Stiletto in seiner Augenhöhle."

Adams riss die Augen auf. „Du hast ihn mit einem deiner Absätze getötet?"

„Nein, Dummkopf. Ich sprach von einem Messer. Ich sagte ihm, ich würd's mit ihm in einem der Spielzimmer treiben. Ich hab' im ganzen Club Waffen versteckt." Sie hielt sich das Eis an die Stirn. „Verdammt. Ich hab' mir selbst geschworen, nie wieder jemanden zu töten. Das Arschloch von Arschgesicht hat mein fingiertes Bedürfnis nach einer Vagina nicht respektieren können. Nein, er musste beweisen, was für ein Mann er ist. Er versprach, mich zu einer Hetero zu machen."

Sean lächelte sie wissentlich an. „Für welche Agentur arbeitest du? Siehst du, ich zeig' dir mein Smiley-Gesicht, ich bin also gar nicht wütend. Doch wenn du versuchst, mir weismachen zu wollen, dass du nur eine sanftmütige Journalistin bist, die zufällig in der Lage ist, mit einer dünnen Klinge genau auf die richtige Art und Weise und der richtigen Portion an Kraft einen Mann zu töten, dann willst du mich wohl für blöd verkaufen. Arbeitest du für den Geheimdienst im In-

oder Ausland?"

Kristen schloss die Augen. „Sean, ich bin nicht das, wofür du mich hältst."

„Er denkt, du bist von der CIA. Irgendwie denk' ich das auch", stimmte Adam zu.

„Ich bin keine Spionin. Ich bin niemandes Agentin", sagte Kristen mit leiser Stimme. „Ich bin weder jetzt, noch hab' ich jemals einer Regierungsbehörde angehört, und schon gar nicht der CIA."

Eve glaubte ihr irgendwie. Es gab mehr als einen Grund zu lernen, sich effektiv verteidigen zu können. „Aber du bist schon mal verletzt worden."

Kristens Augen fanden ihre. „Ja, in einer Art, die du dir nicht vorstellen kannst. Ich hab' schon in sehr jungen Jahren gelernt, mich zu verteidigen. Ich musste es. Ich verstecke keine Waffen, weil es mich irgendein CIA-Handbuch gelehrt hat. Ich verstecke sie, weil ich so aufwuchs, denn wenn ich nicht gelernt hätte, mich zu verteidigen, ich höchstwahrscheinlich keinen Geburtstag mehr erlebt hätte, zumindest keinen unversehrt. Können wir das Thema meiner beschissenen Kindheit abschließen und darüber reden, was ich herausgefunden hab'?"

Seans Kiefer formte eine störrische Linie. „Gut, doch ich werd' mir schon meinen Reim auf dich machen, und wenn ich das tue, wirst du mein Smiley-Gesicht bestimmt nicht mehr zu Gesicht kriegen. Und ich schwör' bei Gott, wenn du jemanden dieses Teams verletzt, werd' ich dafür sorgen, dass du dafür bezahlst."

„Ich bin sicher, dass dein Bruder direkt hinter dir steht", sagte sie abwesend.

„Du weißt, das wird er. Denk darüber nach, bevor du deinen nächsten Schritt machst."

Sean klang nun ohne jeden Zweifel arschkalt.

„Denkst du, ich denke nicht jeden verfickten Tag darüber nach?"

Eve musste sie beruhigen, bevor Sean und Kristen aufeinander losgingen. Trotz der Tatsache, dass sie absolut nichts über die Frau wusste, vertraute sie Kristen. „Was hast du erfahren, Süße?"

Kristen zog die Augenbrauen hoch und wandte sich Eve zu. Es war so leicht zu erkennen, wie sie einem eifrigen Welpen glich. Sie wäre gern eine der Frauen. Sie wollte so dringend Freunde haben. Eve sah zu, wie Kristen sich selbst zurückhielt, die Hände aneinander rieb und auf ihrem Schoß ineinander legte. Wenn Eve hätte wetten müssen, hätte sie behauptet, dass Kristen ihr die Hand entgegenstrecken wollte, um Eves Hand zu halten. „Ich ging in Chazz' Büro. Ich wusste, dass ich nicht viel Zeit hatte. Ich bin rein. Hab' einen Blick auf seinen Kalender geworfen. Bin wieder raus."

Eve bewegte sich auf sie zu, ihr die Zuwendung schenkend, nach der sie sich so sehnte. Sie streckte ihr die Hand aus. „Und was hast du gefunden?"

Kristen beugte sich vor, nach Eves Hand greifend. „Übermorgen hat er sich eingekreist. Dort stand, Treffen mit Mikey. Wir können ihn kriegen, Eve. Ich werd' dir helfen. Ich werde direkt bei dir sein."

Nichts in ihren Augen ließ Eve glauben, dass sie log. Eve verschränkte ihre beiden Hände ineinander. Es war genau das, was Kristen sich wünschte, eine Schwesternschaft, eine Familie. „Gut. Wir werden Alex früh wecken und es ihn wissen lassen. Wir werden auf ihn vorbereitet sein."

Sie hatte einen Tag, um ein Profil von ihm zu erstellen, um rauszufinden, wie sie ihn am besten schnappen könnten. Sie würde nicht schlafen. Es war nicht ihre Aufgabe, die Rächerin zu spielen. Es war ihre Aufgabe, Alex und Sean jede Information zu liefern, die sie wissen mussten.

Und Kristen. Kristen wäre eine Kriegerin. Kristen musste helfen.

Sean runzelte die Stirn. „Na gut. Bist du hungrig?"

„Ich könnte was essen", antwortete Kristen.

Sean nickte und ging zurück in die Küche.

Adam schrie ihm nach. „Hey, du bist bereit, für eine Frau zu kochen, die uns nicht sagt, wer sie wirklich ist, aber nicht für mich?"

Sean blickte nicht zurück, sondern begann nur damit, ein Brot zu schmieren. „Sie hat nicht versucht, mit meiner Frau zu schlafen."

Kristen zuckte mit den Achseln. „Ich hab' sie nicht gesehen. Wer weiß? Vielleicht."

Sean gluckste.

Kristen preschte vor und flüsterte. „Das würde ich nicht. Ich liebe tatsächlich noch den Mann, den ich einst verloren hab'. Ich kann... Ich kann an keinen anderen denken."

Eve lächelte, drückte ihre Hand. „Es ist alles gut. Das hast du...gut gemacht." Sie gab ihr Kristens freundliche Worte zurück. Sie sah zu den Aktenordnern hinab. „Und danke für diese hier. Ich freu' mich nicht darauf, mir die siebzehn Bombenopfer anzusehen, doch ich denke, es wird hilfreich sein."

Kristen runzelte die Stirn. „Was meinst du mit siebzehn? Es waren nur sechzehn Ordner."

Eve sah auf die Ordner vor sich hinab, zählte sie schnell durch. Kristen hatte Recht. Sechzehn Ordner. Es hatte siebzehn Opfer gegeben. Warum hatte das FBI nur sechzehn Ordner?

Sie kam zurück zur Theke. „Du hast nicht alle gekriegt."

Kristen hatte sich geirrt.

Die Rothaarige setzte sich auf und ließ den Eisbeutel fallen. „Ich hab' alles runtergeladen, was dort war. Wenn das FBI eine Akte hatte, hab' ich sie gehackt."

„Ich kenne den Fall. Es gab siebzehn Tote. Wenn du meine Entführung mitzählt, müssten es eigentlich zwanzig sein, doch meine Akte, die Leon und Tommy mit aufführt, gilt als nebensächlich."

„Du bist darin aufgeführt", sagte Kristen. „Ich hab' dich einfach nicht zu den Toten gezählt. Nach Angaben des FBI gab es sechzehn Tote bei den Bombenanschlägen, zwei ermordete Ermittler sowie ein Vergewaltigungs- und Entführungsopfer. Sie."

Adam eilte zu seinem Computer. „Ich bin am Zug."

Sie kannte diesen Fall wie ihre Westentasche. Sie kannte die Opfer auswendig. Sie spielte sie in ihrem Kopf nochmal durch. Brewer, Davies, Duncan, Foster, Clemmons, Johnson, Wilcox, Schroeder, Flynn, Betts, Gale, Hardison, Garcia, Kapoor, Ellig, Gilliland und Foster.

Die Namen waren ihr ins Hirn gebrannt. Obwohl sie sich nicht an jedes Detail eines jeden Opfers erinnerte, kannte sie die Namen. Wer fehlte?

„Dort waren nur sechzehn Akten." Kristen stand hinter ihr, ihr über die Schulter lugend. „Ich hab' alles runtergezogen, was ich konnte. Hab' ich was übersehen?"

Garcia. Die Akte Garcia fehlte. „Ähm, ich glaub', du hast die Akte von Carmen Garcia übersehen. Sie starb beim letzten Bombenattentat. Bei dem in Washington."

Es hatte sich um den Bombenanschlag gehandelt, der Alex zu

diesem unseligen Schritt gezwungen hatte. Evans hatte eine Klinik bombardiert, die Frauen medizinische Versorgung anbot. Vier Menschen waren bei diesem Bombenanschlag ums Leben gekommen, darunter ein Arzt, der ehrenamtlich tätig gewesen war, um den Frauen in der Nachbarschaft Routineuntersuchungen und pränatale Betreuung zu ermöglichen. Die Akte von Dr. Kapoor war hier. Wo war die von Carmen Garcia?

Es war vermutlich ein Versehen. Akten gingen manchmal verloren. Doch eher selten im digitalen Zeitalter.

Kristen krümmte sich, als sie zu einem von Adams drei Computern wechselte. „Darf ich?"

Adam nickte, nicht von seiner Tastatur aufblickend. „Sicher. Ich werd' mich in das System des FBI hacken. Es könnte ein oder zwei Minuten dauern. Ich werd' das System durch weitere fünfzig leiten, so dass sie sich einige Zeit damit beschäftigen können, den Knoten zu lösen. Ich will das FBI nicht vor meiner Haustür stehen haben."

„Du meinst wohl, dass du sie nicht schon wieder vor der Haustür stehen haben willst?", fragte Sean, der ihr ein perfekt goldenes Sandwich vor die Nase setzte.

Verdammt. Sie war hungrig. Trotzdem ihr jeder Instinkt sagte, dass etwas nicht stimmte, knurrte ihr Magen. „Ich dachte, Adam ließe sich nicht mehr erwischen."

„Es gibt immer eine Möglichkeit", brachte Adam vor. „Egal, was ein Hacker tut, wenn der Ermittler hartnäckig genug ist, findet er dich. Ich muss es für sie so aussehen lassen, dass es sich nicht für sie lohnt."

„Scheiße." Kristen stöhnte, während sie auf den Computer hinabblickte. „Das wird mich lehren, all meine Nachforschungen auf Regierungsakten basieren zu lassen. Über den letzten Bombenanschlag hab' ich mich über die Presse informiert. Da ist sie. Carmen Garcia. Zweiundzwanzig Jahre alt. Hübsches Mädchen. Sie hat in Georgetown Jura studiert."

„Das ist richtig. Ich fand's immer seltsam, dass sie sich in dieser Klinik befand. Ihre Eltern hatten Geld. Sie war keine Stipendiatin. Sie stammte aus einer ziemlich prominenten Familie in San Antonio", sagte Eve. Sie hatte nicht dem typischen Profil entsprochen. Die meisten der Opfer waren Ärzte oder Krankenschwestern oder mittellose Frauen, Frauen, die keine andere Form der Gesundheitsversorgung hatten. „Sie hätte einen langen Weg zurücklegen müssen, um zu dieser speziellen Klinik zu gelangen."

„Sie war schon immer ehrenamtlich tätig", überlegte Kristen. „Sie mag ausgeholfen haben."

„Ihre ehrenamtliche Arbeit hatte immer mit juristischer Arbeit und Politik zu tun. Nicht einer der Überlebenden erinnerte sich daran, sie je zuvor dort gesehen zu haben, und der ganze Papierkram ging im Feuer verloren. Sie musste anhand eines zahnärztlichen Befunds identifiziert werden."

„Ich bin drin." Adam bekam immer diesen konzentrierten Blick, wenn er an einem Problem arbeitete. Das war Adams Welt. Oh, er konnte schießen und ebenso wie der Rest von ihnen ein Messer schwingen, doch sobald Adam am Computer saß, sein großartiges Hirn auf Hochtouren lief, war er am tödlichsten.

Sean stellte einen zweiten Teller vor Adam und bewies damit, dass das Gros ihrer Anfeindung Show war. Oder, dass Sean nicht widerstehen konnte, damit anzugeben, denn es handelte sich um einen erstaunlichen Grill-Käse. Eve biss in ihren und konnte nicht anders als tief zu seufzen. Der Mann konnte kochen. „Wie Kris sagen würde, ich hab' ihn nicht mal vergiftet. Möchtest du Pommes dazu? Du hast noch ein paar Kartoffeln, die ich in der Pfanne braten kann."

Seine Augen waren maskiert, leicht misstrauisch, als er zu Kristen blickte, die leicht mit dem Kopf schüttelte. „Nö. Nur das Sandwich, doch für mich in einer braunen Tüte, bitte. Beim Herumgezerre von Jersey Carls Leiche ist mir übel geworden. Wenn ich einen Ort gefunden hab', wo ich seine Leiche entsorgen kann, bin ich vielleicht bereit für einen Snack. Ich hab' daran gedacht, ihn zu beschweren und in den Ozean zu werfen. Es ist eine schöne Nacht dafür. Es sollte hier doch etwas Strömung geben, oder?"

„Ich werd' nachsehen", sagte Sean, der sich offensichtlich damit abgefunden hatte, ihr Komplize zu sein. „Hast du ein Boot?"

„Ich hab' kein Boot, doch ich hab' ein gutes Paar Hände, mit denen ich eines ausleihen kann, ohne dass der Besitzer etwas davon erfährt, das Glas ist also halb voll. Ich mach mich sauber, bevor wir gehen. Ich kenn' einen Hafen an der Straße, in dem der Nachtwächter zu dieser Zeit üblicherweise schläft."

Sean begann, die Küche aufzuräumen, als Kristen ging.

„Ist das in Ordnung für dich?", fragte Eve. Sean war jetzt Vater. Er wollte vielleicht nicht zum Komplizen eines wahrscheinlich gerechtfertigten Mordes werden.

Adam starrte ihr nach. „War das eine Wiederholungstat? Warum sollte sie wissen, wann genau der Nachtwächter eines Hafens schläft? Ist sie Dexter?"

Es war eine lächerliche Vorstellung. „Sie ist keine Serienmörderin."

Sean sah für einen Moment nachdenklich aus. „Ich glaub', weder das eine noch das andere. Doch sie scheint sehr aufmerksam auf ihre Umgebung zu achten."

„Wenn sie als Missbrauchsopfer aufgewachsen ist, musste sie das höchstwahrscheinlich auch", sinnierte Eve. „Aber ehrlich, geht es dir gut damit? Ich kann Alex wecken und wir könnten mit ihm gehen."

„Na. Ich behalt' sie lieber im Auge. Und ich kauf' ihr die Geschichte mit Carl ab. Ich arbeite erst seit einer Woche mit dem Arschloch zusammen und hab' gesehen, wie er die meisten Kellnerinnen belästigt hat. Sie haben Angst vor ihm. Das Küchenpersonal auch. Ich glaub', er hat einige der Illegalen erpresst, indem er androhte, die Einwanderungsbehörde einzuschalten, wenn sie ihm nicht einen Anteil abgeben. Er lief auch bewaffnet rum, also ein Arschloch weniger, um das wir uns Sorgen zu machen brauchen. Vielleicht stützt sich Chazz jetzt stärker auf Alex." Sean sah zurück zum Flur, in dem Kristen verschwunden war. „Sie weiß mehr, als sie sagt. Einer von uns muss näher ran. Sie scheint mich zu mögen."

Sie erinnerte sich an das letzte Mal, als Sean sich einer Frau näherte, die an einer Operation beteiligt war. Sie hatten jetzt ein Baby zusammen. „Sean, mach' das nicht."

Er verdrehte die Augen. „Gott, Eve, ich werd' sie nicht verführen. Doch ich könnte sie ein bisschen toppen. Das ist auch möglich, ohne eine Frau zu berühren. Hinter ihrem Sarkasmus verbirgt sie einiges. Vielleicht kann ich sie dazu bringen, sich zu öffnen, herausfinden, was sie wirklich hier vorhat. Was ist los mit dir? Ich bin nicht derjenige, der versucht, mit Frauen rumzumachen, die nicht zu mir gehören."

Adam stöhnte. „Ich schwör', ich würd' ihn umbringen, wenn er nicht so ein guter Koch wäre. Er hat das Gedächtnis eines Elefanten." Adam riss die Augen weit auf. „Ich hab's. Ich hab' die Akten direkt vom Server des FBIs geladen. Sechzehn. Keine Carmen Garcia. Könnten sie sie als geheim eingestuft haben? Warum würden sie das tun?"

Eve hatte absolut keine Ahnung.

„Warum bist du auf?", fragte Alex, als er aus ihrem Schlafzimmer kam mit nichts anderem an als einer Jogginghose. Adam konnte seine perfekt geschnittenen Anzüge behalten. Sie liebte Alex genau so, wie er war. Er brauchte keinen Anzug, um sie zum Lechzen zu bringen.

„Konnte nicht schlafen." Genauso wenig konnte sie den Seufzer verbergen, der ihr über die Lippen huschte. Was für ein schöner Gebieter, mit seinen verschlafenen Augen und seinen breiten Schultern.

„Dann hab' ich meine Arbeit nicht erfüllt. Komm zurück ins Bett, Engel." Er streckte seine Hand aus. „Ich kann ohne dich nicht schlafen."

Sie ließ alles hinter sich. Es wäre am Morgen immer noch da. Die Tatsache, dass eine Akte fehlte, war sehr wahrscheinlich ein Fehler auf Seiten der Regierung.

„Hab' ich irgendwas verpasst?", fragte Alex.

Eve brachte Alex auf den neuesten Stand. „Adam glaubt, er habe Evans in New York gefunden. Kristen konnte einen Blick auf Chazz' Kalender werfen und glaubt, dass Evans übermorgen hier sein wird. Oh, und Kristen hat einen Türsteher getötet."

„War es Carl?", fragte Alex, anscheinend mit jedem Nachrichtenfetzen zufrieden, den sie ihm überbrachte.

„Ja." Sie hätte Carl mehr Aufmerksamkeit schenken sollen.

„Gut für Kris. Wer hat Leichendienst? Sagt mir, dass sie die Leiche hat."

Kristen trat aus dem Flur. Sie hatte sich umgezogen und war nun ganz in schwarz gekleidet. „Klar. Ich bin keine Touristin. Er ist auf dem Rücksitz meines Navigators. Schwer der Typ."

„Ich mach das schon, Alex", sagte Sean.

„Und ich bin an Evans dran." Adam konzentrierte sich wieder auf seinen Computer. „Ich lass' ein paar Programme laufen, um zu sehen, ob ich rausfinden kann, welchen Namen er benutzt. Kristen hatte etwa vier ausfindig gemacht. Hoffentlich benutzt er einen davon. Wir kriegen ihn. Du und Eve sollten euch etwas ausruhen."

„Er ist also wirklich auf dem Weg hierher?", fragte Alex, seine Hand hielt ihre fester.

Kristen nickte. „Ich hab' dir gesagt, dass ich ihn dir auf einem Silbertablett serviere."

„Gut so." Er drehte sich um und begann damit, Eve zurück ins Schlafzimmer zu führen.

„Alex?" Sie hatte erwartet, dass er in den Kommandomodus ginge, doch er ging davon.

Er zog sie in seine Arme. „Nein, Eve. Kein Wort mehr darüber. Wir klären das morgen früh. Wir setzen uns hin und reden darüber. Ok? Ich lass' dich an der Entscheidung teilhaben, doch bitte sei dir gewiss, dass ich von seinem Arsch ablasse, wenn es darum ginge, ihn ziehen zu lassen oder ihm die Möglichkeit zu geben, dich wieder zu verletzen.

Er würde sich für sie entscheiden. Wieder drohten ihr die Tränen zu laufen und sie legte den Kopf an seine Brust. Sie würde sich immer für ihn entscheiden. „Ja, mein Gebieter."

„Küss mich."

Sie neigte den Kopf nach oben. Der Herr war noch nicht fertig mit ihr.

Kapitel Vierzehn

Im schwachen Licht der Morgendämmerung überprüfte Jesse seine SIG. Er hatte beschlossen, es schnell zu machen. Sauber und einfach. Ohne Hektik und Geschrei. Der Chef hatte wieder angerufen, in einem beunruhigten Zustand.

Und Jesse hatte ihm nicht alles gesagt. Er hatte ihm nicht gesagt, was er gesehen hatte.

Kristen. Er hatte zugesehen, wie Kristen den Mistkerl Carl in eines der Hinterzimmer geführt hatte. Er war überrascht gewesen, wie sehr er das gehasst hatte. Es war nicht so, als mochte er Kris nicht. *Fuck*. Es war unmöglich, Kris nicht zu mögen. Sie war eine dieser strahlenden Menschen, von der Art, der die Scheiße aus dem Leib geprügelt wurde und immer noch aufstand, und dabei ein Lächeln zeigte, das sich sehen lassen konnte.

Sein Herz hatte einen Sturzflug gemacht, als er sie mit Carl sah. Carl war ein Arsch. Er behandelte alle Frauen, als seien sie nichts als Löcher, in die er seinen Schwanz reinstecken konnte. Was zur Hölle hatte sie in ihm gesehen? Und sollte sie nicht eher in Mädchen-mit-Mädchen-Aktion sein? Carl, mit seiner üppigen Körperbehaarung, war so weit von der Weiblichkeit entfernt wie nur irgendwie möglich.

Er hatte einen Spaziergang machen müssen, eine rauchen. Es fühlte sich an, als würden sich die Dinge zuspitzen. Chazz hatte ihm mitgeteilt, dass der Mann, der alles leitete, zu einem Besuch reinkäme.

Er hatte zufällig gehört, wie Chazz wieder von der „Farm" sprach. Er hatte sie von Zeit zu Zeit erwähnt, doch wenn Chazz Karotten und Kartoffeln anbaute, war sich Jesse dessen nicht bewusst.

„Du wirst den Big Boss kennen lernen", hatte er gesagt.

Als ob ich das nicht schon längst wüsste, Vollidiot. Du hast keine Ahnung, wer ich bin.

Jesse hatte gerad eine Erleuchtung in dem Versuch, sich einen Ausweg aus dem zu überlegen, was er eigentlich tun sollte.

Da hatte er Carl den Vollhengst gesehen, wie er einen Kopfsprung aus dem Fenster machte. Er hatte sich gefragt, warum Carl aus dem Fenster gestiegen war, wo es doch eine einwandfreie Vordertür gab. Er hatte gegluckst und erkannt, dass der Kerl tot war. Er hatte sich überhaupt nicht bewegt. Jesse wusste, wie eine Leiche aussah. Er wusste es nur zu gut.

Kris war schrecklich kühl, wenn sie unter Druck stand. Er hatte zugesehen, wie sie Carls Leiche in den Kofferraum ihres SUVs manövrierte, und hatte doch die ganze Zeit im Auge behalten, wer kam und ging. Sie hatte sich sogar aufgemacht, um mit einer der Cocktailkellnerinnen zu sprechen, vermutlich um sich zu vergewissern, dass sie nicht unerwartet auf dem Schauplatz von Kristens Verbrechen auftauchte.

Also warum hatte er es seinem Chef gegenüber nicht erwähnt?

Aus demselben verdammten Grund, warum er tat, was er vorhatte zu tun.

Weil er vor kurzem erkannt hatte, dass es Grenzen gab, die er nicht überschreiten konnte.

Er blickte erstaunt in Richtung der prächtigen Wohnung, in der seine Beute untergebracht war. Eine weitere Lüge, die ihm untergejubelt worden war. Der bezaubernden Kristen zufolge sollten sie all in ihrem heruntergekommenen Haus in St. Augustine sein. Doch er war ihr nach Palm Coast gefolgt, war mit ausgeschaltetem Licht über einen einsamen Highway gefahren, damit sie nicht bemerkte, dass sie verfolgt wurde. Er folgte ihr vorbei an Strandhäusern und der Marine World. Nun, er folgte ihr, so weit es ihm möglich war. Nachdem er die gebührenpflichtige Brücke überquert hatte, endete seine Fahrt an einem Tor, an dem ein Wachmann stand.

Er hatte sein Auto parken und sich zu Fuß einen Weg an den Sicherheitskontrollen vorbei bahnen müssen. Es war nicht leicht gewesen, doch sie hatten ihm nicht umsonst den Namen „Geist" in seiner alten Einheit gegeben. Er hatte sich hinter eine der vergitterten Veranden im ersten Stock gekauert. Er hätte nicht gewusst, in welchem Gebäude sie sich befand, wäre es ihm nicht gelungen, ihr Auto zu finden.

Hier fühlte er sich sicher. Die Fenster waren alle dunkel und es befanden sich hier auf dieser Seite, in Richtung Landesinnere, keine kleinen Tische. Soweit er beurteilen konnte, führte die Veranda bis herum zur Meerseite. Das waren ernsthaft wohlhabende Leute.

Warum zur Hölle arbeitete sie in der Bar, wenn sie sich diesen Ort leisten konnte?

Etwa eine Stunde, nachdem er sie gefunden hatte, war sie mit dem großen blonden Koch, der aussah, als könnte er mehr als nur eine Kuh schlachten, wieder hinausgekommen.

Als sie weggefahren waren, hatte Jesse das Fahrzeug von Master A gefunden, war eingebrochen, hatte seine Ausrüstung hineingelegt und war wieder zu seinem Versteck zurückgekehrt. Jesse wartete geduldig. Er war sich sicher, dass er am richtigen Ort war und die richtige Tür beobachtete.

Nur er und seine Waffe.

Die Sonne war vor etwa einer Stunde aufgegangen, etwa zwanzig Minuten nachdem Kristen und der Koch erledigt hatten, was auch immer sie dort zu tun hatten. Von dort, wo er saß, hatte er eine gute Sicht auf die Tür, hinter der Kristen und der Koch zuvor verschwunden waren. Er wäre gern näher rangegangen, um einen Blick hinein zu erhaschen, doch an der Tür befand sich eine Sicherheitskamera. Es war die einzige. Sobald sich das Ziel einige Meter vom Eingang entfernt befand, war es Jesse möglich das Problem neugieriger Augen zu umgehen.

Er hatte zwei Möglichkeiten. Eigentlich drei. Wenn Master A als erster oder zusammen mit dem Koch herauskäme, schlüge er beide nieder und wäre fertig. Wenn sein Ziel mit einer der Frauen herauskäme, hatte er die Wahl, doch wenn die Sub allein herauskäme, hatte er einen Plan.

Jetzt ging es nur darum zu warten.

Zu warten und herauszufinden, wie seine Karriere zu retten war.

Oder einfach zu akzeptieren, dass er ein Versager war, und das schon immer.

Was würde sein heldenhafter Vater jetzt von ihm denken? Es gab keine Möglichkeit, dass er stolz wäre, richtig? Er war nur wie die anderen. Er fragte sich sicher, warum Jesse Murdochs Kopf noch zu seinem Körper gehörte, wenn den Rest seines Teams ein so grausames Schicksal ereilt hatte.

Jesse schloss die Augen, denn manchmal konnte er die Bilder unterdrücken, wenn er an was anderes dachte. Alles, nur nicht das feuchtkalte irakische Gefängnis, das nach Tod und Blut und Pisse roch. Alles, nur nicht, wie die arme Alannah ihn angesehen hatte, kurz bevor ihr das Schwert den Kopf vom Körper trennte.

Er hatte ihr beigestanden, doch sie hatte ihn in dem Moment gehasst. Sie hatte es gehasst, dass sie sterben musste und er nicht. Sie hatte geglaubt, dass er sie verraten habe.

Genauso wie die anderen auch.

Der Verlust dieses Jobs bedeutete den Nagel zu seinem Sarg, aber bei Gott, er ginge hinaus und bliebe sich selbst treu.

Die Sonne zog höher am Himmel auf, doch Jesse fühlte keine Wärme.

* * * *

„Also was ist das Problem?", fragte Alex, auf den Computerbildschirm hinunterblickend. Dort stand eine Unmenge an Einsern und Nullen und ein Haufen Scheiße, der für ihn keinen Sinn ergab.

Adam gähnte und reckte sich im frühen Morgenlicht. Anscheinend war er die ganze Nacht wach gewesen, um sich mit dem Horror an Einsen und Nullen auseinanderzusetzen. „Es ist seltsam. Wäre diese spezielle Akte als geheim eingestuft worden, hätte ich hier was vorgefunden, doch sie ist einfach verschwunden. Jemand hat die Datei gelöscht."

„Warum verdammt sollten sie eine Datei löschen?" Alex verstand nicht. „Glaubst du, Evans steckt dahinter?"

Es war das Einzige, was Sinn ergab. Das FBI brauchte jedes Bisschen an Information, das es kriegen konnte. Es war kostbar und wurde wie Gold gehortet. Wie hatten sie es nicht bemerken können? Hatten sie diesen Fall geschlossen? Nein. Er wollte es nicht glauben.

Warren ließe das auf gar keinen Fall zu.

„Ich weiß es nicht, doch jemand war es, und zwar jemand innerhalb des FBIs", erklärte Adam. „Wäre es jemand von außerhalb gewesen, gäbe es Fußabdrücke. Ich krieg's nicht genau heraus, von wo die Löschung durchgeführt wurde. Der Computer war früher auf einen Tommy Guinn registriert, doch das Benutzerkonto gilt als inaktiv."

Tommy. Gott. Tommy war bei dem Angriff auf Eve gestorben. „Kannst du das Datum feststellen?"

Adam fuhr über diverse Tasten.

„15. März. Hat dieses Datum eine Bedeutung?", fragte Adam.

Das war zehn Tage, nachdem er beim FBI gekündigt hatte. „Nicht wirklich. Da hab' ich dort nicht mehr gearbeitet. Ich weiß es nicht. Ich muss ein paar meiner Kontakte anrufen. Ich werd's herausfinden."

Adam stand auf. „Tu's nicht. Ruf' sie nicht an. Lass' uns das selbst ansehen."

Alex seufzte und schloss die Augen. „Du glaubst, es war ein Insider-Job."

„Und du bist zu nah dran."

Adam hatte Recht. „Okay. Lass uns alle möglichen Gründe durchgehen, warum jemand internes eine Datei löschen würde. Hol' Sean dazu. Eve ist unter der Dusche. Sie sollte nicht allzu lang brauchen. Wir haben noch ein paar Stunden, bis wir im Club sein müssen. Ich will darüber nachdenken. Sag' Ian Bescheid."

Ian stellte seinen verdammten Resonanzboden dar. Er brauchte Ian. *Verdammt noch mal.* Wie zur Hölle hatte Nelson den perfekten Zeitpunkt wählen können, um ihn von Ian zu trennen?

„Schon geschehen. Er ist bald auf Skype. Ich verbinde uns über den großen Fernseher. Dann kann er uns in HD anschreien." Adam schien erleichtert, etwas zu tun zu haben. Er begann gleich damit, Kabel und Drähte zusammenzusuchen.

Alex sah auf die Aktenordner. War Carmen Garcia ein Kaninchenbau, den er erkunden sollte? „Was hast du über sie rausgefunden?"

Adam schloss Drähte an den großen Fernseher im Wohnzimmer. „Lieblingstochter einer prominenten Familie aus San Antonio. Ihr Vater saß im Senat des Bundesstaates Texas. Ihr Bruder spielte im College Football für die Longhorns. Die Ergebnisse ihres Eignungstests für ein Jurastudium waren besser als verdammt exzellent. Hat sich für Georgetown entschieden statt für Harvard. Ich bin mir nicht sicher, ob das eine gute Entscheidung war, den Artikeln jedoch zufolge, die ich über sie gelesen hab', wollte sie in der Nähe von Washington sein."

Warum war sie wichtig? In all den Jahren, in denen er beim FBI gewesen war, war ihm das Problem, dass jemand Dateien löschte, nicht begegnet. Nein. Das war vorsätzlich. Es mochte ein Kaninchenbau sein, wenn es um Evans ging, doch etwas daran ließ all seine Instinkte erwachen.

Sean kam hinaus, gähnend, doch hatte sich bereits für den Tag gekleidet. Er hielt seine Messer zusammengerollt in der linken Hand. „Jersey Carl schwimmt hoffentlich mit den Fischen in einer schönen Strömung Richtung Nordatlantik. Ich muss früh los. Ich werd' mich mit ein paar der Geschirrspüler unterhalten und sehen, ob ich etwas über das bevorstehende Treffen aus ihnen herausbekomme. Chazz redet viel und begreift nicht, dass die meisten der Jungs Englisch gelernt haben. Er spricht vor ihnen, als seien sie gar nicht anwesend. Ruft mich an, wenn ihr was braucht."

„Sowas wie ein Frühstück?", fragte Adam.

„Das wird heute nicht geschehen." Sean schloss die Tür hinter sich.

Eve kam aus dem hinteren Teil der Wohnung, in einer Pyjamahose und einem T-Shirt gekleidet, das nicht verbergen konnte, dass sie keinen BH trug. Ihr Haar war wahllos in einem Zopf hochgebunden und sie lief in flauschigen rosa Flip-Flops umher. Sie trug kein Make-up, und er hatte sie noch nie so schön gesehen. Selbst nach all dem Sex am Abend zuvor war sein Schwanz absolut aufmerksam, sobald sie den Raum betrat. „Wo ist Sean hin?"

„Um einige Informationen von seinen Mitarbeitern zu kriegen. Er glaubt, sie wissen mehr, als sie behaupten. Was denkst du über Carmen Garcia?" fragte Alex, der zur Kaffeemaschine lief, um sie anzuschmeißen.

„Ich weiß es nicht. Es kann nicht viele Gründe geben, warum ein Mädchen mit ihrem Geld und der Bindung zur Gemeinschaft in eine kostenlose Klinik ginge, wenn sie nicht ehrenamtlich tätig war. Ich wette, sie wollte nicht, dass ihre Leute wussten, dass sie der Dienste eines Frauenarztes bedurfte. Sie war schwanger. Ob sie die Schwangerschaft bestätigt haben wollte oder ob sie gedachte abzutreiben, werden wir wohl nie erfahren."

„Aber warum ist das wichtig? Warum ihre Akte löschen?" Er fummelte am Kaffeefach der Kaffeemaschine herum. Sie war absolut leer. „Verdammt nochmal, Adam."

„Tut mir leid. Ich war die ganze Nacht auf. Ich brauchte Treibstoff." Adam verlor sich in dem Gewirr von Kabeln, die von verschiedenen Computern ausgingen.

Eve brauchte Kaffee. Sie war empfindlich, bis sie ihre morgendliche Tasse getrunken hatte. Und jetzt war es wieder Alex' formaler Job, dafür zu sorgen, dass sie welchen bekam. „Ich werd' welchen kaufen gehen."

Eine weiche Hand berührte seinen Rücken, die an seiner ganzen Wirbelsäule entlang lief, ihr Gesicht hatte sie auf sein Schulterblatt gelegt. „Nicht nötig, Babe. Unten ist ein Gemeinschaftsbereich. Kristen hat ihn mir gezeigt. Da steht eine dieser portionsweisen Kaffeemaschinen. Ich geh' und mach' mir eine Tasse."

„Das kann ich machen." Es war sein Job, auf sie aufzupassen, und jetzt, da sie es ihm erlaubte, wollte er den verdammt ernst nehmen.

Sie gluckste. „Alex, du hast keine Ahnung, wie du eine solche zu bedienen hast. Nicht, dass ich stundenlang hier oben stehe und langsam an Koffeinmangel sterbe. Außerdem kann ich den Spaziergang nutzen, um wach zu werden. Jemand hat mich gestern Abend ausgepowert."

Er drehte sich um und im Nu lagen seine Lippen auf ihren. Er verhedderte die Hände in ihrem Haar, löste den Zopf und gab ihr einen ausgiebigen Guten-Morgen-Kuss. „Ich werd' dich heut Nacht wieder auspowern, mein Engel." Er ließ seine Stirn auf ihrer ruhen.

„So oder so, in ein paar Tagen ist das alles vorbei."

Falls Evans auftauchte, wollte Alex ihn fertigmachen. Falls nicht, würde er alles an jemand anderen übergeben, denn er wollte Eve nicht in Gefahr bringen und sie würde ihn nicht verlassen, ergo war er aus diesem Fall raus, und zwar bald.

Vielleicht war es an der Zeit, Ian den Scheißkerl töten zu lassen.

„Ich weiß." Sie ging auf Zehenspitzen. „Ich bin in einer Sekunde zurück. Magst du mir einen Toast machen."

Das könnte er. Es war so ziemlich das Einzige, zu was er in der Küche fähig war, doch er konnte einen Toaster bedienen. „Okay."

Sie drehte sich um und verließ die Wohnung. Er hörte den Aufzug klingeln, wie sie nach unten fuhr.

Er ging zum Kühlschrank, als sein Verstand über alle Alternativen nachdachte.

Es hatte eine Menge Chancen gegeben, die Evans' den Weg bereitet hatten. Er war seiner Verhaftung mehrfach entkommen, obwohl Alex den Mann hätte kriegen sollen. Ein- oder zweimal hatte er damit umgehen können, doch er hatte die besten Informationen gehabt, wie Evans nach dem Bombenanschlag in DC vorgegangen war. Er hatte sein Versteck gefunden und Evans war verschwunden, doch seine Zigarette rauchte noch im Aschenbecher, als hätte er genau gewusst, wann er abhauen musste.

Und dann war da seine Flucht. Er erinnerte sich noch genau, wie er sich gefühlt hatte, als Warren ihn anrief, um ihm mitzuteilen, dass Evans auf freiem Fuß war.

Chazz war in demselben Gefängnis gewesen. Er war aus der Zelle geholt worden, als ihm das Bettzeug gebracht worden war, doch er hatte sich über Wochen bereits mit Evans eine Zelle geteilt. Er wusste vermutlich ganz genau, wie Evans entkommen war.

Er könnte wissen, ob eine Verbindung zwischen Evans und Carmen Garcia bestand.

Er könnte wissen, ob eine Verbindung zwischen Evans und jemandem aus seinem alten Team bestand.

War er bereit, Chazz an die Kandare zu nehmen? Kurz bevor Evans eintraf?

Hatte er eine Wahl?

„Du bist tief in Gedanken versunken. Versuchst du, die Eier mit deinem Hirn zu kochen?", fragte Adam.

Alex wandte sich zu ihm. „Ich möchte, dass du dir alle Kollegen meines alten Teams ansiehst. Diejenigen, die noch am Leben sind. Such nach einer Verbindung zwischen Carmen Garcia und jemandem beim FBI."

Adam riss die Augen auf und stieß einen Pfiff aus. „Du glaubst, jemand aus deinem Team hat die Akte gelöscht."

„Wer könnte es sonst gewesen sein?" Es machte überhaupt gar keinen Sinn, dass sich jemand von außen ins System hackte und eine Datei löschte. „Es macht keinen Sinn. Jeder, der den Fall kennt, weiß, dass es siebzehn Opfer gab. Warum sollte jemand das tun?"

„Keine Ahnung. Du brauchst nur irgendeinen Nachrichtenartikel aufzurufen und schon hast du die vollständige Liste. Ich hab' bei den örtlichen Bezirksstaatsanwälten nachgefragt, und sie besitzen alle die gleichen Akten." Adam streckte sich und gähnte. „Ich werd' mich darum kümmern. Ich brauch' nur eine Gefahrenzulage für diesen Auftrag. Jedes Mal, wenn ich eines von Ians Problemen löse, taucht ein neues auf. Ich hab' ihn von der Flugverbotsliste streichen lassen, doch als ich versucht hab', ihm einen Flug für morgen zu buchen, waren all seine Kreditkarten überzogen. Wie es scheint, hat er viel online eingekauft. Wusstest du, dass Ian hochwertige Dessous bevorzugt und Größe 36 Doppel-D trägt? Es erwarten ihn mehrere Lieferungen von Neiman Marcus, die morgen ankommen. Und anscheinend hat er eine Vorliebe für Spitzen-Unterwäsche für Jungs. Wie zur Hölle soll ich ihm das sagen?"

Alex konnte es kaum erwarten, das zu erledigen. „Ich sag's ihm."

Er wandte sich wieder seinen Eiern zu. Wenn er nach Dallas zurückkehrte, so schien es, hätten sie ein ganz neues Problem zu bewältigen.

„Schuldgefühle."

Alex drehte die Flamme auf und warf einen Blick zurück zu Kristen, die diejenige war, die gesprochen hatte. „Schuldgefühle?"

Mit einer schwarzen Hose und einem Club-T-Shirt für die Arbeit gekleidet, sah sie im Hinblick zur Arbeit des Vorabends nicht schlecht aus. „Du fragtest, warum jemand so etwas tun würde. Du hast es dir nicht vorstellen können, aber ich kann's. Manchmal löscht du Dinge, um keine Erinnerung mehr daran zu haben, was du falsch gemacht hast. Doch das funktioniert nicht. Du kannst Bilder und so loswerden, doch du erinnerst sich trotzdem noch daran."

Er verquirlte die Eier und verrührte sie. „Das kann ich mir vorstellen. Adam versucht, nach einer Verbindung zu suchen."

„Gut. Wenn ihr die Verbindung gefunden habt, werdet ihr's sehen. Es kann sowas Einfaches sein wie eine Freundin, und wer immer die Datei gelöscht hat, mag vielleicht das Gefühl gehabt haben, sie im Stich gelassen zu haben. Manchmal haben wir nicht die Absicht, die Menschen, die wir lieben, zu verletzen. Manchmal geraten sie in unser Kreuzfeuer und wir können nur beten, dass sie's überleben. Vielleicht hat Carmen Garcia es nicht überlebt."

Oder vielleicht war es etwas noch Unheimlicheres.

„Ich muss mit Eve sprechen." Etwas, das sie am Abend zuvor zu ihm gesagt hatte, ging ihm durch den Kopf. Er hatte keine Ahnung, wie es mit alledem zusammenhing, doch er musste plötzlich mit ihr darüber reden, was Warren zu ihr in der Nacht gesagt hatte, als Evans sie entführt hatte. Sie hatte etwas darüber gesagt, dass Warren ihn zu ihr zurückbrächte.

Warren hatte nie erwähnt, nach Hause zu fahren. Warren war ihm unentwegt zur Seite gestanden.

Wir werden den Wichser zusammen erledigen, Kumpel. Du und ich.

Vielleicht hatte sie sich geirrt. Vielleicht hatte ihr Warren gesagt, dass er dafür sorgte, dass Alex nach Hause käme. Warren hatte davon gesprochen, nicht zuzulassen, dass ihm etwas geschehe, und Eve hatte es so verstanden, als hätte er ihn physisch nach Hause bringen wollen. Bestimmt.

Wenn Eve zurückkam, würde er alles aufklären.

„He, wo ist mein Kaffee?", fragte Kristen. Sie attackierte Adam. „Du Mistkerl. Weißt du, was ich ohne Kaffee bin? Hast du je einen Dachs gesehen? Sie sehen süß und knuddelig aus, bis ihnen irgendein Vollidiot ihr Loch ausräuchert und sie ihre Krallen und Reißzähne zeigen. Mir wachsen gleich Krallen und Reißzähne, Adam."

Adam hielt sein Telefon hoch, wild wählend. „Eve besorgt welchen im Gemeinschaftraum. Ich lass' dir auch einen holen. Guter Dachs. Lieber Dachs. Kein Rauch hier."

Kristen fauchte in seine Richtung.

Okay, jemand musste dem Mädchen unbedingt ihren Kaffee holen.

„Es geht direkt zur Mailbox. Hat Eve ihr Handy hier oben gelassen?", fragte Adam.

„Sie trägt es immer bei sich." Etwas kroch ihm die Wirbelsäule hinauf. Etwas stimmte nicht.

Alex schaltete den Herd aus und ging zur Tür, jeder Instinkt schrie ihm entgegen, seine Frau finden zu müssen.

„Was ist los?" Kristen war direkt hinter ihm.

Er drückte den Knopf an den Aufzugstüren, der Brunnen hinter ihm war jetzt überhaupt nicht mehr beruhigend. *Lass sie auf dem Weg nach oben sein. Die Türen öffnen sich gleich und sie wird mit ihrer Tasse Kaffee da stehen, und ich werd' nur ein paranoider Idiot sein.*

Die Türen schoben sich auf. Keine Eve. Nur ein leerer Aufzug. Sein Herz verkrampfte sich.

„Adam, halt' die Stellung. Ich bin gleich wieder da." Er stieg in den Aufzug. „Ich will nach Eve sehen."

Kristen sprang rein, bevor die Türen geschlossen waren.

Alex holte tief Luft und betete, dass sich seine Instinkte irrten.

Kapitel Fünfzehn

Eve atmete den himmlischen Duft von Kaffee ein. Es war genau das, was sie brauchte. Sie brauchte nur eine schöne Tasse Kaffee und etwas Frühstück und sie wäre bereit zu arbeiten. Sie säße auf der Couch im Wohnzimmer, mit dem fantastischen Blick auf den Atlantik, würde sich schamlos an ihren Mann ankuscheln und sie würden sich dem Problem widmen.

Ihr Ehemann. Sie hatten sich scheiden lassen, doch er war immer ihr Mann geblieben. Er war ihr immer nahe geblieben. Er war nur ein Mann. Und Männer waren irgendwie dumm. Sie musste sich immer daran erinnern.

Sie gehörte zum weiblichen Geschlecht, und das brachte ein gewisses Maß an Verantwortung mit sich. Sie musste klar und deutlich sagen, was sie brauchte. Oh, es wäre so viel einfacher, wenn er ihre Bedürfnisse verstände, doch seine Fähigkeiten logisch zu denken wurden durch einen echt großen Penis beeinträchtigt. Sie musste sich dem anpassen.

Eve nahm einen tiefen Atemzug. Oh, es tat so gut zu scherzen, wenn auch nur mit sich.

Die Welt lag ihr wieder zu Füßen. Es war, als hätte jemand auf einen Knopf gedrückt, und sie konnte plötzlich wieder in Farbe sehen, während ihr die letzten Jahre in einem krassen Schwarzweiß erschienen waren. Vielleicht war sie nicht völlig erschüttert worden. Vielleicht war sie nur leicht zerbrochen und könnte die Stücke wieder zusammensetzen. Sie hielte sie mit heißem Klebstoff und Hoffnung zusammen, doch sie war am Leben.

Am Ende war das alles, was zählte.

Sie ging aus der Küche in den Flur. Der Fußboden war aus schönem Marmor und alles an dem Gebäude war elegant. Sie liebte es hier wirklich. Vielleicht konnten sie und Alex mehr als nur ein Haus in Dallas bekommen. Vielleicht konnten sie ein schönes Sommerhaus finden. Oder eines für den Winter. Oder eines zum Flüchten.

Sie hatten viele Möglichkeiten.

Sie erreichte das Ende des Flurs. Der Aufzug befand sich zu ihrer Linken, doch sie bog rechts ab, denn sie wollte noch am Pool sitzen, der den Atlantik überblickte. Zu dieser Zeit am Morgen konnte sie Delphinen beim Spielen zusehen. Es war so friedlich. Sie drückte die Tür auf und ging hindurch. In diesem speziellen Gebäude gab es nur zwei Eigentumswohnungen pro Stockwerk. Um zum Pool zu gelangen, musste sie nur um die zum Erdgeschoss gehörige riesige Veranda herumgehen. Ein gepflasterter Weg führte zum Poolbereich und an der Rückseite des Pools wäre es ihr möglich, den Balkon hinaufzuschreien, um Alex zu sich zu rufen. Er käme mit Frühstück hinunter und sie könnten den Delphinen beim Spielen zusehen und den herrlichen Sonnenaufgang genießen.

Oder sie könnte ihm eine SMS schreiben. Wobei es lustiger klang, Sachen gegen das Fenster zu werfen. Sie ging nach draußen, obwohl sie wusste, dass sie ohne Hilfe nicht wieder hineinkäme. Sie hatte ihren Schlüssel oben gelassen.

Gebieter, bitte rette deine arme Sub. Sie hat sich ausgesperrt und kommt ohne ihren süßen Gebieter nicht wieder hinein.

Vielleicht kriegte sie ihn in den Whirlpool. Das wäre ein Spaß.

Die saubere Meeresluft schlug ihr ins Gesicht und sie blieb für einen Moment stehen, atmete sie tief ein. Alles schien wieder möglich. Eine Familie. Ein Leben. Alles. Es lag vor ihr und wartete nur darauf, dass sie sich entschied, mutig genug zu sein, um danach zu greifen.

Sie lief an der Veranda und dem hübschen Tor des

Privatgrundstücks vorbei. Das Erdgeschoss war zu mieten, hatte Kristen erwähnt. Vielleicht könnten sie es sich ansehen, solange sie hier waren. Die Veranda wirkte riesig und umringte die ganze Wohnung. Ideal für Kinder für Wettrennen. Sie ließe die Kinder hier raus, die sich dann müde laufen könnten.

Kinder. Sie und Alex könnten Babys bekommen. Sie brauchten nicht unbedingt aus ihrer Gebärmutter zu kommen. Sie brauchten nur ihre Liebe als Mutter, um ihnen eine Mutter zu sein. Ihre und Alex' Liebe. Sie könnte eine Familie gründen.

Sie sah über den Parkplatz und entschied, Alex eine SMS zu schreiben. Sie hatte sich noch nie eines guten Wurfarms rühmen können, und das Hurricane-Glas in den Fenstern mochte alles, was sie dagegen warf, auf ihr Gesicht zurückprallen lassen. Sie suchte nach Alex' Nummer und begann, ihm eine SMS zu schreiben.

Und dann hörte sie das leiseste Quietschen.

Sie wollte sich gerade umdrehen, da fühlte sie, wie etwas gegen ihre Wirbelsäule drückte.

„Lassen Sie den Hörer fallen, Schätzchen."

Sie hob ein Bein. Sie wollte ihm mit dem Absatz auf den Fußrücken treten und loslaufen, doch ihre rosa Ugg-Flip-Flops zeigten nicht dieselbe Wirkung.

„Versuchen Sie das nicht noch mal. Ich tu' Ihnen einen Gefallen, Amanda. Ich versuch', Sie zu retten, doch wenn Sie schreien oder sonst was versuchen, bleibt mir nichts anderes übrig, als Ihnen eine Kugel in den Rücken zu jagen."

Sie kannte diese raue Stimme. „Jesse?"

Seine Stimme kam leicht ins Wanken. „Ja, Schatz. Ich werd' Ihnen nicht wehtun. Gott, ich versuch', Ihnen nicht weh zu tun, doch Sie müssen verstehen, dass die Mission wichtiger ist als Sie. Wenn ich Sie retten kann, werd' ich's tun. Nun lassen Sie uns langsam zu Ihrem Auto gehen."

„Ich hab' meinen Schlüssel nicht dabei." Sie beabsichtigte nicht, irgendwohin zu fahren.

„Ich brauch' keinem Schlüssel."

Was sollte sie tun? Sie holte tief Luft und dachte darüber nach, ihm den Kaffee ins Gesicht zu schütten.

„Lassen Sie den Becher fallen oder ich erschieße Sie."

Verdammt nochmal. Irgendwie glaubte sie ihm. Sie ließ den Becher fallen, was eine Schande war, denn sie brauchte das bisschen Koffein. „Ist gut. Der Becher ist weg."

Er war noch nicht fertig. „Jetzt das Telefon. Lassen Sie es fallen."

Sie holte tief Luft und ließ das Telefon fallen, denn die Waffe wurde ihr nun mit Nachdruck an den Rücken gepresst. Es bräche ihr im Nu das Rückgrat. Gott, Alex würde sich so aufregen. Die Tränen verwischten ihr die Augen. „Bitte tun Sie das nicht."

Er schlang einen Arm um ihre Taille. „Ich will das nicht. Ich weiß, Sie glauben mir nicht, doch ich hab' wirklich keine andere Wahl."

Sie musste ruhig bleiben. Das war nicht wie beim letzten Mal, auch wenn jede Zelle ihres Körpers versuchte, ihr das weiszumachen. Ihr Verstand wusste, dass Jesse Murdoch nicht gleich Michael Evans war. Er bewies es, indem er versucht hatte, sich zu erklären. Evans hatte einfach nur genommen. Jesse war ein anderer Fisch, und sie musste ihn anders angehen. „Sie haben immer eine Wahl."

Sie spürte, wie er zusammensackte. „Nein. Das haben Sie nicht, Schatz. Manchmal ist jede Option, die einem Mann zur Wahl steht, eine schlechte. Ich hoffe, Sie werden das nicht herausfinden müssen. Ich werd' mich bemühen, dass Sie hier rauskommen. Jetzt bewegen Sie sich. Ich weiß, dass der weiße SUV zu Ihnen gehört."

Er war achtsam. Alex hatte einen weißen SUV gemietet. Das Auto war in der Nähe der Veranda geparkt. Jetzt wünschte sie sich, sie hätten weiter weg in der Garage geparkt, so wie in der Nacht, als sie angekommen waren.

„Legen Sie die Handgelenke aufeinander."

Sie hatte nicht vor, das zu tun. Sie konnte es nicht. Sie versuchte, ihn zu treten, doch er erwischte ihr Fußgelenk im Handumdrehen, die SIG Sauer, die er trug, zielte auf ihren Bauch.

„Ich spiele nicht, Schatz." Sein Gesicht wirkte gequält, die Augen zusammengekniffen. „Ich will Ihnen nicht wehtun, doch ich hab' einen Auftrag. Zwingen Sie mich nicht, Sie k.o. zu schlagen. Ich bin mir nicht sicher, ob ich Sie töten würde, doch ich will das um jeden Preis vermeiden. Um jeden Preis, außer meiner Mission."

Er schob ihr einen Satz Kabelbinder über die Handgelenke und hatte ihr im Nu die Hände gefesselt. Er schob sie vor sich her und zwang sie in Richtung des SUVs. *Verdammt*. Sie sah bereits, dass er es geschafft hatte, die Tür zu öffnen. Sie lehnte leicht an. Er war vorbereitet.

„Warum arbeiten Sie für ihn?" Sie sah noch eine Chance, zu ihm durchzukommen. Jesse Murdoch war noch nicht so weit gegangen, der süßen Vernunft kein Gehör schenken zu wollen. Schließlich hatte er sie noch nicht getötet. Die Frage war nur, warum.

Wollte er sie zu Evans bringen?

„Weil es das Richtige ist", antwortete er. „Ich könnte Sie dasselbe fragen, doch ich kenne die Antwort. Nur zu."

Er öffnete die Rücksitztür und schob sie hinein. Er fesselte ihre Füße mit einem Kabelbinder ebenso leicht, wie ihre Hände.

„Das Richtige? Finden Sie es richtig, für ihn zu arbeiten?" Wie lange würde Alex warten? Er würde ihr Verschwinden bemerken, doch wie lange dauerte es? Und wie würde er reagieren? Würde ihn das direkt wieder in sein Schneckenhaus verschlagen? Sie konnte den Gedanken daran nicht ertragen.

„Master A ist nicht der, für den Sie ihn halten." Jesse starrte sie an, während er sich die Jacke auszog. „Ich weiß, dass Sie ihn für einen guten Kerl halten, doch ein richtiger Mann würde Sie nicht schlagen. Ein richtiger Mann würde Sie nicht vorführen. Sie sind eine reizende Frau. Sie verdienen jemanden, der Sie wirklich liebt."

Jedes einzelne Wort ließ sie sich wundern, was zur Hölle dieser Mann vorhatte. Ein Mann, der sich einen Dreck um Frauen scherte, würde nicht für Evans arbeiten. „Ich hab' einen Mann, der mich liebt. Bitte, tun Sie das nicht. Wenn Sie mich Ihrem Chef übergeben, wird er mir wehtun. Ich bitte Sie. Bringen Sie mich zurück. Sie können das Richtige tun."

Seine blauen Augen waren auch nur leicht fanatisch. „Das versuche ich auch jetzt noch. Ich weiß, Sie können es nicht verstehen, doch ich rette Sie. Wir werden eine Weile unterwegs sein, und dann will ich, dass Sie still sind. Wenn ich auch nur einen Laut aus Ihrem Mund höre, muss ich Sie k. o. schlagen. Ich will Ihnen nicht wehtun. Ich will nicht wie jeder andere sein, den Sie bisher getroffen haben. Ich bin kein verdammter Perverser. Das bin ich nicht."

Er knallte die Tür ihres Rücksitzes zu, und sie sah zu, wie er zur Beifahrerseite lief. Er war sich seiner Sache verdammt sicher. Er hatte bereits seine Sachen ins Auto gebracht. Ein Scharfschützengewehr lag im Fußraum. Für wen zur Hölle war das gedacht? Ihr Blut gefror. Jesse hatte ihr gesagt, er wollte sie vor etwas retten. Wovor zur Hölle wollte er sie retten?

„Ich liebe ihn." Sie legte all ihre Emotionen in diese drei Worte. Wenn das Gewehr für Alex bestimmt war, musste sie absolut alles versuchen, um ihn zu retten.

„Weil Sie's nicht besser wissen." Er spielte unterm Armaturenbrett herum. Er bewies, wie gut er war, indem er den Motor sofort zum Leben erweckte. Er drehte ihr sein Gesicht zu und in seinem Augen war nichts als Sympathie zu spüren. „Eines Tages werden Sie jemanden finden, der Ihrer würdig ist, und dann werden Sie mir danken."

„Sie sind es nicht?" Sein Handeln ließ sie sich fragen, ob er nicht auf sie fixiert war. Seine Zeit im Irak hatte ihn offensichtlich emotional instabil gemacht, und in manchen Fällen fixierten sich instabile Männer auf eine Frau. Er versuchte nicht, sie zu verletzen. Er schien darauf erpicht, sie zu retten. Sie hatte seine Akte gelesen. Sie durchsuchte ihr Gedächtnis. Eine Frau war in seiner Truppe gewesen. Hannah? Alannah?

Seine Mundwinkel verzogen sich nach unten. „Ich bin nicht fähig, Ihnen zu geben, was Sie brauchen. Ich bin... ich bin nicht gut genug. Doch ich bin gut genug, um zu wissen, dass Sie etwas Besseres verdient haben, und ich kann Sie nicht Ihrem Schicksal überlassen, also tu' ich, was ich tun muss. Ich werd' an der Mautstelle an der Brücke auf dieser Seite der Insel nicht anhalten müssen, und so früh am Tag ist niemand unterwegs. Wenn mir zu Ohren kommt, dass Sie zu viel Lärm machen, werden Sie geknebelt. Das gefällt Ihnen nicht, oder?"

Sie machte sich nicht die Mühe zu erwähnen, dass sie schon oft geknebelt worden war. Er hatte Recht. Es gefiel ihr nicht besonders. Es stellte wirklich eine Strafe dar.

Er ließ den Motor aufheulen und legte den Rückwärtsgang ein.

„Was haben Sie mit dem Gewehr da hinten vor?" Gäbe es eine Möglichkeit, da dran zu kommen?

Es war klug von ihm gewesen, ihr die Hände hinterm Rücken festzubinden. Sie konnte nicht mal die Füße bewegen.

„Ich werd' tun, was ich tun muss." Seine Hände verkrampften sich am Lenkrad, als er scharf nach links abbog und das Auto ins Schlingern geriet, während sie einen Hügel hinauffuhren und der Kurve folgten. Sie war seit einer Woche hier und kannte diese Kurve. Sie führte zu einem Kreis auf der Spitze des Hügels, der das Gebäude mit ihrer Eigentumswohnung überblickte.

Auf der Spitze des Hügels befand sich ein wunderbarer Oleanderbusch, dick und hoch. Er wäre die perfekte Deckung für einen Attentäter.

Sie konnte sehen, wie es sich abspielte. Alex würde nicht lange warten, bevor er sie suchte. Sie gab ihm höchstens fünf Minuten, bevor er merkte, dass sie viel zu lange brauchte. Er käme mit dem Aufzug hinunter, um ihre Schritte zurückzuverfolgen, und dann würde er nach draußen schauen. Er stände direkt an der Tür und wäre die perfekte Zielscheibe. Er wäre so besorgt um sie, dass er keine Deckung suchte. Er wäre wehrlos.

„Bitte erschießen Sie ihn nicht." Es war die Nebensaison für Touristen. Eines der Dinge, die sie bemerkt hatte, war, wie wenig Leute sich im Gebäude aufhielten. Auf ihrem Spaziergang zum Gemeinschaftsraum hatte sie niemanden gesehen. Das Gebäude war ruhig und leer.

Sie wettete, dass es sich mit den Straßen zu dieser Tageszeit genauso verhielt. Es gäbe keine Menschenmassen, die Jesse von dem, was er offenbar vorhatte, abschrecken würden.

Er saß auf dem Vordersitz des Autos. Sie konnte sein Gesicht nicht sehen, doch er ballte immer wieder eine Faust und öffnete sie. „Sie verstehen das nicht, weil Sie eine Zivilistin sind. Sie begreifen nicht, dass es manchmal schmutzig wird, es jedoch das Richtige ist zu tun. Es ist das Richtige, das zu tun."

Er klang, als wollte er sich selbst davon überzeugen. „Das ist es nicht. Das ist Mord."

„Der Job eines Soldaten ist nicht schwarz oder weiß, und manchmal müssen schwere Entscheidungen getroffen werden. Ich treffe keine Entscheidungen. Ich führe nur Befehle aus." Er holte tief Luft und griff nach unten, packte sich das Gewehr. „So früh ist noch keiner auf den Straßen unterwegs, und ich bezweifle, dass Sie jemand hört, selbst wenn Sie trotzdem schreien. Sie können so viel wild strampeln, wie Sie wollen, denn diese Fenster sind schön getönt, doch Sie sollten sich die Kraft sparen. In wenigen Minuten ist alles vorbei und dann unterhalten wir uns darüber, wie Ihr neues Leben aussehen wird."

„Jemand wird Sie sehen." Es war äußerst unwahrscheinlich, doch sie musste ihm einen Grund geben, dies nicht zu tun. Ihr Herz hämmerte in ihrer Brust und drohte an ihren Rippen zu zerspringen. Alex. Sie konnte ihn nicht verlieren. Sie konnte in keiner Welt leben, in der es Alex McKay nicht gäbe. Nur der bloße Gedanke an seinen großen Körper, der für immer zum Schweigen gebracht werden sollte, raubte ihr beinahe den Verstand.

Er sah zurück in den SUV, während er sich die Kapuze seiner schwarzen Jacke überzog. „Die Leute sehen, was sie sehen wollen. Das tun sie immer."

Er knallte die Tür zu. Sie blickte ihm noch einmal nach, als er sich wegdrehte. Das Einzige, was jeder sehen könnte, wäre das kurze Auftauchen eines Gesichts. In diesem Licht wären sie nicht mal in der Lage, seine Hautfarbe zu erkennen. Er trug Handschuhe. Alles, was ein Zeuge angeben konnte, war eine vage Angabe von Größe und Gewicht und die Tatsache, dass er im Geländewagen des Opfers wegfuhr.

Das Opfer. Oh, Gott. Alex würde das Opfer sein.

Sie konnte hier nicht einfach liegen. *Nein. Verfickt nein.* Sie würde hier nicht die Sub spielen. *Auf keinen verfickten Fall.* Sie konnte nicht mit den Händen erreichen, doch sie hatte ihre Füße. Sie rutschte auf dem Ledersitz umher und zog sich die Schuhe aus. Auf dem Rücken liegend fand sie die Tür und die Fahrerkonsole zwischen den Vordersitzen. Er hatte die Türen verschlossen. Sie tastete blindlings nach den Knöpfen. So, wie ihre Füße gefesselt waren, konnte sie keinen Gebrauch von ihren Zehen machen, und die Fersen waren auch nicht gerade empfindlich.

Nichts. Panik drohte.

Sie glitt mit dem Fuß hinab und versuchte es noch einmal. Nichts. *Verdammt.*

Und dann traf ihre Ferse auf Metall. Der Türgriff. Ja. Etwas weiter rechts, und da war der manuelle Öffner. Sie drückte darauf herum, ihr Fuß rutschte ab, doch sie vernahm ein schönes Klicken. Ihr lief die Zeit davon. Sie musste Jesse ablenken, musste zu Alex rüber rufen.

Sie fand den Griff und es gelang ihr, ihn mit den rechten Zehen zu fassen zu bekommen. Sie zog ihn kräftig zurück und die Tür öffnete sich einen kleinen Spalt weit.

Sie trat dagegen, Adrenalin schoss ihr durch den Körper. Sie rutschte längs auf dem Sitz und fühlte, wie ihre Füße den Boden berührten.

Und sie hörte das eine Geräusch, das sie nicht hören wollte.

Schüsse krachten durch die Luft.

„Alex!" Sie schrie mit aller Kraft, die sie aufbringen konnte, während sie auf den Beton stürzte. Es gab keine Möglichkeit, das Gleichgewicht zu halten, keine Möglichkeit, sie am Fallen zu hindern. Sie schlug sich den Kopf an der Tür an und fiel, rollte sich ab und landete mit ihrer Schulter auf der gnadenlose Straße. Schmerz tobte auf ihrer Haut, sie hatte jedoch nur einen kurzen Moment, um es zu verarbeiten, bevor sie ins Jenseits befördert wurde.

„Verdammt, ich wollt's nicht so", sagte Jesse stirnrunzelnd, bevor er ihr das Gewehr über den Kopf zog.

Die Welt wurde schwarz, auch als sie versuchte, noch ein letztes Mal nach ihrem Mann zu rufen.

Kapitel Sechzehn

Alex stürmte aus dem Aufzug, sein einziger Gedanke darauf gerichtet, Eve zu finden.

„Die Lobby ist zu deiner Rechten." Kristen joggte, um mit ihm Schritt zu halten. „Keiner kommt hier im Gebäude an sie ran, Alex. Ich hab' extra einen äußerst sicheren Ort ausgesucht. Niemand kommt hier ohne Schlüsselanhänger rein."

Es gab so viele Möglichkeiten, das zu umgehen, dass es albern war. Er schlich den Flur entlang und betete, dass er Eve aus der anderen Richtung kommend sähe. Sie stände in der Lobby, an der Kaffeemaschine herummachend. *Tief einatmen. Beweg dich.*

„Und niemand weiß, dass wir hier draußen sind", argumentierte Kristen.

„Jemand hätte uns mit Leichtigkeit vom Club aus folgen können."

„Doch wir sind mit verschiedenen Autos gefahren, die wir in der Nähe der Wohnung in der Stadt getauscht haben. Ich hab' Protokolle ausgearbeitet. Niemand sollte in der Lage sein, uns hier zu finden."

Hätte er sich auf der anderen Seite befunden und wären genau in dem Moment, als Evans zu Besuch kommen sollte, neue Gesichter aufgetaucht, hätte er für mehrere Tage einen Vierundzwanzig-Stunden-Geist auf sie gehetzt, doch andererseits war Chazz auch ein

Idiot.

„Hier ist er." Kristen drückte die Tür auf.

Es war eine kleine Küche, der Duft von Kaffee lag noch in der Luft.

Keine Eve.

Er sah im Müll nach. Eine Einwegtasse war in den Müll geworfen worden. Es handelte sich um eine dunkle Röstung, genau die, die Eve gewählt hätte. Sie war hier gewesen und war jetzt nicht mehr da.

„Sie ist nach draußen gegangen." Sie hatte gestern Abend viel darüber geredet, den Morgen hier zu genießen. Sie liebte die Wellen und den Duft des Ozeans. Welchen Ausgang hatte sie benutzt? Der Hauptausgang war am nächsten, doch es gab noch einen Ausgang ein paar Meter vom Personenaufzug entfernt. Er befand sich näher am Pool des Gebäudes und bot einen spektakulären Blick auf den Ozean.

Er würde ihr den Hintern rot versohlen, wenn sie draußen auf der Terrasse säße und genüsslich ihren Kaffee schlürfte. *Bitte lass sie draußen auf der Terrasse sitzen und genüsslich ihren Kaffee schlürfen. Bitte. Bitte.*

„Glaubst du, sie ist rausgegangen? Alex, wir sollten uns Waffen besorgen", sagte Kristen, Sorge hatte sich in ihren Ton eingeschlichen. „Vielleicht ist was Schlimmes passiert. Ich bin nicht bewaffnet."

Keiner der beiden war bewaffnet, weil er sich noch nicht angezogen hatte, weil er zu sehr damit beschäftigt war, sich in seiner Frau zu aalen, sich um sie zu kümmern. „Ruf Adam an. Ich werd' das Gelände absuchen."

„Verflucht", fluchte Kristen hinter ihm.

Er bewegte sich auf die Seitentür zu und sah sofort etwas, das sein Herz zum Rasen brachte.

Ein Becher auf dem Boden, Kaffee über den ganzen Betonboden verteilt.

Er drückte sich gegen die Tür, seine Augen nach Eve suchend. „Eve!"

„Scheiße. McKay, komm wieder rein." Sie hielt ihr Smartphone in der Hand. „Adam, Eve ist nicht hier. Schalt sofort den Peilsender ihres Handys ein."

„Wo ist unser SUV?" Er schaute über den Parkplatz. Er wusste verdammt gut, wo er gestern Abend geparkt hatte, und das Fahrzeug war weg. Doch Eves Schlüssel waren oben. Sie hatte sie nicht bei sich. Also, wo zur Hölle war das Auto?

Er zwang sich, sich zu beruhigen. Sein Hirn musste arbeiten und nicht jede schlechte Möglichkeit in Betracht ziehen.

„Scheiß und Fickwichse, ist das ihr Telefon?" Kristen lief auf den Rasen und bückte sich, etwas aufhebend. Sie drehte sich um und zeigte ihm das Telefon, das sie in der Hand hielt. Eves Telefon. Sie hatte es wohl nicht verloren.

„Er hat sie gezwungen, es loszulassen." Und ab jetzt war es leicht, der Denkweise des Mistkerls zu folgen. „Er hat das Auto, das wir gemietet haben. Adam soll eine GPS-Ortung vornehmen. Der Autovermieter wird eine Möglichkeit haben, es aufzuspüren."

Kristen trat heraus, mit Adam an der Leitung, doch hielt sich eine Hand über die Stirn, als wolle sie in die Ferne sehen. „Ja, setz jemanden darauf an. Und besorg dir die Aufzeichnungen der Überwachungskameras. Zumindest wissen wir dann, wann sie das Gebäude verlassen hat." Sie senkte den Arm in einer schnellen Abwärtsbewegung. „Alex, runter!"

Er sah es, nur kurz, ein Aufblitzen, die Sonne traf auf das Zielfernrohr eines Gewehrs, das das Licht reflektierte.

Er setzte sich in Bewegung, doch ein Knall hallte durch die Luft. Er hätte sich fallen lassen sollen, doch Kristen war schneller als er und bedeckte ihn mit seinem Körper.

Alex fühlte, wie die Kugel sie traf, ihr Körper traf ihn ruckartig.

Er legte die Arme um sie und zog sie zurück, seine Hände suchten seinen Schlüsselanhänger. Er musste sie aus der Schusslinie bringen.

In der Ferne, war er sich fast sicher, hatte er jemanden schreien gehört, doch er war sich nicht sicher.

Ein weiterer Blitz erschien, und er duckte sich, bedeckte Kristens Körper so gut er konnte mit seinem eigenen. Die Kugel zischte an seinem Ohr vorbei, Feuer streifte an seiner Haut entlang. Er bedeckte ihren Kopf mit seinen Händen.

„Fuck, das tut weh", sagte Kristen. „Oh, Gott. Oh, Gott, ich kann nicht atmen."

Ihre Worte kamen in gequälten Atemstößen heraus und er konnte fühlen, wie Blut seinen Arm bedeckte.

Er wollte wie ein Irrer auf den Mann mit dem Gewehr zulaufen. Der Mann mit dem Gewehr hatte Eve. War sie tot? Lag ihre Leiche irgendwo herum und wartete darauf, von ihm entdeckt zu werden? War Evans früher gekommen und hatte irgendwie herausgefunden, dass sie hier waren? War er zurück, um den Job zu beenden?

Die Tür hinter ihm wurde geöffnet und Alex fühlte, wie sich zwei Arme unter seine eigenen schoben und ihn zurückzogen. Er hielt Kristen, seine Hand bedeckte ihre Wunde.

„Sie ist schwer getroffen, Adam."

„Ich hab' schon einen Krankenwagen gerufen. Ich hörte den Schuss über ihr Telefon. Bist du getroffen worden?" Adams Stimme ließ nichts von seinem sonstigen Sarkasmus erkennen. Wie immer in Krisenzeiten stellte sich Adam als zutiefst kompetent heraus.

„Nein, sie sprang mir vor die Füße." Warum zur Hölle hatte sie das getan? Das brauchte sie nicht. Es war offensichtlich, auf wen der Scheißkerl es abgesehen hatte, aber diese Frau, die ihn nicht wirklich kannte, war gesprungen, um sein Leben zu retten.

„Das ist so viel schlimmer als beim ersten Mal. Beim ersten Mal war er hier." Kristen redete Unsinn, während Alex sie von der Glastür wegbeförderte.

Er hörte das Quietschen eines Autos und wusste, wusste verfickt nochmal, dass sich Eve von ihm entfernte. Er musste zu ihr kommen, doch er konnte ihnen nicht nachlaufen. Es gäbe demjenigen, der auf ihn geschossen hatte, eine weitere Chance, und es unterschriebe Kristens Todesurteil, wenn er seine Hand jetzt wegzöge. Er musste innehalten. Er musstc nachdenken. Er musste darauf vertrauen, dass sie am Leben bliebc. „Er hat Evc."

Er legte Kristen ab, seinen Körper verdrehend, um die Hand auf ihrer Wunde zu halten. Was auch immer geschehen war, er konnte seine Frau nicht entehren, indem er Kristen sterben ließ. Eve würde ihm seinen verfickten Kopf waschen.

Sie lebte. Er hätte es gespürt, wenn sie tot wäre. Sie lebte, und er würde Himmel und Hölle in Bewegung setzen, um sie zu finden.

„Ich glaub', ihre rechte Lunge ist kollabiert." Alex drückte die Wunde ab, doch ihm war bewusst, dass es nicht ausreichte. Sie mussten ihre Lunge aufblähen, sonst würde sie sterben, bevor die Sanitäter eintrafen. Und er hatte keine Ahnung, wie nah sich die Kugel an ihrem Herzen befand. Eine falsche Bewegung könnte ihr innerlich einen Schnitt zufügen, und sie würde hier auf dem Boden verbluten, ihre einzigartige Flamme erlöschen.

Nun, ihre Loyalität hatte sie ohne den geringsten Zweifel bewiesen.

„Ich bin gleich wieder da." Adam lief den Flur hinunter und ließ Alex mit Kristen allein.

„Warum hast du das getan?" Schuldgefühle plagten ihn. Sie hatte sich von einer Kugel treffen lassen, die für ihn bestimmt war.

Ihre Haut wurde blasser, blich vom üblichen Elfenbein zu etwas Fahlem und Mattem aus. „Alles für ihn. Alles für ihn."

Ein kalter Schauer lief Alex übern Rücken. Die Frauen in Evans' Sekte hatten ein Sprichwort. Sie taten alles für ihren Herrn.

„Er will dich nicht tot sehen. Er will dich lebend. Er will dich immer lebend." Sie murmelte etwas, das er nicht ganz verstand.

„Wo ist er?" Er drückte ihr fest auf ihre Wunde, und Kristen stöhnte. Wenn sie etwas darüber wusste, wo sich sein Feind aufhielt, musste er es herausfinden.

„Liebe ihn. Liebe ihn." Ihre Kraft ließ nach.

„Wo ist er?" War ihm übel mitgespielt worden? Hatte er Tür an Tür mit seinem verfickten Feind gelebt?

Sie nahm eine Hand hoch, legte sie neben seine, auf ihr Herz. „Hier. Seit dem Tag, an dem meine Augen ihn erblickten. Ist er hier drin gewesen. Sag ihm, ich hab' Gutes getan. Sag ihm, ich war gut. Ich war gut für ihn. Ich war gut. Er kann tausend andere Frauen haben, doch ich war seine einzig wahre Frau."

Oh, Gott, sie war genauso verrückt wie die anderen. Er sollte die Hand von ihr lassen und sie verbluten lassen.

Doch sie mochte wissen, wer Eve hatte.

Sein Hirn war so heftig aufgewühlt, wie der Ozean in einem Hurrikan. Falls Evans versucht hatte, ihn auszuschalten, warum würde sich Kristen vor ihn werfen?

Gegen wie viele Parteien kämpfte er? Oder war sie total verrückt?

Nein. Ruhe überkam ihn. Wenn Kristen tatsächlich verrückt war, hätte Eve es gesehen.

„Arbeitest du mit Evans zusammen?" Er riss sich zusammen. Er vernahm innerlich die geduldige Patientenstimme seiner Frau, ihm ratend, ruhig zu bleiben und das Problem zu lösen. Durch den Mord an Kristen hätte er nichts gewonnen.

Sie blinzelte. „Was?"

„Evans. Es ist alles gut. Er kann gut mit Frauen umgehen."

Ein leicht trunkenes Grinsen überkam sie. „Oh, das tut er. So schön. Und er ist so ein Arschloch. Warum liebe ich so ein Arschloch?"

Schritte dröhnten den marmorierten Flur hinunter. Adam kam zurück. Gott sei Dank. Er rannte den Flur hinunter, eine Packung Plastikfolie in der Hand. „Die Kugel steckt definitiv in ihrer Lunge. Ich kann hören, wie sie versucht es zu kompensieren. Wir brauchen etwas, das sie luftdicht verschließt. Nimm ihr Hemd hoch. Ich brauch' Haut."

„Sagt ihr ihm, dass ich Gutes tat?" Sie nahm die Hände hoch, doch sie war so schwach.

Adam fiel auf die Knie, ein gutes Stück des Plastiks abreißend. Sein Blick traf auf Alex' und er nickte.

Alex hob die Hand und Adam reagierte sofort, schloss die Wunde. Er positionierte den Handballen direkt auf dem Einschussloch in ihrer Brust, und ein leises Stöhnen entfloh aus Kristens Hals. Sie riss noch einmal die Augen auf, dann wurde sie ohnmächtig und lag völlig schlaff in Alex' Armen.

Doch ihre Atmung klang besser.

„Kannst du sie übernehmen", fragte Alex, seine Stimme angespannt. Eve war weg, und er hatte höchstwahrscheinlich unterm Dach seines Feindes geschlafen. Er musste zu Sean gelangen. Er musste mit Chazz sprechen. Eine nette Unterhaltung, die mit Alex' Waffe in Chazz' Anus enden und ihm hoffentlich ein paar Antworten liefern würde.

Adam ging in Position. „Was hat sie gesagt?"

„Ich bin mir nicht sicher, doch sie könnte mit Evans liiert sein." Obwohl es keinen Sinn ergab. Er versuchte, da durchzublicken.

„Nein." Adam hielt die Hand fest auf ihre Brust gedrückt. „Sie sorgt sich um uns. Ich weiß nicht, warum, aber wir sind ihr wichtig."

Sie hatte ihren Körper vor seinen geworfen, doch jemand – derselbe, der auf ihn geschossen hatte – hatte auch Eve entführt. Wenn Evans derjenige war, der Eve entführt hatte, und es Evans war, der ihn lebend haben wollte, warum hätte er dann geschossen?

Es drehte sich um etwas anderes, und es hatte mit der fehlenden Akte zu tun.

Er hörte Sirenen im Hintergrund. Er musste verschwinden, sonst säße er stundenlang auf der Polizeiwache. Er warf Adam einen Blick zu. „Kannst du das erledigen?"

Adam nickte. „Ja. Ruf Serena und Jake an. Die Polizei wird versuchen, mich als Zeugen aufzunehmen, doch ich hab' einen Plan, mich da rauszuhalten. Sag Serena, sie soll ihr süßes Hinterteil herbringen, und Jake soll dir den Rücken freihalten. Sobald ich mich mit meiner schwangeren Frau in der Wohnung befinde, die sich nach all dem Trauma wohl hinlegen muss, besorg ich dir die Informationen, die du brauchst. Ich kam hier raus und fand sie auf diese Weise vor. Ich werd' mich um die Polizei kümmern und wieder auf meinem Posten sein, bevor du's gemerkt hast. Du musst gehen, du hast Blut am Hemd, sie werden Fragen stellen. Geh und wasch dich. Falls Jake noch nicht da ist, bevor du gehst, nimm mein Auto und er kommt selbst zum Club. Such Sean. Ich geb' dir alle Infos über das Auto und alles, was ich sonst noch finde. Sie wird nicht lang weg sein, Alex. Du hast jetzt ein neues Team."

„Ich will alles, was du über Carmen Garcia und mein altes Team rausfinden kannst." Er erhob sich, sein Magen hing ihm irgendwo zwischen den Knien. „Ruf Ian an. Hol ihn, so schnell du kannst, her."

Ian würde selbst fahren, wenn er müsste. Wenn es eine Sache gab, der er auf der Welt vertraute, dann, dass Ian Taggart ihm den Rücken freihielt.

Er warf einen Blick auf die Frau, die ihm das Leben gerettet hatte, und fragte sich, ob sie es schaffte. Die Sirenen kamen nun näher und er schloss sich die Tür auf, sprang in den Aufzug, noch bevor der Krankenwagen vorfuhr. Adam hatte Recht. Er hatte nur sehr wenig Zeit, und er konnte jetzt nicht in eine polizeiliche Untersuchung verwickelt werden. Kristen hatte ihr Leben gegeben, um seins zu retten, und er wollte sich jetzt nicht darüber wundern.

Später würde er ihr alle relevanten Fragen stellen, doch solange sie nicht bei Bewusstsein und in der Lage war zu sprechen, konnte sie nichts tun, um weiter zu helfen. Er musste sicherstellen, dass ihr Opfer nicht umsonst gewesen war.

Als er in die Wohnung kam, zog er sich um und machte sich frisch. Er rief Jake an, um ihn zu treffen. Sean war bereits vor Ort.

Sie mussten mit Chazz sprechen, und er war sich ziemlich sicher, dass Chazz nicht glücklich darüber wäre, wie sie mit ihm sprachen.

Während er ungeduldig wartete, warf er einen Blick auf die Notizen, die Adam über Carmen Garcia gemacht hatte.

Nur ein weiteres Opfer, wie seine Eve. Ein weiteres Leben, das Michael Evans vernichtet hatte. Sie war Studentin in Georgetown gewesen, hatte eine Karriere in Recht und Politik verfolgt, an politischen Kampagnen mitgewirkt und Partys gefeiert. Vielleicht war sie von jemandem schwanger geworden, der viel zu verlieren hatte.

Er ballte die Fäuste. Garcia war jung und attraktiv und ehrenamtlich im Wahlkampf tätig gewesen. Für welche Kampagnen hatte sie gearbeitet? Wer hatte am meisten zu verlieren?

Und wer hatte Verbindungen zu einem Mann, der das Ganze wie einen Unfall aussehen lassen konnte?

Eine neue Wut machte sich in Alex' Bauch breit, denn er hatte herausgefunden, wer ihn wirklich verraten hatte.

* * * *

Schmerz. Ihr Kopf schmerzte, als sie langsam ins Leben zurückkehrte. Sie stöhnte. Wo war sie? Sie versuchte, die rechte Hand zu bewegen, sie hochzuheben, um den Schmerz in ihrem Schädel zu lindern, doch sie war links gefesselt.

Sie öffnete die Augen. Wie lange war sie bewusstlos gewesen? Licht strömte durch ein Fenster herein, doch es war etwas düster, das Glas trüb. Darunter stand eine Couch, doch sie war sich sicher, dass sie schon bessere Tage gesehen hatte.

Es war so ruhig. So anders als in der Wohnung, wo sie immer das Meer hören konnte. Die Wohnung, in der sie ihren Mann zuletzt gesehen hatte.

Alles kam innerhalb eines entsetzlichen Gedankenblitzes zurück. Er hatte sie gefesselt und auf dem Rücksitz ihres eigenen Fahrzeugs zurückgelassen, und war dann in Position gegangen, um einen tödlichen Schuss abzufeuern. Sie hatte erst einen Schuss gehört und dann noch einen.

„Bitte versuchen Sie nicht, sich zu bewegen. Es wird alles nur noch schlimmer machen", sagte eine inzwischen vertraute Stimme.

Jesse Murdoch. Der Mann, der ihren Mann ermordet hatte.

„Sie haben Alex getötet."

Jesse stand über ihr, die Hände hebend. „Da bin ich mir nicht so sicher. Ich hab' den Polizeifunk überprüft und die Krankenhauseinweisungen beobachtet. Kein männliches Schussopfer. Ich bin mir ziemlich sicher, dass ich Kris getroffen habe."

Und er sah nicht glücklich darüber aus. Seine Augen waren eingefallen, als hätte er seit Tagen nicht geschlafen. Sein Mund formte eine grimmige Linie, das Gesicht von Bartstoppeln gekennzeichnet. Er fuhr sich mit der Hand durchs Haar und dann wand sich sein ganzer Körper, als er zu schreien begann.

Das Geräusch hallte durch den Raum, ließ Eve zurückschrecken, doch sie konnte nirgendwo hin.

Er hörte endlich auf, dieses quälende Geräusch hervorzubringen, seine Hände zitterten. „Es tut mir leid. Ich hab's schon wieder verkackt. Ich kann's nicht lassen, Scheiße zu bauen. Warum kann ich damit nicht aufhören?"

Er war einerseits ein bisschen verrückt, andererseits verfickt irre. Und das war ihre professionelle Meinung. Doch Alex war am Leben. Sie hoffte, dass sie ihr Lächeln verbergen konnte. Wenn Alex am Leben wäre, dann würde er sie holen kommen und sie musste bereit sein. Sie musste alles tun, was sie konnte, um ihm seine Arbeit zu erleichtern, und dazu gehörte, Jesse Murdoch jegliche Pläne auszureden, die er sich ersonnen hatte.

„Sind Sie verärgert, dass Sie Alex verfehlt haben oder dass Sie Kristen getroffen haben?" Sie rutschte herum in dem Versuch, sich aufzusetzen. Er hatte Änderungen vorgenommen, ihre Hände waren jetzt vor ihrem Körper gefesselt. Es schien, als hätte er die Kabelbinder an ihren Beinen losgemacht. Sie konnte sie jetzt frei bewegen.

Er kam auf sie zu und für einen Moment war sie sich sicher, dass er sie schlagen würde, doch er schob ihr lediglich eine Hand untern

Ellbogen und half ihr auf beim Sitzen. Ein auffälliger Mann, mit sandfarbenem Haar und blauen Augen, die sich verdunkelten, wenn Jesse emotional wurde. Sie hatte es schon vorher bemerkt. Als er sich mit ihr im Flur an diesem ersten Tag unterhalten hatte, waren seine Augen beinahe wie Saphire gewesen, doch am nächsten Tag, an dem das Mittagessen stattgefunden hatte, waren sie dunkel geworden, nachdem einer der Männer die Bemerkung gemacht hatte, nicht überrascht darüber zu sein, Jesse im Club zu sehen.

Weil der Mann seine Vergangenheit kannte und davon überzeugt war, Jesse hätte die Truppe verraten, hatte sie bei sich gedacht.

Jesse ging auf und ab, immer noch in dem großen Kapuzenpulli gekleidet, obwohl die Hitze des Tages bereits über sie hereinbrach. „Ich wollte Kris nicht verletzen."

Sie hoffte, dass es Kris gut ging, aber, bei Gott, sie war so froh, dass es nicht Alex war. „Aber es ist in Ordnung, Alex zu verletzen."

„Er ist ein Soldat. Soldaten werden getroffen. So geschieht es nun mal."

„Das ist kein Krieg." Sie sprach die Worte aus, fragte sich dann aber, ob der Krieg für Jesse jemals zu Ende gegangen war.

„Das sagen Sie, weil Sie eine Zivilistin sind." Er holte tief Luft und schien zu versuchen, etwas Kontrolle zu erlangen. „Ich frag' mich, ob ich sie getötet hab'. Ich hab' noch nie eine Frau getötet. Nicht absichtlich."

Oh, seine Schuldgefühle waren ihm ins Gesicht geschrieben. Sie musste sie noch etwas mehr bekräftigen. Obwohl es schmerzte, musste sie ihn manipulieren. Etwas stimmte nicht, und sie musste herausfinden, was es war. „Sprechen Sie von der Frau in Ihrer Einheit?"

Seine Augen blitzten auf. „Woher wissen Sie davon?"

„Es kam überall in den Nachrichten, Jesse. Es war unmöglich, es nicht mitzukriegen. Da war eine Frau, die mit Ihnen gefangen genommen worden ist."

„Alannah Tally." Er flüsterte ihren Namen, als sei er ein Segen oder doch ein Fluch, der ihn zu verfolgen schien.

Er war ihr nahe gewesen. „War sie Ihre Freundin?"

Er schüttelte den Kopf, rieb sich die Stoppeln seines Bartes, der Blick weit entfernt. Er sah auf sein Handy hinunter, als ob es ihn retten mochte. Kein einziges Mal reagierte er so, wie er sollte, stellte Eve fest. Er befand sich in der Machtposition. Er konnte ihr sagen, sie solle den Mund halten oder selbst einfach weggehen, doch als er sich anscheinend dazu entschieden hatte, keine brauchbare Ausrede zu haben, gab er auf. „Ich mochte sie sehr."

Es war so ein Glück, dass sie sich ausdrucken konnte wie Männer. „Sie haben also mit ihr gefickt, aber waren nicht in sie verliebt."

Er war ein großer Mann, doch sie hatte bemerkte, dass er ein Gros seiner Masse damit verbarg, die Schultern hängen zu lassen. „Ja, so in der Art. Sie war eine nette Dame. Sie war nicht irgendeine Schlampe."

Und er verteidigte sie immer noch, als ob sie der bloße Akt des Beischlafs mit ihm in Gefahr gebracht hätte. Tiefe Unsicherheit. Sie musste sie ausnutzen und ihn beruhigen. Er war offenbar ein Mann, der eine sanfte Stimme in seinem Leben brauchte. Und er ging auf Frauen ein. „Ich würde dieses Wort nie benutzen, Jesse. Frauen schlafen häufig nicht mit Männern, weil sie scharf auf sie sind. Wir neigen dazu, mit Männern zu schlafen, die wir bewundern. Sie muss Sie bewundert haben."

Es stockte ihm der Atem. Er stand wieder auf, nahm dieses ängstliche Auf- und Abschreiten wieder auf. Zwei Schritte in die eine Richtung, drei in die andere. Immer und immer wieder, als hätte sich dieses Muster in seinem Kopf eingebrannt.

Er lief die Länge seiner Zelle ab. Sie wettete, dass er während seiner Gefangenschaft so oft in diesem kleinen Gemäuer auf und ab gegangen war, dass es sich jetzt in ihn eingebrannt hatte, eine Gewohnheit, die er sich nicht mehr abgewöhnen konnte.

Sie könnte ihn von Evans abspenstig machen. Sie könnte ihn auf ihre Seite bringen.

„Zuletzt bewunderte sie mich nicht mehr. Sie hasste mich. Haben Sie das Video gesehen?" Er blieb stehen und schien sich zu zwingen, still zu sein. Er betastete seine Jacke und zog sich eine Zigarette und ein Feuerzeug heraus. „Ich hasse diese verdammten Dinger, doch es war das Einzige, was sie mich tun ließen. Haben Sie das Video gesehen?"

Sie schauderte, als er das Feuerzeug entzündete und der

Zigarettengeruch den Raum erfüllte. „Das, in dem sie starb?"

Er zögerte lange. Er war siebenundzwanzig, doch sie hätte geschworen, dass er in dem Moment wie fünfzig aussah. „Ja."

„Zum Teil." Es war überall in den Nachrichten erschienen, doch war es gekürzt worden, bevor die tödlichen Schläge auf die Bildschirme gelangten. Zwar brachten die großen Nachrichtensender die Story, hatten sich jedoch geweigert, die grausigeren Teile des Videos zu zeigen. Natürlich war es nicht möglich gewesen, dem Internet etwas vorzuenthalten. Sie wusste, dass Ian das Video gesehen hatte, nachdem die CIA um seinen Rat gebeten hatte.

„Sie zwangen mich, es mir anzusehen", erklärte Jesse. „Sie haben mich mit Heroin high gemacht, ich sollte mich hinstellen und sie zwangen mich zuzusehen, wie sie meine Brüder enthaupteten."

Kein Wunder, dass er sich wie ein kleiner Kuckuck benahm. Doch er stellte immer noch den Grund dar, warum sie gefesselt war, und er hatte immerhin versucht, ihren Mann zu töten. „Sie gaben Ihnen Heroin, damit Sie passiv wirken, als ob es Ihnen egal sei oder Sie gar nicht in den Prozess involviert wären."

„Ja, das verstand ich. Ich glaub' nicht, dass Alannah es tat. Keiner von ihnen tat es. Sie dachten alle, ich hätte sie verraten. Sie hassten mich. Ich wollte meinen Dad stolz machen, wissen Sie. Ich dachte, ich könnte in die Armee gehen und etwas aus mir machen."

Sie musste Verbindungen schaffen. Er hatte ihr eine bedeutende geliefert. „Mein Mann war in der Armee."

Jesse legte die Stirn in Falten. „Reden Sie von Master A?"

Und sie musste versuchen, Vertrauen aufzubauen. „Keine Ausflüchte, Jesse. Ich vermute, Sie wissen eine Menge über meinen Mann. Sein Name ist Alex."

„Ja, McKay. Das fand ich heraus."

„Wussten Sie, dass er ein Soldat mit Auszeichnung war? Er diente seinem Land wie Sie."

Seine Lippen kräuselten sich. „Nicht wie ich."

„Nicht genau, aber es gibt viele Ähnlichkeiten. Er versucht schon lange, Ihren Chef zu stürzen. Wollen Sie wissen, warum?"

Jesses Augen wurden schmal und er machte die Zigarette aus. „Woher wissen Sie davon? Spricht er mit Ihnen über seine Arbeit?"

Auch bekannt als die Vielleicht-sind-Sie-gar-nicht-sounschuldig-Frage. Sie machte einen weiteren kleinen Schritt. „Er schätzt mich."

„Er schlägt Sie."

Sie war so fertig mit diesem Scheiß. Ungeduld überwältigte sie. „Mr. Murdoch, Sie scheinen Ihren Lebensunterhalt damit zu verdienen, Menschen zu töten, also denk' ich nicht, dass Sie das Recht haben, wegen meiner sexuellen Wahl auf mich herabzusehen. Was mein Mann und ich zusammen machen, ist unsere Sache, doch ich verrate Ihnen, dass er mich nie auf eine Art und Weise verletzt hat, die ich nicht angenehm fand. Wir sind nicht alle gleich. Wir genießen nicht alle die üblichen Muster der Sexualität. Einige von uns brauchen mehr, und das hat nicht immer etwas damit zu tun, dass in unserer Kindheit etwas schief gelaufen ist. Ich wurde so gebaut und mit mir ist alles in Ordnung. Ich genieße schmutzige Spiele und ein gewisses Maß an Schmerz, wenn er von dem Mann kommt, den ich mehr liebe als meine eigene Seele. Ich entschuldige mich nicht für die Liebe, die ich mache. Ich werd' nicht um Vergebung für meine Andersartigkeit betteln. Ich feier' sie. Ich kämpfe dafür."

Er war in dem Moment rot geworden, als sie das Wort Sex erwähnt hatte. Er klammerte alles aus, außer ihren letzten Worten. „Dafür kämpfen?"

Genau hier erwischte sie ihn. Evans hatte ihn offensichtlich angelogen. Der Mann hatte ein Problem damit, dass Frauen verletzt wurden. Der Gedanke, dass er Kristen getötet hatte – Gott, sie hoffte, dass dies nicht der Fall war – zerriss ihn. Es war an der Zeit, ihm die Wahrheit über seinen Chef zu sagen. „Ich bin von einem Mann vergewaltigt und gefoltert worden, der meinen Lifestyle gegen mich verwendete. Er verletzte mich immer wieder und sagte mir, wie pervers ich sei, was für eine Hure, dass ich mag, was ich mag."

Er errötete wieder, fuhr sich mit der Hand durchs Haar. „Tut mir sehr leid, das zu hören. Ich...ich gönn' das niemandem. Ich würde denken, dass Sie sich nun davon fernhielten."

„Das war's, was er wollte. Er wollte mir etwas Kostbares nehmen, und ich hab's ihm nicht erlaubt." Eine Quelle der Stärke schien sich in ihr geöffnet zu haben. Die meiste Zeit ihres Lebens war sie Psychologin gewesen und hatte den menschlichen Verstand studiert, doch sie hatte gelernt, dass sie sich zwar einfühlen konnte, dass manchmal jedoch Dinge erlebt werden mussten, um sie vollständig zu verstehen.

Sie war nur so weit sein Opfer, wie sie es sich erlaubte. Sie hatte nicht die Kontrolle darüber gehabt, was Evans ihr antat, doch sie hatte die Kontrolle darüber, wie sie darauf reagierte. Sie hatte zugelassen, dass dieses Monster ihr zu viele Jahre genommen hatte. Sie ließe es nicht zu, dass er ihr auch noch ihren Mann wegnähme.

Er nickte und schien zu einer Entscheidung zu kommen. „Warum tut Ihr Mann das?"

War es Zeit für Ehrlichkeit? „Er hat jahrelang nach dem Mann gesucht, der mich verletzt hat."

Jesse ballte die Fäuste, kniff die Augen zusammen. „Und ist dieser Mann hier?"

Ja, es war definitiv Zeit für Ehrlichkeit. Er hing am Haken. Sie musste ihn einholen. Er konnte sich wandeln. Sie konnte ihn zu einem Verbündeten statt zu einem Feind machen. Er konnte sie möglicherweise direkt zu Evans führen. „Ja, Jesse. Dein Boss hat mich entführt und vergewaltigt und gefoltert. Michael Evans hat das getan und er hat viele Frauen verletzt. Ich weiß nicht, was er Ihnen erzählt hat, doch er lügt. Alex war der FBI-Agent, der ihn zu Fall brachte. Er arbeitet jetzt in der Privatwirtschaft, doch er hat immer noch Verbindungen. Wenn wir Evans schnappen und er am Ende noch am Leben ist, werden wir ihn ausliefern."

Jesse stand auf und starrte sie an. „Das ist unmöglich."

„Nein. Lies die Nachrichten über ihn, Jesse. Es ist so einfach. Sieh einfach im Internet nach. Michael Evans ist ein Monster. Er ist ein Vergewaltiger und ein Terrorist, und er leitet Drogen durch den Club, in dem wir arbeiten."

„Ich weiß. Genau deshalb bin ich dabei, ihn zu jagen. Er ist nicht mein Boss. Ich arbeite für das FBI. Verstehen Sie? Ich bin nicht der Böse. Ich bin vom FBI, und Sie sind eine Lügnerin."

Ihr ganzer Körper wurde eiskalt. „Sie arbeiten für den Sonderermittler?"

Er arbeitete für Petty. Petty, der sie eine halbe Stunde, bevor Michael Evans sie entführt hatte, anrief. Er hatte ihr gesagt, dass er Alex nach Hause brächte.

Petty, der gewusst hatte, wo sie sich befand und wie viele

Wachen sie beobachteten. Er hatte sie selbst ausgewählt.

Petty, der ihr Haus ebenso gut kannte wie sein eigenes. Sie hatte sich immer gefragt, woher sie genau gewusst hatten, durch welche Fenster sie gehen und wie sie sich durch das Haus bewegen sollten.

Es klopfte an die Tür. Jesse richtete sich auf und holte tief Luft. „Jetzt werden Sie sehen. Das ist Special Agent Petty. Er wird das aufklären und Sie werden herausfinden, dass Ihr Mann Sie angelogen hat."

Die Wahrheit war fast unerträglich, doch es war nicht die Zeit, sie jetzt zu hinterfragen. Ihr fiel kein Grund ein, warum Jesse lügen sollte. Doch im Falle von Petty konnte sie sich denken, warum er lügen sollte. Carmen Garcia.

Wie weit war ihr alter Freund gegangen?

„Weiß er, dass ich hier bin?" Sie zischte die Frage fast heraus. Er hatte Jesse auf sie angesetzt und den Anschlag auf Alex befohlen. „Weiß er, dass Alex nicht tot ist?"

Er sah zur Tür. „Er weiß, dass ich Sie reingebracht hab'. Ich hatte nicht vor zu lügen. Er weiß, dass ich vorhin versucht hab', McKay auszuschalten. Ich muss es ihm jetzt sagen. Ich werd' ihn zur Vernunft bringen."

„Machen Sie nicht die Tür auf, Jesse. Er ist fertig mit Ihnen. Er hat alles, was er will, und er wird Sie nicht mehr brauchen. Bitte gehen Sie nicht an die Tür."

Er schenkte ihr keine Beachtung, als er sich der Tür näherte. „Wir sind die Guten."

Die Tür öffnete sich und Warren lief hindurch. Sie hatte ihn seit Jahren nicht mehr gesehen, war davon ausgegangen, dass er aus ihrem Leben verschwunden sei. „Ich erhielt gerad' Ihre Nachricht. Sie haben die Frau nicht getötet?"

Jesse schüttelte den Kopf und ging tiefer ins Loft hinein. „Nein, Sir. Darüber wollte ich mit Ihnen reden."

Seine gesamte Aufmerksamkeit war auf Jesse gerichtet. Er machte sich nicht die Mühe, sie anzusehen. Warren verfolgte jeden von Jesses Schritten. „Doch Sie haben den Angriff auf McKay ausgeführt? Und jetzt halten Sie seine Frau gefangen?"

„Ja", begann Jesse.

„Ausgezeichnet." Petty griff in seinen Mantel und zog eine fies aussehende Waffe. „Dann ist deine Arbeit getan, mein Sohn.“

„Was?“ Die Frage fiel wie ein Schrei. Jesses Hand griff in seine Manteltasche, doch er war nicht schnell genug.

Ein Ping ertönte durch die Luft, der Schalldämpfer am Ende der Waffe tat seine Arbeit. Jesses großer Körper zuckte, sah dann zu ihr hinüber und seine Augen sahen so traurig aus, als er auf die Knie und dann nach vorne fiel. Er schlug auf dem Boden auf, die Erde bebte leicht.

„Eve, du hättest besser die Finger von alledem lassen sollen.“ Warren Petty richtete seine Aufmerksamkeit auf sie, trat um Jesses Körper herum. „Oh, nun, zumindest kann ich jetzt eine Schuld begleichen, die mir seit Jahren anheftet. Evans will dich immer noch, Liebes. Ich denke, es ist Zeit, dass er dich wieder kriegt.“

Er hob die Waffe, sie direkt auf Jesses Kopf richtend. Eine Kugel ins Herz hatte Warren offenbar nicht gereicht. Bevor er einen Schuss losfeuern konnte, rannte Eve auf ihn zu, schlug ihn unvorbereitet nieder. Sie stürzten beide gegen die Wand.

Eve fuhr in einem Ruck auf. Sie musste hier rauskommen.

„Nicht so schnell.“ Warren hielt ihr die Pistole an den Kopf. „Wir spielen das jetzt nach meinen Regeln. Beweg dich. Wir verschwinden von hier.“

Sie hatte keine andere Wahl, als mitzugehen und zu beten, dass Alex sie rechtzeitig fand.

Kapitel Siebzehn

Alex trat an die Tür des Cuffs, wohl wissend, dass er höchstwahrscheinlich ein gebrandmarkter Mann war. Wer auch immer heute die Attacke auf ihn ausgeübt hatte, musste Chazz Bericht erstattet haben. Und er kümmerte sich den Teufel darum, denn er ging heute nicht zu Boden. Er würde seine Frau finden und sie zurückholen.

Er zog an den Türen und knurrte, als er feststellen musste, dass sie verschlossen waren.

Er hörte ein Schloss zurückschnellen und dann öffnete sich die Tür. Einer der großen Türsteher stand in der Tür, seine massiven Schultern versperrten ihm den Weg. Alex erinnerte sich nicht mehr, wie er hieß, also dachte er sich ihn als Massives Arschloch.

Massives Arschloch runzelte die Stirn. Seine Neandertaler-ähnliche Erscheinung machte ihn nicht unbedingt hübscher. Er sah so aus wie das, was er war – ein angeheuerter Killer. „Du bist gefeuert. Chazz rief vor zwei Minuten an und sagte, ich darf dich nicht reinlassen."

Nicht reinlassen? Was für ein Weichei war Chazz? Wäre Alex an seiner Stelle gewesen, hätte er den Befehl erteilt, jeden zu erschießen, der ihm vors Gesicht käme, und nicht ein „Hey, er ist gefeuert."

„Ich fürchte, ich kann das mit meiner Anstellung hier so nicht

314

stehen lassen. Ich muss mit Chazz reden."

Massives Arschloch kniff die Augen zusammen. Seine Hand glitt an die Seite seines Körpers, als versuche er sich zu entscheiden, wie er sich verhalten sollte. Chazz' Befehl mochte etwas härter gewesen sein, doch MA war kein abgebrühter Killer. Noch nicht. Alex nutze das zu seinem Vorteil.

Er trat gegen die Tür und schob sie gegen MAs riesige, vermutlich mit Steroiden vollgepumpte Brust. Alex wettete, dass er seine ganze Kraft im Fitnessstudio gewonnen hatte.

„Hey!" MA verlor das Gleichgewicht und bewies, dass er keine wirklichen Erfahrungen hatte. „Mann, du kannst hier nicht reinkommen."

Alex zögerte nicht. Er machte keine Pause, um sich mit dem Wichser zu unterhalten. Er hatte nur ein Ziel im Kopf, und niemand würde sich ihm in den Weg stellen. Den Kerl beim Kragen packend, zog Alex seine SIG, sie genau auf MAs Schläfe richtend. „Du solltest jetzt gehen. Und solltest du die Polizei rufen, werd' ich dich finden. Du wirst mitten in der Nacht aufwachen und ich steh über dir. Ich werd' dich nicht schnell zu Boden gehen lassen. Dafür sorge ich. Verstanden?"

Ne. Der Kerl war nicht ausgebildet. Die meisten der ausgebildeten Agenten pissten sich nicht wegen einer Drohung und einer auf die Stirn gerichteten Waffe an.

MA war in dem Moment aus der Tür verschwunden, als Alex losließ.

„Ich hab' Ihren Jungen." Chazz stand am oberen Ende der Treppe, eine Waffe in der Hand. Im Gegensatz zu seinem Türsteher schien Chazz ziemlich cool. Er glaubte, die Oberhand zu haben.

Er glaubte, Sean zu haben. Alex glaubte ihm nicht, solange er es nicht mit eigenen Augen sähe, obwohl Sean seinen Anruf nicht beantwortet hatte.

Er musste herausfinden, wie tief die Scheiße ging. Und gefangen genommen zu werden, mochte seinen Plänen entsprechen, denn er musste dorthin gebracht werden, wo immer Eve sich befand.

Alex legte seine SIG auf den Boden und hielt die Hände hoch. Falls sie jetzt vorhatten, ihn zu erschießen, hätten sie es getan, doch Alex hatte herausbekommen, dass es sich um zwei unterschiedliche

Fraktionen handelte. „Arbeiten Sie für Evans oder meinen alten Partner?"

Chazz runzelte die Stirn. „Ich arbeite für Michael Evans, Mr. McKay. Ich bin seine rechte Hand."

Er war Evans' Lakai, doch es lohnte sich nicht, das jetzt zu betonen. „Er hat Ihnen also nicht gesagt, dass er mit einem FBI-Agenten zusammenarbeitet?"

Chaos war sein bester Freund.

„Sie lügen wie gedruckt, doch das haben sie ja die ganze verdammte Zeit mit mir gemacht, oder? Sie und Kris. Wo zur Hölle ist sie überhaupt?" Er kam die Treppe herunter, als zwei weitere Türsteher auftauchten. Sie waren, wie Massives Arschloch, groß und dumm, doch wenigstens trugen sie Waffen. Sie nahmen zu beiden Seiten von Alex ihre Plätze ein.

„Auf Kris wurde geschossen. Sie ist vermutlich tot. Wollen Sie mir sagen, dass Sie nicht versucht haben, mich vorhin auszuschalten?" Sein Hirn wog jedwede Möglichkeit ab. Chazz mochte nicht wissen, dass er etwas wusste.

Sein Handy brummte in seiner Tasche. Adam, hoffte er. Er betete, dass Adam rausgefunden hatte, wer der Schütze gewesen war. Kristen war gerade in den Krankenwagen verladen worden, als Alex aus dem Gebäude geschlüpft war und Adams Auto nahm. Adam hatte die Rolle des besorgten Schaulustigen gespielt, hatte der Polizei erklärt, dass er keine Ahnung hatte, was passiert war, sondern lediglich das Mädchen auf dem Boden vorgefunden und versucht hatte, ihr Leben zu retten.

Und hier erwies sich Adams Frau als Bereicherung. Alex hatte auf der Straße oberhalb des Gebäudes angehalten und beobachtete, wie sie vorfuhr und den Boss markierte, zu ihrem Mann lief und ihn umarmte. Serena sah süß und zerbrechlich aus, die Hand auf dem Bauch, um das dort wachsende Baby zur Schau zu stellen. Alles, um zu verhindern, dass Adam für eine Aussage zur Polizeiwache gebracht werde, wenn Alex ihn vor dem Computer brauchte.

Alex war die Straße entlanggefahren und hatte Jake abgeholt, um sicherzugehen, dass Adam vor Ort wäre, wenn sie ihn brauchten.

Alex gestattete den beiden Türstehern, jeweils eine Hand an ihn anzulegen und ihn zu Chazz zu schleppen. Jake war draußen, auf das

Signal wartend, dass er gebraucht wurde.

Sie waren nur zu dritt. Jake konnte ein Nickerchen machen, doch bevor Alex mit allen fertig wurde, musste er herausfinden, wo Sean war.

„Jemand hat Kris getötet?"

Scheiße. Chazz hatte es nicht gewusst. Er war kein guter Schauspieler. Evans hielt ihn nicht auf dem Laufenden. „Ja, sie hat eine Kugel in die Brust abgekriegt. Sie ist tot".

Soll er das denken. Vielleicht wäre Evans angepisst, dass sein Mädchen im Kreuzfeuer erwischt worden ist.

Er will dich lebend.

Kristens Gesicht verfolgte ihn. Das täte es wahrscheinlich noch für längere Zeit. Sie hatte beinahe glücklich geschienen, sich für ihren Liebhaber geopfert zu haben.

Hatte Evans sie auch aus dem Spiel gehalten? Warum hatte sie seine Pläne sonst durchkreuzt?

„Fuck. Mikey hat mir nicht befohlen, das zu tun." Chazz nickte zum hinteren Teil des Clubs. „Einige unserer Freunde warnten uns jedoch vor Ihrem Erscheinen hier, McKay. Mikey würde sich gerne mit Ihnen unterhalten."

„Da er meine Frau hat, würd' ich auch gern mit ihm reden."

Wieder runzelte Chazz die Stirn und Alex fühlte, wie sein Bauch sich verkrampfte. „Auch davon weiß ich nichts. Ich kriegte einen Anruf vom Big Boss und er hat rausgefunden, dass Sie nicht der sind, für den Sie sich ausgaben. Ich werd' Sie und Ihren Jungen da drin auf Eis legen, bis Mikey entscheidet, was mit Ihnen zu tun ist. Bringen Sie ihn in die Küche. Wir lassen ihn bei dem anderen."

Alex folgte ihm und machte eine Bestandsaufnahme der Waffen an seinem Körper. Er kriegte seine SIG wohl nicht zurück, wobei im rechten Stiefel eine Halbautomatische steckte und im linken ein Messer. Jakes Auto war mit Geschützen beladen, die sich unter einem doppelten Boden im Kofferraum befanden.

Einer der sehr wahrscheinlich bald toten Türsteher/Schwachköpfe von Muskelmännern stieß ihn durch die Schwingtüren der Küche. Drei weitere von Chazz' Türstehern befanden sich hier. Sie schienen bereit und zu warten. Jemand hatte sie gewarnt. Er erblickte Sean, unterzog der Küche eine sorgfältige, jedoch schnelle

Bestandsaufnahme. Zu seiner Linken befand sich eine Reihe an aus Edelstahl gefertigten Öfen und Herdplatten, zu seiner Rechten zwei große Kühleinheiten. Die Station für die Zubereitung befand sich dazwischen. So wie es aussah, hatte jemand das restliche Personal nach Hause geschickt. Sie waren allein in der großen Küche mit niemand anderem als dem Sicherheitspersonal.

Wo war der Bengel? Alex besah sich die Türsteher, doch keiner von ihnen war Jesse Murdoch.

„Hey, ich hatte einen Morgen, Bruder." Sean saß im hinteren Teil der Küche in der Nähe einer großen Arbeitsplatte. Der Stuhl, auf dem er saß, stand an einem Tresen. Es sah aus, als wäre er bei der Arbeit überrumpelt worden. Sein Messerset lag dort ausgerollt und auf dem Tresen befanden sich Haufen von Kräutern und Zwiebeln, präzise geschnitten und portioniert. Sean wies ein schönes Veilchen und einige blaue Flecken auf. Warum? Wie viele Arschlöcher hatten sie ihm auf den Hals gehetzt?

„Das sehe ich. Du siehst aus, als wärst du von einer Baseballmannschaft fertiggemacht worden." Sie benutzten häufig Sportverweise, um Informationen zu gewinnen. Er konnte nicht einfach damit herausrücken und Sean fragen, wie viele Männer hier rumlungerten.

„Eher wie eine Offensivlinie kurz vor dem Snap", schoss Sean zurück.

Also sieben. Sieben Offensivspieler standen im Football an der Trennlinie zwischen Offensive und Defensive. Alex zählte schnell durch. Sechs Männer waren mit ihnen in dem Raum und Massives Arschloch war geflohen, vermutlich in die wartenden Arme Jakes, der ihm die gleichen Fragen stellte.

Kinderspiel.

„Ich hätte wissen müssen, dass du das verkackst", sagte Alex zu Sean. „Du bist ja gefesselt."

Sean schloss kurz seine blaue Augen, als ob er die Peinlichkeit nicht ertragen könnte. „Ich hab' auch mein bestes Gemüsemesser verloren. Es war ein beschissener Tag. Ich bin bereit, ihn zu beenden. Ich weiß alles, was ich wissen muss."

Schön. Deshalb liebte er es, mit Sean zu arbeiten. Sie kommunizierten so hervorragend miteinander. Er entschlüsselte schnell die Informationen, die Sean ihm mit ein paar einfachen Sätzen vermittelt hatte. Sean war es gelungen, seine knapp acht Zentimeter lange Klinge zu behalten, und hatte sich bereits durch die Fesselung gearbeitet. Er war bereit zu gehen, wenn Alex es war.

„Holt noch einen Stuhl für das neue Arschloch", befahl Chazz. „Wir müssen ihn hier behalten, bis der Chef uns sagt, wo wir ihn hinbringen sollen. Es sollte nicht länger als ein paar Stunden dauern."

Einer der Türsteher ging raus, um dem Geheiß seines Chefs Folge zu leisten.

„Ihr Zeitplan wurde vorverlegt. Chazz erhielt vor einer Stunde einen Anruf", sagte Sean.

Deshalb also hatte er sich gefangen nehmen lassen. Mit nur sieben untrainierten Jungs wäre es unmöglich gewesen, dass sie Sean in einem Kampf hätten schlagen können.

„Ich hab' Sie nicht gebeten, zu reden." Chazz holte tief Luft, seine Augen verengten sich. „Sie wissen jetzt, dass ich Ihren Freund hier hab' und ich Sie nicht mehr brauche. Ich hab' Sie in Gewahrsam, weil ich dachte, ich könnte ein Druckmittel brauchen, falls er auftaucht. Mikey erwähnte nichts davon, sie hier zu behalten. Es könnte sich gut anfühlen, einen von euch fertig zu machen. Ich hab' einiges zu klären. Er wird den Club jetzt vermutlich schließen. Wir werden alle umziehen müssen und das alles nur, weil ihr zwei beschissene Cops seid."

„Hat er das gesagt? Und wie hat Ihr Boss das herausgefunden?" Alex schüttelte leicht den Kopf, Sean das No-Go-Zeichen gebend. Er hob zwei Finger an die Brust, sich kratzend. *In zwei Minuten.* Er hatte noch etwas aufzuklären, bevor sie zu der Stelle kamen, an der Chazz rumheulen und sich unter Umständen die Hose vollmachen würde.

„Das geht Sie einen Scheißdreck an", schoss Chazz zurück.

„Ich bin kein Cop."

Chazz starrte ihn an, seine Zweifel offensichtlich. „Ach echt? Und warum sollte ich Ihnen glauben?"

„Ich war mal Polizist, FBI, genauer genommen. Ich arbeitete mit dem Mann zusammen, von dem ich glaube, dass er Ihren Chef mit Informationen versorgt", erklärte Alex.

Sean riss die Augen auf, blieb aber stumm.

Alex starrte Chazz an. „Die Frage ist jetzt, ob es Ihr Chef oder mein ehemaliger Partner war, der meine Frau entführt hat."

Seans ganzer Körper verkrampfte sich.

„Und wer Kris getötet hat", verkündete Alex.

Seans Gesicht wurde rot. „Willst du mich verdammt noch mal verarschen?"

„Ich sagte Ihnen, dass ich diesen Mord nicht befohlen habe, doch wenn der Boss es getan hat, dann war es wohl nötig, die Schlampe zu töten", sagte Chazz schnell.

„Alex", zischte Sean seinen Namen.

Die Sache mit Kristen brächte ihn um, wenn er nicht bald eine Antwort hätte. Er hoffte, dass sie lebte. „Ja, los geht's, aber ich will diesen Idioten."

Sean bewegte sich mit der Anmut eines natürlichen Raubtiers. Schien er gerade noch vollkommen gefesselt zu sein, stand er im nächsten Moment auf den Beinen, ein Messer in der Hand. Er schleuderte es durch die Luft und langte zurück, griff sich zwei weitere vom Tresen. Bevor sich jemand rühren konnte, hatte Sean seine Messer in den Körpern von dreien ihrer Geiselnehmer platziert, zwei in der Brust und ein drittes hatte anscheinend die Halsader des Türstehers durchtrennt. Er ging zu Boden, sich an das Ding klammernd, zog es heraus und beförderte eine Blutlache auf den Boden.

Alex stieß mit dem Ellenbogen auf den Schwertfortsatz des Mannes zu seiner Rechten zu und zog durch, die Kraft des Schlages durch die Brust des Mannes richtend, um den zarten Knochen am Ende des Brustbeins direkt ins Herz seines Gegners zu senden.

Der Mann, der ihn festgehalten hatte, fiel zu Boden.

Alex wandte sich Chazz zu, der sich rückwärts zur Reihe der Öfen bewegte. Er hielt seine Waffe hoch, doch es war ihm nicht möglich zu verbergen, wie seine Hand zitterte.

„Gehen Sie zurück, oder ich beende das jetzt", sagte Chazz. „Ich erwarte weitere Jungs."

„Das tut er nicht", sagte Sean. „Er hat alle weggeschickt, nachdem er den Anruf bekam. Das war, als sein Schlägertrupp zuschlug."

Alex griff lässig nach unten und zog seine Halbautomatik aus dem Stiefel. Chazz starrte zwischen beiden hin und her, als ob er sich nicht entscheiden könnte, welche Schlange er zuerst erschießen sollte. „Und du hast dich entschieden, mit ihnen mitzuspielen?"

Sean vollführte Umdrehungen mit seinem großen Messer. Er hielt es in der Hand, warf es lässig hoch und fing es wieder auf. „Ich dachte, ich sollte mitspielen. Ist Kris wirklich tot?"

„Ich weiß es nicht. Ich musste von dort verschwinden. Adam blieb bei ihr."

„Ich hab' sie nicht getötet", meinte Chazz. „Ich hab' keinen Anschlag auf irgendwen angeordnet. Fuck, ich bestimm' hier nicht die Regeln. Ich halt' meinen Kopf unten und sitz' meine Zeit ab."

„Wie Sie es im Gefängnis taten. Hat Evans Sie dort rekrutiert? Er muss Ihnen von mir erzählt haben und dennoch scheinen Sie sich nicht an meinen Namen zu erinnern."

„Das war McKay. Was hat das mit alledem zu tun?" fragte Chazz.

„Alexander McKay. Ich war der verantwortliche Sonderermittler für seinen Fall. Ich hab' ihn verhaftet."

„Scheiße. Er hat sich danach mit Ihrer Frau beschäftigt."

Alex feuerte einen Schuss ab, eine Kugel durch Chazz' Hand jagend. Es fiel ihm plötzlich schwer mit einem Loch in der Handfläche, seine Waffe zu halten. Sie fiel zu Boden, als Chazz aufschrie und sich die Hand an die Brust drückte.

„Sie werden mit Respekt von meiner Frau sprechen", erklärte Alex. „Und Sie werden mir helfen, sie zu finden."

Sean hielt sein echt großes Messer hoch. „Wissen Sie, was das hier ist?"

Chazz liefen die Tränen übers Gesicht. „Es ist ein Messer."

„Oh nein", widersprach Sean. „Das ist ein Kunstwerk. Das ist ein fast zwanzig Zentimeter langes Keramik-Sushi-Messer. Ich hab' mich damit ein wenig beschäftigt. Keramik liegt auf der Härteskala nur eine Stufe unter Diamanten. Dieses Messer wurde hergestellt, um Fisch zu entgräten und zarte, schöne Schnitte zu machen. Es ist ein bisschen wie ich. Es ist sehr präzise, doch kann großen Schaden anrichten. Möchten Sie, dass ich Sie filetiere, Chazz?"

Chazz war kreideweiß geworden. „Ich weiß von nichts. Mike wollte in ein paar Tagen hier sein und einige Zeit auf der Farm verbringen, doch dann ruft er mich heute Morgen an und sagt, dass ich Mist gebaut hab'. Er meint, ich hätte Sie reingelassen und das hätte ich nicht tun sollen, und die einzige Möglichkeit, das wiedergutzumachen, sei, wenn Sie herkämen, Sie für ihn hier zu behalten. Er meinte, er hätte jemanden gehabt, der schlauer sei als ich, der sich darum kümmern sollte, doch dies sei sein Plan B. Er hatte sich wohl gedacht, dass Sie herkämen, wenn der, der Sie töten sollte, versagt hat. Ich sollte euch alle einsperren."

Farm? Er hatte noch nichts von einer verdammten Farm gehört, er hatte jedoch zunächst andere Fragen. „Wen genau?"

Chazz' Stimme zitterte. Er starrte auf die Leichen um ihn herum. „Sie und der Koch hier und Ihre Frauen. Ich wusste nicht, dass er von Ihrer Frau sprach. Ich hätte es wissen müssen, denn er sprach in diesem Ton, als er „Frauen" sagte. Er sagte immer zu mir, er hätte sie nicht gehen lassen sollen, doch er hätte einen Deal gemacht, verstehen Sie?"

Oh, jetzt machten sie doch Fortschritte. „Er hat einen Deal gemacht?"

„Ja. Ich weiß nicht, mit wem. Ich glaub', es war derselbe Typ, der ihn aus dem Gefängnis geholt hat. Das ist alles, was ich verdammt weiß. Er sagt mir nicht, wo ich ihn abholen soll. Er taucht einfach auf der Türschwelle mit seinen Bodyguards auf. Ich weiß auch nicht, wo er sich aufhält."

Die Türen hinter ihnen wurden aufgestoßen und Jake schob den sechsten Mann vor sich her. „Ihr habt einen verloren. Und Adam rief an. Serena hat plötzlich Schmerzen bekommen und musste sich hinlegen. Die Polizisten sagten ihm, er könne später reinkommen, um seine Aussage zu machen. Er hat alle Aufzeichnungen der Überwachungskameras nahe der Küste rangeschafft. Darunter ein Foto von jemandem, der deinen Mietwagen fährt. Er ist abgestellt worden, bevor er die gebührenpflichtige Straße überquert hat, es muss also ein anderes Fahrzeug auf ihn gewartet haben. Sagt dir der Name Murdoch etwas? Und soll ich den Kerl umlegen oder auf Eis legen?"

Er würde den Scheißkerl umbringen. „Steck ihn in die Kühltruhe. Wir brauchen nicht noch mehr Leichen, die wir verstecken müssen. Chazz, Sie werden mir absolut alles sagen, was Sie über Jesse Murdoch wissen, angefangen bei seinem Wohnort."

Er bezwang seine Panik, zwang sich dazu, stark zu sein.
Eve brauchte ihn.

* * * *

Jesse hatte ein Schreien unterdrückt. Seine Lunge tat verfickt nochmal weh. Diese gottverdammte kugelsichere Weste war nicht wirklich kugelsicher. Er hatte sie heute Morgen angezogen, weil er ein Protokoll befolgte, wenn es sich um eine Operation handelte.

Und das war auch verdammt gut gewesen, denn er wäre sonst von seinem eigenen verfickten Boss angeschossen worden.

Er war von dem Schuss ohnmächtig geworden. Aus kürzester Entfernung mochte die Kugel nicht sein Herz getroffen haben, doch sie hatte ihm den verdammten Atem verschlagen.

Er musste Master A... Alex McKay finden. Er musste den Mann finden, den er hatte töten sollen.

Fuck fuck fuck fuck. Er hatte Kris getötet, obwohl er das nicht hätte tun müssen. Er hatte es schon wieder verkackt, und er wusste nicht mal, warum.

Es gab einen lauten Knall, als die Tür zu seinem Loft barst.

Scheiße. Sie kämen zurück, um den Job zu beenden. Gott, er konnte nicht atmen. Die Weste war zu eng. Er konnte etwas Nasses auf seiner Haut spüren. *Verdammt*. Der Schuss war zu nah gewesen. Trotz der Kevlar-Weste war er getroffen worden. Wie weit war die Kugel eingedrungen? Wie viel Zeit hatte er noch?

Er hatte Gutes tun wollen. Er ließ seinen Kopf wieder auf den Boden sinken, das kühle Holz ließ ihn erschaudern. Er wollte seinen Vater stolz machen.

Er hatte es versucht, indem er sich entschieden hatte zu dienen. Nachdem Großvater, Grandpa, gestorben und die Ranch zugrunde gegangen war, wollte er nur seinen Kopf retten.

Er dachte an den goldenen Stern, der auf dem Kaminsims stand. Sein Grandpa hatte ihn nach dem Tod seines Vaters dort platziert.

Er stellt das dar, was dein Daddy war. Er war ein Stern. Jetzt werden sie dir sagen, dass Sterne, also Stars, Schauspieler und Sänger sind, doch das stimmt nicht. Echte Stars sind die Menschen, die ihr eigenes Leben hintanstellen, um Gutes zu tun. Wie dein Daddy.

Siebenundzwanzig Jahre, und er jagte immer hinter dem Vermächtnis seines Vaters her. Dennoch unzulänglich.

Wusste sein Vater davon? Gott, er hoffte, es gäbe eine Art Himmel, und sein Vater wüsste davon, dass er sein Land nie verraten hatte. Er war standhaft geblieben. Deshalb hatten sie es auf ihn abgesehen. Er war nicht zerbrochen. Er hatte ihnen nie mehr als seinen Namen, seinen Rang und seine Dienstnummer gegeben, auch nicht, als sie ihm einen heißen Schürhaken in die Brust stießen. Selbst als er dachte, sie schnitten ihm den Schwanz ab.

Sie hatten dennoch einen Weg gefunden, ihn zu brechen. Sie hatten ihm seinen Namen genommen. Gott, sie hatten ihm seinen Namen und seine Ehre genommen.

Doch niemand nähme ihm seine Seele.

„Da ist der kleine Wichser. Scheiße.“

Er brauchte nicht nach McKay zu suchen. McKay hatte ihn gefunden.

„Ist er tot?“

Er hätte so tun können. Er könnte einfach hier liegen bleiben und keiner merkte es. Und es wäre feige. Und er war kein verfickter Feigling. Er zwang den Kopf hoch. „Er hat sie mitgenommen.“

Ein Schrei fuhr ihm explosionsartig aus der Brust, als jemand seinen Körper umdrehte. McKay starrte auf ihn herab, der hätte schwören können, dass Flammen aus seinen Augen loderten. „Wer? Sag mir verfickt nochmal, für wen du arbeitest.“

Er zwang sich die Worte über die Lippen. Gott, er musste aus dieser Weste raus. „FBI.“

„Etwas genauer.“

„Spezialermittler Petty. Er kontaktierte mich vor einigen Monaten und bot mir einen Undercover-Job an.“ Das Angebot hatte Jesse zu dieser Zeit verfickt high gemacht. Es war für ihn eine Möglichkeit gewesen, wieder reinzukommen, zurück auf die Seite der Guten. Er war darauf sofort angesprungen. Er war ein verdammter Idiot gewesen.

„Das FBI beauftragt niemanden, Undercover-Jobs zu erledigen“, sagte eine neue Stimme.

McKay war nicht allein gekommen. Jesse zwang sich, sich

umzusehen. Es waren zwei Männer bei McKay. Sean Reilly, oder weiß der Geier, wie er in Wirklich hieß, und ein dunkelhaariger Mann mit grimmigem Stirnrunzeln.

„Er lügt", sagte Sean. „Warum würde er uns anlügen wollen?"

„Weil er verdammt gut weiß, dass ich ihn umbringe, wenn er mir die Wahrheit sagt", erklärte McKay.

Tod. Der erwartete ihn ohnehin. Er hatte darüber nachgedacht. Er hatte viel darüber nachgedacht. In den schlimmsten Momenten hatte er daran gedacht, sich den Lauf seiner Waffe in den Hals zu schieben und sich den Garaus zu machen. Er hatte nie etwas wirklich Sinnvolles getan. Er war eine solche Last gewesen, die seine Mutter hinterlassen hatte. Sie hatte seinen Vater geliebt, sich aber nie überwinden können, auch ihm Liebe zu geben. Sein Grandpa hatte hart arbeiten müssen, um ihn zu ernähren, wobei er einfach nur hatte fischen wollen, er konnte es sich jedoch nicht leisten, ein Kind nur mit Sozialhilfe großzuziehen.

Sein Vater hatte ihn nicht mal gekannt.

„Nur zu. Tu es." Zu guter Letzt konnte er den Abzug nicht drücken. Doch McKay konnte es.

Alex McKay hielt inne, er runzelte die Stirn. Komisches Wort, runzeln. Er lachte. Es blieb ihm nichts anderes übrig, als darüber zu lachen, wie spektakulär sinnlos seine Existenz gewesen war.

„Hast du versucht, mich umzubringen?", fragte McKay.

Eine einfache Antwort. „Oh, ja."

„Warum hast du meine Frau entführt?"

Nicht so einfach. „Konnte ihr nicht wehtun. Sie war unschuldig. Wollte sie vor dir retten. Sie schimpfte mich jedoch aus. Nicht so schwach, wie ich dachte. Es war ein Fehler. Alles war ein Fehler. Hab' Kris nicht töten wollen. Nur dich."

McKay knurrte und ließ ihn los, sein Kopf schlug auf den Boden. Gott, alles tat weh. Wann hatte das ein Ende?

„Welchen Grund gab Petty vor, mich töten zu wollen?", fragte McKay und starrte ihn an, als sei er ein Käfer, der doch noch zertreten werden könnte.

Es gab keinen Grund, jetzt noch was zu verbergen. Er war manipuliert worden. Er hatte keine Ahnung, ob McKay ein guter Kerl oder schlechter Kerl war. Es spielte einfach keine Rolle mehr. „Er brauchte mir keinen Grund anzugeben. Er trug die Verantwortung."

Der Koch beugte sich auf ein Knie zu ihm herunter, blaue Augen, die durch Jesse hindurchsahen. „Was war deine Mission, Soldat?"

„Er ist kein..., begann McKay.

Sean schüttelte den Kopf und McKay verstummte. „Was war deine Mission?

Endlich eine Frage, die er beantworten konnte. Mit jedem Wort fuhr ihm Schmerz durch die Brust, doch er zwang sich zu sprechen. „Ich sollte Evans' Organisation infiltrieren. Mein Vorgesetzter glaubte, dass der Club in St. Augustine der verwundbarste der acht Clubs sei. Er mochte kleinere Städte lieber. Sagte, die Strafverfolgung sei in kleineren Städten leichter. Ich sollte mich Chazz nähern, um über die Aktivitäten der Gruppe Bericht zu erstatten. Ich hab' früh erkannt, dass sie versuchten, eine Infrastruktur zu schaffen, um Drogen zu verschieben. Sie wuschen auch Geld für Kartelle. Ich hörte vor ein paar Tagen, dass Evans reinkommen würde. Ich hab's meinem Vorgesetzten gemeldet."

„Lass mich raten", sagte McKay. „Er sagte dir, du solltest warten und beobachten."

„Ja. Ich war überrascht. Ich dachte, es ginge darum, ihn festzusetzen."

McKay runzelte die Stirn. „Und du hast nie daran gedacht, den Fall selbst zu untersuchen? Du hättest von meinem Namen erfahren, wenn du dir den Fall angesehen hättest. Ich war der Ermittler, der ihn ursprünglich verhaftet hat."

„Hey, gönn' ihm eine Pause", sagte Sean.

„Warum verfickt nochmal sollte ich das? Was das betrifft, warum zum Teufel behandelst du ihn mit Samthandschuhen?"

„Weil ich jahrelang in der Armee war, Mann. Du hast deine Zeit gedient und bist abgehauen. Ich und Jake wissen, wie das ist", antwortete Sean.

„Du stellst keine Fragen", ergänzte der Mann, der Jake heißen musste. „Du befolgst Befehle. Möglich, dass er dachte, er tue das Richtige. Petty zog seinen Vorteil aus seiner Ausbildung. Er wusste, der Junge würde nicht tiefer forschen. Er würde Befehle befolgen."

Gott, es ließ ihn wie einen Idioten dastehen, doch es war die Wahrheit.

„Warum du?", fragte McKay. „Es gibt da draußen Hunderte von Ex-Soldaten ohne Arbeit. Warum gerade du?"

Scham erfüllte ihn. „Weil Evans Verbindungen zu Dschihadisten hat."

„Und alle dachten, dass du sie verraten hättest." McKay fuhr sich mit der Hand über den Kopf. „Scheiß drauf, Petty war immer schon schlau. Wo ist meine Frau?"

Er wünschte verfickt nochmal, er wüsste es. „Ich sagte dir doch, er hat sie mitgenommen."

„Wohin?", sagte er.

„Ich weiß es nicht." Er durchforstete sein Gedächtnis. Er hatte gehört, wie Petty etwas zu ihr gesagt hatte, als er zu Boden fiel. „Er sagte, er hätte eine Schuld zu begleichen, und zwar bei ihr. Das hinge schon lange wie ein Damoklesschwert über ihm. Er arbeitete mit Evans zusammen, oder?"

„Yeah." McKay trat einen Schritt zurück, sein Mobiltelefon in der Hand. Er wandte sich ab. „Adam, du musst alle privaten Flugplätze im Umkreis von achtzig Kilometern dieser Stadt ausfindig machen. Such nach allem, was du finden kannst. Evans kommt heut Abend rein."

Er hatte es so krass verkackt. „Kann ich helfen?"

„Nein", antwortete der große Blonde. „Nur, wenn du ein Ortungssystem an dem Wichser befestigt hast. Wie schwer bist du getroffen? Trägst du eine Weste?"

Jesse nickte. Er konnte sich nicht sicher sein, dass der andere Mann nicht versuchte, an Infos zu gelangen, um ihn zu erschießen, doch es spielte keine Rolle.

Nichts verfickt war von Bedeutung.

Er stöhnte, als Sean und der Typ, der vor ein paar Nächten bei Chazz gewesen war, versuchten, ihm aus der Weste zu helfen. Schmerz schoss durch ihn hindurch.

„Die Weste hat ihren Zweck erfüllt. Das ist ein Herzschuss", sagte Sean.

Jesse sah an sich herab. Da war eine winzige Punktionswunde direkt über seinem Herzen. An der Stelle, wo die Kugel die Weste durchbohrt hatte, war eine Schliere Blut auf seiner Brust. Wäre er nicht zu einem paranoiden Freak geworden, wäre er jetzt tot. Wie

Kris.

Eine weitere Frau, für die er büßen musste.

„Werdet ihr mich töten oder die Polizei rufen?" Jesse war es eigentlich egal. Er wollte nur wissen, wie die nächsten fünf Minuten seines Lebens aussähen. „Ich gesteh' das mit Kris."

„Sie wird gerade operiert", sagte Sean. „Adam beobachtet die Situation. Und wir werden dich nicht töten. Ob du's glaubst oder nicht, ich weiß tatsächlich, was es bedeutet, von einem Vorgesetzten benutzt zu werden. Jake hier war ein totaler Infanterist. Adam ist das Hirn dieser Operation. Jake hätte geschossen und erst dann Fragen gestellt, bevor Ian ihn ausbildete."

„Fick dich, Sean. Was er dir nicht sagt, ist, dass er mein befehlshabender Offizier war."

Sie beschimpften sich gegenseitig, es war jedoch leicht zu erkennen, dass sie Freunde waren. All seine Freunde waren tot oder hatten sich von ihm abgewandt.

Kris war noch am Leben. Gott sei Dank.

McKay kam mit verhärtetem Gesicht zurück. „Es gibt neun, die in Frage kommen."

„Fuck", sagte Sean. „Das ist eine Menge. Wir müssen uns aufteilen."

Jesse zwang sein Hirn zur Arbeit. Er musste was wissen. Worüber hatte Chazz geredet? Nicht alles davon hatte Sinn ergeben. Er hatte davon geredet, zur Farm zu fahren, um den Big Boss abzuholen. „Gibt es einen, der 'was mit einer Farm zu tun hat?"

McKay überprüfte seine Liste. „Bartwell Farms verfügt über eine private Landebahn."

„Das ist sie." Das musste sie sein.

„Fuck. Das hat er gemeint. Der kleine Wichser sagte, er wüsste nichts. Ich hoffe, Chazz friert sich die Eier ab." McKay hielt inne. „Wenn du mich belügst, solltest du wissen, dass ich..."

Jesse konnte den Satz beenden. „Alle möglichen Dinge tust, die mich wünschen lassen, tot zu sein, bevor du mich wirklich umbringst. Ich hab's verstanden. Jetzt hör' zu. Ich schwör' bei der Ehre meines Vaters, dass ich dir die Wahrheit sage. Ich werd' alles tun, um meine Fehler wiedergutzumachen. Soweit ich das beurteilen kann, ist Petty allein, und Chazz sprach davon, dass Evans gewöhnlich fünf Leute mitbringt. Ihr braucht mich."

McKay schnaubte. „Ich glaub ', ich komm' klar."

„Ich hab' ein Arsenal."

„Als käme ich unbewaffnet." McKay lief zur Tür. Sein Telefon klingelte. „Ich bin's, Adam."

Er ging hinaus und ließ Jesse allein mit Sean und dem, der sich Jake nannte.

„Hast du ein Scharfschützengewehr?", fragte Sean. „Wir haben genug Schießeisen, doch wir könnten etwas mit Zielfernrohr gebrauchen. Alex denkt nicht nach."

„Alex will vermutlich nichts mit dem Jungen zu tun haben, der ihn fast getötet hat", sinnierte Jake.

Doch Jesse war schon auf den Beinen, um das Gewehr zu holen. Er hatte mehr als eins. In seinem beschissenen Loft gab es zwar keine Bücher oder Filme, doch er hatte tonnenweise Waffen und Munition. Er öffnete die Tür zu dem Schrank, den er zu seinem eigenen privaten Vorratslager umgebaut hatte.

Jake pfiff. „Ist das eine C-4? Willst du mich verdammt noch mal verarschen?"

Jesse zuckte die Achseln. Jeder brauchte ein Hobby. „Ich mag's, vorbereitet zu sein, Sir."

„Wir sind nicht deine vorgesetzten Offiziere, Alter. Einfach Jake." Jake sabberte quasi vor sich hin. „Ist das eine verfickte P90?"

Jake streichelte die belgische Maschinenpistole. Sie war nur für den Dienstgebrauch bestimmt. Jesse hatte viel Geld ausgegeben, um sie auf dem Schwarzmarkt zu kaufen.

„Du kannst sie mitnehmen. Sie könnte sich als nützlich erweisen." Gott, er klang wie ein Fünfjähriger, der versucht, einen Freund zu finden.

Sean schnappte sich seine SR-25 und ein extra Magazin. „Das sollte reichen."

Jake seufzte, und Jesse hätte schwören könne, dass er der P90 etwas zugeflüstert hatte, bevor er sich entfernte.

Alex öffnete die Tür wieder, sein großer Körper lehnte in den Raum. „Adam hat eine Spur von dem Arschloch, das wir markiert haben. Er ist vor ein paar Minuten hier bei Bartwell Farms gelandet."

Ein erleichtertes Grinsen kreuzte Seans Gesicht. „Meinst du das

Arschloch, das Evie markiert hat? Du wirst dir das Ende noch anhören müssen, Alter. Lass uns dein Mädchen holen."

„Gottseidank", sagte Jake und folgte.

Sie würden ihn zurücklassen. Er legte eine Hand auf das Loch, das die Kugel hinterlassen hatte. Seine Rippen schmerzten, doch das machte nichts. Die drei Männer standen an der Tür, ihn zurücklassend, und er tat das, was er seit Jahren nicht getan hatte. Weder bei Androhung von Folter oder Tod. Noch, als sich alle abwandten, die ihm wichtig waren, hatte er das eine kleine Wort gesagt.

„Bitte." Es war seine letzte Chance.

McKay trat durch die Tür. Seine Stimme schallte zurück. „Wenn du's bis zum Auto schaffst, bevor ich weg bin, denk' ich darüber nach, dich als menschlichen Schutzschild zu benutzen. Und, Murdoch, wenn meine Frau tot ist, nehm' ich dich persönlich auseinander."

Er kam zur Tür, quasi rennend, um Schritt zu halten.

Was immer geschah, er hatte es verdient. So oder so.

Kapitel Achtzehn

Ihre Handgelenke bluteten schon, und dennoch konnte sie sich immer noch nicht aus den Fesseln befreien.

„Komm schon, Eve. Wir müssen uns bewegen." Warren war sonderbar höflich gewesen, seitdem er Jesse erschossen hatte. Er nahm ihre Hände und zog sie hoch.

Er hatte sie schon wieder außer Gefecht gesetzt. Sie war es verdammt leid, bewusstlos gemacht zu werden. Es bot ihr jedoch eine realistische Chance, zu einer List zu greifen. Je länger sie sich von Michael Evans fern hielt, desto besser waren die Chancen für Alex, sie einzuholen. Sie schüttelte den Kopf, als ob sie versuchte, ihr Denkvermögen wieder zu erlangen. „Alles so wirr. Was hast du mir gegeben?"

„Nichts, was dich umbringen könnte." Er ergriff ihren Arm unterhalb des Ellbogens, um ihr Gleichgewicht zu geben. „Komm schon. Du musst hier raus."

Ihre Augen nur einen Spalt breit geöffnet, sah sie, wie die Nachmittagssonne bereits dahinschwand. Zwischen dem Moment, als Jesse sie k.o. geschlagen hatte, und dem, als Petty ihr mit einer Nadel in den Arm gestochen hatte, war der Tag bereits vorüber. Sie schien auf dem Rücksitz eines Autos zu sitzen. Ihre Füße waren losgebunden, doch ihre Hände steckten noch immer in dem verdammten Kabelbinder, mit dem Jesse sie fixiert hatte. Wo war sie jetzt? Und wie weit zurück lag Alex?

„Evie, bitte." Seine Stimme klang seltsam sanft. „Komm schon, Liebes. Wir müssen los. Sein Flugzeug ist schon da."

Versuchte er, sie zu ihrem eigenen Verderben zu beschwören? Zu wissen, dass Evans auf sie wartete, gab ihr nicht die geringste Veranlassung, sich schneller zu bewegen. Sie entschied sich, sich dumm zu stellen. Sie hob die Hände an ihren Kopf. „Von wem sprichst du?"

„Du weißt schon, wer, Eve."

„Ich weiß nicht, wer, Warren."

Warren Petty hatte in den letzten Jahren einiges an Gewicht zugenommen, eine Wampe hatte sich um seinen Leib gebildet. Und die Zeit war nicht gnädig bezüglich seines Haars gewesen. Das, was davon noch übrig war, schien rasch zu ergrauen, doch Eve nahm stets die bullenmäßige Kraft wahr, die in seinen fleischigen Armen steckte. „Spielt das eine Rolle?"

Er hatte den Blick abgewandt, als er ihr die Frage stellte. Schuld. Er fühlte sich schuldig. Das war gut so, denn er hatte sich offensichtlich verdammt schuldig gemacht.

Er hievte sie aus dem Auto und Eve wünschte sich, sie trüge ihre Schuhe noch. Sie hatte sie irgendwo unterwegs verloren. Der Beton war noch vom Tag erhitzt und sie erkannte, dass der Weg vor ihnen steinig wurde.

Sie zwang sich, sich zu konzentrieren. Ein großes Metallgebäude befand sich vor ihr. In der Ferne erkannte sie weitere Umrisse. Es schien sich um ein abgeschirmtes Areal zu handeln, das vielleicht mit einem Ferienort oder dem Rückteil eines großen Familienhauses verbunden war. Es mochte dort Leute geben, die ihr helfen könnten.

Ein Schild zu ihrer Linken hieß sie auf den Bartwell Farms willkommen und bot tägliche Führungen an.

Sie musste zu dieser Farm gelangen. Und das bedeutete, Warren abzulenken.

„War es wegen Carmen?"

Er stoppte. „Woher weißt du davon?"

„Du hast ihre Akte gelöscht, weil du es nicht ertragen kannst, sie anzusehen. Du hast wissen müssen, dass es jemand herausfinden wird."

„Ich wüsste nicht, warum. Ich bin der Sonderermittler und ich sage, der Fall ist geschlossen, also muss ihn sich niemand ansehen." Er zog sie weiter. „Ich wollte dich da wirklich nicht wieder mit reinziehen, Eve. Es ist Alex' Schuld. Er konnte nicht davon ablassen."

„War sie deine Geliebte?" Sie wollte ihn dazu bringen, weiter mit ihr zu sprechen.

Ein saures Lachen huschte über Warrens Mund, als er weiter voranschritt und sie beide in Richtung des Gebäudes zwang. „Nein. Nein. Sie war nicht meine Geliebte. Sie war ein verdammtes Kind von zwanzig-irgendwas Jahren. Nein. Das ist nicht mein Laster."

Sie begriff. Sie erinnerte sich, wie gern Warrens Bruder immer geflirtet hatte. „Doch junge Frauen sind Eddies Laster, nicht wahr?"

Edward Petty, Senator des großen Bundesstaats Oklahoma, der Stolz seiner Familie, mit einer glänzenden politischen Zukunft vor sich. Solange niemand entdeckte, dass er eine Praktikantin geschwängert hatte.

„Er kann ein dummer Wichser sein. Sie war nicht seine erste, doch es ist uns gelungen, die anderen auszuzahlen oder ihnen eine Scheißangst einzujagen."

„Carmen jedoch war schwanger."

Warrens Gesicht verzerrte sich zu einer Maske der Abneigung. „Und die blöde Schlampe wollte nicht abtreiben lassen. Ich hab' versucht, sie zu bestechen, doch es befand sich von Hause aus gut Geld in der Familie. Das Einzige, was sie davon abhielt, es sofort rumzuerzählen, war die Tatsache, dass sie Daddy nicht enttäuschen wollte. Eddie musste sie davon überzeugen, dass er sich von seiner Frau scheiden lassen und sie heiraten würde. Wir mussten Zeit gewinnen."

Das jedoch hätte die politischen Chancen des Senators ruiniert. „Habt ihr sie in die Klinik geschickt?"

Ein schrecklicher Verdacht regte sich in ihrem Kopf.

„Es war aus dem Weg geschafft."

Wie sehr hatte er sich schuldig gemacht? „Es war genau die Art von Klinik, die Evans vorrangig als Ziel seiner Angriffe diente. Sag mir eins, Warren, wusstest du, dass er dort zuschlagen würde? Oder hast du es vorgeschlagen?"

In sein Gesicht stahl sich ein Erröten, der Griff um ihren Arm ward energischer. „Er ist mein Bruder. Ich konnte nicht zulassen, dass sich dieses geile Stück zwischen ihn und die Präsidentschaft stellt. Er kandidiert nächstes Jahr. Er wird kandidieren und gewinnen."

Eve machte Halt, ihn ebenfalls zum Halt zwingend. Sie hoffte, dass jemand, irgendwer, vorbeiginge, doch der Ort schien verlassen. „Ich verdiene es zu wissen. Ich bekomme das Gefühl, als hätte ich als Bezahlung gedient."

Warren drehte sich ihr zu, Verbitterung deutlich ins Gesicht geschrieben. „Gut. Du willst die ganze Wahrheit? Ich hab' ihn aufgesucht. Ich hab' einen verfickten Termin mit dem Mann vereinbart. Ich brachte ein paar meiner Männer mit dorthin. Er brachte ein paar von seinen, und wir machten einen Deal. Ich würd' ihm Alex für eine Weile vom Hals schaffen im Austausch dafür, dass er diesen Job für mich machte. Es musste etwas Großes sein. Ich konnte sie nicht einfach töten lassen."

Denn eine genaue Untersuchung der Medien über den Tod einer Praktikantin hätte vermutlich die Beziehung zu Edward Petty aufgedeckt. Das Opfer wäre das Thema der Geschichte gewesen. Doch indem sie ihren Tod mit dem anderer maskiert hatten, war sie in den Hintergrund getreten, nur ein weiteres Opfer Michael Evans'. „Und stimmte er dem zu?"

„Alex stand kurz davor herauszufinden, wo er sich versteckt hielt und dass er einige sehr wichtige Verbindungen im Drogenhandel hatte. Ich stellte sicher, dass Alex nicht ganz oben auf seiner Prioritätenliste stände. Ich wollte, dass er von dem Fall abgezogen wurde, doch Evans hatte einen anderen Plan."

Sie wusste genau, wie dieser Plan ausgesehen hatte. „Evans wollte mich."

„Evie, du musst wissen, dass ich es gehasst habe."

„Warum? Es war praktisch. Tommy und Leon waren die Männer, die du mitgenommen hast, nicht wahr?" Sie wussten zu viel. Warren hatte einen einfachen Weg gesehen, sie loszuwerden und Evans zu geben, was er wollte.

Alles nur Verrat.

„Ich wollte sie nicht töten", sagte Petty.

„Du hattest also einen Weg gefunden, Evans das Morden wieder zu ermöglichen. War er wütend, dass Alex dennoch stets hinter ihm her war?" Alex hatte nicht das getan, was Evans und Petty von ihm erwartet hatten. Er hatte sich nicht zurückgezogen, um sich um seine Frau zu kümmern. Er hatte sich erneut hingegeben, Evans zu fassen.

„Du hast keine Ahnung. Ich hänge nun schon seit Jahren an seinen verfickten Fäden. Als Alex anrief und erneut anfing, nach ihm zu fragen, wusste ich, dass ich schnell handeln musste. Alex macht wieder alles kaputt. Ich musste diesen geschätzten Agenten loswerden, verdammt."

Sie ließ sich von Logik leiten, soweit es ging. Alex hatte Warrens sorgfältig erarbeitete Pläne vollständig durcheinander gebracht. Warum sonst jemanden wie Jesse für diesen Job einstellen? Er wollte sich von Evans befreien und es nicht riskieren, ihn einzulochen. „Jesse sollte Evans für dich ermorden."

„Natürlich nicht." Er mochte es leugnen, solange er wollte, doch Eve glaubte ihm nicht.

Er hatte höchstwahrscheinlich in allen Clubs Männer wie Jesse platziert, darauf wartend, Evans auszuschalten, um Pettys Geheimnis für immer zu wahren.

Er hatte so viele Menschen geopfert, um seinem Bruder den Aufstieg auf der Karriereleiter zu ermöglichen. Natürlich war auch er aufgestiegen. Mit seiner Vereinbarung mit Evans hatte er praktisch dafür gesorgt, dass Alex das Präsidium verließ und Petty den Weg ebnete, seine Position zu übernehmen.

„Er hat mich vergewaltigt." Wut stieg in ihr auf. „Du hast abends noch bei uns gegessen, bevor du ihm zu meiner Vergewaltigung verholfen hast."

Er errötete wieder. „Ich musste meinen Bruder beschützen."

„Wusstest du, was er vorhatte? Hast du da an meinem Esstisch in meinem Zuhause gesessen und darüber nachgedacht, wie er auf mich losgehen würde? Ich war mit deiner Frau befreundet. Ich war dabei, als dein Jüngster geboren wurde, und du wirfst mich den Wölfen vor. Alex war dein Partner."

Er stieß ein Knurren aus. „Und Eddie ist mein Bruder. Du kannst dich da nicht rausreden, Eve. Glaubst du, dass ich, wenn ich meine Verbrechen Revue passieren lasse, zur Einsicht gelange? Ich versteh', was für ein totaler Haufen Scheiße ich bin. Darüber bin ich mir jeden

Tag meines Lebens bewusst. Opfer müssen für große Männer gebracht werden. Mein Bruder ist ein großer Mann. Es tut mir so leid, Eve, doch ich werd' dich erneut opfern."

Diesmal zögerte er nicht. Ein Blick grausamer Überzeugung ließ seine Stirn runzeln und er schleppte sie mit sich. Sie stolperte, ging zu Boden, schürfte sich die Knie auf und Schmerz fuhr ihr über die Haut.

„Steh verflucht noch mal auf."

Sie unterdrückte ein Schreien gegen die empfundene Qual in ihren Beinen. Er zog sie mit einem Ruck wieder hoch.

Eve öffnete den Mund, um zu schreien. Vielleicht hörte sie jemand. „Hilfe!"

„Das bringt nichts. Die Farm ist geschlossen. Glaubst du vielleicht, dass dir das Vieh helfen wird?", fragte Warren, sein Gesicht beinahe purpurrot vor Anstrengung.

„Nein", sagte eine neue Stimme, deren Klang sie durchdrang. „Sie tut das für mich. Eve erinnert sich daran, wie sehr ich es liebe, sie schreien zu hören. Hallo, meine Geliebte."

Michael Evans spazierte aus der Doppeltür des Hangargebäudes. Er sah älter aus, dünner, noch immer einem Monster gleichend. Er lief zu ihr, und es war ihr nichts anderes möglich, als zu versuchen zu entkommen. Eine Urangst überkam kam sie. Sie versuchte mit aller Kraft, sich von Warrens Griff zu lösen. Jede Art des Terrors, die Evan mit ihr in jenen Tagen durchexerziert hatte, sprudelte an die Oberfläche.

Er steuerte direkt auf sie zu, seine Größe zu seinem Vorteil gebrauchend.

„Hallo, du Hure. Du hast mir gefehlt. Ich war so traurig, dass ich dich aufgeben musste." Er streckte die Hand nach ihr aus.

Schrei für mich, du dreckige Hure.

Sie konnte stets hören, wie er sie anschrie, während er sie mit einem Flogger geschlagen hatte, deren Tails mit Rasierklingen bestückt waren.

Sie schreckte zurück, ihre Stimme verließ sie. Panik drohte auszubrechen. Die Erinnerungen ihrer Muskeln an den von ihm zugefügten Schmerz loderten auf und sie fühlte noch, wie sich ihre Haut vom Rücken löste. Sie spürte, wie das Blut an Beinen und Füßen hinunterfloss. Er hatte sie nicht gewaschen. Noch nach Stunden war der kupferartige Geruch wahrzunehmen.

Und doch spürte sie auf jeder Narbe einen sanften Kuss. Eine sanfte Hand, die sich auf ihre legte, während ihr Worte ins Ohr geflüstert wurden.

Ich hab' dich damals geliebt. Ich liebe dich jetzt. Ich werd' dich noch lange, nachdem wir tot und nicht mehr sein werden, lieben.

Eine ruhige Stimme ergriff sie. Der Schreiende hatte keine Chance gegen Alex' Stimme. Sie schloss die Augen. Er war bei ihr. Er war immer bei ihr.

Beruhig' dich. Hab' Geduld. Was würde ihr Gebieter wollen?

Er würde wollen, dass sie am Leben bliebe. Und diesmal wusste sie, dass sie alles verkraftete. Sie würde den Schmerz und die Demütigung ertragen, denn Alex würde sie halten und lieben und sie sich wieder ganz fühlen lassen.

Und wenn er sich verlor, wäre sie stark genug, ihn zurückzuholen. Der Fehler, den sie beim ersten Mal begangen hatte, bestand darin, ihrem Gebieter nicht vermittelt zu haben, was sie brauchte. Sie brauchte, mehr als alles andere, ihn.

Er war hier. Egal, was geschah, er liebte sie.

Und sie würde überleben.

„Fick dich." Er käme nicht in den Genuss ihrer Hingabe. Die gebührte dem Mann, der es sich verdient hatte.

Evans' dunkle Augen verengten sich. „Du hast dich nicht gut gehalten, du Hure. Und du scheinst deinen Platz vergessen zu haben. Ich werd's dir wieder eintreiben. Warren, bring sie rein. Wir brechen in 30 Minuten auf."

Er drehte sich um und lief davon, als könnte er sich sicher sein, dass sich niemand jemals seinen Befehlen entzöge.

„Es tut mir leid." Doch Warren zwang sie wieder hoch.

„Mein Mann wird euch umbringen." Eve humpelte. Ihr bluteten ihre Handgelenke und Knie. Es war jetzt noch nicht so schlimm, lediglich Kratzer und ein paar Schnitte. Sie zweifelte nicht daran, dass ihr Blut bald reichlich fließen würde.

Warren stoppte. „Jesse hat ihn getötet."

Es war Zeit für etwas Wahrheit. Jesse hatte so sicher gewirkt. Und sie hätte gefühlt, wenn Alex nicht mehr auf Erden wandelte.

„Nein. Es ist ihm misslungen. Alex lebt. Ich war dabei."

Sie hatte es nicht gesehen, doch hatte Jesse fluchen gehört.

„Das ist eine verfickte Lüge, und selbst wenn nicht, wird es verdammt nichts ändern."

Dass Alex noch lebte änderte alles. „Er wird so lange weitermachen, bis er mich findet und dich tötet."

Warren schien kurz darüber nachzudenken. „Er ist tot. Jesse würde mich nicht belügen."

„Du hast ihm keine Chance zum Lügen gegeben. Du hast ihn erschossen. Alex lebt. Es ist Jesse missglückt."

Er blieb einen Moment stehen, als versuchte er, den Gedanken weiter zu spinnen. „Dann freunde ich mich eben wieder mit ihm an. Wenn Evans dich mitgenommen hat, warte ich ein paar Tage und ruf' ihn an. Er soll denken, er kann sich auf mich verlassen. Ich tu' einfach so, als versuchte ich, dich zu finden. Er weiß nichts."

Eve schüttelte den Kopf, als Warren die Tür öffnete und sie hindurchstieß. „Nein. Er wird dahinterkommen. Er hat alles, was er wissen muss. Er weiß, dass jemand vom FBI die Akte gelöscht hat. Er kennt Carmen Garcias Namen. Er wird damit beginnen, sie zu überprüfen. Er wird sich seinen Reim darauf machen und eines Nachts vor deiner Tür stehen. Er wird keinen Deut barmherziger zu dir sein, als es Evans zu mir war."

Warren trieb sie zur Eile an. „Du warst immer das Hirn dieser Operation, Eve. Ohne dich ist Alex nur ein großer Pimmel. Ohne dich ist er nichts. Ich hab' mit angesehen, wie er beim ersten Mal zusammengebrochen ist. Es wird ihm jetzt noch schlechter gehen. Er wird an nichts anderes denken als an dich, und ich find' jemanden, der ihn endlich ausschaltet. Und Eddie ist in Sicherheit. Wenn er das Weiße Haus gewinnt, werd' ich einen Platz an seiner Seite haben. Genau so, wie's geplant war."

Sie wurde in den Hangar gezerrt. Das Gebäude war groß, ein kleines Privatflugzeug konnte hier leicht untergebracht werden. Evans war seinen Weg gegangen. Sie zählte acht Männer, die im Hangar herumliefen, darunter einer der Männer, die sie zuletzt in Chazz' Büro beobachtet hatten.

Eine wilde Befriedigung machte sich in ihr breit. Ihr Gebieter schuldete ihr einiges. Er trug noch immer dieselben Schuhe, genau die, an denen sie das GPS befestigt hatte. Oh, sie ließe niemals Gras über die Sache wachsen.

Und dann erblickte sie etwas, das sie bis auf die Knochen gefrieren ließ.

Stapel um Stapel von etwas, das wie Dünger aussah, reihten sich an den langen Wänden des Hangars entlang. Vielleicht irrte sie sich. Vielleicht war es für die Farm gedacht, die sich anscheinend nebenan befand. Sie waren zu je zehn Säcken hochgestapelt und der Hangar erstreckte sich über dreißig Meter. Es mussten Hunderte und Aberhunderte Säcke sein. So viele Säcke waren schnell in eine Bombe von unvorstellbarer Wucht verwandelt.

Evans kam auf sie zu und streckte die Hände aus, als ob er sie zu einem großen Ereignis einladen wollte. „Willkommen, Eve. Als wir das letzte Mal zusammen waren, handelte es sich bei mir um eine kleine Operation. Ich denke, du wirst feststellen, dass sich meine Leidenschaft in der kurzen Zeit im Gefängnis aufgefrischt und neu fokussiert hat. Wie gefalle ich dir jetzt, Hure?"

„Nicht besser als vorher." Gott, was hatte er mit all dem Dünger vor? Sie befürchtete, dass sie es verdammt gut wusste. Und Warren würde es zulassen? Sie war sich nicht sicher, wer das größere Monster war – Evans, der Soziopath, oder Warren, der es besser wusste und es trotzdem zuließ.

Evans schien es zu genießen, ein Publikum zu haben. „Ich hab' jetzt größere Pläne als vorher. Hast du eine Ahnung, wie lang es gedauert hat, bis ich so viel Ammoniumnitrat zusammen hatte, ohne dass mir die Bundesbehörden auf den Fersen waren? Ich hab's im ganzen Land aufgesammelt, dank all meinen Anhängern. McVeigh hat in Oklahoma City vierzig der Fünfzig-Pfund-Säcke benutzt. Ich hab' dreihundert."

Dreihundert Säcke reinen Todes à la Güteklasse A bei unsachgemäßer Verwendung. „Ich bin sicher, Warren hat dir geholfen, das zu verbergen. Und wie willst du das rechtfertigen, Arschloch? Weißt du, wie viele Menschen er mit einer derart großen Bombe umbringen kann? Glaubst du im Ernst, du kannst deine Verbindung zu ihm für immer verbergen?"

Evans grinste, ein Lächeln, das bei jedem anderen auf wahre Freude hindeutete. Seine Freude bestand darin, Menschen zu töten und damit unbestraft davonzukommen. „Ich denke, dass Sonderermittler Petty stets das tut, was er tun muss. Ansonsten verliert er alles. Zudem plant sein Bruder die Leitung eines Podiums für Recht und Ordnung. Ich liefer' ihm etwas, gegen das er wettern kann. Jeder gewinnt etwas, Eve."

Alle, mit Ausnahme der Menschen, deren Tod er herbeiführte. Sie war sich bewusst, wer das wahre Monster war. Psychologisch stimmte etwas nicht mit Michael Evans, das sich schon in seiner Kindheit äußerte. Sie hatte ihn studiert. Seine Mutter war vor ihrem sie misshandelnden Ehemann geflohen und hatte in einem Frauenhaus Schutz gesucht, um sich vor ihm zu verstecken. Doch sie hatte ihren Sohn zurückgelassen. Michael war damit aufgewachsen, seinem Vater zuzuhören, wie er gegen Huren schimpfte, und schließlich selbst das Opfer der Misshandlungen seines Vaters zu sein.

Warren war in wohlhabenden Verhältnissen aufgewachsen, mit Eltern, die ihn abgöttisch liebten. Er wusste genau, was er tat. Evans war krank und verdiente einen schnellen Tod, doch Warren war schlichtweg gierig. Dafür gab es keine Rechtfertigung. „Du bist ein Verräter. Nicht nur deinen Freunden gegenüber, deinem Job. Du bist ein Verräter deinem ganzen Land gegenüber. Ich werd' nicht eher Ruhe geben, bis ich dich und deinen Bruder entlarvt habe."

„Das wird nicht funktionieren." Warren klang, als wollte er sich selbst überzeugen.

Evans gesellte sich zu ihm und legte den Arm um seinen Komplizen. „Er unterliegt ganz meiner Verantwortung, Eve. Und zwar seit dem Moment, als wir uns zum Kaffee trafen und überlegten, die Klinik in die Luft zu sprengen. Er verhalf mir dazu, dem Bundesstrafvollzug der Vereinigten Staaten zu entgehen, und es ist seitdem eine vom Himmel gestiftete Ehe. Als er mich anrief, um mich wissen zu lassen, dass Alexander wieder aufgetaucht sei, war ich so aufgeregt. Wir sind noch nicht fertig. Ich hab' von eurer Scheidung gehört. Echt traurig. Ich nehm' an, er kam damit nicht klar, dass ein anderer Mann seine Frau hatte."

„Ich hab' mich von ihm scheiden lassen." Und das war dumm von ihr gewesen. Sie verstand es nun. Sie war schwach gewesen. Sie war Alex' Sub gewesen. Es war ihr verdammte Aufgabe, ihrem Dom genau zu sagen, was sie brauchte. Damals hatte sie viel zu viel Angst gehabt, ihn um etwas zu bitten. Sie hatte Angst davor gehabt, was er hätte sagen können, doch jetzt war ihr etwas bewusst, was es vorher nicht war. Liebe – wahre Liebe – erforderte Mut. Sie verlangte ihr ab, ihre Stimme zu erheben. Sie verlangte ihr ab, dafür zu kämpfen.

Ein seltsames Feuer loderte in seinen Augen auf. Er sah fast wie ein gefallener Engel aus. Es war nicht schwer zu sehen, dass sein Äußeres Scharen an Frauen anlockte. Doch sobald er den Mund aufmachte, glich er dem Teufel und sie fragte sich, ob sie sich ihm ergeben hatte. „Weil du mich wolltest. Du wolltest das, was nur ich dir geben kann."

Gott, er lag so falsch. Übelkeit überkam sie. Sie wusste nicht, wie sie damit umginge, sollte es ihm gelingen, Hand an sie zu legen. „Ich hasse dich. Das musst du wissen. Ich kann den Gedanken an dich nicht ertragen. Ich liebe meinen Alex und wir heiraten wieder, weil mir endlich etwas klar geworden ist."

„Und das wäre, kleine Hure?"

„Mir ist klar geworden, dass er mich liebt, egal was passiert. Das hast du mich gelehrt. Du hast mich gezwungen, etwas zu erkennen, das ich vielleicht nie erfahren hätte. Ich hätte es vielleicht angezweifelt, bis ich unter der Erde gelegen hätte, doch jetzt weiß ich es mit Gewissheit. Die meisten Paare werden nicht so auf die Probe gestellt, wie wir es durch dich wurden. Jetzt wissen wir's. Du hast uns Jahre genommen, doch du kriegst uns nicht ewig. Du kannst tun, was du willst, doch ich gehör' ihm. Meine Wahl. Ich wähle ihn. Immer." In alle Ewigkeit. Es gab keine Zeit, sich Sorgen zu machen. Es gab nur Zeit zum Lieben. Sie liebte Alex. Sie hatte nicht vor, dagegen anzukämpfen. Es war unwichtig, ob sie Angst hatte. Ihre Liebe war mehr wert als verängstigt zu sein. Ihre Beziehung war es wert, darum zu kämpfen. „Es wird nicht klappen. Du kannst uns nicht trennen. Wir sind durch dein Feuer gegangen und sind jetzt noch stärker."

Evans Gesicht erglühte, als hätte er die Herausforderung geahnt. „Oh, doch das werd' ich, Liebes. Dieses Mal werd' ich dafür sorgen, dass du nicht zu ihm zurückkehrst. Ich hab' dich beim ersten Mal nur deshalb gehen lassen, weil ich dachte, er würd' sich so um dich sorgen, dass er mich ignorieren wird. Ich hab' den Fehler gemacht, seine wahre Besessenheit zu unterschätzen. Solang ich dich von ihm fern halte, wird er dich jagen, und ich kann mich meiner äußerst wichtigen Arbeit widmen."

„Alex wird mich finden." Er musste es.

Er nahm die Hand hoch, zum Flugzeug gestikulierend. „Dieses Flugzeug wird dich nach Südamerika bringen. Dort wirst du verschwinden. Du verbringst ein paar Monate in meiner Privatwohnung und dann hab' ich andere Pläne für dich. Ich hab' immer auf diesen Tag gehofft. Auch wenn's etwas plötzlich ist, die Pläne sind soweit vorbereitet. Carlos?"

Der Mann, der ihnen beim Spanking zugesehen hatte, kam auf sie zu, lüstern grinsend. „Hallo, Amanda. Oder soll ich Sie Eve nennen?"

Du solltest mich diejenige Schlampe nennen, die dich gekennzeichnet hat. Er konnte es noch nicht wissen, doch er war seines Chefs Ruin. Sie blieb ruhig, nicht gewillt, sich mit irgendeinem von ihnen einzulassen.

Er streckte die Hand aus. Sie versuchte zurückzufahren, doch Warren stand hinter ihr, sie davon abhaltend, außer Reichweite zu gelangen.

„Ich denke, Sie sollten nett zu mir sein. Sobald Evans mit Ihnen fertig ist, wird er Sie, denke ich, mir überlassen. Ich betreib' ein Bordell in Argentinien. Deine Schönheit wird mir viel Reichtum bringen." Er wischte mit der Hand an der Seite ihres Gesichts entlang, sie schauderte. Einzig Warrens Körper hinderte sie daran, von ihm abzurücken.

Sie konnte den Gedanken nicht ertragen. Jeder Muskel ihres Körper sehnte sich nach Alex. *Bitte, bitte finde mich. Ich brauch' dich, Baby.*

„Jedoch erst, wenn ich fertig bin", sagte Evans. „Ich denke, ich lass' dich so lange am Leben, bis ich sehe, wie all meine Pläne Früchte tragen. Du gehörst mir, bis ich dich freigebe. Ich hab' ein Netzwerk aufgebaut, von dem ich vorher nicht zu träumen gewagt hätte. Ich sollte deinem Ex wirklich danken. Als er mich ins Gefängnis warf, hat er einen Märtyrer aus mir gemacht. Er hat mich in eine neue Welt befördert, die ich nie gefunden hätte, wäre ich nicht zur Flucht gezwungen worden. Ich hab' alles, was auch immer ich brauche. Das FBI ist ausnahmsweise mal auf meiner Seite. Und einen Senator in der Tasche. Vielleicht auch einen Präsidenten."

Sie brauchte ein kleines Chaos. „Der Sonderermittler hier hat einen Spitzel in deinen Club geschleust."

Warrens Hand kam hervor und erwischte sie im Gesicht. Feuer leckte auf ihrer Haut. Er hatte sie geschlagen, und das hart. „Halt die Klappe, du Schlampe. Keiner von uns will deine Lügen hören."

„Vielleicht fänd' ich ihre Lügen amüsant", sagte Evans, seine Stimme ruhig.

Sie sollten einander an die Kehle gehen. „Jesse Murdoch hat für Warren gearbeitet."

Carlos runzelte die Stirn, in Evans Richtung starrend. „Murdoch glaubt an das Anliegen unserer Freunde. Das ist mir versichert worden. Das haben Sie mir versichert."

„Alle sind zuverlässig, Carlos. Wir haben es nicht nötig, unsere radikalen Freunde hinzuzuziehen." Schließlich schien sein Vertrauen doch etwas erschüttert.

„Überprüft seine Finanzen." Genau das würde Adam tun. „Warren hat ihm Geld zugesteckt. Er hatte vor, dich auszuschalten. Er hat Jesse dazu benutzt, dich zu ermorden, um sein Geheimnis zu wahren. Du kannst nicht ernsthaft glauben, dass dich der Senator wirklich am Leben lässt. Er kann doch nicht für das Amt des Präsidenten kandidieren, solange das noch im Raum steht. Und Warren selbst könnte ins Gefängnis wandern."

Evans starrte den Sonderermittler an. „Oder Warren könnte an einem viel schlimmeren Ort enden."

Warren trat zurück, mit erhobenen Händen leugnend. „Sie versucht, Ärger zwischen uns zu stiften."

„Es funktioniert, mein Freund", sagte Carlos.

Eve schlich sich davon. Beide Männer waren so an Warren interessiert, dass sie sie für einen Moment vergessen zu haben schienen. Sie war ganz in der Nähe, so nahe am Ausgang. Die anderen Männer bereiteten das Flugzeug vor.

„Es ist ganz einfach, die Finanzen zu überprüfen", sagte Carlos.

„Das hab' ich nicht getan." Warren trat weiter zurück, Richtung Flugzeug, und Evans und Carlos folgten ihm wie ein Rudel von Raubtieren.

Eve fühlte die Tür im Rücken, den Griff direkt unterhalb ihrer Taille. Der Highway war zu weit weg. Sie musste eine Pause an der Farm einlegen, die sie gesehen hatte. Sie war keine zweihundert

Meter entfernt.

Warren beteuerte lautstark seine Unschuld, als sie nach draußen schlüpfte.

Eve rannte. Sie lief um alles, was ihr lieb und wichtig war. Mit den Händen vor dem Körper war es schwierig, das Gleichgewicht zu halten. Ihre Wange schmerzte und sie spürte ein kleines Rinnsal Blut an der Stelle, wo Warren ihre Lippe gespalten hatte. Tatsächlich blutete sie an mehreren Stellen, doch sie rannte unaufhörlich und betete, dass eine Tür in das hineinführte, was einer Baumschule ähnlich sah. Der vor ihr liegende Bau war abgeschirmt, vielleicht um Vögel von den Obstbäumen fernzuhalten. Sie musste hoffen, dass ein Weg hinein führte.

„Hey!"

Aus der Ferne hörte sie einen Mann schreien. Das war der einzige Vorsprung, den sie kriegen sollte.

„Hilfe! Helft mir!" Vielleicht befand sich jemand draußen. Das Schild hatte besagt, sie hätten tägliche Rundgänge. Die Sonne begann bereits zu schwinden, doch vielleicht gab es Nachzügler.

Eine Tür! Sie erblickte sie und rannte darauf zu. Nur noch wenige Meter. Der Boden unter ihr war weich geworden, schlammig. *Bitte sei unverschlossen. Bitte. Bitte.*

Eve fummelte an der Klinke herum. Die Tür öffnete sich und sie schlüpfte hinein. Außer Atem zog sie die Tür zu und versperrte das Schloss. Es hielte ihre Verfolger nicht lange draußen.

Doch sie rannten nicht mehr. Die vier Männer liefen nun gemächlich hinter ihr her, lachend, während sie ihr näher kamen.

„Wenn du bereit bist zurückzukommen, Prinzessin, lass es mich wissen", schrie einer der Männer.

Eve drehte sich um, bereit, über den Hof zu laufen. Sie könnte sich irgendwo verstecken.

Ein leises Zischen verwandelte ihr Blut zu Eis.

Es war keine Zitrusfarm. Schlamm und Morast sowie Hunderte und Aberhunderte von schläfrigen Reptilien begannen sich um sie herum zu räkeln und zu erwachen.

Es war eine Alligatorfarm, und Eve sorgte sich, als Abendessen zu enden.

Kapitel Neunzehn

Alex blickte durch das Zielfernrohr seines Gewehres auf das Ziel vor ihm.

„Siehst du sie?" Jake stand neben ihm, während Sean und der Vollidiot Murdoch ihre Gewehre und Geschütze immer und immer wieder überprüften.

„Noch nicht. Ich kann niemanden ausfindig machen. Da steht ein einzelnes Fahrzeug auf dem Parkplatz. Sieht aus wie ein Mietwagen." Warrens sehr wahrscheinlich. Verrat brannte in Alex' Eingeweiden und das Einzige, woran er denken konnte, war, die Hände um den Hals seines Ex-Partners zu legen und zuzudrücken, bis er blau anlief und ihm seine verfickten Augen raussprangen. Oder vielleicht schälte er Warrens Augäpfel heraus. Und seine Zunge. Und dann würde er ihm den Schwanz abreißen und den Wichser damit füttern. „Adam soll das Nummernschild überprüfen."

Jake griff sofort zum Telefon, Adam mit Informationen fütternd, die er benötigte. Adam zufolge landete ein Flugzeug, ein Learjet 40, vor ungefähr dreißig Minuten aus New York, das sofort seinen weiteren Flugplan für Mexiko-Stadt eingereicht hatte.

Sie hatten einen Flugplan einzureichen, denn sie verließen den Luftraum der USA, und die Wahl von Mexiko-Stadt sprach Bände. Mexiko-Stadt hatte einen großen Flughafen. Sobald sie ankämen, bräuchte sich Evans nicht länger um die Aufzeichnungen der US-Regierung zu sorgen, und er könnte Eve problemlos durch Südamerika bewegen, solange die Räder der Regierung mit Bargeld geschmiert waren.

Eve wäre verloren. Absolut unauffindbar.

Rache müsste warten „Eve da rauszukriegen ist das Einzige, was zählt."

Sean gesellte sich neben ihn. „Wenn dir die Chance geboten wird, Evans umzublasen, wirst du sie nicht nutzen?"

Nicht, solange er noch eine zweite Sorge hatte. Es zerriss ihn. Das Bedürfnis, sie zu rächen, brannte wie ein Feuer in seinem Bauch, doch diesmal musste er sie an erste Stelle setzen. „Das kann ich nicht."

Ein wildes Grinsen kreuzte Seans Gesicht. „Ich denke, du solltest mich das tun lassen. Es ist lange her, dass ich jemanden töten durfte."

„Du hast einige Leute vor nicht mal einer Stunde getötet."

„Gut, also es ist lange her, dass ich jemanden getötet hab', der von Bedeutung ist", korrigierte sich Sean.

„Töten wir auch den FBI-Agenten?", fragte Jake. „Adam sagte, die Limousine sei von Warren Petty gemietet worden."

Es war demnach der richtige Ort. „So ungern ich's sage, doch wir brauchen den FBI-Typen vermutlich lebend."

Das stand zur Frage. Für eine ausreichend lange Zeit. Er konnte sich noch nicht mal dazu durchringen, Warren beim Namen zu nennen. Er war der FBI-Typ, der Mann, der seine Frau zur Hölle auf Erden verurteilt hatte.

„Wir müssen näher ran." Sean besah sich die Szene genau.

„Wir müssen dafür sorgen, dass sie nicht abheben. Murdoch, kann ich dir diejenige Aufgabe anvertrauen, die höchstwahrscheinlich als Selbstmordmission enden wird?"

Murdoch sah immer noch blass aus, doch er trat vor. Alex' erster Reflex war, dem großen Kerl zwischen die Augen zu schießen, doch dann schaute er ihm in die Augen. Reue. Leere. Alex hatte diesen Blick fünf Jahre lang jeden Tag im Spiegel gesehen. Vielleicht hatte Sean Recht und der Junge hatte wirklich nur Befehle befolgt und versucht, sich reinzuwaschen.

Warum zum Teufel hätte Warren ihn sonst dem Tod überlassen?

Er hatte die Wunde an Murdochs Brust gesehen. Es war ein tödlicher Schuss gewesen, den Warren, er hatte es selbst gesehen, im Laufe seiner Karriere schon mehrmals getätigt hatte.

„Ja. Was immer du brauchst." Murdoch hatte sich in ein armes Hündchen verwandelt. Ein armes Hündchen jedoch, das sich mit Schusswaffen sehr wohl zu fühlen schien.

„Du musst sicherstellen, dass das Flugzeug nicht abhebt." Er konnte nicht riskieren, dass Eve aus dem Land gebracht wurde.

Murdoch nickte. „Willst du, dass ich den Piloten töte oder das Flugzeug in die Luft jage? Ich kann beides tun. Ich hab' ein bisschen C4 dabei."

Selbstverständlich hatte er das. Seans und Jakes neues Hündchen war ein bisschen geistesgestört. „Jag nichts in die Luft, solange meine Frau nicht in Sicherheit ist. Dann kannst du verdammt verrücktspielen, Mann. Doch ich brauch' Evans lebend."

Er konnte nicht glauben, was er da sagte, doch Evans war der Einzige, der bestätigen konnte, was Alex zu wissen glaubte – dass Petty skrupellos und sein Bruder möglicherweise äußerst skrupellos war. Alex glaubte nicht, dass Petty derjenige war, der die Affäre mit Carmen gehabt hatte. Oh, doch er kannte Eddie. Eddie hatte immer schon jüngere Frauen geliebt und Petty hatte viel Zeit seines Lebens damit verbracht, seinen Bruder zu decken.

Diesmal war er zu weit gegangen. Alex konnte es nicht zulassen, dass Eddie für die Präsidentschaft kandidierte. Er musste ihn zu Fall bringen. Für Eve. Weil sie wollte, dass er das Richtige tat, und es das Richtige war, ihr Land vor einem Mann zu schützen, der die höchste Macht missbrauchen würde.

Doch verdammt, er wollte den Scheißkerl umbringen.

„Kann ich meinen Boss umbringen?", fragte Murdoch.

Wieder hörte er Eves sanfte Stimme. Sie würde ihn darum bitten, seinen Job zu tun, das Gesetz zu achten, nicht Rache zu üben. Selbst wenn sich Rache so verdammt gut anfühlen würde. Doch Eve war das Einzige, was jetzt zählte. „Nicht, wenn wir ihn lebend fassen können. Ich glaub', er sähe verdammt gut in Gefängnis-orange aus."

Und er fände wohl auch ein paar neue Freunde. Sehr intime Freunde. Ja, Gefängnis mochte besser sein, als Petty zu töten.

Wo war seine Frau? Gott, es war ihm nicht möglich richtig zu atmen, solange er nicht sah, dass sie lebte.

„Ich kann den Kameras ausweichen", sagte Murdoch. Er zeigte auf sie. Sie schienen befestigt zu sein. „Ich kann auf die Räder zielen, wenn sie hinausrollen. Sie können nicht abheben, wenn ich ein paar Räder plattmache."

„Tu das. Jake, geh mit ihm." Niemand kam Jake zuvor. Und Jake konnte das Hündchen im Auge behalten. „Benutz' ihn als menschlichen Schild, wenn es sein muss. Und Murdoch, Warren Petty ist nicht mehr dein Boss." Er gebrauchte die Worte, die der Junge verstände. „Ich bin dein befehlshabender Offizier, und wenn du bei dieser Operation versagst, wird dir die verdammte Hölle heißgemacht."

„Ja, Sir." Murdochs Hand hob sich, als wäre das Salutieren tief in seinem Wesen verwurzelt. Es gelang ihm gerade noch, die Hand zu stoppen, jedoch nur knapp.

Er und Jake begannen über das Feld zu laufen, mit einer Leichtigkeit vorwärtskommend und den Kameras ausweichend.

„Sie ist da drin." Sean stand neben ihm. „Sie ist am Leben. Ich weiß es. Wir müssen nah genug rankommen, um herauszufinden, wie viele Männer er bei sich hat."

Er musste in den Hangar gelangen und jeden einzelnen Mann erschießen, der sich ihm und seiner Frau in den Weg stellte. Er hielt sich das Fernglas wieder vor die Augen, alles absuchend. Dort war der Flugzeughangar. Es schien, als fänden ein, vielleicht zwei Flugzeuge darin Platz. „Hat Adam etwas über diesen Ort herausgefunden?"

Sean blickte auf sein Telefon. Alex hatte Adam gebeten, Sean eine SMS mit allen Informationen zu schicken, die er auftreiben konnte. „Es handelt sich um eine Reptilienfarm. Es sieht so aus, als hätte einer von Evans' Kontakten sie vor ein paar Jahren gekauft. Sie verkaufen Alligatorenhäute für die Herstellung von Schuhen und Taschen. Zusammen mit all dem Krabbelgetier besitzen sie diese Landebahn und eine neunhundert Hektar große Zitrusfrüchte- und Beerenfarm. Scheiße. Laut Adam verkauft Bartwell kein Obst mehr, doch sie haben eine ganze verfickte Tonne Dünger gekauft."

Und Dünger bedeutete einem Mann wie Evans etwas. Es bedeutete Bomben und Tod und Zerstörung. Zumindest wussten sie nun, was er vorhatte.

„Wir müssen sein Versteck finden und herausbekommen, was sein Ziel gewesen ist."

Sean riss die Augen auf. „Wenn ich richtig gerechnet hab', hatte er vermutlich mehr als ein Ziel. Selbst wenn wir das Grundstück hier dichtmachen, wer weiß, wie viele er noch davon hat? Hier geht es um mehr als dich und Eve. Wir können nicht zulassen, dass er das Land verlässt."

Nein. Das konnten sie nicht, doch er konnte ihn auch nicht töten. „Sie werden sie im Hangar festhalten. Wir müssen uns reinschleichen, sie rausholen und uns dann um die restlichen Gegebenheiten kümmern. Ian ruft bereits seine Kontakte herbei."

Sie mussten das FBI umgehen, denn er vertraute nicht darauf, dass Petty Freunde hatte, die Evans ausschalteten, bevor er reden konnte. Ian versuchte, einige seiner Kontakte beim Heimatschutz um Unterstützung zu bitten, doch im Moment waren sie auf sich allein gestellt.

In der Ferne beobachtete er, wie Jake und Murdoch sich dem Hangar näherten. Jake drehte sich um und hielt zwei Finger hoch. *Zwei Kameras.* Er ballte die Faust. *Stationär.* Die Kameras beobachteten nur die Türen, schwenkten oder bewegten sich jedoch nicht, um das Geschehen auf dem Parkplatz einzufangen.

„Ich geh' rein. Übernimm meine Position." Er griff sich seine SIG und überprüfte den Ladestreifen.

Sean trat neben ihn vor. „Äh, ich glaub', ich folg' dir besser. Ich schick' dich da nicht allein rein."

Er hatte seinem Freund einige Dinge klarzumachen. „Du schickst mich da überhaupt nicht rein. Das ist meine Operation und ich brauch' dich in Scharfschützenstellung."

Seans Kiefer blieb hartnäckig stur. „Ich schick' Jake eine SMS, er soll seinen Arsch her bewegen."

Alex schüttelte den Kopf. Es blieb keine Zeit. Er brauchte sie beide, um die Aufgaben zu erfüllen, die er ihnen aufgetragen hatte. „Ich kann Murdoch nicht trauen. Jake steht an der letzten Linie der Verteidigung. Ich werd' nicht zulassen, dass der Wichser mit Eve abhaut. Ich werd' versuchen, mich reinzuschleichen und Eve rauszuholen. Dann kann der Rest von euch tun, was ihr zu tun habt.

Ich werd' mich um meine Frau kümmern."

Er hatte keine Ahnung, was man ihr bereits angetan hatte. Hatte Evans sie wieder angefasst? Hatte er sie geschlagen? Vergewaltigt? Sein Herz schmerzte beim Gedanken an seine kostbare, erneut brutal misshandelte Frau, doch er war sich sicher, dass diesmal etwas anders wäre. Dieses Mal hielte er sie in seinen Armen und täte alles, was nötig ist, um sie wieder zum Leben zu erwecken. Er gäbe alles auf, um sie wieder in den Armen halten und lieben zu können.

„Alex, willst du Evans nicht selber zur Strecke bringen?"

Er hätte das Arschloch ausweiden wollen. „Eve ist die Einzige hier, die zählt."

Sean legte die Hand auf seinen Arm. „Hol deine Frau. Ich werd' mich darum kümmern, Evans und Petty festzusetzen. Alex?"

„Yeah?"

„Wenn alles ans Licht gekommen ist, können wir beide zusammen erledigen."

Eine schöne, stille Ermordung. Ein Wochenendprojekt, das es mit seinen Brüdern zu teilen galt. „Yeah."

Er wandte sich zum Hangar. Es sah aus, als gäbe es auf dieser Seite nur eine Tür und kein Fenster. Vermutlich war er auf der Seite zur Werkstatt hin noch offen. Er musste sich dort hineinschleichen.

„Alex, ähm, ich glaub', Eve ist gerad' selbst schon entkommen." Sean zeigte auf die Nordseite des Hangars, von wo aus das Feld zur Alligatorfarm führte.

Eve sprintete noch in ihrem Schlafanzug gekleidet durchs Gras, allerdings ohne Schuhe. Er schaute durchs Fernglas. Sie blutete, doch sie war am Leben.

Er musste zu ihr gelangen. Wo wollte sie hin?

Er hörte einen lauten Schrei, dann kamen vier Männer aus dem Hangar gerannt und verfolgten seine Frau.

„Schalte sie aus, Sean."

Sean grinste ihn räuberisch an und hob das Zielfernrohr. „Mit Vergnügen. Was verfickt nochmal tut sie da? Weiß sie, was das ist?"

Alex blieb das Herz fast stehen, denn seine Frau rannte geradewegs in das Gehege. Sie wäre nur von bösartigen Raubtieren umgeben.

Ohne weiter nachzudenken, rannte Alex los.

* * * *

Eves Hände begannen zu zittern, als sie sich umsah. Übelkeit nahte. Sie mochte Reptilien wirklich nicht. Warum zum Teufel würde jemand freiwillig eine verdammte Grube voller gottverdammter Alligatoren inmitten eines sehr schönen Feldes anlegen? Wer auch immer es war, es musste sich um dumme, durchgeknallte Arschlöcher handeln, die den Tod verdienten, und zwar einen sehr langsamen.

Sie verhielt sich so ruhig wie möglich, als sich ein gewaltiger Alligator an ihr vorbei bewegte, seine bösartig aussehenden Krallen versanken im Schlamm, zum Beckenteil ihrer eigenen privaten Hölle kriechend. Das Sonnenlicht des späten Nachmittags schien auf die Kreatur und ihre pechschwarzen Augen. Diese Augen schienen tot, nichts darin deutete auf Leben. Eine reine Fressmaschine, die direkt dem Zeitalter der Dinosaurier entstiegen war.

Sie hatte solche Augen schon mal gesehen. Michael Evans hatte auch solch tote Augen.

„Hey, Prinzessin, gefallen dir unsere Freunde?"

Ihre Verfolger standen draußen vor dem Gehege. Sie waren zu viert und schienen es jetzt gar nicht mehr eilig zu haben, sie zurück zu schleppen. Diese Männer gehörten offensichtlich zu Evans' Schlägertrupp. Sie waren für die Arbeit in Jeans und T-Shirts gekleidet, eines von ihnen zeigte einen Ölfleck auf der Vorderseite. Sie waren wohl von ihren mechanischen Aufgaben abgezogen worden, um die Gefangene zu Tode zu hetzen.

„Wissen Sie, ich hab' gehört, dass Alligatoren gern in der Abenddämmerung fressen", sagte einer. Er hatte seine Waffe ins Holster gesteckt, die Hände auf die Hüften gestemmt, als erwarte er eine Show. „Sie werden auch ein bisschen aggressiv, wenn sie Blut wittern."

Sie hatte keine Ahnung, was Alligatoren taten oder nicht. Sie hätte nie damit gerechnet, einem je so nahe zu kommen.

Ein Schrei fuhr ihr aus der Kehle, als sie fühlte, wie etwas Schuppiges an der Hinterseite ihres Beines entlang kratzte. Hinter ihr schlug ein Alligator mit dem Schwanz wie mit einem Schweif, als wäre sie eine Fliege, die er warnen wollte. Sie sprang auf, kam jedoch hart auf ihrem Knöchel auf, fiel in den Schlamm und landete direkt vor einem weiteren Monster.

Ein schreckliches, zischendes Geräusch erfüllte die Luft, als sich die Kiefer des Alligators öffneten, und sie die stinkende, faulige Luft riechen konnte.

Die Männer außerhalb des Geheges lachten, als sie davonkrabbelte.

Sie waren überall. So viele von ihnen. Die Angst drohte sie zu ersticken, doch sie zwang sich auf. Sie griffen nicht an. Sie versuchte, sich an alles zu erinnern, was sie konnte. Dies waren keine wilden Alligatoren. Sie waren es gewohnt, von Hand gefüttert zu werden. Und sie waren leichte Beute gewohnt.

Sie war keine leichte Beute. Die Männer, die nach ihr geschickt worden waren, wetteten, wie lange sie durchhielte, bevor sie sie anflehte, sie zu retten.

Sie wäre für keinen von ihnen eine leichte Mahlzeit.

Es musste einen anderen Ausgang geben. Der Umzäunung folgend, fand sie die Haupttür auf der anderen Seite des Geheges. Konnte sie das schaffen? Oder liefen sie herum und packten sie auf der anderen Seite? Sie saß in der Falle und wusste nicht, was sie tun sollte. *Denk nach, Eve.*

Dort war ein Schuppen in der Nähe der Tür, und dann erblickte sie sie, die Waffe, die sie benötigte. An der Wand des Schuppens war ein Notruftelefon angebracht, wahrscheinlich für den Fall, dass einer der Arbeiter in Schwierigkeiten geriet.

Wie schnell konnte die Polizei hier rauskommen? Sie war sich nicht sicher, ob es ihr half, doch sie ging nicht kampflos unter.

„Eve, mein Schatz, ich muss schon sagen, du siehst sehr attraktiv aus, so zerrüttet und blutig. Du weißt, dass du mir so am besten gefällst, doch es ist Zeit, dass du dich sauber machst. Wir brechen in einer Viertelstunde auf. Du willst doch bei deinem ersten Mal in Südamerika nicht mit Schlamm bedeckt auftauchen, oder? Die Hygiene meiner Sklaven wirft schließlich ein schlechtes Licht auf mich."

Evans stand nun bei seinen Männern, Petty und Carlos neben ihm. Er starrte sie mit besitzergreifender Miene an.

Sie musste zu diesem Telefon gelangen. Fünfzehn Minuten. Sie mochten sie nicht in Sicherheit bringen, doch zumindest wüsste Alex, von welchem Flugplatz das Flugzeug gestartet war.

Und dann zuckte der Mann neben Evans zusammen, als ein lauter Knall durch die Luft krachte. Er fiel auf die Knie, während ein roter Farbfleck unmittelbar neben dem Ölfleck auf seinem Hemd aufblühte.

„Verfickter Scharfschütze!" Evans schrie und alle drehten sich um, Waffen in der Hand.

Und da sah sie ihn. Alex. Er lief um die Rückseite des Geheges herum, sich von den Schüssen wegbewegend, die vermutlich von Sean oder Jake abgegeben wurden. Wer auch immer in Scharfschützenposition stand, genoss die überlegenere Stellung, und ein weiterer Schläger von Evans Trupp ging zu Boden, Blut spritzte auf die Abdeckung des Geheges.

Schnellfeuer brach aus und die Tür wurde mit einem Knall geöffnet.

Sie war nun nicht mehr allein mit den Alligatoren. Sie musste sich in Bewegung setzen. Evans, Petty und Carlos suchten Zuflucht in der Monstergrube. Eve rannte los und versuchte, den Alligatoren auszuweichen. Einer zischte ihr entgegen, doch sie lief weiter und versuchte, die andere Tür zu erreichen. Alex war auf dem Weg dahin und sie musste zu ihm gelangen, bevor sie zu ihr gelangten.

„Bleib sofort stehen, Eve!", schrie Evans in ihre Richtung.

„Wir müssen verdammt noch mal hier raus." Panik schwang in Pettys Stimme. „Lass sie gehen."

„Wir können sie nicht gehen lassen. Du holst sie zurück oder ich schwör' bei Gott, ich bring' dich um." Evans legte sich flach auf den Boden, aus der Schusslinie gehend.

Alex war als Erster an der Tür, sich den Weg mit einem Tritt freibahnend. Sein großer Körper stand in der Tür, seine Augen suchten nach ihr. Er feuerte ein paar Schüsse ab, die anderen Männer nötigend, zu Boden zu gehen.

Ein hoher Schrei schallte durchs Gehege. Sie sah sich zu Carlos um. Er war ausgerutscht und direkt in eine Grube mit Alligatoren gefallen, von denen einer, wie es schien, eine Ausnahme machte. Es ertönte ein schrecklich verärgerter Laut, von dem, hätte Eve schwören können, eine Vibration ausging, und dann ein fieses Schnappgeräusch. „Es hat meine Hand!"

Er fing in Schnellfeuer-Spanisch zu schreien an.

Alex schien um die großen Reptilien herumzutanzen. Sie waren jetzt unruhig geworden. Sogar sie konnte das Blut in der Luft riechen. Ihre Schwänze hatten zu zucken begonnen, hier hin und da hin streifend. Ein Zischen und Knurren schien sich um sie herum auszubreiten.

Alex ergriff ihre Hand, sie fest an sich ziehend. „Bleib ruhig. Wenn dich eines schnappt, schlag, tritt und schrei los. Ziel auf Schnauze und Augen ab."

Er schob sie hinter sich, als Evans auf ihn zukam. Evans hielt eine Halbautomatik in der Hand. „Wie ich sehe, sind Sie gekommen, um Ihre Schlampe zu holen. Sie haben gelogen, Warren. Ich glaub', Sie hatten erwähnt, Special Agent McKay verweile nicht mehr unter uns."

Carlos schrie weiter, doch Warren schien seine Panik unter Kontrolle gebracht zu haben. „Es ist ganz leicht, das zu beheben. Vergessen Sie nicht, er braucht uns lebend. Oder, Alex?"

Warren näherte sich ihm von der linken Seite, Evans von der rechten.

Alex sagte kein Wort, versuchte lediglich zurückzuweichen.

„Ich kann nicht ausweichen." Ihre Fersen stießen gegen etwas Schuppiges. „Da ist ein Alligator hinter mir."

Sie konnte fühlen, wie er an ihrer Haut atmete, sein riesiger Körper befand sich auf halber Höhe ihrer Waden.

Falls sie nicht bald auswichen, gab es kein Entkommen.

„Ja, Sie liegen richtig. Er braucht einen von uns lebend. Nun, sehen wir den Tatsachen ins Auge." Evans grinste selbstzufrieden. „Er braucht mich lebend. Ich bin der Einzige, der Ihren lieben Bruder wegsperren kann. Er will jetzt keinen Edward Petty mehr im Oval Office sehen, richtig? Petty hier hat dich so schön fallenlassen. Ich muss zugeben, ich war etwas überrascht, als er mich verhaften ließ. Ich dachte ja, ich wär' erledigt. Und dann bringt er mich in ein Café und macht mir einen Vorschlag."

Sie fühlte, wie Alex nervös wurde. Gott, sie hatten Recht. Ohne jeglichen Beweis könnte Edward seine Karriere weiterverfolgen. Tränen bahnten sich an. Alex stand vor ihr, mit seinem großen, wunderschönen Körper bereit, jede Kugel abzufangen, die ihnen entgegen kam. Er gäbe sie nicht auf. Und er konnte nicht anders, als nach Gerechtigkeit zu streben.

Evans starrte sie an. Er bewegte sich kein bisschen, ein Raubtier mit seiner Beute im Visier. „Er ließe mich gehen, wenn ich diese eine Aufgabe für ihn erledigte. Nur eine kleine Klinik. Er wusste, wie sehr ich sie verabscheute, verstehen Sie? Es lief ab dem Moment alles falsch, als Frauen ihren Platz zu vergessen schienen. Kliniken wie diese und diese verfickten Frauenhäuser sind das Problem. Ich versteh' Sie nicht, McKay. Ich glaub', deshalb find' ich Sie so faszinierend. Sie sollten echt auf meiner Seite sein."

Eve nahm einen tiefen Atemzug. Sie musste sie hier irgendwie rausschaffen. Sie hob den Fuß, ganz langsam, trat einen Schritt zurück und betete, auf die andere Seite des Alligators zu gelangen. Dieser schien eingeschlafen zu sein, im Gegensatz zum Rest seiner Brüder. Sie alle zuckten und bewegten sich, aber nein, sie war gezwungen, sich rückwärts quasi in die Arme des faulen Getiers zu bewegen.

„Warum in aller Welt sollte ich auf Ihrer Seite sein, Sie verficktes Stück Scheiße?" Alex' führte seine freie Hand hinter den Rücken und gab ihr somit etwas, womit sie Gleichgewicht hielt. Seine Aufmerksamkeit schwankte zwischen den beiden Männern hin und her.

„Wegen Ihres Lebensstils", antwortete Evans. „McKay, Sie haben mir eine ganz neue Welt eröffnet. In gewisser Weise empfinde ich wirklich Dankbarkeit für Sie. Ich geb' zu, anfangs erprobte ich den Lifestyle, um Sie zu verletzen, doch als ich damit anfing, Eve zu trainieren, ist mir klar geworden, dass dies das Leben ist, für das ich geboren wurde, ein Leben, in dem Frauen wissen, wo ihr Platz ist."

Alex antwortete knurrend. „Ihr Platz ist an meiner Seite."

Evans schüttelte den Kopf. „Ihr Platz ist zu Ihren Füßen, sie bettelt um Ihre Gnade. Frauen sind schwach. Sie brauchen die Führung eines Mannes, ohne sie scheitern sie. Sie sind geborene Huren, McKay. Das weiß jeder. Sie sind nicht klug genug, um zu wissen, wie man richtig lebt. Sie sind eitel und ignorant. Sie brauchen einen Dom."

„Was mir zeigt, dass Sie keine Ahnung haben, was es heißt, ein Dom zu sein. Meine Sub ist auch die Göttin, die ich anbete. Ihr Vertrauen und ihre Liebe sind ein Geschenk für mich. Eines, das ich niemals richtig zurückzahlen kann. Bleib zurück, Warren." Er schwenkte den Schussarm Richtung Warren.

Sie ließe Evans' Worte nicht an sich rankommen. Er war ein Irrer. Nichts von dem, was er sagte, war verdammt von Bedeutung. Eve traf auf Schlamm hinter sich und schaffte es, über den großen Körper des Alligators zu steigen. „Knapp ein halber Meter, Baby."

Alex sprang zurück, als ob sein Körper die Entfernung perfekt ausmäße. Er landete im Schlamm, doch ließ die Ziele nicht aus den Augen.

Evans grinste höhnisch in ihre Richtung. „Was für eine Enttäuschung Sie sind, McKay. Sie ist reizend, doch sie ist nichts anderes als hohl. Wenn Sie nur halb der Mann wären, für den ich Sie hielt, hätten Sie sie getötet. Sie hat sich hingegeben. Ich brauchte sie nur ein paar Mal zu ohrfeigen und ihre Schenkel waren weit gespreizt."

Erniedrigung überkam sie.

„Wie sie es hätte tun sollen", sagte Alex, seine Stimme klang leicht erstickt. „Sie wusste, was ihr Herr von ihr wollte. Vor der Entehrung zu sterben ist etwas für Idioten. Meine Frau hatte nur eine Aufgabe zu erfüllen, als Sie sie mitnahmen. Sie hatte einen Befehl zu befolgen. Bleib am Leben und komm zu mir nach Hause. Das ist der Unterschied zwischen uns, Evans. Ich muss nicht der einzige Mann sein, der ihren Körper hatte. Ich bin der Einzige, dem ihr Herz gehört, und nur das zählt. Sie haben keine Ahnung davon, ein Dom oder ein Mann zu sein. Und Sie wissen einen Scheißdreck, was es heißt, eine Frau zu lieben."

Seine Augen verengten sich. „Ich weiß, dass Sie mich brauchen, und entweder Petty oder ich werden letztlich auf Sie schießen. Das ist unvermeidbar. Oh, schauen Sie, ich glaub', Carlos ist letzten Endes verblutet. Was wohl passieren wird, wenn Ihnen ein paar Kugeln in die Eingeweide gejagt werden? Also warum machen wir nicht einen Deal?"

Furcht ergriff sie beim Gedanken, dass Alex inmitten der hungrigen Reptilien blutete.

„Ich mach' keinen Deal mit Ihnen", sagte Alex.

Evans kam einen Schritt näher. „Ich denke, das werden Sie. Ich nehm' Ihnen die Verantwortung für Eve ab. Sie darf leben. Sie ebenso. Wir beginnen unser Spiel von vorn. Die andere Möglichkeit wäre, dass Sie beide hier und jetzt sterben. Mal sehen, ob mein Partner Sie überreden kann."

Ein Schuss donnerte durch die Luft und sie spürte, wie Alex' Körper wie vom Blitz getroffen zusammenzuckte. Er nahm den Arm hoch, schwenkte ihn umher und schoss.

Warren Petty keuchte laut auf und Eve sah, wie er in die Grube fiel, ein Loch in seinem Kopf. Er glitt unter die Oberfläche.

Gott, Warren. Er war ein schreckliches menschliches Wesen, sie hatte jedoch gesehen, wie seine Kinder geboren wurden.

Alex stolperte zurück in sie hinein, sein Gewicht stürzte auf sie. Sie blieb auf den Beinen, jedoch nur knapp.

„Alex?" Ihr blieb das Herz in der Kehle stecken. Sie schlang die Arme um seine Taille und fühlte, wie warme Flüssigkeit ihre Haut zu umgeben begann. *Alex' Blut. Oh, Gott. Nein. Nein. Nein.*

Alex schoss, doch sein Ziel war weg. *Weil eine Kugel in seinem Bauch steckte.* Eve biss einen Schrei zurück, als Evans abdrückte und Alex' Leiche zuckte, sie beide in den Schlamm sandte. Sie drückte ihn zärtlich an sich, in dem Versuch, ihn zu beschützen, doch er ließ sie nicht.

„Bleib am Leben, Baby. Sean wird kommen, um dich abzuholen. Ian wird kommen, um dich abzuholen", sagte er. Er schien die Kontrolle über seinen Arm verloren zu haben. Die zweite Kugel schien in seiner Schulter festzustecken. Die SIG fiel hinab und rutschte in den Schlamm. „Lieb' dich so sehr. Lieb' dich, Baby. Vergib mir."

„Du darfst nicht gehen." Ihr drohte, das Herz stehen zu bleiben. Er war hier. Er lag in ihren Armen. Er konnte nicht sterben. Er konnte nicht im Schlamm und Dreck verbluten.

Sie konnte nicht ohne ihn leben, und das bedeutete nur eines. Eve hatte so viel Zeit ihres Lebens damit verbracht zuzulassen, wie Ereignisse und Handlungen anderer ihre Welt prägten. Sie hatte sich an ihre eigene Hingabe geklammert, weil es in ihrer Natur lag. Doch sie verstand es schließlich. Sie mochte Alex McKays Sub sein, doch sie war auch seine Frau, und er durfte nicht sterben. Er durfte sie auf dieser Erde nicht allein lassen. Eine Quelle der Stärke erfasste sie. Sie war die Passive, die Beobachterin. Das war für so lange Zeit ihr

Leben gewesen, doch sie war von Frauen umgeben, die niemals nachgaben.

Sie besaß Alex' Stärke, doch sie verfügte auch über die Stärke ihrer Schwestern.

Grace, die im Stillen um ihre Rolle kämpfte.

Serena, die nie weniger als ein Happy End akzeptierte.

Avery, die sich weigerte zuzulassen, dass ihr Leben von einer Tragödie bestimmt war.

Und Kristen. Irgendwie war Kristen auch ihre Schwester geworden. Kristen hatte sich vor eine Kugel gestellt, um Alex zu retten. Sie bewies einen starken Willen, um Gutes zu tun.

Sie waren alle bei ihr, eine große Schwesternschaft an Stärke.

„Ich schätze, es sind wieder nur du und ich, Eve. Ich werde der richtige Herr für dich sein." Evans stand über ihr.

Ihr Gebieter brauchte sie. Die SIG war neben ihr hinabgeglitten. Endlich war ihr das Wahre bewusst. Sie hatte schon fast ihren eigenen Tod gesehen, doch das einzig Wahre war ihr entgangen. Jetzt war es ihr klar. Gerechtigkeit spielte in diesem Moment keine Rolle. Rechtschaffenheit war bedeutungslos geworden.

Am Ende von allem – da gab es nur die Liebe. Und die war es wert, um sie zu kämpfen.

Eve holte die Waffe heraus und schoss, ohne zu zögern. Ohne Vorwarnung. Ohne Voraussicht. Er war böse. Er bedrohte jemand Guten. Und sie war plötzlich eine Kriegerin für das Gute.

Michael Evans, Terrorist, Vergewaltiger, Frauenpeiniger, starrte auf das Loch in seiner Brust.

Eve schoss erneut.

Evans fiel auf die Knie, seine Waffe hebend.

Wieder ließ sie der Rückstoß erschaudern, doch sie drückte immer wieder ab, denn Gerechtigkeit spielte keine Rolle. Rache spielte keine Rolle. Nur ihr Mann zählte. Er brauchte sie.

„Süße, ich bin ziemlich sicher, dass er tot ist. Bitte hör auf zu schießen, damit ich Alex hier rausholen kann." Seans Stimme drang durch ihr Ur-Hirn vor.

Sie ließ die Waffe fallen. Sean war hier. Sie konnte wieder von der Kriegerin zur Ehefrau werden. Sie legte die Hand auf Alex' Bauch, verzweifelnd versuchend, die Blutung zu stoppen. Tränen quollen ihr aus den Augen, Schmerz aus der Seele. „Bitte hilf ihm."

Sie könnte ihn verlieren. Gott, sie hatte ihn gerade erst zurückbekommen. Tränen liefen ihr aus den Augen. Sie konnte ihn nicht verlieren.

„Ich hasse Reptilien, verdammt." Sean gab einem Alligator einen Tritt und schob ihn weg. Er kniete sich neben ihr in den Schlamm. „Alex! Alex McKay! Du wachst verfickt noch mal jetzt gottverdammt sofort auf!"

Sie hörte erneut das Schlagen der Tür und Jake befand sich plötzlich in ihrer Blickachse. „Evie? Bist du verletzt?"

„Er hat nicht zugelassen, dass sie mich anfassen." Sie schaffte es kaum, die Worte auszusprechen.

Ihr Ehemann. Ihr Gebieter. Ihr Alex. Er hatte nicht zugelassen, dass sie sie kriegten. Er hatte sich geopfert. Gott, er durfte nicht sterben.

Bitte. Bitte. Bitte. In diesem Moment schloss sie tausend Abmachungen mit dem Universum. Alles, damit er lebte.

„Wir haben den Rest getötet. Sie versuchten, her zu kommen, doch wir haben sie erwischt. Die Gegend ist abgesichert und wir haben einen Wagen gerufen", sagte Jake.

Einen Krankenwagen. Ja. Sie brauchten einen von denen. Sie hielt Alex fest. Sie bemerkte Jesse hinter Jake, doch wirklich registrieren, tat sie es nicht.

Sean ging in Position und zog Alex von ihrem Körper. „Haltet mir diese verfickten Monster vom Leib."

Er legte die Hände auf Alex' Herz und presste fünf Mal darauf, bevor er Alex' Mund bedeckte und einatmete.

Eve raufte sich auf und betete zum Himmel.

Kapitel Zwanzig

Dallas, TX
Acht Wochen später

Das Sanctum glich heute Abend eher einem Garten als einem Verlies und der Duft von Jasmin durchdrang den ganzen Club. Alex blickte sich in dem Raum um, ein tiefes Gefühl der Zufriedenheit erwärmte seine Seele. Seine zweite Hochzeit fiel kleiner aus als die erste, doch diejenigen Menschen, die sie liebten, umgaben sie, und das war alles, was zählte.

Eve lachte über etwas, das Grace gesagt hatte, und Alex fühlte, wie sich sein ganzer Körper anspannte. Sie war so schön, dass sie ihm den Atem raubte. Und sie war sein. Ein zweikarätiger Diamant funkelte an ihrer linken Hand, an ihrem Hals strahlten Diamanten von einem Halsband, an Vertrauen und die Liebe und die Verbindung zwischen ihnen erinnernd.

„Alex, das ist die schönste Hochzeit, auf der ich je gewesen bin." Serena sah reizend in ihrem Brautjungfernkleid aus, doch er kannte diesen Blick in ihren Augen.

„Ich werd' dir kein Interview gewähren, Serena." Er sah sich nach Adam oder Jake um. Serena benahm sich wie ein Hund mit einem Knochen, seitdem sie wusste, dass sich die ausweglose Situation mit

Michael Evans in einer Alligatorengrube abgespielt hatte. Sie dachte anscheinend, es stelle einen großartigen Aufhänger für ein Buch dar.

„Ich will ja nur wissen, wie es sich angefühlt hat, Alex. Ich könnte so etwas wirklich gut für mein nächstes Buch gebrauchen. Ich brauche Bilder und Geräusche und Gerüche und Emotionen." Sie legte eine Hand auf ihren immer größer werdenden Bauch und seufzte. „Ich habe gehofft, dass du mir nach all der Hilfe, die ich euch entgegengebracht hab', ein paar Fakten nennen kannst."

Er dachte daran zu knurren, doch es war sein Hochzeitstag und Serena war hilfreich gewesen. „Es war eine Schlammgrube, gefüllt mit nach uns schnappenden Alligatoren. Es roch nach Arsch, und nicht gerade nach sauberem Arsch. Es roch nach Arsch, der noch nie vorher gewaschen worden war. Was Gefühle betraf, nun, ich wollte irgendwie nicht von Alligatoren zerrissen werden."

So wie es Warren ergangen war. Er fühlte, wie ein grimmiges Lächeln sein Gesicht kreuzte. Als die Grube trockengelegt wurde, zeigte sich, dass sein ehemaliger Partner in Stücke gerissen worden war. Es gab Gerechtigkeit in der Welt.

Simon trat an die Theke, in seinem maßgeschneiderten Smoking makellos aussehend. Alex konnte die alleinstehenden Subs praktisch seibern hören, doch Simon ignorierte sie und zog es vor, Serena stirnrunzelnd zu schmeicheln. „Machst du ihm wieder die Hölle heiß, Liebes?"

Serena seufzte. „Er spricht nicht über die Alligatoren. Das macht mich traurig."

Simon bestellte einen Wodka Tonic und schüttelte den Kopf. „Er hat PTBS. Posttraumatische Belastungsstörung."

Alex verdrehte die Augen. „Ich hab' keine PTBS. Doch ich empfinde Bedauern. Die Bundespolizei kann den Dünger mit Evans in Verbindung bringen, und sie haben Aufzeichnungen von Warrens Mobiltelefon, dass er Evans anrief. Doch ich bin nicht in der Lage, Warrens Bruder ohne Zeugen zur Strecke zu bringen."

Es war das Einzige, was er an der ganzen Affäre beklagte.

Der Senator hatte bereits eine große Pressekonferenz abgehalten, auf der er sich für die Taten seines Bruders entschuldigt und es Warren zugeschrieben hatte, derjenige gewesen zu sein, der die Affäre mit Carmen Garcia gehabt hatte. Bislang kaufte ihm das jeder ab. Der Senator glänzte wie Gold.

„Er ist ein Wiesel", sagte Serena. „Ich werd' nicht für ihn stimmen."

Jake kam auf sie zu, seiner Frau die Hand entgegenstreckend. „Keiner von uns wird für ihn stimmen. Adam wird den Dreck ans Tageslicht bringen. Wir müssen geduldig sein. Jetzt tanz ' mit mir, Baby."

Er führte Serena ab, doch Alex dachte immer noch über das Problem Senator Petty nach.

Es war das Einzige, was schief gelaufen war. Nun, vielleicht nicht das Einzige.

„Ich wünschte auch, ich wüsste, wo sie hingegangen ist." Alex nahm einen kräftigen Zug seines absurd teuren Scotchs. Beinahe in einem mit Alligatoren gefüllten Morast zu Tode gekommen zu sein, hatte offensichtlich einige Brieftaschen gelockert, denn er hatte mehrere Flaschen des zunehmend alternden Glenlivet geschenkt bekommen. Und der fünfzig Jahre alte von Ian war mehr als himmlisch.

„Sprichst du über die Frau, Kristen?", fragte Simon. Er hatte Alex eine schöne Ladung Alkohol in sein neues Haus geschickt. Er könnte damit einen Trend setzen. Schnaps-Sträuße.

„Ja." Er kam nicht umhin, sich zu fragen, wo sie hin war. Er war im Krankenhaus aufgewacht, sich von der Operation erholend, und eines der ersten Dinge, die er verspürt hatte, war eine tiefe Dankbarkeit, denn er hätte an diesem Tag schon viel früher erschossen werden können, noch bevor ihm die Chance gewährt worden war, seine Frau zu verteidigen. Kristen hatte ihm das ermöglicht. Ganz gleich, warum sie es getan hatte, sie hatte Eve das Leben gerettet, und das bedeutete Alex viel. Er hatte überall nach ihr gefragt, wo er konnte, doch er hatte nichts herausfinden können. Sie war nicht wieder in ihrer Wohnung gewesen.

„Nun, ich bin fasziniert. Das muss ich zugeben", sagte Simon. „Eine Frau, die nach einer größeren Operation aufwacht und in der Lage ist, sich ihre Infusionen rauszuziehen und die Intensivstation zu verlassen, ist eine Frau, deren Bekanntschaft ich gern machen würde. Ganz zu schweigen von der Tatsache, dass sie es geschafft hat, allen Sicherheitskameras aus dem Weg zu gehen. Wir sollten ernsthaft erwägen, sie in das Team aufzunehmen. Wir könnten ein paar Frauen gebrauchen."

Kristen hinterließ offene Fragen und er hasste offene Fragen.

Alex genehmigte sich noch einen großen Drink. Er sah sich im Sanctum um, tiefe Erleichterung spürend. Das war sein Zuhause. Er mochte es vermasselt haben, die einzigen beiden Menschen getötet zu haben, die eine Verschwörung hätten ans Licht bringen können, doch diese Menschen hier standen hinter ihm. Sie waren seine Familie. „Darüber bin ich mir nicht sicher. Ich glaub', sie hatte Verbindungen zu Evans."

Gott, er hoffte, ihm würde das Gegenteil bewiesen werden. Es war ein Beweis dafür, wie sehr er sie mochte, dass er inständig hoffte, dass er verfickt falsch lag.

„Alex, ich hab' dir gesagt, dass das nicht in mein Profil passt." Eve kam auf ihn zu und sein Herz hörte beinahe auf zu schlagen. Sie sah so verdammt umwerfend in ihrem ledernen Minirock und Bustier aus. Sie trug sein Halsband...und seinen Ehering. Sie war sein Ein und Alles. „Kristen ist darauf bedacht, ein gutes Leben zu führen, das Richtige zu tun. Sie ist nicht verrückt. Sie weiß, was richtig und was falsch ist, und Evans war falsch."

Alex zog seine Frau zu sich. Er hatte sie wieder. Oh, sicher, es hatte ihn ein paar Kugeln in die Brust gekostet, doch sie lag in seinen Armen und war rechtlich sein, und er hielte sie verdammt gut bei sich. Seine Frau. Seine Sub. Sein für die Ewigkeit. „Bestimmt, Baby. Falls sie wieder auftaucht, werd' ich sie mit offenen Armen empfangen."

Das war keine Falschaussage. Er konnte sich immer noch nicht vorstellen, warum Kristen getan hatte, was sie getan hatte. Nach den Ereignissen auf der Alligator Road, wie Alex es nannte, war Kristen wie vom Erdboden verschwunden. Er hatte versucht, sie zu finden, doch kein bisschen Glück dabei gehabt.

Und Eve war so enttäuscht, sie nicht zu ihrer zweiten Hochzeit einladen zu können.

Wenn er herausfände, dass sie mit Evans ein Verhältnis gehabt hatte, würde er tun, was nötig sei, um Kristen zu helfen, ihre psychischen Probleme zu überwinden. Er würde sie unterstützen, weil sie tief in ihrem Inneren ein guter Mensch war.

Eve schlang den Arm um seine Taille. „Ich bin so froh, das zu hören, denn ich weiß, dass wir sie finden werden. Sie braucht eine Familie. So wie Jesse."

Alex runzelte die Stirn, sich erstaunt im Kerker umsehend, den Ryan in eine Tanzfläche verwandelt hatte. Es war bereits die zweite der beiden Hochzeiten, die er in seiner Zeit hier ermöglicht hatte. Auch Avery und Liam waren hier ihre Verbindung eingegangen. Jesse Murdoch tanzte eine Art Stoß-öfter-mal-zu-Stand-Tanz mit einer der Subs. Er benahm sich noch immer wie ein Hündchen mit wirklich scharfen, doch leicht ranzigen Zähnen. Er hatte jedoch alle im Hangar ausgeschaltet und Jake und Sean ermöglicht, ihm das Leben zu retten, so dass Jesse Murdoch nun inzwischen zum Team gehörte.

Seltsamerweise hatte Simon den Jungen ins Herz geschlossen und machte ihn mit allem vertraut. Sie waren zwei Außenseiter, sich ein bisschen aneinander klammernd.

„Ich hoffe, wir finden eine Möglichkeit, um zu beweisen, was Eddie getan hat." Er war sich bewusst gewesen, dass er die Gerechtigkeit als Opfer dargebracht hatte, um das Leben seiner Frau zu retten, aber verdammt, er wollte beides. Er sah sich im Club um und wünschte sich, Ian wäre nicht unmittelbar nach der Trauung gegangen. Er war gerade lange genug geblieben, um Alex den Ring zu überreichen. Ian und Sean waren seine Familie. Er musste stärker sein. Er ließe Ian nicht mehr einfach so davonziehen. Er ginge ihm so lange auf die Nerven, bis sie sich endlich wieder verflucht nahe waren. Er und Ian und Sean. Sie waren zusammen aufgewachsen.

Als die Kugeln ihn trafen, hatte er eine seltsame Ruhe empfunden. Er hatte gewusst, dass Ian und Sean sich um seine Frau kümmerten, denn sie waren eine Familie.

Ihm war klar geworden, dass seine Liebe zu Eve über sein Leben hinausging.

Er hatte gewusst, dass seine Liebe zu ihr endlos war, ebenso wie er. Mehr als der Tod. Mehr als das Leben. Seine Liebe zu ihr überstieg alles wie bloßes Atmen. Er fände sie wieder und wieder. Sie war sein Schicksal.

„Hey!" Adam kam angerannt, ein strahlendes Lächeln im Gesicht. „Ich hab' eine gute und eine schlechte Nachricht."

Serena und Jake waren auch gleich bei ihm. Serena schlang den

Arm um den Hals ihres Mannes. „Die gute Nachricht ist besser, als die schlechte Nachricht schlecht ist. Yeah, ich bin eine absolut fantastische Schriftstellerin!"

Jake gab ihr einen Kuss auf die Wange. „Wir waren alle verzweifelt. Jeder Computer in unserem Haus war auf die gleiche Angelegenheit gerichtet."

„Nein. Zwei Dinge", sagte Adam grinsend. „Ich hab' den Beweis gefunden. Dafür hab' ich Jake nach Philadelphia geschickt. Alex, das ist unser Hochzeitsgeschenk für dich."

Jake reichte ihm einen USB-Stick. „Der Wichser von Evans hat das Treffen aufgezeichnet. Es ist alles hier drauf. Warren Petty erklärt sich einverstanden, ihm freie Hand zu lassen, wenn er Eddies Geliebte ausschaltet. Ganz einfach. Sobald es in den Boulevardblättern erscheint, werden sie einen DNA-Test der Proben verlangen, die der Gerichtsmediziner von Carmens Fötus entnommen hat. Davor kann er nicht weglaufen. Er ist erledigt, Alter. Kein Weißes Haus. Keine Politik mehr. Es ist vorbei. Adam bekam eine mysteriöse E-Mail, die uns dorthin führte, wo Evans den Stick versteckt hielt. Wir fanden ihn in einem Schließfach in einem Amtrak-Bahnhof in Philadelphia. Ich hab' keine Ahnung, wer uns den geschickt hat, doch er oder sie ist ein verfickter Engel."

Er drückte Eve so fest, bis sie kaum noch atmen konnte. Er konnte, wie es schien, nicht anders. Seit dem Moment, als er im Krankenhaus aufgewacht war und ihr liebliches Gesicht gesehen hatte, war es ihm nicht mehr möglich gewesen, sie loszulassen. Er hatte in dieser Nacht neben ihr geschlafen, sie zu sich gezogen, bis ihr Widerstand gebrochen und sie zu ihm ins Krankenhausbett geklettert war. Er würde keine Nacht mehr ohne sie verbringen. Sie bedeutete den Himmel für ihn. „Adam kann die Quelle nicht ausfindig machen?"

Adam runzelte die Stirn. „Wer auch immer es ist, er ist gut. Ich meine, verdammt gut, und ich bin mir nicht so sicher, ob es ein „er" ist. Tatsächlich frag' ich mich, ob es sich nicht um Kris handelt, denn ich hab' was anderes rausgefunden. Erinnert ihr euch daran, als ich die Sache untersucht hab', bei der Liams Sicherheitskarte missbräuchlich benutzt wurde?"

Sie hatten den Einbruch bemerkt, während sie an dem Fall Evans gearbeitet hatten. Alex wusste, wie scheiße angepisst Ian gewesen war und gleich den vorherigen Sicherheitsdienst des Gebäudes dafür gefeuert hatte, doch Adam und Jake waren anscheinend an dem Fall dran geblieben. Jemand hatte Liams Karte gestohlen, sie gefälscht, sie ihm zurückgegeben und war in das Gebäude eingedrungen. „Klar. Hast du endlich das Video bekommen?"

Adam zog seinen Laptop hervor und klappte ihn auf. „Ja. Und mehr als das. Ich fand heraus, dass an diesem Abend eine Beschwerde eingereicht wurde."

Alex zog Eve enger an sich. Ihr Blick auf den Laptop konzentriert, ihr Arm um seine Taille liegend. Sie hob kurz ihr Gesicht zu ihm, blinzelnd. Er verstand ihre Sprache.

Ich liebe dich.

Sie hatte ihn gerettet. Auf jede erdenkliche Weise. Sie war für ihn seine Brücke in die reale Welt. Er küsste sie auf die Wange. „Ich lieb' dich auch, Engel."

Er täte alles genauso wieder. Er würde Warren erschießen und diese verdammten Kugeln erdulden, denn er wusste verdammt nochmal genau, dass es seine Sub mit allen aufnähme. Seine Frau war unerschütterlich.

Die Videodatei wurde jetzt abgespielt, Zeit- und Datumsstempel waren eingeblendet. Er erkannte den Flur, der zum Kopierraum führte. Eine schlanke Gestalt lief den Flur hinunter. Es war leicht zu erkennen, dass es sich um eine Frau handelte. Sie wies schöne Kurven auf und hatte langes, dunkles Haar, das ihr den Rücken herunterlief. Das Bild war schwarz-weiß.

„Die Beschwerde kam aus dem Stockwerk unter uns", sagte Adam.

„Die Anwälte?" Die Anwaltskanzlei Gledon, McCloud und Johnson befand sich im Stockwerk unter ihnen.

„Bei der Beschwerde ging es darum, dass zu laute Musik gespielt wurde", erklärte Jake. „Anscheinend sind ein paar der jüngeren Anwälte an dem Abend länger geblieben und beschwerten sich darüber, dass die Lautstärke der Musik voll aufgedreht war. Der Verwalter des Gebäudes fürchtet sich vor Ian, so dass wir keine Verwarnung erhielten. Die Person sagte, wir hätten eine Stunde lang immer wieder Guns N' Roses gespielt."

Ein Schauer lief Alex übern Rücken. Guns N' Roses? „Sweet Child O' Mine?"

Es war der Song, den Ian jedes Jahr, einmal jährlich, an Charlottes Todestag spielte. Er hörte diesen einen Song etwa tausend Mal und betrank sich bis zur Besinnungslosigkeit mit Scotch, und ignorierte das Problem dann für ein weiteres Jahr. Wie hoch war die Wahrscheinlichkeit, dass jemand, der sich in ihr Gebäude einschlich, dasselbe Lied hörte?

Adam schaute auf. „Ja. Sie waren genervt, dass es immer das gleiche Lied war. Immer und immer wieder."

Manchmal reihten sich bei einer Untersuchung kleine Dinge aneinander, vermeintlich zufällige Ereignisse, die sich wie zu einem größeren Wandteppich miteinander verknüpfen ließen, zu einem Gesamtbild, das vorher nicht sichtbar gewesen war. In dem Moment, als sich Alex das Band ansah, fügte sich die Welt zu etwas zusammen, das er endlich verstand.

Die dunkelhaarige Gestalt ging in den Kopierraum, drehte sich zunächst jedoch um, schaute in die Kamera und zwinkerte. Sie blies der Kamera einen Kuss zu, bevor sie im Kopierraum verschwand.

Oh ja, und sie sind so unglaublich nützlich, wenn du an Informationen gelangen willst, aber nicht möchtest, dass jemand weiß, dass du sie gekriegt hast. Es ist wirklich fantastisch. Die Festplatte eines Kopiergeräts macht eine Kopie von allem, was das Kopiergerät scannt.

Kristen war so begeistert gewesen, ihm zu erzählen, wie sie Informationen aus dem Gerät abgerufen hatte.

Kristen wusste alles über ihn und Eve und alle anderen Mitglieder des McKay-Taggart-Sicherheitsdienstes.

Sie hatte sich vor ihn gestellt, eine für ihn bestimmte Kugel abgefangen, weil jemand wollte, dass er lebte. Es gab jemandem, dem sie gefallen wollte.

Hier. Sie hatte ihre Hand neben seine gelegt und ihr Herz bedeckt. *Seit dem Tag, an dem meine Augen ihn erblickten, ist er hier drin gewesen. Sag ihm, ich hab' Gutes getan. Sag ihm, ich war gut. Ich war gut für ihn. Ich war gut. Er kann tausend andere Frauen haben, doch ich war seine einzig wahre Frau.*

Kristen war die Frau auf dem Band. Sie kam aus dem Raum

zurück, tanzte beinahe, als sie einen USB-Stick in ihre Uniform steckte. Sie sah nach oben mit einem Zwinkern und lächelte. Auf irgendeine Art schien dieses Lächeln wohltätig, als ob das, was sie im Begriff war zu tun, der ganzen Welt hälfe.

Warum liebe ich so ein Arschloch?

Er war davon ausgegangen, das Arschloch sei Evans, doch es bestand keine Verbindung zwischen Kristen White und Evans. Tatsächlich hatte es gar keine Verbindung gegeben zwischen der Frau, die sie für Kristen hielten, und der echten Kristen White. Tage, nachdem er angeschossen worden war, hatte Alex den Bericht erhalten. Kristen White war eine nette Zweiundvierzigjährige mit zwei Kindern. Sie hatte sich ein Jahr zuvor vom Journalismus zur Ruhe gesetzt. Ihr Mann betrieb eine Software-Entwicklungsfirma. Sie hatte keine roten Haare, doch sie erzählte die Geschichte einer Frau, die ihr aus einer problematischen Situation mit der russischen Mafia geholfen hatte, auf die die Beschreibung passte. Sie hatte sie einen Engel genannt.

Das ist so viel schlimmer als beim ersten Mal. Beim ersten Mal war er hier.

Kristen war clever genug, um ihren Tod vorzutäuschen, und stark genug, um sich davon zu erholen.

Hatte sie die letzten fünf Jahre darauf verwandt, eine Möglichkeit zu finden, ihren Mann zurückzubekommen?

„Warum würde jemand bei uns einbrechen?", fragte Adam. „Das ist Kris. Ich kann es mit meinen eigenen Augen sehen. Warum würde sie das tun?"

Weil sie ihre Verbrechen wiedergutmachen wollte.

Weil sie ihren Mann zurückhaben wollte und Informationen brauchte. Sie hatte sich Informationen über alle verschafft und die Wahl eines Angriffsplans getroffen – oder in ihrem Fall, den Plan, sie zu beschützen und ihnen etwas zu geben. Sie waren ihr Geschenk an Ian. Alex und Eve. Indem sie sie wieder zusammenbrachte, ihnen zu der Chance auf Gerechtigkeit verhalf, hatte sie versucht, sich Ian gegenüber zu beweisen.

Er zog sein Handy heraus, sein Herz raste.

Er wählte Ians Nummer. Ians Welt war vor fünf Jahre zusammengebrochen. Er mochte sie heute Abend vielleicht zurückgewinnen.

Er hielt Eves Hand, während er wartete, dass Ian den Anruf entgegennahm. Gelegentlich war das Universum gnädig und einem Mann wurde eine zweite Chance geschenkt.

Sein Herz füllte sich mit Liebe. Seine zweite Chance schmiegte ihren Körper an seinen.

Alles lief verdammt richtig in dieser Welt.

* * * *

Ian Taggart sah auf den Bildschirm seines Computers, jede Zelle seines Körpers erwachte zum Leben. Er blickte unglaublich darauf hinab. Nur ein paar Zeilen, die vielleicht die Welt bedeuteten. Da war er. So verfickt lange hatte er nach Eli Nelson gesucht und da war er. Zumindest war er sich verdammt recht sicher, dass es genau die Angaben über den Hurensohn waren, auf die er gewartet hatte. Hoffte. Betete.

Auf keinen verfickten Fall.

Es gab einen kleinen Teil in ihm – den „das Glas ist halb leer und vermutlich vergiftet"- Teil seinerseits –, der sich fragte, ob er nicht zu optimistisch war. Diese paar E-Mail-Zeilen hätten von jedem stammen können. Er wäre schlauer, wenn er einen fotografischen Beweis hätte, und die Person in der E-Mail hatte versprochen, dass er folgte. Er sollte geduldig sein, doch das war noch nie seine Stärke gewesen.

Kristen Priest. Die E-Mail war von derselben Frau gekommen, die Alex angeblich das Leben gerettet hatte. Warum gebrauchte sie nicht ihren richtigen Namen? Er lautete White. Betrachtete sie sich immer noch als Undercover? Wer verfickt nochmal war sie und warum fanden sie keine Angaben über sie? Sie war ein Geist und Ian mochte keine Geister.

Diese Frau führte etwas im Schilde, doch er ließe sich leiten, wenn es bedeutete, Nelson zu finden.

Eli Nelson hatte fast seine Schwägerin getötet. Er hatte anfangs Probleme mit Grace gehabt, doch sie gehörte nun zur Familie. Sie machte seinen Bruder glücklich und sie war die Mutter seiner Nichte. Niemand durfte Grace auch nur ein Haar krümmen. Oder seinen

Brüdern. Oder seinem Land. Eli Nelson hatte sie alle bedroht.

Und war vermutlich an der Ermordung von Ians Frau beteiligt. Er ginge unter.

Wenn Ian den Wichser finden könnte.

Er war besessen geworden, und dabei ging es nicht nur um Nelson. Es ging um die Wendungen, die sein Leben nahm.

Er hatte den Empfang seines besten Freundes verlassen, weil er nicht dastehen und sie alle beobachten konnte. Die Musik hatte gespielt und ihm war bewusst geworden, dass er sich nicht in der Lage fühlte, dort bleiben zu können. Es war feige gewesen, doch sein gesamtes Team war nun glücklich, und er fühlte immer noch den Schmerz wegen Charlotte – die eine manipulative Lügnerin war und ihn nicht verdient hatte. Oder sonst wen.

Verfickte russische Mafia-Prinzessin mit dem allersüßesten Lächeln.

Außer, dass er sich letztens erst gefragt hatte, was es wohl bedeutete, eine russische Mafia-Prinzessin zu sein. Wie hatte ihr Leben ausgesehen? Er hatte ihre Narben gesehen. Wie sehr hatte sie gelitten, bevor sie starb?

Er konnte immer noch sehen, wie sie zu ihm aufblickte, als er in sie eingedrungen war. Sie war keine Jungfrau mehr gewesen, doch sie hatte ihre Tritt-ihm-in-die-Eier-Augen vor Staunen geöffnet, als er seinen Schwanz zum ersten Mal in sie hineingeschoben hatte. Fuck. Er hatte sich wie eine Jungfrau gefühlt, wenn er mit ihr Liebe gemacht hatte.

Das fühlt sich gut an. Mein Gebieter, es fühlt sich so gut an. Bitte. Bitte lehr es mich.

Sie lehren? Sie hatte nicht über Sex gesprochen. Sie hatte über das Leben geredet.

Gott, er vermisste sie.

Nein. Er hasste sie. Sie hatte gelogen. Sie war verfickt nochmal gestorben. Er brauchte niemanden. Er brauchte Rache, und zwar in Form eines Eli Nelson.

Und er mochte sie soeben gefunden haben.

Eine einzige E-Mail, in der von einem Energieprojekt in einem kleinen Land in der Nähe Indiens die Rede war. Loa Mali, ein Inselstaat. Eli Nelson weitete seine terroristischen Aktivitäten aus. Er musste Kristen, oder wie auch immer ihr Name war, aufspüren und herausfinden, was zur Hölle sie wollte.

Sie benutzte sein Team und er duldete das nicht.

Sein Handy summte neben ihm. Er sah hinab. Alex. Er stieß einen langer Seufzer aus. Alex rief vermutlich an, um ihn zu fragen, wohin er gegangen war. Er war am Ende der Trauzeuge. Trauzeuge. So ein lächerlicher Ausdruck. Er war wohl kaum nur ein Zeuge. Er war ein Monster, und das bewies er Tag für Tag.

Er beunruhigte Alex jetzt nicht mit seinen Problemen. Es waren Alex' Flitterwochen. Er hatte dabei zugesehen, wie Alex und Eve sich erneut ihr Eheversprechen gegeben hatten, das sie sich bereits schon vor so langer Zeit gegeben hatten, diesmal im Rahmen einer einfachen Zeremonie, die Ian weit mehr zugesetzt hatte, als er zuzugeben bereit war.

Er hatte gelobt, Charlotte zu lieben, und er war ein verfickter, von seinem Schwanz geleiteter Idiot gewesen. Nichts, was er ihr versprochen hatte, war gelogen gewesen. Er hatte jedes verschissene Wort so gemeint. Er hatte sie zu lieben und zu ehren gelobt. Er war bereit gewesen, für sie zu sterben.

Doch sie hatte gelogen und ihn wie einen Vollidioten behandelt.

Und sie war zuerst gestorben. Das tat am meisten weh.

Er konnte sie in seinen Armen spüren, ihr süßer Körper ein erkaltender Leichnam. Er hatte einmal geliebt und nie wieder. Charlie war seine Frau, die Gefährtin seiner Seele. Sie war eine verfickt rechtschaffene Schlampe, die perfekte Partnerin für seinen inneren Schweinehund, und jetzt war sie weg und er blieb für den Rest seines Lebens allein.

Doch er brauchte gottverdammt gar nichts. Er war ein Krieger. Er brauchte keine beständige Partnerschaft mit einer Frau.

Ein Glockenspiel ertönte.

Ian sah auf, leicht entsetzt. Jemand war an seiner Tür? Niemand kam an seine Tür, ohne den Außenalarm auszulösen. Er tippte ein paar Mal auf die Tastatur seines Computers. Es war nichts zu sehen. Warum war seine Alarmanlage nicht ausgelöst worden?

Er stand auf und ging zur Tür. Sein Sicherheitssystem war annähernd perfekt, doch irgendwie hatte die Person, die geklingelt hatte, den Alarm nicht ausgelöst.

Sein Handy summte erneut. Alex. Er liebte Alex. Oh, er würde es nie derart in Worte fassen, doch Alex war sein Bruder. Er freute sich wahnsinnig, dass Alex und Eve wieder „Mann und Frau für immer und ewig und so'n Scheiß" waren, doch er brauchte die Nacht für sich. Er hatte es geschafft, neben ihnen zu stehen, geschafft zuzusehen, als Alex ihr einen Ring an den Finger steckte und ihr ein Halsband um den Hals legte, doch sich dann vom Empfang weggeschlichen. Jeder hatte jetzt eine Frau. Sean war verheiratet und hatte ein Kind. Liam hatte eine Frau und ein Kind war unterwegs. Fuck, sogar die Verrücktheit in personae, Adam und Jake, hatten es geschafft, eine zu finden und sie zu schwängern.

Alex hatte den Weg nach Hause zu Eve gefunden.

Er hatte seine wahre Liebe gefunden und sie war in seinen Armen gestorben. War es da ein Wunder, dass er inständig hoffte, er könne denjenigen, der auf der anderen Seite seiner Tür stand, auf grauenhafte Weise ermorden? Es war alles, was ihm geblieben war. Er legte das Telefon beiseite. Er ginge heute Abend nicht ran.

Er zog seine SIG, die Sicherung lösend. Er schaute auf den Monitor neben der Tür. Er wurde von der Kamera gespeist, die am Eingang hing. Weiblich. Selbst in einem dunklen Kapuzenpulli und Jeans konnte er ihre Kurven erkennen. Sie streckte die Hände aus, ihm zeigend, dass sie nicht bewaffnet war, doch hielt den Kopf unten. Er hielt seine Waffe bereit, denn er vertraute nicht darauf, dass sie unbewaffnet war.

Er öffnete die Tür, denn, yeah, er war neugierig. Jemand hatte es hingekriegt, sein umfangreiches Sicherheitssystem zu umgehen. Hatte Eli Nelson sie geschickt? War sie die geheimnisvolle Kristen? Wer verfickt nochmal konnte es sonst sein? Es waren Überwachungskameras und Bewegungsmelder installiert und alle möglichen anderen Arten an Sicherheitsmaßnahmen getroffen, und kein einziger Alarm war losgegangen, nur diese eine Klingel, die meldete, dass jemand vor seiner Haustüre stand.

Er starrte die Gestalt in seiner Tür an. Ihr Kopf hob sich und er fühlte, wie sein Herz zu pochen begann. Einszweiundsiebzig mit mörderischen Kurven. Rote Haare, die ihr über die Schultern gingen. Es war vorher schwarz gewesen, doch das Rot stand ihr gut. Und diese Augen. Gott, er kannte diese Augen. Er hatte einhundertmal und einhundertmal in sie hineingesehen, sie hatten ihm jedes Mal einen Tritt in die Magengrube verpasst.

Mein Gebieter, ich liebe dich. Ich wünsche mir nichts sehnlicher, als meinen allerkostbarsten Gebieter zu erfreuen.

Sie hatte ihm etwas weisgemacht, mit ihren strahlenden Augen und ihrem scharfzüngigen Humor und diesen unglaublichen Kurven. Sie war so klug gewesen, so tödlich, so verdammt gut in ihrem Job. Er hatte vom ersten Moment an gewusst, dass sie Ärger bedeutete, doch er hatte sich nicht von ihr abwenden können.

Sie hatte ihn in die Knie gezwungen, denn er war an dem Tag gestorben, als sie es war.

Sein Herz fiel ihm in die Hose.

„Hi", sagte sie mit heiserer Stimme.

„Du bist Kristen." Alles fügte sich zusammen. Jetzt wusste er, warum sie ihn nicht in Florida haben wollte. Sie war diejenige gewesen, die das ganze Chaos verursacht hatte. Und er verstand, wie sie sich an all seinen Sicherheitsmaßnahmen hatte vorbeischleichen können. Niemand war verstohlener. „Hallo, Charlotte."

Ian befahl seinen Beinen, stark zu bleiben. Schließlich war es nicht alle Tage, dass seine tote Frau zum Leben erwachte.

* * * *

Ian Taggart und das gesamte Sicherheitsteam von McKay-Taggart werden in *Liebe und Sterben lassen* zurückkehren. Bald erhältlich!

Anmerkung der Autorin

Ich werde oft von wohlwollenden Leserinnen und Lesern gefragt, wie sie helfen können, ein Buch, das ihnen gefallen hat, bekannt zu machen. Es gibt so viele Möglichkeiten, Autorinnen und Autoren, die Sie mögen, zu helfen. Hinterlassen Sie eine Bewertung. Wenn Ihr E-Reader es Ihnen erlaubt, ein Buch zu verleihen, teilen Sie es bitte mit einer Freundin oder einem Freund. Gehen Sie auf Whatchareadin und verbinden Sie sich mit anderen. Empfehlen Sie die Bücher, die Sie lieben, weil Geschichten dazu bestimmt sind, geteilt zu werden. Vielen Dank, dass Sie dieses Buch gelesen haben und dafür, alle Autorinnen und Autoren, die Sie lieben, zu unterstützen!

Lieben und sterben lassen

Herren und Diener, Buch 5
Von Lexi Blake
Bald erhältlich!

Eine tragische Liebesgeschichte

Charlotte Dennis' Mission war eindeutig: Ablenkung und Irreführung des CIA-Agenten Ian Taggart mit allen dafür notwendigen Mitteln. Falls sie scheiterte, sähe sie ihre Schwester niemals wieder. Mit ihrer Ausbildung hätte dies ein Leichtes sein sollen, doch nach der einen Nacht in Ians Armen wusste sie, dass die Rettung ihrer Schwester den Verlust des Mannes ihrer Träume bedeutete.

Ian war damit beschäftigt, einen Terroristen zu verfolgen, als er auf die schöne aus Amerika stammende Tochter eines russischen Mafioso traf. Sein Instinkt sagte ihm, dass Charlotte Ärger nach sich zöge, doch sein Körper verzehrte sich nach ihr wie nach einer Droge und sein Herz ließe sich nicht verleugnen. Sie nahm seinen Ring und sein Halsband. Ausnahmsweise war er einmal wirklich glücklich. Als er sich jedoch seinem Ziel näherte, kostete ihn ihr Verrat seine Mission, während sie ihm mit ihrem Opfer das Leben rettete. Als sie in seinen Armen stirbt, gelobt Ian, sich nie wieder zu verlieben.

Ein gefährliches Wiedersehen

Sechs Jahre lang dachte Charlotte an nichts anderes, als zu ihrem Ehemann, ihrem Gebieter, zurückzukehren. Verdeckt arbeitend, hatte sie sich nichts anderem gewidmet, als sich die Chance zu verdienen, ihren Platz in Ians Leben zurückzugewinnen. Doch Vergebung ist nicht Teil von Ians Wortschatz.

Für Ian Taggart gibt es nichts Wichtigeres als seine neue Mission. Doch die dafür benötigten Informationen befinden sich fest in den Händen der Frau, die ihn verriet. Um die Beute der gefährlichsten Sorte zu fassen, ist Ian gezwungen, Charlotte wieder in sein Leben zu lassen. Während die Jagd sie an einige der exotischsten Schauplätze der Welt führt, wächst die Gefahr und ihre Leidenschaft entfacht erneut.

Verzeiht Ian seiner von Unberechenbarkeit geprägten Sub...oder wird er sie wieder verlieren?

* * * *

Ian erwischte ihren Arm, sie herumwirbelnd. „Ich mein's ernst, Charlie. Ich lass' es nie wieder soweit mit dir kommen. Der Teil meines Lebens ist abgeschlossen. Ich mag dich noch mal ficken, immerhin hat Alex uns in diese schreckliche Lage versetzt und, wie es scheint, sind wir immer im Bett miteinander gelandet, doch es geht nur um Sex. Ich werd' dich nicht mehr an mich ranlassen. Hast du verstanden? Ich versuch', dich zu warnen. Wenn du mich lässt, zerreiß' ich dich und ich werd' Spaß daran haben. Ich werd' mir nehmen, was ich kann, und gebe dir nichts, außer Schmerz und Reue."

Doch er hatte bereits ihr Leben gerettet. „Ich verstehe. Ich bin bereit, es zu riskieren."

Er türmte sich vor ihr auf. Sein bloßes Dasein ließ ihre Nerven durchgehen. Er näherte sich ihr immer mehr, ihren Rücken an die Wand drückend. Auf einmal ward sie sich ihres Körpers so bewusst – wie sich ihre Brustwarzen spitzten, ihr Atem zunahm, ihre Muschi schmerzte.

„Das ist nicht sehr schlau, Charlie." Er starrte zu ihr hinab. Hätte sie ihn nicht so gut gekannt, sie hätte schwören können, dass er überhaupt nicht angetan war. Sein Gesicht war gefühllos, sein Körper pure Einschüchterung. Doch sie hatte gehört, wie sich seine Stimme vertiefte, und sie rechnete damit, dass, wenn sie nur eine Hand ausstreckte, sein Schwanz hart und scharf sei.

Sie zögerte, denn es war eine schlechte Idee, ihn ohne Erlaubnis zu berühren, wenn er sich in diesem Zustand befand. Ihr Gebieter brauchte seine Kontrolle zurück. Die wollte sie ihm geben. „Ich glaub', das ist das einzig Schlaue, was ich je getan hab'."

Er beugte sich vor und presste seinen Körper an ihren. Ja, er war definitiv nicht unangetan. „Dann werd' ich nicht versuchen, dir nochmal zu helfen. Ich nehm', was du mir gibst und werd' mich nicht entschuldigen, doch wir spielen das jetzt nach meinen Spielregeln. Du wirst dich mir von nun an fügen oder die ganze Geschichte ist vorbei."

Sie nickte, ihn nicht aus den Augen lassend, selbst als er seinen Schwanz an ihren Bauch drückte. Sie konnte nicht anders, als bei ihm weich zu werden, doch sie hielt die Hände an den Seiten. Er war noch nicht bereit für ihre Zuneigung. „Ist gut, Ian."

„Geh zur Buchhaltungsstelle. Ich erwarte, dass du um fünf Uhr dort in ihrem Büro sitzt. Gegen Mittag darfst du aufstehen und mit Phoebe im Pausenraum Mittagessen. Sie ist die Einzige, die nicht auswärts oder in ihrem Büro isst. Du darfst nicht mit ihr sprechen. Ich lass' jemanden nach unten gehen und dir ein Sandwich und was zu trinken holen. Du hast fünfundvierzig Minuten Zeit, um zu deinem Platz zurückzukehren. Wenn du eine Toilettenpause brauchst, bittest du Eve oder Grace, dich zu begleiten."

Oh, er wollte ihre Grenzen austesten, wie es schien. Ihr war bewusst, dass sie zustimmen sollte, doch görenhafte Worte glitten ihr einfach so über die Lippen. „Ich glaub', ich find' den Weg zur Toilette, Ian."

„Das sind zehn."

Sie musste tief einatmen. Oh, fuck, darauf steuerte er zu. „Ich dachte, du seist nicht mehr mein Gebieter."

Seine Hände berührten ihre Schultern, die Linien ihres Körpers nachzeichnend. Seine Stimme wurde weicher, als dachte er an was anderes, was Süßeres. „Ich bin jetzt dein Dom, denn nur so kann ich dir vertrauen, dass du tust, was ich dir sage. Du bist gefährlich, und jemand muss dafür sorgen, dass du nicht aus der Reihe tanzt. Ich sehe mich selbst als einen Klapperschlangen-Bändiger. Wir befolgen ein strenges Protokoll, Charlie. Du sprichst, wenn du gefragt wirst. Du fügst dich meinen Anweisungen oder du wirst bestraft. Wenn du meine Regeln nicht befolgst, werd' ich die CIA kontaktieren, dann sollen sie sich um dich kümmern."

Er wollte sie in eine Ecke drängen, aus der sie nicht heraus käme. Er schien nicht zu verstehen, dass sie gar nicht raus wollte. Er musste das Sagen haben. Sie war bereit, einen langweiligen Tag vor sich zu haben, damit er bekäme, was er bräuchte. „Ja, Gebieter...ich mein', Herr."

„Gebieter" bedeutete, eine besondere Beziehung miteinander zu haben. Das hatte sie verkackt. Ein „Herr" konnte jeder x-beliebige Dom sein. Es war eine Sache der Höflichkeit. Trotz der Tatsache, dass er sich definitiv wie ihr Gebieter aufführte, musste sie es erst einmal bei „Herr" belassen. So könnte sie spielen.

„Ich mein's ernst, Charlie. Das ist alles, was du aus mir rausbekommst." Er drückte seinen Schwanz an sie, seine Stirn an ihre lehnend. „Ich bin nicht mehr der Mann, den du kanntest. Ich bin ein Mistkerl und ich werd' es keinen Moment bereuen, dass ich dich gefickt hab' und dich deinem Schicksal überlasse, wenn ich fertig bin. Wenn ich von dir hab', was ich brauche, werd' ich weggehen und nicht mehr zurückblicken. Ich hab' dich vor langer Zeit begraben. Es ist nichts weiter übrig geblieben als ein bisschen Lust und ein Haufen Arbeit zwischen uns."

Doch die Lust baute sich ins Unermessliche auf. Sie konnte quasi fühlen, wie er von ihr überrollt wurde. „Wenn wir schon gerad unsere Karten auf den Tisch legen, sollte ich dich wissen lassen, dass ich vorhab', meinen Weg in dein Bett zu finden, und ich beabsichtige, dort zu bleiben. Es ist mir egal, wie lang es dauert. Du hast mich mal geliebt. Ich werd ' dafür sorgen, dass du mich wieder liebst."

„Ich hab' dich nie geliebt, Charlie." Er hauchte die Worte auf ihre Haut. Seine Hände glitten von ihren Schultern zu ihrer Brust, seine Augen folgten. Er ließ die Handflächen auf ihren Hügeln ruhen und seufzte auf.

Gott, wenn er sie nicht liebte, ließe sie sich trotzdem auf die Verbindung ein, die sie fühlte. „Nochmal, ein Risiko, das ich bereit bin einzugehen. Du willst mich."

Er machte einen großen Schritt zurück, doch seine Augen verharrten auf ihrer Brust. „Ja, doch das ist nicht dasselbe. Reine sexuelle Chemie. Ich bin bereit zuzugeben, dass ich das mit dir teile. Mich verbindet mehr sexuelle Chemie mit dir als mit den meisten anderen Frauen. Doch Lust ist das Einzige, was uns verbindet. Zeig' mir deine Brüste."

Über Lexi Blake

Lexi Blake lebt in Nordtexas mit ihrem Mann, drei Kindern und dem faulsten Rettungshund der Welt. Schon in jungen Jahren begann sie zu schreiben und konzentrierte sich auf Theaterstücke und Journalismus. Erst als sie anfing Liebesgeschichten zu verfassen, fand sie Erfolg. Sie mag es, Humor an den seltsamsten Orten zu finden. Lexi glaubt an Happy Ends, egal wie seltsam das Paar, ein Dreier oder Vierer auch scheint. Sie schreibt auch zeitgenössische Western-Ménage als Sophie Oak.

Facebook: https://www.facebook.com/lexi.blake.39
Twitter: https://twitter.com/authorlexiblake
Website: www.LexiBlake.net